Das Lügenlabyrinth

Paul Binnerts

Das Lügenlabyrinth

Aus dem Niederländischen
von Ulrich Faure

Für meine Eltern

Inhalt

»Ach, du gute Nachwelt, sei uns nicht all zu böse,
wenn du an die schreckliche Zeit unserer Verfolgung denkst. Wir haben vor Problemen gestanden, die uns aus einem bodenlosen Abgrund angestarrt haben. Und wir wußten uns manchmal
wahrlich keinen Rat.«

Abel J. Herzberg,
Kroniek der Jodenvervolging 1940–1945

Erster Teil

Ein sonnenüberflutetes Grauen
10. bis 15. Mai 1940

Früher hatte mein Vater ein schweres, silberglänzendes Blechkistchen, länglich, mit scharfen Kanten und einem Schloß – darin verwahrte er Sachen von Wert. Eines dieser Dinge war ein zerknitterter Davidstern, den meine Mutter auf ihrer Kleidung getragen hat. Als ich mit achtzehn danach frage, ist dieser Stoffetzen verschwunden. »Nie gehabt«, lügt mein Vater unverfroren. Er schweigt, wie er sich über alles, was geschehen ist, in Schweigen hüllt – es gibt Erinnerungen, es gibt vergessene Erinnerungen, und dann gibt es verdrängte Erinnerungen, die zu schmerzhaft sind, um sich auf sie zu besinnen.

Lange nach dem Tod meines Vaters hat mir mein Bruder einen grünen Ordner aus dessen Nachlaß geschenkt. Die Mappe enthält Dokumente, die mit dem Krieg zu tun haben: Zeitungsausschnitte, offizielle Schreiben verschiedener Behörden, Telegramme, Formulare, Quittungen, handschriftliche Notizen und Zettel. Sie rufen Bilder von Ereignissen aus jener Zeit herauf: unauslöschliche Bilder, von echten oder aufgebauschten Geschichten untertitelt, Anekdoten und vage, unbestätigte Gerüchte. Sie drängen hartnäckig immer wieder nach oben, begleiten mich mein ganzes Leben lang.
Ich frage meinen Bruder nach dem Blechkistchen. »Nie gehabt«, sagt er. Ihm glaube ich es. Einen Moment lang hege ich die vergebliche Hoffnung, im Ordner den zerknitterten Davidstern in einer durchsichtigen Zellophantüte zu finden. Ich wüßte nicht, was ich mit diesem Stoffetzen anfangen sollte. Ihn in den Händen zu halten, weil ich weiß, daß meine Mutter ihn angefaßt hat, als sie ihn aufnähte? Dran riechen? Ihre Nähe spüren?

1

Selbst ohne Beiwagen ist das Motorrad schöner, als er es sich vorgestellt hat. Strahlend und gleißend im Sonnenlicht steht es an der blinden Mauer von Smidts Motorenhandel, unwirklich auf der von Menschen verlassenen Straße. Langsam, fast ehrfürchtig, tritt Bert näher, als wäre er bei einer Audienz. Vorsichtig legt er seine Hand auf den warmen Benzintank, er krümmt und streckt die Finger, ohne das glatte Metall zu fassen zu kriegen. Niemand hat so ein Motorrad, niemand in der ganzen Stadt! Von so etwas träumt man jahrelang, und auf einmal steht es dann direkt vor deiner Nase! So ein knatterndes Elend von einem Zweitakter mit nur einem Zylinder und viel zu schmalen Reifen hätte er sich längst kaufen können. Er ist ein paarmal drauf gefahren, auf einer DKW, aber das war nichts gewesen, und es war außerdem gefährlich. Nein, er hatte lieber abgewartet, bis er sich ein richtiges Motorrad leisten konnte: einen robusten Zwei-Zylinder-Viertakter mit einem tiefen, grollenden Geräusch, das die Leute erschreckt, wenn man mit aufgedrehtem Gas durch die Straße donnerte. Bert tätschelt den Benzintank wie ein Reiter, der seinem Pferd mit der flachen Hand einen Klaps an den Hals gibt: eine Zündapp 600 KS mit ihrem ovalen, gelbbraunen Markenzeichen wie ein Wappen auf beiden Seiten. Seins! Der Beiwagen kommt später; jetzt hängt noch eine schwere Ledertasche an dieser Seite.

Er tritt ein paar Schritte zurück, um das Motorrad noch einmal als Ganzes auf sich wirken zu lassen. Gleich wird er sich auf den tiefliegenden Sattel setzen – »aufsteigen« heißt das im Jargon. Der zweite Sitz, den er über das Hinterrad hat montieren lassen, ragt darüber hinaus. Um die 600-Kubik Pferdestärken im Zaum zu halten, wird er sich den Benzintank fest zwischen die Oberschenkel klemmen. Er sieht Lien vor sich und flatternde Sommerkleider und Getreidefelder, die jetzt in seiner Reichweite liegen. Sein Blick schweift über den

Lenker mit den Handbremsen, dem Gashebel rechts und der Handschaltung links, dem schönen runden Scheinwerfer mit dem geriffelten Glas, dem Tachometer. Irgendwo muß auch der elektrische Startknopf sein, etwas ganz Neues. Ansonsten gibt es auch immer noch den Kickstarter. Alles an diesem Motorrad glänzt und blinkt: die vernickelten Speichen der Räder, die Zylinder, der Auspuff, die Fußschaltung. Die Farbe der Karosserie ist dunkelgrün – diesen glänzenden Lack fand er extra schick. Deshalb hat die Lieferung ein paar Monate gedauert; als Standardfarben gibt es nur grau und schwarz.

Auch Bert selbst glänzt ein bißchen, er muß sich mit dem Handrücken den Schweiß von der Stirn wischen. Durch den Ledermantel, den er extra für das Motorrad angeschafft hat, wird ihm heiß. Eigentlich ist er viel zu weit und zu lang für ihn, aber wenn er erst einmal auf der Maschine sitzt, fällt das nicht mehr auf. Mit so einem Mantel läßt sich Eindruck schinden. Früher als kleiner Junge wäre er gerne Polizist geworden oder zumindest etwas mit Uniform: Autorität ausstrahlen, Respekt erzwingen. Doch bei der Musterung machte ihm seine geringe Körpergröße einen Strich durch die Rechnung und auch, daß er keine breiten Schultern hatte wie die meisten Jungs vom Land, die zur Polizeiakademie zugelassen wurden. Auch hatte er keine starken, schwieligen Hände. Diesen Frust kann er jetzt von sich abschütteln. Ein Ledermantel mag zwar keine Uniform sein, aber er hat den gleichen Effekt: In der Straßenbahn auf dem Weg hierher schien ihm, daß die Leute ihn mit Ehrfurcht musterten.

Smidt kommt angelaufen, ein grobschlächtiger Mann in einem schlampigen Anzug. Ob denn alles nach Wunsch sei? Bert nickt und sucht nach den richtigen Worten. Mit: »eine fabelhafte … Maschine« gibt er den Kenner. »Unverwüstlich«, Smidt gibt dem Hinterrad einen Tritt – die ruppige Liebkosung eines Viehhändlers. »Wenn's sein muß, 125 Stundenkilometer.« Hundertfünfundzwanzig Kilometer pro Stunde! Kein Wunder, daß das deutsche Heer sie einsetzt – das hat Bert in der Broschüre gelesen. »Und schwer, die schwerste ihrer Klasse, und dabei nicht kompliziert zu bedienen, selbst für jemanden Ihrer Statur ...« Smidt verbessert sich schnell: »... aber der Herr hat bestimmt Erfahrung.« Bert hat überhaupt keine Erfahrung, obwohl man das so auch wieder nicht sagen kann: Er hat auf dem Motorrad seines Freundes Menno geübt, und er hat seine Fahrprüfung mühelos bestanden, nur eben nicht auf einer so schweren Maschine. »Wenn Sie damit bloß nicht umkippen. Das will man sich nicht aufs Gewissen laden.« Sie gehen schweigend in das kleine Büro im hinteren Teil der dunklen Garage, wo zwei Mechaniker an einem Motorrad herumschrauben, das an Schlaufen von der Decke hängt. Lila-grünes Öl tropft aus dem Motorblock in eine Metallwanne auf dem Boden. Eine Triumph, sieht Bert im Vorbeigehen. Englisch.

Bert zahlt bar: 1275 Gulden für das Motorrad mit Zubehör, inklusive Zierspeichen aus Nickel, Sonderlackierung und die Seitentasche. Er zückt die Brieftasche und vergewissert sich, daß Smidt genau mitkriegt, daß die dreizehn Hundert-Gulden-Scheine nur einen kleinen Teil seines Kapitals ausmachen, das er in der Tasche mit sich herumträgt. Die fünfundzwanzig Gulden Wechselgeld, die Smidt ihm rausgeben will, seien, großzügige Geste, »für die Jungs«. Wenn später mal was repariert werden muß, will er sich auf sie verlassen können.

Smidt händigt ihm den Kaufvertrag aus, den Garantieschein, die Versicherungspapiere. Gebrauchsanweisung und Betriebsanleitung für die »Maschine« sowie die Wartungsvorschriften sind auf Deutsch – kein Problem, das hat er in der Schule gelernt. Bert studiert die Papiere in aller Ruhe, zündet sich eine Zigarette an. Den Füllfederhalter, den er aus der Brusttasche hervorholt – ebenfalls neu, ein eleganter schwarzer Pelikan mit grünen Streifen längs der Kappe –, schraubt er bedachtsam auf, um zu unterzeichnen: Albert Meijer van Leer, Den Haag, 9. Mai 1940. In zweifacher Ausfertigung, eine für ihn, eine für Smidt. Zufrieden lehnt er sich zurück und bläst eine blaue Rauchwolke in Smidts rot angelaufenes

Gesicht. Der erhebt sich hinter seinem stählernen Schreibtisch, um Bert mit einer unbeholfen, feierlichen Geste die Zündschlüssel zu überreichen, und als Draufgabe eine dünne lederne Aktentasche für die Papiere. Die Aktentasche hat einen langen Riemen, den man über die Schulter werfen kann. Schnell läuft Bert durch die dunkle Werkstatt mit ihrem betäubenden Geruch nach Benzin und Motoröl hinaus ins helle Sonnenlicht. Es riecht nach Mist. Mist, mitten in der Stadt!

Bevor er »aufsteigt«, zeigt Smidt ihm die elektrische Zündung – und wenn er bitte darauf achten würde, daß das Motorrad beim Starten im Leerlauf steht und nie, wie jetzt, auf dem Ständer mit einem in der Luft hängenden Vorderrad. Es ist gar nicht so einfach, das Fahrzeug vom Ständer zu schieben; plötzlich ist es ein schwerfälliges, unzähmbares Monster. Smidt schaut mit spöttischem Grinsen zu, die Hände in den Hosentaschen. Bert überlegt, wie er am besten auf den Sattel kommt: mit lässigem Beinschwung, wie man ein Fahrrad besteigt – das geht nicht wegen des zweiten Sattels hinten. Er muß sein rechtes Bein über den Sitz heben, aber diese Bewegung bewirkt, daß das Motorrad mit dem gesamten Gewicht gegen ihn zu kippen droht, was ihn aus dem Gleichgewicht bringt. Ist die Maschine doch einen Tick zu schwer für ihn, wie Smidt unterstellt hat? Beim zweiten Versuch klappt es. Es ist reine Geschicklichkeit, die er bald beherrschen wird: das Motorrad mit beiden Händen am Lenker leicht zur anderen Seite neigen, das Vorderrad nach rechts einschlagen, einen Moment wie ein Tänzer auf nur einem Bein stehen, das andere über den Sattel schwingen, und da sitzt er auch schon. Mit beiden Füßen auf dem Boden, den Benzintank zwischen den Oberschenkeln, findet er das Gleichgewicht. Mit dem linken Fuß kontrolliert er, ob der Leerlauf eingelegt ist. Smidt nickt zustimmend.

Bert steckt den Schlüssel ins Zündschloß mitten auf dem Lenker und drückt den Startknopf – der Motor springt sofort an, ein leises Knurren wie von einem Wachhund, bevor er gefährlich wird. Langsam zieht er den Gashebel an – und da ist es, das erwartete anschwellende Gebrüll. Eine Welle der Erregung vibriert durch seinen Magen. Langsam läßt er es wieder abklingen, bis der Motor leise vor sich hin brummelt und von selbst ausgeht. Stille. Plötzlich ist er ungeduldig. Er hüpft im Sattel auf und ab, er will losfahren, weg, worauf wartet er noch? Fast achtlos betätigt er den Kickstarter. Smidt schüttelt ihm die Hand: »Ein ausgezeichneter Kauf, Herr van Leer. Kommen Sie nächste Woche, um den Vergaser nachstellen zu lassen. Viel Erfolg!« Bert lächelt, den Kopf im Nacken: Von nun an läuft alles im vierten Gang: sein Leben, seine Geschäfte, seine Liebe, alles.

Und dann: *Klick-klack*, das Grollen des Motors. Die Kupplung langsam kommen lassen und gleichzeitig Gas geben, aber nicht zuviel. Ohne Stottern setzt sich das Fahrzeug in Bewegung. Davor hat er am meisten Angst gehabt: das Motorrad beim ersten Losfahren abzuwürgen. Anfangs schwimmt das Vorderrad ein wenig – er muß alle seine ganze Kraft zusammennehmen, um die Maschine in seine Gewalt zu bekommen – aber im zweiten Gang wird sie immer handzahmer. Auf halber Strecke, am Platz, sitzt er schon aufrecht. Er dreht eine Runde und winkt Smidt übermütig zu, der ihm hinterherschaut, aber nicht zurückwinkt. Das Schalten geht einfach: runter vom Gas, *klick-klack*, Gas aufdrehen. An der Ecke bremst er für seine erste richtige Kurve ab, geht vom Gas, *klick-klack*. Für die Lenkung ist nicht viel Kraft nötig, das geht von selbst, und jetzt: Gas. Er schaut sich nicht mehr um.

Die Straße vor ihm ist lang und schnurgerade mit nur wenig Verkehr um drei Uhr nachmittags: ein paar Autos, Radfahrer, hier und da ein Fußgänger, eine Frau, die ihren Hund Gassi führt – er könnte loslegen und richtig auf die Tube drücken, aber er hält sich zurück. Trotzdem schauen die Leute ihm nach – er ist schon eine Sehenswürdigkeit mit seinen über den Kotflügel flatternden Mantelschößen. Ein hupendes Auto will überholen; er muß sich daran gewöhnen, daß er jetzt Teil des richtigen Verkehrs ist. Vorsichtig weicht er den doppelten Straßenbahnschienen aus, die die Straße in der

Mitte teilen. Eine Handvoll Menschen wartet an der Haltestelle auf der Verkehrsinsel. Sie drehen die Köpfe nach ihm, während er vorbeifährt. Am Straßenrand steht ein Lastenrad mit einer halbrunden Plane über der Ladefläche, ein altmodischer Planwagen, wie er ihn selbst schon öfter für kleinere Transporte eingesetzt hat. Heute macht Menno so etwas für ihn, manchmal mit einem Lieferwagen.

Erst außerhalb der Stadt, auf dem Utrechtse Straatweg, gibt er Vollgas, bis der Tacho zitternd über 100 km/h anzeigt. Weiter traut er sich nicht. Der Wind zerrt ihm Fältchen in die Wangen, ein Schrei entreißt sich seiner Kehle. Sein Haar fliegt hoch, und seine Augen beginnen zu tränen. Vielleicht braucht er eine Schutzbrille und einen Helm. Er krümmt den Rücken und packt den Lenker fester. Das Brüllen des Motors hat sich in ein hohes Heulen verwandelt. Es geht jetzt so schnell, daß er die Unebenheiten der Straße nicht mehr spürt. Das Motorrad hat seine Schwere verloren.

Nachdem er zum Stehen gekommen ist, japst er nach Luft, als wäre er ein paar Kilometer gerannt. Seine Wangen finden wieder in ihre ursprüngliche Form zurück, aus der Nase hängt eine lange Rotzfahne, die er am Lederärmel abwischt. Er zieht das Motorrad auf den Ständer. Die Aufregung, die von seinem ganzen Körper, seinem gesamten Nervensystem, Besitz ergriffen hat – darauf ist er nicht vorbereitet gewesen. Was ist das? Freiheit? Macht? Macht über eine mächtige Maschine, von der er kaum versteht, wie sie funktioniert? Spielt das eine Rolle? Solange er das Motorrad nur bedienen kann; das ist alles, was zählt! Aber die Geschwindigkeit – Allmächtiger!, dieses Gefühl …!

Jetzt sollten sie ihn mal sehen, die Jungs, die ihn früher ausgelacht haben. Wo sind sie denn geblieben? Haben sie etwa Hunderte von Gulden in der Tasche, um ein Motorrad zu kaufen, haben sie schon mal ein wildes Tier gebändigt? Und je gespürt, was er gerade empfunden hatte? Wo waren sie jetzt mit ihren großen Mäulern, ihren Triezereien? Die ihm mit ihren hirnlosen und heimtückischen Streichen zeigen wollten, daß sie das Sagen hatten? Das ist vorbei. Jetzt ist er der Chef.

Beherrscht man so ein Motorrad, kann man alles und jeden beherrschen. Trotzdem, wenn er gleich in seine Straße fährt, wird er sich zurückhalten und so tun, als sei es die selbstverständlichste Sache der Welt, daß er jetzt der Besitzer eines so gewaltigen Motorrads ist. Er wird angefahren kommen, die Kurve mit bescheidenem Schwung nehmen, nicht laut und angeberisch. Ausrollen, zum Stillstand kommen, das Motorrad ausschalten und auf den Ständer ziehen und, ohne nach rechts oder links zu schauen, die Treppe mit zwei Stufen auf einmal hochlaufen, so wie er es immer tut. Er hatte Lien nicht erzählt, womit er heute nach Hause kommen würde.

Lien fällt ihm um den Hals, als Bert sie bittet, mal kurz aus dem Fenster zu schauen. Sie bedeckt ihn mit Küssen, rennt nach draußen, rennt wieder nach oben, um sich schnell den dünnen Mantel anzuziehen, den sie als Verkäuferin bei Gerzon zum halben Preis bekommen hat, und klettert auf den Rücksitz. Bert hat seinen schweren Ledermantel mit einer kurzen Wolljoppe vertauscht. Ohne auf die paar Nachbarn zu achten, die aus den Fenstern hängen und ihnen verdaddert hinterherschauen, fahren sie los. Lien umklammert ihn ganz fest, beide Arme um seine Taille geschlungen. Raus aus der Straße, raus aus dem Viertel, raus aus der Stadt, vorbei an der Mühle, über die Bahnstrecke hinweg, auf schmalen Wegen quer durch die Wiesen, die alles verheißen, hellviolettes Wiesenschaumkraut im hohen Gras am Wegesrand. Und dann tuckern sie gemütlich die Vliet entlang, am Kanal in Richtung Leidschendam – auf dem Militärflugplatz auf der anderen Seite sehen sie zwei Flugzeuge kurz hintereinander landen. An einer kleinen Bucht hält Bert an, um Lien alles zu zeigen: den Vergaser, die Zündkerzen, den Gashebel, die Bremsen. Obwohl auch sie nicht viel davon versteht, ist sie ganz begeistert: »Oh, Bertje, Bertje, bist du glücklich?« Ja, er ist glücklich. Stolz. Glücklich. Lien hat ihren Mantel ausgezogen, er hat sich seitwärts auf den Sattel gesetzt. Sie schauen einander mit strahlendem Blick an, als hinge ihre ganze Zukunft an diesem Motorrad.

Am frühen Abend fährt Bert noch einmal los. Zu einem Kunden; es duldet keinen Aufschub. Unterwegs kann er der Versuchung nicht widerstehen, erst noch einen kleinen Umweg durch die Scheveningse Bosjes zu machen, um dann ordentlich aufs Gas zu gehen in den kurvenreichen, verlassenen Straßen. Euphorisch erreicht er das stattliche Haus in der Groot Hertoginnelaan, wo er das Inventar in Augenschein nehmen muß, wie er das in letzter Zeit schon so oft getan hat. Er verzieht keine Miene, als er Herrn und Frau Goedeman begrüßt und einen ersten flüchtigen Rundgang unternimmt – drei Stockwerke mit geräumigen Zimmern und ein Dachboden voller ausrangierter Sachen. Später, bei Tageslicht, soll eine gründliche Inspektion des Inventars erfolgen – was eingelagert werden muß und was verkauft werden kann. Das Paar läuft ihm nervös hinterher: Ob Bert der richtige Mann ist, dem man sein Hab und Gut anvertrauen kann? Schließlich lassen sie ihr ganzes Leben hier zurück. Es gibt jede Menge wertvoller Sachen, das erkennt er sofort: Möbel, Teppiche, Porzellan, ein paar nachgedunkelte Gemälde – Antiquitäten, auf jeden Fall altes Zeug. Er betrachtet alles mit einem professionellen, fast gleichgültigen Blick, einem Kopfnicken nach links und rechts, das alles bedeuten kann: Wertschätzung, oder daß er in Gedanken schon bei der Inventur ist. Er ist sich nicht sicher, ob es ihnen eher um den Wert geht oder darum, so schnell wie möglich wegzukommen, »in diesen unsicheren Zeiten«, wie der Mann des Paares immer wieder betont. Bert gibt seine Karte, die er erst kürzlich hat drucken lassen, ein Zeichen seines neuen Status: Albert Meijer van Leer – Transaktionen und Transporte. Kein Telefon. Das wird in Kürze angeschlossen, versichert er. Er kommt bald wieder vorbei. »Morgen? Es ist eilig!« Bert kann es nicht mit Sicherheit versprechen, er wird sein Bestes tun.

Er schiebt die Zündapp, die er in der Einfahrt neben dem Haus geparkt hat, vom Ständer und läßt den Motor triumphierend aufheulen. Jetzt geht er mit Lien Champagner trinken. Flasche und Gläser nimmt er aus dem Hausrat, den er für einen anderen Kunden in seinem nahegelegenen Speicher eingelagert hat. Der Kunde ist jetzt in Amerika und wird es nicht merken. In letzter Zeit sind viele Leute weggezogen. »An sicherere Orte«, wie sie sagen. Bert hat nichts dagegen: Es schlägt bei ihm ordentlich zu Buche. Er steckt die Flasche und die Gläser, sorgfältig in Zeitungspapier gewickelt, in die Ledertasche, die am Motorrad hängt. Die Gläser wird er morgen zurückbringen.

1979 hatte ich ein schwarzes Notizbuch mit einem festen marmorierten Einband angeschafft. Darin hielt ich alles fest, was mir durch den Kopf schoß: beiläufige Gedanken und Beobachtungen; Ideen für zu schreibende Theaterstükke, Geschichten, Romane; Gedanken über die Schauspielerei. Bis heute nehme ich das Büchlein überall mit hin, es ist mein wertvollster Besitz. Für jeden Einfall gibt es einen Gliederungspunkt, und darunter ein Datum. Das Büchlein ist fast voll, der Einband ist abgegriffen. Das Schildchen mit dem Preis – 4,60 Gulden – klebt noch drauf.

Die erste Notiz stammt vom 15. Juni 1979: »Die Vergangenheit ist die verlorengegangene Zukunft.« Wichtigtuerei, könnte man sagen, eine Binsenweisheit. Aber trotzdem, es könnte das Motto eines Buches sein. Wessen Zukunft ist da verlorengegangen? An wen habe ich gedacht?

Eine Notiz vom 16. Januar 2005 lautet: »Ein Buch über geträumte Erinnerungen. Alles, woran ich mich gerne erinnern würde, vermischt mit dem, woran ich mich tatsächlich erinnere, (und) unter Verwendung existierender Geschichten (oder Fragmente), Fotos, Anekdoten.« Das klingt schon besser. Nach dem Kern einer Idee. Der Gedanke heftet sich an das, was in dem grünen Ordner versteckt sein müßte. Ich habe ihn ein paarmal durchgeblättert, aber keine Anknüpfungspunkte gefunden. Zusammenhänge konnte ich nicht feststellen.

2012 schlage ich den grünen Ordner wieder auf, um mich nun endlich ernsthaft an die Arbeit zu machen. Die meisten Dokumente sind mit einem Datum versehen, und sie sind nach Kategorien geordnet: Abstammung (Mutter, Vater), Strafprozeß (Mutter), »Arbeitseinsatz« (Vater), Tod (Mutter, Großmutter). Allmählich gelingt es mir, mehr oder weniger zu rekonstruieren, was sich während der Kriegsjahre in meinem Elternhaus abgespielt hat. Anfangs habe ich gehofft, daß ich bei diesem Prozeß meinen Eltern näherkommen würde, aber das genaue Gegenteil ist eingetreten: Sie rückten immer weiter weg von mir. Sie sind zu völlig Fremden geworden. Ich erinnere mich nicht an ihre Stimmen; auch ihre Fotos, soweit vorhanden, sagen mir wenig und berühren mich nicht. Haben sie ihre wachsenden Sorgen all die Jahre vor mir verborgen gehalten? Sie mit dem Mantel der Liebe zugedeckt? Sie müssen doch Angst gehabt haben oder ratlos gewesen sein? Oder wütend, oder traurig, oder aufsässig? Gab es nie Streit? Hatte meine Mutter nie einen hysterischen Weinkrampf? Hat mein Vater nie seine Stimme erhoben? Haben sie mich und meinen kleinen Bruder schonen wollen? Ich werde es nie wissen.

Um näher an sie heranzukommen, muß ich erst Abstand zwischen uns schaffen. Ich muß sie begraben. Das Kaddisch für sie sprechen. Meine Erinnerung an sie ist nicht mehr als eine Erinnerung an eine Erinnerung. Die muß ich ebenfalls begraben. An ihre Stelle tritt die »geträumte Erinnerung«.

2

Joost hieß eigentlich Josef, aber wer so genannt wurde, galt in aller Augen als katholisch, und er haßte den katholischen Glauben. Er fand es heuchlerisch, daß man sich von jeder Sünde, die man begangen hatte, freikaufen konnte, ohne tatsächlich dafür bestraft zu werden. Und daß es so etwas wie ein Register gab, geordnet nach Schwere der Sünden und gleich mit dazugehöriger Preisliste: wie viel zu zahlen war, um schuldlos durchs Leben zu gehen. Da ging es um Dinge, die wahrscheinlich unverzeihlich waren, die man bedauerte und für die man sich schämte – dieses Gefühl ging nie weg, es blieb einem für immer. Wie hätte er dieses elende Schuldgefühl wegen des Unfalls, der einem Klassenkameraden passiert war, je abschütteln können? Es lastete doch auf seinem Gewissen? Er und noch ein paar Jungs hatten den baumlangen Dirk, der an epileptischen Anfällen litt, schikaniert, gejagt und ihm beim Betreten der Schule einen Schubs gegeben und ihn so heimtückisch stolpern lassen, daß er mit dem Kopf voraus, wie ein menschlicher Torpedo, durch ein großes Glasfenster flog. Als sich der Lange Dirk auf der anderen Seite des zerbrochenen Fensters aufrappeln wollte und »wer war das?« stammelte, lief ihm das Blut in Strömen vom Gesicht. Keiner hatte etwas gesagt. Joost, der damals noch Josef hieß, auch nicht. Dirk ist gestolpert, behaupteten alle, keiner wollte etwas gesehen haben. Der Lehrer fragte in dem ganzen Tohuwabohu nicht weiter nach; es wird schon wieder einer von Dirks Anfällen gewesen sein. Schaum stand vor seinem Mund, als er mit dem Krankenwagen abgeholt wurde. Joost hörte später, daß sie die Glassplitter mit einer Pinzette aus seinem viereckigen Kopf hatten herauspicken müssen.

Es hatte ihn Überwindung gekostet, aber schließlich hatte Josef den Unfall mit Dirk eingestanden, im Beichtstuhl. Er bekam nicht die harte Strafe, die er erwartet hatte. Er versuchte, seine Rolle noch etwas herauszustreichen, doch es blieb dabei: Übermut von Lausebengeln, fünfundzwanzig Ave Marias. Aber nach diesen Stoßgebeten waren die Gewissensbisse nicht verstummt. Der Grad der Schuld entsprach nicht dem Grad der Strafe; Vergebung war etwas anderes als Buße; Reue machte die Untat nicht ungeschehen. Und wenn diese Schuld weiter an ihm nagte, hieß das doch, daß er sich selbst seine Missetat nicht verzeihen konnte, nicht einmal, wenn Dirk ihm vergeben hätte. Was nicht geschah, denn Dirk kam nicht wieder zurück. Er war wohl weggezogen.

Erst Jahre später verstand Joost, daß er mit solchen Gewissensbissen nur leben konnte, wenn er selbst die Verantwortung für das Geschehene auf sich nahm – für alles, was er getan oder nicht getan hatte. Er kehrte der Kirche den Rükken und begann, sich Joost zu nennen. Nicht, um sich eine andere Identität zu geben oder sich reinzuwaschen, sondern um die Heuchelei abzuschütteln. Keine weiße Weste, sondern eine neue: Joost, ein Junge mit Prinzipien, jemand, der über die Dinge nachdachte. Dafür brauchte er keinen Gott.

Als er dann in der letzten Klasse der Oberschule saß – er war schon neunzehn – und Maria zum ersten Mal sah, konnte er seinen Ärger nicht bezwingen, daß ein so liebes und schüchternes Mädchen mit diesen schönen gewellten schwarzen Lokken Maria hieß und also katholisch sein mußte. Aber sein Herz siegte über den Verstand, und obwohl sie ein paar Klassen unter ihm war und er kurz vor den Abschlußprüfungen stand, forderte er sie beim nächsten Schulfest zum Tanz auf und ließ sie nicht mehr los, obwohl das ein bißchen ungehörig war. Man hatte schließlich gelernt, daß man mit mehreren Mädchen tanzen mußte. Zum Glück verspürte auch Maria keine Lust, sich nach einem anderen Tanzpartner umzusehen, und bald schon stellte sich heraus, daß sie überhaupt nicht katholisch, sondern jüdisch und nicht einmal gläubig war. Ihre Eltern hatten sie nur als Beweis, daß sie dem Judentum entwachsen waren, Maria genannt. Sie hatten sie immer, fast schon mit Stolz und Überzeugung, beim vollen Namen gerufen, und nicht Rie, wie es bei vielen ihrer Namensvetterinnen der Fall war. Maria – Maria Meijer van Leer.

Doch ihr Name blieb Joost ein Dorn im Auge. Deshalb konnte er es sich eines Tages nicht verkneifen, sie »M« zu nennen – er hatte lange darüber nachgedacht. »Em?« – »M, der Anfangsbuchstabe deines Namens.« Es war in ihrer ersten Zeit, als sie noch viel miteinander redeten. Maria lachte; sie fand es lustig und süß und typisch für Joost. Es gefiel ihr. Joost wußte, daß er sie endgültig erobert hatte. Nachdem sie die ersten zaghaften Küsse getauscht hatten und Maria mit feuerrotem Gesicht eine Armeslänge von ihm entfernt stand und ihn mit ihren tiefbraunen, reinen Augen ansah, wurde Joost von einer Welle der Zärtlichkeit ergriffen, und er sagte plötzlich: »Emmeke.« Und noch einmal: »Emmeke.« Das brachte sie zum Weinen, und Joost wußte nicht, was er tun sollte. Dabei war es geblieben. Zunächst nur zwischen ihnen: Geheimsprache der Liebenden.

Erst bei der offiziellen Verlobung weihten sie auch die Öffentlichkeit in ihr Geheimnis ein. Vielleicht weil es so gut zu ihr paßte, hatten alle schnell vergessen, daß Emmeke eigentlich Maria hieß. Außer ihrem Bruder Bert, der sich darüber lustig machte: »Was für ein Unsinn! Maria ist doch ein schöner christlicher Name!« Genau das sei der Punkt, versuchte Joost es zu erklären. Aber Liebe läßt sich nicht erklären, Prinzipienreiterei war bei Bert verlorene Liebesmüh', und warum hätte er sich rechtfertigen sollen? Bert blieb dabei: Für ihn waren Joost und Emmeke die »Heilige Familie«, Josef und Maria. Er nannte ihr erstes Baby das »Jesuskindchen«.

Die Verlobung sorgte übrigens für ziemliches Aufsehen. Joost und ein jüdisches Mädchen? Und auch umgekehrt: ein jüdisches Mädchen und ein nicht-jüdischer Junge? Aber wo sollte der Haken sein? Darauf hatte niemand eine klare Antwort. Genauso wie damals niemand ahnen konnte, wie wichtig ein Name ist.

Meine Mutter, geboren 1906, hieß Emmy, aber da enden auch schon alle Gemeinsamkeiten mit Emmeke. Mit vollem Namen hieß sie nach ihrer Großmutter Emelie. Aber in Dokumenten wird ihr Name oft falsch geschrieben. Kein ausgesprochen jüdischer Name wie Ruth oder Esther. Auf Fotos aus den ersten Ehejahren ist sie oft in verschiedenen Posen lachend zu sehen: herzlich, schallend, schelmisch, verführerisch. Aber Gesichter verändern sich. Ich kann mich nicht erinnern, sie jemals lachen gesehen zu haben. Über meinen Vater Joop wird erzählt, daß er bis über beide Ohren in Emmy verschossen war. Und das ist er immer geblieben. Er war der Benjamin einer großen katholischen Familie mit zwei Schwestern und drei Brüdern. Sein Vater geriet in Schwierigkeiten und wurde mittellos, aber der älteste Bruder sorgte trotzdem dafür, daß er auf die Oberschule gehen konnte. Er war klug und musikalisch, und nach der Schule bekam er eine Stelle als jüngster Angestellter bei BPM, der Bataafsche Petroleum Maatschappij. Um beruflich weiterzukommen, nahm er das Angebot an, nach Curaçao geschickt zu werden, wohin ihm Emmy zwei Jahre später folgen sollte. Wieder zwei Jahre später kehrten sie in die Niederlande zurück, weil Joop »das Klima nicht ertragen konnte«. Das ist das einzige, was er mir je über Curaçao erzählt hat.

Nachts werden sie von Flugzeugen geweckt. Das passiert in letzter Zeit immer öfter. Deutsche Flugzeuge auf dem Weg nach England. Joost spricht schon seit einiger Zeit davon, daß es Krieg geben wird. Es mußte ein ganzes Geschwader sein. Das in langsamen Wellen hoch oben am Himmel an- und abschwellende Dröhnen der schweren Motoren hängt wie eine erstickende Geräuschdecke über ihnen, bis es in westlicher Richtung verebbt. An Schlaf ist nicht mehr zu denken, denn kurz darauf kehrt es zurück, aus der entgegengesetzten Richtung, jetzt aber viel tiefer. Der Luftalarm beginnt zu heulen. Joost sitzt aufrecht da, die Knie an die Brust gezogen, Finger am Ohr, als würde er Musik hören und auf einen befreienden Paukenschlag warten. Bis er aufspringt: »Da, sie bombardieren uns!« Emmeke hört es jetzt auch: dumpfe Einschläge aus großer Entfernung. Bobbie wacht auf vom Heulen der Flugzeuge, die sich direkt auf das Haus zu stürzen scheinen: »Mama, Mama!«

Schnell springen sie aus dem Bett – sie haben vergessen, daß sie eigentlich im Flurschrank Schutz suchen sollen. Emmeke versucht, Bobbie zu trösten. Joost rennt im Pyjama aus dem Haus, um mit den Nachbarn – die meisten ebenfalls im Pyjama – mitten auf der Straße in das Lichtgeflacker des Himmels östlich der nahen Stadtgrenze zu starren. Im schwachen gelblichen Schein von ein paar Straßenlaternen werfen sie langgereckte Schatten aufs Pflaster. Sie teilen die gleichen Sorgen, aber in gedämpftem Ton, als fürchteten sie, belauscht zu werden, oder weil die einhüllende Dunkelheit sie unwillkürlich dazu zwingt. Aber das alles hat nichts von einem spannenden Abenteuer, es ist bitterer Ernst. Sie reden über die vielen Gerüchte, die umherschwirren, bis sie sicher sind: Die Deutschen haben doch angegriffen, mitten in der Nacht, während alle schliefen. Einer der Nachbarn sagt: »Na ja, sie haben uns lange genug auf die Folter gespannt. Jetzt wissen wir wenigstens, woran wir sind.«

Das Wummern der explodierenden Bomben hört auf. In der plötzlichen Stille schlägt eine Amsel Alarm, und dann ist der blaßgraue Nachthimmel plötzlich mit etwas übersät, von dem zunächst niemand weiß, was es sein könnte: Hunderte dunkle Pünktchen entfalten sich zu Fallschirmen, die in tödlicher Stille langsam wie aufgespannte Regenschirme zu Boden schweben. Nervöse Verwirrung ergreift die immer größer werdende Menschengruppe auf der Straße – ein Großteil von ihnen jetzt in schnell übergeworfenen Sachen, meist Männer und ein hoch aufgeschossener Junge. Die Frauen hängen aus den Fenstern oder stehen im Türrahmen. Alle schauen in die Richtung, in der sie die Fallschirme haben verschwinden sehen: Wo sind sie gelandet? Sind das Soldaten, die gleich vor ihrer Nase stehen werden? Es bleibt nicht lange ruhig; bald fangen alle an, aufgeregt durcheinanderzureden. Joost versucht, die erhitzten Gemüter abzukühlen: »Wir sollten uns nicht verrückt machen. Wir müssen abwarten und sehen, was sie in den Sieben-Uhr-Nachrichten sagen.« Alle gehen zurück in ihre Häuser. Hinter den Dächern färbt sich der Himmel zaghaft rot.

Joost dreht den Knopf des Drahtfunk-Geräts an die richtige Stelle und nimmt Emmeke an der Hand. Sie hat Tee gekocht. Sie stehen da und schauen auf das Bakelitgerät, als würden sie warten, bis der Redner bei einer Versammlung endlich anfängt. Dann erklingt die vertraute Stimme: »Mit großer Übermacht sind die Deutschen letzte Nacht an drei Orten gleichzeitig in unser Land eingedrungen.« Es war ein feiger Überfall gewesen. Um Den Haag sind Fallschirmspringer abgesprungen, Transportflugzeuge gelandet; es gab schwere Kämpfe um die drei Flugplätze rund um die Stadt. »Aber unser Heer leistet tapferen Widerstand und wird sich ganz sicher nicht kampflos ergeben, obwohl es an Stärke und Bewaffnung weit unterlegen ist«, sagt der Nachrichtensprecher kämpferisch. Es folgt eine Erklärung des Premierministers, der einen Text der Königin verliest. Es klingt wenig ermutigend, eher zögerlich, als ob vielleicht, aber wirklich nur ganz vielleicht, noch etwas zu retten wäre.

(Tagebuchauszug)
10. Mai 1940
Der Krieg hat begonnen. Wie kann das sein, so plötzlich?
Wir waren doch neutral, und jetzt werden wir bombardiert!
Schrecklich. Joost sagt, daß jetzt alles anders sein wird. Er
war so aufgebracht, daß er vergaß, mir zum Geburtstag zu
gratulieren und ein Butterbrot zu essen. Er schnappte sich
seine Aktentasche, um zur Arbeit zu gehen. Was sollte er
auch sonst tun? Er hat mir nicht mal einen Kuß gegeben.
(...) Ich bin dann doch zur Bäckerei an der Ecke gegangen, sie war geöffnet. Mit Bobbie im Wägelchen. Ich hatte Cremeschnittchen bestellt, die sind dort so lecker, und gleich kommen meine Freundinnen zum Tee – wenn sie denn kommen. Der Milchmann stand vor der Tür, viel später als sonst, aber ich habe Schlagsahne für den Nachtisch gekriegt. Auf der Straße standen kleinere Menschengruppen, die sich unterhielten. Sie sprachen über den Krieg, alle schnatterten aufgeregt durcheinander, keiner wußte etwas

Genaueres. Joost wird sicher, wenn er gleich von der Arbeit nach Hause kommt, ein paar Neuigkeiten haben.

Emmeke räumt das Haus auf, füttert Bobbie und windelt ihn. Wie lange wird das noch nötig sein? Er ist anderthalb Jahre. Die Nachrichten sind eher verwirrend als beruhigend und wechseln sich mit feierlicher klassischer Musik ab, die sie nicht beruhigen kann. Sie schaltet das Radio aus. Aus der Ferne ist hin und wieder das dumpfe Grollen explodierender Bomben oder Artilleriefeuer zu hören, und über ihr das Dröhnen der Flugzeuge. Eins scheint mit einem hohen, jaulenden Geräusch unmittelbar auf das Haus zuzusteuern. Emmeke rennt in den Garten; sie sieht gerade noch, wie ein angeschossener schwarzer Vogel, dessen brennendes Heck eine Rauchfahne hinter sich herzieht, mit einem gewaltigen Knall hinter den Dächern abstürzt. Wird in der Stadt bereits gekämpft? Emmeke flüchtet ins Haus, öffnet – völlig sinnlos! – den Flurschrank, in dem sie im Falle einer Bombardierung sicher sein sollen. Das brennende Flugzeug hätte auch auf ihr Haus fallen können, und was dann? Ist Joost sicher? Bestimmt wird er jetzt nicht einmal für sein Mittagsbutterbrot nach Hause kommen. Sie darf gar nicht daran denken, sie muß sich zwingen, Bobbie ihre ganze Aufmerksamkeit zu widmen. Ihm darf nichts zustoßen.

Mit beiden Händen hält sich das »Jesuskindchen« am Laufstall fest, der bald überflüssig sein wird. Er schaut seine Mutter voller Erwartung an, aber sie kann sein zahnloses Lächeln nicht erwidern. Sie schaut über ihn hinweg in den Garten, wo der Jasmin blüht und der Flieder und der Goldregen. Alles junge Gewächse, und alle strotzen auf einmal nur so vor lauter Blüten. »Es ist Krieg, Bobbie. Jetzt wird alles anders.« Bobbie ist das egal, er streckt seine Ärmchen aus. »Und ich habe heute auch noch Geburtstag.« Emmeke hebt ihn hoch. »Lang soll ich leben, hurra!«

3

Lien muß Bert aus einem hitzigen Traum wachrütteln. Er hat den ohrenbetäubenden Beginn des Krieges einfach verschlafen. Als die Nachricht aber zu ihm durchdringt, rennt er nach unten, ohne sich zu rasieren oder zu waschen, ohne etwas zu essen, als ginge es um ein schwerwiegendes Versäumnis, das er wieder aufholen muß. Sein Motorrad steht noch genauso da wie gestern Abend, es funkelt im frühen Sonnenlicht. Er springt auf, um ... ja, um was? Um dabei zu sein, wenn die Deutschen ihren triumphalen Einzug halten? Um brennende und in Schutt und Asche gelegte Häuser zu sehen, mit Sack und Pack beladene Menschen, die fliehen? Doch von all dem ist nirgends eine Spur zu entdecken. Jedenfalls nicht da, wo er mit seinem Motorrad herumfährt, ziellos und auf gut Glück. Die Straßen sind ausgestorben, der Himmel ist bläßlich blau, die Vögel singen. Alles ruhig, friedlich.

Ich wußte nichts, oder fast nichts, über meinen Onkel Arnold, den jüngeren Bruder meiner Mutter. Ich wußte nicht einmal, daß er im Krieg gestorben war. Niemand hatte es mir gesagt, und ich hatte nie gefragt. In meiner grünen Mappe finde ich zwei Erklärungen der reformierten Kirche: daß er sich 1939 taufen ließ und ein »treuer Kirchgänger« war. Nichts weiter, oder zumindest nichts, was ich mit ihm in Verbindung bringen könnte: ein unbeschriebenes Blatt. Mit ihm wollte ich meine Geschichte beginnen, ich konnte ihn mir gestalten und kneten wie Judah Löw, der Prager Rabbi aus dem 16. Jahrhundert, der der Legende nach den Golem aus Lehm schuf: Bert, mit vollem Namen Albert Meijer van Leer. Mit ihm konnte ich machen, was ich wollte, wenn er nur am Ende stirbt. So schwer kann das doch nicht sein. Ich gebe ihm ein Motorrad, daß er einen Vorteil gegenüber anderen hat.

Wie alle anderen konnte sich Bert nicht recht vorstellen, was Krieg bedeutet und wie er aussehen würde. Daß Krieg kommen würde, war allen klar, man hatte lange genug hitzig darüber spekuliert. Vor ein paar Monaten war die Generalmobilmachung angekündigt worden. Hunderttausende junge Männer waren zu den Waffen gerufen worden, und unter der Zivilbevölkerung wurden Sammlungen abgehalten, um der Stadt zu Luftabwehrgeschützen zu verhelfen. Es wurden Freiwilligenbrigaden gebildet, um sie zu bedienen, aber Bert wollten sie nicht dabei haben: einmal abgelehnt, immer abgelehnt. Luftschutzkeller wurden eingerichtet, und ab und zu gab es zu den ungewöhnlichsten Zeiten entsprechende Übungen. Die Leute waren anfangs genervt, hatten sich aber bald an die heulenden Sirenen gewöhnt. Man hatte ihnen auch dringend geraten, Verdunklungspapier zu kaufen, um es vor die Fenster zu hängen, damit die Stadt in Finsternis getaucht werden konnte und feindliche Flugzeuge keinen Anhaltspunkt hatten, wo sie ihre Bomben abwerfen sollten, aber dieser Rat wurde oft in den Wind geschlagen. Immerhin hatte die Stadt auch ihr eigenes Licht, die Straßenlaternen brannten doch schließlich noch, wenn auch mit halber Kraft? Außerdem war das grobe kohleschwarze Papier bald ausverkauft. Niemand glaubte eigentlich daran, daß der Krieg kommen würde. Die Niederlande waren doch neutral?

In der letzten Zeit hatte Bert bei seinen Fahrten durch die Stadt gesehen, daß hier und da das Militär Stellungen bezogen hatte, aber die Soldaten, allesamt junge Burschen, lungerten nur herum und rauchten eine Zigarette. Es hatte alles nicht sehr bedrohlich ausgesehen. Nun waren sie also doch gekommen, die feindlichen Flugzeuge, und sie warfen Bomben ab. Nicht auf die Stadt, sondern auf die Stadtränder, auf die umliegenden Flugplätze. Es habe schwere Gefechte gegeben, meldeten die Nachrichten um sieben Uhr, und es werde tapfer Widerstand geleistet. Flugzeuge würden vom Himmel geholt und Kriegsgefangene gemacht. Und die Königin hatte verlesen lassen, daß sie ihre Pflicht erfüllen werde und erwarte, daß alle anderen das ebenfalls tun würden, »jeder an seinem Platz«. Aber was genau sollte das bedeuten? Daß die Menschen weiter zur Arbeit gehen sollten, daß die Straßenbahn zu fahren hatte, die Post zugestellt und der Müll abgeholt wurde, daß Mütter ihre Babys wickeln und einkaufen, die Väter ins Büro gehen sollten? Das klang nicht wie ein direkter Aufruf an die Bürger, sich irgendwo zu versammeln, um die Deutschen aufzuhalten. Oder an jeder Straßenecke Barrikaden aus Hausrat und brennenden Autoreifen zu bauen. Oder sich an die Front zu melden oder zur Not den »Feind« mit bloßen Händen aus ihrem kleinen Land zu prügeln, von dem behauptet wurde, es sei ihnen lieb und teuer. Eher das Gegenteil: Es waren keinerlei Anzeichen von Widerstand oder Unruhe zu erkennen.

Bert fährt wieder nach Hause und berichtet Lien, die schon im Mantel ist, um zur Arbeit zu gehen, von seiner Erkundungstour. Er bezweifelt, daß die Geschäfte heute offen haben. Er rasiert sich schnell, zieht sich ordentlich für einen Kundenbesuch an, der heute Nachmittag auf dem Programm steht, und macht sich auf den Weg zum Hauptpostamt, Lien auf dem Rücksitz. Die Straßen liegen so gut wie verlassen. Die Straßenbahn fährt, aber es gibt kaum Fahrgäste. An den Haltestellen stehen besorgte Menschen, die aufgeregt miteinander reden – eben noch Fremde, jetzt plötzlich Leidensgenossen. Am Hauptpostamt, im Schatten der Grote Kerk, setzt er Lien ab: Das Modehaus Gerzon ist ein paar Straßen weiter.

Auf dem Treppenpodest des Postamtes stehen Soldaten mit Gewehren über der Schulter. Bewachen sie das Gebäude, wird niemand hineingelassen? Unentschlossen bleibt Bert auf seinem Motorrad sitzen, die Arme auf dem Lenker verschränkt, bereit, sofort loszufahren, wenn es sein muß. Wenn die Beamten des Post- und Telegrafenamtes heute arbeiten, müßte doch von ihnen inzwischen etwas zu sehen sein – es ist weit nach neun. Die Stille um ihn herum ist von einer unwirklichen, beängstigenden Gelassenheit. Nichts deutet auf Krieg hin, außer vielleicht, daß im Hintergrund ein gelegentliches undefinierbares Grollen zu vernehmen ist wie bei einem entfernten Gewitter. Artilleriefeuer? Flugabwehrgeschütze?

Plötzlich, ohne jede Ankündigung, zerfetzt ein Flugzeug den blauen Himmel und stürzt jaulend und mit einem Schweif aus Feuer und Rauch irgendwo hinter den Regierungsgebäuden am Binnenhof steil zu Boden. Die Explosion folgt drei oder fünf Sekunden später; es mag etwa 1000 bis 1500 Meter von seinem Standort entfernt sein, rechnet Bert schnell aus. Ein sicherer Abstand. Jetzt erst wird der Luftalarm ausgelöst. Es ist das erste Mal, daß Bert ihn heute vernimmt, und er klingt gefährlicher und eindringlicher als bei den Übungen. Jetzt wird es ernst. Das also ist die Stimme des Krieges. Das *ist* der Krieg. Diese Erkenntnis verschlägt ihm den Atem.

Als wäre das abgestürzte Flugzeug ein Signal, sich in Bewegung zu setzen, sieht er Leute zur Post rennen. Ohne weiter zu überlegen, springt Bert aus dem Sattel, rennt mit großen Sprüngen die Freitreppe hinauf und mischt sich unter die Leute, die alle auf einmal versuchen, sich durch die einzige offene Tür und die dahinter gelegene Drehtür zu zwängen. Er liest Panik in ihren Gesichtern. Es wird geschubst und gezerrt, geflucht und geschrien, ohne daß die Soldaten dazwischengehen würden.

Es muß noch einen weiteren Eingang geben, denn die Halle ist schon voller Menschen. Ihre schrillen Stimmen steigen zur hohen Gewölbedecke hinauf und verschmelzen dort zu einem Klang, der den ganzen Raum wie murmelnde Orgelmusik erfüllt. Alle Schalter sind geöffnet; es gibt lange Warteschlangen. Die Leute heben ihr Geld ab, oder sie schicken Telegramme und eingeschriebene Briefe, was jede Menge Zeit in Anspruch nimmt. Eine Frau beginnt in hohen Tönen zu weinen. Die Angestellten, sicher hinter den Gitterstäben der Schalter, versuchen, ruhig zu bleiben und zu trösten: »Es ist nur vorübergehend.« Ist der Post- und Telegrafenverkehr eingestellt, oder gibt es ein Limit für den Betrag, der abgehoben werden darf? Bert besitzt kein Girokonto; er bewahrt sein Geld in einem Schuhkarton im Schrank und seit kurzem auch in einer Schublade des Mahagonischreibtischs aus dem Speicher auf. Und da soll jetzt ein schwarzes Bakelit-Telefon mit silberner Wählscheibe und Zahlen, schwarz auf weißem Elfenbein, zu stehen kommen. Das muß einfach sein!

Nach einer Weile entdeckt er im hinteren Teil der Halle einen Schalter, der für andere Dienstleistungen geöffnet ist und an dem kaum jemand steht. Der Beamte findet es seltsam, daß er ausgerechnet heute mit dem Antrag für einen Telefonanschluß kommt: »Damit können wir uns jetzt nicht befassen, in diesen unsicheren Zeiten.« Aber Bert kann nicht warten. Er will es heute regeln – später geht es vielleicht nicht mehr: »Wer weiß, was noch alles kommt?« Er soll ein Formular ausfüllen, aber der Schalterbeamte kann keinen Termin versprechen – alle Arbeiten seien eingestellt worden, und es sei bereits ein Rückstau entstanden, jeder wolle heutzutage ein Telefon. Nächste Woche, entscheidet Bert für den Beamten. Aber der Sachbearbeiter sei nicht für ein Datum zuständig, das ist Angelegenheit des technischen Dienstes. Dann soll der Beamte eben dafür sorgen – Bert schiebt einen Fünfundzwanziger-Schein über den Tresen. »Aber Mijnheer …!« Nach kurzem Zögern steckt der Beamte den Schein in seine Innentasche. Schweiß steht ihm auf der Stirn. Bert muß nur noch unterschreiben.

Unanständig fröhlich verläßt Bert mit eiligen Schritten das Gebäude. Auf dem Weg zu seinem Motorrad bleibt er kurz bei den Wachtposten stehen und fragt, wie es denn mit dem Krieg so aussieht. Sie zucken mit den Schultern: Das wüßten sie nicht. Die Soldaten sind nicht von hier und sprechen mit einem Akzent aus dem Osten des Landes. Und die Bombardements? Einer von ihnen zeigt ungefähr in östliche Richtung: »Da irgendwo.« Da, wo das Grollen herkommt, ist der Flugplatz. »Wird dort heftig gekämpft?« – »So sagt man, ja.« Sie werden doch die Stadt nicht bombardieren? »Das wäre schrecklich.« – »Ja, hören Sie mal, guter Mann, ohne ein bißchen anständiges Bombardement gibt es keinen Krieg.« Als ob diese Flegel nichts anderes zu tun hätten, als Krieg zu führen! Trotzdem stimmt, was sie sagen, aber auch das

Gegenteil ist wahr: Ohne Krieg gäbe es kein Bombardement. Und ein Bombardement ist ganz sicher nichts Anständiges. Bert beißt sich auf die Zunge – die Stimme des Anführers der Gruppe hat einen aggressiven Unterton angenommen.

Auf den Straßen herrscht jetzt Hochbetrieb, die Leute haben es eilig. Alle rennen oder fahren, aufgescheucht durch den anhaltenden Luftalarm, mit einem Affenzahn: Autos, Fahrräder, Lastenräder, lkws und Motorräder, angetrieben entweder durch irgendeine dringende Notwendigkeit oder einfach nur, weil alle rennen und unverantwortlich schnell rasen. Durchgangswege sind verstopft, Straßenbahnen sitzen fest, Krankenwagen, Feuerwehr und Polizei versuchen, sich einen Weg durch das Gewirr von hupendem und klingelndem Metall zu bahnen, jeder mit seiner eigenen Sirene, auf dem Weg zu irgendeinem Einsatz, einem Brand, zu Opfern. Der Luftalarm ist wieder losgegangen. In seinem trägen Anlauf schafft er es kaum gegen die anderen Sirenen; erst bei voller Lautstärke übertönt er alle anderen Geräusche. Die Straßenbahn kommt zum Stillstand. Die Passagiere flüchten nach draußen und suchen Schutz in Haustürnischen.

Bert fährt auf den Bürgersteig und geht hinter dem Motorrad in die Hocke, den Rücken an eine Hausfassade gepreßt, der Kopf ist knapp unter dem Fensterrahmen. Als ob das helfen würde, wenn jetzt eine Bombe in dieses Haus einschlüge. Unmöglich oder unwahrscheinlich ist das nicht, da das Hauptquartier des Heeres ganz in der Nähe liegt. Aus der Ferne ist eine Explosion zu hören. Nachdem der Alarm abgeschaltet ist, bricht der Verkehrslärm wieder in voller Stärke los, als ob auch der an höherer Stelle aktiviert worden wäre. Alles kommt wieder in Bewegung, noch hastiger als zuvor. Es strömen immer mehr Leute auf die Straße, auch ein wie aus dem Nichts aufgetauchter Trupp marschierender Soldaten.

Auf dem Weg nach Wassenaar, an der Kreuzung zweier Durchgangsstraßen, stößt Bert auf eine Stacheldrahtsperre, Sandsäcke und spanische Reiter. Die eine Straße führt nach Scheveningen und der Heereskaserne, die andere nach Wassenaar und zum Rijksweg, der Hauptverkehrsstraße nach Leiden. Die Soldaten, die die Straßensperre bewachen, geben sich unerbittlich: Er muß einen Umweg machen. Er will schon losfahren und läßt verärgert den Motor aufheulen, als ein etwas ranghöherer Militär mit Epauletten auf den Schultern ihn aufhält, ein junger Leutnant: Wieso er eine deutsche Maschine fahre? »Weil es mein Motorrad ist, eine Zündapp! Brandneu!« Wie er denn da drangekommen sei? »Gekauft. Gestern.« Und warum? »Warum nicht?« Eine große Klappe ist für ihn, wenn es darauf ankommt, die einzige Möglichkeit, Hindernisse zu überwinden. Das hat er schon als Junge gelernt. Die Deutschen fahren auch solche Motorräder – ob ihm das bekannt sei? Natürlich weiß er das. Sie fahren auch BMWs und NSUs, alles verdammt gute Maschinen. Aber das hier ist kein Gespräch unter Motorradliebhabern. »Jeder, der so ein Motorrad fährt, ist für uns ein Verdächtiger. In der Stadt wimmelt es von Eindringlingen.« Die fünfte Kolonne, von der im Radio viel geredet wird; es sollen Spione sein, geheime Wegbereiter der Deutschen. Aber er ist kein Spion; er ist ein kleiner Selbständiger, der versucht, sein Brot ehrlich zu verdienen. Ob er sich legitimieren könne? Stolz zeigt er seinen Führerschein. Und wo er gestern gewesen sei? Bert nennt Namen und Adresse von Smidts Motorenhandel. »Und weiter?« Ist das ein Verhör? Was weiter? »Einen Ausflug mit meiner Freundin gemacht.« Denn so ein Kauf muß doch gefeiert werden? Aber den Champagner vom Vorabend läßt er wohlweislich weg. »Ach ja, ich habe auch noch einen Kunden besucht.« Und was macht er beruflich? Bert holt seine Karte aus der Innentasche. »Transaktionen, Transporte? Welche Art von Transaktionen?« – »Einkauf-Verkauf«, erklärt Bert um des lieben Friedens willen. Bert kauft nie etwas an, und wenn er mal etwas verkauft, ist es für jemand anderen. Die Provision streicht er ein. Ob er jetzt endlich gehen könne? Er müsse dringend zu einem Kunden. Nein, er wird noch warten müssen.

Wichtigtuerisch entfernt sich der Leutnant. Bert sieht ihn an der Absperrung telefonieren und mit dem Führerschein herumfuchteln. Als er zurückkommt, streckt er ihm das kostbare Dokument entgegen und wedelt ihm damit provozierend vor der Nase herum: »Wir haben es überprüft, Sie können gehen. Aber passen Sie auf, es ist gefährlich, mit so einem Ding herumzufahren. Jemand anderes könnte Sie für einen Deutschen halten und abschießen.« So ein Gedanke ist Bert noch nicht gekommen. »Es ist Krieg, Mijnheer, daß Sie sich darüber im Klaren sind.« Das sei ihm nicht entgangen, aber ihn wegen seines Motorrads zu erschießen? Er lacht höhnisch auf – so wichtig ist er nun auch wieder nicht. »Da gibt es nichts zu lachen.« Der Leutnant drückt ihm den Führerschein mit einer groben Geste an die Brust. »Sie können noch von Glück reden«, blafft der Offizier. »Und jetzt machen Sie, daß Sie wegkommen!« Bert gibt Gas, doch das Röhren des Motors wird vom nächsten Fliegeralarm übertönt.

Er kann sich über die Unhöflichkeit, mit der er behandelt wurde, aufregen, aber zutiefst getroffen hat ihn die Überheblichkeit, mit der dieser mickrige Offizier über sein Motorrad gesprochen hat – »so ein Ding«! Seine Wangen glühen vor Wut, als hätte er sich wirklich eine Ohrfeige eingehandelt, als hätte die Zündapp einen echten Schaden, einen tiefen Kratzer in der glänzenden neuen Karosserie, bekommen. Gestern noch hatte er einen stillen Triumphzug durch die Stadt unternommen, heute muß er aufpassen, daß er nicht für den Feind gehalten, daß er nicht gelyncht und sein Motorrad beschlagnahmt und vielleicht als Kriegsbeute in Brand gesteckt wird. Menschen in Panik sind zu allem fähig. Doch vorläufig haben die Menschen andere Sorgen im Kopf: Wie können sie ihre plötzlich völlig durcheinandergewirbelte Existenz in den Griff kriegen, was wird noch alles auf sie zukommen? Heute herrscht Verwirrung, heute ist eine andere Realität. Auch Bert hat andere Sorgen: Jetzt muß er versuchen, über einen Umweg nach Wassenaar zu kommen. Sein Kunde wartet auf ihn.

Das Flugzeug, das er hinter den Häusern hat abstürzen sehen, sorgt für weitere Verzögerungen. Die Straße direkt hinter dem Hauptquartier, wo es heruntergekommen ist, wurde gesperrt. Das Flugzeug hat sich kurioserweise mitten auf der Straße, einer Allee aus verkohlten Bäumen, mit der Nase direkt in den Boden gebohrt, als hätte der Pilot in letzter Sekunde versucht, den umliegenden Häusern auszuweichen; das Heck ragt in die Höhe. Aus dem Wrack steigt Rauch auf, aber Bert sieht keine Flammen. Die Feuerwehr ist damit beschäftigt, Häuser zu löschen, die Feuer gefangen haben und von herumfliegenden Wrackteilen getroffen wurden. Ein Fahrrad lehnt in aller Unschuld an einem Baum.

Eine Menschengruppe steht am Zaun, blaß vor Nervosität und Angst – Anwohner, Schaulustige, ereilt von einem düsteren und unbegreiflichen Schicksal. Eine Frau weint: Ihr Haus ist voll getroffen, sie hat alles verloren, und ihr Mann ist auf Geschäftsreise in Belgien. Niemand tröstet sie. Das also ist die Wirklichkeit des Krieges in seinem vollen Ausmaß: Verwüstung und Niedergeschlagenheit, Zerrüttung und Unglauben. Jemand sagt: »Muß man sich mal vorstellen: Du steigst in ein Flugzeug, um so zu enden. Da darf man überhaupt nicht drüber nachdenken.« Auf der Straße sind keine Todesopfer zu beklagen, aber es sollen sechzehn Soldaten im Flugzeug gesessen haben. Ihre Leichen würden noch in dem ausgebrannten Flieger liegen, ganz und gar verkohlt, keine hundert Meter weit weg. Wahrscheinlich ganz normale Burschen, die gemacht haben, was ihnen befohlen wurde. »Da habe ich kein Mitleid«, sagt jemand anderes. »Sie greifen uns doch an? Dann müssen sie auch dafür büßen.« Als ob sie jetzt zum ersten Mal aufeinander aufmerksam werden würden, driftet das Häufchen der Umstehenden, plötzlich mißtrauisch geworden, auseinander. »Täter werden einfach so zu Opfern«, murmelt ein großer, hagerer Mann, ohne jemanden anzusehen, vor sich hin. Ja, das ist so, wird genickt, und wie von selbst treiben sie wieder aufeinander zu, auf der Suche nach Halt, verbunden durch ein bizarres Unglück: die Nähe des Todes, der auch sie hätte treffen können.

Bert reißt sich von der Gruppe los. Die Frau, die er weinen gesehen hatte, ähnelt ein wenig seiner Schwester Emmeke mit ihrem gewellten schwarzen Haar, hinter die Ohren gestrichen wie die Umrandung eines ovalen Spiegels. Emmeke hat heute Geburtstag! Gestern hat er noch daran gedacht, heute hat er es glatt vergessen. Noch eine Verzögerung, ehe er nach Wassenaar kommt.

An der nächsten Kreuzung kann er die Straße, die zur Kaserne führt, ungehindert überqueren. Etwa fünf oder sechs doppelte Straßenbahnzüge stehen hintereinander zwischen zwei Haltestellen und warten, daß sie weiterfahren können. Die elektrischen Stromabnehmer sind von den Oberleitungen getrennt worden und liegen gefaltet wie Heuschrecken auf dem Dach, bereit zum Sprung. Fahrer und Schaffner stehen in Hemdsärmeln müßig vor ihren Waggons herum, rauchen, beschwatzen im Sonnenschein unter einem klaren blauen, unberührten Himmel die Situation.

Ein Stück weiter hat ein Blumenladen geöffnet. Der Händler steht, grimmig die Hände in die Seiten gestemmt, vor dem großen Schaufenster. Dahinter und halb in der Tür stehen Zinkeimer voller Frühlingsblumen. Bert hält sein Motorrad vor dem Laden an und geht hinein, vorbei an dem Händler, der sich nicht rührt. Vielleicht ist er versteinert vor Angst oder befürchtet, daß sein Laden geplündert wird. Vielleicht steht er da und wartet, daß der Krieg den Platz hier aufrollt und seinen Blumenladen mit einer Salve aus dem Maschinengewehr wegfegt. Doch von Krieg ist nichts zu spüren. Im Geschäft ist niemand. Bert geht wieder zur Tür und stößt fast mit dem Blumenhändler zusammen, der auf seinen Holzklompen nach drinnen geeilt kommt. »Was wollen Sie?« Blumen natürlich, aber heute ist das nun wirklich nicht die normalste Sache der Welt. Der Händler wirft ihm einen fassungslosen Blick zu, seine Brauen beschatten wie halb heraufgezogene Schirmdächer seine Augen. »Für meine Schwester, sie hat heute Geburtstag.« – »Schöner Tag für einen Geburtstag!« – »Aber verschieben kann man's auch nicht, weil etwas dazwischengekommen ist.« Plötzlich erscheint ein Lächeln auf dem Gesicht, das wie rissiges Pergament wirkt. Bert zeigt auf die Tulpen, gelbe mit feinen roten Streifen. Er bekommt ein paar Sträuße in die Arme gedrückt: »Heute verkaufe ich sowieso nichts.« Der Blumenhändler weigert sich, Geld anzunehmen. »Es ist egal, ich kann die Ware sowieso in den Wind schreiben, meinetwegen können Sie den ganzen Laden mitnehmen.« Bert steckt die Tulpensträuße in die Seitentasche seines Motorrads.

Auch in der Straße, in der Emmeke und Joost wohnen, ist vom Krieg nichts zu merken. Es ist eine ausgestorbene Straße mit gleichförmigen Mehrfamilienhäusern, weder hübsch noch häßlich, mit einem kleinen Garten sowohl vorne als auch hinten. Billigbauten aus den Dreißigerjahren in einem neuen Viertel am Stadtrand. Auf der Straße die typischen Attribute: ein Milchwagen mit Zinkkannen und einem Hahn an der Unterseite, aus dem sich die Milch in eine graue Emaillekanne mit Tülle und Deckel und dem in weißen Buchstaben geschriebenen Wort MILCH ergießt; der Pferdewagen des Abfallsammlers, der gerade einen Eimer Grünzeugreste für den Kompost in seinen Wagen kippt; und das Pferd, das Kartoffelschalen aus einem um den Hals gehängten Jutesack frißt – alles ist ganz gewöhnlich. Aber die normalen Dinge sind nicht mehr normal. Der Tag gehört jetzt brüllenden Motorrädern, abstürzenden Flugzeugen, böllernder Artillerie und marschierenden Soldaten. Es ist, als ob Bert mit dem Aufheulen seines Motors die Vorstadtidylle einer vergangenen Ära endgültig zerstört. Die Fehlzündung beim Abstellen des Motors klingt wie eine explodierende Granate.

Auf einen Schlag erwacht die Straße zum Leben: Menschen strömen aus ihren Häusern, vor allem Frauen, aber auch Kinder, ein einzelner älterer Mann, und, in gewissem Abstand, der Milchmann und der Abfallsammler. Furcht und Sorge sind in ihren Gesichtern zu lesen – ist der Krieg nun auch in ihrer Straße ausgebrochen? Bert weist mit einer um Entschuldigung bittenden Geste auf sein Motorrad und auf das Haus, aus dem seine Schwester genauso erschrocken zum Vorschein gekommen ist wie alle anderen. Als sie nach ein paar Sekunden erfaßt haben, daß er nicht der Feind, sondern der Bruder der Nachbarsfrau ist, fangen sie an, ohne Übergang und alle durcheinander, in aufgeregtem Ton auf ihn einzureden: »Wie sieht es in der Stadt aus? Sind die Deutschen schon in der Innenstadt? Wird viel gekämpft? Hält sich unsere Armee? Ist die Regierung geflohen?« Die Leute sind hungrig nach Nachrichten, egal, ob gute oder schlechte. Er ist wie ein Bote aus einer anderen Welt, von dessen Worten ihre gesamte Existenz abzuhängen scheint. Bert begreift instinktiv, daß es nicht wichtig ist, was er sagt, solange es mehr oder weniger der Wahrheit entspricht. Also beantwortet er ihre Fragen in der richtigen Dosierung von aufrichtigem Ernst und Wichtigkeit. Ja, es gibt schwere Kämpfe. Die Armee hält stand, überall sind Straßensperren errichtet, die Deutschen kommen nicht durch. Deutsche Bomber werden vom Himmel geschossen, es gibt schwere Verluste auf deutscher Seite. Er hat keine deutschen Soldaten gesehen, nicht in der Innenstadt und nicht auf dem Weg hierher. Der Nachrichtenhunger der Leute ist damit nicht gestillt – das Radio hat den ganzen Vormittag geschwiegen: »Wie lange wird es dauern? Haben wir eine Chance? Sind die Niederlande jetzt besetzt? Und dann, was passiert dann? Und was ist mit den Kindern, die müssen doch zur Schule gehen?« Auf solche Fragen hat Bert keine Antworten.

Emmeke zieht ihn ins Haus und nötigt ihn auf einen der Stühle im Wohnzimmer, die, kreisförmig aufgestellt, auf Geburtstagsgäste warten, die wahrscheinlich nicht kommen werden. Nicht einmal Emmeke setzt sich. Aus einem gewissen Abstand mustert sie Bert, und langsam weicht der Schreck aus ihren Augen. »Ich habe gedacht, ich schaue mal vorbei.« – »Das ist lieb von dir.« – »Zu deinem Geburtstag.« – »Das wäre nicht nötig gewesen.« – »Und um zu sehen, wie es dir geht … an diesem besonderen Tag.« Bert wartet ihre Antwort nicht ab. Ihm fallen die Blumen in der Seitentasche seines Motorrads ein. Die Straße liegt wieder verlassen da, leergefegt wie nach einem schweren Gewittersturm. Nur der Milchmann ist noch da, der Abfallsammler ist mit seinem Pferdewagen schon davongezuckelt. Ein kleiner Junge sitzt auf dem Sattel seines Motorrads, die Hände strecken sich nach dem Lenker. »Schön, was?« Der Junge nickt aufgeregt: »Fährst du gleich wieder los?« Bert ballt die Fäuste und dreht die Handgelenke: »Wrumm, wrumm!« – »Darf ich dann hinten drauf?« Eine Welle idiotischer Dankbarkeit durchströmt ihn. Der kleine Junge sieht sein Motorrad als das, was es ist: ein aufregendes Fahrzeug, mit dem man eine Spritztour machen kann. »Ein anderes Mal.« – »Kommst du wieder?« – »Versprochen.«

Die Tulpen sind noch frisch. »Das hättest du nicht machen müssen«, sagt Emmeke. »Möchtest du eine Cremeschnitte?« – »Gern auch zwei.« Er hat einen Bärenhunger; er hat den ganzen Tag noch nichts gegessen, und es ist fast Mittag. Emmeke bringt ihm eine Cremeschnitte auf einer geblümten Untertasse und verschwindet wieder in die Küche, um die Tulpen in eine Vase zu stellen. Joost wird gleich zu Hause sein, er kommt mittags um diese Zeit immer, um sein Butterbrot zu essen: »Ganz gemütlich.« Bert starrt seine Schwester mit offenem Mund an – gemütlich, heute? Emmeke hat das Umschalten von der sicheren Geborgenheit zur Unsicherheit der drohenden Gefahr noch nicht vollzogen; sie ist noch nicht weiter gekommen als bis zum Bäcker an der Ecke. »Das heißt, wenn nichts dazwischenkommt. Und der Besuch wird es sich unter diesen Umständen auch anders überlegen, es ist schrecklich.« Bert hört die Enttäuschung in ihrer Stimme. Er weiß nicht, welche Worte sie trösten könnten, welche Gesten angebracht wären. Er fühlt sich plötzlich älter als seine Schwester. »Hast du das Flugzeug gesehen?« Ja, er hat es gesehen, sogar ganz aus der Nähe. »Und wie wird das mit uns?« Was meint sie jetzt damit? »Nichts, nur … wir werden es schon merken.«

Es wurde gemunkelt, daß Emmy ihrem Bruder Arnold nicht so ganz grün gewesen ist. Schwer zu glauben, daß sie aus der gleichen Familie stammten, so unterschiedlich, wie sie waren. Ist sie aus ihm nicht schlau geworden? Hat sie ihm nicht vertraut? Gab es Gründe dafür? Und ob sie der Krieg einander nähergebracht oder weiter auseinandergetrieben hat? Ein Erinnerungsfetzen drängt sich auf, das einzige »Bewegtbild«, das ich von Onkel Arnold besitze: Es ist mitten im Krieg, draußen ist es düster, aber noch nicht Abend. Onkel Arnold ist im Aufbruch. Fröhlich winkt er uns durchs Fenster zu. Er schiebt einen Holzkarren auf zwei Rädern vor sich her. Meine Mutter hat Tränen in den Augen. Ist er gekommen, um Abschied zu nehmen? Wo wollte er hin?

Joost kommt von der Arbeit nach Hause, als Emmeke den riesigen Tulpenstrauß ins Zimmer trägt. »Gott, stimmt ja!« Er kriegt einen feuerroten Kopf, aber das könnte auch daran liegen, daß er mit dem Fahrrad so gerast ist. Er hatte keine Probleme gehabt, an den Straßensperren vorbeizukommen, und mußte nur einen kleinen Umweg machen. Er ist überrascht, Bert hier anzutreffen: »Du hier?« – »Man läßt keinen Geburtstag aus.« – »Das wär dieses Mal schon gegangen.« Emmeke kommt mit Bobbie auf dem Arm herein. Das »Jesuskindlein« streckt seine Arme nach Joost aus: »Pappie!« Joost nimmt ihn Emmeke ab und hebt ihn hoch. Ein Fleckchen Sonnenlicht huscht schräg über sie hinweg – ein Bild aus der Kinderbibel. Bobbie lacht. »Dir darf nie etwas geschehen«, sagt Joost ernst zu ihm, »dir wird nie etwas passieren.« Bert sieht, daß Emmeke weint, leise in sich hinein. Joost fällt das nicht einmal auf. Er setzt Bobbie auf den Fußboden: »Das Motorrad ist sicher deins?«, als hätte er nichts anderes von Bert erwartet. »Seit gestern.« – »Wie bist du da drangekommen? Beute bei den Deutschen gemacht?« Joost lacht nicht einmal über seinen eigenen Witz. Bert auch nicht. Die Vermutung, daß damit etwas nicht in Ordnung sein soll, schmerzt ihn, aber er läßt es auf sich beruhen: »Ich habe es schon vor einem halben Jahr bestellt. Wer konnte denn ahnen, daß ausgerechnet heute der Krieg ausbricht?« Joost nennt es einen unglücklichen Zufall, und Bert wagt es kaum zu erzählen, wie er gestern außer sich vor Freude gewesen ist. Wie überglücklich – es scheint eine Ewigkeit her zu sein. »Eine Zündapp, deutsch, grundsolide.« – »Ja, das sieht man gleich.« – »Sie fährt sehr schnell. Mehr als 100 Kilometer pro Stunde.« – »Schau an.« Joost ist das völlig egal: »Mit dem Ding mußt du aufpassen.« Das »Ding« – heute nun schon zum zweiten Mal. Noch eine Schmarre auf seiner Seele. Aber auch das schluckt er herunter. »Vielleicht solltest du es vorläufig wegsperren, bis das alles hier vorbei ist.« Das wäre nun das letzte, was Bert in den Sinn käme.

Emmeke hat den Tisch für das Mittagsbutterbrot gedeckt. Bert kann nicht bleiben. Es ist schon viel zu spät, er muß noch zu einem Kunden nach Wassenaar. Und mit dem dicken, cremigen Vanillepudding von zwei Blätterteigschnitten obenauf im Magen würde er sowieso keinen Bissen herunterkriegen. Ihm ist sogar ein bißchen schlecht. Er komme bald wieder vorbei, verspricht er. Wenn der Krieg vorüber ist. »Das kann Jahre dauern«, tut Joost plötzlich so, als wüßte er viel mehr über die Situation als Bert. Emmeke fragt ihn, ob er dann auch Lien mitbrächte: Sie sähen einander viel zu selten.

4

Die Straßen sind leer und still. Es gibt keinen Verkehr, keine parkenden Autos – im Bezuidenhout-Viertel besitzen die Leute keine Autos, auch nicht im Benoordenhout auf der anderen Seite des Waldes. Es gibt auch keine Fußgänger oder Radfahrer, nicht einmal spielende Kinder. Ob ängstliche Mütter sie nicht aus dem Haus lassen? Die ungewohnte Ruhe hält Bert davon ab, das Gas weiter aufzudrehen. Erst in der langen geraden Straße, dem Abschlußstück des Viertels, wo nur an einer Seite Häuser stehen, drückt er auf die Tube. Der Lärm seines Motors fliegt über die Wiesen, die im Winter überschwemmt werden, damit eine Eisbahn daraus wird. Das erste Gras ist gemäht und liegt noch auf dem Feld; er riecht Chlorophyll, das zu ihm herüberweht.

Jedesmal, wenn Bert den Bezuidenhoutseweg entlangkommt, muß er daran denken, daß der Haagse Bos, ein Wald mitten in der Stadt, ein Überbleibsel aus der Zeit ist, als die gesamte Küste mit Urwald bedeckt war, als noch kein Mensch einen Fuß da hineingesetzt hat. Jetzt ist sogar diese Erinnerung ausgelöscht, es ist eher ein für die Öffentlichkeit zugänglicher Park rund um Huis ten Bosch, die Residenz der königlichen Familie. Vier statt der üblichen zwei Wachposten stehen vor dem Gitterzaun, Gewehre im Anschlag, Helme auf dem Kopf, ein Panzerwagen im Hintergrund. Die Soldaten starren grimmig vor sich hin. Jetzt kann er bis zum Ende der Straße Vollgas geben, wo er an den geschlossenen Bahnschranken für den Zug aus Rotterdam halten muß, der in weitem Bogen durch die Dünen nach Scheveningen fährt. Im Sommer ist er rappelvoll mit Tagesausflüglern, die es an den Strand zieht.

Aber heute fährt kein Zug. Die Eisenbahnbrücke, unter der Bert gestern mit Lien hindurchgefahren war, ist wahrscheinlich zerbombt. Er beschließt, das Fußgängergatter zu öffnen und sein Motorrad durchzuschieben. Kein Schrankenwärter, der es ihm verwehrt. Er startet den Motor wieder und biegt scharf links ab. Der Weg ist jetzt eine gepflasterte Landstraße entlang den Schienen, die links von ihm langsam ansteigt bis zum Rijksstraatweg nach Leiden. Der Hang ist gesprenkelt mit Butterblumen und Gänseblümchen. Das Viadukt wird schwer bewacht, da ist genau so eine Absperrung wie an der Kreuzung, bloß mit viel mehr Soldaten, die ihre Gewehre im Anschlag haben, die Blicke auf mögliche Ziele gerichtet, die auf sie einstürmen könnten. Außerdem sind zwei Maschinengewehre aufgestellt, deren Läufe auf den aufgetürmten Sandsäcken liegen, und hinter der Barrikade steht ein Panzer. Ein Panzer, ob der wohl ausreicht?

Zu seiner Überraschung wird er nicht angehalten, sondern hastig auf die andere Straßenseite durchgewunken. Vielleicht versperrt er das Schußfeld. Er ist jetzt in Wassenaar im Villenviertel. Hier herrscht durchaus Verkehr: ein paar eilige Radfahrer, ein Taxi, und vor einem Gartenzaun wird gerade ein Umzugswagen beladen. Hatten die Leute, die an diesem Tag ihr Haus räumen, das ohnehin vorgehabt, ohne sich durch irgendwelche Umstände von ihrem Vorhaben abbringen zu lassen, oder packen sie in höchster Eile? Und wohin gehen sie dann? Werden sie noch durchkommen?

Bert kennt den Weg von früher, wenn er als fünfzehnjähriger Schuljunge mit einem Lieferrad Einkäufe für die örtliche Apotheke ausfuhr. Beim ersten Versuch, auf das schwerbeladene Fahrrad aufzusteigen, wäre er fast umgekippt, genau wie gestern, als er zum ersten Mal auf seine Zündapp steigen wollte. Gestern! Dieser Teil von Wassenaar ist groß und weitläufig mit seinen gewundenen Wegen in der hügeligen Dünenlandschaft, seinen hinter Bäumen und Hecken verborgenen Villen mit einem Garten, der sie von allen Seiten umgibt, einer Auffahrt und Zäunen. Daran hat sich im Laufe der Jahre wenig geändert. Hier leben die Wohlhabenden. Seine Bestellungen mußte er normalerweise an der Hintertür abgeben, wo jemand vom Personal – eine Haushälterin, ein Gärtner, ein Chauffeur – sie in Empfang nahm. Deshalb hat er auch nie ein Trinkgeld gekriegt. Wahrscheinlich haben sie ihn als einen der Ihren angesehen, aber sie haben ihn nie hereingebeten, nicht mal bei strömendem Regen.

Er erkennt sein Ziel sofort: die Villa an einer Wegbiegung mit blühenden Rhododendren, einem weitläufigen, von Waldkiefern gesäumten Garten und einem niedrigen Holzzaun aus rauen, dunkelbraun gebeizten Brettern. Eine Einfahrt mit links und rechts mittelgroßen, gemauerten Säulen mit Laternen obendrauf und einem gußeisernen Tor, das nach innen aufschwingt, in das der Name der Villa eingeschmiedet ist: VILLA RAVENHORST. Das Tor teilt sich, wenn es aufgeht, in zwei Hälften, dann steht da: VILLA RA\–/ENHORST. Hinter dem Tor ist eine Auffahrt aus feinen weißen Kieselsteinen. Bert fährt extra langsam darüber hinweg, um das Knirschen zu hören. Das klingt doch ganz anders als unter den dünnen Reifen des Lieferfahrrads!

Diesmal bleibt er vor der Freitreppe stehen: Er darf durch die Vordertür eintreten. Ein Dienstmädchen öffnet ihm. Es ist das erste Mal, daß er das Interieur erblickt: eine hohe Halle mit einer breiten Eichenholztreppe in der Mitte, die in die oberen Etagen führt. Links und rechts große Räume, deren Türen offenstehen, und schräg hinter der Treppe ein Gang – vielleicht zur Küche. Die Villa gehört einer Bankiersfamilie. Altes Geld, vom Vater auf den Sohn gekommen. Der Vater ist Direktor von Laroux & Gross, einer Bank am Kneuterdijk. Bert ist mit dem Sohn, Rogier, befreundet, er hat mit ihm auf der Handelsschule in der gleichen Klasse gesessen. Rogier hat die Schule nicht zu Ende gemacht. »Ich muß nicht rechnen lernen«, war seine Standardantwort, wenn die Lehrer ihn ermahnten, sich mehr anzustrengen. »Das liegt uns im Blut.« Bert meinte, daß Rogier zum Rechnen später Personal haben würde, daß er nur der Form halber zur Schule ging, nicht, um etwas zu lernen oder sich für etwas zu begeistern. Er mochte Rogier für seine Frechheiten und seine wilden Eskapaden, und in gewisser Weise bewunderte er ihn. Sie hatten sich auch weiterhin getroffen, meist zum Billardspielen in einem Café um die Ecke ihrer alten Schule am Westeinde. Rogier berichtete ihm dann von seinen neuesten Abenteuern, oft mit Frauen, aber er lud Bert nie ein, ihn einmal in Wassenaar zu besuchen. Bert wiederum verriet Rogier nie, daß er als Laufbursche regelmäßig an seiner Hintertür gestanden hatte. Sie sind sich damals nie begegnet, und später hätte er sich dafür geschämt. Dennoch verdankt Bert es Rogier, daß dessen Vater jetzt nach ihm schicken ließ:

»Sehr geehrter Herr Meijer van Leer,
mein Sohn Rogier hat mir von Ihnen erzählt. Ich würde es außerordentlich schätzen, wenn Sie so freundlich wären, mich aufzusuchen. Ich habe etwas mit Ihnen zu besprechen. Bitte lassen Sie mich umgehend wissen, wann es Ihnen paßt.
In Eile,
hochachtungsvoll,
J.G.R. van Berghe Dedemsvaart

Bert hatte sofort geantwortet und für den Nachmittag seinen Besuch angekündigt. Daß er nun seine Aufwartung motorisiert machen kann, wird ihm sicher einiges an Respekt einbringen. Auch Rogier wird Augen machen.

Herr Dedemsvaart ist ein mittelgroßer Mann mit grauem, nach hinten gekämmtem Haar, Scheitel in der Mitte, und einer scharfen, geraden Nase – die gleiche Nase wie die von Rogier, stellt Bert fest. Er ist in Hemdsärmeln, und auf seiner Stirn stehen feine Schweißtröpfchen. Dedemsvaart geht ihm voraus ins Arbeitszimmer, dessen Wände größtenteils hinter Bücherregalen verschwinden. An einer Seite gibt es einen halbrunden Erker mit Blick in den Garten. Überall, wo an der Wand noch Platz ist, hängen Gemälde. Der Perserteppich ist übersät mit Kartons, Ordnern und herumfliegenden Papieren. »Excusez le désordre«, sagt Dedemsvaart, »ich habe gerade noch rechtzeitig nach Ihnen geschickt, oder eigentlich sogar ein bißchen zu spät – der Krieg kam doch schneller, als ich erwartet hatte.« Bert bedauert jetzt, daß er der Einladung nicht unverzüglich gefolgt ist, aber er hatte nicht übereifrig wirken wollen. »Leider ist mein Sohn nicht da, er ist bereits bei seiner Mutter in London. Seit einer Woche. Das schien mir sicherer zu sein.« Bert verbirgt seine Enttäuschung.

Inmitten der »désordre« auf dem Teppich stehend, blickt Dedemsvaart etwas ratlos um sich. »Sie verstehen sicher, worum es geht.« Bert nickt; es geht um eine Einlagerung. »Rogier wird Ihnen bestimmt schon das eine oder andere erzählt haben.« Rogier hat ihm nichts erzählt; sie haben sich seit Monaten nicht gesehen. Beim letzten Mal drehte sich das Gespräch um einen Wintersporturlaub in Sankt Anton, wo Rogier mit einem Zimmermädchen seines Hotels angebandelt hatte. »Meinen Sie, Sie kriegen das hin?« Dedemsvaart verschwendet keine Zeit. Das ist wohl seine Art.

Bert sieht sich um. In einem der Bücherregale hinter dem Schreibtisch sieht er einen offenen Safe. »Das ist nicht alles.« Dedemsvaart macht eine undeutliche Gebärde, die das ganze Haus umfassen soll. »Ich werde Ihnen gleich alles zeigen.« Bei einer Einlagerung kommt es auf das Volumen an und nicht, was es ist oder die Anzahl der Einzelstücke, aber worum geht es hier? »Es hängt natürlich ein bißchen von der Anzahl der Kubikmeter ab, und zu welchem Termin.« Bert hat einen Holzschuppen mit zwei Flügeltüren an der Conradkade gemietet, die er mit einer Kette und einem handfesten Schloß verschließen kann. Der Schuppen wird voller und voller.

»Also machen Sie es«, schließt Dedemsvaart daraus. »Schön, dafür bin ich Ihnen sehr dankbar. Der Termin ist klar: So schnell wie möglich. Möchten Sie Platz nehmen?« Herr Dedemsvaart hat ihm bisher noch keinen Sitzplatz angeboten, er selbst ist auch stehengeblieben, doch jetzt, da offenbar eine Einigung erzielt oder, jedenfalls seinerseits, eine Verständigung erreicht ist, kann, was ihn anbetrifft, der vorläufige Charakter ihrer Zusammenkunft als beendet angesehen werden. Bert versteht noch immer nicht, worum es genau geht.

Das Hausmädchen, das die Tür geöffnet hat, bringt eine Tasse Tee herein, während Dedemsvaart über seine Gemäldesammlung spricht, die er sicher aufbewahrt wissen möchte:

»Nicht allzu groß, alte Meister und so was.« Er hatte erwogen, die Sammlung in die Schweiz zu bringen und bei einer befreundeten Bank zu deponieren, aber er hat zu lange abgewartet, und in der eigenen Bank war viel zu tun gewesen wegen des herannahenden Krieges. »Wie auch immer, ich erzähle Ihnen nichts Neues. Wir haben es alle kommen sehen, aber wir haben nicht wirklich daran geglaubt.« Bekommen Leute in hohen Positionen wie van Berghe Dedemsvaart mehr Informationen als normale Menschen, die sich mit dem begnügen müssen, was sie in der Zeitung lesen und im Radio hören? Nicht, daß es einen großen Unterschied gemacht hätte. Immer wieder wurde behauptet, daß niemand sich Sorgen machen müsse.

Rogier hatte ihm nie etwas über die Gemäldesammlung seines Vaters erzählt. Sie interessierte ihn wahrscheinlich nicht. Dedemsvaart steht auf und läuft aus dem Zimmer, er geht wohl davon aus, daß Bert ihm schon folgen wird. Herr Dedemsvaart ist selbst ein »alter Meister«, daran gewöhnt, daß die Leute ihm hinterherlaufen. Ganz nebenbei hat er Bert zu seinem Geschäftspartner gemacht: »Über die Bezahlung reden wir gleich.«

Sie laufen die Treppe hinauf. Der Korridor links und rechts des Treppenabsatzes im ersten Stock erstreckt sich in einem sanften Bogen über die gesamte Breite des Hauses. Die hohen Fenster mit Blick in den Garten sind halb verdunkelt: Gemälde vertragen kein zu helles Licht. Die Behörden würden diese Verdunklung bei einer Inspektion wahrscheinlich nicht durchgehen lassen, denkt Bert, aber bei einem van Berghe Dedemsvaart würden sie sicher ein Auge zudrücken. Die Gemälde stehen schräg an die Wand gelehnt, bereit für den Transport. Dedemsvaart läuft schnell weiter und zählt im Vorbeigehen die Namen der Maler auf, die für Bert wie Straßennamen klingen: Hobbema, Jan van Goyen, Ruysdael, Albert Cuyp, Govert Flinck, noch ein Ruysdael und Namen französischer Maler, von denen Bert noch nie gehört hat. Dedemsvaart mag Landschaften, keine Porträts. Es gibt weiter einige Radierungen von Rembrandt, Stadtansichten von

Breitner und Gemälde der Haager Schule. Ohne etwas davon zu verstehen, erkennt Bert, daß sie etwas ganz Besonderes sind. Wie soll er sie in seinem Lager unterbringen? Gibt es besondere Vorschriften für das Aufbewahren von Kunst? Und wie viele Bilder sind es? Dedemsvaart weiß es nicht genau – fünfunddreißig, vielleicht vierzig, und in den Schlafzimmern hängt auch noch was. Und dann noch ein paar andere Sachen: antikes Porzellan, Silber, alles zusammen eine ganze Menge Kisten. »Sie sehen, ich vertraue Ihnen so einiges an.« Warum will Dedemsvaart seine Kunstsammlung ausgerechnet bei ihm in Verwahrung geben? Er ist doch nicht mehr als ein flüchtiger Freund seines Sohnes? Ist es nicht merkwürdig, daß Dedemsvaart blindlings auf das vertraut, was sein Sohn ihm über Bert vorgeschwärmt haben mag? Aber er fühlt sich auch geschmeichelt: Er wird gern als vollwertiger Geschäftsmann angesehen.

Dedemsvaart beantwortet noch eine weitere Frage, die Bert nicht gestellt hat: Jeder, der die Nachrichten in den Zeitungen verfolgt, weiß, daß die Juden in Deutschland ihres Besitzes und ihrer Rechte beraubt werden, und er ist Jude und außerdem noch Bankier, schlimmer kann es also nicht kommen. Deutschland wird den Krieg gewinnen, daran besteht kein Zweifel, und hier wird genau dasselbe auch geschehen. Deshalb sollte man besser Vorkehrungen treffen und das Land so schnell wie möglich verlassen. Die Sammlung darf unter keinen Umständen in seinem Haus gefunden werden, und alles in einem Tresor der Bank aufzubewahren, ist ebenfalls keine Option. Er wird die Bank seinem Geschäftsführer übergeben, alles ist bereits in die Wege geleitet: »Ich warte den Sturm nicht ab.« Er reist morgen in aller Frühe oder spätestens übermorgen ab: »Mit einem Schiff aus IJmuiden.« Bert denkt an die Straßensperren, auf die er gestoßen ist, aber zweifellos wird Dedemsvaart einen Weg wissen, sie zu umgehen. Er ist beeindruckt von diesem Mann, der alles unter Kontrolle zu haben scheint, ohne die leiseste Spur von Panik oder Zweifel. Die Gelassenheit des Privilegierten.

47

Dedemsvaart wird heute noch alles vom Personal zusammenstellen lassen, und sobald es ihm paßt, kann Bert die Sachen abholen. »Haben Sie Transportmöglichkeiten?« Bert versucht, Dedemsvaarts Eifer etwas zu bremsen: »Es bedarf schon einiger Vorbereitungen.« Das ist kein Problem: »Das Personal ist noch hier, zumindest bis zum Monatsende. Danach wird das Haus verschlossen.« Und das Personal steht auf der Straße, denkt Bert, so geht das. »Ich muß nicht wissen, wo Sie die Sachen aufbewahren, dann mache ich mir nur Sorgen, und Rogier hat mir alles darüber erzählt.« Was um alles in der Welt könnte Rogier seinem Vater über Berts Lagerschuppen erzählt haben? Er ist nie dort gewesen, und sie haben nie wirklich davon gesprochen. »Ich habe Ihre Adresse, ich weiß, wie Sie zu finden sind. Wenn Sie mich erreichen wollen, wenden Sie sich an die Bank. Herr van der Harst weiß über alles Bescheid. Er kümmert sich auch um Ihre Bezahlung. Sie erhalten den Betrag auf Ihr Konto.« Aber Bert würde lieber in bar bezahlt werden. Er sagt nicht, daß er überhaupt kein Bankkonto hat und sein Geld in einer Schreibtischschublade aufbewahrt. In Ordnung, dann eben in bar: »Genauso gut eigentlich. So wenig Spuren wie möglich zu hinterlassen, sehr schlau von Ihnen. Ich werde Sie aus den Büchern heraushalten. Dreihundert, ist das in Ordnung?« – »Im Monat?« Bert ist an solch hohe Beträge nicht gewöhnt. »Ja, pro Monat natürlich, was haben Sie denn gedacht? Schließlich handelt es sich um eine einzigartige Kunstsammlung und nicht um irgendwelchen Kram.« Er schaut Bert vielsagend an, als wolle er seine Zuverlässigkeit prüfen. »Auf unbestimmte Zeit«, fügt er hinzu, »so lange es eben dauert.« Bert antwortet mit einem beruhigenden Lächeln. Dedemsvaart ist zufrieden: »Ich begleite Sie hinaus, ich habe noch viel zu tun.«

Auf der Freitreppe wünscht Bert Herrn Dedemsvaart eine gute Reise, und ob er Rogier grüßen könne? Natürlich, das wird er nicht vergessen. Schließlich hat er Berts Bekanntschaft seinem Sohn zu verdanken, und: »Es geht nichts über Freunde.« Ist er nun auch noch Dedemsvaarts Freund geworden?

Egal, Leute wie Dedemsvaart regeln Dinge nun mal »unter Freunden«. »Sind Sie auch Jude?« Die Frage überrascht ihn. In der Vergangenheit ist Bert zwar schon als »Jude« ausgemacht worden, aber niemand hat ihn jemals gefragt, ob er »jüdisch« sei. »Evangelisch.« Auch hatte ihn noch nie jemand gefragt, ob er »protestantisch« sei. Über solche Dinge sprach man nicht. »Getauft«, fügt Bert zur Sicherheit hinzu. Das ist jetzt ein Jahr her; Lien hatte lange Zeit gedrängelt. »Sehr schlau.« Dedemsvaart zwinkert ihm zu, als ob er und Bert Verschwörer in einem Komplott wären. »Getauft ist schon mal gut, auch wenn man jüdisch aussieht.« Sein Blick wandert von Bert zu seinem Motorrad: »Und verdammt praktisch, so ein deutsches Motorrad.« Dedemsvaart versetzt Bert einen kräftigen Schlag auf die Schulter, läßt seine Hand einen Moment da ruhen, so wie er es vielleicht auch bei Rogier tun würde, und entläßt ihn dann mit einem neckischen Kneifen in den Nacken. »Keine halben Sachen!« Röhrend vor Zufriedenheit fährt Bert los. Der Kies spritzt nur so unter seinen Reifen weg.

Lange nachdem Bert Gestalt angenommen hat, tauchen durch einen seltsamen Zufall Fotos und Briefe von meinem Onkel Arnold auf, vervollständigt von Dokumenten, die mir mehr über sein Leben erzählen, zumindest über die letzte Periode. Informationen, die mir gerade recht kommen. Ein Dokument aus dem Haager Standesamt beweist, daß der 1908 Geborene ab 1926 häufig seinen Wohnort wechselte. In zehn Jahren zähle ich zwölf Adressen, die meisten davon in Den Haag. Die längste Zeit, von 1934 bis 1936 – fast drei Jahre, bis nach der Geburt meines Bruders – lebte er bei meinen Eltern. Das macht man nicht, wenn man sich nicht miteinander versteht. Danach zog er nach Amsterdam, wo er seine zukünftige Frau kennenlernen sollte.

Wie er an diesem Abend nach Hause gekommen ist, kann sich Bert später kaum noch erinnern. Was davor geschah, nachdem er die Einfahrt der Villa Ravenhorst hinter sich gelassen

hatte, ist haarscharf und bis ins kleinste Detail in seine Netzhaut eingebrannt. In einer großen, atemlosen Wortflut bricht
das alles aus ihm heraus …, wie er, das vertrauliche Kneifen
von van Berghe Dedemsvaart brennt noch in seinem Nacken,
auf die Straße einbog, aber in die entgegengesetzte Richtung,
aus der er gekommen ist, warum, keine Ahnung – vielleicht,
weil seine Gedanken noch ganz woanders waren, vielleicht,
weil er sich daran erinnerte, wie er einst mit dem Apothe-
kerfahrrad die Dünen hinuntergesaust ist und dabei an der
Kurve einen Blick auf eine Lichtung mit hohem Gras und
ein Grüppchen majestätischer kanadischer Buchen geworfen
hat, das es ihm aus irgendeinem Grund angetan hatte – er
weiß nicht was, vielleicht ein unbestimmtes Schönheitsemp-
finden –, aber daß er dann einen Trupp Soldaten vor sich
erblickte, deutsche Soldaten; daß er nicht mehr umkehren
konnte, denn hinter ihm tauchten immer mehr Soldaten auf,
etwa zwanzig Mann, und daß er sich zu Tode erschrak und
so stark auf die Bremse stieg, daß er mit dem Motorrad fast
umgekippt wäre; daß er sich plötzlich mitten im Krieg befand und nicht einmal Zeit hatte, sich zu fragen, woher diese
deutschen Soldaten kamen und was sie von ihm wollten, und
daß einer von ihnen, Hauptmann Strehler, ihn fragte, wie sie
zum »Flugplatz Falkenburg« kämen – Flugfeld Valkenburg,
da waren sie letztes Jahr vorbeigeradelt auf dem Weg nach
Katwijk, erinnerst du dich, Lien?; sie hatten am Oude Rijn
in einem Obstgarten hinter der Ziegelei gepicknickt, es war
warm und schwül gewesen, und sie waren eingeschlafen und
nie in Katwijk angekommen, weißt du noch, ja, ja, Lien weiß
es noch –, und daß der Hauptmann seine Pistole zog, und er
schließlich stammelnd hervorbrachte: »Valkenburg ist dort«
und in nordöstliche Richtung zeigte; und daß der Hauptmann
fragte, ob er »von hier« sei: »Sie kennen den Weg?« Ja, er
kannte den Weg; und er mußte ihn dann auf der Karte anwei-
sen; und daß man ihm eine Stabskarte unter die Nase hielt,
und wie er sich mit dem Hauptmann über diese Karte beugte,
und er habe vor lauter Angst so sehr mit den Augen geblinzelt,
daß er auf der Stabskarte zunächst nichts erkennen konnte,

während der Hauptmann ihm nur »Wo sind wir?« ins Ohr brüllte, »Wo sind wir?«; und daß er sie nach Den Haag hätte schicken können, in Richtung des Maschinengewehrpostens, an dem er vorbeigekommen war, aber daß er statt dessen noch einmal zeigte: »Sie müssen da lang, das ist die Kievitslaan«; daß der Hauptmann »zeigen« blaffte, mit ausgestrecktem Finger, auf dem Hornhaut oder eine Warze war, und daß die Soldaten mit ihren Gewehren näher herankamen und einer von ihnen sagte: »Stimmt, Kiefitslahn«; und daß dann Stille eintrat, in der Bert nur sein eigenes Atmen und das Schlagen eines Finken im Baum gegenüber hörte, wenig später auch, wie die Soldaten die Gewehre von der Schulter nahmen und anlegten, als wollten sie ihn auf der Stelle erschießen, während Strehler sagte, sie würden der Zivilbevölkerung nichts tun, wenn die nur mitmachen würde; daß er in Panik geriet und »wirklich« stammelte und »Sie können mich glauben«; daß der Hauptmann daraufhin sein Motorrad konfiszieren wollte, um selbst den Weg zum »Flugplatz Falkenburg« zu suchen, aber das hat Bert nicht zugelassen, er würde sich sein nagelneues Motorrad doch nicht gleich am ersten Tag wegnehmen lassen, niemals; und daß er noch immer nicht wisse, woher er die Chuzpe genommen habe, aber wenn der Hauptmann denn so dringend zum »Flugplatz Falkenburg« müsse, würde er ihn höchstpersönlich dahin bringen, Strehler könne gleich hinten »Platz nehmen«; daß Strehler sich dann mit einem Grinsen auf den Rücksitz geschwungen und ihm seine entsicherte Pistole ins Kreuz gebohrt hatte: »Los, los, und schnell!«; daß er die Kievitslaan langgefeuert war, vorbei an der Straßenbahn nach Leiden, der Gelben, wo er blühende Kastanienbäume gesehen hatte und dann an einem Sportplatz vorbeikam, auf dem der Platzwart mit Kreide Linien zog, aber daß er die geschlossene Ortschaft von Wassenaar noch nicht hinter sich gelassen hatte und schon mitten in einem Feuergefecht zwischen deutschen und niederländischen Soldaten landete, die Kugeln pfiffen ihm nur so um die Ohren, und sein Scheinwerfer war in Scherben geschossen, der hintere Kotflügel hatte einen Streifschuß abbekommen, und am Wegesrand sah er einen toten Soldaten liegen, nie zuvor hatte er in ein so bleiches Menschengesicht geblickt; daß er sich über den Lenker beugte und Strehler über ihm lag und schrie: »Schnell, schnell, verdammt noch mal!«; daß er einen kleinen Seitenweg einschlug, von dem aus er den Flughafen in der Ferne liegen sah, der brannte, daß aber der Weg an einem geschlossenen Zaun vor einer Wiese endete, hinter dem Kühe voller Panik mit erhobenen Schwänzen herumjagten und ein Pferd an einem Strick versuchte, sich mit hysterischem Wiehern von einem Baum loszureißen; daß er sich am Fuße eines Deiches durch den Schlamm pflügte, um dann auf einen anderen Weg zu stoßen, der zu einer gepflasterten Straße führte, von der aus er den Zufahrtsweg zum Flughafen erreichte, der durch die enormen Rauchwolken, die über ihm hingen, nicht zu erkennen war; und daß er dort anhielt und zu Strehler sagte, von hier an müsse er zu Fuß gehen; daß Strehler ihn einen Moment lang verblüfft mit seiner Pistole in der Hand anschaute und Bert ihn darauf hinwies, daß er Blut am Ärmel seiner Uniform habe; und Strehler seinen Arm packte und sagte, er habe gar nichts davon gemerkt, und daß Bert entgegnete, dann sei es sicher nicht so schlimm, und daß Strehler sich bedankt und gesagt hatte, sie hätten es »zusammen wunderbar geschafft«, als wären sie Kameraden und nicht Feinde, und dann war er in Richtung des brennenden Flughafens gelaufen. Bert hatte ihm erschüttert hinterher gesehen. Erst dann war ihm aufgefallen, daß er sich in die Hose gepißt hatte. Der Anblick seines verschlammten und ramponierten Motorrads, das aussah, als wäre es reif für den Schrotthaufen, trieb ihm Tränen in die Augen. Er hatte für den Rückweg eine Abkürzung nehmen wollen, am Rande der Dünen entlang, aber das Benzin war alle, und … und …

Lien gelingt es schließlich, auch einmal zu Wort zu kommen: Er solle jetzt erst mal den Mund halten und wieder zu Atem kommen.

5

An diesem Morgen hatte es unter seinen Kollegen eine aufgeregte Diskussion über »Kapitulation« und »Besetzung« gegeben – neue, unbehagliche Begriffe, die in seinem Kopf noch keine Bilder auslösten. Joost hatte Emmeke in der Mittagspause davon erzählt. Um elf Uhr war der Chef, Dipl.-Ing. Rozenboom, mit glühendem Gesicht zur Abteilung hinaufgekommen und war in sein Zimmer durchgelaufen, ohne jemanden zu grüßen. Seine Sekretärin war auf ihren Pumps hinter ihm hergetrippelt, hatte sich an der Tür umgedreht und mitleidig auf die Mitarbeiter geschaut. Was hatte das zu bedeuten? Um zwölf Uhr war Rozenboom wieder herausgekommen, die Sekretärin in seinem Schlepptau. Sie hatte geweint und hielt sich ein Taschentuch vor die Augen. Rozenboom hatte sich kurz an das Personal gewandt. Alle waren aufgestanden. Er sagte, daß er heute am Morgen eine Sitzung mit der Geschäftsleitung gehabt hatte, daß man überlegt habe, was zu tun sei, nachdem der Krieg nun ausgebrochen sei, daß sie an einem Plan arbeiten würden – einem »Ausstiegsplan«, wie er es nannte – und daß sie am Nachmittag mehr darüber erfahren würden. Jetzt sollten sie erst mal in die Mittagspause gehen. Eilig machte er sich davon. Auf halbem Weg durch den Saal blieb er plötzlich stehen, drehte sich um und murmelte mehr zu sich selbst als zu seinen Untergebenen: »Es ist schrecklich.« Mit seinen gekrümmten Schultern wirkte er auf einmal wie ein alter Mann. Joost war erschrocken über seine Niedergeschlagenheit und versuchte, ihm mit einem Blick Mut zuzusprechen. Rozenboom registrierte es nicht.

Joost mochte Ingenieur Rozenboom sehr gern. Ihm war es zu verdanken, daß er zum Bürovorsteher befördert worden war: »Sie sind einfallsreich und umsichtig, so was brauchen wir im Unternehmen.« Würde Joost bald nicht mehr gebraucht werden? Er versuchte, die Bauchkrämpfe, die ihn plötzlich quälten, zu unterdrücken, indem er schnell nach

Hause radelte, ohne auf das zu achten, was um ihn herum passierte. So bemerkte er das abgestürzte Flugzeug nicht, und er fragte sich nicht einmal, weshalb er einen Umweg einschlagen mußte. Zu Hause fand er Bert vor, der mit einem neuen Motorrad herumprotzte, auf das er stolz wie ein Spanier zu sein schien. Genau das Richtige für Bert! Er hatte Emmeke zum Geburtstag unter einem riesigen Tulpenstrauß begraben. Joost hatte auch Blumen kaufen wollen, es aber verbaselt. Und er hatte sogar vergessen, ihr sein Geschenk zu geben: einen schönen Seidenschal mit einem Wasserlilienmotiv aus dem Maison de Bonneterie. Er ärgerte sich, daß ausgerechnet Bert ihm das mit seinem lächerlichen Tulpenstrauß in Erinnerung rufen mußte.

Nachdem Bert gegangen war, gab sich Joost alle Mühe, sich seine Beunruhigung nicht anmerken zu lassen. »Wir müssen abwarten.« In der Aufregung nach Rozenbooms kurzer Ansprache war das Wort »Evakuierung« gefallen – ein weiteres unbehagliches und verstörendes Wort, das er lieber für sich behielt. Joost hatte keine Ahnung, was es bedeuten sollte: Evakuierung? Wohin? In den Dschungel irgendeines tropischen Landes mit neu entdeckten Ölfeldern, die nur darauf warten, ausgebeutet zu werden? Nach Balikpapan? Nach Caracas? Oder ins Londoner Büro, von dem aus, wenn das Öl erst einmal floß, der weltweite Transport unter dem Namen Shell organisiert wurde? Die eigentliche Durchführung der Ölförderung wurde von Den Haag aus gesteuert: Hier wurden die Pläne entwickelt, die geologischen Erkundungen und Probebohrungen vorbereitet, die Raffinerien konzipiert und das Administrative der Produktion abgewickelt. Die Ausführung war dann lokal organisiert. Jeder Standort hatte eine Verwaltung, jedes Land ein Zentralbüro. Joost war nur ein kleines Glied in diesem riesigen Unternehmen. Er war durchaus entbehrlich.

Er war schon einmal für vier Jahre nach Curaçao geschickt worden. Er hatte da im BPM-Büro vor Ort gearbeitet, gleich neben der Raffinerie. Es stank entsetzlich, so schlimm, daß er jeden Tag Kopfschmerzen hatte. »Daran gewöhnst du dich«, waren sich seine Kollegen sicher, »eines Tages riechst du es nicht mehr.« Der Gestank war permanent und klebte ihm am Gaumen wie ein dünner Film. Das Essen in der Kantine schmeckte danach; daran gewöhnte er sich nie. Es war eigentlich erstaunlich, daß er es so lange ausgehalten hatte. In seinen Briefen an Emmeke hatte Joost nie geschrieben, daß er lieber in die Niederlande zurückgekehrt wäre – er vermißte sie sehr. Aber es war Krisenzeit, und er konnte sich mit seiner Arbeit glücklich schätzen. Er hatte Emmeke versprochen, daß sie, wenn er genug gespart hätte, herüberkommen könnte. Die Firma würde die Überfahrt bezahlen, wenn sie verheiratet wären.

Zwei Jahre später wurden sie »mit dem Handschuh« getraut, wie man das nannte – Joosts Bruder Luc hatte stellvertretend für ihn das Ja-Wort gegeben. Es war eine wundersame Zeremonie ohne Festlichkeit und Gepränge gewesen. Für eine empfindsame junge Frau von zweiundzwanzig Jahren, für die der Hochzeitstag doch der schönste Tag ihres Lebens sein sollte, war es ein mickriger Beginn ihres Glücks. Daran konnte auch das ausladende Hochzeitskleid nichts ändern, es wirkte sogar ein wenig deplaziert. Sie hatte es mit Blick auf die Hochzeitsfeier gekauft, die Joost versprochen hatte, sobald sie auf Curaçao wäre. Während der Zeremonie mußte sie kichern, aber danach, auf der Toilette, brach sie in Tränen aus. Ihr Bruder Bert machte mit ihrer besten Freundin Pippi den Trauzeugen. Ihre Mutter und auch ein paar Freunde von Joost waren dabei. Über die mehr als dreiwöchige Reise auf einem kleinen Passagierschiff hatte sie ihm nicht viel erzählt. Anfangs litt sie unter Seekrankheit, aber ihre Mitreisenden waren freundlich und hilfsbereit; sie war die einzige Frau an Bord.

Wenn Emmeke da wäre, würde alles besser gehen, meinte Joost. Und in der ersten Zeit war es auch so: Als sie den Landungssteg herunterkam, schauten sie sich zunächst ungläubig in die Augen – war das wirklich Joost in diesem weißen Tropenanzug, war das Emmeke mit dem kleinen Korbkoffer?

War dies der Junge, der ihr an einem dunklen Tag im November, als sie vor dem Regen in einer Haustürnische Schutz gesucht hatten, seine Liebe erklärt hatte? Er hatte Falten auf der Stirn bekommen und war braungebrannt. War das das Mädchen, das er zum Tanzen aufgefordert hatte und nie wieder loslassen wollte? Emmeke war immer noch schüchtern und etwas unbeholfen mit ihren Bewegungen. Aber sie hatte auch etwas Entschlossenes bekommen; mit ihren aufeinandergepreßten Lippen wirkte sie leicht verbissen, etwas, das Joost an ihr nicht kannte. Es war sehr unwirklich, sich nach zwei Jahren zum ersten Mal wieder in die Arme zu schließen, vorsichtig zu küssen, sich aus nächster Nähe in die Augen zu schauen und zu sagen, fast zu flüstern: »Guten Tag, liebe Frau Barendsz«, und: »Guten Tag, mein lieber … Mann!«

Ein paar Stunden später standen sie sich in dem engen Zimmer gegenüber, in das kaum ein Bett paßte, das groß genug für zwei war. Sie wußten beide, daß es jetzt geschehen mußte, nach so vielen Jahren, nach so vielen Nächten und so viel Verlangen, aber keiner von beiden wußte wie anzufangen. Mit unsicheren Fingern machte Joost den obersten Knopf ihrer Bluse auf. Emmeke kniff die Augen fest zu, und sie begann am ganzen Körper zu zittern. Joost packte sie bei den Schultern und drehte sie sanft um, hob ihr das Haar an, um sie in den Nacken küssen zu können, zog ihr die Bluse und dann den Büstenhalter aus, was ihn viel Mühe kostete, weil er so etwas noch nie gemacht hatte. Er ließ seine warmen Hände erst über ihre Schultern gleiten und legte sie dann von hinten über ihre Brüste, wobei er mit seinen Fingerspitzen ihre kräftig aufgestellten Brustwarzen berührte, was eine Empfindung in ihrer beider Körper auslöste, einen elektrischen Schock, der ihnen zitternd durch den Magen fuhr und ihnen fast den Atem nahm. Emmeke mußte sich umdrehen und bedeckte, hochrot auf den Wangen, ihre Brüste, die Augen fest geschlossen. Joost wandte sich ab und bat sie mit heiserer Stimme, sich ins Bett zu legen, was sie fügsam tat, nachdem sie erst noch ihren Rock ausgezogen und ihre Strümpfe abgestreift hatte, die mit einem Strumpfband an ihrem Unterhöschen befestigt waren. Sofort deckte sie sich mit dem Laken zu. Joost zog sich aus, ebenfalls bis auf die Unterhose, und legte sich neben sie. So lagen sie eine ganze Weile da, steif nebeneinander, ohne sich zu berühren und ohne zu wissen, was zu sagen oder zu tun. Emmeke würde sich auf immer und ewig daran erinnern, was dann geschah: wie ihre Hände langsam aufeinanderzutrieben, wie sie mit ihren Fingerspitzen den Körper des anderen abtasteten, wie sie einander unbeholfen die Unterhosen auszogen; wie sie den nackten Körper, die Erregung des anderen spürten, dicht aneinandergepreßt, jeder Quadratzentimeter Haut eine kribbelnde Empfindung. Und wie sie übereinanderlagen und Joost zum ersten Mal, wortlos, Zugang erbat und Emmeke ihn in den tiefsten Gewölben ihres Unterleibs empfangen hatte, wo sie selbst noch nie gewesen war. Alles in ihr hatte angefangen zu prickeln, so sehr, daß es fast nicht auszuhalten war, bis die Entladung kam, plötzlich und heftig wie ein Vulkanausbruch. Danach blieben sie lange Zeit so liegen, ohne sich zu bewegen, als befürchteten sie, etwas zu verlieren, das von selbst wegzufließen begann, als könne so etwas nur ein einziges Mal im Leben geschehen.

Und dann die Liebe, die wahre Liebe. Es verschlug ihnen die Sprache, sie waren überrascht und konnten es nicht fassen. Es war gut, daß Joost in der ersten Woche nicht arbeiten mußte, damit sie sich nach so langer Zeit aneinander gewöhnen konnten. Allmählich legten sie ihre Scham ab, wandten sich beim Ausziehen nicht mehr voneinander ab, begannen sich hastig und gierig auszukleiden. Sie gaben sich einer Leidenschaft hin, die sie selbst überraschte, einer Erregung, die jedesmal von ihnen Besitz ergriff, wenn sie sich küßten und ihre Körper sich berührten. Sie erzählten einander im Flüsterton, was sie sich in ihren Briefen gesagt hatten, aber jetzt waren sie andere Menschen als damals, als Joost vor zwei Jahren in Rotterdam an Bord gegangen war und Emmeke ihm zum Abschied nachgewinkt hatte.

Joost hatte auch alle Zeit, die aufgeschobene Hochzeitsfeier vorzubereiten und Emmeke den Freunden vorzustellen, die er in den vergangenen zwei Jahren gewonnen hatte, Kollegen aus dem Büro und der Raffinerie und deren Frauen. Er zeigte ihr Willemstad mit dem Hafen und den bunt angestrichenen holländischen Häusern entlang des Kais, die einem fast das Gefühl gaben, zu Hause zu sein, obwohl »zu Hause« die Sonne nie so gnadenlos vom Himmel knallte wie hier, und immer erst eine lange Dämmerung einsetzte, ehe es dunkel wurde.

Die Hochzeitsfeier fand am darauffolgenden Samstag im Personalclub der Firma statt, der für diesen Anlaß geschmückt wurde. Glückwünsche wurden ausgesprochen und Reden mit verdeckten Anspielungen gehalten, und es gab kleine Geschenke – praktische Dinge für das Häuschen, das sie bald etwas außerhalb des Raffineriegeländes, wo die meisten Angestellten wohnten, beziehen würden. Emmeke sorgte mit ihrem geblümten Hochzeitskleid für Aufsehen, obwohl es für dieses Klima viel zu warm war.

Joost hatte eine besondere Überraschung für Emmeke, über die er sehr geheimnisvoll tat. Emmeke und Joost tanzten als erste zu den Klängen der Betriebskapelle, wie es sich für eine Hochzeit gehört, angefeuert von den Gästen, die sie im Kreis umstanden. Es wurde applaudiert und gejubelt. Nach ein paar Nummern hielt der Kapellenleiter eine kleine Rede für das Hochzeitspaar – daß sie sich alle so sehr für Joost freuten, daß »seine« Emmeke endlich angekommen war. Dann betrat Joost die Bühne, griff sich ein Saxophon und begann, zusammen mit der Band zu spielen. Das also war die Überraschung! Emmeke stiegen die Tränen in die Augen, als die Band ihr Lieblingslied spielte und Joost mit Hingabe ein Solo blies, eine Strophe, die sie schon oft zusammen gesungen hatten. Emmeke fiel ihm um den Hals, als er von der Bühne kam.

Am Nachmittag wird die komplette Belegschaft in der monumentalen Halle des Betriebsgebäudes zu einer Ansprache des Direktors zusammengerufen. Das Unternehmen habe beschlossen, den Hauptsitz aufzusplitten und ihn nach London und Curaçao zu verlegen. Man erwarte, daß die Niederlande binnen weniger Tage kapitulieren werden. »Wir werden einfach überrannt.« Die Hauptdirektion und Vorstand werden dorthin umziehen, unentbehrliche Abteilungsleiter in Schlüsselpositionen werden mit umziehen, die Abteilungen für die Überseeaktivitäten werden aufgelöst, die Abteilungen für die inländischen und europäischen Aktivitäten hingegen bleiben bestehen. Joost wird also seine Arbeit verlieren. In Betracht gezogen wird eine Versetzung in ein anderes niederländisches Unternehmen. Man will sich um jeden Einzelnen kümmern. Soweit Überfahrten noch möglich sind, kann überzähliges Personal auch in ein Büro in Übersee verpflanzt werden. Die Personalabteilung ist schon dabei, Telegramme loszuschicken. Die ersten Reaktionen seien positiv: Man könne an Ort und Stelle schon ein bißchen zusammenrücken. Überall auf der Welt sei man über den deutschen Einmarsch schockiert. Man hatte angenommen, daß die Deutschen die Niederlande verschonen würden, daß die Niederlande neutral blieben. »Tja, davon sind wir alle ausgegangen.« Der Direktor sieht ein wenig betreten aus. In der Zwischenzeit müßten alle sensiblen überseeischen Daten auf Mikrofilm gepackt werden, soweit das noch nicht geschehen ist, und der Rest wird vernichtet. Das ist ein ganzer Batzen Arbeit; man müsse mit Überstunden rechnen.

Alle schauen sich während dieser Rede an. Die Stimmung wechselt bei jeder neuen Ankündigung: ein träger Wellengang zwischen Entmutigung und Hoffnung. Einige von Joosts Kollegen stehen fassungslos und mit weit aufgerissenen Mündern und Augen da, andere wischen sich die Tränen weg. Schließlich sagt der Direktor noch etwas von »Opferbereitschaft« und »Notzeiten«, aber alle sind mit ihren Gedanken schon ganz woanders oder auf dem Weg zum nächsten Telefon, um bei ihren Familien anzurufen. Joost und Emmeke haben kein Telefon.

Schweren Herzens taucht er ins Archiv ab. Er kann oft selbst entscheiden, ob es sich um »sensible Informationen« handelt: Bis heute waren das Informationen, die vor den Augen konkurrierenden Ölfirmen geheimgehalten mußten, jetzt sind es Informationen, die besser nicht in die Hände der Deutschen fallen sollten. Im Zweifelsfall berät er sich mit Ingenieur Rozenboom, der pausenlos mit einem von Joosts Kollegen im Gespräch ist. Sie sind verzweifelt, ihre ganze rosige Zukunft steht plötzlich auf dem Spiel: Sie werden entlassen. Obwohl ein neuer Arbeitsplatz für sie gesucht wird, fühlt es sich doch so an, als würden sie auf die Straße geworfen. Daß der Betrieb sie wieder einstellen will, sobald es die Situation erlaubt, ist ein schwacher Trost. Als Rozenboom für einen Moment allein ist, bittet er Joost, Platz zu nehmen.

Curaçao, denkt Joost sofort. Und so ist es: »Was denkst du von Curaçao?« – »Nicht viel Gutes«, lautet Joosts prompte Antwort. Rozenboom macht ihm klar, daß es eine einmalige Chance ist, die er mit beiden Händen ergreifen sollte – er geht zurück in ein Land, das er schon kennt, zu Arbeitsbedingungen, die ihm vertraut sind, zu Kollegen und Freunden. Und sein vielleicht stärkstes Argument: »Ich gehe auch wieder hin, meine Frau ist schon am Packen.« Egal wie schmeichelhaft und verlockend das Angebot ist, Joost braucht keinen Gedanken darauf zu verschwenden. Rozenboom drängt: Die Stelle sei wie für ihn geschaffen; Joost habe die Position quasi selbst erfunden, darum sei er ja auch befördert und in die Zentrale berufen worden. »Tu es für mich, ich brauche dich dort.« Es fühlt sich wie Abtrünnigkeit an, seinen Mentor so im Stich zu lassen, aber für Joost ist Curaçao wie für Dreyfus die Teufelsinsel: Niemals wieder wird er seinen Fuß dorthin setzen, hat er sich und Emmeke geschworen. Als könnte er Joosts Gedanken erraten, legt ihm Rozenboom ans Herz, auch an seine Frau zu denken: »Sie ist doch jüdisch?« Das haut ihn um. »Dann sollte sie nicht hierbleiben.« Joost weiß nicht recht, was er darauf erwidern soll: »So schlimm wird es doch nicht werden?« – »Das weiß man nie. In Deutschland haben sie es auch geglaubt, und jetzt sind die Juden ganz übel dran.« Joost weiß Bescheid. Er liest Zeitung, aber er kann einfach nicht glauben, daß so etwas auch in den Niederlanden möglich ist. Die Niederlande sind nicht Deutschland! Er wird mit Emmeke darüber reden, verspricht er schließlich: »Aber ich bin mir ziemlich sicher, daß sie auch nicht wieder nach Curaçao will.« Rozenboom besteht auf einer schnellen Entscheidung: »In Hoek van Holland liegt ein Schiff, das in ein paar Tagen, vielleicht schon übermorgen, ablegt. Denk gut darüber nach, so eine Chance kriegst du nur einmal.«

(Tagebuchauszug)
10. Mai 1940, abends
Die Freundinnen waren fast alle da, Pippi, Jeanette und Els und die Nachbarsfrau von gegenüber. Es war eine echte Überraschung: Nur Nel ist nicht gekommen. Alle haben sich über die Cremeschnitten gewundert, aber der Bäcker steht immer um drei Uhr morgens auf, und das war, ehe wir von den Flugzeugen und den Bomben geweckt wurden. (...) Es war ein seltsamer Nachmittag, wir waren alle ein bißchen durch den Wind. Jeder hatte etwas zu erzählen, besonders Frau de Haan von gegenüber, die immer wieder von ihrem Mann anfing, der in Deutschland ist. Was sollte das werden? Aber Jeanette, die ihren sechsjährigen Freddie mitgebracht hatte, meinte, daß ich doch Geburtstag hätte und wir über etwas Fröhlicheres reden sollten. Wie alt ich jetzt sei? 34. Noch so jung, sagte Frau de Haan. Und über das Kind natürlich, und daß es gut sei, daß es noch so klein ist. Frau de Haan hat keine Kinder, also ging es doch wieder um Frau de Haan und ihren Mann, der in Deutschland ist. (...) Freddie ist sehr pfiffig. Er fragte immer wieder, ob die Deutschen Den Haag erobern würden und ob er dann nicht mehr zur Schule müßte. Und so drehte sich das Gespräch wieder um den Krieg, aber wer kann dazu schon etwas sagen: Wir wissen ja nichts. Ich hätte das Radio einschalten können, aber das macht man nicht, wenn man Besuch da hat. (...) Der Mann

von Els arbeitet im Krankenhaus, er wurde heute in aller Frühe gerufen. Er ist Assistenzarzt. Und dann bekam sie auf einmal einen Weinkrampf. Keine von uns wußte, was sie tun sollte. (…) Bobbie war den ganzen Nachmittag wach, aber er hat nicht gestört. Er ist so ein Schatz, als würde er schon alles verstehen. Er trippelte und brabbelte, fiel auf den Hintern, rappelte sich wieder auf, hing bei Frau de Haan überm Knie, ausgerechnet bei Frau de Haan. Immer alles gleichzeitig: laufen und reden. (…) Als dann alle gegangen waren, kam Lien noch auf einem geliehenen Fahrrad vorbei. Bert ist seit heute morgen unterwegs. Das ist normal, sagte sie. Er ist völlig verrückt nach seinem Motorrad. (…) Es ist fast sieben Uhr, und Joost ist immer noch nicht da. Bobbie schläft. Ich versuche, mir keine Sorgen zu machen. Ich habe Stamppot mit frischem Rübengrün gemacht, weil er das so gerne mag. Und Schokoladenpudding mit Schlagsahne, weil heute doch mein Geburtstag ist.

Joost kommt kurz nach acht nach Hause. Er ist bestürzt und hat heftiges Bauchgrimmen. Sie setzen sich an den ovalen Tisch, die untere Hälfte ihrer Gesichter ist in den Schein der Lampe darüber getaucht, die Augen liegen im Schatten. Emmeke stellt das Essen auf den Tisch, aber Joost hat keinen Appetit. Zwischen den aufgewärmten Bissen Rübengrünstamppot mit Wurst, die er herunterwürgt, erzählt Joost, was passiert ist: Wenn sie das Angebot von Herrn Rozenboom ausschlagen, wird er entlassen. Außerdem schwebt Emmeke in Gefahr, weil sie jüdisch ist.

»Jüdisch? Ich? Ich bin keine Jüdin.« Emmeke bekommt wieder diesen leicht verbissenen Zug um dem Mund, den Joost immer besser zu deuten vermag: Jedesmal, wenn sie sich gegen etwas zur Wehr setzt, preßt sie die Lippen zu einer schmalen, blassen Linie zusammen. Sie denkt an Curaçao und warum sie nie wieder dorthin zurück will. Joost werde doch sein Versprechen nicht brechen? Er haßt diese Worte, »Jüdin«, »Jude«. In seinen Ohren klingen sie wie verächtliche Schimpfwörter, die ein anständiger Mensch nicht in den

Mund nimmt. »Du bist vielleicht keine ... Jüdin, aber jüdisch bist du schon.« Es folgt eine unangenehm lange Stille, in der sie versuchen, ihre Gedanken zu ordnen. Ist es plötzlich wichtig, ob Emmeke jüdisch ist oder nicht? Warum ist das denn auf einmal überhaupt ein Thema? Ist Emmeke nun die jüdische Frau von Joost und Joost der Ehemann einer Jüdin? Steht das zwischen ihnen? Treibt es sie auseinander? Auf Curaçao hat genau das sie enger aneinandergeschmiedet. Joost greift sich an den Bauch. »Mein Gott, der Krieg ist noch nicht einmal vorbei, und schon gehen die Probleme los.« Bald werde er keine Arbeit mehr haben, es sei denn ... »Denk nicht mal dran.« Emmeke ist nicht zu erweichen.

Joost beginnt, mit seinem Messer auf den Tellerrand zu klopfen. Das macht Emmeke nervös. »Kannst du das bitte lassen?« Draußen ist eine schwere Explosion zu hören, die erste seit längerem und näher als früher am Tag. Die Fenster klirren. »Mein Gott!« Joost schiebt den Stuhl mit einem Ruck nach hinten. »So kann man doch nicht essen!« Wieder faßt er sich an den Bauch. Emmeke räumt die halb leeren Teller ab und bringt den Schokoladenpudding aus der Küche. »Ißt du das denn?« – »Du hast Geburtstag, und da gibt es Schokoladenpudding.« Er klingt kurz angebunden, obwohl er es nett meint, aber eine Geburtstagsstimmung kann er damit nicht herbeizaubern.

»Weiß du was? Wenn du keine Jüdin bist, dann bist du auch nicht jüdisch, darauf können wir uns doch sicher einigen.« Joost spürt, daß diese Beschwörungsformel nicht verfängt. Emmeke versteht den Unterschied nicht. »Du wolltest mich doch unbedingt heiraten – ein nettes jüdisches Mädchen, hast du immer gesagt.« Das stimmte. Am Anfang war Joost sogar insgeheim stolz darauf. Jetzt hält er es für eine Dummheit: »Ich bin mit dir verheiratet, nicht mit einem ›netten jüdischen Mädchen‹.« Früher waren sie immer in Gelächter ausgebrochen, wenn die Leute etwas darüber sagten, aber auf Curaçao war ihnen das Lachen vergangen. »Wir reden nicht mehr darüber«, beschließt er. »Wir fahren nicht nach Curaçao – diese Kopfschmerzen, weißt du noch? Die will ich nie wieder.« Und noch einmal Saxophon in der Jazzband spielen, das kann er auch vergessen. Die Entscheidung erleichtert Emmeke, verwirrt sie aber zugleich. Auf Curaçao hatte sie immer Angst vor irgendeinem unbestimmten Unheil, aber ist sie in Sicherheit, wenn sie hier bleiben? Ist sie als Jüdin in Gefahr, wenn die Deutschen jetzt das ganze Land besetzen?

Bin ich jüdisch, bin ich ein Jude? Diese Frage habe ich mir oft gestellt. Die meiste Zeit meines Lebens jedoch bin ich ihr ausgewichen. Warum habe ich diese Frage mal halbherzig bekräftigt und dann wieder genauso halbherzig verneint? Wollte ich mich mit einer der größten Tragödien der Menschheitsgeschichte identifizieren, von der ich nur ein winziger und zu vernachlässigender Teil gewesen bin? Habe ich nicht ein bißchen mit dem Leid kokettiert? Und wessen Leid war es eigentlich: Das meine, oder das meiner Mutter und ihrer Familie? Oder wollte ich es eigentlich gar nicht wissen, schämte ich mich dafür? War ich zu feige, mich zu bekennen? Im ersten Halbjahr des Krieges war das Jüdischsein noch kein Thema, außer für diejenigen, die unmittelbar mit der Nase darauf gestoßen wurden wie durch das Verbot des rituellen Schächtens und die Ariererklärung. Für meine Eltern wurde die Frage erst durch die Registrierung der Juden akut. Da stellte sich die gleiche Frage wieder: Wie jüdisch war meine Mutter? Mein Vater arbeitete genau wie Joost bei BPM, und er wurde tatsächlich »entlassen«, aber man hat ihm gleichzeitig geholfen, eine neue Stelle zu finden, wodurch er gut aufgefangen wurde. Und nach dem Krieg wurde er sofort wieder in seiner alten Position eingesetzt; bei BPM bemühte man sich sehr ums Personal. Trotzdem war der Krieg für meine Eltern eine extrem schwierige Zeit.
Für mich waren die Konsequenzen, als die Frage zum ersten Mal aufgeworfen wurde, weit weniger dramatisch als für sie. Mein Leben hing nicht davon ab. Ich verstand als unschuldiges Kind nicht einmal, daß mein Leben damals sehr wohl genau daran gehangen hatte. Das ist mir erst viel später klar geworden. Und meine Eltern? Wußten die es?

6

Noch am selben Abend erfahren sie aus dem Radio, daß die Deutschen den Flugplatz Valkenburg besetzt haben, Luftlandetruppen gelandet sind und die spärliche militärische Besetzung dort im Handstreich ausgeschaltet wurde, aber es noch schaffte, den Flugplatz unbrauchbar zu machen. Um ihn war erbittert gekämpft worden. Die deutschen Flugzeuge waren ausgewichen und auf dem Strand unterhalb von Katwijk gelandet; ihre Besatzungen wußten den Flugplatz noch über die Dünen zu erreichen: Strehler und seine Männer. Auch die anderen Flugplätze rund um die Stadt waren hart umkämpft, wurden aber von den »heldenhaften« niederländischen Soldaten zurückerobert, und die Deutschen sind noch immer nicht in Den Haag einmarschiert; anderswo im Land sieht es freilich weniger rosig aus. Von dem Plan, Brücken zu sprengen, um einen deutschen Vormarsch zu stoppen oder wenigstens aufzuhalten, ist wenig übriggeblieben. Die Armee leistet Widerstand, solange es möglich ist, manchmal mit Erfolg, manchmal ohne, weil die Verbindungen unterbrochen sind.

Es ist nur gut, daß sie bald ein Telefon bekommen, glaubt Bert, das ist wenigstens etwas Positives. Doch Lien nimmt ihm die Illusion: Der gesamte Telefonverkehr ist lahmgelegt. Sie sieht die Enttäuschung in seinem Gesicht und klebt schnell ein Pflaster auf die Wunde: »Wir werden heiraten.« Bert ist es zwar gewöhnt, daß Lien die Initiative ergreift und daß sie außerordentlich resolut sein kann, aber heiraten? »Wenn die Deutschen jetzt unser Land besetzen, sollten wir besser verheiratet sein«, erklärt sie ihren plötzlichen Entschluß. Er versteht nicht, was daran nun besser sein soll, aber wenn Lien das sagt, wird es wohl stimmen. Er bewundert ihre freisinnigen Ansichten. Erwachsene Leute müssen wegen der Liebe nicht unbedingt verheiratet sein. Lien pfeift darauf, was andere Leute denken, aber der Krieg hat sie auf andere Gedanken gebracht. Und sie ist ein praktischer, vorausschauender Mensch. Bert muß darüber nachdenken.

Auf drei paßfotoähnlichen Bildern, die ich jetzt digital besitze, sehe ich, daß Onkel Arnold seiner älteren Schwester Emmy sehr ähnelt. Aber sie wirkt jünger als er. Sein Gesicht hat etwas Rätselhaftes. Auf den ersten beiden Fotos spielt ein leichtes Lächeln um seine Lippen. Auf dem dritten Bild schaut er ernst in die Linse, die Mundwinkel und Schultern hängen müde herab. Ihm muß etwas zugestoßen sein, aber was? Ist dieses Foto vor oder nach der Hochzeit aufgenommen?

Am Tag nach seinem Höllenritt steht Bert früh auf. Er will so schnell wie möglich den Transport für van Berghe Dedemsvaart in die Wege leiten. Eigentlich hatte er das gestern abend noch tun wollen – zu Menno und wieder zurück – aber Lien hatte es ihm ausgeredet. Er hat doch wohl genug abgekriegt. Im Radio wurde die Bevölkerung dringend angehalten, nicht auf die Straße zu gehen, wenn es nicht unbedingt notwendig sei, und Türen und Fenster geschlossen zu halten. »Es ist unbedingt notwendig«, beharrte Bert. Aber Lien fand, am nächsten Morgen sei auch noch Zeit genug: »Solche Geschichten wie heute will ich nie wieder hören.« Sie hatte natürlich recht. Und er war hundemüde.

Lien geht nicht zur Arbeit – Gerzon bleibt vorläufig zu. Gestern hatte sie tatsächlich vor verschlossener Tür gestanden. Zuerst war sie mit einer Kollegin auf einen Kaffee zur Konditorei Krul im Noordeinde gegangen, die noch geöffnet hatte – ziemlich irre bei den Kriegshandlungen unmittelbar vor der Haustür. Sie waren die einzigen Besucher gewesen. Dann ist sie mit einem geliehenen Fahrrad zu einer Freundin und nachmittags zum Geburtstag von Emmeke gefahren. Hat Emmeke sie vielleicht auf diese Hochzeitsidee gebracht? Hat sie ihr was eingeflüstert? Lien ermahnt Bert, bevor er geht, vorsichtig zu sein –, sie weiß, daß sie ihn nicht länger aufhalten kann. Wenn er nur verspricht, frühzeitig nach Hause zu kommen.

Zuerst fährt er ziemlich unbehelligt zu Menno Dijkstra. Aber Menno ist zum freiwilligen Luftschutz einberufen worden, für den er sich im Herbst gemeldet hat. Ans, seine Frau, ist besorgt: Sie hat seit gestern nichts mehr von ihm gehört und weiß nicht, wo er steckt. Das könnte überall sein, denn in aller Eile wurden weitere Abwehrposten eingerichtet und bereits bestehende aufgestockt, auch wenn sie nur unzureichend bewaffnet sind. Die Deutschen greifen die Stadt von allen Seiten an, sogar vom Meer aus, heißt es. Man würde es nicht für möglich halten, wenn man so in der Gegend herumfährt, aber Den Haag ist umzingelt. Bert beneidet Menno um die Notausbildung, die er bekommen hat, und die Uniform, die er seit gestern tragen darf. Menno kann wenigstens etwas ausrichten.

Das Ehepaar Goedeman wartet schon ungeduldig auf Bert. Wäre er heute nicht gekommen, hätten sie sich an jemand anderen gewandt. Oder eben den ganzen Kram, das Haus und ihr Hab und Gut, im Stich gelassen. Sie wollen schon heute am frühen Abend abreisen. Ob das wirklich klug ist? Bert meint, sie sollten lieber abwarten, bis sich die Situation übersichtlicher gestaltet. Noch werde überall gekämpft. Außerdem ist es höchst unsicher, ob es ihnen gelingen wird – die Moerdijk-Brücken sind den Deutschen unversehrt in die Hände gefallen. Aber nein, sie müssen augenblicklich weg. »Das« – Goedeman macht eine flattrige Armbewegung in Richtung, wo der Krieg tobt, draußen – »kann noch sehr lange so weitergehen«, und »die Schweiz ist sicher, hier sind wir verraten und verkauft.« Er spricht gehetzt und mit hoher Stimme, seine Wangen sind rot angelaufen. Seine Frau steht mit einer Tasse Tee hinter ihm: »Du sollst dich doch nicht so aufregen, Henri«, und zu Bert: »Wir haben die ganze Nacht nicht geschlafen.« Sie hat einen deutschen Akzent, hört Bert jetzt, und er sieht auch, daß sie erheblich jünger als ihr Mann ist und einen Kopf größer. Sie trägt ein schwarzes Kleid, an dem sie ständig Falten zurechtstreichen will. Eine schöne Frau, mit diesem hochgesteckten schwarz glänzenden Haar und ihrer Kette aus Edelkorallen. Henri Goedeman ist ein kugelrunder kleiner Mann mit kahl werdendem Kopf und blauen Augen hinter einer runden goldumrandeten Brille. Die Brille balanciert auf seiner Nasenspitze.

Sie wollen versuchen, sich mit dem Auto nach Frankreich durchzuschlagen: auf Nebenstraßen nach Ostende und dann weiter entlang der Küste in die Normandie. Sie kennen den Landstrich gut, sie fahren immer in den Urlaub dahin. Und wenn sie weit genug im Süden sind, hinter der Loire, wollen sie Richtung Osten abbiegen, in die Schweiz. Laut den Nachrichten im Radio sollte das möglich sein. Der Tisch liegt voller aufgefalteter Michelin-Karten, auf denen die Straßen mit Rotstift angestrichen sind. Eine sich überschlagende deutsche Stimme aus dem Apparat verkündet den Siegeszug der Wehrmacht in den Niederlanden, Belgien und Frankreich. Es ist ein Siemens-Radio, sieht Bert. »Sie hören es, wir müssen uns beeilen.« Herr Goedeman macht wieder eine Flattergebärde in Richtung der drohenden Gefahr draußen vor dem Haus, als wollte er sie damit verscheuchen.

In der Zwischenzeit haben sie Inventarlisten erstellt. Jetzt geht es ums Verkaufen. Von einer Einlagerung möchten sie absehen. In der Nacht haben sie alle in Frage kommenden Stücke mit einem Preisschildchen versehen, mit einer Preisempfehlung für die Auktion. Bert soll den Verkauf in die Hände nehmen; Goedeman schwebt eine Vergütung von fünf Prozent des Bruttoerlöses abzüglich der Auktionskosten vor. Bert fällt von einer Überraschung in die nächste: erst van Berghe Dedemsvaart, jetzt Goedeman. Sie sind auf das Schlimmste vorbereitet, aber wenn es draufankommt, sind sie zu spät dran und müssen improvisieren. Das muß er dann ebenfalls. »Bei solchen Aufträgen nehmen wir gewöhnlich zehn Prozent«, pokert er, als wäre es sein tägliches Geschäft. Goedeman schüttelt fast unmerklich den Kopf: »Dann teilen wir uns die Differenz – 7,5 Prozent. Das ist außergewöhnlich hoch, aber es sind auch außergewöhnliche Zeiten.« Goedeman ist Geschäftsmann wie Bert. Das fühlt sich vertraut an. Geschäftsleute feilschen um den Preis; es ist ein Instinkt, den sie aneinander zu schätzen wissen. Über alle möglichen

Zusatzkosten, ausgenommen eventuelle Transporte, werden sie schnell handelseinig. In bar, bei Vorauszahlung. Sie besiegeln ihre Übereinkunft mit einem Händedruck. Eigentlich seltsam, daß er genau von dem Moment an, da Den Haag belagert wird, die Leute Todesangst haben und keiner weiß, wie die Zukunft aussehen wird, so nüchtern und scheinbar in aller Ruhe seine Interessen abwägen kann.

Was mit auf Reisen muß, hat das Ehepaar Goedeman schon zusammengepackt: zwei schwarz lackierte Kabinenkoffer mit den Initialen H.J.G. auf dem einen und E.L.G. – von B. auf dem anderen; außerdem eine Anzahl kleiner brauner Lederkoffer, zwei mit Riemen zusammengehaltene Korbkoffer, Reisetaschen sowie ein rot und schwarz lackiertes japanisches Kästchen mit hübschen Blumenmotiven und einem Kupferverschluß für Schmuck und Wertsachen, wie Bert vermutet. Es gibt auch einen Vogelkäfig mit einem Sittich, der aufgeregt an die Gitterstäbe flattert. Den können sie natürlich nicht zurücklassen. Frau Goedeman seufzt tief und schließt für einen Moment die Augen, als würde sie sich vorstellen, wie das arme Tierchen in einem verlassenen Haus verhungern würde. »Und freilassen kann man es auch nicht.« Bert ist skeptisch: Wie, um Himmels willen soll das alles mitkommen? Aber Herr Goedeman hat vor kurzem einen Dachgepäckträger für den Citroën gekauft, ein großes Auto mit viel Platz hinten drin, und die beiden Kabinenkoffer kommen aufs Dach. Und mit so einem Citroën kann man sich auch in Frankreich sehen lassen; ein Glück, daß sie damals keinen Mercedes gekauft haben. Bert denkt an seine Zündapp. Aber er muß auch nicht flüchten.

Zur Aufstellung des Inventars geht das Ehepaar ihm vorneweg in die oberen Räume, wo es nach Bohnerwachs riecht – neun Zimmer und ein Dachboden, vollgestellt mit antiken Möbeln, Stilmöbeln, Wandteppichen, Meißner-Porzellan hinter den Scheiben eleganter Vitrinenkästen und antike friesische Standuhren. Eine echte Sammlung, so nennt Goedeman es. »Das ist mein Hobby.« Er streicht liebevoll über einen mit Elfenbein eingelegten Mahagonitisch. »Biedermeier das meiste.«

Da steht auch ein antikes Schaukelpferd aus dem 18. Jahrhundert, aus der Zeit noch vor der Französischen Revolution. Alter Familienbesitz von Frau Goedeman. Sie bringt es nicht übers Herz, es zurückzulassen oder zu verkaufen. Nur mit Mühe kann sie die Tränen zurückzuhalten. Goedeman legt einen Arm um ihre Hüfte. »Wir haben uns auf der Handelsmesse in Hannover kennengelernt, nicht wahr, Elfie?« Sie nickt wortlos. Und direkt zu Bert: »Dieser Abschied fällt ihr noch schwerer als der von Deutschland.« Wieder nickt Elfie. Ist Elfie jüdisch? Bert wagt nicht, es zu fragen. Er würde auch gerne wissen, was Goedeman seinerzeit auf die Messe geführt hat, aber sie sind schon auf dem Weg in den dritten Stock, mit noch mehr Möbeln und zusammengerollten Perserteppichen.

Bert kann sich kaum vorstellen, daß sich jetzt viele Leute für antike Möbel interessieren, aber das behält er für sich. Er ist gespannt, was diese Sammlung nach Goedemans Meinung bei einer Auktion einbringen soll. »Zwischen 200.000 und 250.000 Gulden.« Vor ein paar Monaten hat Goedeman bei einem Auktionshaus eine vorläufige Taxierung in Auftrag gegeben. Ganz so überstürzt ist die Abreise also doch nicht. Dennoch sind sie, genau wie Dedemsvaart, vom Krieg überrascht worden. Wie viele Leute haben die Gefahr nicht ernst genommen, allenfalls für den Fall aller Fälle Pläne gemacht? Ziemlich verwegen, wenn dabei das Leben auf dem Spiel steht. Oder haben sie den Kopf in den Sand gesteckt, weil sich niemand den Ausbruch des Krieges vorstellen konnte oder wollte? Bert denkt an die Champagnergläser, die er in den Speicher hatte zurückbringen wollen. Auch da ist der Krieg dazwischengekommen.

Goedeman drückt ihm eine schicke Visitenkarte von Godevaert & Maas in der Juffrouw Idastraat in die Hand, einem der führenden Auktionshäuser. »Die müssen kommen, sobald sich die Aufregung mit dem Krieg gelegt hat.« Auch das hat Goedeman vorbereitet. Bert erhält die Schlüssel zum Haus und eine Vollmacht zur Terminvereinbarung. Seltsam, daß Menschen, die ihn nicht oder kaum kennen, ihm einfach so ihr ganzes Hab und Gut anvertrauten. Oder vielleicht auch nicht: Es ist eine Geschäftsvereinbarung. Bert als Vermittler hat ein

Interesse an einem möglichst hohen Versteigerungserlös, und er kann darauf achten, daß alles mit rechten Dingen zugeht. Sehr schlau eigentlich, oder sehr normal, denn so gesehen ist es völlig egal, ob Goedeman Bert kennt oder nicht. Es ist eine Absprache zwischen zwei Geschäftspartnern. Bert fragt, ob Goedeman daran gedacht habe, einige weniger wertvolle Gegenstände im Erdgeschoß zu lassen und die Vorhänge zu öffnen, damit es so aussieht, als sei das Haus noch bewohnt.

Bert steckt den Scheck für die Unkosten, den er zum Schluß überreicht bekommt, unbesehen ein. Herr Goedeman steht etwas gedankenverloren da, als sei ihm bewußt geworden, daß er damit den Abschied besiegelt – und was sie zurücklassen und wie ungewiß die Zukunft ist. Bert empfiehlt ihnen, durchs Westland zu fahren, die Schleichwege zu versuchen – die Hauptstraße nach Rotterdam ist wegen der Luftkämpfe und Fallschirmspringer gesperrt – und über die seeländischen Inseln nach Belgien zu gelangen. Wenn sie etwas früher losfahren, können sie das Tageslicht noch ausnutzen. Sonst müßten sie morgen in aller Herrgottsfrühe los. Er wünscht dem Paar viel Glück auf seiner Reise. Auf der Türschwelle drückt ihm Frau Goedeman eine Tüte aus Pergamentpapier mit einem halben Brathähnchen in die Hand. »Für unterwegs.« Als ob nicht sie eine lange Reise vor sich hätten, sondern er. »Wirklich, Mevrouw …« Elfie scheint ein wenig durcheinander zu sein. Sie hätten genug zu essen für mindestens drei Tage, versichert sie ihm. Erst jetzt fällt ihm auf, wie blaß sie ist. Er hat plötzlich Mitleid mit Elfie – natürlich heißt sie Elfriede oder so ähnlich. Herr Goedeman wird Bert telegrafieren, sobald sie sicher in der Schweiz angekommen sind.

Auf dem Sattel der Zündapp zieht Bert den Scheck aus der Tasche. Eine beträchtliche Summe, Goedeman macht seinem Namen alle Ehre. Der Scheck kann bei Laroux & Gross, der Bank von van Berghe Dedemsvaart am Kneuterdijk, eingelöst werden. Die getippte Vollmacht bezeichnet ihn als »Sachwalter«. Bert steckt die beiden Umschläge in die Ledertasche, die er von Smidt bekommen hat. Auf dem Weg zur Werkstatt fängt etwas unten am Motor an zu klappern.

7

Smidts Motorenhandel ist geschlossen – »umständehalber«, wie es auf einem hingekrakelten Zettel am Garagentor heißt. Am Morgen hatte das Radio über Unruhen in der Stadt berichtet. Die Situation ist angespannt, die Bevölkerung nervös. Zahlreiche Eindringlinge seien unterwegs, deutsche Soldaten in Zivil, die sich unbemerkt in die Stadt geschlichen hätten, nachdem sie mit Fallschirmen auf einer Wiese in der Nähe abgesprungen seien. Quartiermacher für die Wehrmacht, die bisher noch keine Chance gehabt hätten, bis zur Residenz vorzudringen. Auch die »fünfte Kolonne« käme aus ihren Verstecken gekrochen. Überall in der Stadt seien Schußwechsel zu hören gewesen, Scharfschützen hätten sich auf Dächern verschanzt, Menschen seien getötet und verwundet worden. Eine Ausgangssperre wird verhängt: Nach 20.30 Uhr darf niemand mehr auf die Straße. Die Warnung an die Bevölkerung, »außer in dringenden Fällen« das Haus nicht zu verlassen, bleibt in Kraft. Vielleicht ist Smidt dem Aufruf der Behörden gefolgt.

Der Aufruf zeigt zweifellos Wirkung. Für einen Samstagnachmittag ist es ungewöhnlich ruhig. Das Wochenende ist jetzt besonders lang, da Pfingsten vor der Tür steht und die Geschäfte zwei Tage geschlossen bleiben. Haben die Behörden ihre Warnungen absichtlich etwas ausgereizt, um bessere Übersicht zu behalten, solange um die Stadt noch gekämpft wird? An wichtigen Kreuzungen sind zusätzliche Kontrollpunkte eingerichtet worden. Jeder, der passieren will, wird nach seinen Papieren gefragt. Seit gestern weiß Bert, wie er Straßensperren umgehen kann, solange er nur an jeder einigermaßen wichtigen Straßenecke langsamer fährt oder sogar anhält. Er ist viel zu ungeduldig, um jetzt nach Hause zu fahren. Er will zu seinem Speicher an der Conradkade und dann vielleicht auch noch zu Koen, dem Zimmermann, der ihm immer mal wieder bei Gelegenheitsarbeiten hilft. In Gedanken bereitet er bereits die Einlagerung von Dedemsvaarts Gemäldesammlung vor.

Völlig unerwartet taucht aus einer Seitenstraße eine große Gruppe rennender und schreiender Menschen auf und verschwindet in der gegenüberliegenden Straße. Bert muß anhalten, aber aus dem, was sie rufen, kann er keine Rückschlüsse darauf ziehen, warum sie rennen und schreien. Weshalb haben sie so grimmige Gesichter und fuchteln so wild mit den Armen? Was ist in sie gefahren? Werden sie gejagt, oder sind sie hinter jemandem her? Augenblicke später kommt die Gruppe zurückgerannt, nun mit der Polizei auf den Fersen. Ein Schuß knallt, jemand stürzt, andere stolpern über ihn, mitten auf der Kreuzung entsteht ein irres Chaos – es wird gekämpft, Menschen liegen am Boden. Hastig wendet Bert das Motorrad: Da muß er nicht dazwischengeraten.

Auch Goedeman sollte mit seinem voll beladenen Auto besser nicht in eine so aufgepeitschte Menge kommen. Man würde ihn zum Stoppen zwingen, ihn und seine Frau aus dem Wagen zerren, und wer weiß, was dann mit ihnen passiert. Das Auto könnte geplündert, in Brand gesteckt werden. Vielleicht sollten sie lieber überhaupt erst gar nicht losfahren. Soll er umkehren und sie warnen? Ob sie seinen Rat beherzigen würden? Ihre Abreise schien besonders dringend zu sein. Es war kein Wort darüber gefallen, aber sie hatten Angst – ihre Angst hing im ganzen Haus wie eine unsichtbare Wolke. Wären sie in noch größerer Gefahr, wenn sie blieben? Als ob der Verkauf ihres ganzes Besitzes, der nun in seinen Händen liegt, ein Band zwischen ihnen geknüpft hätte, das weit über das Geschäftliche hinausgeht, fühlt sich Bert auf einmal für Goedeman und seine Frau verantwortlich.

Statt zu seinem Speicher zu fahren, nimmt er Kurs auf den Südrand der Stadt, um die Ausfallsstraßen in Augenschein zu nehmen. Bei Loosduinen braucht er es gar nicht erst zu versuchen: Da ist kein Durchkommen mehr. Um den Flugplatz Ockenburg wird erbittert gekämpft. Flugzeuge sind gelandet und können nicht wieder starten. Die deutschen Truppen haben das Feld räumen müssen, jetzt verstecken sie sich in den Wäldern rund um den Flugplatz. Die Straße nach Naaldwijk und Monster ist gesperrt; erschöpft aussehende Soldaten halten dort Wache. Richtung Wateringen und Poeldijk geht es auch nicht. Da gibt es zwar keine Straßensperren, aber kleinere und größere Trupps von Soldaten marschieren zu einer Stellung. Sanitätsfahrzeuge der Armee fahren hin und her, Lastwagen mit deutschen Kriegsgefangenen. Niemand beachtet ihn, aber es wäre wohl keine gute Idee, ausgerechnet hier mit einem Fluchtwagen aufzutauchen.

Bert sucht nach dem besten Zugangsweg Richtung Westland, einem fruchtbaren Landstrich mit Gewächshäusern, Bauernhöfen und kleinen Dörfern. Er kennt die Gegend einigermaßen, weil er hier auf der Suche nach Lagerraum, falls er sich vergrößern muß, mit dem Fahrrad herumgefahren ist. Hier stehen immer irgendwelche Schuppen leer. Einige der Straßen am Rand von Den Haag gehen in unbefestigte, aber befahrbare Wege über, die als PRIVATWEG ausgewiesen sind und direkt zu den Gewächshäusern führen. Privates Land, das auf keiner Karte verzeichnet ist und wahrscheinlich auch nicht in den Stabskarten der deutschen Armee. Man könnte das gesamte Westland durchqueren, ohne vom offiziellen Straßenplan Gebrauch zu machen und ohne mit angrenzenden Dörfern in Berührung zu kommen. Ein gläsernes Labyrinth, durch das man es mit etwas Glück bis an den Fluß schafft. Und ist man erst einmal da, sollte es nicht schwierig sein, Maassluis zu erreichen. Es gibt eine Fährverbindung über die Nieuwe Maas. Wenn die nicht stillgelegt ist, liegt Zeeland in Reichweite.

Bert probiert ein paar Straßen aus und findet eine Passage, die ihn an Schipluiden vorbeiführt. Er fährt schräg gegen das Sonnenlicht, erst eine lange, schnurgerade Strecke von Gehöft zu Gehöft, dann kreuz und quer zwischen den Gewächshäusern hindurch, immer wieder über einen offenen Abschnitt der Landstraße, als würde er im Wald von Baum zu Baum springen wie ein Pfadfinder. Er ist nie Pfadfinder gewesen – er hatte zuviel Angst vor den Jungs mit ihrem herrischen Auftreten und ihren lauten Stimmen; er verachtete ihre Uniformen, denn es waren keine richtigen. Die offenen Straßenabschnitte sind die gefährlichsten. Da ist er ungeschützt, ein ideales Ziel für

Scharfschützen. So schnell er kann, taucht er wieder in die gläserne Stadt ein. Heute sind hier keine Gärtner, die sich um ihre Gewächshäuser kümmern. Zwischen den aneinandergeschlossenen Zeilen der Gewächshäuser fühlt er sich sicherer. Sie stehen ordentlich in Reih' und Glied, alle gleich hoch mit Glas bis zum Satteldach, innen oft weiß gestrichen, manchmal sogar offen, so daß er einen Blick auf die Tomaten und Gurken, die da wachsen, werfen kann. Einige Gewächshäuser liegen in Trümmern. Ab und zu wird er von einer Reflexion des grellen Sonnenlichts im Glas geblendet. Manchmal verliert er die Orientierung, muß anhalten und zurückschauen, um zu kontrollieren, wo er hergekommen ist. Einmal muß er plötzlich so hart bremsen, daß er den Motor abwürgt. Ein zweiter Motorradfahrer kommt ihm entgegen. Auch der ist stehengeblieben und wartet, bis Bert langsam wieder losfährt; da hat er nur sein Spiegelbild angestarrt. Sein Herz schlägt wieder ruhiger, und er muß über seine Dummheit lachen. Ungefähr auf der Höhe von Schipluiden ißt er das halbe Grillhähnchen von Frau Goedeman. Die Knochen wirft er in einen Graben, die leere Tüte legt er in die Seitentasche des Motorrads zum Ledermantel, den er am Morgen da hinein getan hat.

Auf dem Rückweg versucht er, sich die Route einzuprägen. Hin und wieder bleibt er stehen, um nach einem Orientierungspunkt Ausschau zu halten: ein Schild mit dem Namen eines Gärtners, ein von Hand gepinselter Pfeil und DAALDER GEWÄCHSHÄUSER darunter, ein Haufen frischer Grünabfälle, eine Reihe Zink-Milchkannen, braun von dem Dung, den sie enthalten. In der Ferne, über der Autobahn zwischen Delft und Rotterdam, sieht er Rauchwolken aufsteigen, aber es sind keine Flugzeuge in der Luft. Soweit er blicken kann, gibt es auch keine Soldaten in der Umgebung. Nicht einmal Kriegsgeräusche sind zu vernehmen, nur das gutmütige Brummen der Zündapp. Und das Klappern, das schlimmer geworden ist. Bert hat sich nicht die Zeit genommen, danach zu schauen. Es ist ihm sogar egal. Das Motorrad hat seine Feuertaufe erlebt, die Kratzer und Beschädigungen sind Ehrenzeichen. Es ist fünf Uhr, als er wieder in Den Haag ist. Er war insgesamt drei Stunden unterwegs.

Goedeman hat den Citroën in der Einfahrt neben seinem Haus geparkt und den Dachgepäckträger montiert. Die Kabinenkoffer sind noch nicht draufgeschnallt. Es dauert ewig, bis sich die Tür einen Spalt öffnet, Bert muß dreimal klingeln. Herr Goedeman sieht erschrocken aus. Er stammelt eine Entschuldigung: »Sie sind es, Gott sei Dank.« Elfie ist noch bleicher als am Morgen beim Abschied. Bert will fragen, wovor sie sich so fürchten, aber Elfie nimmt ihm das Wort aus dem Mund – sie haben Angst, daß sie verhaftet werden. »Das ist eine lange Geschichte.« Dafür ist jetzt keine Zeit, entscheidet Bert. Jetzt muß gehandelt werden. Sind sie mit dem Packen fertig? Das sind sie. Nur das Auto muß noch beladen werden; damit haben sie bis kurz vor der Abfahrt warten wollen. Am Nachmittag haben sie versucht zu schlafen und etwas zu essen, aber keinen Bissen herunterbekommen. »Das Hühnchen war aber sehr lecker.« Bert will das Paar erstmal beruhigen. Wenn sie in dieser Panikstimmung die Flucht antreten, rechnet er ihnen wenig Chancen aus. Elfie sieht ihn an: »Ach ja, das Hühnchen.«

Erst jetzt will Herr Goedeman wissen, warum Bert zurückgekommen ist. Ist etwas nicht in Ordnung, hat er etwas vergessen, will er mehr Geld? Das letztere wurmt Bert ein wenig, obwohl er es auch wieder verstehen kann: Goedeman mag noch so neben der Spur sein, sein geschäftlicher Instinkt wird ihn nie verlassen. Bert erzählt von seiner Erkundungsfahrt durchs Westland: Die Landstraßen sind gesperrt, und wenn sie es nicht sind, sind sie unsicher. Sie können sich zumindest den ersten Teil ihrer Reise so, wie sie ihn sich vorgestellt haben, aus dem Kopf schlagen. Es gibt nur einen Weg, um nach Maassluis zu gelangen: im Zickzack an den Gewächshäusern entlang, eine Route, die in keiner einzigen Karte verzeichnet ist.

Dann bleibt es lange still. »Und wie finden wir die?« Darüber hat Bert noch nicht nachgedacht. Er ist gekommen, sie zu warnen. Von alleine werden sie es aber nie finden. Sie würden unwiderruflich auf der Landstraße landen und geradewegs in eine Straßensperre geraten. Im besten Fall müssen sie umkehren, wenn es schlimm kommt, werden sie verhaftet, und sei es nur, weil sie nach der Ausgangssperre auf einer öffentlichen Straße unterwegs sind. Das wird Goedeman aber nicht aufhalten, er ist fest entschlossen zu gehen. Es beginnt Bert zu dämmern, daß er, wenn er ihnen wirklich helfen will, mit dem Motorrad als Führer vorausfahren muß. Muß er das wirklich tun?

Ob ihm Herr Goedeman erklären könne, warum seine Abreise absolut nicht warten kann, bis der Krieg vorbei ist? »Verraten Sie mir dann die Route?« Bei Goedeman geht es anscheinend immer nur Zug um Zug. »Nein«, die Route ist nicht zu erklären. Bert hat einen Entschluß gefaßt. »Ich komme mit Ihnen mit, auf dem Motorrad, ich zeige Ihnen den Weg.« Frau Goedeman beginnt zu weinen. »Nicht weinen, Elfie, jetzt nicht weinen.« Herr Goedeman ergreift ihre Hand, aber er starrt Bert über seine Brille hinweg an. »Ich stehe ganz oben auf der Gestapoliste.« Bert weiß nicht, was er dazu sagen soll; er ist sich nicht einmal sicher, ob er genau weiß, was die Gestapo ist. »Ich bin einer der ersten, den sie abholen werden. Das bedeutet KZ.« Bert weiß auch nicht, was KZ bedeutet, aber es klingt alles unheilvoll genug. Goedeman erklärt: »Konzentrationslager. Oranienburg wahrscheinlich, oder Dachau, und das geht meistens nicht gut aus.« Er streicht mit der Hand über seine Kehle. »Und Elfie ist jüdisch, für sie ist's dann auch vorbei. Verstehen Sie?« Nicht wirklich. Goedeman öffnet eine Tür zu einer Welt, die Bert nicht kennt, aber wenn er von der »Gestapo« gesucht wird, muß er etwas auf dem Kerbholz haben, was den Deutschen nicht in den Kram paßt. Dann wäre er der Feind des Feindes. Also ist er ein Freund, und dem muß geholfen werden. »Ich weiß nicht, ob ich Ihnen verraten soll, weshalb ich gesucht werde, aber glauben Sie mir, daß die Nazis mit mir nicht glücklich sind.« Bert muß es auch nicht wissen, das war überzeugend genug.

Da sitzt er denn also mit seiner spontanen Barmherzigkeit. Und dabei hatte er Lien versprochen, pünktlich zu Hause zu sein! Aber mit überall Polizei und den Soldaten, die in der Stadt patrouillieren, ist es zu riskant, schnell nach Hause zu fahren, nur um ihr Bescheid zu sagen, daß er noch mal los muß. Nun, da er es sich in den Kopf gesetzt hat, ihr Führer zu sein, kann er Goedeman und seine Frau nicht mehr im Stich lassen. Schließlich geht es um das Leben von Menschen.

Ich vermute, daß Lien, wäre sie eingeweiht gewesen, versucht hätte, ihn abzuhalten. Sie hätte ihm einfach verboten, sein Leben für Leute aufs Spiel zu setzen, die er nicht einmal kennt, nur weil er sich aus einer Laune heraus dazu verpflichtet fühlt oder weil er gegen Bezahlung einen Auftrag für sie erledigt. Dann lieber keinen Auftrag, würde ich mal sagen, und keinen Lohn. Sollte er nicht zu allererst an Lien denken? Sie würde sich große Sorgen machen, vielleicht schafft er es heute abend gar nicht mehr nach Hause, und was dann? Und wenn er doch nach Hause käme und seine Geschichte beichtete, würde sie ihm vorwerfen, daß er sein Versprechen nicht halte, daß sie ihm nicht vertrauen könne. Aber Bert wird nichts beichten, er wird sich etwas einfallen lassen. Und er ist sich sicher, daß Lien im Nachhinein bestimmt gutheißen wird, was er gerade vorhat, solange das Unternehmen die enormen Risiken nur rechtfertigt.

Elfie hat aufgehört zu weinen und fragt, warum Bert ihnen helfen will. »Weil Sie hier weg müssen, das ist doch klar.« Sie schüttelt den Kopf, sie kann es nicht glauben. »Einfach so?« Das ist auch für Bert etwas Neues: Selbstlosigkeit, etwas für jemand anderen tun, freiwillig. »Ja, einfach so.« Bert kommt schnell auf die praktische Ausführung des Unternehmens zu sprechen. Das scheint ihm der beste Weg zu sein, Panik zu unterdrücken. Hat Herr Goedeman daran gedacht, seine Scheinwerfer zu verdunkeln? Hat er nicht. Dafür gibt es spezielles Material, aber es geht auch mit Verdunklungspapier und Klebeband. Dann beladen sie den Wagen. Die Kabinenkoffer sind schwer, aber zum Glück ist der Citroën ein niedriges Auto. Elfies Schaukelpferd paßt genau dazwischen. Es streckt seinen Kopf in Fahrtrichtung oben heraus. Als ob ein Pferd mit zwei Koffern an beiden Seiten auf dem Weg in die Schweiz wäre.

8

In der ersten Zeit auf Curaçao war noch alles gut gegangen. Emmeke und Joost hatten nur Augen füreinander. Alles war neu: Noch nie hatten sie zusammen in einem Bett geschlafen, noch nie waren sie am Morgen gemeinsam aufgestanden – wegen der Hitze und Joosts Bürozeiten früher als in den Niederlanden. Nach dem Frühstück ging Joost zur Arbeit. Emmeke blieb zu Hause und genoß nachträglich die Nacht – ihre Haut war noch ganz kribblig davon – manchmal ließ sie ihren Morgenmantel aufgehen und musterte, im Korbsessel sitzend, ihren nackten Körper wie eine Landschaft, die sie nie zuvor gesehen hatte. Nie zuvor hatte sie sich so unbefangen, so ohne jede Scham und sogar mit zunehmendem Wohlbehagen selbst betrachtet.

Auch auf der Insel war alles neu und ungewohnt: Die fremde, wüste Kultur hatte zwar ihre Neugierde geweckt, ihr aber auch Angst eingeflößt. Sie lernte sie auf Ausflügen mit Joost an den Wochenenden kennen. Willemstad war ein verschlafenes Dorf, das sich schnell erschöpft hatte. Außerhalb davon lebten nur wenige Menschen, und die in ärmlichen Verhältnissen. Viele kleine Kinder mit ihren Großeltern, die Gesichter von der Sonne gebräunt, voller Falten, mit eingefallenen Wangen und zahnlosen Mündern. Jüngere Leute sah man fast nie; die waren »irgendwo« auf Arbeit. Der Rest der Insel war kahl und felsig, wenig grün, kein Urwald. Immer blies ein kräftiger karibischer Wind. Die Hitze war unbarmherzig. Nirgendwo gab es Schatten, und der Gestank der Raffinerie verfolgte einen überallhin. Nur das Meer brachte Abkühlung, aber man ging nicht so ohne Weiteres einen Tag an den Strand, und schon gar nicht allein – das tat man in den Niederlanden schließlich auch nicht.

Die ersten Monate blieb sie meist zu Hause. Sie las ein Buch aus der Firmenbibliothek, notierte etwas im Tagebuch oder schrieb einen langen Brief an eine ihrer Freundinnen in den Niederlanden – an Els, an Pippi, die ihr regelmäßig zurückschrieb und sie über Neuigkeiten aus Den Haag auf dem Laufenden hielt. Anfangs schrieb sie auch ihrer Mutter, aber da sie nie einen Brief zurückbekam, ließ sie es sein. Nur zum Jahreswechsel schickte sie noch eine in der Betriebskantine gekaufte Postkarte mit dem Bild einer Schneelandschaft und zwei Rentieren, die einen Schellenschlitten über einen zugefrorenen See ziehen. »Das Eis ist gerade weggetaut, schade, jetzt können wir nicht Schlittschuh laufen«, schrieb sie auf die Rückseite, und: »Ein glückliches neues Jahr!«

Den Haushalt führten zwei Frauen von der Insel – eine war zum Putzen und Wäschewaschen und die andere zum Kochen und Einkaufen da – was sich wohl so gehörte, denn viele Inselbewohner waren darauf angewiesen, daß die Angestellten der Öl-Gesellschaft sie beschäftigten. Emmeke fand es peinlich, Personal zu haben: Sie hielt sich nicht für eine vornehme Dame, ganz und gar nicht. Aber es ging nicht anders, hatten Joosts Freunde ihr erklärt; es wäre sonst asozial, und Joost erhielt dafür eine Gehaltszulage. Auch an die Tatsache, daß die Frauen schwarz waren, mußte sich Emmeke erst gewöhnen. Als sie das erste Mal mit ihren bunten und kunstvoll gefalteten Kopftüchern bei ihr aufgetaucht waren, hatte sie sie mit großen, überraschten Augen angeschaut. Sie sprachen Niederländisch mit einem melodischen Akzent, den Emmeke anfangs nur schwer verstehen konnte. Manchmal brachten sie ihre Kinder mit, die sie gleich gar nicht verstand, was die Frauen zum Lachen reizte. Sprachen sie kein Niederländisch, verstanden sie es nicht, oder taten sie nur so? Emmeke fühlte sich in ihren eigenen vier Wänden ausgeschlossen, als hüteten die Frauen Geheimnisse, die ihnen Macht über sie gaben. Sie ließ den Dingen so lange ihren Lauf, bis mit einem der Kinder ein ernstes Wörtchen zu reden war – es hatte bei seinen wilden Spielen eine ungeheure Unordnung angerichtet, und die sollte es auch wieder aufräumen. »Jawoll, Frau Emmeke«, hatte der Junge geantwortet, und dann hatten alle zusammen darüber gelacht, und da fühlte sich Emmeke schon ein bißchen besser.

Die Kinder spielten auf dem Sandweg vor dem Haus. Die Ölgesellschaft hatte zugesagt, die Straße zu asphaltieren, aber das war nie geschehen. Der Sand stiebte durch die Ritzen des Hauses und machte sich auf dem Steinboden breit, türmte sich in den Ecken, warf sich zu kleinen Hügeln an der Wand auf. Er hing auch in ihren Kleidern. Emmeke mußte das Essen mit großen Leinentüchern abdecken, die sie auf dem Markt in Willemstad gekauft hatte. Eine der Frauen befeuchtete sie regelmäßig. Sie hatte tatenlos zusehen müssen, wie die Frauen ihr alles aus der Hand nahmen, selbst wenn nur ein Knopf anzunähen war. Schließlich hatte sie sich in ihr Schicksal ergeben und fand sie doch ganz nett. Die eine hieß Esmeralda, ein Name, der zu der exotischen Insel paßte, fand Emmeke, die andere hieß Truus. Curaçao war nun einmal eine niederländische Kolonie. Abends, vor Einbruch der Dunkelheit, wurden die Frauen von ihren Männern abgeholt. Manchmal waren es andere Männer als ihre Ehemänner – ein Bruder, ein Cousin, ein Freund, ein Liebhaber vielleicht? Die Männer schauten mit Neugier auf Emmeke, die durch diese Blicke, die unverhohlen an ihrem Körper entlang glitten, unruhig wurde.

Nach einer Weile fing dieses Leben an, Emmeke gehörig zu langweilen. Ziellos schlenderte sie durchs Haus und wartete nur noch darauf, daß Joost zu einer langen Siesta nach Hause käme. Auch das war neu. Später am Nachmittag würde er noch einmal für zwei, drei Stunden ins Büro gehen. Und dann ging das Warten wieder los, bis er zum Abendessen nach Hause kam. Sie mußte raus, etwas unternehmen. »Wir spielen Tennis«, hatte eine der Ehefrauen von Joosts Freunden gesagt. »Wir essen im Club Mittag, dann ist Siesta, und dann gibt es immer irgendwo Teekränzchen, wo es auch was Richtiges zu trinken gibt. Oder wir gehen in der Bucht schwimmen. Da gibt es einen schönen, abgelegenen Strand.« Joost hatte sie schon in der ersten Woche dorthin mitgenommen. Man saß da unter einem Sonnenschirm und konnte bei einem tiefschwarzen Kellner im weißen Smoking etwas zu trinken bestellen. »Und abends gibt es den Club, wenn du nicht zu Hause versauern willst, oder einen Empfang der Regierung. Irgendwas ist immer los.«

Es gab eine kleine einheimische Beamtenelite in Willemstad, mit der sie manchmal in Berührung kamen, meist bei solchen Empfängen, aber es waren zwei Welten: die Ölraffinerie und die Kolonialregierung. Emmeke gesellte sich zu den Frauen, oder zumindest versuchte sie es. Es war ein geschlossener Kreis, in dem man nicht so einfach willkommen geheißen wurde. Sie kam aus bescheidenen Verhältnissen und hatte nur wenige weltliche Vergnügungen kennengelernt. Hier konnte sie sich einbilden, ein Reiche-Leute-Leben zu führen, das aus nichts anderem als Unterhaltung und gesellschaftlichen Ereignissen bestand. Es fiel ihr schwer, ein solches Leben für normal zu halten, aber es war die einzige Alternative zum Zu-Hause-Herumsitzen. Zweimal im Monat, meist samstags, gab es Tanzabende, auf die sich Emmeke immer freute, obwohl das Vergnügen dadurch getrübt wurde, daß Joost in der Band spielte und sich nur ab und zu freimachen konnte, um mit ihr eine Runde zu drehen. Meistens tanzte sie mit Sjoerd van Rhenen, den sie auf dem Schiff kennengelernt und der auch auf ihrer Hochzeitsfeier öfter als andere Gäste mit ihr getanzt hatte.

Nicht nur, daß sich ab und zu eine plötzliche Erinnerung aufdrängt, es ist auch, als würde meine Suche nach der Vergangenheit allerlei Material zutage fördern. Erst die grüne Mappe, dann die Informationen über Onkel Arnold, jetzt wieder ein kleinformatiges Fotoalbum mit Bildern meiner Mutter bei der Überfahrt nach Curaçao auf der SS Venezuela. Sie reiste zweiter Klasse. Sie war nicht die einzige Frau an Bord, aber sie war von Männern umringt. Es sieht so aus, als hätte sie es genossen: ein Sonnenbad im Liegestuhl, Spiele an Deck, lachend für die Kamera posieren. Das Album muß gut versteckt, im Dunkel verborgen, gewesen sein, als hätte sein Inhalt das Tageslicht zu scheuen. So ist es auf eine bittere Art und Weise auch: Einmal dem Tageslicht ausgesetzt, verfärben sich die Fotos schnell. Ich lege sie wieder zurück, denn sie dürfen nicht weiter verblassen. Es sind unbeschwerte Fotos, die an eine sorglose Zeit erinnern.

Sjoerd war während der zweiwöchigen Überfahrt Emmekes fester Tischgenosse gewesen. Er hatte sich als Anstandswauwau aufgebaut, als einer der Unteroffiziere versucht hatte, ihr während der Feierlichkeiten bei der Überquerung des Äquators Avancen zu machen. Seitdem waren sie befreundet. Sjoerd war auf der Rückreise von seinem ersten Urlaub. In Venezuela hatte er bei der Ölförderung gearbeitet, und auf Curaçao wurde er jetzt in der Raffinerie eingesetzt. Er war etwas älter als Joost und unverheiratet. Bei einem Zwischenstopp in Trinidad, kurz vor der Ankunft auf Curaçao, hatte er Emmeke auf einen Ausflug durch die Hauptstadt Port of Spain mitgenommen und dann in die Berge zu den Blue Falls. Emmeke war wie benommen durch die Gegend gelaufen. Alles war so fremd: die feuchte Hitze, die sich wie eine Decke an den Leib schmiegte, die Farben, das Licht, der Lärm der Stadt. Sie war froh, daß jemand da war, dem sie vertraute, der den Weg kannte und sogar ein wenig Spanisch sprach. Wäre Sjoerd nicht gewesen, hätte sie die Kabine auf dem Schiff nie verlassen und da tausend Ängste ausgestanden.

Von allen Frauen gab sich Evelien die größte Mühe, Emmeke in ihre Kreise aufzunehmen. Sie war eine herzliche Frau, nicht so reserviert und hochmütig wie die anderen, die Emmeke immer das Gefühl gaben, sich beweisen zu müssen. Evelien versuchte, ihr zu helfen: »Die Anpassung ist am Anfang schwer. Manchmal dauert es lange. Das Klima, die Kultur ... Das ist nicht für jeden was.« Vor allem der letzte Satz war bei Emmeke hängengeblieben: Das ist nicht für jeden was. Die Frauen hatten einander und hielten sich aneinander fest. Sie waren wegen ihrer Männer hier, aber die Männer waren wegen der Arbeit da. »Wir Frauen führen unser eigenes Leben, sonst hält man es hier nicht lange aus.« Schon aus diesem Grunde gehörte man besser dazu: »Wir kümmern uns umeinander, wenn irgendwas ist.« So nett es auch gemeint sein mochte, was Evelien gesagt hatte, es klang eher beunruhigend als tröstlich: Wenn sie nicht todunglücklich werden wollte, mußte sie also mitmachen bei diesem versnobten

Getue, diesem Geplänkel und Getratsche. Mit all den Ausflügen, den Röcken und Hüten, die sie sich deshalb zulegen mußte.

Das war nichts für Emmeke. Ihr anfängliches Unbehagen blieb. Ab und zu entzog sie sich den gesellschaftlichen Anlässen, was natürlich nicht unbemerkt blieb. Evelien kam zu ihr. Ob es ihr nicht gut ginge? Emmeke fühlte sich prima. »Wirklich, es ist nichts.« – »Echt?« – »Wirklich.« Evelien sah sie prüfend an. Emmeke wußte, was ihr durch den Kopf ging, aber sie war nicht schwanger. Evelien sagte daraufhin, daß sie sich ein bißchen mehr anstrengen müsse. Um zu gefallen? Um dazuzugehören? Um etwas mehr zu sein als nur die Frau des Saxophonisten der Jazz-Band? Emmeke mußte an sich halten, um gegenüber Evelien nicht ausfällig zu werden.

Von diesem Moment an nahm sie eine andere Haltung an, wenn sie zum Tee oder im Tennisclub auftauchte. Sie hüllte sich in einen Panzer scheinbarer Unabhängigkeit, hinter dem sie ihre Unsicherheit verbarg, ihre Lippen waren ein schmaler Streifen Unbeugsamkeit. Die Wahrheit war, daß sie sich nur in Joosts Gesellschaft wohlfühlte. Bei den Tanzabenden tanzte sie ausgelassen mit ihm, als ob sie den anderen Frauen die wahre Emmeke zeigen wollte. Und wenn er nicht greifbar war, tanzte sie mit Sjoerd. Nicht weniger ausgelassen.

Das hatte Folgen. Emmeke war jetzt über ein Jahr auf Curaçao, als Joost eines Abends bestürzt mit der Nachricht nach Hause kam, daß in der Betriebskantine das Gerücht die Runde machte, sie hätte eine Affäre mit Sjoerd van Rhenen. Sie glaubte, nicht richtig zu hören: so etwas Lächerliches, so eine bösartige Verleumdung! Sjoerd war ein Freund, auch von Joost; sie verbrachten oft zu dritt Zeit miteinander. Emmeke fühlte sich bei ihm sicher wie bei einem älteren Bruder. Es wäre ihr nie in den Sinn gekommen … eine Affäre mit Sjoerd, allein schon die Vorstellung trieb ihr die Schamesröte ins Gesicht! Sie schaute zu Boden, die Arme baumelten schlaff am Körper herunter. »Unsinn, natürlich«, hörte sie Joost sagen. »Klatsch und Tratsch, bloßes Geschwätz.« Aber es fühlte sich an, als wäre ihr etwas genommen worden, etwas Kostbares, etwas, das ihr viel bedeutete, ein Talisman, der sie vor Bösem und Unglück beschützte. Sie durfte nicht wieder mit Sjoerd gesehen werden, nie mehr. Emmeke wußte sehr gut, welche Vorstellungen den Leuten in den Köpfen herumspukten, welche Worte sie benutzten. Sie hatte die Frauen in der Umkleidekabine des Tennisclubs tratschen hören. Sie war sich sicher, die hatten das Gerücht in die Welt gesetzt – Betsie Overloon mochte sie nicht, und die ließ es sich auch ganz unverhohlen anmerken. Sie hätte sich mehr anpassen müssen!

»Emmeke, warum sagst du nichts?« Joost sah ihr schamrotes Gesicht und die Tränen in ihren Augen. Aber was hätte sie sagen sollen? Sie fühlte sich leer und windelweich geprügelt. »Du glaubst doch nicht … daß ich … diesen Klatsch ernstnehme?« Natürlich glaubte sie das nicht. »Na denn«, sagte Joost. »Das sind bösartige Unterstellungen, nur um dir wehzutun, sonst nichts.« Joost nahm ihren Kopf in die Hände und küßte sie aufs Haar. Aber warum Leute sowas taten, leuchtete ihnen nicht ein. Vielleicht hätten sie selbst gern eine Affäre mit einem so attraktiven Junggesellen wie Sjoerd gehabt! Emmeke schämte sich fast, als sie sich plötzlich vorzustellen versuchte, wie Betsie Overloon mit Sjoerd davonliefe. Diese Betsie mit ihrem schrillen, vernichtenden Lachen sollte bloß die Finger von Sjoerd lassen!

Das ganze Curaçao-Abenteuer war für Emmeke damit verdorben. Aber Joost zeigte sich entschlossen: »Gerüchte sind hartnäckig, da werde ich wohl einschreiten müssen.« Nur wie er das anstellen wollte, wußte er nicht so genau. Auf jeden Fall mußten sie mit Sjoerd darüber sprechen. In dieser Nacht lagen sie Seite an Seite im Bett, zum ersten Mal nicht in den Armen des anderen. Jeder mit seinen eigenen Gedanken, seinen eigenen Fragen. Am nächsten Morgen, nach dem Frühstück, hatte Emmeke ihren Morgenmantel fester um ihren Körper zusammengezogen.

Schon bald darauf verabschiedete sich Sjoerd. Er ging auf eigenen Wunsch zurück in die Niederlande. Emmeke und Joost weigerten sich, seine Entschuldigung anzunehmen. Wofür? »Für meine Dreistigkeit.« Joost hatte keine Dreistigkeit mitbekommen und Emmeke ebenfalls nicht. Beim Charleston schmiß man die Beine nun einmal in die Höhe! Sie brachten ihn gemeinsam zum Schiff und versicherten einander, daß sie sich in den Niederlanden wiedersehen würden. Joost ergriff Sjoerds Hände: »Wir werden dich vermissen.« Emmeke küßte ihn auf beide Wangen. Es war ihr egal, ob es dafür Zeugen gab.

Sjoerds Abreise machte es für Emmeke nicht besser. Sie ging zwar noch ab und zu in den Tennisclub, hatte aber wenig Spaß daran. Sie nahm eine Einladung von Evelien an, ein im Hafen liegendes niederländisches Marineschiff zu besuchen. An Samstagabenden blieb sie auch schon mal zu Hause, und wenn sie zum Tanzabend ging, sorgte Joost dafür, daß er öfter mit ihr eine Runde drehen konnte. Wenn er mit der Band spielte, saß Emmeke an der Seite. Wenn andere Männer, selbst Freunde, sie aufforderten, willigte sie nur selten ein, und wenn sie es schon tat, vermied sie jede Überschwenglichkeit – bei ihr keine in die Luft fliegenden Röcke mehr. Mit Joost sprach sie über seinen bevorstehenden Urlaub. Könnte er nicht versuchen, in den Niederlanden zu bleiben, am Hauptsitz? Joost würde mit seinem Chef darüber sprechen. Ingenieur Rozenboom war ein zugänglicher Mann, er hatte ihm schon zu einer besseren Position verholfen.

Es dauerte noch ein halbes Jahr, bis es soweit war. Zwei Wochen vor ihrer Abreise saß Emmeke am Rande der Tanzfläche, einem von weißen Säulen umgebenen quadratischen Holzboden mit Tischen und Korbstühlen dazwischen. Sie tanzte einmal mit Joost und danach, weil es der letzte Abend war, mit verschiedenen Männern, inzwischen Freunden, aber auch jetzt hielt sie es maßvoll. Hinter ihr hörte sie jemanden sagen: »Na, zum Glück wird uns die kleine Jüdin bald verlassen. Das war ja eher nichts.« Betsie Overloon – sie erkannte diese Stimme unter Tausenden. Emmeke blieb reglos sitzen. Weitere Aufforderungen zum Tanzen lehnte sie ab, auch von Joost. Sie wartete auf ihn bis zur letzten Nummer. Sie sah, wie er sich von den anderen Bandmitgliedern verabschiedete.

Auf dem Heimweg fragte Emmeke, wo sein Saxophon sei. Das habe er zurückgeben müssen, es war Eigentum der Band.

(Tagebuchauszug)

11. Mai 1940

Ich habe die ganze Nacht kein Auge zugetan. Nur wegen dieser Judengeschichte, die Joost gestern aus dem Büro mit nach Hause brachte. Auch wenn es Schlimmeres in diesem Krieg gibt und daß Joost seinen Job verliert. Ich habe immer wieder das Gesicht von Betsie Overloon auf dem Tennisplatz in Willemstad vor Augen. Sie schoß ihre Bälle direkt auf mich ab, ich konnte sie nie zurückschlagen, und dann lachte sie mich lauthals aus. (…) Morgen ist Pfingsten. An der Schule sind wir da immer bei Sonnenaufgang losgegangen, wir standen um vier Uhr auf und radelten in die Dünen. Oder war es an Himmelfahrt? Ich weiß es nicht, es ist zu lange her. (…) Die Geschäfte sind voller Leute, erzählte mir Frau de Haan von der anderen Straßenseite, die für zwei Tage eingekauft hat. Ich müsse mich beeilen, bald ist alles alle. Frau de Haan sagte auch, daß es daran liege, daß wegen des Krieges nichts geliefert wird. Zum Glück hatte der Milchmann noch etwas Joghurt für die Buttermilchspeise, aber man mag ja nicht zwei Tage lang Joghurt essen! (…) In letzter Minute habe ich in den Geschäften um die Ecke die Einkäufe erledigt und Pippi noch schnell besucht. Wir fielen uns in die Arme, als hätten wir uns seit einer Ewigkeit nicht mehr gesehen. Pippi meinte, daß Joost sicher bald neue Arbeit bekommen wird. (…) Heute morgen wurde im Radio verkündet, daß wir abends ab halb neun nicht mehr auf die Straße dürfen und man verhaftet wird, wenn man es trotzdem tut. Hoffentlich weiß Joost das auch; er hat letzte Nacht überhaupt nicht geschlafen, er hat sich von einer Seite auf die andere gewälzt, und als er heute morgen aufstand, hatte er ein ganz verquollenes Gesicht. Er ist früh ins Büro gegangen. Er will unbedingt heute alles fertigkriegen, damit Rozenboom beruhigt abreisen kann. Es ist sein letzter Tag.

Das Gefühl, daß ein unbestimmtes Unheil droht, wie Emmeke es aus Curaçao in Erinnerung hat, ist seit gestern abend wieder da. Was Rozenboom Joost gesagt hatte, ist bei ihr hängengeblieben. Vor Curaçao hatte sie zwar manchmal gehört, wie die Leute ohne jeden bösen Hintersinn davon sprachen, daß sie »so jüdisch« aussähe. Emmeke hatte sich dabei immer unwohl gefühlt. Aber Joost sagte dann jedesmal, sie sei »anders«, und »anders« bedeutete besonders, ungewöhnlich. Und weil es für ihn so war, galt es auch für sie. Nach Curaçao und Betsie Overloon löste eine solche Bemerkung das Gefühl aus, daß sie nicht wirklich dazugehörte, daß »anders« dasselbe bedeutete wie »weniger wert«. Joost konnte es ihr nicht ausreden. Und nun? Ist sie jetzt in Gefahr?

Joost ist kurz vor halb neun zu Hause, er ist völlig erledigt. Die Arbeit ist fertig, aber Rozenboom konnte nicht abreisen: Sein Schiff durfte wegen der anhaltenden Kriegsgefahr in Rotterdam nicht auslaufen. Er muß nun versuchen, mit dem Schiff von Hoek van Holland nach London zu kommen. Und von da nach Curaçao. Er könne ihren Platz einnehmen, hatte Joost angeboten und eine Grimasse geschnitten, nachdem er ihm ihre Entscheidung mitgeteilt hatte, daß sie sein Angebot leider nicht annehmen würden. Rozenboom war zu sehr in Gedanken, um enttäuscht zu sein. Bezüglich einer neuen Beschäftigung für Joost werde sich die Firma nach Pfingsten mit ihm in Verbindung setzen. Und das war es. Ein lumpiger Abschied. Für wie lange? Mit einem verzweifelten Gefühl ist Joost in der hereinbrechenden Dämmerung mit dem Rad nach Hause gefahren. Sein Bauch spielte derart verrückt, daß er manchmal nicht richtig in die Pedale treten konnte und eine Pause einlegen mußte. Emmeke macht sich Sorgen. Er kriegt, wie gestern, beim Essen nichts herunter. Aber Joost glaubt, daß er bald wieder der alte sein wird. Ab jetzt hat er nichts mehr zu tun.

9

Kurz nach Sonnenuntergang brechen sie auf. Bert will vor der Ausgangssperre halb neun aus der Stadt heraus sein: in der Stadt noch im Schutze der Dämmerung, die Gewächshausroute bei Dunkelheit, das ist sicherer. Der Himmel ist wolkenlos. Etwas außerhalb der Stadt, versteckt hinter einer Ligusterhecke in der Nähe eines Bauernhofs, warten sie auf den Einbruch der Nacht. Es ist empfindlich kalt geworden. Bert hat seine Joppe gegen den schweren Ledermantel getauscht. Am westlichen Himmel sind die letzten orangefarbenen Streifen der Sonne zu erkennen, die hinter den Dünen weggesackt ist. Etwas näher sehen sie Lichtblitze von Explosionen und Artilleriefeuer, unhörbar in dieser Entfernung, zu weit weg, um gefährlich zu sein. Neben dem Auto stehend, versucht Bert, das Flüchtlingspaar zu beruhigen. Frau Goedeman wimmert leise: »Oh mein Gott, oh mein Gott!« Herr Goedeman hat seine Hände fest um das Lenkrad geklammert, seine Knöchel sind so weiß, daß sie Licht abgeben könnten. Vor Mitternacht machen sie sich auf den Weg. Bert prägt ihnen noch einmal seine Instruktionen ein: »Keine Alleingänge, immer schön bei mir in der Nähe bleiben, an jeder Abzweigung halte ich an und warte auf Sie.«

Die erste gerade und ungeschützte Strecke, etwa zwei bis drei Kilometer lang, müssen sie so schnell wie möglich hinter sich bringen. Die Straße ist ein breiter Karrenweg, die schwere Traktoren und LKWs zerfurcht haben, in der Mitte ist ein versengter Grünstreifen, und immer mal wieder kommt ein Schlagloch, aber sie ist befahrbar. Man könnte ein bißchen Tempo machen. Doch dauert es für Berts Geschmack viel zu lange. Goedeman fährt zu vorsichtig, weniger als 15 Stundenkilometer, und manchmal kommt er zum Stehen. Der Citroën ist eine perfekte Zielscheibe. Der Mond ist aufgegangen und hängt tief und drohend über dem Land. Langsam klettert er in die Höhe, manchmal von einem Nebelfetzen verschleiert.

Bevor sie den zweiten Teil ihrer Reise antreten, überprüfen sie die Gurte, mit denen die Kabinenkoffer am Gepäckträger befestigt sind. Der Citroën ist wegen der vielen Unebenheiten auf der Straße arg durchgeschüttelt worden. Zwischen den Gewächshäusern wird es besser gehen, solange sie sich nur nahe genug ans Rücklicht des Motorrads hängen. Die weißgestrichenen Gewächshäuser bieten einen gespenstischen Anblick. Ihre langsam vorübergleitenden Silhouetten zeichnen sich schwach im Mondlicht ab. Bei der zweiten Abzweigung will Goedeman die Verdunkelung von den Scheinwerfern entfernen, aber Bert hält das für keine gute Idee, weil sie dann noch besser zu erkennen sind. Sie müssen vorsichtig sein und gut aufpassen. Goedeman gibt sich geschlagen. Bert ist der Führer. Es ist erstaunlich, wie man von einem Moment auf den anderen zum Experten, zur »Autorität« werden kann. Bert ist in zwei Tagen ein anderer Mensch geworden, ein Mann mit Erfahrung und Macht. Das gibt ihm Befriedigung.

Was Bert an diesem Nachmittag fast drei Stunden gekostet hat, dauert jetzt mehr als vier. Vorsichtshalber halten sie an jeder Ausfahrt. Einmal sieht Bert ein Fahrzeug auf dem Weg, den er gerade einschlagen will: ein Traktor des Gärtners? Ein Militärfahrzeug auf Patrouille? Sie warten, bis es außer Sichtweite ist. Ein anderes Mal, kurz bevor sie die Landstraße überqueren wollen, um von einer Reihe von Gewächshäusern zur nächsten zu kommen, zieht eine kleine Militärkolonne vorbei; sie werden nicht bemerkt. Einmal schlägt eine Granate ausgerechnet in der Reihe der Gewächshäuser ein, an denen sie gerade vorbeigefahren sind. Das Pfeifen fällt fast mit der Explosion zusammen, gefolgt von zu Boden rauschendem Glas wie ein kurzer Schauer nach einem Donnerschlag. Der Krieg ist also doch näher, als Bert angenommen hat. Sie haben sich alle ziemlich erschreckt. Elfie muß aus dem Auto aussteigen, um sich zu übergeben. Ihr Mann steht, das Gesicht abgewendet, hilflos neben ihr. Elfie gerät immer mehr in Panik. Sie will umkehren, zurück nach Hause, aber es gibt keinen Weg zurück; sie müssen jetzt weiter. Es bedarf jeder Menge geflüsterter Überredungskunst. Bei jeder Störung verlieren sie Zeit. Es ist weit über drei Uhr, als sie die letzten Gewächshäuser passieren, vorbei an Schipluiden, auf der Landstraße, die direkt nach Maassluis führt, vielleicht noch zwölf Kilometer. Sie erreichen den Stadtrand in weniger als einer halben Stunde.

Da müssen sie wieder aufpassen. Bert beschließt, die Westseite der Stadt im großen Bogen zu umfahren. Dicht am Fluß sieht er ein Hinweisschild auf den Hafen und die Fähre zur Insel Rozenburg. Eine lange Autoschlange wartet auf dem Kai, Gott weiß, wo die alle herkommen. Sie sind genauso schwer bepackt wie der Citroën der Goedemans. Die erste Abfahrt ist um sieben Uhr und die nächste jeweils eine Stunde später, so ist der Fahrplan wochentags. Soweit genügend Treibstoff da ist, können weitere Überfahrten erfolgen. Die Fähre ist nicht groß; es passen nur acht bis zehn Autos drauf. Bert sieht jetzt auch Radfahrer mit Anhängern, sogar ein vollbeladenes Lastenfahrrad. Wie lange sie jetzt warten müßten, fragt Elfie durch das Fenster der Autotür. Sie ist in dieser Nacht ein paar Jahre älter geworden. Bert zählt die Autos in der Warteschlange vor ihnen: mehr als dreißig. Es könnte sicher bis neun Uhr dauern. Und da darf nichts dazwischenkommen.

Herr Goedeman ist ausgestiegen. Er werde, sobald sie angekommen sind, Bert einen zusätzlichen Scheck schicken – er ist also weiterhin zuversichtlich. Bert winkt bei diesem Angebot ab; darum ginge es doch nicht. »Sehen Sie erstmal zu, daß Sie in die Schweiz kommen, und passen Sie gut auf Ihre Frau auf.« Goedeman nickt. Besorgnis verdüstert sein Gesicht. Er schaut zu Elfie, die auf dem Beifahrersitz völlig abwesend mit vor der Brust verschränkten Armen vor sich hin starrt. »Wir haben schon einmal fliehen müssen. Aber jetzt ist es etwas anderes, jetzt geht es auch um sie.« Er beginnt, die Riemen des Gepäcks zu überprüfen. Elfie ist ausgestiegen und fällt Bert ohne Vorankündigung um den Hals: »Sie müssen bei uns bleiben.« Sie atmet ihm schwer ins Ohr. Wenn sie nun mal nicht gleich wieder anfängt zu weinen. Sanft schiebt er sie von sich weg. »Das wird nicht gehen.« Sie müsse tapfer sein, und er muß zurück nach Den Haag. »Sind Sie verheiratet?« fragt sie plötzlich. Die Frage überrascht ihn. »Noch nicht«, sagt Bert. »Glückliche Frau.« Ein hochroter Schatten huscht wie ein Windstoß über ihre Wangen. »Bleiben Sie lieber im Auto, Sie dürfen sich nicht erkälten.« Elfie hat unterwegs ihre Jacke abgelegt und gegen ein Umschlagetuch eingetauscht, sie steht mit nackten Armen im Wind, eine ganz andere Frau, als er bisher kennengelernt hat. Sie befolgt seinen Rat sofort.

An der Tür stehend, streckt Goedeman seine Hand aus: »Ab jetzt nennen Sie mich bitte Henri.« Viele Gelegenheiten wird es dafür nicht geben. Unbehaglich ergreift Bert die ausgestreckte Hand: »Bis dann … Henri … und viel Glück.« Er geht auf die andere Seite des Wagens, wo Elfie sitzt. »Ihnen auch, Elfie. Gute Reise, passen Sie gut auf Henri auf, er braucht Ihre Unterstützung.« Er verabschiedet sich mit einem Streicheln über den Hals des Schaukelpferdes, das optimistisch in die Zukunft blickt.

Auf zwei anderen Fotos von Onkel Arnold ist das rätselhafte Lächeln noch zu erkennen, aber er fühlt sich offensichtlich nicht sonderlich wohl: Die Lippen sind fest aufeinandergepreßt. Es sind keine Paß-, sondern Hochzeitsfotos. Arnold ist also verheiratet – laut Standesamt mit einer gewissen Maria Johanna Koelman, kurz Rie genannt. War mir bisher unbekannt. Ich hatte also eine Tante Rie – auch nie gewußt. Ebenfalls verschwiegen. Daß ich nichts von Arnold weiß, liegt daran, daß er verheimlicht wurde. Aber warum?

Auf dem Rückweg an den Gewächshäusern entlang wendet Bert die gleiche Taktik an wie bei der Hinfahrt: an jedem Abzweig anhalten und nachsehen, ob die Luft rein ist. Auf halber Strecke stößt er fast mit einem Traktor zusammen, der plötzlich aus einer Scheune kommt. Der Fahrer muß über seine Schulter schauen, um einen langen flachen Anhänger unbeschadet auf die Straße zu manövrieren. Dadurch bemerkt er Bert nicht, und das Dröhnen des Traktors übertönt das

Motorrad. Die offenen Scheunentore bringen Bert auf eine
Idee. Schnell findet er einen windschiefen Schuppen, voll mit
rostigen Werkzeugen, mit einem Haufen Erde auf dem Boden
und einer hölzernen Schubkarre, die senkrecht an der Wand
steht. Hier kann er den Tagesanbruch in Sicherheit abwarten.
Die Ausgangssperre gilt bis sechs Uhr morgens. Er schiebt
sein Motorrad hinein und läßt die Tür einen Spalt offen. Es
ist so kalt, daß er seine Joppe unter den Ledermantel ziehen
muß. Er legt sich in die Schubkarre und schläft.

Stunden später wird er von vorbeiwehenden Stimmen
geweckt, die zu drei oder vier Männern gehören. Sie reden
über die Schäden, die sie bereits jetzt durch den Krieg erlitten
haben: die Gewächshäuser zu Bruch geschossen, die Früh-
jahrsernte vernichtet, der stilliegende Handel, sicher bis nach
Pfingsten. »Scheißmoffen!« hört Bert einen von ihnen die
Deutschen verfluchen, und auch: »Vielleicht haben wir das
Schlimmste ja hinter uns.« Als die Stimmen verstummt sind,
kommt Bert aus dem Schuppen, bis auf die Knochen durch-
gefroren und stocksteif. Am blauen Himmel, wo die Sonne
mit den letzten Nebelresten kurzen Prozeß macht, sind keine
Flugzeuge zu sehen.

Auf der offenen Strecke in Richtung Stadt fährt er die
letzten drei Kilometer so schnell, wie es die Karrenspur zuläßt. Ungehindert kommt er nach Den Haag, doch auf dem
Rijswijkseweg verläßt ihn das Glück. Auf Höhe des Bahnhofs
wird er von der Militärpolizei angehalten. Sie werfen kaum
einen Blick in seine Papiere. Mit seinem deutschen Motorrad und seinem Ledermantel halten sie ihn gleich für einen
Deutschen. »Ihr habt wohl gedacht, ihr hättet schon gewonnen!« Bert hätte darüber lieber nicht lachen sollen, denn er
wird von seinem Motorrad gezerrt und mit beiden Armen
auf dem Rücken grob gegen ein Auto gedrückt. Er schreit
vor Schmerz, das Motorrad kippt um, und Benzin fließt auf
die Straße. Er könne von Glück sagen, daß er ihnen in die
Hände gefallen sei, meinen die Militärpolizisten, und nicht
vom Volk gelyncht worden ist. Er wird zum Polizeipräsidium
gebracht, die Zündapp ist beschlagnahmt. Mit sechs anderen

Gefangenen wird er in eine Zelle gesperrt. Steht er unter Arrest? »Maul halten!« schreit der Polizist, der ihn in die Zelle gebracht hat, ein Hosenscheißer mit Pickeln im rotglänzenden Gesicht. Seine Mitgefangenen werden alle verdächtigt, der fünften Kolonne anzugehören. Einige von ihnen sind schwer zugerichtet, sieht Bert. Sie erhalten Essen: Suppe und Brot. Ein neuer Gefangener wird hereingebracht, ein Mann um die Vierzig, der zunächst schrecklich tobt, auf die Tür einschlägt und dann in Tränen ausbricht. Keiner, der ihn tröstet oder fragt, was mit ihm los ist.

Am Ende des Tages werden sie einer nach dem anderen zum Verhör aus der Zelle geholt, Bert als letzter. Das Verhör stellt wenig dar: Name, Adresse, Beruf, und was er um acht Uhr morgens am Rijswijkseweg zu suchen hatte. Er war auf dem Weg nach Hause, antwortet er wahrheitsgemäß. Na, dann ist er ja früh auf den Beinen gewesen. Der Wachtmeister, ein älterer Mann mit dicken grauen, nach hinten gekämmten Haaren, müde von einem ganzen Tag endloser Verhöre, reibt sich mit den Fäusten die Augen. Er habe einen Kunden besucht, erklärt Bert, und auch das ist nicht einmal unwahr. »So früh am Pfingstsonntag?« Bert wundert sich über die Unsinnigkeit der Frage, als ob der Wachtmeister nicht wüßte, daß Krieg ist: »Not kennt kein Gebot.« Der Zeitpunkt spiele dabei doch keine Rolle? Auch wenn es mitten in der Nacht wäre. Bert denkt an Henri und Elfie. Sie sind jetzt in Zeeland, mit ein bißchen Glück vielleicht schon in Belgien. Er denkt auch an Lien. Sie wird umkommen vor Sorgen, denn er ist nun schon seit zwei Tagen weg. Heute hätte er mit ihr in die Kirche gehen sollen. Bert möchte wissen, wo sein Motorrad geblieben ist. Vielleicht dürfe er nach dem Verhör nach Hause? Seine Frau wisse nicht, wo er stecke. Der Wachtmeister kennt keine Gnade: »Ich stelle hier die Fragen, Sie antworten.«

Bert bleibt in Haft, bis sich sein Fall geklärt hat. Mit vierzehn anderen wird er auf einem Armeelaster nach Oud Rosenburg, der Nervenheilanstalt bei Loosduinen, gebracht. Dort können sie nicht entkommen, bei den Gittern, die vor den Fenstern angebracht sind. Im provisorischen Gefängnissaal schreibt Bert einen Brief an Lien: daß er gestern morgen bei Menno Dijkstra vorbeigehen wollte, Menno aber zum Luftschutz einberufen sei; daß Ans nichts von ihm gehört habe und sich deshalb schreckliche Sorgen mache; daß er zum Hauptquartier der Luftverteidigung gefahren sei, um sich nach Menno zu erkundigen, und daß sie ihn dort ersucht hätten, sich freiwillig zu melden – sie bräuchten dringend Leute, er könne sich als Motorradordonnanz nützlich machen. Natürlich habe er das getan – er mußte wohl auch. Jetzt also sei er doch beim Luftschutz gelandet, Lien könne stolz auf ihn sein. Für wie lange, sei unklar, aber auf jeden Fall, bis der Krieg vorbei ist; dann dürfe er wieder nach Hause. Er habe nicht früher schreiben können, weil er die ganze Zeit mit wichtigen Nachrichten zwischen den Posten hin- und hergefahren sei, auch außerhalb von Den Haag, im Westland. Diesen Brief gebe er jetzt einem Kurier mit. Er hoffe, daß Lien ihn bald in Händen halten werde. Sie solle sich keine Sorgen machen: »Ich bin in Sicherheit«, schreibt er. Und zum Schluß: »Mein Häschen, wir holen später alles nach, Dein Bertje.«

Lien würde ihn für verrückt erklären, wenn er ihr die Wahrheit sagte. Goedemans Flucht konnte er, ohne sie in Gefahr zu bringen, kaum als Grund für seine Abwesenheit angeben. Planlos auf seinem Bett liegend, muß er die ganze Zeit an Elfie denken, an ihre weißen, nackten Arme um seinen Hals, ihr schwarzes, glattes Haar an seiner Wange, weich wie Seide. Aber das hat Bert im Brief natürlich nicht geschrieben. Wer Dinge verschweigt, muß nicht lügen, ist seine Devise.

10

Bert ist verschwunden. Weg. Vermißt. Lien kommt am frühen Pfingstmontag völlig verstört mit der Nachricht. Er ist seit zwei Tagen nicht mehr zu Hause gewesen. Am Samstagmorgen war er mit seinem Motorrad zum Termin zu einem Kunden gefahren, und seither hat sie nichts mehr von ihm gehört. Was könnte passiert sein? Pfingstsonntag ist sie bei der Polizei gewesen, aber die hatte keine Zeit für sie. Es werden noch mehr Leute vermißt. Oder sie sind bei Kämpfen verwundet worden. Sie soll später wiederkommen, wenn der Krieg vorbei ist. Daß Bert vielleicht verwundet sein könnte, hat Lien auf die Idee gebracht, die Krankenhäuser abzuklappern. Möglicherweise ist er dort. Aber sie traut sich alleine nicht, denn sie ist nicht verheiratet, und auf der Straße ist es nicht ungefährlich. Sie hofft, daß Joost mitkommt, aber der fühlt sich schon die ganze Zeit nicht gut. Er hat schreckliche Bauchschmerzen und kriegt kaum etwas herunter. Widerwillig entschließt sich Emmeke, Lien zu begleiten. Schließlich ist sie Berts ältere Schwester. Sie nehmen das Fahrrad, das ist am einfachsten. Joost hat auch keine bessere Idee, sie sollen nur wegen der Schießereien vorsichtig sein und auf den Luftalarm aufpassen. Er werde sich um das Kind kümmern.

Es ist das erste Mal seit Ausbruch des Krieges, daß sich Emmeke aus der Sicherheit ihres eigenen Viertels hinauswagt. Als wäre mit einem Ruck ein Vorhang weggezogen worden, ist es auf einmal rappelvoll und laut – ohrenbetäubender Lärm bricht über die Straße herein. Die Stadt ist nicht wiederzuerkennen und plötzlich ohne jeden Zusammenhang – eine öde Ansammlung von scheinbar unbewohnten Häusern und geschlossenen Büros, Geschäften und Kaufhäusern mit verrammelten Schaufenstern. Fast leere Straßenbahnen fahren vorbei, selbst wenn Fahrgäste warten. Laut hupende Autos rasen durch die Gegend, manchmal sitzen Soldaten darin, die ihre Karabiner aus den Fenstern halten. Und überall Krankenwagen mit heulenden Sirenen, Feuerwehrautos und Armeefahrzeuge, die in vollem Karacho und mit großem Getöse eine Kanone auf einer Lafette hinter sich her ziehen. Emmeke will gleich wieder umkehren, aber Lien ruft:»Weiterfahren, nicht drauf achten, weiterfahren!« Sie hat das alles am Morgen schon einmal gesehen. Eine Kavallerieabteilung galoppiert vorbei. Klappernde Pferdehufe schlagen Funken aus den Pflastersteinen. Von allen Seiten ertönt Geschrei – gebrüllte Kommandos von Soldatenzügen in heilloser Unordnung, junge Burschen mit müden, verängstigten Gesichtern unter den Helmen, Gewehre auf dem Rücken. Die Kirchenglocken hören nicht auf zu läuten, obwohl der Pfingstgottesdienst längst begonnen hat oder schon vorbei ist. Alarmglocken, als stünde die Stadt in Flammen, als wäre sie in tausend Fetzen geschossen und zerbombt, als wären die Bewohner geflohen. Doch das ist nicht der Fall: Die meisten Bewohner halten sich nur versteckt. Emmeke vermeint, Schüsse zu hören, aber Lien sagt, daß sie sich das einbilde.

Die Straßen sind durch eilig errichtete Barrikaden und Wachtposten der Polizei oder des Militärs blockiert, manchmal nicht einmal an einer Kreuzung, sondern mitten auf dem Weg. Sie müssen ausweichen und immer wieder Umwege fahren. An Kontrollpunkten werden sie angehalten und angeschnauzt oder grob weggejagt – Frauen haben hier nichts zu suchen! Niemand zeigt Verständnis für den Zweck ihres Unterfangens, wenn sie denn überhaupt die Chance bekommen zu erklären, daß Emmekes Bruder vermißt wird, Liens »Verlobter«. Emmeke spitzt die Ohren. Sicher sagt Lien das nur, um glaubwürdiger zu klingen. Sie müßten ins Krankenhaus, um nachzusehen, ob er vielleicht da eingeliefert worden sei. Doch all das macht keinen Eindruck: »Da lang«, heißt es gnadenlos. »Ein Stück weiter ist es zu gefährlich.«

Endlich sind sie am Ziel. Erst das Westeinde-Krankenhaus, dann das am Zuidwal. In den Eingangshallen herrscht ein Durcheinander, mit dem sie nicht gerechnet haben: Ärzte, die mit schnellen Schritten durch die Halle eilen, ihre offenen weißen Kittel manchmal blutverschmiert, und

Krankenschwestern, die einander unverständliche Anweisungen zurufen oder ohne Verbandszeug dasitzen. Es tauchen sogar Lazarettsoldaten auf, die im Laufschritt verwundete Soldaten hereinschleppen, mit denen sie unter großem Geschrei durch die pendelnden Schwingtüren verschwinden. Die Verwundeten liegen auf Tragbahren aus Leinen, die aus hoffnungslos veralteten Heeresbeständen stammen, um die so viel Aufhebens gemacht worden war. Auch die Krankenhäuser sind auf diese Welle von plötzlichen Kriegsopfern weder ausgelegt noch vorbereitet. Sie sind überfüllt und unterbesetzt, an der Rezeption ist niemand, der Emmeke und Lien Auskunft geben, geschweige denn herausbekommen könnte, ob Bert vielleicht hierhergebracht wurde. Beim ersten Anblick der Bahren mit den Verwundeten fällt Emmeke fast in Ohnmacht. Lien muß sie am Arm festhalten, um zu verhindern, daß sie auf dem gefliesten Boden zusammenrutscht.

Es bleibt nichts anderes übrig, als selbst nach Bert zu suchen. Die Stationen hinter den Pendeltüren platzen aus allen Nähten. Die Flure stehen voll mit Betten und Tragbahren. Einige Verwundete liegen auf Pritschen auf dem Fußboden. Hier wird das ganze Ausmaß des Leidens sichtbar, aber es ist ein gedämpftes Leiden, denn es wird nicht von Geschrei oder Lärm begleitet, als würden sich alle an die Vereinbarung halten, daß man Respekt vor dem Schmerz der anderen aufbringt, weil man sich in einem Krankenhaus befindet. Das erweckt beinahe den Eindruck, daß alles unter Kontrolle ist, daß man sich um die Patienten kümmert, daß es von ihren Verwundungen Genesende sind. Niemand hindert Lien und Emmeke daran, von Saal zu Saal zu gehen, als wären sie hier zu Besuch. Ärzte stehen über ein Bett gebeugt. Ein Mann auf einer Pritsche im Flur stöhnt leise und bittet um Wasser. »Kein Wasser geben«, zischt eine vorbeieilende Krankenschwester. »Schußverletzung im Magen.« Als ob Emmeke und Lien zum Pflegepersonal gehören würden.

Der Anblick so vieler schmerzverzerrter Gesichter, lebenlos herabhängender Gliedmaßen, des Blutes, der todmüden Ärzte und Schwestern stumpft schnell ab. Emmeke ist über sich selbst erstaunt, daß sie sogar einmal einen Operationssaal betritt, weil sie glaubt, gesehen zu haben, daß gerade Els' Mann da hinein verschwindet. Christiaan – er ist es wirklich – erkennt Emmeke zunächst nicht, so erschöpft ist er. Er ist seit über sechsunddreißig Stunden ununterbrochen auf den Beinen, hat kaum geschlafen, war nur kurz zu Hause, um Els zu beruhigen, und ist dann gleich wieder ins Krankenhaus zurückgekehrt. Es gibt zu wenig Personal für zu viele Operationen. Nein, er habe Bert auch nicht gesehen. Es tue ihm leid, daß er keine besseren Nachrichten habe, und jetzt müsse er auch schon weiter: »Wenn es euch nichts ausmacht.«

Bert finden sie nicht, nicht in Westeinde, nicht in Zuidwal. Es ist schon spät am Nachmittag. Sie beschließen, das neue Rot-Kreuz-Krankenhaus aufzusuchen. Dazu müssen sie die gesamte Innenstadt durchqueren, um in großem Bogen zur Westseite der Stadt zu kommen. Gott weiß, wie viele Straßensperren sie dabei umschiffen und wie oft sie »Scheveningen« zu unhöflichen und genervten Polizisten sagen müssen, die herauskriegen wollen, ob sie nicht zufällig deutsche Eindringlinge sind, die sich bei der Aussprache dieses Wortes unweigerlich verraten. Im Rot-Kreuz-Krankenhaus stoßen sie auf die gleiche Gehetztheit und das gleiche Durcheinander. Die gleiche stille Verzweiflung, das gleiche Leid hinter den Pendeltüren. Aber keine Spur von Bert.

Kurz vor der Ausgangssperre halb neun kommen sie erschöpft nach Hause. Bobbie weint schon seit über einer Stunde. Er vermißt natürlich seine Mutter. Joost hat ihn nicht beruhigen können. Er hält seine Hände an den Bauch gepreßt. Emmeke hat heute so viel erlebt, daß er bei ihr eine ungewöhnliche Entschlossenheit weckt: Sie nimmt Bobbie und legt ihn an ihre Schulter. Es dauert nicht lange, bis er still ist. Lien setzt sich niedergeschlagen auf einen Stuhl. Joost versucht, sie mit schmerzverzerrtem Gesicht zu trösten: »Bert wird schon wieder auftauchen.« Emmeke kann sich kaum noch auf den Beinen halten, trotzdem beschließt sie, etwas zu essen zu machen; zum Essen ist den ganzen Tag keine Zeit gewesen. »Jemand Lust auf ein Omelett?« Sie hat noch ein paar Eier. Keiner antwortet.

(Tagebuchauszug)

13. Mai 1940

Wir sind überall gewesen, in fast allen Krankenhäusern, aber wir haben Bert nicht gefunden. Er wird doch nicht tot sein? Ich kann es einfach nicht glauben. Bert ist kein Soldat, keine Kämpfernatur. Er ist ein geschickter Junge und schafft es immer wieder, sich aus allem herauszuwinden. Der tanzt nicht auf dünnem Eis. Morgen gehen wir noch ins Bronovo-Krankenhaus, es bleibt also ein Fünkchen Hoffnung. (...) Ach ja, die Königin ist geflohen, haben wir im Radio gehört, und die Regierung auch. Ich habe mich im Stich gelassen gefühlt. Selbst Joost war entrüstet, und er ist überhaupt nicht monarchistisch eingestellt. Sie behaupten, es sei im nationalen Interesse, aber wie können sie uns nur einfach so unserem Schicksal überlassen? Was für ein schrecklicher Tag. Schrecklich.

15. Mai 1940

Der Krieg ist vorbei. Gestern haben die Deutschen Rotterdam bombardiert. Die ganze Stadt ist zerstört, alles steht in Flammen, und es gibt Tausende von Opfern, sagen sie im Radio. Die Armee mußte wohl kapitulieren. Einfach unvorstellbar. Verbrecherisch, sagt Joost. Frau de Haan von der anderen Straßenseite erzählte, sie habe gehört, daß die Leute alles zurücklassen mußten. (...) Wir sind am Morgen trotzdem im Bronovo-Krankenhaus gewesen, aber da war Bert natürlich auch nicht. Die Nervenheilanstalt in Loosduinen und das Kinderkrankenhaus haben wir seinlassen; das sind keine Krankenhäuser für verwundete Soldaten. (...) Lien ist nach Hause gegangen, aber heute nachmittag war sie wieder bei uns: Sie hat einen Brief von Bert bekommen. Er ist als Motorradordonnanz beim Luftschutz; da haben sie ihn mit seinem Motorrad gut gebrauchen können. Er kommt in ein paar Tagen wieder nach Hause. Wir sind alle furchtbar erleichtert. Wozu so ein Motorrad doch alles gut sein kann, hat Joost gesagt. (...) Morgen muß der Doktor kommen, denn die Schmerzen sind fast nicht auszuhalten.

Zweiter Teil

Die Spielregeln
Mai 1940 bis September 1941

11

Zwei Tage nach der Kapitulation wird Bert freigelassen. Am
Schalter im Polizeirevier bekommt er die Sachen zurück, die
er bei seiner Verhaftung abgeben mußte. Zuerst kontrolliert
er die Umhängetasche: Alle Papiere sind noch da, auch der
Scheck von Goedeman. Dann fragt er nach seinem Motorrad.
Davon weiß niemand etwas, und er hat keinen Beweis dafür,
daß es überhaupt beschlagnahmt wurde. Er möge sich an die
neuen Behörden wenden. Denn wenn auch überall niederländische Polizisten herumlaufen, ist die Polizeidienststelle doch
von den Deutschen übernommen worden, und die Militärpolizisten, die ihn festgesetzt haben, sind jetzt selbst verhaftet.
Aber Bert hat nicht vor, ohne sein Motorrad zu gehen und
läßt sich nicht so sang- und klanglos abspeisen.

Zu seiner Überraschung steht plötzlich Hauptmann
Strehler vor ihm, den Arm in einer Schlinge. »Ach, so was,
Sie sind es!« Er begrüßt Bert, als seien sie alte Freunde. In
seinem besten Deutsch erklärt Bert, was passiert ist, und daß
er sein Motorrad zurückhaben will. »Kommen Sie mit.« Sie
gehen auf den Hof, und dort steht die schwer mitgenommene
Zündapp. Der Deckel vom Benzintank ist abgeschraubt. Bert
möchte sich am liebsten mit ausgebreiteten Armen auf die
Maschine stürzen, wie ein Vater seinem totgeglaubten Sohn
um den Hals fallen würde. Er darf das Fahrzeug mitnehmen, ohne etwas zu unterschreiben. »Das war was.« Strehler
streicht über den Benzintank, überwältigt von der Erinnerung
an den Kugelhagel, durch den sie gefahren sind. »Aber wir haben es überlebt.« Und wenn Bert etwas brauche, dann wisse
er ja, wo er zu finden ist. Strehler legt die Hand zum Gruß an
die Mütze: »Jederzeit.«

Mit dem letzten Tropfen Benzin fährt Bert nach Hau-
se. Dem Geschepper da unten am Motor schenkt er keine
Beachtung. Er schläft lange und traumlos. Vergessen. Der
Krieg ist vorbei, Bert ist nicht schlecht damit gefahren. Über

seine angeblichen Erfahrungen beim Luftschutz hat er Lien nur Ungefähres erzählt, was ziemlich glaubwürdig klang. Vor allem mit seinem Bericht über die Erlebnisse in Westland erregte er Bewunderung – durch die Übermittlung von Instruktionen und Nachrichten haben die niederländischen Soldaten länger durchgehalten. Und nach dem Bombardement war er nach Rotterdam abgestellt worden, wo sie eine Motorradordonnanz gebrauchen konnten. Was er da nicht alles gesehen hat! Bert ließ seiner Phantasie freien Lauf. Über das Bombardement, das den Krieg beendete, hatte er während seiner Inhaftierung Berichte gehört: totale Zerstörung, Auflösung, hunderte Opfer. Mit offenem Mund lauscht Lien seinem Seemannsgarn. Sie glaubt ihm, das ist die Hauptsache. In ihren Augen ist Bert mit seiner Opferbereitschaft und seinem Patriotismus ein Held – er steigt in ihrer Achtung. Wenn er in aller Ehrlichkeit damit herausrücken würde, daß die ganze Geschichte mit dem Luftschutz reine Erfindung ist, daß er in Wirklichkeit etwas ganz anderes getan hat, etwas, das vielleicht sogar mehr Anerkennung verdient hätte, würde er diesen Extrakredit verspielen. Er hat die Sicherheit des Ehepaars Goedeman über seine eigene gestellt. In Liens Augen wäre er dann vielleicht eher ein rücksichtsloser Draufgänger.

Vor »Rotterdam« sei er in einem Schulgebäude in Loosduinen untergebracht gewesen, wo er auf einem Feldbett geschlafen habe. Wenn er überhaupt zum Schlafen gekommen sei! Unterwegs in Westland habe er sogar einmal in einer Schubkarre geschlafen! So untermauerte er seine Geschichte mit authentischen Details, was sie noch ein bißchen glaubwürdiger machte – in einer Schubkarre schlafen, so was denkt man sich nicht aus. Und auch wenn er jetzt wieder nach Hause gedurft habe, könne er jederzeit wieder einberufen werden. Daß man den Luftschutz nicht aufgelöst habe, als die Armee demobilisiert wurde, liege an der Angst vor britischen Bombenangriffen. Das war nicht weit von der Wahrheit entfernt: Während seiner Gefangenschaft hatte Bert gehört, daß die Engländer an der Küste bei Scheveningen landen sollten, um der deutschen Aggression ein Ende zu bereiten. Das war nicht geschehen. Deutsche Soldaten hatten überall die Verteidigungsstellungen der niederländischen Armee besetzt oder aufgelöst und das Kommando über den Luftschutz übernommen. Schließlich war der dazu da, die Bevölkerung vor dem Feind zu schützen. Und das waren jetzt die Engländer: Die Rollen waren vertauscht.

Lien wollte wissen, ob er eine richtige Uniform getragen hatte; sie wußte, wie sehr er sich das immer gewünscht hat. Aber in seiner Größe gab es keine Uniform, er hatte sich mit einer Art Overall begnügen müssen. Es hatte ihm nichts ausgemacht. In Westland sah er aus wie ein Bauernknecht – prima Tarnung. So ein bescheidener Held.

Der Brief von Dedemsvaart erreicht ihn am nächsten Tag. Er war drei Tage unterwegs:

Wassenaar, 15. Mai 1940

Sehr geehrter Herr van Leer,
die Überfahrt nach England hat nicht geklappt. Ich bin unverrichteter Dinge nach Hause zurückgekehrt. Deshalb habe ich meine Pläne ändern müssen. Ob Sie so schnell wie möglich vorbeikommen könnten? Ich hätte dringend etwas mit Ihnen zu besprechen.
Mit freundlichen Grüßen,
J.G.R. van Berghe Dedemsvaart

Eigentlich wollte Bert heute in die Werkstatt von Smidt, um die Zündapp reparieren zu lassen. Aber die Bitte seines neuesten Auftraggebers klingt so dringlich, daß er ihr unmittelbar nachkommen möchte. Dedemsvaart wird es sich doch nicht anders überlegt haben und seinen Auftrag zurückziehen? Gerzon hat wieder geöffnet, und Lien ist zur Arbeit gegangen. Seine Abwesenheit wird also unbemerkt bleiben. Sonst würde sie sicher Einspruch erheben. Zuerst soll er sich mal von den Strapazen erholen. Bei einer Garage um die Ecke treibt er ein paar Liter Benzin auf und verschließt den Benzintank provisorisch mit einem Putzlappen. Der Motor klappert noch schlimmer als gestern. Auf dem Weg nach Wassenaar sieht er keine deutschen Soldaten, die Sperre am Viadukt ist zur Hälfte abgerissen.

Dedemsvaart öffnet selbst die Tür. Er sieht ungepflegt aus, ist unrasiert und hat rotumränderte Augen. Sein Hemd hängt halb aus der Hose. »Ach, da sind Sie ja endlich! Ich dachte schon, Sie würden nicht kommen.« Aufgeregt entfernt er sich unverzüglich von der Haustür; offenbar ist für Formalitäten keine Zeit mehr, die Ruhe und Selbstbeherrschung, die Bert beim letzten Mal bewundert hatte, sind verschwunden. Auf dem Weg ins Arbeitszimmer ruft er: »Anna, noch eine Kanne Kaffee!« Bert schließt die Tür und läuft Dedemsvaart hinterher.

Es sind noch mehr Besucher da: »Herr van Leer, das ist van der Harst, mein Geschäftsführer. Wir besprechen die Lage.« Dedemsvaarts Lage und die der Bank, nicht die des Landes. Nach Berts Lage wird nicht gefragt. Van der Harst ist ein hochgewachsener Mann in einem dunkelblauen dreiteiligen Anzug mit messerscharfen Bügelfalten in den Hosenbeinen. Er sitzt in aller Unbestechlichkeit mit großen, blassen Händen auf den Knien aufrecht da. Das vage Lächeln, mit dem er Bert bedenkt, ist sicher freundlich gemeint, aber es fühlt sich an, als würde man maßgenommen. Ist Bert mit seiner Joppe gut genug gekleidet?

Dedemsvaarts Schreibtisch liegt voll mit Kassenbüchern und Tabellen. Die Deutschen haben angekündigt, den Geldverkehr zum Ausland zu unterbinden, um Kapitalflucht zu verhindern. Bereits bei Ausbruch des Krieges hatte die niederländische Regierung ein Moratorium für den gesamten Zahlungsverkehr verhängt. Die Banken waren geschlossen, und seit dem ersten Tag des Krieges konnte kein Geld mehr abgehoben werden. Zum Glück war Pfingsten, und nach Pfingsten war der Krieg vorbei. Die Banken bleiben aber vorläufig zu. Dedemsvaart vermutet, daß das der Auftakt von Schlimmerem ist: Entmündigung, Übernahme. Er ist sich nicht sicher, aber daß die Deutschen ihn und seine Bank nicht in Frieden lassen werden, davon könne man wohl ausgehen. Jetzt, da der Transfer ins Ausland unmöglich geworden ist, will er die Wertpapiere seiner Kunden an einem sicheren Ort unterbringen, wo sie dem Blick der Deutschen entzogen seien. Die würden dann, im Falle einer Invasion, allein Bares und Buchgeld vorfinden. Das bildet einen nur kleinen Teil des Gesamtkapitals, denn Laroux & Gross ist eine internationale Geschäftsbank mit relativ geringem Bargeldaufkommen. Ob Bert in seinem Lagerraum Platz dafür hätte, fragt Dedemsvaart energisch wie immer.

Anna kommt mit dem Kaffee herein. Es ist nicht das gleiche Dienstmädchen wie vor einer Woche. Vielleicht gibt es ein Dienstmädchen für Kaffee und eins für Tee. Bert wird eine Zigarette angeboten. Seine erste Zigarette heute, ihm wird schwindlig davon. Dedemsvaart ist schon etwas weniger aufgeregt. Wahrscheinlich denkt er, die Sache sei abgemacht, weil Bert aufgetaucht ist und nicht gleich »nein« gesagt hat. Aber es ist ein ganz spezieller Auftrag. Das muß er sich erstmal gut durch den Kopf gehen lassen. Sonst hätte er ohne zu zögern »ja« gesagt. Normalerweise sagt er zu allem »ja« – er ist nicht zimperlich. Er sieht alles als Chance, aber das hier ist eine andere Art von »sonst« und nicht ungefährlich. Wie soll man eine Entscheidung treffen, wenn man nicht überblicken kann, was Dedemsvaart selbst nicht vorausgesehen hat, und man jetzt allein auf Vermutungen angewiesen ist? Das klingt heikel genug. Würde es wirklich so laufen, wie er sagt? Dem Blick der Deutschen entzogen, aber direkt vor ihrer Nase, und das, ohne daß sich Bert eine klare Vorstellung davon machen kann, was unter der deutschen Besetzung auf sie zukommt? Das weiß noch niemand. Ich könnte ihm keinen Rat geben: Jede Entscheidung ist eine Wette. Was ist alles damit verbunden, wie hoch sind die Risiken?

»Was meinen Sie?« Viel Bedenkzeit räumt ihm Dedemsvaart nicht ein: »Wir glauben, daß wir das geringste Risiko laufen, wenn wir die Papiere an einem völlig unverdächtigen Ort aufbewahren, einem unauffälligen Schuppen, in dem normalerweise nur Möbel stehen.« Wie der Schuppen von

Bert. »Eine Garage ginge auch, wenn es nur ein Ort ist, von dem niemand vermutet, daß sich etwas so Wertvolles darin befindet.«

Womit eine weitere wichtige Frage beantwortet wäre: Warum ausgerechnet er? Die Überlegungen von Dedemsvaart sind dieselben wie bei seinen Kunstschätzen. Und er hat wahrscheinlich Recht. Bert erinnert sich an den Zeitungsbericht über einen Diamantenraub neben der Polizeistation im Herzen Roms. Niemand hat es bemerkt, die Diebe genossen, ohne es zu wissen, Polizeischutz. Ob sich sein Lager dafür anbietet, ist vielleicht nicht einmal so wichtig. Dann sucht er sich eben ein anderes, ein größeres, das die von Dedemsvaart genannten Bedingungen erfüllt. Muß aber nicht doch zusätzliche Sicherheit in Erwägung gezogen werden? Nur ein lumpiges Vorhängeschloß wird immer lächerlicher. Wenn es nur unauffällig genug ist, sagt Dedemsvaart, denn höhere Sicherheitsvorkehrungen wecken auch Mißtrauen. Es hängt vor allem vom Standort ab: Ist es eine sichere Gegend, kommen viele Leute vorbei, und was für welche? So etwas in der Art. Der Teil der Conradkade, wo Bert sein Lager hat, ist ruhig, am Übergang von der Stadt zum Hafen und zum Gewerbegebiet, keine reguläre Wohngegend, dafür Lagerhäuser entlang des Kanals. Dedemsvaart überläßt es ihm: »Die Mehrkosten tragen wir natürlich.« Er wendet sich an van der Harst, der bisher noch nichts gesagt hat. Van der Harst hat eine erstaunlich hohe Stimme für jemanden mit seiner Statur: »Selbstverständlich.« Bert denkt, daß er den Auftrag annehmen kann.

Für Dedemsvaart hat sich die Sache damit erledigt, aber Bert hat noch ein paar Fragen: Wird die Bank geschlossen, sobald die Wertpapiere weggebracht sind, würde die Bank überhaupt wieder geöffnet? Auch darüber hätten sie nachgedacht. Geöffnet wird in jedem Falle für laufende Geschäfte. Es würde Verdacht erregen, wenn die Bank ihre Türen geschlossen hielte, während andere wieder arbeiten: »Wir haben viele jüdische Kunden, die Geld abheben und Zahlungen leisten wollen.« Aber wenn die Deutschen sich die Bank unter den Nagel reißen wollten, dann stünden sie vor leeren

Schließfächern. Und was, wenn ein Kunde seine Papiere zu Geld machen wolle? Bert solle sich da mal keine falschen Vorstellungen machen: »Das ist zum größten Teil ruhendes Kapital.«

Bert findet es beruhigend, daß die Bank nach außen hin zumindest den Anschein einer weiterhin funktionierenden Bank aufrechterhält. Den Scheck von Goedeman kann er also auch noch einlösen. Kennt Herr Dedemsvaart vielleicht einen Kunden namens Henri Goedeman? »Kennen wir einen Goedeman?« Van der Harst ist der ideale Geschäftsführer: »Sicher kennen wir den. Aus der Groot Hertoginnelaan.« – »Ach der, ja, den kennen wir; der ehemalige Handelsattaché von Frankfurt, der als Persona non grata aus Deutschland ausgewiesen wurde. Was ist mit dem?« Bert erzählt in aller Kürze, wie er Goedeman und seine Frau durch das Westland bis nach Maassluis gelotst hat, um ihnen auf ihrem Weg in die Schweiz zu helfen. Das ist heute genau eine Woche her. Wenn alles gut gegangen ist, sind sie jetzt dort angekommen. Dedemsvaart hält das für eine großartige Geschichte: »Wenn ich Sie als Führer gehabt hätte, wäre ich jetzt vielleicht in England.«

Es gibt noch einen wichtigen Punkt: Wie kommen die Papiere ins Lager? Ein Umzug könnte Aufsehen erregen. Daran hatten Dedemsvaart und van der Harst nicht gedacht. Alles auf einen Rutsch auszulagern, wäre zu auffällig. Ein Umzugswagen vor der Tür … Dann würden Fragen gestellt. Also nach und nach? »Solange uns die Deutschen noch Zeit dafür lassen.« Bert kann die Dringlichkeit, die Dedemsvaart verspürt, nicht nachvollziehen. Der erklärt ihm: »In ein paar Monaten sitzen die Deutschen hier fest im Sattel, dann haben sie ihren Verwaltungsapparat installiert, und sie werden ziemlich genaue Vorstellungen haben, wie sie uns in die Zange nehmen, wo sie uns finden. Wir müssen ihnen einen Schritt voraus sein.« Bert würde es sich nie in den Kopf setzen, ihm zu widersprechen, Dedemsvaart, ein Mann mit solcher Weitsicht! »Und ja, vielleicht wird sich herausstellen, daß das alles unnötig war, daß wir uns umsonst Sorgen gemacht haben.«

Dedemsvaart lacht erleichtert. »Stellen Sie sich vor!« Er hat sich wieder aufgerappelt. Mit Berts Hilfe hat er Ordnung in das plötzliche Chaos gebracht, das ihm über den Kopf zu wachsen drohte. Und dann, gleich wieder ernst: »Wir machen das so. Es ist eine schwierige Entscheidung. Van der Harst erwartet Sie heute nachmittag in der Bank.« Er fragt nicht einmal, ob es Bert überhaupt paßt.

Bert kriegt noch eine Zigarette und eine Tasse Kaffee. Anna kommt herein und fragt, ob die Herren zu Mittag speisen möchten. Sie serviert weiche Sandwiches mit Roastbeef, Räucherlachs und dünnen Gurkenscheiben. Er ißt ein paar davon im Stehen; sie schmecken nach nichts. Dann geht Dedemsvaart mit ihm zur Freitreppe, den Arm um Berts Schulter gelegt. »Ich wußte, daß ich mich auf Sie verlassen kann.« Beim Anblick der ramponierten Zündapp erschreckt er. Es ist zu wenig Zeit, um Dedemsvaart zu erzählen, was passiert ist. Aber hier hat es angefangen, und wenn Bert nicht zu seinem ersten Auftrag zu Dedemsvaart gefahren wäre, und wenn er beim Verlassen der Villa Ravenhorst nicht in die falsche Richtung gefahren wäre, hätte er jetzt noch ein schönes, unversehrtes Motorrad. Die Panik in dem Moment, als die deutschen Soldaten ihre Gewehre auf ihn richteten, flammt wieder in ihm auf. Dedemsvaart findet es schade um das Motorrad: »Es war so ein schönes Ding.« Aus seinem Munde klingt das Wort »Ding« wie ein Kompliment. »Kriegsverletzungen ...« Bert ist schon bei einer robusteren Version seiner Geschichte. Er knöpft seine Jacke zu.

Dedemsvaart läßt ihn nicht gleich gehen. Seine Hand wandert zu Berts Nacken, er spürt wieder sein aufmunterndes Kneifen. »Darf ich Sie noch was fragen?« Dedemsvaart wartet die Antwort nicht ab. Er hat auch schon einiges mitgemacht bei seinem Versuch, in IJmuiden auf das Schiff zu kommen, das ihn nach England bringen sollte. Er war nicht der Einzige. Schreckliche Szenen hätten sich da abgespielt: Tausende verzweifelte Leute, die um einen Platz stritten. Da verändere sich etwas im Menschen. »Auch eine lange Geschichte, die ich Ihnen gern erspare.« Aber auch wenn die Bankangelegenheiten jetzt gut eingefädelt seien – wieder ein kleines Kneifen – die Notwendigkeit, wegzukommen, sei so groß wie eh und je. Ob Bert ihm vielleicht helfen könnte und ihn mit dem Motorrad über die Grenze nach Belgien bringen? Was Bert für Goedeman getan habe, hätte ihn auf die Idee gebracht. Er habe »Freunde« in Antwerpen, Bankiers – Leute wie Dedemsvaart haben überall »Freunde«. Frankreich hat noch nicht kapituliert, in Belgien wird noch gekämpft, da gäbe es Möglichkeiten, nach England zu kommen, von Brest aus vielleicht, sonst über Spanien oder Portugal.

Bert würde Dedemsvaart gerne helfen – allmählich beginnt er ihn wirklich zu mögen. Aber eine solche Reise durch die besetzten Niederlande? Wieder ein paar Tage weg sein? Lien würde ohne den Luftschutz als Alibiausrede nie und nimmer damit einverstanden sein. Ob er einen Moment darüber nachdenken dürfe? »Natürlich.« Abrupt dreht sich Dedemsvaart um. »Aber nicht zu lange.« – »Sobald das Motorrad repariert ist«, ruft Bert ihm hinterher, doch der Bankier hat die Tür bereits hinter sich zugeschlagen. Diesmal nimmt Bert die richtige Richtung.

An meine erste Berührung mit offenkundigem Antisemitismus erinnere ich mich wie an einen Keulenschlag: *rumms*, und schon liegst du am Boden. Du bist nicht drauf vorbereitet, du weißt nicht, wie dir wird. Und deshalb weißt du auch nicht, was tun. Ich bin zwanzig Jahre alt, es sind die späten fünfziger Jahre, keine fünfzehn Jahre nach Kriegsende. Das Land ist noch immer im Würgegriff des »großen Schweigens«.

Aus heiterem Himmel war ich zum Kasernenkommandant, einem Oberst, gerufen worden. Der Oberst sagte, daß ich von der Offiziersausbildung suspendiert werden würde: meine Ergebnisse genügten den Anforderungen nicht, ich sei schludrig, disziplinlos, unfähig, Soldaten zu führen. Wegtreten, Marsch. Ich wußte nicht, wie mir geschah. Ich sagte, daß meine Ergebnisse vielleicht nicht überdurchschnittlich ausfielen, ganz sicher aber nicht unzureichend seien: Schließlich sei ich gerade zum Gefreiten befördert worden. In Kürze wäre ich Unteroffizier. Der Oberst sagte, daß Einspruch nicht zugelassen werde: »Samstag verschwinden Sie, noch vor dem Wochenendurlaub.« Sang- und klangloser Abgang.

Es gab niemanden, bei dem ich mich hätte beschweren können. Leutnant van W., mein Vorgesetzter, war der Einfachheit halber ein paar Tage abwesend. Meine Kameraden fanden es »übel« für mich, aber was sollten sie tun? Ich wurde von allen Aktivitäten ausgeschlossen. Am Tag bevor ich schmachvoll vor die Tür gejagt wurde, legte mir Leutnant van W. einen Arm auf die Schulter und sagte, ich solle nicht etwa glauben, er habe mich aus der Ausbildung geschmissen, »weil du Jude bist«. Ich sagte, daß ich auf diesen Gedanken von alleine nicht gekommen wäre. Mit Betonung auf dem Wörtchen »ich«. Ich weiß nicht, ob van W. kapierte, was ich damit meinte, aber er ließ mich los und sagte: »Dann ist das ja erledigt. Laß es dir gut gehen!« Er entfernte sich mit großen Schritten und salutierte. Ich salutierte ihm auch noch stumpfsinnig hinterher. Ich hätte auch den Stinkefinger zeigen können, aber der gehörte damals noch nicht zur gebräuchlichen Körpersprache.

Am Abend nannte mein Freund Jan de M. den Vorfall sofort einen Ausdruck von Antisemitismus. Ich sollte mal mit Pfarrer V. darüber reden. Aber dazu bekam ich keine Gelegenheit, denn schon am nächsten Morgen machte ich mich mit meinem Seesack über der Schulter davon.

Auf dem Weg zu Smidt kommt Bert an der Polizeistation vorbei, wo er noch eben in der Zelle gesessen hat. Aus einem Impuls heraus biegt er auf den Hof ab. Ein diensthabender deutscher Soldat hält ihn an: »Ausweis!« Bert sagt, daß er dringend mit Hauptmann Strehler sprechen müsse, und blufft: Der habe ihm einen Ausweis versprochen. »Major Strehler«, verbessert ihn der Wachmann. Strehler ist befördert worden. Vielleicht hat er das ja auch Bert zu verdanken?

Der Wachtposten telefoniert. Augenblicke später geht die Schranke nach oben, und Bert darf weiterfahren. Er stellt sein Motorrad ab und läuft die Freitreppe hinauf, nimmt immer zwei Stufen auf einmal.

Er braucht nicht lange zu warten. Strehler, ohne Armschlinge und mit einem Streifen mehr am Kragen, freut sich, ihn zu sehen: »Na, was führt Sie denn her?« Unumwunden bringt Bert sein Anliegen hervor – ob Strehler einen Beiwagen für sein Motorrad organisieren könne: »Ich muß mit meiner Frau zu einem Verwandten im Süden, einem Großonkel, der wie ein Vater zu mir gewesen ist. Er liegt im Sterben, der Krieg hat ihn sehr mitgenommen.« – »Das tut mir leid.« Strehler schaut ihn an, eine Augenbraue fragend hochgezogen. Ahnt er, daß Bert ihm einen Bären aufbinden will? »Augenblick.« Strehler verschwindet durch eine Pendeltür und ist gleich wieder da. »Kommen Sie Montag wieder, dann haben wir einen Beiwagen für Sie.« Paßt denn der Beiwagen auch an eine Zündapp 600 KS? »Natürlich, die haben wir in der Armee ja auch.«

Bert bedankt sich herzlich bei Major Strehler, aber nicht zu überschwenglich. Er möchte ihn um noch einen Gefallen bitten: einen Ausweis. Ohne Ausweis kommt er wahrscheinlich nicht so einfach an den deutschen Wachtposten vorbei, die Bert jetzt erwarten. Da kann er offen und ehrlich sein. Auch das könne am Montag geregelt werden – Bert müsse nur zwei Paßfotos mitbringen. »Danke schön.« Bert gibt ihm seine Visitenkarte – Strehler ist eine Geschäftsverbindung, von der er auch in der Zukunft profitieren könnte, wie auch immer diese Zukunft aussehen mag. »Gern geschehen, Sie haben mir das Leben gerettet, so etwas vergißt man nicht.« Ist die Rechnung jetzt ausgeglichen? Unbegrenzt dürfte der Kredit nicht sein: Dankbarkeit hat ihre Grenzen. Strehler studiert die Visitenkarte und fragt, was genau seine Transaktionen und Transporte umfassen. »Alles«, antwortet Bert. Manchmal ist die Wahrheit verblüffend einfach. Mit dem Beiwagen wird er zum Beispiel demnächst einen jüdischen Bankier befördern. »Interessant.« Strehler schaut ihn wieder prüfend an.

Als er die Stadt durchquert, fällt Bert auf, wie ruhig es auf den Straßen ist. Das normale Leben kommt nur zögerlich in Gang, als hätten die Leute vergessen, wie man das vorher gemacht hat und müßten es erst wieder lernen, oder sie haben Angst, etwas falsch zu machen. Doch Bert hat keine Zeit für Unentschlossenheit. Sein Motorrad macht jetzt solch einen ohrenbetäubenden Lärm, daß mit dem Auspuff etwas nicht stimmen kann. Vielleicht hat er dort ein bis jetzt unentdecktes Einschußloch. Die wenigen Leute auf der Straße erschrecken sich.

Smidt blickt kopfschüttelnd auf das verdreckte und übel zugerichtete Motorrad. War Herr van Leer vielleicht während des deutschen Vorstoßes am Grebbeberg? »Ja, so ähnlich«, antwortet Bert schnell, »aber zum Glück ist das nun alles vorbei.« An Smidts teilnahmslosem Gesicht ist nicht abzulesen, ob er das gutheißt oder nicht. Bert hat keine Lust, ihn weiter aufzuklären. Jetzt, da die deutschen Soldaten die Straßen von Den Haag erobert haben, weiß man nicht mehr, ob man jedem so ohne weiteres trauen kann. Bald wird sich Smidt als NSBer entpuppen.

Die Mechaniker haben das Loch schnell gefunden. Sie mustern Bert mit Bewunderung, als wäre er ein Kriegsheld. Da weiß er, daß er wenigstens ihnen trauen kann. Er steckt jedem von ihnen noch fünfundzwanzig Gulden zu, damit sie beim Ausbeulen der Schutzbleche und Schweißen des Auspuffs ganze Arbeit leisten. Es eilt, das Motorrad muß am Montag wieder einsatzbereit sein. Sonntags wird nicht gearbeitet, darauf achtet Smidt streng, aber das Dringendste läßt sich erledigen. Auf jeden Fall das Auspuffrohr, der Ständer, der sich vom Rahmen losgerissen hat, und ein neuer Tankdeckel.

12

Der Hausarzt, Doktor van der Pol, konnte erst zwei Tage nach der Kapitulation vorbeischauen. Er entschuldigte sich: der Krieg ... Natürlich, der Krieg. Obwohl er vor Schmerzen fast krepierte und kaum noch etwas aß oder schlief, hatte sich Joost all die Tage lang tapfer gehalten. Blinddarmentzündung, meinte van der Pol; er müsse so schnell wie möglich operiert werden. Die Krankenhäuser in der Stadt waren überfüllt, aber schließlich fand man einen Platz in der Bethlehem-Geburtsklinik, einem ungewöhnlichen Ort. Das Krankenhaus hatte gerade wieder geöffnet. Es war von einer verirrten Bombe getroffen worden, die einen Abschnitt schwer beschädigt hatte. Die Versorgung war noch weitgehend provisorisch, aber gut genug für relativ unkomplizierte Operationen. Sowas wie ein Kaiserschnitt, versuchte der Chirurg Joost zu beruhigen. Emmeke hatte Bobbie per Kaiserschnitt zur Welt gebracht. Die Freude über die Geburt hatte den Schmerz gelindert: ein so schönes, tadelloses Kind, das machte vieles wett. Jetzt kriegte Joost auch eine Narbe am Bauch.

Da er wegen der Schmerzen kaum laufen konnte und Krankenwagen und Taxis nicht zur Verfügung standen, war van der Pol so nett, Joost im eigenen Auto ins Krankenhaus zu fahren, Emmeke saß mit Bobbie auf dem Schoß zusammengefaltet auf der Rückbank. Der Blinddarm wurde am nächsten Tag in aller Frühe entfernt. Es war ein häßliches Ding, sehr groß und angeschwollen – man hätte keinen Tag länger warten dürfen. Sie hatten Joost einen Riesen-Schmiß am Unterleib verpaßt. Emmeke konnte die Narbe später nie ohne einen leichten Schauder betrachten: ein bizarrer feuerroter Streifen auf Joosts weißer Haut, wie ein Regenwurm. Der Chirurg sah todmüde aus, aber er hatte sich mit Hingabe auf »endlich wieder eine normale Operation« gestürzt. Joost war bleich wie die Wand, als er aus der Narkose erwachte. Emmeke war geschockt: Er hatte jede Menge Blut verloren.

Bobbie verstand natürlich nicht, was los war. »Papa krank«, rief er die ganze Zeit jedem zu, der es hören wollte. »Papa krank«, als wenn das so schön wäre.

Die nächsten Tage verbringt Emmeke abwechselnd mit Besuchen im Krankenhaus und bei ihren Freundinnen. Joost erholt sich schnell. Es gibt keine Komplikationen. Damit er wieder zu Kräften kommt, bringt Emmeke ihm Leckeres vom Bäcker mit: Windbeutel und Butterkekse. Joost fühlt sich privilegiert, weil er nur mit einem anderen Mann in einem Doppelzimmer liegt. Die Krankenschwestern sind junge Nonnen, freundlich und fürsorglich. Sie kommen immer zu zweit, und beim Waschen haben sie viel zu kichern.

Emmeke muß sich erst daran gewöhnen, so zum ersten Mal ohne Joost. Besonders abends und nachts spürt sie seine Abwesenheit. Sie schläft nicht gut allein im Ehebett, das plötzlich viel zu groß ist. Sie liegt stundenlang wach. Die Stille im Haus ist unerträglich. Jedes Geräusch läßt sie hochschrekken; manchmal ein Flugzeug, manchmal, weit entfernt, eine Explosion. Ab und zu wird Bobbie wach; dann ist sie fast froh, wenn er weint und sie ihn trösten muß, aber sie widersteht dem Drang, ihn zu sich ins Bett zu nehmen. Das würde Joost nicht gutheißen, das war nur etwas für Sonntagmorgen, für alle drei. Die Verdunklung, die immer noch nicht aufgehoben wurde, macht die Sache nicht besser. Sie muß strikt eingehalten werden – Emmeke fürchtet sich sogar davor, das Licht einzuschalten. Lächerlich natürlich, denn was wäre sonst Sinn und Zweck der Verdunklung? Gleich nach der Kapitulation haben die Deutschen auch noch ihre Sommerzeit eingeführt, wodurch es viel später hell wird: eine Stunde und vierzig Minuten. Alle müssen sich erst daran gewöhnen. Die Nächte scheinen sich ewig hinzuziehen. Oft schläft Emmeke erst ein, wenn die Amseln früh im Garten zu singen beginnen; die Sommerzeit ist ihnen egal.

Emmeke fühlt sich beim Aufstehen wie gerädert und niedergeschlagen. Sie muß so schnell wie möglich aus dem Haus – drinnen hält sie es nicht aus. Draußen, auf dem

Fahrrad mit Bobbie vorne auf dem Kindersitz, verläßt sie dieses Gefühl trotz des anhaltend schönen Frühlingswetters und trotz Bobbie nicht, der immer gut aufgelegt ist und ihr alles zeigt, was er entdeckt. Mit ihren Gedanken ganz woanders sagt Emmeke dann, was es ist: Zaun, Haus, Hund. Manchmal gehen sie auf einen Spielplatz in der Nähe, wo Bobbie im Sandkasten spielt und die Rutsche herunterschlittert. Und wenn er genug hat, gehen sie Pippi besuchen, die gleich in der Gegend wohnt.

Ihre Gespräche drehen sich um Joost und den Krieg, daß Emmeke sich nicht zu viele Sorgen um die Zukunft machen soll und daß Bobbie so glücklich aufwächst. Pippi hätte auch gerne Kinder. Seit einiger Zeit versucht sie, schwanger zu werden, aber bisher ist es ihr nicht gelungen. Eric, ihr Mann, arbeitet bei der niederländischen Eisenbahn. Jetzt, da die Züge wieder fahren, ist er oft lange Zeit von zu Hause weg, weil es viele Verspätungen gibt. Schade eigentlich, denn die paar Tage, die der Krieg gedauert hatte, waren sehr gemütlich gewesen, wie schlimm die Kämpfe rund um die Stadt auch gewesen sein mochten. »Kuschlig.« Emmeke erwidert Pippis verschmitzten Blick mit einem Augenzwinkern: »Wenn du es nur oft genug machst, wird es schon mal klappen.« Pippi läuft rot an.

Als sie Els in Rijswijk besuchen geht, ist auch Christiaan da. Man hatte ihm ein paar Tage frei gegeben. Es war die reinste Zermürbungsschlacht mit all den verwundeten Soldaten gewesen, es hatte ihn wirklich mitgenommen. Dabei ging es um Operationen, auf die die Patienten – allesamt gesunde junge Männer – nicht vorbereitet waren: daß plötzlich ein Bein amputiert werden mußte oder Augen nie wieder das Tageslicht erblicken würden – das führte zu emotionalen Szenen, während der die Ärzte Ruhe und Fassung bewahren mußten. Aber selbst die Ärzte waren auf solche schokkierenden körperlichen Zerstörungen durch Granatsplitter und Kugeln nicht vorbereitet. Es gab auch Opfer, die ihnen schlicht unter den Händen wegstarben. Christiaan möchte lieber nicht darüber reden – er wechselt schnell das Thema:

Haben sie Bert denn gefunden? Emmeke erzählt vom Luftschutz, der Bert so plötzlich rekrutiert hat. Er ist halt auch ein so impulsiver Kerl. Später, nach dem Krankenhaus, will sie zu Lien ins Kaufhaus Gerzon. Hat sie schon einen Termin für die Hochzeit? Es wird Bert gut tun, die Ehe. Lien ist eine beherzte Frau, sie wird ihn schon im Zaum halten. Bobbie ist auf dem Sofa eingeschlafen, und Emmeke kann zum Mittagsbutterbrot bleiben.

Lien arbeitet in der Hutabteilung im Erdgeschoß, direkt dem Eingang gegenüber. Sie findet, daß das eine der schönsten Abteilungen des ganzen Modehauses ist, weil sie beinahe jeden Kunden durch die Drehtür kommen sieht. Der Chef hat sie angewiesen, selbst einen Hut zu tragen, als wäre sie eine Kundin, die gerade einen anprobiert, aber Lien geniert sich. Sie macht es nur, wenn sie einer Kundin zeigen will, wie ihr ein bestimmter Hut steht. Sie will kein Aushängeschild sein, sie ist Verkäuferin.

Noch gibt es nur wenige Kunden bei Gerzon. Der Ansturm nach der Wiedereröffnung läßt auf sich warten. Lien beginnt zu winken, als sie Emmeke sieht. Sie gibt ihr einen Hut zur Anprobe, für den Fall, daß der Chef kommt, also muß Emmeke mit ihr über den Umweg des Spiegels reden. Geht es Joost also besser? »Oh ja, der hat wieder Appetit und seine Sprache wiedergefunden.« Und Lien erzählt, daß Bert für ein paar Tage zu Luftschutzübungen einberufen worden sei. »Es scheint ihm da gut zu gehen, er tut was Sinnvolles.« Aber er habe noch immer keine Uniform. Und die große Neuigkeit: »Wir werden Ende August heiraten.« Bert hat zugestimmt. Bald müssen sie wegen des Aufgebots ins Rathaus. »Ihr seid jetzt also offiziell verlobt? Herzlichen Glückwunsch!« Emmeke will Lien auf beide Wangen küssen, läßt es aber sein, weil sie sie nicht in Verlegenheit bringen will. Stattdessen sagt sie: »Schade, daß die Zeit so schnell vorbeigeht, dabei ist es doch die schönste.«

Sie denkt an ihre eigene Verlobung, die viel zu lange dauerte und überhaupt nicht schön war mit Joost in weiter Ferne in Curaçao. »Das mit der Verlobung lassen wir sein. Wir leben schon so lange zusammen.« Manche Leute finden das unmoralisch, aber Emmeke hat nie ein Problem damit gehabt. Trotzdem sei es besser, verheiratet zu sein, meint Lien jetzt. Sie wisse nicht so genau, warum, aber irgendwie fühlt es sich sicherer an: Schutz durch die Ehe, vielleicht durch die Familie. Emmeke hat nie mit ihr darüber gesprochen, mit Bert erst recht nicht, aber sie ist sich sicher, daß Lien darauf anspielt, daß Bert jüdisch ist. Im Spiegel schaut Emmeke zu Bobbie herüber, der auf dem Boden sitzt und mit einer Kleiderbürste spielt, die er irgendwo gefunden hat. Sieht Bobbie jüdisch aus? Sie wüßte es nicht zu sagen, sie weiß nicht einmal, was das sein soll: »jüdisches Aussehen«. Bobbie ist flachsblond. Verblaßt das allmählich von Generation zu Generation, oder geht es bei Juden um etwas ganz anderes?

Ohne daß ich eine leise Ahnung davon gehabt hätte, war mir während meines Militärdienstes das Etikett, Jude oder jüdisch zu sein, angeklebt worden. Wie sonst sollte Leutnant van W. davon erfahren haben? Auf meiner Registriermarke – ein Metallschildchen mit eingestanzten Buchstaben, das man an einer Kette um den Hals tragen mußte, falls man während einer Kriegshandlung erschossen wird – stand: »Konfession – keine.« Während der Stunden zur geistigen Heranbildung war immer ich derjenige, der mit Pfarrer V. religiöse und philosophische Fragen diskutierte, wie über den freien Willen und wo Gott zu finden sei: im Himmel oder in uns selbst. Der Kursus war eine Wohltat zwischen all den Exerzierübungen und den auspumpenden Tagesmärschen. Pfarrer V. hatte mich am Ende eines dieser Freitagvormittage zu sich gerufen. Er hatte seine helle Freude an meinen naseweisen Begründungen und provozierenden Fragen. Woher ich das nähme, wollte er wissen. Und so fand er heraus, daß ich eine jüdische Mutter hatte. Das erkläre alles, meinte er. Damals fand ich das noch nicht merkwürdig. Er wird sich eine Notiz zu meinem Namen gemacht haben. Wie mag die wohl ausgesehen haben: »jüdisch«, oder das »J« für Jude, oder ein Davidstern?

Emmeke geht auch bei Nel vorbei, die sie nicht mehr gesehen hat, seit der Krieg ausgebrochen ist. Sie ist nicht zu Hause. Sollte Simon, ihr Mann, als Reserveoffizier einberufen worden und in Kriegsgefangenschaft geraten sein? Und was ist dann mit ihr? Da sie nun einmal in unmittelbarer Nähe des Meeres, in der Nähe von Kijkduin, sind, geht Emmeke mit Bobbie zum Strand, der leer und verwaist daliegt und auf den Sommeransturm und Väter wartet, die mit ihren Kindern Drachen steigen lassen. Jetzt gibt es nur ein paar ältere Spaziergänger mit ihren Hunden. »Sieh mal, Bobbie«, zeigt Emmeke, »das ist also das Meer.« Oben auf der Düne blicken sie gemeinsam auf die Sandfläche vor ihnen. Bobbie ist zum ersten Mal an diesem Tag sprachlos; er hat sich fest an ihre Knie gedrückt, Emmekes Hand schützend über seinem Kopf. Die Unendlichkeit des Meeres, das Blau des Himmels, aufgelöst in einem verschwommenen Nichts. Mit Bobbie auf dem Arm rennt sie in plötzlichem Übermut die Düne hinunter.

Sie sind nicht für einen Tag am Strand gekleidet, also zieht sie Bobbie die Sachen aus. Sie schlüpft aus ihren Schuhen und geht mit Bobbie an der Hand zum Wasser hinunter, der Sand unter ihren Füßen ist weich und warm. Das Wasser kräuselt sich, im Sand zeichnen sich harte Streifen ab; weit weg vom Strand schlagen die Wellen mit ihren weißen Kämmen anmutig und träge übereinander; es ist Ebbe. Sie läßt Bobbie mit den Füßen in einer flachen Pfütze planschen, deren Wasser schon warm ist. Er ekelt sich vor dem Salzwasser. Emmeke muß über seinen unwilligen Gesichtsausdruck lachen, aber er weint nicht. Sie verspricht ihm, daß sie bald zu dritt an den Strand gehen werden, wenn Papa wieder gesund ist. Das wäre dann das erste Mal, seit das Kind geboren ist. Vor zwei Jahren war sie mit Joost zum letzten Mal im Meer schwimmen; ihre Schwangerschaft war damals bereits ziemlich fortgeschritten.

Auf Curaçao sind sie oft im Meer geschwommen. Es war mit das schönste da: das warme, durchsichtige, blaugrüne Wasser, die bunten Fische, die man wie Blitze zwischen den rotbraunen Felsen wegschießen sah, manchmal in ganzen

Schwärmen. Sie hatte immer ihren Badeanzug ausziehen wollen, um vollkommen in diesen wilden Strudel an Farben und Empfindungen einzutauchen, um sich die nackte Haut vom Wasser und den schräg einfallenden Sonnenstrahlen streicheln und von der trägen Dünung des Ozeans umschmeicheln zu lassen. Aber das ging natürlich nicht. Als sie einmal in einer verlassenen Bucht mit Joost allein war, hätte sie es fast getan, aber sie traute sich nicht. Sie traute sich nicht einmal, es ihm zu sagen.

Emmeke starrt aufs Meer, sie lauscht dem Rauschen der Wellen, es klingt, als ginge der Wind durch die Pappeln in ihrem Garten. Später, zu Hause, wird es sie an das Meer erinnern. Auf dem Weg ins Krankenhaus gönnt Emmeke sich und Bobbie ein Eis – ist das vielleicht sogar sein erstes? Heute ist ein Premierentag.

So durchqueren sie ganze Stadtteile, um stets am Nachmittag zur Besuchszeit im Krankenhaus zur Stelle zu sein. Die Kakophonie aus der Zeit, als Emmeke und Lien Bert gesucht haben, hat sich in einzelne Klänge aufgelöst, die aus der Ferne zu kommen scheinen, als würden sie in einer riesigen Taucherglocke herumfahren. Es sind nicht viele Leute auf der Straße; sie halten ihren Blick zu Boden gerichtet, als schämten sie sich. Die Sonne taucht alles in eine rot-goldene Glut, wie sie Emmeke schon einmal auf einem Gemälde gesehen hat, unwirklich, außerirdisch – der Himmel, der zum Jüngsten Gericht aufreißt. Hier und da sieht sie kleine Grüppchen deutscher Soldaten, sie wirken zufrieden. Lachend posieren sie für ein Foto, als wären sie auf einem Ausflug. Wird jetzt von den Einwohnern erwartet, daß sie ihnen alles nach Wunsch richten, damit die sich hier wie zu Hause fühlen, daß sie ihnen auf ein Fingerschnippen zu Diensten stehen und alle Befehle befolgen? Einmal marschieren singende Soldaten vorbei, ihre Stiefel klingen wie Trommelschläge auf dem Straßenpflaster. Was heißt es eigentlich, daß die deutsche Armee die Verwaltung des Landes übernommen hat?

Emmeke fragt Joost, aber der weiß es auch nicht: »Wir müssen abwarten, vielleicht wird es nicht so schlimm.«

Emmeke hatte die Zeitung mitgenommen; Joost wollte wissen, was los war. Nicht viel, er hat nichts verpaßt. Der Ehemann von Frau de Haan von der anderen Straßenseite ist aus Deutschland nach Hause zurückgekehrt. Was er dort gemacht hatte, wo er gewesen war, wußte nicht einmal Frau de Haan. Er hatte von der Stimmung in Deutschland nach Kriegsausbruch erzählt: Die Menschen glaubten an den Sieg, Deutschland würde »gewinnen«, es gab spontane Unterstützungsdemonstrationen, er hatte antijüdische Parolen gehört und überall plakatiert gesehen. Das erschreckte Emmeke. Frau de Haan sagte auch etwas von einem »großen Aufräumen«. Emmeke fragte nicht, was das bedeuten sollte, aber sie hatte da so ihre Vorstellungen. »Das wird hier nicht passieren, das brauchen sie hier gar nicht erst zu versuchen.« Joost ist davon fest überzeugt, aber wie kann er es wissen? »Juden haben bei uns eine ganz andere Stellung als in Deutschland, da ist Antisemitismus etwas Alltägliches, schon seit Jahrhunderten.« Aber die Deutschen sind jetzt in den Niederlanden, denkt Emmeke. Sie hat sie gerade eben erst gesehen.

Auch als Joost aus dem Krankenhaus entlassen ist und die Militärregierung durch einen sogenannten Reichskommissar mit so einem komischen Namen – Seyß-Inquart, ein Österreicher – ersetzt worden ist, wissen sie noch nicht mehr. Das ändert sich, als der Reichskommissar Ende des Monats gemeinsam mit dem Befehlshaber des deutschen Heeres in den Niederlanden offiziell eingesetzt wird. Mit militärischem Pomp im Rittersaal, wo immer die Königin ihre Thronrede vor dem zusammengetretenen Parlament gehalten hat, wo bisher königliche Zeremonien und Staatsbankette stattfanden, wo sich die Niederlande offiziell im Smoking, Frack und Galauniform präsentierten. Ab heute ist das nicht mehr so. Jetzt präsentiert sich Deutschland, die Teilnehmer tragen mehrheitlich Uniform. Das Radio berichtet darüber, die Zeitungen schreiben, weil sie darum ersucht wurden, in verhalten-positivem Ton darüber. Joost glaubt das nicht; er denkt, daß sie Anweisungen erhalten haben. Die Niederländer haben ihr Land verloren, auch wenn der Reichskommissar bei seiner Amtseinführung sagt, daß das nicht der Fall sei.

Noch im Krankenhaus hat Joost die Nachricht vom BPM erhalten, daß er eine neue Stelle im Patentamt antreten könne. Emmeke hatte ihm den Brief mitgebracht. Ihre Unsicherheit hatte damit ein unerwartet schnelles Ende gefunden. Das Patentamt ist eine maßgebliche und altehrwürdige Institution von Ingenieuren, die Erfindungen in langwierigen und sorgfältigen Untersuchungen auf ihre Tauglichkeit prüfen und sie als Patente anmelden, damit niemand sonst sie ausbeuten kann: Nachahmung verboten! Den Job hat er Ingenieur Rozenboom zu verdanken, auf dessen Namen selbst Erfindungen beim Patentamt registriert sind. Joost ist froh über diese Stelle als Archivar, die in vielerlei Hinsicht der ähnelt, die er verloren hat. Vielleicht ist diese Arbeit sogar noch abwechslungsreicher, da es um alle möglichen Erfindungen und technische Innovationen geht.

Sobald er sich von seiner Operation ausreichend erholt hat, fährt er dorthin, um seinen Chef und seine neuen Kollegen kennenzulernen. Es ist das erste Mal, daß Joost wirklich weit nach draußen muß. Er nimmt die Straßenbahn und geht das letzte Stück zu Fuß – das Wetter ist immer noch schön. Das Malieveld liegt grün wie ein Billardtisch vor ihm. Die Eichen des Haagse Bos haben frische, silbrig grüne Blätter. Würde man es nicht besser wissen, wäre es einfach nur ein gewöhnlicher, schöner Frühlingstag gewesen. Von außen ist das Patentamt ein etwas düster wirkendes Gebäude aus dunklem Backstein, aber innen wirkt es durch die vielen schmalen Fenster überraschend hell und einladend. Beruhigend sogar. Die ganze aufgeladene Spannung der letzten Monate fällt von ihm ab, als er das Gebäude über die Freitreppe betritt. Seine künftigen Kollegen scheinen besonnene Leute zu sein, die Vertrauen erwecken. Das ist es, wonach er sich sehnt: Vertrauen und Sicherheit.

(Tagebuchauszug)
30. Juni 1940
Morgen tritt Joost seine neue Stelle im Patentamt an. Er freut sich unheimlich, seine Stimmung hat sich völlig verändert. Gestern ist er Fahrrad gefahren, um seine Beine zu testen. Es war das erste Mal nach der Operation. (…) Auf seiner Fahrradtour hat er eine Menge Leute getroffen, die alle in die gleiche Richtung wollten. Zuerst dachte er, es wäre ein Aufmarsch deutscher Soldaten. Das passiert jetzt immer öfter: daß sie mit Musik durch die Stadt marschieren. Aber die Leute waren auf dem Weg zum Noordeinde-Palast, und sie hatten alle eine weiße Nelke oder einen ganzen Strauß davon, den sie am Denkmal der Königin Emma niederlegten. Es war der Geburtstag von Prinz Bernhard. (…) Joost kam beschwingt nach Hause, so habe ich ihn schon lange nicht mehr erlebt. Er wollte auch eine Nelke kaufen, aber die waren überall aus, und als er zum Palast zurückgekehrt ist, wollte ihn die Polizei nicht mehr durchlassen. Das Volk hat den Wilhelmus gesungen. »Wir lassen uns nicht kleinkriegen«, sagte Joost. Mir selbst hat das wieder ein bißchen Mut gemacht. Es ist so eine schlimme Zeit gewesen. (…) Joost packte mich und tanzte mit mir ein paar Runden durchs Zimmer. Er kann manchmal so ein verrückter Kerl sein, plötzlich war ich wieder ganz verliebt, ich mußte an die Oberschule denken und wie glücklich ich damals war, wie voll davon. Das Kind wollte auf Papas Schultern mitmachen – was natürlich auf Weinen hinauslief. Und Joost griff nach seiner Narbe – au, das hat wehgetan! Er war auch müde nach diesem ganzen Tag. (…) In ein paar Wochen hat er Geburtstag. Was soll ich ihm schenken? Einen Schlips von Gerzon? Mit einer schönen Krawattennadel?

13

Der Frieden ist fünf Tage alt. Bert fährt mit der Straßenbahn zu Smidts Werkstatt. Die Mechaniker haben wirklich ihr Bestes getan: Die größten Schäden sind behoben. Der Auspuff ist erneuert, die anderen Einschußlöcher sind zwar noch da, aber die Dellen und Beulen haben sie entfernt, und der Vergaser ist neu eingestellt worden. Die Zündapp klappert nicht mehr und glänzt auffällig. Smidt hat höchstpersönlich eine neue viereckige Tasche an die Seite montiert, wo der Beiwagen angebracht werden soll. Er fand den Anblick zu schlimm: eine Tasche mit Einschuß. Smidt kann man also auch trauen.

Der Beiwagen wartet schon auf dem Hof der Polizeiwache – »mit freundlichen Grüßen von Major Strehler«, der selbst nicht da ist. Bert bekommt von einem Hacken zusammenschlagenden Soldaten einen Umschlag ausgehändigt. Er enthält den Blanko-Ausweis »für die besetzten Gebiete« und einen handschriftlichen Vermerk von Strehler, daß Bert dieses Dokument in seinem Büro abstempeln lassen könnte. Strehlers Unterschrift steht schon darunter, im Verein mit den Worten *Generalstab der Deutschen Wehrmacht in den Niederlanden.* Der Beiwagen ist armeegrün, was ein häßlicher Kontrast zum leuchtenden Grün des Motorrads ist, aber für den Moment muß das genügen. Daß die Zündapp nun aus der Ferne wie ein Motorrad des deutschen Heeres wirkt, könnte einen praktischen Nebeneffekt haben. Das Einzige, was Bert nicht gefällt, ist ein unverständliches Runenzeichen mit einem Zahlencode, das mit weißer Farbe auf die Vorderseite des Beiwagens gemalt ist – wahrscheinlich das Kennzeichen der Armeeeinheit, aus der das Gefährt stammt. Als er das Innere inspiziert, entdeckt er auf dem schwarzen Leder des Sitzes ohne Armlehnen dunkelbraune, körnige Flecken – vielleicht angetrocknetes Blut.

Er geht hinein, um seinen »Ausweis« in Ordnung bringen zu lassen. Ein deutscher Heeresbeamter hinter dem

Schreibtisch gibt sich äußerst entgegenkommend. Bert ist Protégé des Major Strehler vom »Generalstab«: »Ausgezeichnet, wir wollen freundschaftliche Beziehungen mit der Bevölkerung.« Das hat Bert schon früher gehört. An der Wand, wo früher Königin Wilhelmina gehangen haben muß, ist jetzt ein Porträt von Hitler zu sehen. Damit sind sie schnell. Daneben prangt ein weißer Fleck auf der Tapete. Welches Porträt ist da abgehängt worden? Und welches wird an seiner Stelle hingehängt werden? Oder duldet der Führer niemanden neben sich? Eine niederländische Sekretärin kümmert sich um die Papiere und trägt ihn auf der ersten Seite eines neuen Registers ein. Er ist einer der ersten mit so einem »Ausweis«.

Aufsteigen ist nun kein Balanceakt mehr, da das Gewicht des Beiwagens das Motorrad am Boden hält. Bert braucht den Ständer nicht mehr. Mit dem Beiwagen ist das Fahrzeug doppelt so breit, fast wie ein kleines Auto. Daran muß man sich erst gewöhnen. Er kann sich nicht scharf in die Kurve legen – und um in die Villa Ravenhorst zu gelangen, muß er beide Tore öffnen. Unter drei Rädern knirscht der Kies noch eindrucksvoller. Es hat etwas Vornehmes, auf diesem Motorrad zu fahren.

»Die Kutsche wäre vorgefahren«, sagt Bert mit einem leichten Armschwenk. Dedemsvaart ist beeindruckt – mit einem Beiwagen hat er nicht gerechnet. Hat er überhaupt noch an eine baldige Abfahrt geglaubt? Der Gedanke, sein Haus, seine Besitztümer und alles, was ihm lieb ist, zu verlassen, lähmt ihn. Beim ersten Mal war das noch anders. Da ging es um eine überstürzte Flucht, jetzt hat er Zeit zum Nachdenken gehabt: »Ich will eigentlich überhaupt nicht weg, aber ich muß.« Doch Dedemsvaart wäre nicht Dedemsvaart, wenn er nicht alles vorbereitet hätte. Er hat seine »Freunde« in Antwerpen benachrichtigt – die sind jetzt in Paris, denn Antwerpen ist auch schon von den Deutschen besetzt. Sie haben für die Weiterbeförderung durch Frankreich gesorgt und beim Konsulat in Toulouse ein Transitvisum für Spanien und Portugal beantragt. Er kennt sogar die Positionen der deutschen Armee, die es auf Paris abgesehen hat, und auf die

Küste bei Dünkirchen. Da muß er durchschlüpfen, um den deutschen Truppen voraus zu sein. Schleichwege, irgendwo die Loire überqueren und dann nach Westen abbiegen. Es ist, als würde sich Dedemsvaart eine unwiderrufliche Entscheidung selbst einreden: »Ich brauche irgendeine Schutzhaube«, ist er schließlich überzeugt, »und eine Motorradbrille.« Das sollte machbar sein, denkt Bert. Wenn nötig, morgen früh bei Smidt. Heute abend jedenfalls ist es zu spät, um loszufahren. Außerdem muß er Lien noch auf ein paar Tage Abwesenheit vorbereiten. Er wird sagen, er sei zu Luftschutzübungen befohlen worden – ein wasserdichtes Alibi.

Er gibt Dedemsvaart noch einige Instruktionen. Wie bei Henri Goedeman hat er die Leitung dieser Expedition: »Sie können nur kleines Handgepäck mitnehmen, etwas, das Sie auf dem Schoß halten können.« Erst jetzt fragt er sich, welchen Weg er einschlagen soll. Die Westland-Route ist wahrscheinlich immer noch die sicherste. Die Fähre in Maassluis, und dann zusehen, daß sie über die südholländischen Inseln kommen, von Insel zu Insel. Dort ist die Gefahr am geringsten, Deutschen in die Arme zu laufen. Zeeland ist jetzt auch besetzt, nachdem die Luftwaffe Middelburg bombardiert hat und die Franzosen, die zu Hilfe geeilt waren, sich zurückziehen mußten. Bert verläßt sich auf seinen Ausweis, Dedemsvaart auf seinen Reisepaß. Und eine Geschichte, die er erzählen kann wie Bert seine Geschichte vom Großonkel, der im Sterben liegt.

Am nächsten Morgen, Punkt acht Uhr, rollt Bert knirschend über den Kies der Villa Ravenhorst. Dedemsvaart wartet abfahrbereit mit Helm und Schutzbrille auf der Freitreppe. Er hat einen Kalbslederkoffer bei sich, den er auf den Boden des Beiwagens stellt, nachdem er da eine karierte Decke ausgebreitet hat. Bert hat gestern abend noch die Innenseite gründlich geputzt. Schließlich kommt er mit einer Reisetasche aus geblümtem Leinen an, die er die ganze Reise lang unbeirrbar auf dem Schoß behält. Geld, vermutet Bert. Aber es sind Karten von Süd-Holland, Zeeland und Brabant des

ANWB-Verkehrsamtes und die unvermeidlichen Michelin-Karten von Belgien und Frankreich. Auf ihnen sind selbst die kleinsten Wege eingezeichnet.

Bert hilft Dedemsvaart beim Einsteigen, Anna, das Dienstmädchen von letzter Woche, reicht ihm einen Korb mit Proviant für unterwegs, als ob das ein fröhlicher Ausflug wäre, bei dem sie irgendwo picknicken würden. Bert startet den Motor, Anna tritt einen Schritt zurück und drückt sich einen Zipfel ihrer Schürze an die Augen. »Nicht weinen, Anna.« Dedemsvaart schaut stur geradeaus. »Das vertrage ich nicht.« Und zu Bert: »Auf geht's!« Bert schaltet, fährt langsam an und umrundet das Blumenbeet. Dedemsvaart hebt den Arm, ohne sich umzuschauen. Draußen am Tor hält Bert an, um es zuzumachen, doch schon sind Gärtner und Chauffeur herbeigeeilt und schließen es hinter ihnen. »Gute Reise, gute Reise.« Wieder hebt Dedemsvaart den Arm, wieder blickt er sich nicht um.

Bert hat Recht mit seiner Einschätzung, daß die Westland-Route relativ sicher ist und man von einer militärischen Besetzung der südholländischen Inseln kaum reden kann. Sie stoßen auf eine zufällige Patrouille, die sie ungeschoren läßt, und einmal auf eine Straßensperre, die sie ohne Probleme passieren können. Berts Ausweis tut, was von ihm erwartet wird, und Dedemsvaart hat sich tatsächlich eine Geschichte zurechtgelegt: »Ich bin Arzt.« Er weist auf die Reisetasche auf seinem Schoß.

Obwohl die ANWB-Schilder die Route deutlich anzeigen, ziehen sie immer wieder die Karten zu Rate. Einmal auf dem »Festland« von Brabant, noch vor Bergen op Zoom, können sie unter einer Vielzahl von Straßen und Wegen wählen. Das Gras auf den Wiesen ist hier anders grün. Waldstücke, Obstgärten und Ställe versperren die Sicht. Die ANWB-Schilder weichen »Pilzen«: niedrige quadratische Richtungsweiser, wie sie jeder radelnde Niederländer kennt; sie halten wegen ihnen oft an. Manchmal müssen sie umkehren, was viel Zeit kostet. Einmal tanken sie am Rande eines Dorfes an einem Traktorschuppen. Dedemsvaart zahlt, ohne aus dem Beiwagen auszusteigen.

An einer abgelegenen Straße unter einem Walnußbaum hinter einer Hecke legen sie eine Pause ein. Dedemsvaart breitet die Decke im Gras aus und öffnet den Picknickkorb: Hähnchenschenkel, Brötchen, Käse, Wurst, hartgekochte Eier, Obst und eine Thermoskanne Kaffee. Mit vollem Mund sagt Dedemsvaart, daß Bert ihn ab jetzt Hans nennen soll, so redet es sich einfacher. Bert hat nun zwei neue hochgestellte Freunde, mit denen er auf gleichem Fuß verkehrt: Hans und Henri, zwei Gönner, ein Bankier und ein Diplomat, beide auf der Flucht vor den Deutschen und beide dank ihm bald im Ausland, unerreichbar weit weg. Er wird im Bedarfsfalle nicht auf sie zurückgreifen können. Und Freunde? Sind es wirklich Freunde? Am Lenker seines Motorrads kommt er sich eher wie Dedemsvaarts Chauffeur vor.

Hans breitet die Karte von Brabant auf der Decke aus, und auf den Knien suchen sie gemeinsam die beste Route nach Belgien heraus. Das Grenzgebiet ist am heikelsten. Sie beschließen, bis kurz vor der Grenze normale Straßen zu nehmen, so weit wie möglich Nebenstraßen, und dann in einem der letzten Dörfer in einer Kneipe jemanden aufzutreiben, der ihnen auf einem Schleichweg über die Grenze hilft. Während des Ersten Weltkriegs, als Belgien sich im Gegensatz zu den Niederlanden im Krieg mit Deutschland befand, hat es Tausende belgische und französische Flüchtlinge gegeben, die illegal über die Grenze in die Niederlande kamen. Es gab Menschen, die damit eine Menge Geld verdient haben – »Fluchthelfer« wurden sie genannt, weiß Hans. So lange ist das noch gar nicht her.

Dedemsvaart lehnt mit dem Rücken am Walnußbaum. »Aber das ist jetzt anders.« Er klemmt sich einen Grashalm zwischen die Zähne und schaut Bert mit halbgeschlossenen Augen nachdenklich an. »Sie werden unsereins nie in Ruhe lassen. Wir werden immer gejagt werden, das ist unser Schicksal.« Unsereins? »Ja, Bert, ›unsereins‹. Du auch, stell dich doch nicht dumm, du bist doch einer von uns! Sieht man dir kilometerweit an.« Bert protestiert: Er ist getauft, Mitglied einer evangelischen Kirchengemeinschaft. »Protestant kann man werden, aber Jude ist man, so wird man geboren.« Aber wenn es niemand weiß? Nur Lien ist über seine Herkunft informiert. Und Joost natürlich, der nie ein Geheimnis daraus gemacht hat, daß er mit einer jüdischen Frau verheiratet ist. Eine ganze Menge Leute wissen es also, wird Bert plötzlich klar. Es wird nur nicht darüber gesprochen, es ist nie ein Thema gewesen. »Daher. Ist deine Mutter Jüdin?« – »Ja.«– »Da haben wir's doch schon. Und dein Vater?« – »Mein Vater ist tot.« – »Macht nichts, der beste Jude ist ein toter Jude.« War er jüdisch, sein Vater? Bert glaubt schon. »Na, da bist du also jüdisch im Quadrat, weil du davon ausgehen kannst, daß ihre Eltern auch jüdisch waren. Und deine Frau, ebenfalls jüdisch?« – »Nein, Lien ist nicht jüdisch, die ist evangelisch.« Aber Bert ist nicht auf der Flucht wie Hans, und der muß doch nicht fliehen, weil er Jude, sondern weil er Bankier ist! »Ein jüdischer Bankier!« Dedemsvaart lacht höhnisch. »Ich bin der sprichwörtliche Jude, sprichwörtlicher geht's fast nicht mehr.« Diese letzte Feststellung scheint ihn kaum zu beunruhigen.

Bert hingegen beunruhigt dieses Gespräch außerordentlich. Warum erzählt Hans das alles? Um ihm Angst einzujagen? Um ihn zu warnen? Aber wovor? Ist er in Gefahr? Warum hat Hans ihm dann alle seine Wertsachen anvertraut? Ist das vielleicht ein Test? Gibt es einen anderen Weg, der Wahrheit zu entrinnen, als sie zu leugnen? Sieht er mit seinem dunklem, nach hinten gekämmtem Haar, den braunen Augen, den schlanken Fingern wirklich so jüdisch aus, wie Hans behauptet? Was daran soll jüdisch sein? Was daran könnte gefährlich sein? Er denkt an Lien – bei ihr ist er sicher. Bald wird er mit ihr auch verheiratet sein.

»Bist du beschnitten?« fragt Hans. Bert wird rot. Ist er beschnitten? Er hat nie einen Gedanken daran verschwendet. Er weiß, daß das ein Merkmal jüdischer Jungen und Männer ist, aber er weiß nicht genau, was es bedeuten soll. Niemand hat jemals darüber gesprochen – nicht seine Mutter, auch sein Vater nicht. Er ist als »Brillenjude« gehänselt worden, weil er eine Brille tragen mußte, und als »Judenbengel«, aber niemand hat eine Anspielung darauf gemacht, daß er beschnitten sein könnte. Er hat keine jüdischen Freunde außer Rogier von der Handelsschule, den Sohn von Hans Dedemsvaart. Ist das der Grund, warum sie Freunde geworden sind, weshalb sie sich zueinander hingezogen fühlten, ohne jemals darüber auch nur ein Wort zu verlieren? »Ich glaube nicht.« Bert ist von den direkten Fragen eingeschüchtert, die Hans auf ihn abfeuert. »Ich glaube nicht, ich glaube nicht? Du liebe Güte!« Aus Hans' schroffem Tonfall schließt Bert, daß er etwas Dummes gesagt hat. Dedemsvaart scheint es plötzlich eilig zu haben. »Gehen wir pissen!« Kurz angebunden gibt er Anweisungen zum Einpacken des Picknickkorbs und zum Zusammenfalten der Decke. »Komm.« Er geht zur Hecke. Bert folgt ihm. Sie öffnen ihre Hosenschlitze, breitbeinig pissen sie an die Hecke. Aus dem Augenwinkel sieht Bert, wie Hans sich ihm zuwendet und nach unten deutet: »Das ist ein beschnittener Pimmel. Die Vorhaut ist weg.« Bert sieht es, mit niedergeschlagenen Augen. »Aber du hast einen Zipfel«, zeigt ihm Hans. »Du hast einen unglaublich protestantischen Schwanz.« Plötzlich lacht er: »Herzlichen Glückwunsch, vielleicht kommst du damit durch.« Das bricht die Spannung. Jetzt muß auch Bert lachen. »Und trotzdem bist du ein Jude, vergiß das nie.« Sie knöpfen die Hosen zu. »Auf nach Zundert!« Bert gibt Gas. Er lächelt in sich hinein: Wie sie dagestanden und gepißt haben, das war eine Art Einweihungsritual. Selbst unbeschnitten gehört er jetzt dazu.

Mein Freund Jan de M. war zu Pfarrer V. gegangen, und Pfarrer V. hatte Rabbi Slagter, den Armeerabbiner, eingeweiht. Seit dem Krieg herrschte großer Mangel an jüdischen Rekruten. Deshalb gab es nur einen Rabbiner für die gesamte Armee, während es in jeder Kaserne einen Militärgeistlichen für die katholischen Jungs und einen Pfarrer für die Protestanten gab, bei dem sich auch die Nichtgläubigen zur wöchentlichen geistlichen Schulung einzufinden hatten.
Plötzlich steht er vor mir beim stählernen Büro der Luftwaffeneinheit, in der ich stationiert bin. Ich bin der einzige

junge Mann in der Abteilung, und der einzige in Uniform unter etwa zwanzig grobschlächtigen Männern um die Fünfzig, die alle aus dem aktiven Dienst ausgemustert und mit ihrem Leben unzufrieden sind.

Rabbi Slagter ist ein großer, eindrucksvoller Mann. Mit seinem rosigen Gesicht und seiner kräftigen Stimme hebt er sich von dem Haufen Schlappschwänze mit ihren dicken Wampen, ihren Geschichten von Pferderennen und den Zoten über den »netten Arsch« der Kantinenfrau ab. »Kann ich Sie kurz sprechen?« Ich stehe auf und salutiere vor dem Oberstleutnant in seiner tadellosen, grün glänzenden Uniform. Mir ist sofort klar, warum er hier ist.

Er bringt mich in die Kantine mit ihren hohen Glasmalereifenstern. Ihm sei zu Ohren gekommen, daß ich von der Offiziersausbildung suspendiert worden sei, weil mein Vorgesetzter etwas gegen Juden habe. Und ich sei nicht der einzige, es gebe noch weitere Fälle. Slagter erwähnt die Namen von jungen Männern aus Parallelklassen. Ebenfalls aus der Ausbildung entfernt, ich kenne sie. Er wolle Leutnant van W. vor ein Militärgericht bringen. Ob ich dabei mithelfen würde. Das kann ich nicht so aus dem Stand beantworten; ich bin wieder einmal völlig überrumpelt. Plötzlich bin ich Teil eines Antisemitismusproblems, einer Miniatur-Dreyfus-Affäre, die publik werden wird, und von diesem Moment an wäre ich unweigerlich als Jude gestempelt. Aber ich sehe mich überhaupt nicht als Jude, obwohl ich eine jüdische Mutter und eine jüdische Familie habe, von der keiner mehr am Leben ist. Ich bitte um Bedenkzeit. »Wenn Sie einen Rat brauchen«, sagt Slagter, »können Sie sich auch an den Rabbiner der Synagoge in der Wagenstraat wenden.« Ich bin noch nie im Leben in einer Synagoge gewesen.

Der Rest der Reise verläuft genau wie vorgesehen. Durch das Labyrinth aus kleinen Sträßchen schaffen sie es, die größeren Städte zu umschiffen und ungesehen von einigen deutschen Patrouillen oder Kontrollposten an die Grenze zu gelangen. Die Kneipe dort ist rappelvoll. Auch draußen, an langen

Tischen unter kräftigen Buchen, wird Bier getrunken. Dort parken viele Autos mit Nummernschildern aus den nördlichen Provinzen. Kein ungewohnter Anblick für Bert seit Maassluis.

Es dauert eine Weile, bis Dedemsvaart einen Fluchthelfer gefunden hat. Es braucht Geld, viel Geld, das Dedemsvaart aus seiner Jackettasche nimmt. »Das ist Stijn«, sagt er zu Bert. »Er wird uns über die Grenze bringen. Er kann doch hinten drauf.« Stijn ist ein schwerer Mann in einer schwarzen Jacke mit doppelter Knopfreihe und einer braunen Cordhose. Auf dem Kopf trägt er eine Mütze. »Gut, daß wir den Beiwagen haben.« Dedemsvaart gibt dem Gefährt einen Klaps.

Es ist inzwischen nach sechs. Sie müssen sich beeilen, um vor Einbruch der Dunkelheit über der Grenze zu sein. Stijn kommt aus Belgien, spricht Französisch und einen merkwürdig singenden flämischen Dialekt, aber er sagt nicht viel: »Arrêtez«, wenn sie irgendwo anhalten müssen, und »allez«, wenn sie weiterfahren können. Es geht jetzt über Waldwege, die gerade breit genug für einen Beiwagen sind. Nur gut, denkt Bert, daß er den Auspuff hat reparieren lassen – die Zündapp macht bei dieser geringen Geschwindigkeit nur ein leise blubberndes Geräusch.

Sobald sie den Wald hinter sich gelassen haben, halten sie an. Der Feldweg geht in eine Klinkerstraße über. Nebelfetzen treiben über braun-grüne Wiesen. Die Sonne steht tief und leuchtend rot über dem Feld, das von der gezackten Silhouette einer Hecke angefressen wird: Sie haben die Grenze hinter sich. Plötzlich ist die Landschaft eine völlig andere. Grenzen haben halt ihren Grund. Dedemsvaart wird die Reise mit einem anderen Fluchthelfer fortsetzen, und Stijn kehrt mit Bert in die Niederlande zurück. Die Sonne ist bereits in violetter Glut untergegangen, als der neue Fluchthelfer mit seinem Fahrrad eintrifft. Er stammt aus dem nächstgelegenen Dorf. Sein Name ist Sjef. Er wird Dedemsvaart ins Dorf bringen, ihm dort ein Fahrrad zur Verfügung stellen und ihn dann im Schutz der Nacht nach Gent bringen. Dann muß er den Bus nach Kortrijk nehmen.

Dedemsvaart nickt und packt Bert am Arm. »Das Schwierigste steht erst noch bevor, aber ohne dich würde ich nicht hier stehen.« Er zieht einen Umschlag aus seiner Reisetasche hervor: »Ich habe noch was für dich.« Bert steckt den Umschlag in die Innentasche seiner Jacke: seine Belohnung. Hans legt eine Hand auf Berts Schulter. »Viel Glück«, und da ist auch wieder das vertraute Kneifen in den Nacken. »Ihnen auch, Herr Dedemsvaart.« Hans muß ihn korrigieren: »Hans, du weißt doch?« – »Dir auch ... Hans.« Es klingt einfältig. »Sei vorsichtig.« Dann herrscht Stille. Dedemsvaart bricht das Schweigen: »Männer umarmen sich nicht, zumindest nicht in den Niederlanden. In den Niederlanden gibt man sich die Hand. Reich mir deine Hand.« Bert streckt seine Hand aus. »Aber jetzt sind wir in Belgien.« Hans zieht ihn zu sich heran und umarmt ihn. Dann ergreift er seine beiden Hände und schaut sie einen Moment lang gedankenverloren an. »Lass dich in Gottesnamen nicht erwischen!« Bert nickt, Hans läßt ihn los.

Dedemsvaart dreht sich um und nimmt seinen Koffer aus dem Beiwagen. Aus dem Picknickkorb holt er ein Fläschchen hervor: »Für unterwegs, der Rest ist für dich.« Er geht mit Sjef in Richtung des Dorfes, hebt den Arm und schaut sich nicht um. So macht ein van Berghe Dedemsvaart das.

Bert fährt mit Stijn auf dem Rücksitz des Motorrads durch den Wald zurück. Sie treffen nicht auf einen einzigen vom Grenzschutz. In der Kneipe, immer noch rappelvoll mit Männern, die sich unterhalten und Karten spielen, ißt er nur eine Kleinigkeit. Auf dem Dachboden einer Scheune hinter der Kneipe kann er die Nacht in Gesellschaft von Flüchtlingen und Fluchthelfern auf einem Strohsack verbringen. Er behält seine Sachen, sogar seine Joppe an; er kriegt kaum ein Auge zu.

Am nächsten Tag fährt er die gleiche Strecke nach Den Haag zurück. Mehrmals trifft er auf einen deutschen Kontrollpunkt, den er aber jedesmal ohne Schwierigkeiten passieren kann. Einmal nimmt ein Soldat, der das Runenabzeichen an der Vorderseite des Beiwagens gesehen hat, Haltung an und salutiert.

14

Anfang Juni ist plötzlich große Eile geboten, um die Wertpapiere von Laroux & Gross verschwinden zu lassen. Die Deutschen werden bald da sein, um die Schließfächer zu inspizieren. Befreundete Banken in Amsterdam haben van der Harst gewarnt. Deshalb hat er beschlossen, die Wertpapiere der Privatkunden einstweilen aus den Schließfächern zu entfernen, aber Geld, Gold und Juwelen drinzulassen, damit die Deutschen nicht sofort Verdacht schöpfen. Die Mappen mit Wertpapieren und Obligationen werden im Gartenhaus und im Geräteschuppen hinter dem herrschaftlichen Gebäude am Kneuterdijk aufbewahrt. Die Zeit hat nicht mehr gereicht, sie in Kartons zu packen.

Van der Harst ist nervös und kurz angebunden. Es beginnt Bert zu dämmern, wie einschneidend die deutsche Besetzung tatsächlich ist. Können die Deutschen als Sieger das Privateigentum der Niederländer einfach so beschlagnahmen? Drohende Konfiszierung sei nur eine Vermutung, noch keine feststehende Tatsache, sagt van der Harst. Die sichere Verwahrung sei also eine Vorsichtsmaßnahme. Aber wenn sie auffliegt, geht es dann um Veruntreuung und Strafbarkeit? Und wer eigentlich macht sich strafbar? »Es wird nichts entdeckt werden. Alle Spuren sind verwischt: Die Verzeichnisse, in denen alles registriert ist, werden dann mit den Papieren umgezogen.« So geht die Aufbewahrung der Papiere fast ausschließlich auf Berts Kappe, aber jetzt ist es zu spät, sein Versprechen zurückzunehmen. Außerdem ist er es Hans, seinem neuen Freund, schuldig. »Alles ist in einem Notizbuch von Herrn Dedemsvaart verzeichnet. Und der sitzt in London.« Er habe für seine Flucht eine ganze Woche gebraucht; die letzte Etappe ging mit dem Flugzeug von Biarritz. Zumindest das ist eine gute Nachricht, die van der Harst ihm ruhig schon etwas früher hätte mitteilen können. Aber der weiß natürlich nichts von dem besonderen Band, das zwischen seinem Chef und Bert geknüpft wurde.

Bert verspricht, gleich am nächsten Tag wiederzukommen, wenn möglich mit einem Umzugswagen. Das könnte zwar auffallen, aber das Risiko einer zu frühen Entdeckung rechtfertigt es. Mennos Kleintransporter ist von den Deutschen beschlagnahmt worden. Jeder müsse seinen Beitrag für den Krieg leisten, hat man ihm gesagt. Warum? Es ist doch nicht Mennos Krieg. Und der Transporter ist sein Lebensunterhalt. Vielleicht kriegt er ihn später zurück, wenn der Krieg vorbei ist. Ja, ja, Menno glaubt kein Wort davon. Er verflucht die Deutschen. Daß Bert ihn jetzt braucht, trifft sich schlecht. Aber es gibt ihm auch die Möglichkeit, »den Deutschen eins auszuwischen, die sich so aufführen, als gehöre ihnen alles in diesem Land«. Er kann es gar nicht erwarten, ihnen mit irgendetwas in die Parade zu fahren. Ein paar Stunden später kommt er breit grinsend mit einem Kleinlaster des Luftschutzes an, den er da mit irgendeiner Ausrede hat loseisen können. Menno wird immer wieder bei den gelegentlichen Luftangriffen durch die Engländer einberufen. Daß er auf diese Weise den Deutschen zu Diensten steht, schmeckt ihm auch nicht.

Sie beginnen noch am selben Tag mit dem Umzug. Am nächsten erledigen sie den Rest und holen in einem Rutsch auch die schon zugenagelten Kisten in der Villa Ravenhorst ab. Daß es hierbei um wertvolle Kunstschätze geht, verrät Bert Menno nicht. Nur der Gärtner ist noch da, und Anna, das Dienstmädchen, das geweint hat, als Bert mit Hans im Beiwagen weggefahren ist. Sie kann nirgendwoanders hin, und so paßt wenigstens noch jemand auf die Villa auf. Die Nachricht, daß Herr Dedemsvaart wohlbehalten in England angelangt ist, bringt Anna wieder zum Weinen; sie wischt die Tränen mit dem Handrücken weg. Die Kisten passen gerade noch so in den Schuppen. Bert muß sich ernsthaft nach einem anderen Lager umsehen. Doch zuerst müssen alle Papiere der Bank in Umzugskartons gepackt werden. Darüber vergeht eine ganze Woche.

Die Synagoge in der Wagenstraat versteckt sich hinter einer unscheinbaren Fassade und ist von außen als Gotteshaus nicht erkennbar. Ich bin in Uniform und komme unangekündigt. Die Messingglocke, die ich fast aus dem Türpfosten zerre, hallt verloren durch den Flur. Erst nach geraumer Zeit sind schleppende Fußtritte zu hören. Die Tür öffnet sich einen Spalt, zwei mißtrauische Augen in einem bärtigen Gesicht mustern mich. Ist das der Rabbiner? »Was ist los?« Er will die Tür schon wieder zuschlagen. »Ich komme von Rabbi Slagter«, kann ich gerade noch hervorbringen. Grummelnd wird die Tür etwas weiter geöffnet, nervös zwänge ich mich ins Innere.

Durch einen langen, schwach beleuchteten und muffig riechenden Flur aus schwarz-grauen Fliesen schlurft der Rabbiner mir voraus in einen Raum, der eher einem Wartezimmer beim Arzt ähnelt mit seinen alten, dunklen Möbeln, den längst nicht mehr aktuellen Zeitschriften auf einem Tisch, den Stühlen mit gedrechselten Beinen – aber einer nagelneuen Landkarte von Israel an der Wand. Der Mann hat ein schwarzes Käppchen auf dem Hinterkopf und einen abgetragenen weißen Schal mit Quasten an beiden Enden um den Hals. Da stehen hebräische Buchstaben drauf. Obwohl ich im Gymnasium ein Jahr lang versucht habe, Hebräisch zu lernen, verstehe ich nicht, was sie darstellen sollen. Ich weiß nichts über den jüdischen Glauben und seine Gebräuche. Mit einem schweren Seufzer setzt sich der Rabbiner hinter seinen Schreibtisch. Er kennt das Bild – ein Jude in Not: »Dann mal raus mit der Sprache.«

Erst Mitte Juni kann sich Bert um Goedemans Möbelsammlung kümmern. Das Haus in der Groot Hertoginnelaan scheint versiegelt zu sein. Von wem? Und warum? An der Tür klebt ein Zettel mit dem groß gedruckten Text: BETRETEN VERBOTEN. Eine deutsche Behörde, aber nicht namentlich genannt. Wer auch immer dahinterstecken mag, er hat nicht viel Zeit verloren. War die Gestapo, von der Henri gesprochen hat, vorbeigekommen, ihn zu verhaften, und hat sie diesen Wisch hinterlassen? Die Gestapo ... – Bert hat noch immer keine genaue Vorstellung, was das ist, aber es klingt bedrohlich genug: Polizei der finstersten Sorte. Was soll er tun? Er inspiziert die Tür – sie ist leicht beschädigt, aber verschlossen: Sie haben versucht, sich Zutritt zu verschaffen. Wenn er den Schlüssel ins Schloß steckt, bricht er das Siegel. Das wäre bestimmt nicht klug. Zuerst sollte er zu Godevaert & Maas gehen, dem Auktionshaus in der Juffrouw Idastraat. Heute morgen hat er ihre Visitenkarte in seine Aktentasche gesteckt, dazu die Vollmacht von Henri Goedeman, sein »Beglaubigungsschreiben«.

In dem großen und so gut wie leeren Auktionssaal stehen goldlackierte Stühle an der Wand ineinandergestapelt. Ein paar Männer in Kitteln sind dabei, zwei große chinesische Vasen und einen Bechstein-Flügel umzuräumen. Er fragt eine Dame mit Pergamenthaut und blondem Haar in einem kleinen Büro im hinteren Teil des Auktionssaals, ob sie etwas von der anberaumten Versteigerung des Hausrats der Familie Goedeman wisse. Das tut sie nicht. Zur Zeit fänden keine Auktionen statt. Bert fragt, ob er den Direktor sprechen könne.

Wenig später erscheint ein soignierter Herr, der sich als Maas vorstellt. Bert überreicht ihm die Vollmacht von Henri Goedeman zusammen mit seiner Karte und teilt ihm mit, daß die Familie ins Ausland abgereist sei. Jetzt aber sei das Haus versiegelt. »Beschlagnahme«, weiß Maas, »das passiert im Moment regelmäßig.« Bert müsse den Gerichtsvollzieher aufsuchen. Maas bestätigt auch, daß zwar eine Taxierung stattgefunden hat, aber nichts über eine Versteigerung vereinbart wurde. Er erinnert sich an den Taxationsbericht. Der klang vielversprechend, aber er glaubt nicht, daß im Moment Interesse an einer Auktion dieser Größenordnung besteht: »Es ist wenig Betrieb, wir warten ab.« Das klingt nicht sehr ermutigend: Beschlagnahme und keine Versteigerung. Bert sieht seine Provision in Rauch aufgehen.

Zu Hause, an seinem Schreibtisch, zieht er telefonisch einige Erkundigungen bei diversen Gerichtsvollzieherbüros ein. Das Telefon ist vor einer Woche doch noch angeschlossen worden. Lien und er hatten das mit Sekt aus dem Lager gefeiert, aber außer Menno gab es niemanden, den sie hätten anrufen können. Die Gerichtsvollzieher sind nicht bereit, mit den von ihm gewünschten Informationen herauszurücken. Auskünfte über Kunden werden Dritten nicht erteilt. Bert müßte sich schon zu den Gläubigern selbst bemühen oder zur Gemeindesteuer. Aber von den Gläubigern kann keine Rede sein, und das städtische Finanzamt verweist ihn an die Polizei. Kaum, daß das Telefon da ist, knallt Bert den Hörer schon wütend auf die Gabel.

Der einzige Lichtblick ist, daß am Ende des Nachmittags ein Brief von Henri Goedeman aus der Schweiz eintrifft. Henri und Elfie sind in Luzern. Seine »Freunde« sind also in Sicherheit. Der Brief hat eine Woche gebraucht. Das versprochene Telegramm hat Bert nie erhalten. Vielleicht ist es nie abgeschickt worden. Vor ein paar Jahren ist Bert mit Lien im Urlaub in der Schweiz gewesen. Sie sind mit dem Zug durch ein nächtliches und rumoriges Deutschland gefahren. Als sie den Schaffner fragten, was denn los sei, hatte der keinen blassen Schimmer, was all die Soldaten auf den Bahnsteigen zu suchen hatten. Vielleicht ging es um eine Übung. In Luzern erfuhren sie, daß Deutschland in Österreich einmarschiert war. Es hatte sie erschreckt, aber ihre Ferien hatten sie sich deswegen nicht verderben lassen.

Bert platzt fast vor Begierde, Lien die guten Nachrichten über Goedeman zu verkünden, aber er hat ihr seinen Einsatz für das Ehepaar verschwiegen. Deshalb schlägt er vor, nach dem Essen eine Runde mit dem Motorrad zu drehen. Er muß etwas tun, seine Gefühle brauchen Auslauf. »Einfach so?« Lien ist überrascht; Bert tut selten etwas spontan. »Ja, einfach so, in die Scheveningse Bosjes zum Teich mit der Fontäne.« Es ist warmes Wetter, sie haben sowieso viel zu wenig davon. Lien läßt sich überreden, obwohl sie müde ist, weil sie den ganzen Tag bei Gerzon auf den Beinen war, und es sind auch nur noch anderthalb Stunden bis zur Sperrstunde.

Unter den Bäumen des Scheveningseweg ist es fast dunkel, aber am Ende des Baumtunnels schimmert der helle Abendhimmel. Bert fährt bis zum Boulevard. Die Sonne hängt wie eine glühende Kugel über dem Horizont. Verstreute violett-graue Streifen am Himmel werden von unten beleuchtet. Das Meer ist still, nur ein leichtes Zittern geht darüber hinweg. Langsam fahren sie den Boulevard entlang, vorbei am Kurhaus, vorbei am Seinpost-Restaurant. Bert hält nicht an. Die meisten Leute sind schon weg, die Terrassen sind geschlossen. An der Haringkade, auf dem Rückweg, ist ein großes Lagerhaus zu mieten. Vielleicht wäre das etwas für ihn?

Die Fontäne ist abgestellt, schon seit Kriegsbeginn. Es ist windstill, die Wasseroberfläche ist glatt wie ein Spiegel. Zwei Enten ziehen eine Spur, die schnell wieder ausgelöscht ist. Bert starrt ins Wasser: »Erinnerst du dich noch an Luzern?« Lien schaut ihn erstaunt von der Seite an: »Luzern?« – »Da war das Wasser auch tiefschwarz, genau wie hier.« Sie steigen wieder aufs Motorrad. »Halt dich fest.« Auf der kurvenreichen Straße durch die Bosjes drückt Bert richtig auf die Tube. Das ohrenbetäubende Brüllen zerfetzt die Stille. Zu Hause fragt Lien, warum er so irre gerast ist. Darauf hat Bert keine rechte Antwort: »Ich wollte einfach wieder mal richtig schnell sein, so schnell es geht.«

Im Präsidium spricht er mit einem freundlichen niederländischen Polizisten, der ihm anvertraut, daß die Polizei zwar jetzt der deutschen Polizei unterstellt sei, aber immer noch ihre eigenen Befugnisse habe; sie würden nur für einen anderen Chef arbeiten. Und, nun ja, einen großen Unterschied mache das nicht. Dieser Polizist befolgt jetzt die Befehle des Feindes, ohne auch nur seine Uniform zu wechseln. Die Gerichtsvollziehersachen sind übrigens der deutschen Polizei auf dem Plein übertragen worden, und da herrscht eine eisige Atmosphäre. Bert wird kurz angebunden gefragt, ob er eine Vorladung habe. Hat er nicht, er komme nur wegen einer

Information. Dann müsse er warten – auf der Holzbank da im Flur. Auch wenn ihm das zu lange dauern sollte, er dürfe erst gehen, wenn er seinen Fall vorgetragen hat. Bert findet das seltsam: Er ist doch aus freien Stücken hierhergekommen, oder nicht?

Niemand außer ihm wartet in diesem ausgestorbenen Flur. Ab und zu öffnet sich eine Tür, oder jemand eilt vorbei, ohne irgendwelches Interesse an ihm zu bekunden. Endlich kommt ein Mann in einer grünen Uniform zu ihm. Bert wird in einen dunklen Raum mit hohen Fenstern geführt. Hinter seinem Schreibtisch fragt der Mann, weshalb er gekommen sei. Er spricht Deutsch und erwartet, daß Bert Deutsch antwortet. Bert zückt sein Beglaubigungsschreiben und versucht zu erklären, was er will: die Aufhebung der Beschlagnahme des Hauses in der Groot Hertoginnelaan, damit er die Möbel zur Auktion bringen könne, wie es sein Auftrag vorsieht. Sein Schuldeutsch reicht kaum hin für eine solche Angelegenheit. Der Mann studiert Goedemans Vollmacht und fragt nach seinem Namen. Bert holt jetzt Strehlers Ausweis heraus, den der Mann beiseitelegt: »Buchstabieren Sie.« Bert buchstabiert seinen Namen. Und ob er noch einmal erklären könne, worum es gehe. Da strauchelt er schon weniger über seine eigenen Worte. Der Mann hört aufmerksam zu, er hat die Hände vor seinem blassen Gesicht gefaltet. Nach langem Schweigen greift er zum Telefonhörer: »Wolfgang, kommst du mal?« Wolfgang trägt eine schwarze Uniform. Bert muß seine Geschichte noch einmal wiederholen; das deutsche Wort für »Auktion« ist ihm inzwischen auch wieder eingefallen: *Versteigerung*. Die Männer, die dasitzen wie kalte Fische und ihm höflich zuhören, aber, weil sie keinen Ton von sich geben, den Eindruck erwecken, daß sie ihm kein Wort glauben, gehen ihm auf die Nerven.

Wieder muß er warten, allein in dem großen Raum mit dem riesigen Schreibtisch, auf den eine grüne Schreibtischlampe einen schwachen Schein wirft. Die Tür haben sie abgeschlossen. Hinter den hohen Fenstern ist es dunkel, aber Bert könnte nicht sagen, ob es schon dämmert; der Raum könnte auch an einem Innenhof liegen. Er hat keine Uhr, und hier im Zimmer gibt es auch keine. Er verspürt eine unbandige Lust auf eine Zigarette, traut sich aber nicht, sich eine anzuzünden. Durst hat er auch. Was für ein Irrsinn! Wer sind diese Männer in ihren makellosen Uniformen und den knarzenden Stiefeln? Warum halten sie ihn hier fest, was wollen sie von ihm? So wird das wohl nichts mit der Aufhebung der Beschlagnahme! Und darum geht es überhaupt nicht. Bert muß an sich halten, um nicht an die Tür zu hämmern. Er denkt an Lien. Die weiß wieder einmal von nichts und wird sich natürlich Sorgen machen. Er zündet sich jetzt doch eine Zigarette an. Wenn sie etwas dagegen haben, werden sie es ihm schon sagen. Der Rauch in seinen Lungen beruhigt ihn.

Endlich öffnet sich die Tür hinter ihm. Der Mann in der grünen Uniform kommt in Begleitung eines Zivilisten, der Niederländisch spricht. Bert muß seine Geschichte noch einmal herunterbeten. Er will von seinem Stuhl aufspringen und protestieren, weil er nur wegen einer Information hergekommen ist und das hier keine Art ist, wie man einen ehrbaren Bürger behandelt, aber er bleibt sitzen und bittet um ein Glas Wasser. »Selbstverständlich.« Der Zivile geht es holen, und das dauert auch wieder eine Ewigkeit. Die Herren haben es nicht eilig. Unterdessen studiert der Grüne zuerst seine Fingernägel und dann das Papier, auf dem Berts Name geschrieben steht. »Van Leer, das ist doch in Ost-Friesland?« Bert hat keine Ahnung, wovon er redet. Es interessiert ihn auch nicht; er will ein Glas Wasser, seine Geschichte erzählen und gehen.

Diesmal wird alles aufgeschrieben, aber seine Frage, ob die Beschlagnahme des Hauses in der Groot Hertoginnelaan aufgehoben werden könne, bleibt unbeantwortet. Dafür wollen sie wissen, welcher Art seine Beziehung zur Familie Goedeman ist. Eine reine Geschäftsbeziehung, antwortet Bert wahrheitsgemäß. Herr Goedeman habe sich im Zusammenhang mit dem Verkauf seines Hausrats an ihn gewandt. Er sei sein Bevollmächtigter und soll eine Provision erhalten, einen Anteil vom Erlös. Die Frage wird mehrmals wiederholt, jedes Mal ein wenig anders formuliert: ob »Transaktionen und Transporte« seine Arbeit sei, wie lange er die Familie Goedeman schon kenne, wann Herr Goedeman ihn engagiert habe und warum er ausgerechnet auf ihn gekommen sei und ob er wisse, daß Herr Goedeman einige Zeit in Deutschland gelebt habe und wegen Spionage gesucht werde? Bert weiß es und stellt sich dumm. Er will kein Wort zuviel verraten. Jetzt leuchtet ihm auch ein, warum Henri ihm nicht mehr als absolut nötig erzählt hat.

Schließlich kommt die wichtigste Frage: ob er wisse, wohin die Familie Goedeman gereist sei und wann. Bert glaubt, daß es klug wäre, seinen Vernehmern in diesem Punkt eine gewisse Genugtuung zu gönnen. Schaden kann es nicht, denn Henri und Elfie sitzen sicher in der Schweiz. »Sie wollten mit dem Auto nach Frankreich.« – »Was für ein Auto?« – »Ein Citroën.« Er sieht, wie es in ihnen denkt. »Mit niederländischem Kennzeichen«, hilft er ihnen ein bißchen weiter. Ob er die Nummer wisse? Nein, da müsse er die Herren enttäuschen. Und wann sind sie losgefahren? »Noch vor Ende des Krieges.« Stille tritt ein. Bert hofft, daß das Verhör nun vorbei ist, daß er endlich gehen kann. Oder nehmen sie bloß Anlauf für die nächste Runde? Der Grüne hat seine Uniformjacke aufgeknöpft und lehnt sich mit hinter dem Kopf verschränkten Armen zurück, die Stiefel auf dem Tisch: »Diese Juden decken sich alle gegenseitig«, grinst er den niederländischen Polizisten an.

Und dann passiert etwas Außerordentliches mit Bert, etwas, worüber er im nachhinein selbst erstaunt ist: als wäre er Luft, wird er beleidigt, gekränkt und bedroht. Und wie bei der Villa Ravenhorst, als er fast Gefahr lief, daß seine Zündapp durch deutsche Soldaten mit angelegten Gewehren konfisziert wurde, schießt er plötzlich in die Höhe und geht zum Angriff über: »Wieso gehen Sie davon aus, daß ich Jude bin?« Der Grüne fängt an zu lachen, der niederländische Polizist macht eingeschüchtert mit: »Das sieht man doch kilometerweit.« Wie anders das klingt, als wenn es bei Hans Dedemsvaart aus dem Mund kommt, wie feindselig, herablassend, haßerfüllt und verächtlich. Hans hatte ihn gerade bei diesen Worten ın den Arm genommen: »Du bıst eıner von uns.« Das also ist die Gefahr, vor der Hans ihn gewarnt hat. Es schokkiert ihn, aber er läßt sich nicht wie ein Lamm zur Schlachtbank führen. Er steht auf: »Ich bin kein Jude, ich bin nicht beschnitten.« Er beginnt, seinen Hosenlatz aufzuknöpfen. »Ich werde es Ihnen zeigen.« Die Herren erschrecken über diese unerhörte Frechheit; sie glauben es ihm auch so, er muß keine Beweise auf den Tisch legen. Bert knöpft seine Hose wieder zu und bietet an, daß er, wenn sie doch noch einen Beweis sehen möchten, er mit dem größten Vergnügen gerne morgen noch einmal vorbeischauen könne, um seinen Taufschein der evangelischen Kirche vorzulegen. Die Herren sind auf einmal die Freundlichkeit in Person und entschuldigen sich. Er darf die Nacht in der Wachstube verbringen, denn es ist weit nach der Sperrstunde. Er bekommt sogar eine Decke und eine Tasse Kaffee.

Noch ehe Lien am nächsten Morgen zur Arbeit geht, kommt er nach Hause. Er tischt ihr eine weitere Luftschutzgeschichte auf. Es ist schon das zweite Mal, daß er dankbar auf dieses fiktive Alibi zurückgreift. Lien akzeptiert es. Sie ist auch nicht sonderlich besorgt gewesen. Letzte Nacht gab es ein Bombardement, es war wohl in der Nähe von Kijkduin. Da habe man Bert sicher gebraucht. Erst jetzt fällt Bert ein, daß sein Motorrad die ganze Nacht vor dem Gebäude geparkt war, in dem man ihn verhört hat. Niemand hat ihn danach gefragt.

Der Rabbiner hat sich meine Geschichte schweigend angehört, sein Blick ist auf das grüne Löschpapier vor ihm gerichtet, das von braunen Lederecken festgehalten wird – wo die eine fehlt, rollt sich das Löschpapier auf. Meine Geschichte findet er belanglos. Wenn denn überhaupt von einem Problem gesprochen werden könne, dann hat er schon die Lösung parat: »Wissen Sie, was Sie tun sollten? Gehen Sie nach dem Militärdienst nach Israel und heiraten Sie ein hübsches jüdisches Mädchen.« Völlig verdattert schaue ich den Rabbi an. »Sie sind doch Jude, oder? Ihre Mutter war doch Jüdin?«

Als ich hinausgehe, bin ich seltsam erleichtert, denn jetzt ist mir mit aller Sicherheit klar, daß ich keine große Geschichte daraus machen werde: So jüdisch bin ich nun auch wieder nicht. Für den Rabbiner ist die Sache ohnedies abgemacht: Der kaum zehn Jahre alte Staat Israel bietet heutzutage die Lösung für alle jüdischen Probleme. Sie sind nichts im Vergleich zu dem, was vor nicht allzu langer Zeit geschehen ist. Aber davon weiß ich zu dem Zeitpunkt noch nicht sonderlich viel. Das Wort »Holocaust« hat sich noch nicht eingebürgert. Über Israel wußte ich zumindest was: Meine Stiefmutter hatte mich darauf aufmerksam gemacht. Das könnte mich interessieren. Sie gab mir ein kleines Büchlein, das ich lesen sollte. In der Schule hielt ich ein enthusiastisches Referat darüber.

Rückblickend wird mir klar, daß ich kein Opfer sein wollte: Hätte ich den Rat von Rabbi Slagter befolgt, wäre ich Opfer des Antisemitismus geworden; wäre ich dem Rat des Rabbiners aus der Wagenstraat befolgt, hätte ich dem Antisemitismus ein Zugeständnis gemacht, indem ich ihm ausgewichen wäre. Meine Antwort auf dieses Dilemma ist: Ich bin kein Jude. Aber so einfach komme ich denn doch nicht davon.

Bert will versuchen, von Major Strehler eine Garantie zu erlangen, daß er nicht wieder auf so hinterhältige Art und Weise von der Sicherheitspolizei ergriffen und einem Verhör unterworfen werden kann. Major Strehler ist nicht mehr in der Polizeidienststelle, sondern beim Generalstab des Oberbefehlshabers General Christiansen, ebenfalls auf dem Plein, schräg gegenüber dem Polizeigebäude. Bert erzählt seine Geschichte und fragt Strehler unumwunden, ob der ihn vor solcher Willkür schützen könne. Sei Bert denn verhaftet worden, will Strehler wissen. Das nicht – er war mit einer Bitte gekommen, weil er eine Information brauchte, aber stattdessen wollte man Informationen von ihm. »Das ist eben die

Polizei.« Die hätten da ihre eigenen Methoden. Das Militär mache es anders. Ob Strehler ihm eine Bescheinigung ausstellen könne, daß Bert Sonderaufträge für den Generalstab erfülle? Strehler nimmt die Visitenkarte heraus, die er von Bert bekommen hat. Er läßt sie an seinem Daumen hin und herschnippen: »Transaktionen und Transporte?« Eine von Strehlers Augenbrauen zieht sich wieder spöttisch nach oben. Bert versteht den Wink: »Alles, was Sie wollen.« Mehr oder weniger erwartet er, daß eine Gegenleistung für den Gefallen gefordert wird, den er dem Major abzuluchsen hofft. »Passen Sie aber auf.« Bert nimmt das als ein Versprechen, in dem eine Warnung mitschwingt: Er darf Strehlers Protektion nicht überstrapazieren. Den erbetenen Schrieb könne er am nächsten Tag abholen. Ob sich mit der Bescheinigung auch die Beschlagnahme aufheben lasse, und an wen müsse er sich dann wenden? Das solle Bert mal lieber Strehler überlassen, und die andere Seite des Platzes solle er künftig besser meiden. Er werde Bert Bescheid geben, wenn es soweit ist. Ganz am Ende des Gesprächs kommt, fast beiläufig, doch noch eine Gegenleistung ins Spiel: Ob Bert ihm einige Möbel besorgen könne, um seine neue Wohnung im Stadtteil Benoordenhout einzurichten, die in ein paar Monaten frei werde? Gegen Bezahlung natürlich. Darüber muß Bert nicht lange nachdenken: Er erinnert sich an die »wertlosen« Möbel im Erdgeschoß bei Goedeman.

15

Nicht allein, daß sich die Machtübernahme in gemächlichem Tempo vollzieht; abgesehen von den Kriegstagen ist von roher Gewalt kaum noch die Rede, alles ist eher wie Kräuseln im Wasser. Nicht alle Lebensmittel gibt es gleichzeitig nur noch auf Bon, das geht artikelweise. Man merkt es kaum. Die Berichterstattung in der Zeitung oder im Radio ändert sich, bei gleichen Fakten, in Ton und Inhalt: Was jetzt »Sieg« heißt, war früher »Niederlage«. Joost muß Emmeke auf den Unterschied hinweisen. Die Perspektive habe sich geändert, ebenso wie die Erwartungen, behauptet er. Das ist auch seine Erklärung für die allgemein zunehmende Überzeugung, daß sich die Dinge schon nicht so schlimm entwickeln werden, und für die wachsende Bereitschaft, mit den Deutschen zusammenzuarbeiten. Jede beunruhigende Meldung läßt sich damit vom Tisch wischen: »Das hat nichts zu bedeuten.« Joost ist da anderer Meinung. Er ist kein Pessimist, aber: »Wir dürfen uns nicht einlullen lassen.«

Eines Tages wird ihnen verboten, englische Sender zu hören, die andere Nachrichten verbreiten als der niederländische Rundfunk. Emmeke und Joost haben nur Drahtfunk mit zwei niederländischen Sendern. Für andere Nachrichten müssen sie sich darauf verlassen, was ihnen erzählt wird. Leute mit einem richtigen Radio hören natürlich BBC, aber niemand weiß genau, was er glauben soll, und wenn sich mündlich übermittelte Nachrichten widersprechen, sind es nicht mehr als Gerüchte oder Klatschgeschichten. Sowas fördert Mißtrauen. Die Leute werden erst dann vorsichtiger, als es zu Verhaftungen wegen Verstößen gegen das Verbot gekommen ist. Das ist mehr als ein Kräuseln im Wasser. Das ist Nahrung für noch mehr Gerüchte, Unruhe und unterschwellige Spannung.

An einem anderen Tag kommt Joost mit einem großen Steinguttopf nach Hause. Der wird mit Salzwasser aufgefüllt, um Butterpäckchen darin aufzubewahren, die sie später vielleicht gebrauchen können. Wenn sie sparsam sind, behalten sie ab und zu ein Päckchen Butter übrig. Hamstern ist verboten, aber Sparen ist nicht Hamstern. Zudem hat man das Gefühl, daß man noch Kontrolle über die eigene Situation besitzt. Auch der tägliche Sprachgebrauch paßt sich an. Der riesige Steinguttopf kommt in den Flurschrank unter der Treppe zu den Nachbarn oben, er steht im Dunkeln, mit einem Holzdeckel drauf. Jedesmal, wenn Emmeke nun in den Schrank geht, sind da Tröpfchen auf dem grau glasierten Steingut mit dem blauen Blumendekor – kalter Schweiß. Ist der Steinguttopf ein Omen für das bevorstehende Unheil? Hin und wieder füllt sie Wasser nach, wie man Pflanzen gießt.

Anfang Juli kommt Bert eines Nachmittags mit seinem Motorrad vorbei und fragt, ob Emmeke und Joost für einige Zeit ein paar Möbel für ihn zwischenlagern könnten. Er mache einen Umzug für deutsche Juden, die vor dem Krieg in die Niederlande geflüchtet waren. Jetzt müssen sie das Villenviertel Belgisch Park bei Scheveningen verlassen. Es geht hauptsächlich um ein luxuriöses Dreisitzer-Sofa. Emmeke muß das erst mit Joost besprechen, aber Joost will mit »Berts Schachereien« nichts zu tun haben. Emmeke findet das Wort häßlich, als hätten Berts Geschäfte einen komischen Beigeschmack: »Die Möbel sind doch nicht gestohlen?« – »Nein, das wäre ja noch schöner, dann wären wir ja Hehler!« Bert ist ein cleverer Junge mit wechselndem Glück in wechselnden Angelegenheiten. Aber unehrlich? Ein Betrüger? »Es sind jüdische Flüchtlinge aus Deutschland.« – »Auch das noch.« Joost tut ihr mit dieser Bemerkung weh, obwohl sie genau weiß, daß sie von seinem Ärger über Bert herrührt.

Am frühen Abend kommt Bert in Begleitung von Lien. Er erzählt seine Geschichte noch einmal. Joost fragt nach der Ursache für die überstürzte Abreise der Familie. Bert weiß nicht viel mehr als das, was das Ehepaar ihm erzählt hat. Es gebe Gerüchte über eine bevorstehende Evakuierung von deutsch-jüdischen Einwanderern aus Scheveningen: »Dem wollen sie zuvorkommen.« – »Aber warum denn, weil sie Juden sind oder weil die Deutschen sich ihre Häuser unter den Nagel reißen wollen?« Bert versucht, Joosts Zynismus zu entschärfen:»Vielleicht alles beides, eine ganze Menge Leute bemüht sich gerade, hier wegzukommen.«

Die Familie war 1935 in die Niederlande gekommen. Im eigenen Land war sie nicht mehr erwünscht. Nürnberg – Joost weiß alles über die Rassengesetze. Emmeke erinnert sich, wie entrüstet er auf die Zeitungsberichte darüber reagiert hat. Sind sie hier jetzt auch nicht mehr willkommen? Das Ehepaar hat gelernt, dieserart Gerüchte ernstzunehmen. Joost vermutet, daß die Judenverfolgung in den Niederlanden von den Deutschen durch ein Hintertürchen in Gang gesetzt wurde, obwohl versichert wurde, daß man sie in Ruhe lassen werde. Kämen sie jetzt in ein Auffanglager, wie das schon bei anderen deutsch-jüdischen Flüchtlingen praktiziert wurde? Bert weiß es nicht genau:»Sie sprachen von einem Häuschen in der Provinz, einer Art Ferienhaus, aber das ist viel zu klein für all ihre Sachen.« Für Bert ist es eine geschäftliche Transaktion. Er wird dafür bezahlt:»Und zwischen uns ist es ein Freundschaftsdienst. Du hilfst mir damit für den Moment aus der Patsche.« Joost will sicher gehen, daß er und Emmeke deswegen keine Schwierigkeiten kriegen:»Wenn wir ihren Namen kennen würden, und …«, aber Bert schneidet ihm entschieden das Wort ab:»Unmöglich. So eine Transaktion ist vertraulich, das verstehst du doch?« Emmeke spricht ein Machtwort:»Wir nehmen die Möbel, nicht wahr, Joost?« Joost nickt, nur halb überzeugt; er ist übertrumpft. Wegen eines Gerüchts!

Um zu betonen, daß es sich wirklich um eine rein geschäftliche Angelegenheit handelt, will Bert, daß Emmeke und Joost einen Anteil an der Verwahrungsgebühr erhalten. »Auf gar keinen Fall«, Joost ist strikt dagegen: ein Freundschaftsdienst sei ein Freundschaftsdienst. Bert besteht darauf, dann wenigstens die Kosten für einen neuen Anzug für Joost und ein Kleid für Emmeke zu tragen. »Für unsere Hochzeit.« Natürlich will Joost auch davon nichts hören, aber sein

Widerstand klingt nicht mehr wirklich überzeugend: »Du willst uns doch nicht bestechen, oder?« – »Aber nein, Mann, ihr kriegt einfach auf meine Kosten einen neuen Anzug und ein neues Kleid.« Solange sie nur bei Gerzon einkaufen. Wieder trifft Emmeke die Entscheidung: Sie hat sich sowieso schon gefragt, was sie zur Hochzeit anziehen soll, und Joost könnte einen neuen Anzug gut gebrauchen.

Ob er zu weit gegangen sei, fragt Joost Emmeke später. Er habe nicht mißtrauisch wirken wollen. »Bist du das nicht trotzdem ein bißchen?« fragt Emmeke. Vorsicht sei kein Mißtrauen, findet Joost, und wenn er schon Probleme für andere lösen soll, dann will er wenigstens darüber Bescheid wissen, um wessen Probleme es eigentlich gehe: um die der jüdischen Einwanderer oder die von Bert. Joost ist im Nachhinein sogar froh, daß Bert keine Berufsgeheimnisse preisgeben wollte: »Das spricht doch für ihn.« Trotzdem ist sich Emmeke sicher, daß das, was Joost Vorsicht nennt, eigentlich Mißtrauen ist. Sie haben das Recht zu erfahren, worauf sie sich einlassen, aber ist Joost tatsächlich aufrichtig, spielt er nicht ein bißchen zu sehr den Moralapostel? Und so prinzipienfest war er denn schlußendlich doch nicht: »Du kriegst dafür einen neuen Anzug. Wir sollen auf ihrer Hochzeit hübsch aussehen.« – »Ich habe mich nicht bestechen lassen.« Nein, Joost hat sich nicht kaufen lassen. Dabei lassen sie es bewenden.

Am nächsten Tag, spät am Nachmittag, kommen Bert und Menno mit einem kleinen LKW des Luftschutzdienstes, um das Dreisitzersofa abzuliefern. Er bringt auch noch zwei Beistelltischchen, jeweils einen für eine Seite des Sofas, und ein niedriges, rundes Couchtischchen aus Nußbaum mit eingelegten Kranichen und Flamingos aus Elfenbein und Perlmutt. Die beiden Sessel und die Stehlampe von Emmeke und Joost wirken dagegen eher ärmlich. Bert hat noch eine Überraschung für Joost: ein Radio, ein Philips. Emmeke muckt auf: »Man darf doch keine englischen Sender mehr hören!« – »Darum schert sich aber niemand. Jeder hört heimlich. Man muß es nur an einen sicheren Ort stellen, das ist alles.« Emmeke denkt sofort an den Flurschrank mit dem Steinguttopf; dann kriegt der auch Gesellschaft. Joost muß nur eine Lampe in den Schrank hängen, dann können sie nachts Nachrichten hören. Er wird der Versuchung ganz sicher nicht widerstehen können. Erst nachdem Bert gegangen ist, setzt sich Emmeke zum ersten Mal auf das Sofa. Sie sinkt hinein wie in Gottes Schoß.

Nach meinem Besuch in der Wagenstraat habe ich nie wieder etwas von Rabbi Slagter gehört. Wahrscheinlich sind die anderen »Opfer« zum selben Schluß gekommen wie ich: Wir wollen nicht als Juden abgestempelt werden. Wir halten es lieber unter der Decke. Das paßt in die Zeit, genauso wie der ausweichende Vorschlag des Rabbis aus der Wagenstraat in die Zeit des »großen Schweigens« paßt. Und auch die Reaktion meiner Eltern, als ich an dem bewußten Samstag meinen Seesack in die Ecke warf und meine Geschichte erzählte, ausschweifend und zusammenhanglos, ist typisch für die Zeit. Zum ersten Mal war ich nun wirklich aus der Fassung, aber zu Hause konnte ich ja meiner Frustration freien Lauf lassen.

Ganz im Gegenteil. Meine Geschichte wurde wie eine persönliche Beleidigung aufgenommen. Mein Vater wurde richtig wütend:»In den Niederlanden haben wir keinen Antisemitismus mehr!« schrie er. Vielleicht meinte er eher, daß es keine Juden mehr gebe, denn ohne Juden kein Antisemitismus. Meine Stiefmutter nannte das alles Geschwätz, Ausflüchte; immer hätte ich eine Ausrede für mein eigenes Versagen. Ich wußte nicht, was darauf zu erwidern. Ich hatte doch gar nicht versagt? Sie weinte hysterisch. Was war hier los? Hatte sie vergessen, daß sie es gewesen war, die mich auf die Spur meiner jüdischen Herkunft gesetzt hatte? Und warum hielt sie mich auf einmal für einen Versager? In einem Wutanfall ging ich meinen Vater an. Er rannte weg, ich verfolgte ihn bis auf den Dachboden, wo ich ihn zu Boden warf. Wir stritten, schweigend, verbissen – eine lächerliche Szene. Irgendwie wurde uns das auch klar, denn wenig später standen wir uns keuchend gegenüber. Ich hob meine Brille auf. Vielleicht konnten wir jetzt reden. Aber mein Vater sagte nur: »Raus! Ich will dich hier nie wieder sehen.« Auch er hob seine Brille auf. Und dann sagte er noch etwas, was ich nie vergessen werde: »Daß du die Erinnerung an deine liebe Mutter so durch den Dreck ziehst!« Er brach in Tränen aus. Ich hatte ihn nur einmal im Leben weinen sehen. Das war, als meine Mutter, seine geliebte Emmy, starb. Da habe ich auch geweint. Vierzehn Tage hintereinander vergoß ich als Achtjähriger alle meine Tränen; ich konnte es nicht fassen. Was jetzt hier passiert war, aber auch nicht. Ich mußte nach Luft schnappen. Ich packte meinen Seesack und verließ das Haus.

Später im Juli erfährt Joost, daß Juden aus »Gründen der nationalen Sicherheit« aus dem Luftschutzdienst entfernt werden. Es hatte nur ein kleiner Artikel dazu in der Zeitung gestanden. Henk Bogers, der ihm im Büro gegenübersitzt und immer erst Zeitung liest, ehe er an die Arbeit geht, hat ihn darauf hingewiesen. Joost kriegt einen Schreck. Das bedeutet, daß Juden als Gefahr für die nationale Sicherheit angesehen werden – die deutsche nationale Sicherheit. Dann sind die niederländischen Juden aber auch Feinde der Deutschen, und nicht allein die deutschen Juden im Belgischen Park. Gegenüber Bogers behält er das für sich; er ist sich nicht sicher, ob dem über den Weg zu trauen ist. Aber er nimmt sich vor, mit Bert darüber zu reden.

Die erste Gelegenheit, die sich ergibt, ist am Sonntagnachmittag. Es ist Joosts Geburtstag. Die Stühle sind im gleichen Kreis aufgebaut wie zwei Monate zuvor zu Emmekes Geburtstag. Diesmal sind sie alle besetzt, aber jetzt gibt es auch eine große Couch, die bei den Gästen großes Aufsehen erregt: Solchen Luxus ist man von der Familie Barendsz gar nicht gewöhnt. Joost erklärt, woher die Möbel stammen und daß sie nur vorübergehend hier sind. Bert sitzt mit einem Schafsgesicht dabei und nickt. Die Türen zum Garten stehen offen, die Markise ist heruntergelassen, und der Raum badet in einem warmen, orangefarbenen Licht. Auf der Terrasse stehen aufgeklappte Gartenstühle, aber außer, wenn sie sich mal kurz die Beine vertreten wollen, bleiben alle drin, die Männer in Hemden, die Frauen in leichten Sommerkleidern. Die meisten der Geburtstagsgäste sehen sich zum ersten Mal nach Ausbruch des Krieges: Luc, Joosts Bruder und seine Frau, Freunde von BPM, Emmekes Freundinnen, die behaupten, daß Joost nach seiner Operation prächtig aussieht. Emmeke findet ihn immer noch zu dünn.

Die BPM-Kollegen wollen alles über Joosts neue Stelle beim Patentamt erfahren. Er kann ihnen nicht viel darüber erzählen, er ist ja erst ein paar Wochen da. Sie selbst wissen nicht, wie lange sie noch ein sicheres Auskommen haben und wie die Zukunft aussehen wird. Bobbie erregt viel Aufmerksamkeit mit seinen neuen Kunststückchen: Laufen und Brabbeln. Die in gedämpftem Ton geführten Gespräche wogen hin und her – bruchstückhafter Smalltalk über Gott und die Welt, Alltäglichkeiten, höfliches Interesse. Dazwischen flammt immer wieder der Krieg auf, oder die Besetzung, wie es jetzt heißt. Dann werden die Stimmen lauter. Der Ton ändert sich und wechselt zwischen besorgt, empört, rebellisch und resigniert. Ab und zu wird ein zynischer Witz gerissen, oder jemand erzählt den neuesten Moffenwitz, über den niemand wirklich lachen kann. Unausgesprochen bleibt die Angst, daß die Sicherheit ihrer Existenz in sich zusammenstürzt. Was bedeutet die Freundlichkeit und Höflichkeit der deutschen Soldaten? Warum benehmen sie sich nicht wie echte Feinde, wie Scheißmoffen? Erst Rotterdam plattbomben, und dann Süßholz raspeln, als wäre nichts geschehen? Warum verkündet Reichskommissar Seyß-Inquart an einem Tag, daß der Charakter des niederländischen Volkes nicht angetastet werden soll, während er am nächsten Tag der Bevölkerung verbietet, Nelken am Noordeinde-Palast niederzulegen? Gehört Prinz Bernhard nicht zu uns, und was soll das eigentlich bedeuten: Volkscharakter? Hat »das Volk« denn einen Charakter? Der Bürgermeister, ja der hatte Charakter – und er ist deswegen in hohem Bogen rausgeflogen.

Wie der besiegte General, der, nachdem er demonstrativ die Nationalhymne sang, verhaftet wurde. Natürlich kann man den Deutschen nicht trauen, und sie führen Böses im Schilde, sonst wären sie nicht hier. Man glaube bloß nicht, daß auf ihr Wort Verlaß wäre! Sie sagen einfach nicht offen und ehrlich, was sie vorhaben. Wartet nur ab: Das ist die Ruhe vor dem Sturm.

Der drohende Ausschluß von Juden aus dem Luftschutz kommt nicht zu Sprache. Sehr wohl aber, daß es die gewöhnlichsten Dinge des täglichen Bedarfs nur noch auf Bon gibt: Kaffee, Tee, Zucker, Butter, Textilien. Bald wird man auch keine Schuhe mehr zu kaufen kriegen. Man stelle sich nur vor: Die Deutschen waren auf dem Markt in Alkmaar und haben den ganzen Käse aufgekauft. Deshalb gibt es kaum noch Käse, oder er ist unerschwinglich. Die Tatsache, daß sie bezahlt haben wie normale Kunden, ist echt skurril. Ein richtiger Feind beschlagnahmt, fordert! So wie sie es beim Benzin gemacht haben. Es fahren immer weniger Autos. Keiner von der Geburtstagsgesellschaft hier besitzt ein Auto, aber es fällt auf, daß die Straßenbahnen voller sind. Die Deutschen brauchen das gesamte verfügbare Benzin für ihren Krieg, heißt es. Deshalb ist es auf den Straßen so gespenstisch still, man sieht fast nur noch deutsche Militärtransporte. Privatpersonen bekommen Benzin nur mit einer behördlichen Ausnahmegenehmigung. Bert hat eine. Ein weiteres Entgegenkommen von Strehler, dem sofort klar gewesen ist, daß Bert sein Motorrad sonst hätte einmotten können. Gegenüber Lien hat er behauptet, daß das Benzinverbot nicht für Motorräder gelte. Ein ehemaliger Kollege von Joost erklärt die Benzinknappheit mit stockendem Nachschub: Die Alliierten lassen keine Schiffe mehr passieren, die BPM-Raffinerien in Pernis sind größtenteils außer Betrieb. Alle sind sich einig darüber, daß man noch von Glück reden kann, daß der Sommer so schön ist.

Als das Kind anfängt zu quengeln, ist es Zeit für den Besuch zu gehen. Beim Abschied wünschen sie Bert und Lien Glück für ihre bevorstehende Hochzeit. Lien hilft Emmeke beim Aufräumen, Joost hat etwas mit Bert zu besprechen.

Zu der falschen Anschuldigung, ich hätte bei der Offiziersausbildung geschlampt, und der antisemitischen Motivation
für meinen Rausschmiß kam noch hinzu, daß meine Eltern
mir damit unterschwellig vorwarfen, ich wolle mich mit dem
unaussprechlichen Leid der Juden identifizieren. Woher ich
diese Frechheit nähme? War das der tiefere Sinn der Worte
meines Vaters, mit denen er mich aus dem Haus wies? War
ihm die Erinnerung an seine Emmy zu kostbar? Wie kam er
darauf, daß ich ihr Andenken beschmutzen würde? Meinte
er, ich würde mich als Jude »aufspielen«? Daß ich, um selbst
als Unschuldslamm dazustehen, die jüdische Katastrophe
nur vorschob? Daß das Leid, das ihr Tod verursacht hatte,
allein ihm vorbehalten war? Das war etwas ganz anderes
als der Antisemitismus von Leutnant van W. Aber was war
es denn? Verleugnung der Vergangenheit? Verdrängung?
Wut auf diese Vergangenheit, auf diese verlorene Zukunft?
Wut, die er auf mich projizierte?

Meine Weigerung, an Rabbi Slagters Wunsch mitzuwirken,
den Antisemitismus in der Armee durch einen aufsehen-
erregenden Militärprozeß an den Pranger zu stellen, hing
auch mit dem Unbehagen zusammen, meine Eltern könnten
aus den Zeitungen erfahren, daß sie sich zu Unrecht auf die
Seite des Antisemiten van W. geschlagen hatten. Sie sollten
nicht durch einen Richterspruch gezwungen werden, zu dieser Einsicht zu kommen. Sie sollten selbst darauf kommen.
Soviel hatten mich die Tränen meines Vaters zumindest ge-
lehrt.

16

Joost und Bert stehen am Schuppen im Garten, beide mit einem Glas Apfelsaft, daran herrscht noch kein Mangel. Wie könne es denn sein, daß Bert nichts über die Entfernung der Juden aus dem Luftschutz gehört habe? Vielleicht, weil niemand weiß, daß er Jude ist, kontert Bert. Noch heute morgen sei er mit Lien in der Kirche gewesen. Und ihm sei nichts anzusehen, sagt er herausfordernd. Habe er denn kein Formular ausfüllen müssen? Bert weiß von keinem Formular, aber Joost hat gehört, daß man beim Luftschutz ein Papier bekommt, in dem zu erklären ist, ob man der jüdischen Rasse angehöre oder nicht – der jüdischen Rasse! Dabei geht es um diejenigen, bei denen ein oder zwei Elternteile jüdisch sind. »Und eure Eltern sind jüdisch, Mutter Bella ist doch Jüdin.« Ihr Vater ist schon ein paar Jahre tot. Daß Bert ein solches Formular noch nicht zu Gesicht bekommen habe, mag auch daran liegen, daß er nur wegen seines Motorrads dienstverpflichtet sei, aber nicht offiziell dazu gehört. Er habe ja nicht einmal eine Uniform, sie kennen ihn da kaum. Joost drängt Bert, sich abzumelden: »Du kommst sonst in Teufels Küche.« Bert kann zwar keine Gefahr erkennen, aber vielleicht ist es tatsächlich besser, wenn er sich abmeldet. Dann wäre er diese ganze Luftschutz-Maskerade los, die er auch in diesem Gespräch mit Joost aufrechterhalten muß. Früher oder später würden sie ihm sowieso auf die Schliche kommen, und dann hätte er jede Menge zu erklären. Er sollte lieber mit diesen ganzen Verrenkungen aufhören, um seine periodischen Abwesenheiten zu kaschieren, auch wenn es immer leichter von der Hand geht und er sogar ein bißchen Spaß daran hat. Das einzige, was ihm dabei im Magen liegt, sind die Notlügen, die er Lien erzählen muß. Er nimmt sich immer wieder vor, ihr alles zu beichten, schiebt es aber immer wieder auf. Doch wenn er sich jetzt quasi abmeldet, muß er auch nichts mehr beichten. Dann muß er andere Wege finden, Sachen zu tun, von denen er weiß, daß Lien sie mißbilligt. Und dann setzt er wieder andere Notlügen in die Welt.

Bert und Lien sind mit der Straßenbahn gekommen. Am Sonntag das Motorrad zu nehmen, fand Lien unschicklich. Jetzt wollen sie zu Fuß zurück nach Hause. Es ist so schönes Wetter, die Hitze des Tages glüht noch nach, und es riecht nach frisch gemähtem Gras. Weiße Haufenwolken stehen still und hoch oben am Himmel wie Flottenformationen, die vor Anker gegangen sind. Das Dunkelgrau an den Rändern verheißt Regen. Es kann natürlich bei einem Versprechen bleiben, wie dieser ganze lange Sommer. Unterwegs sagt Bert, daß er nicht vorhabe, zum Luftschutz zurückzukehren. Lien ist überrascht – warum das auf einmal? »Weil sie die Juden rausschmeißen.« – »Aber du bist doch kein Jude mehr, seit du getauft bist? Du bist doch Christ.« Das stimmt. »Aber ich habe jüdisches Blut.« Lien hat Bert noch nie so reden hören. »Sei nicht albern! Jüdisches Blut, ist das etwa anders als christliches Blut?« Es kommt darauf an, von wem man abstammt, betont Bert. »Meine Eltern sind Juden.« Und wie will man das beweisen? Darauf hat Bert keine Antwort, es sind zwei verschiedene Paar Schuhe, aber er weiß nicht, wie er es erklären soll, und schon gar nicht, ob es wichtig ist. Vielleicht kann man es auch nicht beweisen. »Trotzdem ist es besser so. Man muß nicht aus der Reihe tanzen. Joost glaubt auch, daß es besser ist.« Lien findet es trotzdem schade, Bert hat es da schließlich gut gefallen. Aber sie kann dem Ganzen auch eine gute Seite abgewinnen: »Dann haben wir mehr Zeit für uns. Vielleicht unternehmen wir ja bald wieder eine Motorradtour?« Demnächst sind sie verheiratet. Als ob das irgendeinen Unterschied machen würde.

Auf dem ersten Hochzeitsfoto von Arnold und Rie stehen sie an der Tür einer abfahrbereiten Luxuskarosse. Dieser Wagen wird sie zum Rathaus bringen. Es ist eine schöne, ruhige Straße mit Häusern auf der einen Seite und Bäumen eines Parks oder Friedhofs auf der anderen – ein paar Schritte

weiter gibt es ein steinernes Eingangstor. Die Pflasterstei-
ne scheinen aus Speckstein zu sein und glimmen im Regen.
Auch der Bordstein aus Granit glänzt. Halb versteckt hinter dem Brautpaar sehen wir einen Herrn im Regenmantel mit einem Schirm am Arm, und auch Arnold hat einen
Regenmantel bei sich. Er steckt im schwarzen Anzug, hat
einen hohen Kragen, dunkle Krawatte, Einstecktuch in der
Brusttasche, eine Weste unter dem Jackett, und er wirkt etwas angespannt. Rie, deutlich gelassener, trägt einen kurzen Mantel aus leichtem Stoff über ihrem cremefarbenen
Satinbrautkleid. Es ist kein traditionelles Hochzeitskleid
mit Tüll und Schleier, aber es reicht schon bis zum Boden
hinab. Auf ihrem dunklen Haar, das in der Mitte gescheitelt
ist, trägt sie ein Diadem, ein echtes Kennzeichen für eine
Braut. Sie hält ein Bukett in der Hand, das von einem breiten
Seidenband, passend zu ihrem weißen Seidenschal, zusammengehalten wird. Gleich wird Arnold die Autotür für seine
Braut aufhalten. Aber jetzt noch nicht. Zuerst muß ein Foto
gemacht werden. Sie schauen nach rechts. Arnold hat seine
rechte Hand an ihre Hüfte gelegt. Zwischen dem Brautpaar
und dem Hochzeitsauto blicke ich auf eine leere Straße. Es
gibt keinen Verkehr. Am Ende beschreibt die Straße eine
leichte Biegung. Auf halber Strecke an der gleichen Bord-
steinkante, aber in entgegengesetzter Richtung, parkt ein
Motorrad mit Beiwagen.
Als ich dieses Foto zum ersten Mal sehe, kann ich meinen
Augen kaum trauen: Das kann kein Zufall sein! Habe ich mir
jetzt ein anerkennendes Schulterklopfen für meinen Einfall
verdient, Bert ein Motorrad anzudichten? Er fährt damit
ja schon länger herum und hat alle möglichen Abenteuer
erlebt; und auf einmal steht es wirklich da? Nein, das ist
natürlich nicht Berts Motorrad. Es gehört wahrscheinlich
auch nicht Onkel Arnold, sondern vielleicht dem deutschen
Offizier, der gerade seine Geliebte besucht.

(Tagebuchauszug)
28. August 1940
Die Hochzeit von Bert und Lien war schön. So etwas kann man Bert getrost überlassen. Sie kamen sogar mit einem Straßenkreuzer mit Chauffeur als Hochzeitsauto zum Hochzeitssaal in die Javastraat. Woher hat er den bloß hergenommen? Das Wetter war umgeschlagen. In der Nacht zuvor hatte es gewittert, die Straßen waren noch naß. Lien trug einen Pelzumhang über den Schultern, den sie für die Zeremonie abnahm. Sie sah so goldig aus in ihrem cremefarbenen Kleid mit den kurzen Ärmeln. Natürlich von Gerzon, bevor alle Textilien auf Bon gingen. So ein Kleid kann einen jetzt schnell satte zweihundert Punkte kosten. Lien bekommt Mitarbeiterrabatt. Allerdings, alle haben wunderschön ausgesehen. Das machte es besonders festlich, trotz der düsteren Zeiten, die man für den Moment vergessen konnte. Bert in einem tollen schwarzen Anzug. Einen Frack fand er übertrieben, weil Lien auch kein richtiges Hochzeitskleid mit Schleier und Spitze anhatte. Joost sah auch sehr gut aus in seinem neuen silbergrauen Sommeranzug. Die Krawattennadel kam hervorragend zur Geltung. Und ich habe viele Komplimente für mein Kleid mit Kornblumenmuster und elfenbeinfarbenen Knöpfen in Form einer Getreidegarbe bekommen, an denen Bobbie die ganze Zeit herumfummelte. Er schaffte es sogar, einen Knopf aufzukriegen, direkt über meinem Büstenhalter, so daß ich den oberen schließen mußte. Mutter saß feierlich in der ersten Reihe und versperrte den Leuten hinter ihr die Sicht mit ihrem idiotisch großen Hut aus schwarzem Stroh; mit all den Früchten ging das Ding eher in Richtung Obstkorb. Aber das ist halt Mutter, sie schert sich um so was nicht. (…) Ich war Trauzeuge für Bert, und ich war sehr nervös, als ich unterschreiben mußte, ganz komisch. Bobbie mußte wieder vorlaut sein: »Was macht Mammie da, was macht sie da?« Für Lien war ihre jüngere Schwester Maaike Trauzeugin, die haben wir jetzt zum ersten Mal gesehen. Sie haben keine Eltern mehr. Lien war schon mit fünfzehn Jahren Waise.

Vielleicht ist sie deshalb so stark. Sie sagte sehr laut »ja«, als der Standesbeamte sie fragte, ob sie Berts Frau werden wolle. Wir mußten darüber lachen. Der Beamte sagte: »Das war doch mal ein vollmundiges Ja.« Berts Jawort hingegen war kaum zu verstehen, so schüchtern kann er manchmal sein. Ich bin erst jetzt dahintergekommen, daß Lien viel jünger ist, als ich annahm, obwohl sie mindestens so alt wie Bert wirkt. (...) Danach gab es in einem Nebenraum Kaffee und Kuchen, natürlich von Krul, immer das Beste vom Besten, Bert haut gerne auf den Putz. (...) Als wir nach draußen kamen, hatte der Wind den Himmel saubergefegt. Am Morgen habe ich noch gedacht: Das war es also mit dem Sommer, aber dann sah ich die Sonne, und mir kamen die Tränen. Als hätten wir einen Aufschub bekommen. (...) Bert und Lien fahren für ein paar Tage in die Flitterwochen auf den Lemelerberg. Mit dem Motorrad! Haben die ein Glück! Das Heidekraut steht jetzt in voller Blüte. Wenn ich die Augen schließe, kann ich den herrlich süßen Duft riechen. Ich habe mich mit Lien verabredet, wenn sie wieder zurück sind; dann muß sie mir alles haarklein erzählen, wir sind wirklich gute Freundinnen geworden. (...) Sie haben jetzt auch Telefon.

Das zweite Hochzeitsfoto von Onkel Arnold und »Tante« Rie ist eine Art offizielles Foto, wie sie bei solchen Zeremonien geschossen werden. Sie stehen nebeneinander in der Türöffnung des Rathauses, ohne Mäntel – er links, sie rechts –, und sie schauen direkt in die Kamera. Er hat seinen Arm in den ihren gelegt, was ungewollt betont, daß er auf diesem Foto deutlich kleiner ist als sie. Er hat etwas in der linken Hand, das ich nicht erkennen kann. An dieser Hand sehe ich auch einen Ehering, was bedeutet, daß das Bild vor der offiziellen Hochzeitszeremonie aufgenommen wurde, denn danach müßte der Ring an der rechten Hand stecken. Die hängt schlaff und willenlos herab, als hätte er sich von ihr ins Schlepptau nehmen lassen. Das Lächeln auf dem ersten Foto ist das gleiche: Ihre Meinung hat sich nicht geändert.

Sie freut sich, gleich mit Arnold verheiratet zu sein. Er hält seine Lippen weiterhin fest aufeinandergepreßt, offenbar noch nicht ganz überzeugt. Die Heiratsurkunde gibt ihr Alter an: er zweiunddreißig, sie sechsundzwanzig. Auch das Datum ist vermerkt: 14. August 1940.

Wenn ich mir dieses Foto von Arnold und Rie anschaue, sehe ich eine stämmige blonde Holländerin neben einem dunkel wirkenden Mann mit schwarzen Haaren und langen, schlanken Fingern. Ist es das, was Hans Dedemsvaart meinte, als er zu Bert sagte: »Sieht man dir kilometerweit an«?

Es gibt keine Bilder vom Brautpaar mit meinen Eltern. Oder von Emmy mit Arnold. Oder von Arnold mit meinem Vater. Oder Tante Rie mit Emmy. Oder von meinem Vater mit Tante Rie. Auch nicht in den Fotoalben meiner Eltern. Als hätte es sie nie gegeben.

Sonntagnachmittags spielt in Heck's Lunchroom auf dem Spui immer ein Tanzorchester, und es ist rappelvoll. Das ist auch jetzt nicht anders, aber die Gäste sind lärmende deutsche Soldaten, die mit niederländischen Mädchen anbändeln und laut deutsche Schlager mitgrölen. Emmeke und Lien weichen in das schickere Café De Kroon nebenan aus. Dort besteht die Klientel mehrheitlich aus deutschen Offizieren, die auch in Gesellschaft niederländischer Mädchen sind, aber, nach ihrer Kleidung zu urteilen, aus etwas besseren Kreisen. Das ist die wahre Bedeutung des Wortes »Besetzung«: Die Stühle der normalen Gäste sind besetzt – die bleiben also weg.

Emmeke und Lien finden nur mit Mühe ein Plätzchen. Auch bei Gerzon bleiben die Kunden weg, sagt Lien. Langsam fängt man an, den Krieg zu spüren: Abends liegen die engen Einkaufsstraßen wie ausgestorben und tot da. Sonst herrschte hier auch nach Ladenschluß ein reges Treiben. Schon früh rattern jetzt die Fensterläden herunter, alle Lichter werden ausgeknipst; Papiertüten vom Markt wehen über die Straße. Das alles macht einem ein unsicheres Gefühl, nach der Arbeit geht man auf kürzestem Wege einfach nur nach Hause. Selbst der Pianist im Frack auf seinem Lastenfahrrad, sonst eine Attraktion mit seiner Virtuosentolle und seinen Bravourstücken auf dem ohrenzerreißenden, verstimmten Klavier, geht früh nach Hause.

Selbst auf dem Lemelerberg waren deutsche Soldaten, erzählt Lien in gedämpftem Ton. Sie waren gerade dabei, einen Beobachtungsposten in einem tiefen quadratischen Loch neben dem Hotel aufzubauen. Es hat sie nicht wirklich gestört. Trotzdem war es ärgerlich. Man fühlte sich irgendwie ausspioniert, man war nicht mehr »unter sich«. Was auch dadurch kam, daß die Soldaten an Berts Motorrad großes Interesse bekundeten. Kein Wunder, es war schließlich ein deutsches Motorrad. Das wiederum schmeckte den anderen Hotelgästen nicht, und sie musterten Bert mißtrauisch. Zum Glück hatte er die Runenzeichen vorne am Beiwagen entfernen lassen, als er das Motorrad schwarz spritzen ließ.

Sie hatten einige herrliche Ausflüge unternommen, auf der Heide gelegen und viel geredet – sie hatten so viel nachzuholen. Bert war oft weg gewesen, manchmal sogar ein paar Tage hintereinander. Lien wußte nicht genau, in was er alles involviert war. Er machte Sachen, von denen sie keinen blassen Schimmer hatte. Sonderlich mitteilsam war er nie gewesen. »Transaktionen«, lautete seine Standardantwort. Vieles lief vertraulich zwischen ihm und den Kunden. Lien fragte sich aber schon, woher das ganze Geld stammte, das Bert mit nach Hause brachte, doch auch darüber hielt Bert sich bedeckt. Er packte es in einen Schuhkarton. Einmal war eine Auktion abgesagt worden. Er war sehr verstimmt darüber gewesen, es war für ihn wohl ein Schlag ins Kontor.

Auf der Heide mit Lien wurde er etwas mitteilsamer, und da wollte Lien dann wissen, was ihn seinerzeit so aufgebracht hatte. Sie waren doch jetzt verheiratet? Sie brauchten keine Geheimnisse voreinander zu haben. Es ging um ein Ehepaar, das zu Beginn des Krieges geflüchtet war und Bert mit dem Verkauf einer wertvollen Möbelsammlung betraut hatte. Doch als

Bert Mitte Juni damit loslegen wollte, war er der Sicherheitspolizei in die Hände gefallen, die ihn die ganze Nacht festgehalten hatte, um ihn über seine Beziehung zu diesem Paar und seinem Verbleib zu verhören. Bert hatte immer wieder betont, daß es sich um eine reine Geschäftsbeziehung handelte, daß er nichts weiter über das Paar wußte. Es war ein richtiggehendes Verhör gewesen. Mitten in der Nacht hatte einer von ihnen gesagt: »Ach, diese Juden decken sich immer gegenseitig.« Da war Bert wütend geworden. Er sei überhaupt kein Jude, wie kämen sie denn auf die Idee? Er sei evangelisch, und das könne er auch beweisen, er würde ihnen mit größtem Vergnügen seinen Taufschein auf den Tisch legen. Und damit sei das Verhör beendet gewesen. Am nächsten Tag ist er mit dem Taufschein zurück zu den Deutschen gegangen. Aber seine Vernehmer waren nirgends mehr zu finden. Niemand wußte von irgendetwas, als wäre nie etwas geschehen. Und die Auktion war immer noch nicht geregelt. Wenn sie von der Hochzeitsreise zurückkämen, würde er sich dahinterklemmen.

Lien macht sich Sorgen um Bert, aber er sagt immer, daß er schon wisse, was er tue: Er habe Beziehungen, auf die er sich verlassen könne. Was das genau bedeutet, damit will er natürlich nicht herausrücken. Emmeke ist erschrocken über die Geschichte von der Sicherheitspolizei. Lien sieht es eher pragmatisch. Der ganze Vorfall zeige ihrer Meinung nach, daß es nicht schaden kann, protestantisch zu sein, als wäre Protestantisch-Sein dasselbe wie die Mitgliedschaft in einem Verein, und der Taufschein wäre der Nachweis dafür. Sie ist stolz darauf, daß Bert seinen Glauben nach all seiner anfänglichen Skepsis jetzt so ernstnimmt. Emmeke solle ebenfalls mal darüber nachdenken, zum evangelischen Glauben zu konvertieren. Lien findet ihn schön: »Es beruhigt mich, daß es einen Himmel gibt und einen Gott, der über uns wacht.« Aber Emmeke glaubt nicht an Gott. Warum sollte man auch plötzlich damit anfangen zu glauben, daß man dann vor etwas beschützt werden könnte? Wie eine Art Lebensversicherung? Lien drängt: »Willst du nicht mal am Sonntagmorgen mit in die Kirche kommen, um dir einen Eindruck zu verschaffen? Der Pfarrer spricht uns Mut zu.« Emmeke will darüber nachdenken, und sie wird mit Joost darüber reden, aber der wird sich wahrscheinlich mit Händen und Füßen sträuben. Er würde es unaufrichtig finden. Aber über Berts Verhör bei der Sicherheitspolizei wird sie nichts erzählen – es würde Joosts Mißtrauen gegenüber Bert nur noch weiter schüren. Letzteres verrät sie Lien natürlich nicht.

Auf dem Zündapp-Sattel sitzend, wartet Bert in der Einfahrt zur Garage neben dem Haus an der Groot Hertoginnelaan auf die Ankunft von Major Strehler. Das Haus sieht düster aus mit seinen halbgeschlossenen Fensterläden und dem hochgeschossenen Unkraut in der Einfahrt – es scheint sich mit dem Zustand seiner Verwahrlosung abgefunden zu haben. Goedeman wird nie wieder hierher zurückkehren, ist sich Bert plötzlich sicher.

Strehler kommt in seinem Dienstwagen, einem bescheidenen schwarzen Mercedes, wie er in den letzten Monaten das Straßenbild neben allen möglichen motorisierten Fahrzeugen beherrscht, die mit etwas anderem als Benzin angetrieben werden – mit Gas oder Holz oder Holzkohle. Dazu sind vollständige Umrüstungen erforderlich, die auf oder an Autos montiert werden. Die Menschen sind innerhalb kürzester Zeit einfallsreich geworden. Strehler kommt in Begleitung eines niederländischen Beamten, der das Siegel an der Tür aufbricht und dann im Mercedes wartet.

Vier Monate nach der überstürzten Abreise von Henri und Elfie Goedeman riecht das Haus muffig nach Schimmel und Mäusen. Im dunklen Korridor funzelt ein einsames Lämpchen, im Wohnzimmer läuft das Radio. Vorsichtshalber haben sie den Strom nicht abgeschaltet, dafür aber die Vorhänge bis auf einen breiten Spalt zugezogen. Ein schmaler Lichtstreif fällt schräg in den Raum, Staubpartikel tanzen darin. Die Wohnzimmermöbel stehen noch genauso wie im Mai da. Vor den Flügeltüren des Hinterzimmers sind die Rollläden heruntergelassen. Außer dem Mahagoni-Eßtisch, vier

Stühlen und einem Buffet gibt es zahlreiche andere Möbelstücke, die laut Goedeman »der Mühe nicht wert« sind. Den Eßtisch, wo Henri seine Michelin-Karten ausgebreitet hat, bedeckt nun eine dicke Staubschicht. In der Küche riecht es nach verfaulten Pflanzen und Abfallresten. Aus einem Mülleimer in der Spülküche kommt summend ein Fliegenschwarm, sobald Bert den Deckel anhebt.

Major Strehler hat bis jetzt noch nichts gesagt. Er ist hinter Bert hergeschlendert, die Hände auf dem Rücken, die Mütze hat er in der Hand. In der Küche rümpft er die Nase. Bert entschuldigt sich, das Haus stehe schon lange leer. Strehler will die Räume mit den kostbaren Möbeln sehen. Bert führt ihn die Treppe hinauf. Was Strehler dort sieht, gefällt ihm. Er schnalzt wie ein Kenner anerkennend mit der Zunge: »Schön, sehr schön.« Zum Glück will er nichts davon haben. Bert hätte ein Problem damit, nein sagen zu müssen. Die Möbel im Erdgeschoß sind gut genug für Strehlers neue Wohnung. Wahrscheinlich ist es ohnehin nur vorübergehend. Als Soldat muß man immer mit Versetzungen rechnen, besonders in Kriegszeiten. Die Niederlande sind bereits Strehlers dritter Standort nach Österreich und Polen. Bert hätte da noch eine komplette Schlafzimmereinrichtung aus dem Belgischen Park im Angebot. Ihr süßer Parfümduft hat eine ganze Weile im Lager an der Conradkade gehangen. Strehler weiß das Angebot zu schätzen.

Nach der »Inspektion« schließt Bert das Haus ab. Nun, da sich Godevaert & Maas zurückgezogen haben, muß er ein neues Auktionshaus auftreiben, das bereit ist, die Möbelsammlung zu versteigern. Er steht auf dem Bürgersteig und schaut dem sich entfernenden Strehler im Mercedes hinterher, der ihm gezeigt hat, was er gerne hätte. Bert hat gefragt, ob dafür ein Wehrmachts-LKW zur Verfügung gestellt werden könnte. Er geht noch einmal ins Haus. Strehler hat kein Interesse an dem Siemens-Radio bekundet, das immer noch läuft. Bert zögert einen Moment. Solange es eingeschaltet ist, ist es eine effektive Sicherheitsmaßnahme. Einbrecher sollen denken, daß das Haus bewohnt ist, aber bald wird es geräumt sein. Kurzentschlossen schaltet er das Gerät aus und zieht den Stecker aus der Steckdose. Das magische Auge leuchtet noch ein paar Augenblicke. Er klemmt sich den Apparat unter den Arm. Er ist warm nach all den Monaten, die er ununterbrochen gelaufen ist: Wiener Tanzmusik, Nachrichtenmeldungen, Propagandareden aus Deutschland. Jetzt wird er Nachrichten aus England senden und gedämpfte Jazzmusik in Berts Haus bringen. Er wird mit Lien Foxtrott tanzen, auf Zehenspitzen, denn die Nachbarn dürfen nichts mitkriegen. Nach der Hochzeit hat es noch keine Gelegenheit für eine Feier mit Tanz gegeben, aber der Tag wird kommen. Dann wird er das Radio so laut aufdrehen, daß es nur so schmettert.

17

Bert hatte Henri Goedeman geantwortet, wie froh er sei zu hören, daß sie gut in der Schweiz gelandet waren, daß er das Haus versiegelt vorgefunden habe, daß er die Beschlagnahmung hatte rückgängig machen wollen und deshalb stundenlang von der Sicherheitspolizei verhört wurde. Henri müsse das erfahren, fand Bert. Und Henri sollte auch wissen, daß sie ihn hatten gehen lassen – weil nichts aus ihm herauszubekommen war. Er wollte den Auftrag noch stets liebend gern ausführen, aber die Versiegelung war noch nicht aufgehoben, und das Auktionshaus schien das Interesse verloren zu haben. Was nun?

Das war Mitte Juni gewesen. Jetzt ist es Anfang September, und er hat bis jetzt keine Antwort erhalten. Hatten sie seinen Brief überhaupt bekommen? Er muß ein neues Auktionshaus ausfindig machen und könnte die Möbel im Erdgeschoß verkaufen – aber: Wäre das in Ordnung, und was wäre ein angemessener Preis dafür? Und was soll mit dem Haus geschehen, wenn es einmal leer ist? Ohne Absprache mit Henri kommt er nicht weiter.

Henris Brief war auf einem Kopfbogen vom Hotel Wilden Mann in Luzern geschrieben, mit Adresse und Telefonnummer, also meldet Bert sein erstes internationales Telefongespräch an. Mit Hilfe einer Telefonistin ist eine Verbindung in wenigen Minuten hergestellt. Vom Schweizerdeutsch des Mannes am anderen Ende der Leitung versteht er keine Silbe. Dann hört er in bedächtigem Hochdeutsch: »Was wünschen Sie?« Aber »Herr Guttmann und seine Frau« sind abgereist, nach Zürich. Ins Hotel Marktgasse. Bert versucht es erneut, aber auch Zürich haben sie inzwischen verlassen, jetzt sollen sie im Hotel Monte Verità in Ascona sein. Auf jeden Fall hinterläßt Goedeman Spuren. Diese Verbindung ist viel schlechter, und Bert bekommt es mit einer Empfangsdame zu tun, die nur schlecht Deutsch spricht. Er muß ewig warten. Die

Leitung zischt wie ein Schneidbrenner. Die klare Stimme der niederländischen Telefonistin funkt dazwischen und fragt, ob er noch spreche. Gleich darauf schwillt das Zischen an, und darüber erklingt eine weitere niederländische Stimme von einer gewissen Frau Hooijakkers oder Rooijakkers, die sagt, daß sie Henri und Elfie kenne: »Sie haben ein paar Wochen hier gewohnt.« Jetzt aber seien sie in eine Wohnung in Locarno gezogen, direkt am See. Telefon haben sie da nicht, aber sie rufen regelmäßig im Hotel an, um zu hören, ob es irgendwelche Neuigkeiten gäbe. Sie notiert seine Nummer.

Der Anruf aus Locarno erfolgt zwei Tage später, früh am Morgen. Lien ist gerade zur Tür hinaus. Zuerst ist eine Telefonistin »mit einem internationalen Gespräch« zu hören, dann, ganz schwach, die Stimme von Henri. Er entschuldigt sich, daß er auf Berts Brief, der erst im Juli kam, nicht geantwortet hat: Er sei krank geworden. Um sich zu erholen, sind Elfie und er nach Ascona gezogen. Das Klima dort sei milder. Jetzt sei er auf dem Wege der Besserung, aber noch sehr geschwächt. Elfie kümmere sich gut um ihn. Was ihm fehlt, verrät Henri nicht, und Bert traut sich nicht, ihn danach zu fragen. Ob die Versiegelung seines Hauses an der Groot Hertoginnelaan aufgehoben sei, fragt Henri. Bert meint zu hören, wie er leise kichert, als er berichtet, wie er das hingekriegt hat, und daß er im Besitz eines von einem Major der Wehrmacht unterzeichneten Schreibens sei, in dem stehe, daß er *Besondere Aufträge* für den Generalstab erfüllt. Derselbe Major würde nun gern die Möbel aus dem Erdgeschoß kaufen, um seine Wohnung einzurichten. »Nicht konfiszieren?« – »Nein, kaufen.« – »So, so.« Henri ist erstaunt.

Und dann die Auktion. Henri versteht nicht, warum sich Godevaert & Maas zurückgezogen haben. Sie hatten doch zugesagt, und es hatte sogar schon eine Taxierung gegeben! Bert hat es auch nicht verstanden, bis er im August noch einmal beim Auktionshaus vorbeischaute: Biedermeiermöbel stießen im Moment auf keinerlei Interesse. Gekauft werde vor allem Kunst. »Aber es ist doch eine ganz besondere Sammlung«, protestiert Henri. Das kann Bert nicht beurteilen, er gibt nur wieder, was Herr Maas ihm gesagt hat. Soll er es bei einem anderen Auktionshaus versuchen? Und wenn auch das nichts bringt, soll er die Sammlung einlagern, bis bessere Zeiten für Biedermeier anbrechen? Eine wenig verlockende Aussicht. Er würde die Sachen lieber loswerden. Zuerst müsse er mal ein anderes Auktionshaus finden, meint Henri. Er nennt ein paar Namen; eins ist in Den Haag, die meisten anderen in Amsterdam.

Und was soll mit dem Haus passieren, wenn es leer ist? Soll er es versiegeln lassen, verkaufen? Henri weiß es nicht; darüber hat er noch nie nachgedacht. Er ist in diesem Haus aufgewachsen, es zu verkaufen, ist ihm noch nie in den Sinn gekommen. »Mein ganzes Leben lang, Herr van Leer«, klingt er plötzlich laut und deutlich durch den Hörer, »mein ganzes Leben lang ist das Haus meine einzige Sicherheit gewesen. Da liegen meine Wurzeln!« Verkaufen hieße, sich selbst zu verkaufen.

Bert ist von dieser Gefühlsaufwallung überrumpelt, und für einen Moment herrscht in der Leitung Totenstille. »Henri ...« Keine Antwort. »Henri, hörst du mich noch?« – »Ja, ja«, kommt es schwach und ermattet vom anderen Ende. Und nach einer weiteren lang schwebenden Stille: »Ich muß darüber nachdenken. Solange die Sachen noch nicht verkauft sind, hat es keine Eile.« Keine Eile ... Aus der Entfernung und in seinem Zustand ist Henri sicher nicht bewußt, wie sehr es drängt. Er ist geflüchtet und wird wahrscheinlich nie wieder nach Den Haag zurückkehren. Er hat alle Schritte eingeleitet, die den Verkauf seines Hauses unumgänglich machen, bis auf den allerletzten Schritt in seinem Kopf.

Die Mitarbeiter vom Venduehuis der Notarissen, dem ältesten Auktionshaus der Niederlande, sind freundlich und hilfsbereit. Sie kennen Henri Goedeman nicht und wissen auch nichts von der Existenz von dessen Biedermeiersammlung, aber sie zeigen Interesse. Das Venduehuis ist ein großer Laden in der Nobelstraat gleich hinter der Juffrouw Idastraat, im Auktions- und Kunsthändlerviertel in unmittelbarer Nähe des königlichen Palastes. Bert spricht mit zwei jungen Mitarbeitern, Herman Hofstede und Annebeth Zuiderland. Annebeth ist Kunsthistorikerin, Herman kümmert sich mehr um die geschäftlichen und rechtlichen Aspekte. Sie verstehen Henris Lage sofort. Solche Fälle gibt es jetzt öfter. Es ist sehr betrüblich: Die Leute fühlen sich gezwungen, das Land zu verlassen, und sie müssen all ihre Habseligkeiten zurücklassen. Das Venduehuis gewährt jede nur denkbare Unterstützung und versucht, das Leid zu lindern, indem es die Preise bei Auktionen so hoch wie möglich ansetzt. Bestehe Herr Goedeman denn darauf, daß seine Sammlung zusammenbleibe, oder dürfe sie auch einzeln unter den Hammer kommen? Das muß Bert erst bei Henri nachfragen. Er sei nur Vermittler, selbst verstehe er nichts davon. Annebeth springt ihm zur Seite: Bei einer Privatsammlung stelle sich oft die Frage nach dem kunsthistorischen Zusammenhang, sagt sie. Sie würden die Sammlung gern besichtigen, auch wegen einer Taxierung. Für einen Moment fühlt sich Bert nicht mehr ganz auf sich allein gestellt.

Es sind alles Einzelstücke, die er persönlich auf Auktionen oder bei Antiquitätenhändlern zusammengekauft habe, erläutert Henri ihm im nächsten Telefonat. So hat er seine Sammlung aufgebaut. Herman und Annebeth bewundern Goedemans Fachwissen und Geschmack. Sie laufen die einzelnen Etagen ab, schauen sich jedes einzelne Stück mit den Preisen auf den Kärtchen an, die Henri und Elfie am Abend vor ihrer Abreise daran gehängt haben. Am schönsten wäre es natürlich, wenn sich die Sammlung im Ganzen versteigern ließe. Vielleicht hat ein Museum Interesse, um Stilräume einzurichten. Sie wollen darüber nachdenken, wie viel die Sammlung einbringen könnte. Henri hatte einen Betrag von 250.000 Gulden angesetzt. Liegt das noch im Bereich des Möglichen, fragt Bert. Da werden Sie staunen, sagen die beiden: In Notzeiten kaufen die Leute Kunst und Antiquitäten, das ist die sicherste Kapitalanlage. Die Versteigerung könne in einem halben Jahr stattfinden. Bert findet, daß das noch arg lange hin ist, aber die Vorbereitungen brauchen ihre Zeit. Die Einzelstücke müssen beschrieben werden, ein Katalog muß erstellt und die Auktion angekündigt werden. Ob sich Bert in der Zwischenzeit bei Herrn Goedeman erkundigen könnte, ob er über Provenienznachweise verfüge? Bert wird es beim nächsten Telefonat ansprechen, verspricht er.

Dazu wird es nicht kommen. Strehler ruft an, daß Bert am nächsten Tag Besuch von jemandem erwarten kann, der sich für die Biedermeiersammlung interessiert. Bert geht früh am Morgen in die Groot Hertoginnelaan, wo er bis zum späten Nachmittag wartet, bis endlich jemand aufkreuzt. Er schlägt die Zeit tot, indem er die einzelnen Etagen abläuft und sich die Sammlung ansieht. In einem Küchenschrank findet er einen Lappen, mit dem er den Staub von den Möbeln wischt. Er zieht die Schubladen von Kommoden und Etageren auf. In einer findet er einen Stoß Briefe, die von einem lila Bändchen zusammengehalten werden. Sie sind von Henri – aus den Niederlanden, das erkennt er an den Briefmarken, aber auch aus der Schweiz und Italien; alle sind an Elfriede in Hannover adressiert. Bert nimmt den Stapel an sich. In einer anderen Schublade liegen unbeschriebene Ansichtskarten aus dem Pergamonmuseum in Berlin. Die läßt er liegen. In einer Schreibtischschublade findet er Briefpapier mit Briefkopf. Das läßt er in seiner Aktentasche verschwinden.

Endlich hält ein schwarzer Mercedes vor dem Haus. Draußen nieselt es. Der Fahrer hält einem deutschen Herrn in Zivil die Wagentür auf, der an Bert, der im Eingang wartet, vorbeigeht und schon im Korridor steht, ehe er sagt, daß er gekommen ist, um die Biedermeiersammlung zu besichtigen. Der Mann beginnt, seinen grün-grauen Lodenmantel aufzuknöpfen und will Bert seinen Hut reichen. Bert zeigt auf den Garderobenständer; er ist hier nicht der Hausknecht. Das bringt den Herrn etwas aus dem Konzept. Bert ergreift die Initiative und stellt sich als Vertreter des Herrn Goedeman, des Besitzers von Haus und Möbelsammlung, vor. »Und wer sind Sie?« – »Dienststelle Mühlmann«, bekommt er zur Antwort, als müsse Bert wissen, was das ist. Der Mann zieht eine Brieftasche aus dem Mantel, um seine Karte zu überreichen, und sagt, als er sie Bert in die Hand drückt: »Dr. Berghaus.« Auf der Karte steht in häßlichen gotischen Buchstaben: »Dienststelle Mühlmann« und »Kunsterwerb«. Die Dienststelle kaufe Kunst für das Dritte Reich, erklärt ihm Dr. Berghaus. Auch Antiquitäten. An Biedermeier bestehe großes Interesse. Die Sammlung stehe doch zum Verkauf? Das weiß er natürlich von Major Strehler. Hat der es vielleicht gut gemeint, oder hat er sich nur in der Offizierskantine verplappert? Will Strehler Bert helfen oder ihm in die Quere kommen, oder will er überprüfen, was seine Visitenkarte wert ist? Bert wäre es lieber, wenn Strehler sich im Hintergrund hielte, aber das hat er in dieser Beziehung nicht in der Hand. Sicher, sagt Bert, die Sammlung stehe zum Verkauf, aber er sei auch schon mit einem anderen Interessenten im Gespräch. Und natürlich geschieht nichts ohne Rücksprache mit dem Eigentümer. »Herr Guttmann, nicht wahr?« – »Mijnheer Goedeman«, korrigiert Bert Dr. Berghaus. Henri hätte sicher etwas gegen eine solche Eindeutschung seines Namens. Er würde sich auch mit Händen und Füßen gegen einen Verkauf an die Deutschen sträuben. Und wo sei denn der Herr »Geudemann« derzeit, möchte Dr. Berghaus wissen. »Herr Goedeman befindet sich im Ausland.« Jetzt geht es nicht nur um die korrekte Aussprache von Henris Namen, jetzt wird es ein ernsthaftes Scharmützel, um herauszukriegen, wer hier das Sagen hat. »Ja, ja, schon gut, im Ausland, wie alle Juden, selbstverständlich.« Bert ignoriert es.

Dann will Berghaus gern die Sammlung besichtigen. Dagegen werde Herr »Guttmann« doch sicher keine Einwände haben? Bert schlägt den nächsten Pflock ein: Er sei von Herrn Goedeman bevollmächtigt, jeden Interessenten herumzuführen. Er geht Berghaus voran und achtet darauf, stets dicht in dessen Nähe zu bleiben. Ab und zu dreht er ein Preisschildchen um, damit Berghaus der Wert der Kollektion vor Augen geführt werde. Gelegentlich nickend geht Berghaus an den einzelnen Möbelstücken vorbei und zieht, Zufall oder nicht, genau die Schublade auf, in der Bert den für Elfie bestimmten Stoß Briefe gefunden hat. Mehr als »schön, ja« ist ihm nicht zu entlocken; er werde bald von sich hören lassen. Bert gibt ihm seine Karte mit seiner Telefonnummer.

Es ist nun schon spät am Nachmittag. Der Nieselregen hängt wie eine graue Nebelwolke über Den Haag. Bert muß Licht am Motorrad einschalten, so dunkel ist es geworden. Das Venduehuis der Notarissen hat bereits geschlossen. Um zu verhindern, daß Berghaus ihn erreicht, fährt er am nächsten Morgen in aller Frühe durch den strömenden Regen in die Nobelstraat. Schon gleich im Marmorflur muß Bert loswerden, was ihn hergeführt hat. »Oh je!« Annebeths Gesicht verfinstert sich. Wenn die Dienststelle Mühlmann Wind davon bekommen hat, müssen sie sich beeilen. Sie sieht zu Herman hinüber. Der nickt und fragt, ob Bert schon mit Goedeman gesprochen habe. Er sei der Einzige, der den Verkauf an Mühlmann verhindern könne. Das Venduehuis brauche von ihm einen schriftlichen Auftrag zur Versteigerung. In der Zwischenzeit werden sie einen vorläufigen Taxierungsbericht erstellen. Bert seinerseits solle versuchen, Henri zu erreichen. Das geht nur über Frau Rooijakkers oder Hooijakkers im Hotel Monte Verità. Dazu wird er wohl mindestens zwei Tage brauchen.

Aber Berghaus ruft noch am selben Abend an. Er ist interessiert und will am nächsten Tag vorbeikommen, um den Ankauf in die Wege zu leiten. Bert hält dagegen, daß er sich erst mit Herrn Goedeman absprechen müsse. Völlig überflüssig, meint Berghaus. Bert brauche ihm doch nur mitzuteilen, daß seine Sammlung erfolgreich verkauft wurde. Bert erhebt erneut Einspruch: »Herr Goedeman wird doch wenigstens …« »Herr Guttmann wird sich freuen.« Berghaus hat das Scharmützel um Henris Namen definitiv gewonnen. Bert befürchtet das Schlimmste für die Biedermeiersammlung.

Am nächsten Tag zeigt sich, wie ernst die Lage ist: Berghaus erscheint in Begleitung eines SS-Offiziers. Bert erkennt die Insignien auf der glänzenden schwarzen Uniform.

Berghaus kommt ohne Umschweife zur Sache: Wenn Bert dem Verkauf nicht zustimme, werde die Sammlung zum *Feindvermögen* erklärt und beschlagnahmt. Und dann sieht Goedeman keinen Cent. In dem Fall werde auch eine Angelegenheit für die Sicherheitspolizei oder die Gestapo daraus. Aber das haben sie bei der Dienststelle Mühlmann nicht so gern. Sie kaufen die Sachen lieber ordentlich an, um die Verfügungsgewalt darüber zu behalten, wo die Sammlung hinkommt. Dafür dürfe Herr Guttmann ihm, Berghaus, auf Knien danken. Also ja oder nein; Bert könne das doch sicher entscheiden, dafür sei er ja schließlich Goedemans Vertreter! Und würde ein Nein nicht auf die Verschleuderung fremden Eigentums hinauslaufen? Und wäre eine solche Verschleuderung nicht Veruntreuung oder gar Diebstahl?

Gegen diese Art von Logik kommt selbst Bert nicht an, also fragt er, was Berghaus zu zahlen bereit wäre. Es ist sogar ganz akzeptabel: 125.000 Gulden. Das ist zwar nur die Hälfte der Summe, die sich Henri vorgestellt hat, aber mehr, als Bert zu hoffen wagte. Nicht, um sein Gesicht zu wahren oder weil es seine zweite Natur ist, sondern vor allem, weil er Berghaus und dem SS-Offizier beweisen will, daß er sich nicht über den Tisch ziehen läßt, sagt Bert, daß das viel zu wenig sei. Der Wert belaufe sich auf mindestens 250.000 Gulden. Er wird dafür nicht ausgelacht, denn Berghaus weiß natürlich genau, was eine solche Sammlung wert ist. Was ihm denn vorschwebe? Bert ist überrascht – vom anfänglichen »Wenn nicht im Guten, dann halt im Bösen« sind sie jetzt zu Verhandlungen übergegangen. Seine Antwort kommt wie aus der Pistole geschossen: »200.000 Gulden.« Stille. Sein Gegenangebot wird abgeschätzt, und Bert selbst wohl auch: jemand, der sich nüchtern-geschäftlich gibt und sich nicht einschüchtern läßt. »Gut, wir zahlen Ihnen 150.000 Gulden.« Bert fühlt festen Boden unter den Füßen: Dieses Spielchen kennt er. »Nein, Sie zahlen 175.000 Gulden, das ist das Mindeste.« Erneutes Schweigen. Der SS-Mann schaut erstaunt von Bert zu Dr. Berghaus. Das Feilschen endet schließlich bei 170.000 Gulden. »Bar«, bedingt sich Bert zudem aus. »Bei Lieferung«,

Bert will in allem die Initiative behalten. Berghaus verzieht keine Miene. Und um die Möbel abzuholen, solle er einen Termin mit Bert vereinbaren. Als sie das Haus verlassen, sagt Berghaus: »Leute wie Sie könnten wir mehr gebrauchen.« Der ganze Besuch hat weniger als eine Stunde gedauert. Der SS-Mann hat kein Wort gesagt.

Ehe er das Haus verläßt, macht Bert noch einen Rundgang über alle Etagen, um nachzusehen, ob da etwas ist, das er mitnehmen könnte – ein Geschenk für Lien vielleicht, etwas, das Berghaus' Blicken entgangen ist. Seltsam, daß der sich nicht einmal die Mühe gemacht hat, so eine Möbelsammlung vor dem Ankauf noch einmal genauer unter die Lupe zu nehmen. Was wird jetzt damit passieren? Bert nimmt sich vor, herauszufinden, womit genau die Dienststelle Mühlmann befaßt ist. Als er vor einer Glasvitrine mit sächsischem Porzellan steht, überlegt er, wie er Henri die Nachricht von dem Verkauf überbringen soll. Der wird nicht erfreut sein, aber was soll er machen? Dann entdeckt er hinter einer mit Blumen verzierten Karaffe einen kleinen Vogel aus Porzellan. Das Fußstück ist abgebrochen, und der Vogel liegt auf der Seite. Bert öffnet die Vitrine und nimmt das Stück vorsichtig heraus. Das Vögelchen ist tiefschwarz mit grünen Knopfaugen und gelb-goldenen Pünktchen auf den Flügeln, die am Körper anliegen, als seien es echte Federn mit Flaum an den Enden. Ein auserlesenes Schmuckstück, vielleicht das einzige seiner Art, schön, weil mit Hingabe und Liebe gemacht. In China, stellt sich Bert vor, oder in Japan. Das kann er sicher mitnehmen, Berghaus wird es nicht vermissen.

Er betritt das Schlafzimmer hinter den »Ausstellungsräumen« im zweiten Stock. Dorthin ist er noch nie gekommen. Die Einrichtung hier gehört nicht zur Sammlung und hat nichts mit Biedermeier zu tun: ein großes Bett mit Decken und vielen Kissen, überall gibt es Spiegel: an den Wänden, auf den Frisiertischchen, an der Tür eines großen Kleiderschranks. Elfie schaut sich gerne an, denkt Bert. Es riecht muffig und süßlich, nach altem Schlaf und abgestandenem

Parfüm. Die Samtvorhänge sind zugezogen. Bert läßt sich auf das Bett sinken. Ein Gefühl der Leere übermannt ihn. Ist mit dem plötzlichen Verkauf der Biedermeiersammlung auch das Band zu Henri und Elfie zerschnitten? Er nimmt das Briefpäckchen aus seiner Tasche. Vorsichtig schnürt er das Bändchen auf und betrachtet die Umschläge, die alle an »Frau Elfriede Gürstein von Böhm« adressiert sind. Auf der Rückseite steht jeweils »H.L.G.« und dann die Adresse des Absenders.

Bert öffnet den obersten Umschlag. Er enthält drei Blätter Papier, dicht beschrieben in einer schwungvollen, altmodischen Handschrift. »Täubchen« steht oben drüber. Eigentlich darf er nicht weiterlesen. Das ist unschicklich; damit beträte er eine geheime und intime Welt, in der er nichts verloren hat. Er ist sogar rot geworden. Schämen kann man sich offenbar auch in Abwesenheit anderer Menschen, wenn man allein ist und auf einem fremden Bett in einem fremden Schlafzimmer sitzt. Trotzdem kann er der Versuchung nicht widerstehen, als könnte er durch das Weiterlesen Teil von Henris und Elfies Leben bleiben, ohne daß sie davon eine Ahnung hätten. Henri vermisse sein »Täubchen« sehr, schreibt er, und er wünsche sich, daß sie bei ihm im warmen Bozen sein könnte. Der Brief ist vom März 1937. Ohne seine »Liebste« ist Henri schwermütig und fühlt sich »nur halb«, ohne Elfriede kann er nicht leben. Das enttäuscht Bert. Es war eher Elfriede, die bei ihm einen hilflosen Eindruck hinterlassen hat. Er erinnert sich, wie verzweifelt sie sich in Maassluis an der Fähre an ihm festgeklammert und wie grimmig entschlossen Henri dagegen gewirkt hat. In diesem Brief ist es genau andersherum. Vorsichtig faltet er die Bögen wieder in den Umschlag. Er läßt den Stoß Briefe, das lila Bändchen wieder drumgeschlungen, in seiner Tasche verschwinden. Er wird die Briefe im Lager in einem separaten Kästchen aufbewahren.

Die Reaktion von Annebeth und Herman ist, wie er sie erwartet hat: Sie finden es schrecklich, was nun mit den Möbeln passiert. Annebeth hat vor ohnmächtiger Wut Tränen in den Augen. Für Herman ist es ein Raubüberfall am hellichten Tag. »Aasgeier sind das, sie krallen sich an der Beute fest und lassen niemanden in ihre Nähe.« Er hätte keine Wahl gehabt, sagt Bert, es ging nur noch ums »Entweder-oder«. »Friß oder stirb, meinen Sie!« Herman schnaubt vor Wut. »Nein, fressen oder gefressen werden, buchstäblich.« Bert habe die Sammlung immerhin verkaufen können, wenn auch weit unter Wert, aber doch wenigstens für 170.000 Gulden. Herman und Annebeth können es kaum glauben und finden, daß das denn doch ein hübsches Sümmchen sei. Für Bert ist es nichts Besonderes, er hat einfach wie ein Kaufmann gehandelt. Es tut ihm nur um Goedeman leid, der einen erheblichen Verlust einstecken muß. Und auch für das Venduehuis, das nun leer ausgeht. Damit haben Annebeth und Herman aber die geringsten Probleme. Sie hatten zwar sich auf diese einmalige Gelegenheit gefreut, aber manchmal gleiten einem die Dinge einfach durch die Finger. Sie hoffen, daß sich in Zukunft eine andere Gelegenheit eröffnen wird, obwohl der Markt ziemlich abgegrast und bald nichts mehr übrig sein wird. »Auf Dauer verschwindet alles nach Deutschland.« Herman ist nicht sehr hoffnungsfroh. Sie verabschieden sich herzlich, Annebeth umarmt ihn sogar. Bert fällt der kleine Porzellanvogel ein, den er in einen von Elfie im Schlafzimmer zurückgelassenen Schal gewickelt hat. Er gibt ihn Annebeth mit den Worten: »Das ist bei euch besser aufgehoben als bei mir.«

18

Eines Sonntagmorgens geht Emmeke mit Lien in die Kirche. Der Gottesdienst sagt ihr nur wenig, aber der versöhnliche Ton des Pfarrers spricht sie an. Ihr gefällt das Orgelspiel, den Gesang hingegen findet sie schrecklich. Bert ist auch mitgekommen. Emmeke findet es sehr seltsam, ihn mit gefalteten Händen beten zu sehen. Doch er ist bereits vor zwei Jahren der Kirche beigetreten. Er ist im Konfirmantenunterricht gewesen und hat das Glaubensbekenntnis abgelegt; das tut man nicht einfach so. Das muß aufrichtig gewesen sein. Nach dem Gottesdienst stellt Lien sie Pfarrer van Klaveren vor, der sagt, daß sie einen Termin mit ihm vereinbaren könne, wenn sie an einem Übertritt interessiert sei. »Ihr Bruder fühlt sich hier ganz zu Hause.« Emmeke nimmt sich vor, nun doch einmal mit Joost darüber zu sprechen.

Auf dem Heimweg sieht sie am Fenster eines Cafés an der Herengracht ein Schild JUDEN UNERWÜNSCHT. Der Schock ist so groß, daß sie fast vom Fahrrad fällt und beinahe einen Zusammenstoß mit einem vorbeifahrenden Radfahrer verursacht. Plötzlich scheint sich alles nur noch um Juden zu drehen. Sie müssen aus dem Belgischen Park verschwinden, bei der Sicherheitspolizei halten sie Bert für jüdisch, Lien meint, sie solle aus Sicherheitsgründen zum Protestantismus übertreten, Bert hat den Luftschutz quittiert, weil er Jude ist. Und jetzt sind sie auch in diesem Café unerwünscht? Haben die Deutschen deshalb den Krieg begonnen, um die Juden loszuwerden? Völlig aufgelöst steht Emmeke neben ihrem Fahrrad. »Ja, guck nur richtig hin!« ruft der Radfahrer über die Schulter.

Joost weiß sofort, was davon zu halten ist: »Diese NSBer fühlen sich ermuntert, und niemand schiebt einen Riegel vor.« Das hilft Emmeke jetzt wenig. Sie ist durcheinander und braucht keine Analyse, sondern vor allem, daß er sie in den Arm nimmt. Und wer ist hier der NSBer? Nur der

Café-Besitzer oder auch der Radfahrer? Oder hat der es gut gemeint und wollte Emmeke nur warnen? Aber so hat es sich nicht angehört, und es macht ihr Angst. Joost sagt, es sei zu früh, sich Sorgen zu machen. Man müsse zwar auf alles gefaßt sein, dürfe aber nicht paranoid werden. Es kann alles noch schlimmer werden, sie müssen es abwarten.

(Tagebuchauszug)
17. September 1940
Nel ist plötzlich aufgetaucht. Zum Glück war ich zu Hause. Sie war ganz durcheinander. Simon, ihr Mann, ist aus deutscher Kriegsgefangenschaft zurückgekehrt. Er hat schreckliche Dinge erlebt, Dinge gesehen, über die er nicht sprechen kann. Er ist auch nicht mehr er selbst: kurz angebunden, ungeduldig, grob. Er zeigt keinerlei Interesse an ihr, als wäre Nel eine Fremde geworden, eine Dienerin, die nur noch das Essen auf den Tisch bringen darf. Beim geringsten Anlaß fährt er aus der Haut. Katrien fürchtet sich vor ihm. (…) Es gibt auch in der Stadtverwaltung keine Arbeit mehr für Simon. Weil sie so lange nichts von ihm gehört hatten, haben sie ihn einfach abgeschrieben. Herzlose Bürokraten! Jetzt haben sie ihm eine Stelle in der Zuteilungsbehörde besorgt, die ständig erweitert wird, weil es immer mehr nur auf Bezugsschein gibt. Nel wollte sich nur mal an der Schulter einer Freundin ausweinen. Das würde ich auch gern, aber ich darf mir nichts anmerken lassen.

Auch wenn Emmeke klar ist, daß Joost ablehnen wird, bringt sie es doch zur Sprache: Sollte sie nicht lieber protestantisch werden? Sie erzählt vom Gottesdienst und dem Treffen mit van Klaveren. So habe sie Bert noch nie gesehen, sagt sie, so ernst, so … gottesfürchtig. Joost glaubt nicht, daß Bert plötzlich gläubig geworden ist, er hat Lien nur einen Gefallen tun wollen. Aber wenn es einen doch nun mal schützt, fragt Emmeke. »Wogegen?« – »Gegen die Deutschen, zum Beispiel.« Joost findet das nachgerade lächerlich, denn die Nazis sind gegen den christlichen Glauben. »Aber auch gegen die

Juden.« – »Hier und da ein Schild mit JUDEN UNERWÜNSCHT, daran sind nicht die Deutschen schuld. Da steckt persönlicher Antrieb dahinter, das ist der NSB.«

Emmeke versteht es nicht. Vor gar nicht allzu langer Zeit hat Joost selbst gesagt, daß man sich nicht in falscher Sicherheit wiegen dürfe, und er hatte sich darüber aufgeregt, daß die Juden aus dem Luftschutz entfernt wurden. Stimmt alles, aber der Glaube sei keine Medizin für eine ansteckende Krankheit, gibt sich Joost dickköpfig. Er kann seine grundsätzliche Ablehnung der Nazis nur schwer mit seiner grundsätzlichen Ablehnung der Religion in Einklang zu bringen. Es fehlt nicht viel zu einem handfesten Krach.

Drei Wochen später, am 7. Oktober, steht abends ein Bericht in der Zeitung, der Joost den Appetit verdirbt. Es ist wie ein Schlag in den Magen; er ist leichenblaß. Emmeke nimmt seine Hand. »Fühlst du dich nicht wohl? Schmeckt es dir nicht?« Sie hat Fisch auf dem Markt kaufen können – Scholle, die Joost so gerne mag. Auf dem Rückweg von einem Besuch bei Nel hat sie extra einen Umweg gemacht. Simon geht es besser, seit er zum Inspektor der Abteilung Betrug in der Zuteilungsbehörde befördert wurde. Auf dem Markt war viel los, aber es war nicht laut, als hätte der Herbst eine Wolldecke über die Stände gebreitet.

»Hier.« Joost schiebt ihr den Zeitungsartikel vor die Nase: »Lies mal. Die Schlagzeilen.« Er hat die Zeitung mit an den Tisch genommen, was gegen die Abmachung ist. So was würden sie nie tun, hatten sie sich einmal versprochen. »Es geht los.«

Emmeke versucht, den Artikel zu lesen. Sie versteht erst nicht so richtig; mit amtlichen Formulierungen hat sie ihre Schwierigkeiten. Sie will lieber erst aufessen, denn die Scholle wird kalt. Aber Joost ist ungeduldig und will, daß sie es sofort liest. Sie versucht es noch einmal. »Jüdische Beamte im Staatsdienst werden« nicht mehr befördert«, liest sie laut. »Und nicht mehr eingestellt«, fügt Joost hinzu: Sie dürfen keine Karriere machen und sind fortan ausgeschlossen. Bis dahin ist alles klar. Aber der ganze Rest paßt nicht mehr zusammen. Joost hebt die Stimme.»Nicht so laut, das Kind schläft«, mahnt Emmeke. Sein Tonfall geht in lautes Flüstern über. Es geht um eine Anordnung der Deutschen. Um sicher zu sein, wen diese Verordnung betrifft, wird definiert, wer als Jude betrachtet werden muß oder kann, wer »jüdischen Blutes« ist und wer nicht. Und jetzt kommt es – Joost zeigt mit dem Finger auf die Stelle:»Wenn du vier Großeltern hast, und keiner von ihnen ist jemals Mitglied einer jüdischen Gemeinde gewesen, dann bist du kein Jude. Hast du die aber – ein einziger von den Großeltern reicht schon – bist du Jude.« Ob Emmeke etwas an dieser Definition auffalle? Joosts pedantischer Schulmeisterton kann sie manchmal zur Weißglut bringen. Er hat es sofort gemerkt: Glaube und Blutsverwandtschaft sind gleichgestellt, oder sie werden durcheinandergebracht. Und das ist absurd. Wenn die Deutschen selbst nicht wissen, wie sie Juden definieren, wie wollen sie dann gegen sie vorgehen? Emmeke sagt, daß von »Gegen-etwas-vorgehen« doch überhaupt nicht die Rede sein könne, sondern nur von einer Definition.»Und von Anmeldung«, sagt Joost fast triumphierend, als hätte er es schon immer gewußt. Man müsse sich registrieren lassen. So gehe es immer los. Genauso habe es auch in Deutschland angefangen. »Aber du bist doch kein Jude«, sagt Emmeke, »was regst du dich so auf?«

Das denkt sie aber nur. Joost legt den Finger auf die nächste Zeile des Artikels:»Zu den betreffenden Gruppen von Juden werden auch diejenigen gerechnet, die mit einer auf diese Weise definierten Person ›versippt‹ sind.« Man könnte sie auch »angeheiratete« Juden nennen. Also geht es sehr wohl um ihn. Emmeke arbeitet zwar nicht beim Patentamt, aber weil Joost mit ihr verheiratet ist, wird er sozusagen zum Juden befördert, es sei denn, Emmeke hätte keine ein bis vier jüdische Großeltern. Aber genau die hat sie: ganze vier davon – jüdischer geht es gar nicht.

Emmeke ist sprachlos. Aber das Beunruhigendste ist, daß eine dritte Überschrift über dem Artikel lautet:»Bei Heirat mit einer Frau jüdischen Blutes erfolgt Entlassung«. Joost wird also gefeuert! »Bist du verrückt?« sagt Emmeke und stochert an der kaltgewordenen Scholle herum. Ihr ist der Appetit vergangen, und plötzlich ist sie todmüde. Sie will nur noch ins Bett, will nichts mehr hören.

Aber an Schlafen ist natürlich nicht zu denken. Stundenlang liegt sie da und starrt an die Decke, bis Joost mit der Zeitung fertig ist, das Licht ausknipst und sich neben sie legt. Sie schmiegt sich fest an ihn. Gedankenlos küßt er sie auf die Stirn und streicht ihr übers Haar. Verzweifelt packt sie ihn bei den Schultern. Mit einem Schrei wirft sie alle Scham und Prüderie ab und stürzt sich auf ihn: »Mach's mir! Mach's mir!« Über ihn gebeugt gibt sie sich Joost hin; wild und verzweifelt verklammern sie sich ineinander, lieben sich für immer und ewig, als sei es ihre letzte Chance, bis sie erschöpft und schweißnaß voneinanderlassen.

Joost kichert plötzlich. »Die liegen völlig falsch. Ich bin Joost, und du bist Emmeke – das kommt von Maria, weißt du noch? Josef und Maria, daran ist nichts Jüdisches.« Emmeke weiß es besser. Sie fährt mit dem Finger an der Operationsnarbe entlang, als würde sie eine blutrote Linie über seinen Bauch ziehen.

Nach meiner ersten Bekanntschaft mit dem Antisemitismus und den harten Konfrontationen, bei denen ich mit der Nase draufgestoßen wurde, konnte ich es nicht mehr leugnen: Zum ersten Mal begann ich, mich jüdisch zu fühlen. Halbherzig, denn wenn ich danach gefragt wurde, habe ich es in einem Atemzug bejaht und verneint. Und als mir der Rabbiner aus der Wagenstraat eine helfende Hand entgegenstreckte, lehnte ich sie ab: Ich hielt seine Lösung meines Problems für die billigste Art, mich zu einem Glauben zu verführen. Ich hatte es nicht verdient, Jude genannt zu werden. Ich hatte nichts mit der jüdischen Religion zu tun und wußte nichts darüber, hatte keine Ahnung von Thora oder Talmud, von jüdischen Feiertagen oder jüdischer Zeitrechnung. Also war ich kein gläubiger Jude. Und ich hatte sowieso etwas gegen Religion. Ich wußte nichts über jüdische Kultur, und also war ich auch kein »kultureller Jude«. Der Gedanke, jüdisch zu sein, nur weil meine Mutter Jüdin war, wie der Rabbiner argumentiert hatte, ging mir damals gegen den Strich, obwohl die Juden selbst sagen, daß es das einzige Kriterium ist. Erfunden im 19. Jahrhundert, wurde genau dieses das Kriterium, das die Nazis ins Feld führten: die Juden als Rasse. Ich finde es verwerflich. Es gibt nur eine Rasse, den Menschen, und es gibt jede Menge Arten von Menschen. Man kann sie nach Hautfarbe, Ethnie und Volk, Religion, Sprache und Kultur, Sitten und Gebräuchen, Geschlecht und sexueller Orientierung klassifizieren – was auch immer.

Aber wenn ich sehe, was allein mit Emmeke und Joost passiert, ist jedwede Einteilung lebensgefährlich, egal, um welche es geht. Ist die Einteilung einmal erfolgt, gibt es kein Entrinnen mehr: Menschen werden plötzlich zu Juden gestempelt, auch Joost, der von seiner Abstammung her keineswegs Jude ist. Zunächst administrativ, aber das ist nur der erste Schritt, die Voraussetzung für tiefgreifendere Maßnahmen. Man kann sich dagegen wehren, man kann versuchen, es zu leugnen oder zu umgehen, aber der Tag wird kommen, an dem man anders als andere behandelt wird, an dem man herausgepickt wird. Ob man nun in den Augen der anderen wie ein Jude aussieht oder sich »typisch« verhält, ob man eine Kippa trägt, Sabbat feiert oder nicht, die Geschichte klebt an einem, ist in einem, unerbittlich: Man ist ein »historischer Jude«. Ich also auch. Ich werde damit leben müssen. Und auf der Hut sein, wie ich nun weiß.

Joost hat den Zeitungsartikel ausgeschnitten und mit ins Büro genommen. Seinen Kollegen erzählt er nichts davon. Sie sind förmlicher als bei seiner vorherigen Stelle, auch distanzierter. Er kennt sie noch nicht gut genug, um sie mit seinen Sorgen zu behelligen. Mit dem Artikel in der Tasche geht er zum Leiter der Personalabteilung, der ihn im letzten Frühjahr so freundlich empfangen hat.

Dieser Herr Mulder nennt die neue Regelung besorgniserregend: »Es kam heute morgen in der Direktion zur

Sprache.« Man geht davon aus, daß beim Patentamt keine Juden beschäftigt sind, aber so ganz genau kann man es natürlich nie wissen, weil bei der Bewerbung danach nicht gefragt wurde. So was ist privat. »Warten wir es ab, und dann sehen wir, sie tauchen von alleine auf«, sagt Mulder. Joost gefällt die Wortwahl nicht; es klingt, als spreche er von Ungeziefer. Kenne Herr Mulder denn die Anordnung, daß Ehepartner von jüdischen Frauen ebenfalls als jüdisch gelten? Ja, das habe er gelesen, und es habe ihn befremdet. Joost ist mit einer Jüdin verheiratet, aber das weiß Mulder natürlich nicht. »Es geht mich also etwas an«, erklärt Joost. Mulder versteht, aber Joost solle sich vorerst keine Sorgen machen. »Wir haben noch nicht einmal die Formulare dazu«, versucht er ihn zu beruhigen. Joost holt den Zeitungsausschnitt aus der Tasche und zeigt auf die Überschrift, die seine Entlassung ankündigt. Hat Mulder das auch gelesen? Ist das auch mit der Direktion besprochen worden? Mulder setzt die Brille ab und runzelt die Stirn. Das kennt er noch nicht. Und nein, es wurde nicht besprochen. Sie seien nur das Rundschreiben durchgegangen, das sie vom Ministerium erhalten haben. Von Entlassung war darin nicht die Rede. Und mit großem Nachdruck: Er werde nicht entlassen, nicht vom Patentamt, und nicht, wenn es nach ihm gehe. Was Joost keinesfalls davon abhält, sich weiter Sorgen zu machen. Mulder werde ein Auge darauf haben, verspricht er.

Ein paar Tage später kommen die Formulare. Es gibt zwei: A und B. A für Nicht-Juden, B für Juden. Die Formulare haben auch einen Namen: ARIERERKLÄRUNG steht darüber. Beamte müssen ihre Namen eintragen und angeben, wer ihre Eltern und Großeltern sind oder waren, und sie müssen auch die Namen ihrer Ehegatten ausweisen. Auf der Rückseite ist zu erklären, daß sie oder ihre Eltern oder Großeltern nicht Mitglied einer jüdischen Gemeinde sind oder waren. Die Formulierung ist geschickt eingefädelt: Es wird nicht gefragt, ob der Unterzeichner Jude ist – nein, er erklärt »wahrheitsgemäß«, es nicht zu sein, und wird somit zum Arier gemacht, ob er nun weiß, was das bedeutet oder nicht. Es gibt keine Möglichkeit, »nein«, »weiß nicht« oder »nicht zutreffend« einzutragen. Eine Alternative wird nicht angeboten, Lügen ist nicht möglich. Wenn man absichtlich falsche Angaben macht, kann das entdeckt und bestraft werden, man bekommt also die Pistole auf die Brust gesetzt. Wenn Joost, weil er kein Jude ist, Formular A ausfüllt, müßte er über Emmeke und ihre Eltern und Großeltern lügen. Er kann sowieso schon nicht lügen, und erst recht nicht auf einem offiziellen Papier mit seiner Unterschrift darunter. Das wäre eine Art Urkundenfälschung. So ist er gezwungen, Formular B auszufüllen. Er sitzt also in der Falle und hat das schreckliche Gefühl, daß er, wenn er unterschreibt, damit sein eigenes Todesurteil unterzeichnet. Und das von Emmeke gleich mit, und vielleicht auch das von ihrer Mutter Bella. Und von Bert. Das kann er nicht. Das wäre unmoralisch. Die einzige Alternative, die er sieht, ist, überhaupt nicht zu unterschreiben. Aber was wäre die Strafe für eine solche Weigerung? Entlassung? Eine Geldbuße? Schlimmeres?

Joost geht noch einmal in die Personalabteilung. Mulder sagt, es gehe lediglich um eine Registrierung. Aber zu welchem Zweck? Die Deutschen verraten den unschuldigen und unwissenden Unterzeichnern nichts über ihre Absichten. Vielleicht, weil sich so viele jüdische Flüchtlinge aus Deutschland in den Niederlanden niedergelassen haben, vermutet Mulder. Das hat mancherorts zu einem administrativen Chaos und zu Schwierigkeiten bei der Unterbringung so vieler Neuankömmlinge geführt. Vielleicht wollen sie es kontrollierbar machen. Vielleicht ja … Joost erinnert sich an den Einwanderungsstop vor dem Krieg, der wieder zurückgenommen wurde, weil gerade der noch mehr Chaos verursacht hatte. Und wo sind die deutschen Juden jetzt, die kürzlich urplötzlich den Belgischen Park verlassen mußten? Was ist mit denen geschehen? Trotzdem rät Mulder Joost, einfach zu unterschreiben. Von Entlassung ist weder in der Erklärung noch in den dazu gehörenden Ausführungen des Ministeriums die Rede. Jeder unterschreibt, er selbst würde es auch tun.

Einige aus seiner Abteilung haben bereits unterschrieben. Andere nehmen das Formular A mit nach Hause, um die Familienunterlagen zu prüfen, aber Joost packt A und B ein. So, daß es niemand sieht, denn er will nicht, daß es jemand mitbekommt. Er will zusammen mit Emmeke entscheiden, was zu tun ist, schließlich unterschreibt er auch für sie. Er liebt Emmeke über alles, aber er will kein Jude sein. Und noch weniger will er ein Arier sein, was auch immer das sein mag. Aber er bekommt den wahnsinnig machenden Gedanken an sein eigenes Todesurteil nicht aus dem Kopf. Warum zwingen die Deutschen ihm solch unmögliche Entscheidungen auf? Was haben sie vor? Was führen sie im Schilde?

Wie ein Blitz durchzuckt es ihn, daß das Dilemma, in dem er steckt, weit über seine persönlichen Belange hinausreicht: Jeder, der unterschreibt, macht sich an etwas Unrechtmässigem mitschuldig, an der Isolierung einer ganzen Bevölkerungsgruppe vom Rest der Gesellschaft. Was das für Folgen haben wird, kann er nicht absehen, aber viel Gutes wird nicht dabei herauskommen. Die Ariererklärung selbst sagt darüber nichts, aber die Strafbarkeit von Falschangaben ist deutlich genug. Eine unheilvolle Bedrohung geht davon aus. Eine solche Nötigung ist unmoralisch – muß er wirklich dabei mitmachen?

Joost legt diese Frage ein paar seiner Kollegen vor. So haben sie die Erklärung überhaupt nicht gelesen, behaupten sie. Da soll doch niemand ausgeschlossen werden? Und ausgeschlossen wovon? Henk Bogers, der ihm im Sommer von der Entfernung der Juden aus dem Luftschutz erzählt hat, hält das jetzt für etwas anderes: die Leute würden klassifiziert, das sei alles. So ungefähr wie bei einer Volkszählung. Es könnte sogar praktisch sein. Aber wofür, zu welchem Zweck? Warum Juden und nicht Sportfischer oder Briefmarkensammler? Sie lachen, doch niemand hat wirklich eine Erklärung, und alle meinen, Joost solle es mal nicht zu tragisch nehmen: »Unterschreib einfach, was soll dir schon passieren?« Gibt es denn niemanden, dem er seine schlimmsten Sorgen anvertrauen kann?

Er redet noch einmal mit Mulder. Was würde passieren, wenn er nicht unterschriebe? Mulder erschreckt: »Sie werden wirklich nicht entlassen.« Aber darum geht es Joost jetzt gerade nicht. »Es ist moralisch nicht zu vertreten, auch wenn ich nicht entlassen werde«, beharrt er und erklärt dann, was er – zu Mulders nicht geringer Bestürzung – damit meint. Der hat nämlich längst unterschrieben und sieht sich jetzt auf die Anklagebank gesetzt. Er sagt, daß es mehr als eine solche Erklärung brauche, um Juden auszuschließen, und daß er sich nicht vorstellen könne, daß das Patentamt bei solchen Maßnahmen mitspielen würde. Dann sollte ablehnen ja auch kein Problem sein, unterstellt Joost, aber genau das ist es: Eine Verweigerung ist nicht möglich, denn dann erfolgt unweigerlich die Kündigung, nicht, weil Joost mit einer jüdischen Frau verheiratet ist, sondern eben wegen der Nichtbefolgung einer Dienstanweisung. Joost kocht innerlich: So also wird man unter Druck gesetzt, und Mulder merkt es nicht einmal. Er will nicht unhöflich sein, weil er noch neu beim Patentamt ist, und er will sich auch nicht als Querulant hervortun, aber trotzdem fragt er nach der einzigen anderen Möglichkeit, die er sieht, um die Unterschrift umgehen zu können: Ist er nicht vorübergehend von BPM zum Patentamt abgestellt worden? Und ist BPM nicht ein privates Unternehmen, also keine staatliche Institution? Da kann sich Mulder kurzfassen: Die Erklärung muß auch von zeitlich befristeten Arbeitskräften unterzeichnet werden: »Sie stehen auf unserer Lohnliste. Wir würden Sie übrigens gerne fest anstellen, Sie sind eine Spitzenkraft.« Als ob ihm das jetzt etwas nützen würde!

(Tagebuchauszug)
18. Oktober 1940
So wie gestern habe ich Joost noch nie erlebt. Er war außer Rand und Band und hat so mit den Türen geknallt, daß die Fensterscheiben gezittert haben. Ich bin wahnsinnig erschrocken. Zuerst dachte ich, er sei böse auf mich, aber es war diese Arierklärung, die er nicht unterschreiben will. Und jetzt haben sie ihm gesagt, daß es ihn die Stelle kosten

kann. Dann steht er auf der Straße. Und was dann? Er muß auch an das Kind denken und an mich. Im Büro unterschreiben sie alle. Er ist der einzige in seiner Abteilung; niemand hat sich in so eine Lage manövriert wie er. Er muß bis Ende des Monats unterschreiben. Aber er will an seinen Prinzipien festhalten. Er denkt, es ist unmoralisch. (…) Warum kann er nicht einfach unterschreiben? Was ist daran so schlimm? »Ich stecke meinen Kopf nicht in die Schlinge«, sagt er dann. Er meint damit meinen Kopf, denn wenn er unterschreibt, muß er angeben, daß er mit mir verheiratet ist und ich jüdisch bin. Ja und? Das ist doch keine Schande? Und es steht nur auf dem Papier. (…) Vor einiger Zeit hat Joost noch gesagt, daß ich, wenn ich keine Jüdin bin, auch nicht jüdisch sein kann. Das hat mich beruhigt, aber jetzt scheint es, als gäbe es kein Entrinnen mehr. (…) Wäre ich doch nur protestantisch geworden, aber dafür ist es jetzt zu spät. (…) Prinzipien sind prima, finde ich, solange sie nicht in Starrsinn umschlagen. Da schneidet man sich nur ins eigene Fleisch. Das hätte ich besser nicht sagen sollen, denn darüber haben wir dann auch noch Streit gekriegt. Wir haben alle ein bißchen den Kopf verloren.

Emmeke denkt, daß Joost ihr die Schuld gibt, daß die Deutschen ihn zwingen, sich zwischen ihr und ihnen zu entscheiden. Aber er macht ihr keine Vorwürfe. Plötzlich ist er ganz lieb. Wenn er sich so aufregt, liegt es nur daran, daß er an sie denkt und nicht an sich selbst. »Nicht weinen, Em, wir müssen ruhig bleiben und nachdenken. Wir sitzen alle im selben Boot.«

Emmeke weint nicht, aber sie kann auch nicht ruhig nachdenken. »Du mußt tun, was das beste für dich ist«, sagt sie, aber Joost weiß nicht, was das beste für ihn ist. Seine Antwort ist einfach: »Das beste für mich ist, was für dich das beste ist.«

Bei BPM bestätigen sie, daß Joost tatsächlich vorübergehend an das Patentamt »ausgeliehen« ist, aber das heißt nur, daß sie verpflichtet sind, ihn wieder einzustellen, sobald sich die Umstände ändern. Im Moment haben sie keinerlei Verantwortung für ihn. Das ist entmutigend, und ihm bleibt nur noch wenig Zeit, da die Erklärung in einer Woche abgegeben werden muß. Das einzig Hoffnungsvolle ist, daß er in der Halle des Gebäudes plötzlich Sjoerd in die Arme läuft. Der war auf Borneo, in Balikpapan, als die Deutschen die Niederlande überfallen haben. Er hatte um seine sofortige Rückführung ersucht. Alle waren überrascht gewesen: Sie waren im fernen Indien doch sicher? Er war über Australien und Afrika zurückgekommen. Wie das gegangen ist, das will er später mal erzählen.

19

Bert kann sich nur schwer dazu durchringen, Goedeman über den Verkauf der Biedermeiersammlung Bescheid zu sagen. Annebeth und Herman vom Venduehuis haben ihn inzwischen über die Dienststelle Mühlmann informiert: Die kauft Kunst und Antiquitäten für hochrangige Kunden in Deutschland, unter ihnen Göring. Und auch für das erst noch zu errichtende Museum in Linz, das der Führer für sich selbst plant. Soweit ihnen bekannt, operiert die Dienststelle auf eigene Faust. Kunsthistoriker arbeiten für sie; sie kauft an und bezahlt, manchmal gar nicht so schlecht. Aber wenn Mühlmann etwas ins Auge sticht, das nicht ohne weiteres zu erwerben ist, schaltet er deutsche Behörden ein, gern auch SD oder SS in der Hinterhand. Dann erfolgt Beschlagnahme, oder zumindest wird sie angedroht. Bert hat mit dieser Vorgehensweise bereits Bekanntschaft gemacht. Er hat Glück gehabt, daß Berghaus bereit war, so viel Geld für die Sammlung hinzublättern.

Henri stößt es weit weniger sauer auf, als Bert befürchtet hat. Er vermag sogar eine Ironie des Schicksals darin zu erkennen, daß seine Sammlung nun in die Hände seiner Todfeinde gefallen ist: besser das Biedermeier als er selbst! Und er würdigt Berts erfolgreichen Versuch, den höchstmöglichen Preis herauszuschinden. Es zeichnet sich jedoch ein Problem ab. Bert hatte sich Barzahlung ausbedungen, und Dr. Berghaus kann eine so große Summe nicht auf einmal auf den Tisch legen. Bert sah schon alle möglichen Komplikationen auf ihn zukommen und erbat zumindest die Barauszahlung seiner Provision. Berghaus hatte zugestimmt. Bert erhielt 12.500 Gulden bar auf die Hand, den Rest solle er mit Herrn »Guttmann« regeln. Berghaus gab ihm einen Scheck über 157.500 Gulden, einzulösen bei der Amsterdamer Geschäftsbank von Alois Miedl. Bert hält den Scheck in der Hand, während er mit Henri telefoniert. Henri kennt die Bank von

Miedl und rät ihm, den Scheck so schnell wie möglich einzulösen. Ist Miedl nicht zu trauen, oder braucht Henri das Geld so dringend, fragt sich Bert.

Er nimmt den Zug, das scheint ihm sicherer zu sein. Er hat sich Smidts lederne Aktentasche über die Schulter gehängt, um darin das Geld zu befördern. Er hat seine Beglaubigungsschreiben bei sich: die Vollmacht von Goedeman, den Ausweis von Strehler und dessen Schreiben vom Generalstab wegen der Sonderaufträge. Die Bank befindet sich an der Herengracht in einem breiten Gebäude mit viel Marmor und vornehmer Vertäfelung. Hier gibt es keine Schalter, dafür Räume mit Mitarbeitern, die am Schreibtisch sitzen. Er wird mit äußerster Zuvorkommenheit empfangen, bekommt Kaffee und eine Zigarette aus einer silbernen Dose angeboten. Der Scheck von Berghaus wird beifällig studiert, und auch die anderen Papiere von Bert machen Eindruck. Es wird intern telefoniert. Dann bringt ein Bankangestellter im grauen Staubmantel das Geld in einer Kassette: hundertfünfzig Tausend-Gulden-Scheine, zehn Fünfhunderter und fünfundzwanzig zu hundert. Ein deutsch sprechender Herr schaut dem Mitarbeiter über die Schulter, während der die Scheine vorzählt. Bert zählt sie sorgfältig nach und quittiert dann den Empfang. Die Scheine, in Stapeln mit jeweils einer Banderole darum, werden in Umschläge gesteckt und verschwinden in seiner Aktentasche. Hände werden geschüttelt. Bert hinterläßt seine Karte. Der Aufseher – vielleicht Herr Miedl selbst – nimmt sie und liest: »Genial – Transaktionen und Transporte, genial.« Auf der Rückfahrt hält Bert die Aktentasche dicht an sich gepreßt. Er beschließt, das Geld in einen separaten Schuhkarton zu legen. Die Provision kommt zu seinem anderen Geld.

Mitte Oktober läßt Major Strehler die Möbel für die Einrichtung seines Hauses abholen. Auch die komplette Küche wird nach Benoordenhout verlegt – bis hin zum letzten Salzstreuer. Der Betrag, den Bert dafür erhält, ist weniger, als er auf dem Flohmarkt dafür bekommen hätte. Er macht sich nichts draus. In Gedanken führt er eine Strichliste über die

Leistungen von und für Major Strehler, und der Punktestand ist ungefähr gleich.

Die drei oberen Etagen sind da von der Dienststelle Mühlmann schon so gut wie leergeräumt. Den Umzug haben zwei Museumsexperten aus Düsseldorf bewerkstelligt. Bert hat alles genau im Auge behalten. Die Porzellanstücke wurden einzeln in deutsche Zeitungen eingeschlagen, wobei er hin und wieder etwas aufschnappte: schreierische Texte über die Unbesiegbarkeit des deutschen Heeres und Reden von Hitler, Göring und Goebbels. Sie legten die Sachen in Kisten, die innen wie überdimensionale Heuboxen mit Stroh ausgelegt waren. Die Vitrinen wurden in Armeedecken eingeschlagen, die anderen Möbel an den Ecken mit Pufferkissen gesichert. Die Düsseldorfer konnten Bert nicht sagen, ob die Sammlung zusammenbleiben würde. Vorerst sollen die Stücke in Den Haag zwischengelagert werden und auf ihre endgültige Bestimmung warten.

Das eine oder andere allerdings ist auch zurückgeblieben: ein paar Tische, ein Schreibtisch, eine Kommode, einige Stühle, Lampen. Was damit geschehen soll, wird am letzten Tag des Umzugs klar, als Berghaus in Begleitung eines weiteren Deutsch sprechenden Mannes auftaucht, der sich als ein Herr Hinternbusch von der *Wirtschaftsprüfstelle* vorstellt. Das Haus von Goedeman werde nun beschlagnahmt. Bert habe hier nichts mehr zu suchen und dürfe Hinternbusch den Schlüssel getrost aushändigen. Goedemans Haus wird als »Feindvermögen« klassifiziert. Bert schaut ungläubig von Hinternbusch zu Berghaus. Geht das denn so ohne weiteres? Schließlich kann jeder behaupten, er komme von irgendeiner deutschen Behörde, die meint, sie dürfe den Besitz anderer beschlagnahmen. Braucht man dafür nicht einen Gerichtsbeschluß wie beim Konkurs?

Herr Hinternbusch zeigt wenig Geduld mit Bert. Goedeman ist ein Feind des deutschen Volkes, das reicht als Begründung. Das wiederum geht Bert über die Hutschnur – eine solche Unverschämtheit: Ist denn Herr Goedeman wegen irgendetwas verurteilt worden? »Das bestimmen wir!«

Goedeman sei geflüchtet, was als Schuldeingeständnis auf-
gefaßt werden kann. »Und jetzt geben Sie mir den Schlüssel!«
Bert hat den Schlüssel in der Hand, aber er behält seine Hand
in der Tasche. Wenn sie so scharf auf Goedeman waren, warum haben sie dann nicht seine Biedermeiersammlung beschlagnahmt, fragt er. Darauf hat Herr Hinternbusch keine
Antwort. Unbehaglich schauen die Herren einander an. So
ein Verhalten sind sie nicht gewohnt. Berghaus und Hinternbusch gehören zwei unterschiedlichen Institutionen an – mit
unterschiedlichen Ansichten und Interessen.

Da sieht Bert ein Schlupflöchlein und fragt:»Was passiert
denn mit einem beschlagnahmten Haus? Fällt es an den niederländischen Staat? Oder an die deutsche Behörde?« Auch
darauf wissen sie keine Antwort: Hinternbusch reagiert erst
gar nicht, und Berghaus vermutet, daß das Haus für einen der
vielen Dienste des Reichskommissariats requiriert wird. Vielleicht ist es sogar für die Dienststelle Mühlmann bestimmt.

Bert hat genügend Zeit gewonnen, sich seine Antwort zu-
rechtzulegen: Wenn das Haus als Büro eingerichtet werden soll,
könnte man es doch von ihm mieten. Zu einem vernünftigen
Preis. Berghaus starrt ihn mit offenem Mund an. Bert legt noch
eine Schippe obendrauf:»Dann müssen Sie sich um nichts
kümmern, denn für die Unterhaltung sorgt der Eigentümer.«
Vermieten scheint ihm die beste Möglichkeit zu sein, Goedemans Eigentum vor der Gier – oder der Rachsucht – der Deutschen zu bewahren. Hinternbusch will etwas entgegnen, aber
Berghaus kommt ihm zuvor. Der findet, Bert sei ein schlauer Bursche, und er werde seinen Vorschlag mit Hauptmann
Mühlmann besprechen. Und der scheint einen höheren Rang
als Hinternbusch zu haben, denn der hält ab jetzt den Mund.

Kurz darauf telefoniert Bert ein weiteres Mal mit Henri. Er
bringt es nicht übers Herz, ihn über die neuesten Entwicklungen zu informieren; Henri würde es wahrscheinlich nicht
ertragen. Viel lieber berichtet er von dem Scheck, den er bei
der Bank von Alois Miedl eingelöst hat. Jetzt geht es darum,
wie das Geld in die Schweiz zu transferieren ist. Bert war

bei Laroux & Groß gewesen, und dort hat ihm van der Harst geraten, das Geld vorerst auf Goedemans Konto einzuzahlen, da der Auslandszahlungsverkehr eingestellt sei. Das Problem dabei: Nur Henri persönlich kann das Geld von seinem Konto abheben, aber dazu müßte er nach Den Haag kommen. Und das ist ausgeschlossen. An eine solche Komplikation hat Henri nicht im Traum gedacht. Könnte Bert nicht mit dem Geld in die Schweiz reisen, fragt er. Der Vorschlag erschreckt ihn. Darf er denn ungehindert in die Schweiz und wieder zurück reisen? Das klingt doch recht unwahrscheinlich. Vorläufig kommt das Geld also in den Schuhkarton mit den Wertpapieren von Dedemsvaart, bis eine Lösung für die Überbringung gefunden ist. »Wir kriegen das schon hin«, beruhigt er Henri.

Zum Schluß fragt er nach Henris Gesundheit – Bert hat noch immer keine Ahnung, was ihm fehlt. »Ich halte mich noch auf den Beinen.« Bert sieht Henri vor sich: eine gebeugte Gestalt, die sich am Ufer des Lago Maggiore an Elfies Arm entlangschleppt. Er fragt nicht weiter. Hauptsache, das Geld erreicht ihn noch rechtzeitig.

Nach Rücksprache mit dem Chef von Herrn Hinternbusch, einem gewissen Fischböck, stimmt Mühlmann Berts Vorschlag zu. Aber es gibt eine Bedingung: Bert soll sich ihnen hin und wieder ein bißchen gefällig zeigen, als Vertrauensmann. Bert könnte doch dem Büro Hinweise auf wertvollen Hausrat und versteckte Kunstschätze geben, die der Dienststelle entgangen sind. Für Bert würde natürlich auch etwas herausspringen. Eine Hand wäscht die andere wie bei Strehler – Bert weiß, wie das läuft. Er hat keine Einwände: Den Feind sollte man sich besser zum Freund machen. Aber zu allererst berät er sich mit Herman und Annebeth vom Venduehuis. Sie raten ihm ab: Auf diese Weise würde er am Totalausverkauf niederländischer Besitztümer und Kunstschätze mitwirken, sich die Hände schmutzig machen und Schuld auf sich laden bei etwas, was nach normalen Maßstäben als Diebstahl durchgeht. Diebstahl? Sie zahlen doch, oder? Man sollte es besser »Zwangsverkauf« nennen, sagen sie, denn dem Verkäufer bleibt keine Alternative. Bert muß ihnen recht geben: Die Beschlagnahme von Goedemans Haus war Diebstahl, und um dem zuvorzukommen, hat er es zur Miete angeboten. Was wiederum nur akzeptiert wurde, wenn er sich zu einer anderen Form des Diebstahls bereiterklärte. Er hat keine Wahl. Er kann sich nur herauswinden, wenn er die Initiative ergreift: Als Mühlmanns Vertrauter könnte er die Diebe hinters Licht führen. Er könnte ihnen einen Tip auf irgendwelchen Hausrat oder ein paar versteckte Gemälde geben und dafür sorgen, daß der Dienststelle als Beruhigungsmittelchen nur ein kleiner Teil in die Hände fällt. Der wertvollste Teil verschwindet in seinem Lager, niemand braucht davon etwas zu erfahren. Annebeth und Herman finden den Plan ziemlich unbesonnen und leichtsinnig. Stellt Bert sich die Dinge nicht rosiger vor als sie in Wirklichkeit sind? Was, wenn sie anfangen, ihm Beine zu machen und er Ergebnisse liefern muß? Aber Bert fragt sich, was wäre, wenn Herman und Annebeth ihm Tips zu privaten Kunstsammlungen geben würden, die zum Verkauf stehen, und die er dann nach »Erledigung« an Mühlmann weitergeben würde? Sie können sich aus allem raushalten und dabei helfen, wertvolle Kunstschätze für die Niederlande sicherzustellen. Der einzige, der dabei ein Risiko eingeht, wäre er.

Jetzt muß ich aber doch einen Riegel vorschieben: Daß Bert Henris Haus Mühlmann zur Miete angeboten hat, muß er mit sich selbst abmachen, aber er kann doch Annebeth und Herman nicht mitschuldig machen an den Folgen, die das für ihn haben kann. Irgendwo gibt es eine Grenze. Und wenn sein doppeltes Spiel ans Licht käme? Dann säßen sie in der Tinte. Ich verstehe seine Situation, und daß er bis zu einem gewissen Grad gar nicht anders kann, als Risiken einzugehen, aber bitteschön keinen Leichtsinn, der andere gefährdet. Da spiele ich nicht mit. Wenn es um ihre Expertise geht, wird er sich schon etwas einfallen lassen. Und bald braucht er Annebeth und Herman noch für ganz andere Dinge.

20

Joost will einen »Familienrat« einberufen. Ich halte das für eine gute Idee: meine Figuren sollen endlich miteinander ins Gespräch kommen. Emmeke zögert. Sie weiß nicht, ob sie ihre Mutter dazu überreden kann. »Nie laßt ihr was von euch hören, und auf einmal braucht ihr mich für sowas«, ist Bellas erste Reaktion. Mit dem Judentum hat sie nichts mehr zu schaffen, das ist etwas aus grauer Vergangenheit. »Auch dein Vater hat davon nichts wissen wollen.« Emmekes Vater ist gestorben, als sie zwölf war, sie hat nur wenige Erinnerungen an ihn. Er hat nie viel geredet und sich immer in sein Arbeitszimmer zurückgezogen. Was er da ausgebrütet hat, hat sie nie erfahren – etwas mit Aktenordnern, die er vom Büro mit nach Hause brachte.

Bella will nicht behelligt werden. Zum Thema Judentum hat sie nichts hinzuzufügen. Doch Emmeke gibt sich nicht sofort geschlagen: »Es geht um Joost, der kann rausfliegen, weil er mit mir verheiratet ist.« Solch einen Unsinn hat Bella noch nie im Leben gehört. Sie hat ein paar Freundinnen, die früher auch jüdisch waren, es jetzt aber nicht mehr sind, weil sie mit nicht-jüdischen Männern verheiratet sind. Diese Männer werden doch auch nicht entlassen? Das ist nun wirklich Unsinn, denn diese Männer arbeiten in Anwaltskanzleien oder in einem Möbelhaus, und in Wahrheit sind sie alle längst pensioniert. »Joost ist jetzt Beamter, das ist etwas anderes«, beharrt Emmeke. Aber Bella will davon nichts hören: »Du hättest ihn eben nicht heiraten dürfen, dann gäb es jetzt auch kein Problem.« Ich frage mich, ob Bella seinerzeit vielleicht gegen die Heirat von Emmeke und Joost gewesen ist. Mochte sie ihn nicht, war er keine gute Partie? Oder ist sie einfach nur bockig? Ist Bella vielleicht böse auf Joost, weil alles, von dem sie dachte, daß sie es sich ein für allemal vom Halse geschafft hätte, sich nun durch die Hintertür wieder in ihr Leben schleicht? Aber das ist doch nicht Joosts Schuld?

Wenn er unterschreiben muß, kann das auch für Bella Konsequenzen haben. »Dann unterschreibt er eben nicht!« Aber so einfach ist das nicht. Bella versucht, das alles nicht an sich heranzulassen. Emmeke ist verzweifelt und bricht beinahe in Tränen aus. Es wird nicht leicht werden. Ob Bella am Sonntag kommt, steht in den Sternen.

Bringt er etwas, ein solcher Familienrat? Hätte ich Joost die Sache nicht doch besser ausreden sollen? Bert sieht die Notwendigkeit auch nicht, läßt sich aber von Lien breitschlagen. Lien ist eine vernünftige junge Frau ohne Vorurteile oder Zweifel. »In solchen Zeiten muß man auf Zusammengehörigkeit setzen«, sagt sie. »Der Pfarrer hat darüber auch am Sonntag gepredigt. Er hat ein gutes Gespür für die Stimmung. Die Leute machen sich Sorgen, und indem sie diese Sorgen untereinander aussprechen, kann man einander vielleicht helfen.« Der Pfarrer hat Recht, finde ich: Wenn die Ariererklärung das erste Anzeichen von etwas viel Schlimmerem ist, dann sollte man lieber vorbereitet sein. Sonst müssen vielleicht bald alle möglichen übereilten Beschlüsse getroffen werden, und dann kann es schon zu spät sein. Es ist besser, wenn man miteinander geredet hat, auch wenn man dabei keine Lösungen für das »teuflische Dilemma«, wie Joost es nennt, findet: Wie kann er die Ariererklärung umschiffen und trotzdem verhindern, daß er rausfliegt?

Weil sie ihre beste Freundin ist, will Emmeke auch Pippi zum Familienrat hinzubitten, um sich den Rücken stärken zu lassen. Joost findet das gut. Er selbst könnte auch etwas Unterstützung vertragen. Eric hat bereits unterschrieben. Die Bahn ist ein Staatsunternehmen – Eric ist also Beamter. Seiner Meinung nach ist alles nur eine »dumme« Erhebung und »Papierkrieg«; da stecke nichts weiter dahinter. Joost soll einfach unterschreiben. Emmeke dagegen ist von bösen Absichten inzwischen fest überzeugt. Warum sonst sollten sie sich die ganze Mühe machen, wenn sie nichts weiter damit vorhaben? »Aber was führen sie im Schilde?« fragt Pippi. Das weiß Emmeke natürlich nicht. Niemand weiß es, auch Joost nicht.

Vielleicht geht es wirklich nur darum, einen Überblick über die Anzahl der Juden in den Niederlanden zu bekommen.

Pippi hat in der Zeitung von einem »eigenen Land« für die Juden gelesen, vielleicht geht es darum. Sie würden dorthin geschickt werden. Emmeke versteht es nicht: Sie hat doch längst ihr eigenes Land? »Natürlich nicht alle, nur die, die wollen.« Aber Emmeke versteht es noch immer nicht. Was hat das mit der Ariererklärung zu tun? »Dann sind sie unter sich.« Emmeke klappt die Kinnlade herunter: Hat Pippi das jetzt wirklich gesagt? Sie muß dreimal schlucken, ehe sie etwas entgegnen kann: »Ich darf überhaupt nicht dran denken.« – »Zionisten, das Gelobte Land.« Pippi findet den Gedanken nett. Emmeke schüttelt ungläubig den Kopf. Das Problem ist so weit weg von Pippi, daß sie die Unterscheidung, die sie da trifft, gar nicht bemerkt. Offenbar gibt es zwei Arten Menschen, und Emmeke gehört demnach zu »einer anderen Sorte«. Sie ist völlig ratlos. Pippi ist ihre beste Freundin. Aber was die in ihrer Arglosigkeit dahinplappert, muß nicht bedeuten, daß sie Emmeke im Stich läßt.

Emmeke bringt das Gespräch auf Pippis Schwangerschaft. Sie ist jetzt im vierten Monat, und es ist gut zu erkennen. Pippi fühlt sich prima. Sie ist gesund und das neue Leben in ihrem Bauch auch. Sie ist jedoch besorgt über die Lebensmittelversorgung und ihr Gewicht. In letzter Zeit hat sie nicht richtig zugelegt, und es geht auch immer mehr auf Bon: Hauptsache, sie kriegt genug Eiweiß. Sie soll mehr Fisch essen, hat Doktor van der Pol gesagt. Emmeke denkt an die Scholle, die sie wegwerfen mußte. Was für eine Schande! Pippi möchte am liebsten einen Jungen. Und Jungs müssen doch stark sein. Mädchen auch, denkt Emmeke. Ein tiefer, ungekannter Kummer überwältigt sie. Sie schaut nach Bobbie, der zwischen Vorder- und Hinterzimmer der Katze hinterdrein spurtet. Er muß auch ein starker Junge werden. Sie geht schnell, ohne Pippi zum Familienrat einzuladen.

Der Zeitungsausschnitt, den Joost dem Personalchef des Patentamtes zeigt, könnte aus meiner grünen Mappe stammen. Mein Vater hat vier Zeitungsartikel ausgeschnitten, alle über die Maßnahmen der Deutschen, um Juden aus der niederländischen Gesellschaft auszuschließen. Der erste Ausschnitt ist ein Artikel auf der Titelseite von *De Nieuwsbron* vom 7. Oktober 1940. Er besteht aus zwei halben Spalten und dreht sich um die Verordnung Nr. 108/40 unter der Überschrift: »Juden im öffentlichen Dienst: keine Ernennung oder Beförderung«. Eine Zwischenüberschrift lautet: »Heirat mit Frau jüdischen Blutes führt zur Entlassung«. Ich finde es bemerkenswert, daß mein Vater den ersten großen Artikel über die Ariererklärung aufbewahrt hat, denn er war kein Beamter. Er war von BPM suspendiert worden und bekam erst im Januar 1941 eine neue Stelle bei Van der Heem, genau wie BPM ein Privatbetrieb. Daraus wird deutlich, denke ich, wie sehr die Maßnahmen ihn alarmierten, auch wenn er selbst nicht direkt davon betroffen war. Er brauchte keinen Familienrat. Hat er geahnt, daß das der Beginn einer Reihe von Schritten war, die schließlich zum Untergang einer ganzen Bevölkerungsgruppe führen sollte? Daß nach dieser ersten weitere folgen würden, die ihn dann sehr wohl angehen würden? Die wenigen, die es vorausgesehen haben, wurden als Schwarzseher abgetan. »Ach, so schlimm wird es schon nicht werden«, hieß es.

Bella ist doch gekommen, am Arm von Onkel Rudolf. Sie steuert sofort auf das Dreisitzersofa zu, das Joost und Emmeke von Bert in unfreiwillige Dauerleihgabe genommen haben. »So ein Sofa hatten wir früher zu Hause auch«, sagt sie. Sie und Onkel Rudolf nehmen es ausladend in Beschlag, ohne Platz für andere zu lassen, als hätten sie ein Anrecht auf das Möbelstück. Emmeke serviert Tee mit Ingwerschnekken vom jüdischen Bäcker aus der Wagenstraat. »Die mag ich nicht.« Bella ist auf Krawall gebürstet. Sie sträubt sich mit Händen und Füßen gegen alles, was jüdisch ist. »Dann nehme ich zwei«, sagt Bert. Bella greift den hingeworfenen

Fehdehandschuh auf: »Schlecht für die Zähne, viel zu süß.«
Bert fletscht die Zähne und knurrt wie ein Hund. Da kommt
gleich die richtige Stimmung auf. »Ich habe Schmerzen in
der Hüfte«, klagt Bella. »Der Arzt meint, es könnte Rheuma
sein.« Sie hat Beschwerden beim Laufen. Die anderen können sich glücklich schätzen, daß sie überhaupt gekommen ist.
Aber dann muß Joost damit herausrücken, was ihm auf der
Seele brennt. Er hat bis jetzt nichts gesagt und ärgert sich.
Emmeke schämt sich. Bert ißt seine zweite Ingwerschnecke.
Lien zupft imaginäre Flusen vom Rock. Onkel Rudolf sinkt
in die Kissen. Eine erbarmenswürdige Szene von kaum un-
terdrückter Nervosität und Widerspenstigkeit.

Von mir braucht Joost nicht auf Unterstützung zu hoffen. Er
muß allein damit zurechtkommen, ich bin schließlich kein
Schiedsrichter in einem Konflikt; die Dinge sollen ihren Lauf
nehmen. Was hilft es ihnen, daß ich mehr weiß als sie? Sie
werden nur sagen: »Ja, hinterher … hinterher ist man immer
schlauer.« Ich kann bloß hoffen, daß sie es gedeichselt kriegen, daß sie einander zuhören, daß jemand eine vernünftige
Bemerkung macht oder einen guten Einfall hat, und daß sie
sich nicht in die Haare kriegen.
 Eher stotternd fängt Joost an. Er sagt, daß er diese Zusammenkunft mit der Familie einberufen hat, weil er bei etwas Rat sucht, das nicht nur ihn allein betrifft. Dann gibt
er sich alle Mühe, die Frage der Ariererklärung so deutlich
wie möglich zu erläutern. Er sagt auch, daß er die Erklärung
moralisch verwerflich findet und daß er, wenn er sich weigert
zu unterschreiben, gefeuert wird. Alle hören zu, Onkel Rudolf
mit geschlossenen Augen. Joost behält für sich, daß er, wenn
er unterzeichnet, gleichzeitig zum Juden gemacht würde und
daß er das nicht möchte: Das wäre zu kompliziert. Natürlich
sieht Bella überhaupt kein Problem, was zu erwarten war. Für
sie ist alles ganz einfach: Sie ist schlicht und ergreifend nicht
mehr jüdisch und Emmekes seliger Vater auch nicht, also
kann Emmeke ebenfalls nicht jüdisch sein. Wenn er das so
ins Formular eintragen würde, wäre das eine falsche Angabe,

erläutert Joost. Bella hält es für eine Notlüge: »Was soll daran falsch sein? Die Deutschen sind auch keine Engel.« Aber Bella muß nicht unterschreiben; also kann sie auch nicht bei einer Lüge erwischt werden. Und was ist mit Emmekes Großeltern, mütterlicherseits und väterlicherseits, die schließlich allesamt Juden sind? »Die sind tot, und mein Mann ist auch tot.« Bellas Logik ist von entwaffnender Naivität: »Und du glaubst im Ernst, daß sie zu mir kommen, um nachzusehen, ob ich jüdisch bin? Beweisen Sie's mal, würde ich sagen.« Der Beweis dürfte schnell gefunden sein, und sie werden kommen und sie abholen. Aber das darf ich natürlich nicht sagen. Und Mitglieder der jüdischen Religionsgemeinschaft sind sie auch nicht gewesen, wirft Joost noch ein. Aber das alles weiß Bella nicht: »Wir gehören nirgends dazu.« Bellas Haltung läuft auf eine Verweigerung heraus, auf Verleugnung. So klingt es, als würde sie von einer Unterschrift abraten.

Bert hat eine genau entgegengesetzte Meinung: »Ich würde einfach unterschreiben. Was solls denn? Es ist eine Formalität, mach dir nicht ins Hemd.« Joost hat keine Angst, für ihn ist es eine Gewissensfrage. Um loyal zu Emmeke zu sein, müßte er lügen, und wenn er das nicht kann oder will, müßte er sie im Stich lassen – und Bella und Bert und die ganze Familie gleich mit. Das fühlt sich wie Verrat an, als würde er sie an den Pranger stellen, obwohl es ihnen herzlich egal zu sein scheint. Der Preis, den er dafür zu entrichten hat, ist, selbst an den Pranger gestellt zu werden. Das will er nicht, und nicht allein deswegen, weil er seine Stelle nicht verlieren will. Er möchte Emmeke vor jedem Unheil bewahren, das über ihrem Kopf schwebt; er will nicht mitschuldig an ihrem Unglück werden. Wie entwirrt man ein solches Knäuel?

Keiner in der ganzen Runde ist in der Lage, so weit vorauszudenken wie Joost, und das ist beängstigend und bewundernswürdig zugleich. Er erkennt Gefahren, die sonst niemand sieht. Sollte er sich lieber ein Beispiel an seinem opportunistischen Schwager nehmen? »Mach einfach, was sie wollen.« So hält es Bert: »Du weißt nicht, was sie vorhaben? Das wirst du schon rausfinden, und dann fällt dir auch was ein.« Aber der muß ja auch nichts unterschreiben. »Du meinst also, ich soll unterschreiben?« fragt Joost. Natürlich muß er unterschreiben, findet jetzt auch Bella: »Du willst doch meine Tochter versorgen können, oder?« Das ist eine überraschende Wendung. Vielleicht sind Bert und Bella praktische Menschen, die nicht groß vorausdenken, aber schnell zur Hand sind mit schlagfertigen Antworten auf die nächste Maßnahme, die nächste Verordnung. Wer weiß? Auf jeden Fall haben sie für diese komplizierte Situation gerade keine andere Lösung, als wegzulaufen.

Bis dahin hat sich Lien nicht in die Diskussion gemischt. Jetzt sagt sie, daß sie gut verstehe, warum Joost sich Sorgen mache. Bei ihr auf Arbeit hat sich zu Beginn des Krieges der Geschäftsführer umgebracht. Ein deutscher Jude aus Düsseldorf, ein Flüchtling, der von Herrn Gerzon angestellt worden war. Jüdischsein ist ein Problem, das kann sie jeden Tag in der Firma spüren. Da gibt es viele jüdische Mitarbeiter. Sie sind alle unsicher und haben Angst vor der Zukunft. Lien hat schon überlegt, zu kündigen und sich eine neue Stelle zu suchen. Davon ist Bert überrascht: »Ach, das hast du mir noch gar nicht erzählt.« Sie hat es ja auch nicht getan: »Ich warte ab und sehe zu, was passiert, das habe ich von dir gelernt.« Bert strahlt sie an.

Kündigen? Um so jedem Dilemma aus dem Weg zu gehen? An diese Möglichkeit hat noch keiner gedacht. Ich halte es für eine gute Idee, die zumindest eine Überlegung wert ist. Bert findet das ganz schlecht. Wenn Joost mal bloß nicht denkt, daß er ihm finanziell unter die Arme greifen werde: »Das mache ich nur, wenn du wirklich rausfliegst.« Auch Bella ist dagegen. Man setzt doch nicht einfach so alles aufs Spiel? »Du bist völlig meschugge, wenn du das tust.« Onkel Rudolf öffnet die Augen: »Erwischt, Mädelchen!« Bella kapiert nicht, was er damit meint. »Meschugge, das ist jiddisch, wie auf dem Apfelsinenmarkt. Du hast dich selbst verraten!« Für einen Moment herrscht eine peinliche Stille.

Für Joost würde sich eine Kündigung wie eine Niederlage anfühlen. Es ist ehrenrührig. Er kann auch noch nicht durchschauen, daß es ums nackte Überleben geht, wenn möglich, reinen Gewissens. Es ist das Ende der Zusammenkunft. Emmeke hat die ganze Zeit deprimiert dagesessen und keinen Ton von sich gegeben. Sie hat nicht das Gefühl, daß sie mit diesem Familienrat groß vorangekommen sind. Übriggeblieben ist nur eine einzige Ingwerschnecke.

(Tagebuchauszug)
23. Oktober 1940
Joost ist ins Büro gegangen. Er weiß immer noch nicht, was er machen soll: unterschreiben oder nicht. Er sagt, daß ihn das ganz krank macht. Jetzt hat er schon wieder Magenprobleme. Immer, wenn was ist, geht es wieder los. Und dann schläft er nicht. Es müssen die Nerven sein. Joost kann sich dermaßen aufregen. (…) Zum Glück ist Sjoerd da. Ich war so froh, ihn wiederzusehen. Er hat eine Menge durchgemacht, wollte aber nicht darüber reden. Wir schwelgten in Erinnerungen an glücklichere Zeiten, haben uns Fotos aus Curaçao und Trinidad angesehen, konnten endlich wieder einmal lachen. (…) Gestern hatten wir »Familienrat« – das hat nichts gebracht. Nur meine Familie. Vielleicht hätten wir auch Joosts Bruder dazu bitten sollen, aber Luc und Boukje sind vor allem nett und nicht sonderlich praktisch veranlagt. (…) Bert ist auch keine echte Hilfe. Das Thema geht ihn als Selbstständigen, wie er sich selbst nennt, nichts an. Er sagt, daß man mit den Deutschen Übereinkünfte erzielen muß; das tut er auch. (…) Und Mutter ist so widerspenstig, sie will nichts damit zu schaffen haben. Darauf hinzuweisen, war wohl der einzige Grund, warum sie überhaupt gekommen ist. Sie begreift es einfach nicht. Ich habe mich schwarzgeärgert. Um sie geht es doch gar nicht! Zur Verstärkung hat sie Onkel Rudolf mitgenommen. Er sieht meinem Vater ähnlich wie ein Ei dem anderen mit seiner Glatze und seinem Zwicker. Wie sie da auf dem Sofa gehockt haben, konnte man glauben, da säßen Mama und Papa. Es hat mir Angst gemacht. Onkel Rudolf hatte nichts beizutragen. Genau wie mein Vater, der auch nie ein Wort

*herausbrachte. (…) Nur Lien versteht es, sie hat einen Blick
für die Dinge. Bei Gerzon ist auch alles Mögliche im Gan-
ge. Es ist ein jüdischer Laden.*

Auch wenn sich alles in Joost dagegen sträubt: die Idee von der
freiwilligen Kündigung hat sich hartnäckig in seinem Kopf festgesetzt. Er bespricht sich mit Sjoerd; es sind noch ein paar Tage
Frist, bevor er die Erklärung abgeben muß. Sjoerd entdeckt sofort die positive Seite daran, auf diese Weise der Weigerung zu
entgehen und eine erzwungene Entlassung zu vermeiden. Er
erkennt aber auch die Kehrseite: Ohne eine neue Stelle kann
Joost dem Patentamt nicht stehenden Fußes den Rücken kehren. Von BPM wird er kein Wartegeld erhalten. Aber BPM wird
ihm helfen müssen, eine neue Anstellung zu finden. Das alles
wird nicht so ohne weiteres gehen. Die »Anpassung« der niederländischen Wirtschaft an die deutsche, wie die ökonomi-
sche Einverleibung der Niederlande euphemistisch bezeichnet
wird, hat den gesamten Arbeitsmarkt durcheinandergewirbelt.
Es herrscht weitreichende Arbeitslosigkeit, und Arbeitslose
schweben immer in Gefahr, zur Zwangsarbeit in Deutschland
herangezogen zu werden. Joost wird also vorerst beim Patentamt bleiben müssen, das ist immer noch am besten. Also muß
er die Ariererklärung wahrheitsgemäß unterschreiben, er darf
keine falschen Angaben machen. Wenn schnell eine neue Stelle gefunden ist, kann er die Erklärung möglicherweise noch zurückziehen oder stoppen. Vielleicht wäre Mulder bereit, dabei
mitzumachen. Vielleicht, vielleicht. Aber dieses Vielleicht ist
eine Chance, die Tür bleibt einen Spalt offen.

Joost füllt die Erklärung aus und bringt sie in die Personalabteilung. »Sehr vernünftig von Ihnen«, sagt Mulder, aber seine
Miene verfinstert sich, als er sieht, daß Joost hinzugesetzt hat:
»Unter Protest.« Das war eine spontane Eingebung gewesen,
nicht einmal Sjoerd weiß davon. Mulder fragt, ob er sich das
gut überlegt habe. »Ja«, sagt Joost, »weil ich nicht damit einverstanden bin.« Mulders Gesicht verdüstert sich noch mehr,
als Joost ihm dann von seiner Absicht berichtet, sich aus

Sicherheitsgründen für sich selbst und seine Familie nach einer anderen Stelle umzusehen. »Sicherheit? Mehr Sicherheit als beim Patentamt gibt es nicht«, behauptet Mulder. Joost tue es außerordentlich leid, denn es gefalle ihm beim Patentamt, aber als Vorsichtsmaßnahme scheine es ihm besser zu sein. Er bittet Mulder, seine Erklärung so lange wie möglich zurückzuhalten. Joost hofft, bald seine Kündigung einreichen zu können. Mulder versichert ihm, daß er tun werde, was in seiner Macht stehe, aber er habe es nicht in der Hand. Die Anweisungen kämen von oben. Joost sieht, daß Mulder das Formular zu den anderen Erklärungen in eine Mappe stecken will und bittet, daß die seine vielleicht beiseitegelegt werden könne. »Ja, ja«, Mulder packt das Formular oben auf den Stapel. Joost ist nicht im mindesten beruhigt.

21

Eine Woche nach dem Familienrat gibt es in der Kirche von Lien und Bert Protest gegen die Ariererklärung, die als Widerspruch zur »christlichen Barmherzigkeit« und zum Versprechen der Deutschen, die Juden in Ruhe zu lassen, angesehen wird. Bert fühlt sich beim Verlesen der Kanzelpredigt zunehmend unwohl. Er meint, daß alle Blicke auf ihn gerichtet seien, was aber nicht der Fall ist. Alle schauen starr vor sich hin. Nur Lien drückt seine Hand ganz fest. Er ist davon überzeugt, daß der Pfarrer die Botschaft speziell für ihn verkündet, daß der ganze Gottesdienst sich allein um ihn dreht. Das schmeckt Bert ganz und gar nicht; er will nicht anders sein als die anderen, kein Außenseiter, dem man schon aus einem Kilometer Entfernung ansieht, daß er nicht dazugehört, und wenn er hundertmal christlich getauft ist. Er fühlt sich von der Hand, die der Pfarrer ihm entgegenstreckt, nicht beschützt wie beispielsweise von Hans Dedemsvaart. Das hatte ihm ein Gefühl der Sicherheit gegeben. Hier in dieser Kirche kommt er sich wie ein Paria vor, wie ein Ausgestoßener. Am liebsten würde er weglaufen, aber das tut er natürlich nicht. Er schlägt seinen Blick nieder und betrachtet seine Schuhspitzen. Er singt den letzten Psalm nicht mit, sagt kein »Amen« nach dem Schlußgebet und versteht plötzlich, was Joost auf der Seele lastet. Hätte er ihm raten sollen, nicht zu unterschreiben? Hat er ihn mit seinen Problemen im Regen stehenlassen?

Wenn wir den Ausschluß der Juden vom Luftschutz und eine Reihe anderer kleinerer Maßnahmen einmal außer Betracht lassen, ist die berüchtigte Ariererklärung der wirkliche Anfang. Nicht zum ersten Mal versuchen die Deutschen hier zu definieren, wer Jude ist, aber dieses Mal sorgt es für größte Verwirrung, vor allem wegen der verneinenden Formulierung: Wenn man nachweisen kann, daß man *keine* vier Großeltern hat, die Mitglieder der jüdischen Glaubensgemeinschaft sind (waren), ist man *kein* Jude. Alle anderen dann eben doch. Meinen Eltern ist diese Verwirrung seinerzeit erspart geblieben. Sie haben die Maßnahme allenfalls als Warnung gesehen.

Die Verordnung 108/40 war nur für »Beamte nach dem Buchstaben des Gesetzes« gedacht, also für die, die beim Staat, der Provinz, der Gemeinde und dem Wasserwirtschaftsamt angestellt waren, oder im öffentlichen Schulwesen. Und mein Vater war kein Beamter. Alle Beamten waren zu Nachforschungen verpflichtet, um eine solche Erklärung »wahrheitsgemäß« ausfüllen und unterschreiben zu können. Taten sie das nicht, drohten (schwere) Strafen. Im Beamtenapparat war nur ein kleiner Teil der gesamten (arbeitenden) jüdischen Bevölkerung in den Niederlanden vertreten. Ihre Registrierung war erst der Anfang. So hatten sich die Deutschen auf denkbar einfache Weise einen reinrassigen arischen Beamtenapparat geschaffen. Wie sich später herausstellen sollte, gehörte dazu eine gehörige Anzahl von NSBern und andere Sympathisanten der Deutschen.

Bert hockt auf einer unbequemen Holzbank in der Kirche neben Lien. Der Pfarrer zeigt mit dem Finger auf ihn und spricht Worte, die wie ein ferner Donner aus seinem Mund gerollt kommen. Alle Kirchgänger haben sich nach ihm umgedreht und starren ihn mit düsteren, besorgten Gesichtern an, als wollten sie ihm irgendetwas vorwerfen. Obwohl Bert ihn nicht verstehen kann, weiß er, worüber der Pfarrer predigt: über die Ariererklärung. Er will wegkriechen, aber er ist mit schweren Eisenketten um die Handgelenke und Gewichten an den Knöcheln, die ihn am Aufstehen hindern, an die Kirchenbank gefesselt. Lien scheint es nicht zu bemerken, kommt ihm nicht zu Hilfe. Aus dem Konsistorium hinter der Kanzel, wo er den Katechismus gelernt hat, klingelt es in kurzen Abständen.

Schlaftrunken nimmt er den Hörer ab. Die Telefonistin kündigt ein Gespräch aus der Schweiz an. Elfie aus Locarno.

Eine Stimme aus einer anderen Welt: Henri ist tot – »heute nacht gestorben.« Sein Herz. Elfie beginnt mit langen Schluchzern zu weinen, jedes Mal unterbrochen von knisternden Störungen in der Leitung.

Bert stammelt ein paar unzusammenhängende Worte. Lien steht in ihrem geblümten Nachthemd neben ihm. »Wer ist das?« fragt sie. Er schneidet ihr mit einer unwirschen Geste das Wort ab. Wäre es Elfie möglich, morgen früh noch einmal anzurufen? Da könnten sie in Ruhe reden. »Um zehn.« Lien ist dann bei Gerzon. Hat Elfie ihn verstanden? Jetzt rauscht das Meer in der Leitung, als würde er sich eine Muschel ans Ohr halten. Die Telefonistin fragt, ob die Verbindung unterbrochen werden soll. Elfie kommt gerade noch rechtzeitig wieder in die Leitung, getragen auf dem Kamm einer weiteren Störungswelle: Sie wird am nächsten Morgen zurückrufen. Sie ist völlig aus der Fassung. Bert steht mit dem Hörer in der Hand da und schaut zu Boden. Seine nackten Füße ragen aus der blauen Pyjamahose hervor. »Was ist los, Bert? Du bist leichenblaß.« So hat ihn Lien noch nie gesehen. »Goedeman … ist letzte Nacht gestorben.« Bert versucht, seine Stimme wiederzufinden: »Das war seine Frau.« – »Ach je, aus der Schweiz? Das ist ja schrecklich.« Ja, furchtbar. Es verändert alles. Wie soll es jetzt weitergehen? Das Geld, das Haus … Bert kann die Folgen von Henris Tod nicht absehen. Zu allererst soll er einmal versuchen, noch ein bißchen zu schlafen, meint Lien. Es ist drei Uhr nachts. Bert läßt sich ins Bett führen, in die Wärme der Daunendecke, die er aus Goedemans Hausrat hat retten können. Lien hatte zuerst dagegen protestiert, aber der Erinnerung an ihren Urlaub in der Schweiz hat sie denn doch nicht widerstehen können: ohne Pyjama oder Nachthemd zu schlafen, sich von den federleichten Daunen über und über einhüllen zu lassen. Sie passen sich dem Körper bis ins letzte Fältchen perfekt an. Das ist doch mal etwas anderes als diese steifen niederländisch-calvinistischen Wolldecken! Bert stellt sich vor, daß Elfies Duft noch in den Daunen hängt, egal, wie nah Lien an ihn herankrabbelt. »Du wirst schon eine Lösung finden, du findest doch immer eine Lösung.« Seit dem Luftschutz hat Lien grenzenloses Vertrauen in ihn. Er darf es nicht mißbrauchen. An Schlaf ist nicht zu denken. Während er die Arme hinter dem Kopf verschränkt, überlegt er, wie er das Geld von Henri Elfie zukommen lassen könnte.

Punkt zehn klingelt das Telefon. Elfie hat sich etwas beruhigt und ist auch besser zu verstehen. Henri ist kurz nach seiner Ankunft in der Schweiz krank geworden – er hatte schwer geatmet und unter Schmerzen in der Brust gelitten. Sie dachten erst, es sei Tuberkulose, etwas mit der Lunge. Deshalb beschlossen sie, ein Sanatorium in den Bergen aufzusuchen. Doch ein erster Herzanfall hatte dieser Illusion ein Ende gesetzt. Dann waren sie wegen des Klimas nach Locarno umgezogen. Auf den ersten Herzanfall folgte ein zweiter, und der letzte verlief tödlich.

Elfie weiß weder ein noch aus. Sie kommt nicht an das Geld, das Henri auf der Bank hat. Die Schweizer Geldhäuser unterliegen dem strengsten Bankgeheimnis, und sie hat kein eigenes Geld, jedenfalls nicht in der Schweiz, denn ihre Familie ist in Deutschland geblieben, und sie hat schon lange nichts mehr von ihr gehört. Nicht einmal die Beerdigung von Henri hat sie bezahlen können, sie ist auf das Wohlwollen von Leuten wie Frau Hooijakkers angewiesen. Für einen Grabstein reicht das Geld gleich gar nicht. Ob Bert nicht in die Schweiz kommen könne? Es klingt so einfach. Aber es ist wirklich unmöglich. Elfie fängt wieder an zu weinen. Bert sei ihre letzte Hoffnung. Sie habe die ganze Zeit an ihn denken müssen, er habe ihr und Henri doch so sehr geholfen.

Bert sieht sie vor sich: das glatte schwarze Haar, die verweinten Augen, die samtigen Wangen, die Hilflosigkeit. Plötzlich fragt Elfie, ob er inzwischen verheiratet sei. Das bringt ihn mit einem Schlag auf den Boden der Tatsachen zurück: »Ja«, antwortet er, »im August, mit Lien.« – »Ach, ja.« Für einen Moment herrscht tiefe Stille in der Leitung. Hat sie aufgehängt, ist sie enttäuscht? Wenn Bert in die Schweiz komme, müsse seine Frau natürlich mitkommen, hört er sie ohne große Überzeugung sagen. Aber daran muß man keinen Gedanken verschwenden. Er würde darauf schwören, daß Elfie auf ein »nein, ich bin nicht verheiratet« gehofft hatte und dann alle Hebel in Bewegung gesetzt hätte, um ihn in die Schweiz zu locken. Hätte er da widerstehen können, wenn es praktisch möglich gewesen wäre? Bei der Vorstellung wird ihm heiß. Nur gut, daß Lien ihn jetzt mit seinem knallroten Kopf nicht sehen kann. Er kann aber nichts anderes tun, als zu wiederholen, daß das Geld bei ihm sicher sei. Es liege nicht auf der Bank, und es ist alles für sie.

Elfie unterbricht seinen Gedankengang und fragt: »Sie sind doch jüdisch?« Was soll das nun wieder heißen? Der Traum der letzten Nacht meldet sich bei ihm wieder zurück: wie wehrlos er sich in der Kirche gefühlt hat, daß er weglaufen wollte, daß er vergebens Widerstand leistete. Leugnen, wie er es bei der Sicherheitspolizei getan hat, ist bei Elfie unmöglich. »Na ja ... so etwas, ja«, antwortet er schließlich. Es gäbe Möglichkeiten für Juden, über die Schweiz nach Palästina zu emigrieren, weiß Elfie. Er solle sich danach erkundigen. Es kostet natürlich, aber das sollte kein Problem sein. Er habe ja Geld. Sei seine Frau auch Jüdin? Nein, Lien ist nicht jüdisch. Dann müsse er allein kommen, meint Elfie. Sie würde auf ihn warten. Ihre Tränen sind getrocknet, und an die Stelle ihrer Hilflosigkeit tritt eine gehetzte Beherztheit. Sie sieht eine Möglichkeit, sie hat Hoffnung gefaßt. Bert ist ihre Rettung. Egal, ob er das ebenso sieht oder nicht.

Bert fühlt sich überrumpelt. Wieder ist er als Jude ausgemacht worden. Und dagegen wehrt er sich. Einen Moment lang spürt er sogar Abneigung gegen Elfie. Trotzdem findet Bert ihren Vorschlag verlockend, aber er verwirrt ihn auch, denn Bert hat ein feines Empfinden dafür, was damit unausgesprochen in den Raum gestellt ist. Mit aller Gewalt redet er sich ein, daß es ausschließlich um das Geld von Henri Goedeman geht. Wird der Moment kommen, in dem Bert einsieht, daß nicht er Elfies Rettung, sondern sie seine Retterin sein könnte?

22

Ende November wird Joost entlassen. Alle Juden und ihre Angehörigen werden aus dem Staatsdienst entfernt. Die Tür wird hinter ihnen zugeknallt. Herrn Mulder tut es außerordentlich leid. Er hatte Joosts Erklärung wegschicken müssen, denn auf Fehlverhalten stehen harte Strafen, und er muß doch auch an seine Stelle und an seine Frau und Kinder denken. Aber wer denkt jetzt an meine Frau und mein Kind, liegt Joost auf der Zunge, aber er schluckt es herunter. Entlassung ist übrigens ein zu starkes Wort: Er wird seiner Funktion »entbunden«, die Maßnahme nennt sich »vorläufig«, und Joost ist bis auf weiteres freigestellt. Das hat möglicherweise damit zu tun, daß Mulder aus eigenem Antrieb die Worte »unter Protest« mit Stempelfarbe unlesbar gemacht hat: »Um Sie vor sich selbst zu schützen.« Andernfalls wäre er womöglich unverzüglich rausgeflogen, und wer weiß, was dann auf ihn zugekommen wäre. Joost schließt daraus, daß er Mulder auch noch dankbar sein muß, aber stattdessen spürt er eine ungeheure Wut in sich aufsteigen: Er ist reingelegt worden! Und Mulders Betüttelei hat ihm nichts genützt. Aber er kann nichts dagegen tun und steht völlig hilflos da. Er bekommt ein Übergangsgeld, bis er eine neue Anstellung hat. Das sei doch wenigstens ein Hoffnungsschimmer, meint Mulder.

Wieder auf dem Flur will er zurückgehen, um zu versuchen, mit dem Direktor zu sprechen. Die niederschmetternde Nachricht ist erst jetzt richtig bei ihm angekommen wie ein Schlag in den Magen, der sofort zu rebellieren beginnt. Er setzt sich auf die granitene Fensterbank einer tiefen Nische unter einem der hohen, schmalen Fenster im Flur. Er schlingt die Arme um die angezogenen Knie, den Rücken gegen die hellgelb gekachelte Seitenwand, die Augen geschlossen. Soll er zurück in die Abteilung, zurück an den Schreibtisch, seine Arbeit fertig machen, am Ende des Tages die Aktentasche packen, beim Weggehen ein wenig trödeln, um sich nicht von den Kollegen, die er schätzen gelernt hat, verabschieden zu müssen? Soll er seine Entlassung mit einem gewissen Spektakel verkünden? Soll er das Ende der Bürozeit abwarten und in der Zwischenzeit, um sich etwas abzukühlen, einen Spaziergang durch den Stadtwald unternehmen? Soll er dann vielleicht gar nicht mehr wiederkommen, einfach das Fahrrad aus dem Stall holen und dann … Ja, was dann?

»Was machen Sie hier, Herr Barendsz? Fühlen Sie sich nicht wohl?« Vor ihm steht der Direktor, den er bisher nur ein einziges Mal getroffen hat. Der Direktor weiß, wer er ist: Man hat über ihn gesprochen, er ist ein spezieller Fall. Joost klettert eilig von der Fensterbank und zupft sein Jackett zurecht: »Ich überlege, wie ich meiner Frau gleich beibringen werde, daß ich gefeuert bin.« Joost blickt hoch; der Direktor ist einen Kopf größer als er.

»Es tut mir sehr leid für Sie. Wir wußten nicht, wie wir sonst da rauskommen sollten.« Das Wort »Ungehorsam« schießt Joost durch den Kopf, und als könnte der Direktor seine Gedanken lesen, sagt er: »Ungehorsam wird uns alle den Hals kosten, vor allem, da Sie nun schon unterschrieben haben.« Jetzt sieht es auf einmal so aus, daß er selbst schuld ist und nicht hätte unterschreiben sollen! »Und Sie suchen doch eine neue Stelle?« fährt der Direktor fort. Er tut so, als ob seine Entlassung ausschließlich Joosts Problem sei. Daß sich das Patentamt für ihn hätte einsetzen können, scheint ihm nicht in den Sinn zu kommen.

Joost fragt, ob er gegen die Entscheidung Widerspruch einlegen könne, weil es ihm ungerecht und unrechtmäßig vorkomme, und an wen er sich dann zu wenden habe. Nach einiger Überlegung findet der Direktor, daß »das vielleicht eine Idee ist«. Ungerecht ist es sicher, aber er kann nicht beurteilen, ob es auch widerrechtlich ist; er sei kein Jurist. Auf jeden Fall sei es sinnlos, Einspruch beim Patentamt einzulegen, da nicht dieses die Entscheidung getroffen habe, sondern das Wirtschaftsministerium. Joost müsse sich an den General-Sekretär wenden, die höchste Instanz. Der Direktor würde dann gerne erfahren, was herausgekommen ist. Erst zieht das

Patentamt seine Hände von ihm zurück, dann wäscht es sie in Unschuld. Obendrein wollen sie sich noch einreden, daß sie Joost geholfen haben. Sehr bequem das alles! Soll Joost seiner Frau heute abend auch davon berichten? Ja, das müsse er natürlich selbst wissen, sagt der Direktor.

Joost geht nicht in seine Abteilung zurück, sondern holt sein Fahrrad und fährt lange aufs Gratewohl durch die Stadt. Er kann sich nicht dazu aufraffen, früher als normal nach Hause zu kommen und Emmeke mit seiner Wut und seiner Scham zu überfallen. Er hat sie nicht vor all dem bewahren können, und nun fühlt er sich als Versager. Er erlebt seine Entlassung als Niederlage und die Tatsache, daß er keine Arbeit mehr hat, als Schande. Als er BPM verlassen mußte, war das etwas anderes gewesen; es hatte sich fast wie eine Ehre angefühlt; ein Opfer, das er brachte. Würde er jetzt noch eine andere Stelle bekommen? Damit wird's schwierig, weiß er. Vielleicht sollte er vorläufig Emmeke nichts sagen. Wer weiß, vielleicht ergibt sich jedoch von alleine eine Lösung.

Mit der Einführung der Winterzeit wird es schon früh dunkel, und es ist empfindlich kalt geworden. Auf dem Buitenhof kommt er am Cineac vorbei. Um Zeit zu gewinnen und sich aufzuwärmen, geht er ins Kino, das ihm so vertraut ist. Ehe Bobbie auf die Welt kam, sind Emmeke und er oft hier gewesen. Ihnen hat die ununterbrochen laufende Polygoon-Wochenschau gefallen, diese *Reise um die Welt in 50 Minuten*, die sich drehende Erdkugel und die Musik – und wenn Curaçao an die Reihe kam, stupsten sie sich gegenseitig in die Seite. Die Nachrichten kommen jetzt aus Deutschland; deutsche Siege werden in triumphalem Tonfall lang und breit vermeldet. Deutsche Soldaten flanieren mit strahlenden Gesichtern durch Paris, wie man es auch in Den Haag gesehen hat. Die vertraute optimistische Stimme des Kommentators, aus der stets eine etwas kindliche Verwunderung sprach, ist einer harten metallischen Stimme gewichen, die dem Publikum vollendete Tatsachen um die Ohren schlägt – die »Neue Ordnung« wird einem förmlich eingetrichtert. In den

Nachrichten über die Niederlande geht es nur noch darum, was die Deutschen hier alles an Großartigem zuwegebringen und wie die Niederländer brav Beifall dazu klatschen. Wollte man den Nachrichten glauben, ist alles ein Ei und ein Kuchen. Es sind nicht viele Leute im Saal, und sie jubeln nicht. Ein Mann sondert zu allem Kommentare ab in Form eines verächtlichen »ja, ja«. Joost fragt sich, ob man dafür eingesperrt werden kann.

Am nächsten Tag verläßt Joost das Haus früh am Morgen zur gewohnten Zeit. Statt zum Patentamt radelt er zu BPM. Sjoerd ist nicht da. Er ist in Drenthe, wo sie nach Öl bohren. Er kommt erst Montag zurück. In der Personalabteilung haben sie natürlich von der Maßnahme gehört, die ihr Unternehmen vorerst noch nicht betrifft. Aber das wird nicht lange so bleiben, befürchten sie. Sie suchen schon jetzt nach Ausweichmöglichkeiten für die jüdischen Kollegen. Gut, daß sich Joost unverzüglich melde. Er werde bevorzugt behandelt, weil er tatsächlich entlassen worden ist. Für ihn sei die Situation akut, aber er dürfe den Mut keinesfalls sinken lassen. Die Selbstverständlichkeit, mit der er dem »jüdischen Personal« zugeordnet wird, verblüfft Joost. So schnell paßt man sich an.

Auch seine Kollegen im Patentamt wissen jetzt Bescheid. Sie sehen ihn mit anderen Augen und sind verlegen. Sie finden es wirklich Scheiße für ihn. Vor allem Henk Bogers habe die Situation völlig falsch eingeschätzt. Es sei nicht seine Schuld, tröstet ihn Joost. Niemanden trifft die Schuld – es ist etwas, das außerhalb ihrer Macht liegt. Und das ist das Schlimmste von allem: daß sie augenscheinlich überhaupt nicht den geringsten Einfluß haben auf das, was da geschieht, daß sie in einer Welt leben, die nicht mehr die ihre ist, in der man sich urplötzlich verirren kann. Joost nimmt das silbern eingerahmte Foto von Emmeke. Es ist auf Curaçao aufgenommen worden; sie blickt auf eine Bucht hinaus. »Schöne Frau«, haben seine Kollegen oft beiläufig fallen lassen. Joost steckt das Bild in die Aktentasche, die noch neben dem Schreibtisch steht.

An den Tagen nach seiner Entlassung verläßt Joost weiterhin früh das Haus, er hat seine Aktentasche bei sich. Für Bobbies Geburtstagsfeier tut er so, als habe er sich den Nachmittag freigenommen. Er wird rot, als er das sagt. Er ist nicht sonderlich gut im Lügen, aber Emmeke glaubt, daß es wegen der Kälte ist. Das wäre auch gut vorstellbar, denn er ist den ganzen Vormittag mit dem Fahrrad herumgefahren und im Stadtwald spazierengegangen. Mit erfrorenen Fingern hat er auf einer Bank gesessen und sich Notizen für seine Beschwerde gemacht. Auf Papier vom Patentamt, von dem er sich einen Stapel in die Aktentasche gesteckt hat. Aber seine Empörung über die Entlassung steht der richtigen Formulierung für einen solches Schreiben zunächst im Wege. Der Text muß würdevoll klingen, und die Argumentation muß wasserdicht sein. Er zerknüllt seine ersten Versuche und stopft sie in die Tasche.

Am nächsten Tag sitzt er wieder auf der Bank. Das Laub ist schon von den Bäumen geweht, der Boden liegt voller Eicheln, braun und verschrumpelt. Es ist ein unwirtliches Wetter, und das Wasser des Teiches hinter ihm schwappt mit unwirschen Wellen ans Ufer. Ein Polizist radelt vorbei und mustert ihn argwöhnisch. Bei solchem Wetter sitzt man doch nicht auf einer Bank im Wald?

Wie lange soll das so weitergehen? Er kann nicht jeden Tag ins Cineac gehen oder zu BPM, um nachzufragen, ob sie schon eine Stelle für ihn gefunden haben. Das ist zu erniedrigend. Stattdessen kauft er sich eine Zeitung und geht in den Lesesaal der Stadtbibliothek. Dort ist es zumindest warm. Am langen ovalen Lesetisch mit den grün beschirmten Lampen auf dem Zeitungsständer in der Mitte blättert er durch die Stellenanzeigen, aber außer Friseuren und Schornsteinfegern ist nicht viel im Angebot, Bürostellen schon mal gar nicht. Mit großem Mißtrauen studiert er die Nachrichten. Berichte über anhaltende Bombenangriffe der Luftwaffe auf London stehen in fetten Lettern auf der Titelseite. Wenn man der Heeresleitung glauben darf, sind die Engländer so gut wie auf die Knie gezwungen. Aber auf Seite 3 steht in kleinerer

Schrift, daß dieselben Briten eine Offensive gegen die Italiener ın Nordafrika begonnen haben. Ganz so besiegt sind die Briten also doch nicht!

Er liest die Besprechung einer Ausstellung über »germanische Kulturschätze aus dem Mittelalter« im Museum für Landes- und Völkerkunde in Leiden, die von leeren Parolen nur so strotzt: Die Niederländer sollen glauben, daß das auch ihre Kulturschätze sind. Das Wort »Volk« kommt im Artikel verdächtig oft vor: Das niederländische Volk müsse stolz auf seine germanischen Wurzeln sein und seine »Reinheit« pflegen und bewahren. Wie um diese Kulturpropaganda musikalisch zu umrahmen, steht da auch eine himmelhoch jauchzende Rezension eines Konzerts im Kursaal von Scheveningen, wo Willem Mengelberg in Anwesenheit von Seyß-Inquart Beethoven- und Bruckner-Sinfonien aufgeführt hat. Joosts Nachbar am Lesetisch flüstert, ohne von seiner Lektüre aufzublicken: »Ja, ja, Beethoven und Bruckner sind erlaubt, aber Heine und Thomas Mann wurden aus der Bibliothek entfernt, weil sie schädlich für die ›Volksgemeinschaft‹ sind.« Hat der Mann seine Zeitung mitgelesen? Joost hat ein unbehagliches Gefühl, als stünde er unter Beobachtung.

Also geht er in ein Café, das Juden noch zuläßt. Zumindest steht kein Schild im Fenster, das es ausdrücklich untersagt. Er sitzt dort stundenlang bei einer Tasse Surrogatkaffee, denn mehr kann er sich nicht leisten. Zur Ablenkung blättert er durch die *Panorama* und all die anderen Zeitschriften in der Lesemappe, die mit vielen Bildern von deutschen Heldentaten aufwarten. Er überlegt, ob er seinen Bruder Luc besuchen soll, aber der sitzt im Ministerium. Als Beamter hat er die Ariererklärung unterschreiben müssen, aber offenbar ist es ihm nicht in den Sinn gekommen, daß Joosts neue Stelle im Patentamt und seine Heirat mit Emmeke ihn in Schwierigkeiten gebracht haben könnten. Auf jeden Fall hat er nichts von sich hören lassen. Nach ein paar Tagen weiß Joost noch immer nicht, was er tun soll.

(Tagebuchauszug)

3. *Dezember 1940*

*In aller Ruhe und Frieden haben wir Bobbies zweiten Ge-
burtstag gefeiert. Als wäre nicht gerade Krieg. Er ist ein
richtiger kleiner Mann geworden. So keck, wie er in seinem entzückenden neuen Anzug zwischen den anderen
Kindern herumlief. Den habe ich bei Gerzon für dreißig
Punkte gekriegt. Lien hat ihn in der Kinderabteilung hängen sehen. Alle meine Freundinnen waren da, ich hatte
ihnen ein Einladungskärtchen geschickt. Jeanette mit ihrem Freddie, der nun schon sieben ist, und Els, und natürlich Pippi. Sie ist schon im fünften Monat. Sogar Nel
ist mit Katrien aufgekreuzt. Frau de Haan habe ich nicht
eingeladen. Ich hatte keine Lust auf die Geschichten von
ihrem Mann. (...) Bobbie immer mit der großen Klappe
vorneweg. Es gab Kuchen, und er hat die beiden Kerzen
mit einem Mal ausgepustet. Ich weiß nicht, ob er versteht,
was das heißt, Geburtstag zu haben, aber es hat ihm sehr
gefallen, im Mittelpunkt der Aufmerksamkeit zu stehen. Er
hat die ganze Zeit »Isch Buttstach« vor sich hingebrabbelt.
Er strahlte und hat in die Hände geklatscht, als wir »Lang
soll er leben« für ihn gesungen haben. Beim »Hurra« hat
er seine Ärmchen hochgerissen: »Huja!« Joost hatte Girlanden aufgehängt. Die waren noch vom letzten Jahr da.
Das Schönste war, daß Joost sich einen freien Nachmittag
genommen hat. Das hatte er nicht angekündigt. (...) In ein
paar Tagen ist Nikolaus, aber wir haben beschlossen, dieses
Mal nichts zu machen. Und das Kind versteht es doch noch
nicht. Ich habe zwar in der Bäckerei an der Ecke zwei Scho-
koladenbuchstaben kaufen können, ein »J« und ein »M«,
das »E« war schon ausverkauft. Sehr seltsam, daß es zwar
Schokobuchstaben gibt, während Kakao einfach nicht zu
kriegen ist. Ich habe sie in Weihnachtspapier eingewickelt,
auch noch vom letzten Jahr. Und für Joost schreibe ich ein
Gedicht. (...) Ich werde Erbsensuppe mit Roggenbrot und
Speck machen. Ich hoffe, daß Joost sie verträgt. Er hat wieder Probleme mit dem Magen.*

216

Am Tag nach Bobbies Geburtstag steht Joost plötzlich bei Bert und Licn voi der Haustür. Nach einer Tasse Ersatzkaffee im überfüllten Bahnhofsrestaurant ist er auf dem Weg nach Scheveningen an ihrem Haus vorbeigekommen. Es ist noch früh. Fahles Tageslicht hängt über den naßglänzenden Straßen und klebt an den Fassaden der Häuser. Ohne viel Hoffnung zieht Joost an der Klingel. Er muß einen Moment warten, bis Bert die Tür öffnet – Joost wäre beinahe schon wieder umgekehrt. Bert ist noch im Morgenmantel – ein orangefarbenes, seidiges Ding, das mit smaragdgrünen Streifen abgenäht ist und Falten bis zum Boden wirft, was Joost fast zum Lachen reizt. Es sieht wie ein Operettenkostüm aus: Bert als Dandy verkleidet, nur die Zigarettenspitze fehlt noch. »Du hier?« begrüßt er Joost.

Es ist gegen halb zehn. Lien ist längst bei Gerzon. Bert geht Joost voran ins Wohnzimmer. Es riecht nach echtem Kaffee, der Frühstückstisch ist noch nicht abgeräumt. »Kümmre dich nicht um die Unordnung.« Bert ist stehengeblieben und bittet Joost nicht, Platz zu nehmen. Der muß zuerst seine Anwesenheit zu dieser ungewöhnlichen Zeit erklären. »Ich bin rausgeflogen.« – »Oh nein!« Bert ist erschrocken. »Doch! Ich hätte diese verdammte Ariererklärung nie unterschreiben dürfen.« Bert geht nicht darauf ein. Stattdessen bietet er Kaffee an und zeigt auf einen Stuhl. Joost setzt sich an den Tisch. »Ich ziehe mich nur schnell an«, entschuldigt sich Bert dann, als würde Joost erwarten, daß er etwas unternehme.

Joost schaut sich um. Das letzte Mal, als er hier war, sah es noch ganz anders aus. Vorder- und Hinterzimmer, die ineinanderübergehen, stehen voller Möbel und Lampen. Nichts paßt zueinander. Es ist eine Ansammlung von auf gut Glück zusammengestellten Möbelstücken. Eine Reihe von Lampen brennt, daß man fast den Eindruck hat, in einem Ausstellungsraum gelandet zu sein oder in einem Trödelladen. Im Erker am Fenster steht ein großer Schreibtisch mit einem Telefon darauf; die Schubladen stehen halb offen. Bert kommt mit dem Kaffee auf einem Silbertablett mit eingravierten Blumenmotiven zurück, dazu Milch und Zucker in elegantem weiß-blauen Porzellan. Das alles kann unmöglich Bert gehören, denkt Joost, das ist ein Bühnenbild. Die Rolle, die er darin spielt, paßt gut zu ihm. Er hat sein Kostüm gewechselt und trägt jetzt einen einfachen dunkelgrauen Anzug ohne Krawatte.

»Wer sagt denn, daß es an dieser Ariererklärung liegt?« Darüber hat Bert offenbar beim Ankleiden nachgedacht. »Mein Chef«, Joost kann Zweifel über den Grund der Entlassung nur schwer ertragen. »Und wenn du die Erklärung nicht unterschrieben hättest?« Ja, dann wäre er auch gefeuert worden. In den vergangenen Tagen hat Joost oft an das Familientreffen und die leichtsinnigen Ratschläge denken müssen, die er von Bert und seiner Schwiegermutter erhalten hat. Was will er eigentlich hier? Auf einmal fühlt er sich sehr müde. Schon seit einigen Nächten schläft er kaum noch, und tagsüber irrt er ziellos und frustriert durch die Stadt.

»Brauchst du Geld?« Joost erinnert sich an Berts Zusage, als wäre Geld die einzige Lösung für alle Probleme. Es ist nur immer das erste, woran Bert denkt. Das ärgert Joost: »Sie zahlen ein Wartegeld, das schon.« Bert versichert ihm, daß er nicht zögern soll, bei ihm anzuklopfen, wenn es nottut. Und dann fällt Joost plötzlich ein, warum er bei Bert geklingelt hat: »Hast du nicht irgendwo eine Schreibmaschine für mich, unter all den Sachen, die du einlagerst?« Er will einen Brief schreiben, Einspruch einlegen. Bert fragt, ob das klug ist – was könnte man damit erreichen? Bestenfalls nur noch mehr Ärger. Er sollte lieber auf die Suche nach einer neuen Stelle gehen. Das tue er auch, sagt Joost, aber korrigiert sich dann: »BPM hilft mir dabei.«

Sie fahren mit dem Motorrad zum Lager. Joost kann es sich aussuchen: auf dem Rücksitz oder im Beiwagen. Er nimmt den Sattel hinten. Es ist das erste Mal, daß er bei Bert auf dem Motorrad sitzt. Bert hat einen Pullover unter sein Jakkett gezogen, und darüber den schweren Ledermantel. Statt einem Helm trägt er eine Lederkappe. Er gibt Joost einen Schal, damit der sein Gesicht vor der Kälte schützen kann.

Joost ist überrascht von der ruhigen Bedachtsamkeit, die Bert an den Tag legt, mit der er das Motorrad bedient und Anweisungen gibt. So kennt er ihn gar nicht, er kennt ihn nur von seinen Äußerungen her. Und den Worten hat er immer mißtraut – große Klappe, Bluff, Angeberei.

Das Lager an der Conradkade ist viel größer, als Joost es sich vorgestellt hat. Auf der einen Seite dicht an dicht übereinandergestellte Möbel und hochgestapelte Kisten, auf der anderen Seite Holzregale für kleinere Sachen. Dazwischen verläuft ein schmaler, gepflasterter Gang – der Schuppen ist früher ein Holzlager gewesen. Es riecht noch immer nach Holz. Zwei Glühbirnen baumeln von der schrägen Decke herab. Sie werfen seltsame Schatten. Durch quadratische Fenster hoch oben in der Vorderfront und der Hinterfassade fällt Tageslicht spärlich ein, sie sind mit Spinnweben verhangen. Joost ist beeindruckt. Nicht nur von der Ordnung, die hier herrscht, sondern auch von der Unzahl der zusammengebrachten Dinge und ihrem Wert. Was er hier sieht, erklärt den »Ausstellungsraum« in Berts Haus. Er versteht auch, warum Bert die Einrichtung aus dem Belgischen Park irgendwo anders unterbringen mußte, denn hier platzt alles aus den Nähten.

Bert weiß genau, wo er hin muß: an eins der Regale, zu dem er eine Leiter braucht. Joost kann zwischen einer *Adler* und einer *Corona 4* wählen, beides Reiseschreibmaschinen. Bert verfügt auch über einen Vorrat an weißem Schreibmaschinen- und Kohlepapier: »Wenn man Hausrat einlagert, hat man allen Hausrat, das ganze Hab und Gut eben«, sagt Bert. Joost entscheidet sich für die *Adler*, die Marke kennt er vom Büro. »Ich bringe sie zurück, wenn ich sie nicht mehr brauche«, verspricht er. Bert sagt, daß es besser ist, wenn solche Maschinen in Gebrauch sind statt nutzlos im Regal zu verstauben. Er verschließt den Schuppen mit einem Vorhängeschloß, das, als wäre es nichts, an einer Kette baumelt. Mit all den teuren Sachen da drin? Aber Joost hat sich heute schon öfter über Bert gewundert; der wird schon wissen, was er tut. Die *Adler* wird in die Seitentasche des Motorrads gesteckt, und jetzt setzt sich Joost in den Beiwagen. Bert wird die Schreibmaschine am späten Nachmittag vorbeibringen.

Joost radelt zum Mittagsbutterbrot nach Hause, wie er es in den letzten Tagen immer getan hat, um Emmekes Mißtrauen nicht zu wecken, aber diesmal ist er voller Freude und Optimismus. »Rat mal!« sagt er. »Ich bin entlassen!« Die Ankündigung klingt fast triumphierend. Es ist zwar schon fünf Tage her, aber jetzt, da er weiß, was er zu tun hat, ist eine Last von ihm abgefallen. Er muß nicht mehr wie ein Landstreicher durch die Straßen streifen, angeblich auf der Suche nach Arbeit.

Emmeke bricht fast in Tränen aus. Nachdem Joost seine sich selbst auferlegten Qualen gebeichtet hat, sagt sie mit dünner Stimme: »Du mußt doch keine Geheimnisse vor mir haben?« – »Ich habe es nicht übers Herz gebracht.« Joost wollte erst eine Lösung. »Und das Kind hatte Geburtstag, den wollte ich nicht verderben.« Es gibt keine Lösung für seine Entlassung, und er hat keine neue Stelle. Joost hat nur die Entscheidung getroffen, Einspruch zu erheben. Für ihn reicht das im Moment. Er ist jetzt kein willenloses Opfer mehr, denn die Initiative liegt jetzt bei ihm. Er weiß inzwischen auch, was in seinem Brief stehen muß. Der Rest kommt von ganz allein.

23

Das Telefonat mit Elfie läßt ihm keine Ruhe. Die Aussicht, in die Schweiz zu reisen, um das ihr zustehende Geld persönlich auszuhändigen, erfüllt ihn mit einer unbestimmten Aufregung. Er verwirft die Idee nicht gleich von vornherein, er überlegt hin und her, er wägt die Möglichkeiten, schätzt die Chancen ab – er ist immer auf den fahrenden Zug aufgesprungen; in diesem Fall gibt er sich besondere Mühe. Lien ist natürlich dagegen. »Es ist ihr Geld, sie braucht es.« Bert hat sich auf dieses Gespräch vorbereitet, er weiß genau, was Lien einwenden wird: Ach ja? Hat er denn wirklich schon alle Möglichkeiten in Erwägung gezogen? »Die Banken machen keine Geschäfte mehr mit dem Ausland, das ist klar.« Aber kann er denn »so einfach« in die Schweiz reisen und eine Zugfahrkarte in die Schweiz kaufen, als gäbe es keinen Krieg? Natürlich nicht »so einfach«, er müßte schon etwas »arrangieren«. Und wie kommt er dann zurück? »Wo ein Hinweg ist, ist auch ein Rückweg.« Gegen diese einfache Logik ist wenig zu sagen, aber Lien traut ihr nicht und versucht es mit einer anderen Wendung: »Diese Frau wird dich nicht mehr gehen lassen, wenn du einmal da bist.« Bert kann nicht verhindern, daß ihm die Röte ins Gesicht schießt, als habe Lien ihn nun ertappt. Zum Glück findet ihr Gespräch im Halbdunkel des Hinterzimmers mit seinem Sammelsurium an Möbeln statt, so daß sie es nicht mitkriegt. »Du wirst ihr nicht widerstehen können. Es geht ihr sicher nicht nur ums Geld, und ich habe gesehen, was es mit dir macht, als du mitten in der Nacht mit ihr telefoniert hast.«

Das mit der Schweiz hätte er für sich behalten sollen, wie er die meisten Dinge, die er unternimmt, für sich behält: Dedemsvaart, Strehler, Berghaus. Aber von Goedeman weiß Lien. »Ich kenne die Frau so gut wie überhaupt nicht«, verteidigt sich Bert. »Es ist rein geschäftlich. Ich versuche, eine Verpflichtung zu erfüllen, mehr nicht.« Lien ist nicht davon überzeugt. Wie kann Bert ihren Verdacht zerstreuen, ohne von seinem Plan zu lassen und ohne sich auf alle möglichen Arten zu verbiegen, um seine ehrlichen Absichten ins Feld zu führen? Wenn es etwas zwischen ihm und Elfie gäbe, wie Lien zu vermuten scheint, dann lediglich in seiner Einbildung. Dieser würde er niemals nachgeben, er würde aus der Schweiz zurückkehren, er würde sich ohne diese Garantie nicht einmal auf den Weg machen. Er hat nicht die Absicht, Lien zu betrügen. Wirklich nicht?

Einerseits möchte ich Bert vor übereilten Schritten, unüberlegten und voreiligen Entscheidungen bewahren, die auf unklaren Motiven und Absichten beruhen und seine Ehe aufs Spiel setzen könnten. Andererseits kann ich den Wunsch nicht unterdrücken, daß er die Gelegenheit, dem zu entkommen, was ihn sonst erwartet, mit beiden Händen ergreift. Bert muß natürlich selbst wissen, wie er seine Probleme löst, aber er hätte Lien schließlich auch sagen können, daß er nur in die Schweiz reisen würde, wenn sie mitkäme. Dann kann er immer noch, oder wieder einmal, in Liens Augen eine Heldenrolle spielen. Elfie hat es außerdem selbst vorgeschlagen: Bert in der Schweiz ist besser als Bert in den Niederlanden. Aber Lien würde das nie tun, denkt Bert, und er kennt Lien besser als ich. Er sollte ernsthaft darüber nachdenken, solange die »Schweiz« noch eine Möglichkeit ist und kein Phantasiebild.

Aber ich kann Bert nicht klarmachen, wovor er fliehen würde. Ihm ist vorläufig nichts Schlimmes passiert, außer daß man den Gürtel ein wenig enger schnallen muß. Und mit dem Geld, das er hat, geht es noch ganz gut. Auch manövriert er sich bis jetzt ganz geschickt durch die deutsche Besetzung. Bert denkt, daß es einen Weg geben müßte, Major Strehler vor seinen Karren zu spannen; der könnte vielleicht seine Reise in die Schweiz ermöglichen. Aber er darf auch wieder mit den Deutschen nicht allzu enge Bande knüpfen, das könnte ihm auf die Füße fallen. Außerdem, jeder Gefallen zieht eine Gegenleistung nach sich. Das sollte er langsam kapiert haben. Wie weit darf er gehen? Und wie bestechlich macht ihn das? Hat er sich nicht schon genug kompromittiert? Bert sieht das freilich anders: »Bis jetzt ist alles Zug um Zug ehrlich zugegangen.« Doch was für den einen ein ganz normaler Geschäftsvorgang ist, riecht für den anderen schon nach Korruption. Und bald wird Korruption Kollaboration heißen. Für Bert sind die Grenzen fließend, aber irgendwer wird zum Schluß am längeren Ende ziehen. Mir wäre es lieb, wenn er es ist. »Ich weiß genau, was ich tue«, glaubt Bert. Für den Moment, ja. Aber in Zukunft?

Ich frage mich, ob er bei allen Möglichkeiten, die er in Betracht gezogen hat, auch an einen Kurier des Schweizer Konsulats gedacht haben mag. Das hat seine Türen ja noch nicht geschlossen. »Einen Kurier?« Ja, einen Kurier. Er verspricht, darüber nachzudenken: »Hand aufs Herz.« Ich hoffe es, aber diesem Herz ist nicht zu trauen. Es sagt nämlich, daß er in die Schweiz will, Elfies Lockruf folgen, der Sirene von Locarno. Andererseits: Was hat man an einem Herz, in das schon bald ein Dolch gestoßen wird?

Elfie ruft jetzt regelmäßig an. Zum Glück tut sie es meist tagsüber, wenn Lien bei Gerzon ist. Ab und zu klingelt sie auch abends durch. Dann kostet es Bert große Mühe, es nach einem kurzen geschäftlichen Gespräch aussehen zu lassen. Elfie fragt, ob er komme und wann. Sie sagt, daß sie das Geld ganz dringend brauche, daß sie gezwungen gewesen sei, eine Stelle anzunehmen und jetzt in einer Bar Lieder am Klavier singe, wie sie es früher getan hat. Frau Hooijakkers würdige sie keines Blickes mehr, nachdem sie das herausgefunden hat, und wird sie nicht mehr unterstützen.

Bei einem dieser Telefongespräche berichtet Bert ihr von der drohenden Beschlagnahme des Hauses in der Groot Hertoginnelaan und was er unternimmt, um dem zuvorzukommen. Um das Haus vermieten zu können, muß er als offizieller Vertreter von Henri auftreten können. Daß Henri gestorben ist, hat er Herrn Berghaus von der Dienststelle Mühlmann nicht auf die Nase gebunden. Berghaus, der die

Biedermeiersammlung angekauft hat, verlangt jetzt eine notariell beglaubigte Erklärung, daß Bert tatsächlich bevollmächtigt sei, alle geschäftlichen Interessen von Henri wahrzunehmen und auch Verträge zu unterzeichnen. Bert erspart ihr die Details und erzählt Elfie nur von dem Mietvertrag, den er demnächst unterschreiben wird. Sie reagiert so gleichgültig darauf, daß er sie nicht einmal um Erlaubnis fragt. Sie hängt nicht an dem Haus in der Groot Hertoginnelaan – es ist immer so dunkel gewesen. Und Mietpreise sagen ihr nichts. Er verspricht, das Geld von der Miete auf die Seite zu legen. Er wird es in einem separaten Schuhkarton aufbewahren.

Für das, was er jetzt tun muß, braucht Bert die Hilfe von Herman und Annebeth vom Venduehuis: Wäre einer der Notare, die das Auktionshaus leiten und die Auktionsverkäufe mit ihrer Unterschrift besiegeln, vielleicht bereit, eine solche Vollmacht aufzusetzen und zu beglaubigen? Die Unterschrift müßte recht einfach nachzumachen sein. Er besitzt Briefpapier von Goedeman und auch seine originale Unterschrift. »Das ist Urkundenfälschung!« In Hermans Stirn gräbt sich eine tiefe Sorgenfalte. Auch Annebeth sträubt sich: »Es ist verboten, damit kriegen wir Schwierigkeiten.« Bert schaut von Herman zu Annebeth. Hat er jetzt seinen Kredit bei diesen beiden so hilfsbereiten Menschen verspielt?

Abrupt steht Herman auf und sagt kurz und bündig: »Das sollten wir lieber unter vier Augen besprechen.« Er führt Bert über ein paar Treppen in die Aktenkammer, wo nach Auktionen die Kaufverträge aufgesetzt und unterzeichnet werden. Annebeth folgt zögernd. Sie setzen sich an einen großen Tisch und sprechen im Flüsterton, die Köpfe dicht zusammengesteckt wie Verschwörer. »Alles, was im Untergrund geschieht, ist illegal.« Herman wirkt jetzt ein bißchen wie Joost, er hat etwas Schulmeisterliches an sich. »Deshalb heißt es auch Illegalität. Und alles, was in der Illegalität geschieht, ist gegen die Deutschen gerichtet: gegen sie zu arbeiten, sich querzustellen, ihnen das Leben sauerzumachen und sie zu vertreiben. Daß sie hier sind und die Macht übernommen haben, die Regierung verjagt und Tausende von Opfern auf ihr Gewissen geladen haben, das ist das eigentlich Illegale. Daß sie das Haus von Herrn Goedeman konfiszieren wollen, das ist illegal. Wenn Sie, Bert, das also mit einer gefälschten Unterschrift verhindern können, dann geht das für meine Begriffe in Ordnung. Es mag vielleicht nicht legal sein, aber es ist legitim.« Hermans Worte sind nicht allein an Bert gerichtet, sondern auch an Annebeth. Sie machen Eindruck. Sie machen Annebeth aber auch Angst. Urkundenfälschung ist eine Straftat, auch unter den Deutschen. »Aber ...«, sagt Herman, »wenn man Angst hat, passiert halt nichts.« Sie beschließen: »Außer uns dreien erfährt niemand davon.« Annebeth macht aus dem Trio ein Quartett: »Schließlich geht der Notar ein hohes Risiko ein.« Hätten sie jemanden an der Hand, der dazu bereit wäre?

Herman erinnert sie an den Vorstandsvorsitzenden: »Er mußte zurücktreten, weil er Jude ist.« Das war erst vor kurzem. Er kennt ein paar Notare, die davon entsetzt waren und sicher für ihre Sache zu gewinnen sind. »Notar de Vries zum Beispiel, oder Nijboer. Solange wir es ihnen nur richtig verpacken.« Es klingt ermutigend und entschlossen.

Bert ist Herman dankbar. Das einzige ist die falsche Unterschrift. Er weiß nicht, ob es damit klappt. So schwer sollte das nicht sein, meint Herman: Man legt ein Blatt Transparentpapier auf das Original, folgt mit einem Bleistift dem Schriftzug der Unterschrift, dann legt man das Blatt auf den Brief und zieht mit ein bißchen Aufdrücken die Bleistiftsignatur nach, daß sie sich ins Papier darunter einprägt. Und das füllt man mit Tinte aus, fertig. Auf dem Gymnasium hat Herman so die Unterschrift seines Vaters unter die Entschuldigungszettel wegen Krankheit nachgemacht. Dann hat er mit seinen Freunden die Schule geschwänzt, und sie sind ins Cineac oder an den Strand gegangen.

Notar Nijboer ist bereit, den angeblich von Henri unterzeichneten Brief zu beglaubigen und mit einem notariellen Siegel zu versehen. Herman hat Bert einen Musterbrief mit dem richtigen Wortlaut für eine solche Bevollmächtigung zugespielt. Nach drei Versuchen ist es gelungen, und er zeigt Herman das Ergebnis, der meint, es sei »eine schöne Arbeit« geworden: »Nicht von einem Original zu unterscheiden.« In der Anrede, unter dem Briefkopf, steht: »Locarno, 15. Oktober 1940«. Dem angeblichen Brief von Henri wird ein zweites Dokument des Notarbüros beigelegt: der Nachweis über die Akzeptanz der Bevollmächtigung, die Bert unterschrieben hat, und darunter steht: »So bestätigt und wahrheitsgemäß abgefaßt in Anwesenheit von Notar L. Nijboer zu Den Haag«, dazu das Datum vom 6. November 1940 mit noch einem Stempel des Notariats und darüber auch dessen Signatur. »Herr Goedeman kann mit einem solchen Interessenvertreter zufrieden sein«, sagt Nijboer. Er schaut Bert mit einem rätselhaften Lächeln an, als wüßte er ganz genau, daß Henri Goedeman tot ist. »Gehen Sie sorgsam damit um.«

Berghaus akzeptiert die Bevollmächtigung. Der Mietvertrag wird abgeschlossen. Die Miete beträgt 475 Gulden pro Monat – ein Spottpreis für ein solch kapitales Anwesen.

24

9. Dezember 1940
An Herrn Dr. ████████████
General-Sekretär des Wirtschaftsministeriums
████████████████

Den Haag

(Kopie an die Direktion des Patentamts)

Hochverehrter Herr,
hiermit erbitte ich Ihre Aufmerksamkeit für das Folgende.
Seit 1928 bin ich bei BPM zur vollsten beiderseitigen Zufriedenheit auf einer Verwaltungsstelle tätig gewesen. Seit 1. Juli dieses Jahres wurde ich befristet als Archivar beim Patentamt in Den Haag angestellt, was auf Vermittlung von BPM geschah, die sich durch die Kriegsumstände gezwungen sah, mich am 12. Mai dieses Jahres, ebenfalls befristet, aus meinem dortigen Arbeitsverhältnis zu entlassen. Seit 1. Juli dieses Jahres bin ich also nach den Buchstaben des Gesetzes Beamter.

Anfang Oktober dieses Jahres wurde mir eine Erklärung mit dem Titel »Ariererklärung« zur Unterzeichnung vorgelegt, in der ich mich als »nicht jüdisch«, »jüdisch« oder »mit einer jüdischen Person verwandt« erklären mußte. Mir war nicht klar, wozu diese Erklärung dienen oder wofür sie verwendet werden sollte. Zur Registrierung, wurde mir im Büro zu verstehen gegeben. Einem Zeitungsbericht jedoch habe ich entnommen, daß diejenigen, die mit einer »jüdischen Frau« verheiratet sind, entlassen werden. Der Personalchef des Patentamtes hat mir versichert, daß davon in den Anweisungen Ihres Ministeriums keine Rede war. Nach langem Zögern habe ich die Erklärung unterschrieben und noch vor Ablauf der Frist eingereicht.

227

Genau einen Monat später, am 27. November d. J., wurde ich aus meinem Arbeitsverhältnis beim Patentamt »entlassen«, und zwar aus dem Grund, der in dem bereits erwähnten Zeitungsartikel angeführt, aber zuvor vom Patentamt verneint worden war: weil ich mit einer jüdischen Frau verheiratet bin. Aus der Zeitung und über das Radio erfuhr ich am selben Tag, daß alle Beamten »jüdischen Blutes« im Staatsdienst, im Bezirk und der Gemeinde ihrer Funktion entbunden wurden. Die »Registrierung« dieser jüdischen Personen und der mit ihnen »verwandten« zielte offenbar ausschließlich darauf hin, sie aus ihren Arbeitsverhältnissen zu entfernen.

Ich erlaube mir hiermit, gegen diese Maßnahme, die ich für ungerecht und rechtswidrig halte, Widerspruch einzulegen. Die Tatsache, daß ich zufällig mit einer jüdischen Frau verheiratet bin, kann doch kein Grund sein, mich zu bestrafen? Sie erklären damit, daß ich durch die Heirat mit einer jüdischen Frau vom Judentum »verseucht« bin und daß das Judentum für Sie als ansteckende Krankheit gilt. Die »Infizierung« bestünde also demnach darin, daß die vier Großeltern meiner Frau Teil einer »jüdischen Religionsgemeinschaft« gewesen sein müssen – Ihre Definition dafür, wer als Jude gilt. Das steht keinesfalls fest, aber selbst, wenn dem so sein sollte, ist diese sogenannte »Ansteckung« weder bei meiner Frau noch bei ihren Eltern erfolgt. Keiner von ihnen ist religiös, noch gehören sie einer »jüdischen Religionsgemeinschaft« an. Auf diesem Wege also ist eine Infektion meinerseits völlig ausgeschlossen: Ich bin kein Jude.

Abgesehen von dieser Tatsache möchte ich darauf hinweisen, daß die von Ihnen ins Feld geführte Definition gegen die Religionsfreiheit verstößt, die in der niederländischen Verfassung verankert ist. Soviel ich weiß, ist diese Verfassung bei der Machtübernahme durch die Deutschen nicht außer Kraft gesetzt worden. Wäre dies der Fall gewesen, hätten Sie mir die Kündigung gar nicht aussprechen können.

Den oben erwähnten Verfassungsbruch hätten Sie vermeiden können, indem Sie Juden und ihren »Verwandten« kurzerhand mitgeteilt hätten, worum es, was Sie betrifft, tatsächlich geht: Entfernung dieser Bevölkerungsgruppe aus dem Beamtenapparat. In diesem Fall hätten Sie sich auf einen einzigen Verstoß gegen die Verfassung beschränkt, nämlich gegen den Artikel, der besagt, daß »alle Menschen mit niederländischer Staatsangehörigkeit vor dem Gesetz gleich sind« und daher Zugang zu allen Tätigkeiten haben, einschließlich der im Staatsdienst. Dann hätten Sie ihnen auch die schmerzlichen Umstände ersparen können, mit denen Sie versucht haben, die wahren Gründe mit unklaren und einander widersprechenden Definitionen des Jüdisch-Seins zu verschleiern.

Aus diesen und den oben genannten Gründen halte ich meine Kündigung für ungerechtfertigt: Sie beruht auf unzulässigen Gründen, verstößt gegen die Verfassung und ist daher rechtswidrig. Ich ersuche Sie hiermit, sie mit sofortiger Wirkung für ungültig zu erklären und mich wieder in meine Funktion beim Patentamt einzusetzen.

Zum Schluß: Ich bin ein gesetzestreuer Mensch, ich habe noch nie gegen das Gesetz verstoßen, bin auch noch nie wegen irgendeines Vergehens bestraft worden. Ich ersuche Sie freundlich, aber dringend, Ihre Entscheidung noch einmal zu überdenken.

Mit vorzüglicher Hochachtung,
der Unterzeichnende
Joost Barendsz

Es sind nicht viele Fälle von Beamten bekannt, die gegen die Ariererklärung protestiert und sich geweigert haben, sie zu unterzeichnen. Am bekanntesten ist der Protest von Professor Cleveringa an der Universität Leiden, der sich für seinen jüdischen Kollegen Professor Meijers einsetzte, der entlassen worden war. Cleveringa wurde verhaftet und inhaftiert, Meijers überlebte die Lager. Die Beamten, die es ablehnten, die Ariererklärung zu unterschreiben, lassen sich an den Fingern einer Hand abzählen. Einer von ihnen, Jacob le Poole, der wie Professor Cleveringa kein Jude war, arbeitete beim Patentamt. Er legte Berufung gegen seine Entlassung ein. Die Rechtssache zog sich bis 1942 hin, natürlich letztendlich ohne Erfolg. Seine Entlassung wurde bekräftigt, le Poole tauchte unter und schloß sich dem Widerstand an. Diese Entdeckung erregte mich genauso wie seinerzeit die, als ich auf dem Hochzeitsfoto von Onkel Arnold ein geparktes Motorrad stehen sah.

Le Poole war Jurist. Er könnte den Brief von Joost geschrieben haben. Er würde damit zu einer kleinen Minderheit gehören, die an Joosts Seite gestanden hätte, und die das, was er getan hat, mutig fände und es als Beispiel mit Vorbildwirkung für jedermann hinstellen würde. Aber es muß gesagt werden: Die meisten Leute, einschließlich derer in Joosts Umgebung, hätten davon abgeraten, einen solchen Brief zu verfassen. Sie hätten gesagt, daß er sich damit nur große Schwierigkeiten einhandeln und völlig ohne Not zusätzliche Aufmerksamkeit auf sich ziehen würde, und daß alles wahrscheinlich sowieso sinnlos wäre.

Und was sage ich? Natürlich würde ich ihn unterstützen, obwohl ich zugeben muß, daß ich das auch tue, weil ich mir wünsche, daß mein Vater einen solchen Brief geschrieben hätte, um seine Frau in Schutz zu nehmen, als es unumgänglich wurde. Hätte er es getan, hätte dazu sicher einiges darüber in der grünen Mappe gelegen. Mein Vater in einer Heldenrolle. Den Beweis dafür müßte ich erst noch finden! Die Frage ist natürlich, ob er es überlebt hätte.

Vielleicht sollte ich Joost davor warnen, den Kopf in die Schlinge zu stecken. Aber dann müßte ich auch sagen, daß »nichts tun« nicht schlechter oder besser ist als »etwas tun«, selbst wenn es im Ergebnis keinen Unterschied gibt. Und daß »etwas tun« immer noch besser ist als »nichts tun«, selbst wenn es nichts bringt. Daß seine Stimme nur zählen würde, wenn er Teil eines großen, vielstimmigen Chores gewesen wäre, eines ohrenbetäubenden, alles übertönenden Chores. Aber diesen Chor hat es nicht gegeben. Wenn nur jeder Betroffene einen solchen Brief geschrieben hätte, vielleicht wäre die Sache dann anders ausgegangen. War Joosts Brief also sinnlos? Nicht für sein Gewissen, nicht für seine Prinzipien. Waren die gut für ihn? Nein. War der Brief gut für Emmeke? Noch weniger. Und selbst wenn Joost mich nach meiner Meinung fragen könnte, es würde nicht helfen.

Am Sonntagabend will Joost den Brief vor der Sechs-Uhr-Leerung einwerfen. Er bittet Emmeke, mitzukommen. Zu dritt, Bobbie in der Mitte, laufen sie zum Briefkasten am Ende der Straße. Es ist ein feierlicher Moment. Joost hebt Bobbie hoch, um den Umschlag durch den Schlitz zu schieben: »Da geht er hin … Flupp!« »Wichtich Bief«, sagt Bobbie. Emmeke gibt ihm einen Kuß. Joost will noch ein Stückchen weiter gehen, zur Eisbahn, um nachzuschauen, ob die schon überschwemmt ist und um in den Sternenhimmel zu sehen. Die Ausgangssperre hat noch nicht begonnen. Straßenlaternen werfen eine runde Lichtpfütze auf den Boden, und ihre Schatten lösen sich in der dunklen Nacht dahinter auf. Bobbie beginnt zu weinen. Er hat Angst, denkt Emmeke, aber Joost glaubt, daß ihm kalt ist. Sie kehren um.

Zu Hause dauert es noch eine Weile, bis Bobbie sich beruhigt hat. Emmeke hat ihn auf Berts Couch im vorderen Zimmer auf den Schoß genommen. Bobbie liegt an ihrer Brust, den Kopf zur Seite gedreht. Er schluchzt noch ein wenig und holt dabei tief Luft; der Anlaß ist längst vergessen. Emmeke streicht ihm unaufhörlich über's glatte blonde Haar. Zum ersten Mal sieht Joost, daß Bobbie lange Wimpern hat – das Lampenlicht hängt Tröpfchen daran. Er sitzt am Eßtisch, die Fingerspitzen unter dem Kinn. Er fühlt sich leer und erschöpft. Die Euphorie von eben am Briefkasten hat nur kurz angehalten. Emmeke bringt Bobbie ins Bett. Er schläft schon fast.

Sie essen etwas Brot und Wurst, die Emmeke mit den Gutscheinen, die sie übrig hatte, ergattern konnte. Sie sprechen kaum und gehen früh zu Bett. Mucksmäuschenstill liegen sie nebeneinander und starren auf den schmalen Streifen, den das Wachlämpchen im Flur an die Decke wirft. Joost nimmt Emmekes Hand, die, zur Faust geballt, genau in seine paßt. Es fühlt sich sicher und warm an: ihre Faust in seiner Faust. Erst jetzt fällt ihr auf, daß ihre Hände eiskalt sind. Joost hatte Recht: »Bobbie war kalt.« – »Es ist ja auch kalt. Dieses Jahr wird es früh Winter.« Joost hofft, daß er sich irrt.

(Tagebuchauszug)
8. Dezember 1940
Der Brief ist in der Post. Jetzt müssen wir abwarten. Ich befürchte das Schlimmste. (…) Joost mußte ihn dreimal neu schreiben, weil er immer wieder Tippfehler reingemacht hat, und das darf bei so einem Schreiben nicht sein. Ich habe angeboten, ihn zu tippen. Früher im Büro habe ich nichts anderes gemacht, ich habe sogar ein Diplom dafür. Aber Joost wollte es unbedingt selbst machen. Mit zwei Fingern. Ich habe gesehen, wie seine Zungenspitze dabei aus dem Mund ragte. »Warum weinst du, Emmeke?« hat er plötzlich gefragt. Ich hatte es nicht einmal bemerkt. (…) Als der Brief fertig war, hat er ihn mir vorgelesen. Ich fand ihn gut, ganz und gar Joost, aber er ist schon ein bißchen anmaßend im Ton. Ob das klug ist? »Ich bin im Recht«, sagt er. Alles gut und schön, aber was sind die Folgen? Bekommt er jetzt seine Stelle wieder? Glaubt er das wirklich? Ich glaube nicht dran. »Meine Prinzipien wären nichts wert, wenn ich nicht danach handeln würde«, sagt Joost. Das stimmt natürlich. Ich mußte daran denken, wie Joost in der Oberschulzeit zum Direktor gegangen ist, weil der Französischlehrer ihm

einen Schwamm an den Kopf geworfen und ihn »stinkend faul« genannt hat, nur weil er mal nicht aufgepaßt und zweimal hintereinander ein Ungenügend für eine Klassenarbeit bekommen hat. Der Direktor hat ihm schweigend zugehört, aber danach kriegte Joost bei schriftlichen Prüfungen unweigerlich eine schlechtere Note und nie mehr einen Schwamm an den Kopf. Es hat eben doch etwas bewirkt. (…) Ich ärgere mich, daß ich an ihm gezweifelt habe. Joost ist durch und durch aufrichtig, er weiß, was gerecht ist, kennt den Unterschied zwischen Gut und Böse. Bei Bert ist das ganz anders, er nimmt alles nicht so genau. (…) Ich weiß nicht, wovor ich auf einmal Angst habe. Doch nicht vor Joost? Weil er so unbeugsam ist? Oder vor dem, was er mit diesem Brief heraufbeschwört? Um wen geht es hier eigentlich? Als ich ihn das fragte, verstand er zunächst nicht. Ging es in dem Brief nun um ihn, weil er entlassen wurde, oder um mich, weil es wegen mir passiert ist? »Es geht um uns beide«, sagte Joost. »Und um unser Kind.«

25

Berts Versuche, in die Schweiz zu kommen, sind bisher alle gescheitert. Strehler hatte ihn nur spöttisch angeschaut: »Noch ein Großonkel, der im Sterben liegt, Herr van Leer?« Die besonderen Aufträge bleiben auf die Niederlande beschränkt. Er wird Bert Bescheid geben, wenn er benötigt wird. Höflich, aber entschieden ist Bert abgeblitzt.

Bei der neuerdings gegründeten Jüdischen Koordinationskommission in Bezuidenhout erfährt Bert, daß er ein jüdischer Flüchtling vorzugsweise aus Deutschland sein müßte, um für die Auswanderung nach Palästina in Frage zu kommen. Ihm ist ziemlich unbehaglich. Nie zuvor hat er unter Juden verkehrt, schon gar nicht unter so vielen. Es ist eine andere, fremde Welt von lauter Männern, die eine manchmal unverständliche Sprache sprechen. Er ist froh, daß er Protestant geworden ist. Damit hat er sich freilich auch disqualifiziert, denn für einen getauften Christen gibt es nicht den Hauch einer Chance, über die Schweiz nach Palästina auszuwandern. Hier zählt das Jüdisch-Sein als ein Verdienst, für das man bestimmte Vorrechte erlangen kann.

Trotzdem gibt Bert nicht sofort auf, zumal ihn einer der Männer, der sich als Rabbiner der Synagoge in der Wagenstraat zu erkennen gibt, ganz selbstverständlich als Juden identifiziert. In seinen Augen gehört er dazu. Bert erinnert sich daran, was Hans Dedemsvaart ihm gesagt hat: »Protestantisch kannst du werden, jüdisch bist du.« Das verunsichert. Und was zu dieser Verwirrung beiträgt, ist, daß sich mit dem Protestantismus irgendwie ein Ausweg aushandeln ließe. Aber das fühlt sich nach Verrat oder Abtrünnigkeit vor allem gegenüber Lien an. Sie würde seinen Glauben für heuchlerisch und unaufrichtig halten.

Die Tatsache, daß er kein Flüchtling ist, scheint ausschlaggebend zu sein, aber auch dafür gäbe es einen Ausweg: Würde er viel Geld auf den Tisch blättern, könnte er sicher einen Platz auf der Warteliste ergattern, aber ob und wann er dann an die Reihe käme, bleibt ungewiß. Bert fragt nicht einmal, um wieviel Geld es geht. Er verzichtet gleich von vornherein. Es ist ihm zu unsicher, zu unzuverlässig, ein zu großes Risiko. Und es würde viel zu lange dauern.

Also illegal über die Grenze schlüpfen und sich durch ganz Deutschland mogeln? Im deutsch-niederländischen Grenzgebiet gibt es sicher Fluchthelfer, die ihm den Weg zeigen würden. Er zieht das ernsthaft in Erwägung. Beim ANWB, das noch halbtags geöffnet hat, kauft er sogar Straßenkarten von Deutschland, um zu sehen, wo er am besten die Grenze überqueren könnte und welche Route er einschlagen müßte. Mit seinem Motorrad würde er in Deutschland nicht weiter auffallen. Sein langer Mantel, Brille und Helm lassen ihn von weitem wie eine deutsche Motorradordonnanz wirken, die er regelmäßig in der Stadt sieht. Wenn sie ihn grüßen, grüßt er zurück. Manchmal ist er schneller als sie, dann grüßen sie zurück. Er kann darin nichts Böses erkennen, es ist ein Spiel. Er kauft pelzgefütterte Handschuhe mit Schutzkappen, und von Smidt läßt er sogar einen Schutzschild gegen den eisigen Fahrtwind anmontieren. Das wird sich in diesem strengen Winter auszahlen, aber gleich bis in die Schweiz fahren? Und mit dem ganzen Geld in der Tasche? Er sieht ein, daß das undurchführbar ist und völlig unverantwortlich wäre. Vielleicht im Sommer, aber das ist viel zu spät.

Alle Wege in die Schweiz scheinen abgeschnitten zu sein. Es bleibt nichts anderes, als van der Harst um ein Empfehlungsschreiben an den Schweizer Konsul zu bitten. Jeden Monat seit der Flucht von Hans Dedemsvaart geht Bert zu Laroux & Gross am Kneuterdijk, um sein Honorar in Empfang zu nehmen. Seine Rechnung schreibt er unter falschem Namen: Frits Pegels. Das geschieht aus Sicherheitsgründen, es war von Anfang an so vereinbart. Nachdem er auch Wertpapiere der Bankkunden übernommen hat, ist der Betrag auf 750 Gulden pro Monat erhöht worden. Ein fürstliches Salär. Selbst ohne weitere Einkünfte kommen Lien und er damit mehr als reichlich über die Runden und können auf dem Schwarzmarkt alle möglichen Dinge kaufen, die es in regulären Geschäften längst nicht mehr gibt, darunter Lebensmittel und Luxusartikel wie ägyptische Zigaretten. Alles übrige Geld geht extra. Es ist inzwischen ein richtiges Kapital, für das er im Flurschrank Platz geschaffen hat: Dort steht ein Regal für die Schuhe, unter ihnen die Schuhkartons mit den Geldscheinen. Lien witzelt darüber: »Gut, daß wir kein Hausmädchen haben, die würde sie dem Müllmann mitgeben.« Und: Braucht Bert nicht langsam mal neue Schuhe? Auch die gibt es auf dem Schwarzmarkt, aus echtem Kalbsleder.

Van der Harst fragt immer nach den Wertpapieren, nie nach der Gemäldesammlung – das ist Privatsache. Ob sie noch sicher seien? Es klingt, als erkundige er sich nach dem Wohlergehen seiner Enkelkinder. Ja, sie sind sicher. Im Zusammenhang mit dem Empfehlungsschreiben für das Schweizer Konsulat erzählt Bert ihm vom Schicksal ihres Kunden, Herrn Goedeman aus der Groot Hertoginnelaan.

Am Ende seiner Geschichte unterbricht ihn van der Harst plötzlich: »Herrn Dedemsvaart geht es auch nicht sonderlich gut.« Van der Harst hat ihn immer, wenn auch nur kurz und bündig, über dessen Wohlergehen informiert. In London ist er immer frustrierter geworden, weil er die Bank nicht so hatte lenken können, wie er das sich vorgestellt hatte. Die Exilregierung arbeitet nicht richtig mit, und eine regelmäßige Kommunikation gibt es nicht. Die deutschen Bombardements der »City« machen ihn wahnsinnig. Seine Frau bleibt deshalb außerhalb Londons, und von seinem Sohn Rogier weiß er nur, daß der sich bei der Royal Air Force angemeldet hat; er will im Feindesland abgesetzt werden. Genau das Richtige für Rogier.

Jetzt liegt Dedemsvaart mit einem Nervenzusammenbruch im Krankenhaus. Für van der Harst ist das ein harter Schlag: Jetzt ist er auf sich allein gestellt. Bert ist entsetzt. Hans – so ein Mann von Welt, so selbstsicher! Er hatte doch alles gut im Griff? Das Schicksal der Bank, die Mitarbeiter, die zurückbleiben mußten, die Kunden, deren Wertpapiere er

Bert zur Verwahrung anvertraut hat, und daß er von London nichts ausrichten konnte – all das ist ihm als tatkräftigem Mann zuviel geworden. Herr Dedemsvaart müsse sich keine Sorgen machen, sagt Bert; die Papiere werden in kürzester Zeit an einen Ort außerhalb der Stadt gebracht sein. Er hat ein Auge auf ein neues Lager in der Nähe von Sassenheim geworfen: einen leeren Tulpenzwiebelschuppen hinter den Dünen, doppelt so groß wie der an der Conradkade. Nur noch der Umzug muß organisiert werden. Van der Harst soll diese Information jedenfalls an Herrn Dedemsvaart weitergeben, zusammen mit seinen herzlichsten Grüßen und den besten Wünschen für eine baldige Genesung.

Dedemsvaarts Sorgen, so van der Harst, drehen sich hauptsächlich um die jüdischen Kunden der Bank, die auch noch Geld und Schmuck in den Tresoren liegen haben. Er sei so naiv gewesen zu glauben, daß dies weniger wichtig sei als die Wertpapiere: Bargeld ist nur zum Abheben da, Schmuck allein zum Protzen. Jetzt glaubt er, nicht genug getan zu haben, um seine Kunden zu schützen. Er hat verläßliche Informationen darüber, was die Deutschen wirklich im Schilde führen: die Beschlagnahme allen jüdischen Besitzes: Geld und Gut und die Bank selbst auch. Wie sie es anstellen werden, weiß er nicht, aber er will seine Kunden vor diesem Unheil behüten. Das Beste, was er tun kann, ist, ihnen zu raten, Geld und Wertsachen so schnell wie möglich aus der Bank verschwinden zu lassen und die Konten aufzulösen. Was würden die Deutschen dann für Augen machen! Van der Harst muß jeden einzelnen ins Büro bitten, um ihn von der Notwendigkeit zu überzeugen. Wenn es nicht gelingt, hat die Bank sie zumindest gewarnt. Bleibt die Frage, wie die Kunden dann ihr Geld und ihren Schmuck aufbewahren sollen. Bei Freunden, hat Dedemsvaart vorgeschlagen, bei Leuten, denen sie vertrauen können. In einem Schuhkarton, fügt Bert in Gedanken dazu, im Flurschrank, unter dem Fußboden oder im Garten vergraben – der Möglichkeiten sind viele.

Bert fragt sich, warum van der Harst ihn in diese Angelegenheit mit hineinzieht. Doch sicher nicht, um herauszukriegen, ob er vielleicht bereit wäre, Geld und Wertsachen jüdischer Bankkunden in Verwahrung zu nehmen, wie er es bei ihren Wertpapieren getan hat? Da würde er sich weigern; er ist doch keine Bank, kein Pfandleiher! Aber van der Harst fragt nur, ob Bert bereit wäre, ihm etwas über seine Erfahrungen mit dem Schweizer Konsulat zu erzählen. Vielleicht wäre für einige der Kunden ein Kurier in die Schweiz ein gangbarer Weg. Die Goedeman-Geschichte hat ihn auf die Idee gebracht, wie die Flucht von Goedeman Dedemsvaart auf die Idee gebracht hatte, sich von Bert über die Grenze schleusen zu lassen. Natürlich ist Bert dazu bereit. Darauf nimmt er beim Kassierer sein Depotgeld in Empfang, das er achtlos in die Tasche steckt.

Während er auf das Empfehlungsschreiben an das Konsulat wartet, versteht Bert plötzlich, woraus Berghaus' Bitte resultiert, als Vertrauensmann für die Dienststelle Mühlmann zu arbeiten: Die jüdische Klientel der Bank bewahrt Geld und Schmuck nicht allein in den Tresoren auf, sie hat auch wertvolle Sachen zu Hause – Antiquitäten, Kunst. Wenn selbst Dedemsvaart das schon weiß, dann weiß Mühlmann erst recht, was hier gespielt wird. Bevor irgendeine andere Behörde lange Finger macht, will er Hinweise auf solche versteckten Kunstschätze und wertvolle Sammlungen. Was passiert dann mit diesen Kostbarkeiten? Darüber hat sich van der Harst keine Gedanken gemacht, und es liegt auch nicht im Verantwortungsbereich der Bank. Bert sieht eine Möglichkeit, seine Rolle als Vertrauensmann zu spielen: Vielleicht könnte van der Harst, wenn er schon mit seinen Kunden über Geld spricht, ihnen auch dazu raten, die wertvollsten Dinge in Verwahrung zu geben und ihn dabei empfehlen? Schließlich habe Herr Dedemsvaart ihm seine Sammlung höchstpersönlich anvertraut. Van der Harst hält das für eine gute Idee. Die Kunden werden es zu schätzen wissen, daß die Bank soweit mitdenkt, obwohl von einer drohenden Beschlagnahme im Moment noch nicht die Rede ist. Aber besser ist es, den Deutschen eine Nasenlänge voraus zu sein. Das ist auch ganz im Sinne von Herrn Dedemsvaart. So kann Bert, ehe die Dienststelle Mühlmann zugreift, die Rosinen aus dem Kuchen picken und ihr gleichzeitig etwas »zum Fraße« hinwerfen. Aber natürlich hält er gegenüber van der Harst wohlweislich den Mund, daß er als Treuhänder von Mühlmann operiert.

26

Es ist fast nicht zu ertragen, dieses Nichtstun. Joost weiß nicht, was er mit sich anfangen soll: Er muß nicht um acht Uhr zur Tür hinaus, um pünktlich auf Arbeit zu kommen, wohl aber um sieben Uhr aus den Federn, um einen langen, leeren Tag vor sich zu haben; er muß nicht mehr mit dem Fahrrad nach Hause rasen, um zum Mittagsbutterbrot zurechtzukommen, um dann wie ein Gesengter zurückfahren; das Mittagsbutterbrot gibt es aber trotzdem, auch wenn sich dessen Farbe wegen des Getreidemangels von Weiß in Grau verändert hat und er es lustlos in sich hineinmuffelt; es gibt keine Gespräche mit den Kollegen mehr, dafür die tägliche Mühsal von Hausarbeit, Einkaufen und Auf-das-Kind-Aufpassen. Er liest Bobbie *Pu der Bär* vor, verliert aber schnell die Lust, weil es ihm nicht gelingt, Bobbie das Lesen beizubringen. Dafür freilich ist das Kind auch noch viel zu klein; es will nur immer wieder die gleiche Geschichte hören. Ungeduldig schlägt Bobby die Seiten um und soufliert seinem Vater. Emmeke muß darüber lachen. Und das ärgert Joost erst recht.

Die erste Woche geht noch. Er nimmt Emmeke etwas Arbeit ab, aber sie ist an ihre eigene Ordnung, ihren eigenen Trott gewöhnt; er bringt nur alles durcheinander. Er würde sich nützlicher machen, wenn er sich auf die Suche nach bestimmten, knapp gewordenen Nahrungsmitteln begäbe. Am Morgen sitzen sie sich mißmutig mit einer Tasse Surrogatkaffee gegenüber, nachmittags dann bei einer Tasse Tee. Oft genug wissen sie nicht, was sie einander sagen sollen – es gibt nichts Neues, das mitzuteilen wäre.

Emmekes Freundschaft mit Pippi scheint sich etwas abgekühlt zu haben, aber Emmeke glaubt, daß es nur daran liege, daß Pippi im sechsten Monat ist; dann dreht sich halt alles nur noch darum. Sie ist jetzt viel öfter mit Nel zusammen. Els hat vor kurzem wieder angefangen, als Krankenschwester im selben Krankenhaus wie Christiaan zu arbeiten. Sie hat unregelmäßige Schichten, und man weiß nie, wann sie zu Hause ist. Sie sollten sich ein Telefon anschaffen wie Bert und Lien. Sie sollten, sie sollten ... Und wie geht es Frau de Haan, der Nachbarin von gegenüber, will Joost wissen. Emmeke weicht ihr aus, seit sie deren Mann das Haus in SS-Uniform hat verlassen sehen. Joost erschrickt. SS oder die Schwarzhemden vom NSB? Emmeke würde den Unterschied nicht erkennen. Ein Stück weiter in der Straße gibt es noch so einen, hat Emmeke entdeckt. »Dann müssen wir uns in acht nehmen«, sagt Joost. Emmeke fragt warum: »Sie wissen nicht, daß ich jüdisch bin.« Das hängt sie nicht an die große Glocke. Und daß er entlassen wurde?, fragt Joost. »Das schon mal gar nicht.«

Über den Brief sprechen sie immer seltener. Zuerst meint Joost resigniert, daß die Amtsmühlen eben langsam mahlen, und dann sarkastisch, daß so ein Brief auch ein ganz schön harter Brocken für einen Beamten sein muß. Aber es macht ihm schon Bauchschmerzen, so ignoriert zu werden. Sie lassen ihn hängen. Vielleicht bekommt er nie eine Antwort. Und das hat er auch noch zu akzeptieren! In Gedanken wiederholt er immer wieder bestimmte Passagen und wie er sie prägnanter hätte formulieren können. Er überlegt auch, was er noch hätte zur Sprache bringen können und was besser nicht. Sinnlose Übungen, die ihn nicht zur Ruhe kommen lassen. Dann geht er in den Garten und steht da mit tief in den Taschen vergrabenen Händen und starrt vor sich hin, oder er räumt die Werkzeuge im Schuppen um, oder er geht mit eiligen Schritten zur Tür hinaus, um eine Runde um den Block zu laufen. Sie sollten einen Hund haben, dann könnte er lange Spaziergänge machen. Sie sollten, sie sollten ... sie sollten jetzt eigentlich in Curaçao sein ...

Einmal kommt er an der neuen Synagoge in der De Carpentierstraat vorbei. Davor steht eine Gruppe jüdischer Männer mit breitkrempigen Hüten und schwarzen Mänteln, die bis zum Boden reichen. Zwei der weißen Kalksteinblöcke, die auf Straßenhöhe das ganze Gebäude zu tragen scheinen, sind links und rechts der Eingangstür mit Hakenkreuzen beschmiert. Die Männer reden ganz gelassen darüber, scheinen sich damit abgefunden zu haben, als seien sie es so gewöhnt und würden nichts anderes erwarten, und als gehe es jetzt nur noch darum, wie man die häßliche schwarze Farbe am einfachsten von der Wand bekommt: mit Seifenwasser oder Chlor. Ein Stück weiter sieht Joost die Spuren einer nicht ganz weggeputzten Parole: JUDEN SIND DIE PEST, HOLLAND MACHT KLAR SCHIFF. Joost tun diese machtlosen Männer leid. Er würde gerne einmal das Innere der Synagoge besichtigen. Sie soll, heißt es, von oben bis unten weiß gestrichen sein, wundervoll hell und erhaben.

Eines Tages, in der Woche vor Weihnachten, kommt Sjoerd nach der Arbeit mit einer erfreulichen Nachricht vorbei: Joost soll sich umgehend in der BPM-Personalabteilung melden. Wahrscheinlich hätten sie eine neue Stelle für ihn gefunden, bei van der Heem in Voorburg. Es überrascht ihn. Seit fast einem Monat hat Joost an nichts anderes denken können als an seinen Brief. Wie würde sein Widerspruch wohl aufgenommen werden? Er hat sich alle möglichen Szenarien vorgestellt und mit Emmeke durchgesprochen – »wenn dies, dann das«; ein Schlag ins Wasser, aufgepäppelt von seiner eigenen Phantasie. Nutzlose Spekulationen. Nach einer Weile hatte er es aufgegeben. Eines der Szenarien bestand darin, daß man ihm seine Position beim Patentamt zurückgeben wollte, er sich aber herzlich für die Ehre bedankte, weil er längst etwas Neues gefunden hatte. Jetzt, da er vielleicht wirklich etwas bekommt, fühlt es sich an wie ein Luftballon, dem alle Luft entwichen ist; Empfindungen wie Freude oder Erleichterung wollen sich nicht einstellen.

»Bist du nicht froh?« Emmekes Freude ist begreiflich, denn nun hat die Spannung ein Ende. Ja, ja, natürlich ist er froh … Van der Heem? Ja, van der Heem, der mit den Radios. Sjoerd hat Verständnis dafür, daß Joost nicht spontan in einen Freudentaumel ausbricht, und versucht, ihn zu begeistern: »Van der Heem ist ein prima Laden – ihre Radios können ganz locker mit Philips mithalten.« Joost versteht nichts von Radios: »Wollen die mich wirklich haben?« Sjoerd geht davon aus, daß es um eine Stelle in der Buchhaltung geht. »Aber ich bin Archivar«, muckt Joost auf. Sjoerd glaubt, daß das wenig ausmacht. Vielleicht muß man sich erst ein bißchen eingewöhnen, und vielleicht ist es nur ein Begriff, eine Stellenbeschreibung, die sie erfunden haben, um Joost einen Arbeitsplatz zu besorgen. Wählerisch könne er nicht sein.

Und so geht Joost am nächsten Morgen zu BPM. Er ist stinkesauer, weil Emmeke ihm vorwirft, daß er sich bei Sjoerd nicht einmal für dessen Mühe bedankt habe. Hat er seine neue Stelle etwa Sjoerd zu verdanken? Emmeke war empört gewesen. Das sei doch sonnenklar! Sjoerd ist eben ein echter Freund. Und sein Brief? Der ist nun mit der neuen Stelle von einer anderen Realität überholt worden. Auch das zur Erleichterung von Emmeke: »Du mußt kein Märtyrer werden. Für mich schon mal gar nicht.« Das tut weh. Er hat unter seiner Entlassung gelitten. Er hat sich gegen das Unrecht aufgelehnt, auch für sie, und jetzt meint sie, er müsse nicht den Märtyrer heraushängen lassen? Wie soll er das verstehen? »Dir darf wegen des Briefes nichts geschehen.« Das also war ihre größte Sorge, seit er ihn auf die Post gegeben hatte. Aber was getan ist, ist getan: Der Brief ist abgeschickt, er liegt jetzt auf dem Schreibtisch des General-Sekretärs des Wirtschaftsministeriums und läßt sich nicht deshalb ungeschehen machen, weil Joost jetzt einen neuen Arbeitsplatz hat. Er hat den Brief geschrieben, um etwas richtigzustellen und zu verhindern, daß ihr etwas zustößt. Er hatte gemeint, damit etwas Gutes zu tun. Emmeke erinnert ihn, daß der Brief dazu gedacht war, seine Stelle zurückzubekommen. »Ja«, sagt Joost, »und dafür ist es jetzt zu spät. Jetzt habe ich eine neue, und was passiert mit meinem Protest? Werden sie den Brief deshalb zerreißen? Glaube ich nicht.«

Nachts findet er deshalb keinen Schlaf. Der ganze Wortwechsel mit Emmeke kreist beständig in seinem Kopf herum.

Der Brief ist nicht länger eine Quelle von Hoffnungen und Befürchtungen für die unmittelbare Zukunft, sondern stellt eine unbestimmte Bedrohung dar, die einfach so Realität werden kann. Oder ist er vielleicht zur Seite gelegt worden? Oder führt er ein Eigenleben in den düsteren Labyrinthen der Bürokratie, wo er jederzeit auftauchen und gegen Joost verwendet werden kann? Auf einmal ist es ein ganz anderer Brief geworden. Hätte er ihn doch bloß nie geschrieben!

Es friert noch immer. Schwere Wolken kriechen vom Meer aus über die Dünen. Sie hängen tief über der Stadt; sie lassen kaum Tageslicht durch, auch die Straßenlaternen brennen noch. Ein eisiger, naßkalter Wind bläst durch Joosts Wintermantel. Bei BPM wird er beglückwünscht, alle freuen sich für ihn. Und sind stolz darauf, daß sie Joost eine neue Stelle haben besorgen können. Er müsse so schnell wie möglich zu seinem neuen Arbeitgeber, um die üblichen Formalitäten zu erledigen. Der Personalchef dort heiße Louwers. Langsam taut Joost auf – daß seine ehemaligen Kollegen so besorgt um ihn sind, tut ihm gut. Kein Grund mehr, Trübsal zu blasen; ganz im Gegenteil, es gibt Hoffnung, es gibt eine Perspektive. Joost geht zu Sjoerd, um sich für seine ausgebliebene Begeisterung gestern zu entschuldigen. Es sei nicht richtig zu ihm durchgedrungen. Sjoerd nimmt es locker: »Van der Heem ist ein gutes Unternehmen, dort wirst du schnell heimisch werden.« Auf dem Weg nach Voorburg beginnt es zu schneien.

Sjoerd hat Recht. Von dem Moment an, daß Joost das Gebäude betritt, wird er von der dort herrschenden Energie mitgerissen. Hier mag man die Arbeit, auch unter den nicht allzu erfreulichen augenblicklichen Umständen. Herr Louwers ist nicht da, aber Joost bekommt Formulare ausgehändigt, die er zu Hause ausfüllt und am nächsten Tag abgibt. Darin stehen keine Fragen zu Ariern und Juden. Noch vor Weihnachten hat er einen Termin bei Louwers, einem netten Herrn, der mit Joost zufrieden ist. Sie hätten schon so viel Gutes von ihm gehört! Louwers ist ungefähr in seinem Alter, wie die meisten in diesem jungen Unternehmen – Leute unter vierzig, die mit

Herz und Seele bei der Sache sind. Es wird immer an etwas Neuem getüftelt, und die Mitarbeiter werden für neue Ideen belohnt. Das erinnert ihn an BPM: eine Atmosphäre des Abenteuers, Sehnsucht nach dem Unbekannten und großen Entdeckungen, nach der Erfindung des Jahrhunderts. Etwas ganz anderes als das Patentamt, wo sie eigentlich nur den Fakten hinterhergelaufen sind, und das auch noch ziemlich langsam.

Die Abteilung, der Joost zugeteilt wird, besteht aus einer Handvoll Leute, Männer und Frauen, die alle mit einem Produkt befaßt sind und eine eigene Buchhaltung haben. Joosts Aufgabe besteht darin, ein einheitliches System daraus zu machen. Er wird bis zum 1. Februar warten müssen, bevor er anfangen kann, da er noch ärztlich untersucht werden muß. Aber endlich passiert etwas Positives.

Weihnachten verspricht festlich zu werden mit einem bescheidenen Bäumchen und echten Kerzen, die Emmeke schon im Oktober aufgetrieben hat. Es gibt sogar Kaninchen, das Joost viel zu teuer bei einem Geflügelhändler im Judenviertel ergattert hat. Er meint, daß sie etwas zu feiern hätten. Emmeke hat Rotkohl und saure Äpfel gekriegt, aber für Kartoffeln muß Joost bis nach Voorschoten fahren. Der Winter ist zurück. Der Himmel ist stahlblau, und es friert mehr als zuvor. Gerade noch rechtzeitig fällt Emmeke ein, auch Sjoerd einzuladen, der gerne zusagt. Sonst würde er allein dasitzen. Er kommt mit einer Flasche Wein, inzwischen auch eine Rarität.

Es wird ein netter Abend, sie feiern ganz entspannt zusammen und lachen viel. Bobbie sitzt vor dem Weihnachtsbaum und kann seinen Blick nicht von den Kerzen abwenden. Auf Joosts Arm pustet er sie aus. »Butstach«, sagt er bei jeder Kerze. Sjoerd erzählt schöne Geschichten darüber, wie er über Australien und Indien auf einem englischen Schiff mit Ladung für Durban nach Afrika fuhr, anschließend durch ganz Afrika reiste, um schließlich über Casablanca nach Frankreich zu kommen. Von dort hatte er sich über Belgien in die Niederlande geschummelt. Das Schwierigste dabei war, daß er als großer, blonder Mann überall auffiel. Mehr als einmal wurde er für einen Spion gehalten – mal für einen deutschen, dann wieder für einen englischen. Er saß sogar eine Weile in einer Polizeistation. Erst in den Niederlanden verschwendete keiner mehr einen Blick auf ihn.

Die Euphorie hält nicht lange an. Kurz vor Silvester wird bekanntgegeben, daß der Verband der Kinobesitzer Juden den Zugang zu allen Kinos untersagt. Ausschluß. Die Propaganda der Deutschen beginnt Erfolg zu haben. Sie spannen andere vor ihren Karren, die die Drecksarbeit für sie erledigen. Joost wird plötzlich klar, daß sein Brief überhaupt nicht sinnlos war, sondern eine grundsätzliche Stellungnahme. Das jetzt ist eine Regelung, die das öffentliche Leben betrifft. Er will sofort ins Kino. Indem man ins Kino geht, protestiert man. Emmeke widerspricht. »Willst du denen etwa nachgeben?« Aber keiner weiß doch, daß sie Jüdin ist? »Dann erst recht«, beharrt Joost. »Was hat es dann für einen Sinn?« – »Vielleicht nicht für die Kinobesitzer, aber für dich selbst, du mußt die Zähne zeigen.« Natürlich gehen sie – zu einem süßlichen deutschen Film mit Marika Rökk und Johannes Heesters. Es passiert nichts. Auf einem Schild am Eingang steht: Für Juden verboten, was eine Stufe schärfer ist als Juden nicht erwünscht. Emmeke zittert, als sie daran vorbeigehen.

Der Aufruf des Musterungsarztes läßt auf sich warten. Joost wird ungeduldig, ihm kann es nicht schnell genug gehen. Er vergeudet seine Zeit mit einem Protestbrief an den Verband der Kinobesitzer, den er schließlich nicht abschickt. In der dritten Januarwoche landet dann endlich ein Schreiben des Wirtschaftsministeriums in seinem Briefkasten. Die Antwort auf seinen Einspruch ist halb gut und halb schlecht: Der General-Sekretär habe seinen Brief ordnungsgemäß empfangen und könne Joost mitteilen, daß er seine Bedenken zwar nachvollziehen könne, sie aber mitnichten teile. Die Entscheidung lasse sich nicht ändern: Das Ministerium folge Anweisungen von höherer Warte. Joost bekommt einen Einblick in die neuen Machtverhältnisse: über dem Ministerium steht also eine noch »höhere Autorität«. Aber der General-Sekretär könne Joost versichern, daß bald eine Lösung für das »Problem der Mischehen« gefunden werde. Das, was er in seinem Brief angesprochen hat, ist jetzt also ein »Problem«. Zu gegebener Zeit werde man Joost weitere Informationen zukommen lassen. Mit keinem Wort findet das Unrechtmäßige und Verfassungswidrige seiner Entlassung Erwähnung – der eigentliche Kern seines Briefes. Dieser wird weder bestritten noch geleugnet, sondern schlichtweg ignoriert. So enttäuschend das auch sein mag, vielleicht sollte er damit zufrieden sein. Er wird nicht zum Patentamt zurückkehren, so viel ist klar. Aber er würde es auch nicht mehr wollen.

(Tagebuchauszug)
21. Januar 1941
Joost mußte heute schon früh los. Es war noch dunkel, und es hatte auch wieder gefroren, dicke Eisblumen wuchsen an den Fenstern. Es friert seit der Zeit vor Weihnachten. Joost ist von einem Musterungsarzt für seine neue Stelle bei van der Heem aufgerufen wurden. Er hat keinen Bissen mehr heruntergekriegt und auch wieder Probleme mit dem Magen. Das sollte er dem Arzt nicht unbedingt auf die Nase binden. Wenn er für tauglich befunden wird, kann er gleich anfangen. Ich hoffe es, denn dann geht alles wieder seinen normalen Gang. Arbeit wird ihm gut tun. Zu Hause herumsitzen ist nichts für ihn, das macht ihn nur nervös. (…) Gestern war ich bei Pippi – es hat auch Vorteile, wenn der Ehemann mal auf das Kind aufpassen kann: Man kommt zur Abwechslung auch mal allein raus. Aber bei dieser Kälte will man es gar nicht so lange. Pippi hat ordentlich zugelegt. Ihr Bauch ist kugelrund geworden, ich schätze mal, daß es ein Mädchen wird. In drei Monaten wissen wir es genau. Sie hat sich sehr für mich gefreut, daß Joost nun doch eine neue Arbeit hat. (…) Seit Joost zu Hause ist, lese ich auch Zeitung. Joost geht fast jeden Tag raus, und dann bringt er eine Zeitung mit.

In der Zeitung, die Joost von seinem Besuch beim Musterungsarzt mitgebracht hat, liest Emmeke, daß sich alle Juden registrieren lassen müssen. Er reißt ihr die Zeitung aus den Händen und liest die Verordnung Wort für Wort laut vor. Es werden die gleichen Formulierungen wie bei der Ariererklärung gebraucht. Joost explodiert vor Wut. Jeder, der als Jude klassifiziert werden kann, muß sich schriftlich beim Einwohnermeldeamt seines Wohnortes melden. Formulare können im Rathaus abgeholt werden, sie kosten einen Gulden. Diese allgemeine Registrierung erfolgt für jeden Juden individuell: Emmeke muß sich anmelden, und auch Bobbie muß eingetragen werden, denn er hat zwei jüdische Großeltern. Das geht Joost entschieden zu weit: Was hat das Kind damit zu schaffen? Von dem Kind sollten sie tunlichst die Finger lassen! »Das machen wir nicht mit!« sagt er entschlossen. Doch Emmeke meint, daß das unmöglich sei, denn durch die Ariererklärung würden sie sie unweigerlich aufspüren: »Wenn wir es nicht selbst tun, machen sie es für uns.«

Mehr denn je kommt sich Joost wie ein Verräter vor. Sie würden auch seine Schwiegermutter Bella erfassen. Bert kann sich bei den Deutschen vielleicht herauswinden, aber wie lange noch? Nur Joost selbst muß sich nicht registrieren lassen, er ist schließlich kein Jude. Emmeke versteht das alles nicht: »Warum bist du dann gefeuert worden?« Tja. »Sie lügen, daß sich die Balken biegen«, ist alles, was Joost dazu einfällt. »Sie gehen davon aus, daß wir das alles brav schlucken.« Aber sie haben keine Wahl.

Da die Registrierung der jüdischen Beamten auf dem Wege der Ariererklärung so erfolgreich verlaufen ist, wird bereits am 10. Januar 1941 die gesamte jüdische Bevölkerung mit der Verordnung Nr. 6/41 zur Registrierung aufgefordert. Aus den drei kurzen Zeitungsausschnitten vom Februar 1941 in meiner grünen Mappe, die die angeordnete Registrierung aller Juden zu erläutern versuchen, geht hervor, daß sich mein Vater des Ernstes der Lage von diesem Moment an bewußt war. Hatte er schon angesichts der Ariererklärung das Schlimmste befürchtet, sah er nun seinen Verdacht vollauf bestätigt: Seine Frau, meine Mutter, war Jüdin und mußte deshalb angemeldet werden, und wenn er es richtig interpretierte, seine Kinder ebenfalls. Die Artikel waren im Innenteil der Zeitung versteckt. Er hat sie ausgeschnitten und aufgehoben. Er mußte immer genau wissen, woran er sich zu halten hatte. In immer etwas anderen Formulierungen wurde darauf hingewiesen, daß die »Rasse« des Juden allein durch die »Mitgliedschaft« von vier (oder weniger) Großeltern bei einer niederländisch-israelischen Glaubensgemeinschaft festzustellen sei. Der Glaube diente also als Rassennachweis. Einen anderen »Beweis« gab es nicht. Die Verordnung betraf auch Onkel Arnold und ihre Mutter Flora. Und den Rest der Familie mütterlicherseits, von der ich niemanden kannte. Selbst meine Großmutter habe ich bewußt nie kennengelernt, und habe auch wegen all dem, was da noch kommen sollte, nie die Gelegenheit dazu gehabt.

27

Schweren Herzens fährt Bert zum Schweizer Konsulat in Amsterdam an der Herengracht, nicht weit von Miedls Bank entfernt. Der Mitarbeiter, der ihn anhört, tut alles in seiner Macht stehende, um ihn in schwer verständlichem Schweizerdeutsch abzuwimmeln. Das Konsulat schicke lediglich diplomatische Nachrichten per Kurier in die Schweiz und könne sich nicht um private Angelegenheiten kümmern. Bert verrät einer Dame mit lockigem grauem Haar im Sekretariat, daß er wichtige Informationen über einen niederländischen Diplomaten habe, der in der Schweiz in Schwierigkeiten steckt. Er schafft es, daß in zwei Wochen ein Termin mit dem Konsul vereinbart wird, der gerade auf Dienstreise unterwegs ist.

Was, wenn auch das nicht klappt? Elfies flehende Bitten am Telefon werden immer drängender. Sie will weg aus dem Nachtclub, sie werde schlecht bezahlt, und der Besitzer rükke ihr zusehends auf die Pelle. »Ich habe keinen Bedarf an diesen Avancen, ich warte lieber auf meinen Erretter«, sagt sie. Bert versichert ihr, daß die Dinge auf gutem Wege sind, verrät aber nicht, daß die Lösung, die ihm vorschwebt, ihn selbst aber ausschließt. Das ist ihm zu heikel.

Zwei Wochen später sitzt er dem Konsul, Herrn Stern, gegenüber, einem großen, hageren Mann mit glatt nach hinten gekämmtem Haar über einem weißen Gesicht, der ihn mit den Blicken förmlich durchbohrt. Bert hat zu Fuß gehen müssen, weil die Straßenbahn nicht fährt. Es wird gestreikt, der Platz vor dem Hauptbahnhof steht voll mit Straßenbahnpersonal, und auch berittene Polizei ist unterwegs. Herr Stern spricht Deutsch, aber Bert kann sein Anliegen auf Niederländisch vortragen. Ein Assistent sitzt dabei und macht sich Notizen und übersetzt auch hin und wieder etwas. Bert erklärt, weswegen er gekommen ist. Dabei legt er Nachdruck auf Henris diplomatische Funktion im niederländischen Konsulat in

Frankfurt, die Tatsache, daß er wegen Wirtschaftsspionage aus Deutschland ausgewiesen worden ist, in Den Haag von der Gestapo gesucht wurde und deshalb bei Kriegsausbruch in die Schweiz geflüchtet ist. Jetzt ist er gestorben, und seine Frau hat keinen Zugriff auf sein Schweizer Vermögen. Frau Goedeman hat nicht einmal den Grabstein ihres Mannes bezahlen können und ist ganz auf die Hilfe von Freunden angewiesen. Und so viele Freunde habe sie nicht. Bert als Goedemans Interessenvertreter ist es nicht möglich, das Geld aus dem Verkauf der Biedermeiersammlung in die Schweiz zu transferieren, weil Überweisungen nicht mehr möglich sind. Ob das Geld nicht per Kurier vom Konsulat in die Schweiz gebracht werden könne?

Stern hört aufmerksam zu, ab und zu macht er sich eine Notiz. Er begreift den Ernst der Lage. Um sie jedoch vollständig zu erfassen, wären noch einige Fragen zu klären. Die erste: Ob Herr Goedeman Jude sei. Nein, aber seine Frau, sagt Bert. »Er hat sie aus den Händen der Nazis gerettet.« Hatte Herr Goedeman ein Konto in den Niederlanden? »Bei Laroux & Gross.« Bert zeigt das Empfehlungsschreiben von van der Harst, verschweigt aber sein besonderes Verhältnis zu dieser Bank. Und warum habe er das Biedermeiergeld nicht einfach auf Goedemans Konto überweisen lassen, will Herr Stern wissen. »Weil Herr Goedeman nicht kommen und es abheben kann.« – »Ja, natürlich.«

Ob Bert auch eine Vollmacht von Herrn Goedeman selbst vorweisen könne, fragt Stern. Bert zeigt das echte Schreiben über die Biedermeiersammlung. Stern läßt die Dokumente kopieren. Und die Bezahlung? In bar, in niederländischen Gulden. Das ist perfekt, denn Schecks werden nicht mehr eingelöst – aus genau demselben Grund, warum Bert jetzt bei Herrn Stern sitzt. Bert hat den Eindruck, daß Stern ihn beglückwünschen möchte: Er habe sehr verständig gehandelt. Daß er sein Geld in einem Schuhkarton aufbewahrt, scheint seine Zuverlässigkeit seltsamerweise noch zu vergrößern.

Der Konsul ist bereit zu helfen. Zunächst jedoch müssen die von Bert gelieferten Angaben überprüft werden. Das wird ein Weilchen in Anspruch nehmen, zumal der niederländische Auslandsdienst nach London abgewandert ist und der gesamte diplomatische Verkehr nun über die Schweiz abgewickelt wird. Das ist eine mühsame und zeitraubende Prozedur, denn die Niederlande sind nicht das einzige besetzte Land, dessen Interessen von der Schweiz aus wahrgenommen werden. In der Zwischenzeit müsse Bert die genauen Daten von Frau Goedeman beibringen; ihre Identität müsse zweifelsfrei geklärt sein. Auch um Berts Identität geht es. Das alles sind ganz normale Formalitäten. Wenn er keinen Reisepaß habe, genüge ein Auszug aus dem Einwohnermeldeamt. Darum solle er sich unverzüglich kümmern: Das Konsulat könne jederzeit geschlossen werden, und dann wären alle Wege verbaut. »Die Situation wird von Tag zu Tag dramatischer.« Stern zeigt nach draußen.

Bert kann Elfie am nächsten Tag darüber informieren, daß das Geld per Kurier vom Schweizer Konsulat zu ihr gelangen wird. Wie lange es noch dauern wird, weiß man nicht. Er tut sein Bestes, um so positiv und hoffnungsvoll wie möglich zu klingen. Ihr Weinen, grotesk verzerrt durch die Störwellen der Telefonverbindung, tut ihm weh – er haßt das Telefon. Er möchte sie trösten, aber seine Stimme stockt, er findet nicht die rechten Worte. Bloß gut, daß Lien nicht da ist und ihn nicht so sehen kann, so verstört und ganz anders als sonst. Von seinem Schreibtisch aus überblickt er den ganzen Raum: Das ist seine Sicherheit, seine Geborgenheit. Es ist besser so. Lien wird mit der Lösung, die er für Elfies Geld gefunden hat, einverstanden sein. Er sollte auch zufrieden damit sein, aber er ist es nicht, denn er hat sich eine Illusion zerstört. Eine kostbare Illusion aus schwarzem Samt: Er hätte das Geld auch als Unterpfand für ein erträumtes Versprechen behalten können, das Elfie niemals halten wird.

An diesem Abend kommt Lien früher als sonst nach Hause. Sie ist völlig außer Atem und aufgeregt. Das letzte Stück ab der Straßenbahnhaltestelle ist sie gerannt, als wären ihr noch die außer Rand und Band geratenen Randalierer, die es auf

Gerzon abgesehen hatten, auf den Fersen. Sie ist auf dem gefrorenen Schnee ausgerutscht und hat Glück gehabt, daß sie nicht mit dem Kopf auf den Bordstein geknallt ist. Der Ärmel ihres Mantels ist zerrissen, und sie hat vom Ellbogen bis zum Handgelenk eine große Schürfwunde am Unterarm, die Bert vorsichtig mit Jod bestreicht.

Lien verzieht das Gesicht vor Schmerz; die Geschichte bricht in kurzen Schüben aus ihr heraus: »Plötzlich standen Männer vor dem Schaufenster und dann im Schaufenster. Ich habe gar nicht begriffen, was da vor sich geht. Sie hatten schwarze Uniformen an. Später habe ich gehört, daß sie von der WA waren, dem Schlägertrupp des NSB. Sie haben die ganze Zeit rumgebrüllt. Ich hatte gerade einen Hut für eine Kundin in der Hand, so einen mit einer Fasanenfeder. Die von der Wehrabteilung haben die Fenster mit Knüppeln und Eisenstangen eingeschlagen. Dann sind sie reingekommen, bis an die Vitrinen. Die haben sie kurz und klein geschlagen. Sie haben alles eingesackt: Brieftaschen, Damentaschen, Schmuck. Die Perlen sind auf dem Parkett zwischen den Glassplittern herumgerollt. Und sie haben die ganze Zeit ›Juden raus!‹, ›Niederländer kaufen nicht bei Juden!‹ gebrüllt. Es war vielleicht ein Dutzend, aber sie haben es nicht bis zur Hutabteilung geschafft. Nach einer Runde in der Drehtür haben sie noch gebrüllt: ›Wir kommen wieder! Wir kommen wieder!‹ Einfach schrecklich! Da war's Viertel vor fünf. Die anderen Mädels waren nirgendwo zu sehen. Die hatten sich versteckt: unter einem Tisch, hinterm Kleiderständer, im Schrank. Ich habe sie kreischen hören. Auf der Treppe zum ersten Stock stand eine Menge Leute, die alle völlig fassungslos waren. Kunden, Mitarbeiter. Keiner hat was gesagt, keiner hat was getan. Der junge Herr Gerzon kam auf mich zugerannt. Die Frau, die den Hut anprobieren wollte, stand in einem Meer von Scherben. Herr Gerzon fragte, was passiert sei. Er packte mich an den Schultern und schüttelte mich. Ich habe kein Wort herausgebracht und nur auf die Verwüstung gezeigt. Die Mädchen kamen wieder zum Vorschein, alle weiß wie die Wand. Als sie mich mit Herrn Gerzon erblickten, begannen sie zu weinen. Nur Frau van Loo weinte nicht, die fing an, die Handtaschen aufzulesen, und meine Kollegin Judith ist mitten in die Glasscherben gefallen. Frau van Loo hat ihr aufgeholfen, und dann hatten sie beide überall Blut an den Händen und an den Sachen.«

Für den Moment kann Lien nicht weiter, sie muß sich erst mal setzen. Bert bringt ihr ein Glas Portwein. Herr Gerzon war auf die Frau zugegangen, die noch immer in all den Glasscherben stand, hatte sie am Arm gepackt und sie ins Café im ersten Stock geführt. Sie stand unter Schock. Der Geschäftsführer hat über die neue Lautsprecheranlage die Kunden für die entstandenen Unannehmlichkeiten um Entschuldigung gebeten und ihnen empfohlen, das Geschäft über den Hintereingang zu verlassen. Die Mitarbeiter wurden ersucht, sich im Erdgeschoß bei Liens Hutabteilung zu versammeln; sie durften entweder nach Hause gehen oder konnten beim Aufräumen helfen. »Wir werden schnell neue Ware organisieren«, versprach Herr Gerzon. »Wir lassen uns nicht vertreiben.« Lien wollte beim Aufräumen mitmachen, aber Frau van Loo hat nur abgewinkt und gesagt: »Geh du mal nach Hause.«

An der Straßenbahnhaltestelle auf dem Spui, vor Heck's Lunchroom, war ihr wieder eine Gruppe von der Wehrabteilung entgegengekommen, die inzwischen zu einer großen herumschreienden Bande angewachsen war: immer die gleichen Parolen, immer die gleichen Drohungen. Die Riesenfenster von Heck's wurden eingeschlagen, die Gäste verjagt, einige sogar verprügelt. Lien sah mit an, wie sie die ganze Einrichtung zertrümmerten und einen Kellner in weißer Jacke zwangen, ihnen dabei zu helfen, ein Schild mit großen, häßlichen schwarzen Buchstaben an der Fassade zu befestigen: FÜR JUDEN VERBOTEN. Als das dann am Balkon im ersten Stock hing, brandete ein besoffener Jubel los, und der Kellner wurde mit ein paar Tritten weggejagt. Schaulustige auf der Straße standen schweigend und mit verängstigten Gesichtern dabei. Die Polizei war auch da, aber die griff nicht ein und sorgte nur dafür, daß das Publikum auf Abstand gehalten wurde, daß die Straßenbahn noch vorbeikam.

»Vielleicht konnten sie nicht anders«, sagt Bert, »vielleicht konnten sie gegen die Übermacht nichts ausrichten.« Aber Lien hat gehört, daß es viele Sympathisanten bei der Polizei gibt. Jemand von den Zuschauern hat auch gesagt, daß es in Amsterdam noch viel schlimmer zugehe. Da wehrten sich die Juden wenigstens noch! Es habe Kämpfe und Tote gegeben. Aber da ist auch die Grüne Polizei, deutsche Ordnungspolizisten in grünen Uniformen, die auf der Seite dieser Wehrabteilung stehen. Bert hat gestern nichts von den Unruhen in Amsterdam mitbekommen. Nach seinem Besuch im Konsulat war er schnell zum Bahnhof zurückgelaufen. Erst dort hat er davon gehört.

»Die Polizei greift vielleicht erst ein, wenn auf der Straße alles außer Kontrolle gerät.« Doch Lien läßt sich nicht beschwichtigen: »Ist das nicht längst außer Kontrolle?« Auch das Büro der Synagoge in der Nieuwe Molstraat ist vor einigen Tagen in Brand gesetzt worden. Eine Kollegin bei Gerzon hatte es Lien erzählt: Die WA hat erstmal die Straße abgesperrt, die Polizei ließ sie gewähren und hat niemanden durchgelassen. Die Haager Polizei! Da war nichts außer Kontrolle geraten, es wurde alles genauso gemacht, wie die WA es wollte. Den Deutschen hat es gefallen, weil sie sich die Hände nicht schmutzig zu machen brauchten.

Der Paß, den Bert sich für seine Reise mit Lien nach Luzern hat ausstellen lassen, stammt noch aus der Zeit vor dem Krieg. Bert hat ihn als Souvenir behalten. Auf dem Weg zum Melderegister im Rathaus fährt er bei Gerzon in der Venestraat vorbei, um mit eigenen Augen zu sehen, welchen Schaden das Modehaus am Vortag erlitten hat. Die zerbrochenen Fenster sind mit Sperrholzplatten vernagelt, der Blick auf die Zerstörung im Inneren ist verstellt. WIR KOMMEN WIEDER! hat jemand drohend in großen schwarzen Frakturbuchstaben drauf geschmiert. »Sobald es die Umstände gestatten, öffnen wir wieder«, steht in kleineren »Gerzon-Buchstaben« auf einem Stück Pappe neben der Drehtür. Das kann alles heißen: nächste Woche oder nächstes Jahr. Ob die Besitzer wirklich den Mut aufbringen, die Sperrholzplatten durch neue Schaufenster zu ersetzen?

Was noch an Glanz übrig geblieben war, ist nun aus der Venestraat verschwunden. Das Modehaus Gerzon blickt mit blinden Augen auf die Straße. Auch andere Geschäfte halten ihre Rolläden geschlossen. Aus Vorsicht oder Solidarität. Oder aus Angst. Bert hat mit den deutschen Soldaten seine eigenen Erfahrungen gemacht. Sie wären bereit gewesen, ihn zu erschießen, aber es gab eben auch welche, die das verhindert haben, mit denen man reden konnte, die vernünftig waren und mit denen man irgendwie übereinkam. Man durfte sich nicht ins Bockshorn jagen lassen. Und er hat auch seine Erfahrungen mit der deutschen Polizei, die ihm mit ihrem Verhör einen gehörigen Schrecken einjagte, ihm aber Respekt zollte, als er ihnen in die Parade fuhr. Er hat mit deutschen Funktionären verhandelt, die seinen Kaufmannsgeist zu schätzen wußten. Mit ihnen ist zu reden, zumindest scheint es so. Wollen die Deutschen die Juden weghaben, und bedienen sie sich dabei der WA? Gerzon ist ein jüdisches Unternehmen. Wenn man die alle kurz und klein schlägt, werden die Juden schon von ganz alleine abhauen. Darauf spekulieren sie vielleicht. Dann sollte man, so lächerlich es auch ist, besser kein Jude sein. Bert kann sich als frischgebackener Christ sicher fühlen, aber wie steht es um die Brüder Gerzon? Und die Juden, die bei ihnen angestellt sind? Die sind alle bedroht, einstweilen noch von Zerstörungswut und gebrüllten Haßparolen. Aber demnächst? Bert denkt an Elfie und Hans Dedemsvaart. Sie haben das alles kommen sehen und sind geflohen, Elfie sogar zweimal. Aber Gerzon? Kann der noch entwischen?

Die Straße ist ausgestorben. Der schmutzige, gefrorene Schnee macht es nicht besser. Ein dunkler Himmel kündigt Neuschnee an. Bert sitzt sicher schon mindestens eine Viertelstunde reglos auf dem Sattel der Zündapp. Die Kälte kriecht langsam an ihm hinauf, trotz des dicken Pullovers, den er unter den Ledermantel gezogen hat. Ein Geburtstagsgeschenk von Lien. Von Gerzon natürlich.

»Warten Sie vielleicht darauf, daß die aufmachen?« Bert erschreckt vor dem Polizisten, der sich ihm lautlos von hinten genähert hat. »Da können Sie lange warten.« Es klingt spöttisch und provozierend. Oder hat sich Bert verhört? »Die machen vielleicht nie wieder auf.« Schwingt da jetzt Bedauern mit? Empörung? Hohn? Befriedigung? Schadenfreude? Er läßt sich nicht aus der Reserve locken: »Schon schade, die haben schöne Sachen.« Der Polizist schaut ihn fragend an, zeigt auf die vernagelten Fenster und die draufgeschmierten Parolen. »Sie haben hier im Moment nichts zu suchen.« Bert nickt. Der Polizist hat recht: Er hat hier im Moment nichts verloren. Er startet den Motor und fährt los. War der Polizist ihm nun wohlgesonnen oder gerade eben nicht? Wurde er bedroht oder in Schutz genommen? Die Kunst der Zweideutigkeit, Aussagen, die verschiedene Auslegungen möglich machen: in dieser Disziplin muß er sich noch üben.

Vor der Registrierung meiner Mutter und ihrer Kinder hat mein Vater einen unbegreiflichen Fehler begangen. Er hat sich bei der Niederländisch-Israelitischen Gemeinde in Amsterdam nur nach den Eltern meiner Mutter, nicht aber nach ihren vier jüdischen Großeltern erkundigt, auf die die Verordnung so ausdrücklich pocht. Warum hat er das getan, wo er doch drei Zeitungsartikel aufbewahrt hat, in denen klar und deutlich zu lesen ist, was von ihm verlangt wird? Oder ist es eine Fahrlässigkeit aufgrund mangelnden Wissens über die »Abstammung« der vier Großeltern meiner Mutter? Drei von ihnen waren lange vor deren Geburt tot. Ihr Großvater mütterlicherseits starb ein Jahr nach ihrer Geburt. Außerdem hatte sich diese großelterliche Vergangenheit in Amsterdam abgespielt, während sie schon seit 1909 in Den Haag wohnten. Das kommt mir als Ausrede ein bißchen dürftig vor. Dokumente von mehr als einem Jahr nach der Verordnung im Jahr 1941 zeigen, daß das »Versäumnis« doch noch »nachgeholt« wurde, aber da war es bereits zu spät und der Schaden angerichtet.

Mindestens ebenso bemerkenswert – oder unbegreiflich – ist die Tatsache, daß der Schalter des Standesamts in Den Haag offenbar keinen Hinweis auf dieses »Versäumnis« gegeben hat und die Registrierung meiner Mutter und ihrer beiden Kinder ohne weiteres akzeptiert wurde, ohne daß ihr Hintergrund überprüft wurde. Vielleicht waren sie schon zufrieden, daß sich sogar Leute mit nur zwei jüdischen Eltern als Juden registrieren wollten. Das würde später eine Menge Arbeit sparen. Ehrlich gesagt, verstehe ich nicht, warum meine Eltern keine Anstrengungen unternommen haben, um sich der Registrierung zu entziehen, wenn sie schon mit den dafür geforderten Informationen so nachlässig umgesprungen sind. Haben sie es nicht ernstgenommen, oder war da noch etwas anderes? Der grüne Ordner löst das Rätsel nicht. Onkel Arnold jedenfalls ist der Registrierung ausgewichen: Er meinte, gute Gründe zu haben, es nicht zu tun.

Beim Rathaus erlebt Bert eine Überraschung: Vor den Schaltern steht eine lange Schlange bis auf die Straße. Was ist hier los? Er versucht, an der Warteschlange entlang nach drinnen zu kommen, wird aber mehrmals aufgehalten: »Nicht vordrängeln, wir sind alle aus dem gleichen Grund hier.« Weshalb denn? Für die Judenregistrierung. Ab heute kann man die Formulare abholen; sie kosten einen Gulden pro Stück. Dann sind das hier also alles Juden. Bert hat davon gehört. Es soll in der Zeitung gestanden haben, auch die Unruhen in Amsterdam hatten damit zu tun. Lien hatte einen Aufruf an einer Litfaßsäule gesehen. Aber um den mußte er sich nicht scheren, waren sie sich sicher. »Ich bin wegen eines Auszugs aus dem Standesamt hier«, sagt Bert. »Das ist der gleiche Schalter«, kriegt er von allen Seiten zu hören. Er wird mitleidig angesehen. Jemand anderes fragt, ob er in Eile sei. »Durchaus.« Der Mann schaut auf die Uhr und bietet Bert seinen Platz in der Warteschlange an: »Ich auch, aber ich komme morgen wieder.« Die Umstehenden protestieren, daß das nicht anständig sei. »Dann ist's eben nicht anständig«, sagt der Mann seelenruhig, »es ist einfach nur nett von mir, bei der nächsten Gelegenheit wird dieser Herr mir einen Gefallen erweisen.« Zu Bert sagt er: »Diese Leute haben überhaupt keine Eile, ganz im Gegenteil, und doch stehen sie hier an.« Er lüftet seinen Hut und entfernt sich eilig. Bert ignoriert das Murren, das langsam abebbt wie das Geräusch eines vorbeifahrenden Zuges. Bert schaut sich um und sieht Juden aller Art. Hauptsächlich Männer – arm und reich, schäbig und schick. Bei einigen kann man an der Kleidung erkennen, daß sie jüdisch sind, bei anderen ist nichts außergewöhnlich. Was sie gemein haben, ist, daß sie in dieser Schlange stehen.

Nach anderthalb Stunden ist Bert dran. Der Schalterbeamte mustert ihn unwillig. Heute gehe es um die Judenregistrierung, nicht um Auszüge aus dem Standesamt. Er schiebt die Formulare unter dem Glas Bert zu, der sie gleich mit den Worten zurückschiebt:»Das betrifft mich nicht.« – »Das werden wir ja sehen.« Als ob der Beamte zu entscheiden hätte, wer Jude ist und wer nicht. Er hat Berts Namen schnell in der Kartei gefunden:»Sehr viel jüdischer geht es gar nicht!« Alle Angaben, die Bert braucht, stehen auf der Karteikarte: wo und wann geboren, Sohn von Frederik Hendrik Meijer van Leer und Bella Friedler, seine jetzige Adresse und seine früheren Anschriften, durchgestrichen mit einem blauem Stift. Er sei sehr wohl ein Fall für die Registrierung. Das müsse er noch einmal genau prüfen, sonst bekomme er Schwierigkeiten:»Meijer van Leer ist ein jüdischer Name.« – »Geben Sie mir jetzt den Auszug?« Das Papier kostet fünfzig Cent, halb so viel wie das Registrierungsformular.

Am nächsten Tag fährt er noch einmal nach Amsterdam, um das Formular und die Daten über Elfie beim Schweizer Konsulat abzugeben. In der Stadt ist alles ruhig. Konsul Stern ist nicht da. Die freundliche Dame im Sekretariat hat eine andere Frisur. Sie verspricht, daß Herr Stern sich kümmern werde. Bert bekomme dann so schnell wie möglich Bescheid.

Am darauffolgenden Sonntag stehen Emmeke und Joost vor der Tür. Sie haben es auf gut Glück versucht. Normalerweise schickt Emmeke immer eine Karte vorneweg. Aber jetzt ist es eilig, jetzt geht es um die Judenregistrierung. »Juugitierum!« In Gesprächen seiner Eltern hat Bobbie das Wort in den letzten Tagen aufgeschnappt. »Sei jetzt mal still, Bobbie.« Emmeke muß über ihren kleinen Jungen lachen, trotz des Ernstes der Situation. »Juugitierum!« Bobbie gibt nicht so schnell auf. »Wir wollen versuchen, uns da rauszuwinden, aber keine Ahnung, wie.« Joost zeigt die Formulare, deren Annahme Bert verweigert hat, eins für Emmeke und eins für Bobbie. Bert ist da ganz entschieden: »Finger weg!« Wie jetzt? Joost hat die Ariererklärung unterschrieben, gegen seinen Willen und gegen seine Prinzipien, und da hat Bert ihm das genaue Gegenteil geraten: »Mach einfach.« Joost ist schließlich nicht jüdisch. Aber Emmeke schon, und Bella ebenfalls, und das hat er angeben müssen: »Also wissen sie das. Wir können uns jetzt natürlich dumm stellen, aber da werden sie früher oder später dahinterkommen.«

Es ist die gleiche Diskussion wie vor ein paar Monaten, nur daß die seinerzeitigen prinzipiellen Einwände gegen die Maßnahmen nun den daraus folgenden praktischen Konsequenzen gewichen sind. Das Schlimmste daran ist, daß auch Bobbie registriert werden muß: als Halbjude. »Zum halben Preis, will ich doch stark hoffen.« Joost hat keinen Sinn für Berts Witzeleien. Er fährt ihn an und wirft ihm vor, die Sache nicht ernst genug zu nehmen. Aber was erwarte Joost eigentlich von ihm? Bert wird sich nicht registrieren lassen, unter keinen Umständen. Kommt gar nicht in die Tüte, da sind er und Lien völlig einer Meinung. »Und ich bin mir ziemlich sicher, daß Bella es auch nicht macht.« Was soll das überhaupt bedeuten, eine solche Registrierung? »Daß wir nicht mehr ins Kino gehen können, zum Beispiel.« Joost hört selbst, wie läppisch und harmlos das klingt. »Als nächstes kriegen wir dann einen Ausweis, damit sie es auch überprüfen können.« Bert findet das alles ein bißchen übertrieben. Wie denn? Soll etwa auf dem Ausweis stehen, daß wir Juden sind? Joost hat nicht viele konkrete Argumente, nur bange Vorahnungen. Was glaube Bert denn, wofür solche Registrierungen gut sind? Um die Juden loszuwerden und alles, was jüdisch ist. Er listet die

Maßnahmen auf, die bisher gegen Juden ergriffen wurden. Es hat mit dem Luftschutz und der Ariererklärung für Beamte angefangen, und Bert wisse doch auch, daß überall Schilder mit FÜR JUDEN VERBOTEN! aufgehängt wurden. Lien pflichtet Joost bei: »Stimmt. Zu Heck dürfen sie auch nicht mehr.« Sie erzählt, was sie diese Woche erlebt hat.

Für einen Moment rücken die Unruhen im jüdischen Viertel von Amsterdam, die immer weiter eskalieren, in den Mittelpunkt ihres hitzigen Gesprächs. Auch auf die Brandstiftung an der Synagoge in der Nieuwe Molstraat kommen sie zu sprechen. Was muß denn noch alles passieren? »Man sollte lieber kein Jude sein«, wiederholt Bert laut seinen Gedanken, der ihm gekommen ist, als er sich Gerzons eingeschlagene Scheiben von seinem Motorrad aus angesehen hat. »Also läßt man sich besser nicht registrieren.« Aber genau das ist das Problem: Joost hat einen Brief an die Niederländisch-Israelitische Gemeinde in Amsterdam geschrieben, wo Emmeke und Bert geboren sind, und dort angefragt, ob ihre Eltern Bella Friedler und Frederik Hendrik Meijer van Leer denn dieser Gemeinde angehört haben. Und die Antwort lautet: Ja, das haben sie, und ihre Kinder, Maria und Albert, waren ebenfalls dort eingeschrieben, bis sie von Amsterdam nach Den Haag gezogen sind. Und auch deren Eltern waren bei der jüdischen Gemeinde eingeschrieben. Vier jüdische Großeltern also.

Bert erschreckt. Ist ihm jetzt die Maske vom Gesicht gerissen, wird er nun auch den Maßnahmen gegen die Juden unterworfen? Bei all seinen Beziehungen zu den Deutschen würde ihm das gar nicht in den Kram passen. Plötzlich fühlt er sich erheblich weniger sicher. Warum hat Joost das getan? Mußte das sein? Ja, es war notwendig: »Es war eine der Fragen auf dem Formular, sie wollen Abstammungsnachweise sehen.« Also habe Joost vor, Emmeke und Bobbie anzumelden, schlußfolgert Bert außer sich. »Und dabei verpfeifst du mich gleich mit, verdammt, ohne mich auch nur zu fragen! Sauber gemacht, den eigenen Schwager! Und dabei kennst du meine Haltung: Ich habe damit nichts zu tun, mit dieser ganzen Judengeschichte nicht!«

Völlig verdattert sieht Joost zu Emmeke. Er habe ihren Bruder nicht »verpfiffen« – allein schon das Wort! Solche Begriffe solle sich Bert tunlichst verkneifen, denn sie unterstellen böse Absichten. Das mit der Registrierung habe er sich doch nicht ausgedacht? Was nun?

Ja, was jetzt? Ich verstehe Berts Ausbruch sehr gut: Er fühlt sich durch Joosts Handeln in die Enge getrieben. Andererseits: Joost hat in gutem Glauben gehandelt – er hat die verlangten Abstammungspapiere angefordert und erhalten. Vielleicht hat er darauf spekuliert, daß es sie nicht mehr gibt oder daß sie unauffindbar sind. Aber die niederländischen Verwaltungen sind tipptopp in Schuß, jüdisch oder nicht-jüdisch, religiös oder nicht – bis in die kleinste Kleinigkeit.

Joost hat die Formulare aber noch nicht eingereicht. Deshalb sind er und Emmeke ja nun zu Bert und Lien gekommen: um gemeinsam eine Lösung für ein Dilemma zu finden, das sie alle betrifft. Aber Bert will nicht darüber reden. Er meint, daß ihm die eigene Familie in den Rücken gefallen sei. Ihm schwebt für sich ein ganz anderer Weg vor. Sie leben in völlig unterschiedlichen Welten.

Joost bleiben jetzt nur zwei Alternativen: sich mit seinem Schwager anzulegen und einen heftigen Streit mit allen Konsequenzen vom Zaun zu brechen; oder den aufkommenden Sturm abzuschwächen, indem er Berts Anschuldigung ignoriert. Der ist in Wut oder Panik ausgerastet – letzteres kann Joost sogar verstehen. Vielleicht ist Bert, trotz seines eigenen Mottos, bange geworden. Jetzt passiert etwas Außergewöhnliches, etwas, das sich meiner Kontrolle entzieht – es geschieht aus einem Impuls heraus. Das ist es, was Joost tut:

Er nimmt die Formulare eins nach dem anderen vom Tisch und reißt sie in der Mitte durch. Die Schnipsel fallen zu Boden. Bobbie hebt sie auf und wirft sie wieder in die Luft: »Juugitierum!« Was für ein Fest! »So, das war's.« Joost wischt sich die Hände an der Hose ab, als hätte er eine Drecksarbeit hinter sich. Bert steht da und kriegt den Mund nicht mehr zu.

»Was machst du denn da?« Aber es ist alles in Ordnung; Was Joost angeht, hat sich das Thema erledigt. »Und was mich betrifft?« Emmeke ist kalkweiß geworden. Sie kann nicht beurteilen, ob das alles nun gut oder schlecht ist. Sie ruft Bobbie zu sich und klemmt ihn zwischen ihren Knien fest: »Was passiert jetzt?«

Joost zuckt mit den Schultern. »Das weiß der liebe Gott. Vielleicht nichts, wir werden's ja sehen. Wenn die Deutschen dahinterkommen, war's eben ein Mißverständnis. Wir haben doch keine Ahnung, was sie vorhaben.« Ein schiefes Grinsen huscht über Berts Gesicht. Erleichterung? Unglauben? Er streckt Joost die Hand entgegen, dankbar für diese Lösung – die keine Lösung ist, wie sie beide wissen. »Juugitierum«, sagt Joost, aber keiner lacht darüber. Lien legt ihre Hand auf Emmekes Schulter. Was auch immer als Nächstes passieren wird, sie werden es gemeinsam angehen. Glauben sie, hoffen sie.

Ich nehme an, daß es meinem Vater schwer gefallen ist, aber er hatte nicht die Absicht, den Aufruf zu ignorieren – um mal bei dem von den Deutschen so gerne im Munde geführten Begriff der »negativen Verneinung« zu bleiben: Er begann mit Nachforschungen. Zunächst beim Standesamt der Gemeinde 's Gravenhage. Ich finde ein Formular vom Donnerstag, dem 13. Februar, ausgestellt am Schalter gegen die Zahlung von fünfzig Cent, aus dem hervorgeht, daß »Rudolph Jacob de Jong van Lier (...) und Flora Adler (...), verheiratet, beide N.I. sind«, also niederländisch-israelitisch. Das sind meine Großeltern. Um ganz sicher zu gehen, schrieb mein Vater am Montag, dem 16. Februar, einen Brief an die Niederländisch-Israelitische Hauptsynagoge in Amsterdam und fragte an, ob seine Schwiegereltern »jemals persönlich bei der israelitischen Gemeinde eingeschrieben waren«. Der Briefentwurf, voller Streichungen, befindet sich in meinem grünen Ordner, der in dieser Angelegenheit bemerkenswert vollständig ist. Der richtige Brief wurde expreß geschickt. Gleich am nächsten Tag, am 17. Februar, wird, ebenfalls expreß, bestätigt, daß »der Herr Rudolph Jacob de Jong van Lier, seine

Ehefrau, Frau Flora Adler, und ihre Kinder Emilia und Arnold bis zu ihrem Wegzug 1909 im Bevölkerungsregister der Niederl.-Israël. Hauptsynagoge a.O. eingeschrieben waren«. An anderen Stellen wird der Name meiner Mutter »Emelia« geschrieben, aber der Unterschied von nur einem Buchstaben ist zu geringfügig, um der Identifizierung zu entgehen. »Die Kosten für die Nachforschung belaufen sich auf fl. 0,60«, die mein Vater mit einer Notiz vom 25. Februar 1941 überwiesen hat. Es muß eine Überraschung gewesen sein, auf diesem Wege zu erfahren, daß meine Mutter der jüdischen Glaubensgemeinschaft angehörte.

Wieder drei Tage später, am Freitag, dem 20. Februar, ging meine Mutter, wahrscheinlich in Begleitung meines Vaters, zum Standesamt, um für sich und ihre beiden Kinder den »Meldenachweis« laut Verordnung Nr. 6/1941 über die Meldepflicht von Personen »von ganz oder teilweise jüdischem Blut« abzuholen. Natürlich gegen Bezahlung von sage und schreibe einem Gulden pro Stück. Die Registrierung ist also erfolgt. Bis zu diesem Zeitpunkt hat mein Vater 4,10 Gulden ausgegeben, Porto nicht inbegriffen.

Nachdem ich in der Mappe das Originaldokument vom 20. Februar 1941 gefunden hatte, in dem stand, daß ich als Person von »ganz oder teilweise jüdischem Blut« gemeldet war, wurde mir klar, daß ich schon sehr früh als Jude zu Buche stand. Dieses Dokument ist eine Quittung und trägt die Nummer 09210. Es gibt ebenfalls eine Quittung für meine Mutter und auch für meinen Bruder. Alle sind echt, denn sie wurden vom damals amtierenden Bürgermeister von Den Haag unterzeichnet: C.L. van der Bilt. Das heißt, ich hätte tatsächlich dem Ausrottungswahn der Nazis zum Opfer fallen können, ich bin tatsächlich in Gefahr gewesen, und ich bin ihr entkommen.

28

Am frühen Montagmorgen des 3. Februar steigt Joost, etwas
nervös, aber guten Mutes, aufs Fahrrad zum ersten Arbeitstag
bei van der Heem. Der Frost hat wieder kräftig angezogen. In
den Zeitungen und im Radio wird ausgiebig über eine bevorstehende Elfstädtetour spekuliert, ein Ereignis, das die Aufmerksamkeit von anderen Problemen ablenkt – niederländische Schlittschuh-Heroik, damit renommieren die Deutschen
und ihre Handlanger gerne ein bißchen. Der Tag bricht am
östlichen Himmel mit eiskaltem Sonnenlicht an. Als Joost kurz
vor acht bei van der Heem eintrifft, sind seine Finger nach den
paar Kilometern gegen den starken Ostwind fast abgefroren. Er
meldet sich bei Louwers, der ihn einem der Direktoren, Jan van
der Heem, vorstellt: »Herr Barendsz wird unsere Buchhaltung
auf Vordermann bringen.« Laut van der Heem werde das auch
höchste Zeit, und er wünscht ihm Erfolg. Die Mitarbeiter erwarten ihn bereits, als sei er ihr neuer Chef. Das aber ist Herr
Torenaar, der auch die Personalverwaltung unter sich hat – ein
strenger Mann mit ergrautem Bürstenhaar und lauter Stimme,
mit der er jeden mit dem Nachnamen anblafft. Torenaar war
früher Feldwebel bei der Königlich Niederländisch Indischen
Armee und sitzt in einem anderen Raum. In ihrer Abteilung
nennen sie sich ganz familiär beim Vornamen.

Joost schüttelt jedem die Hand. Es sind nette junge Leute, die sich freuen, daß er gekommen ist. Endlich jemand, der
Ordnung in das Chaos bringen will! Es herrscht eine heitere
Stimmung. Die Frühsonne kommt durch die Fenster herein-
geklettert. Das Büro mit Blick über die Wiesen nach Rijswijk
und, an einem klaren Tag wie heute, sogar bis nach Delft
befindet sich im obersten Stock eines neuen Gebäudes aus
Glas und Stahl. Der Turmstumpf der Oude Kerk reckt sich
gegen das tiefe Blau des Himmels. Joosts Schreibtisch steht
mitten im Zimmer wie eine Insel. Die Schreibtische der anderen Mitarbeiter sind locker um ihn herum gruppiert, jeder

hat beidseits tiefe Laden und viel Platz dazwischen. Die Einrichtung ist übersichtlich, spielerisch und ohne erkennbare Hierarchie – modern.

Zwei seiner neuen Kollegen führen ihn durch die Fabrik, die sich in den unteren Etagen befindet, vorbei an den verschiedensten Produkten, die an langen Werkbänken mit langsam laufenden Fließbändern hergestellt werden: verschiedene Radiotypen, aber auch andere Geräte wie Lautsprecher und Funksender. Seit kurzem werden sogar Elektromotoren gebaut. Weitere neue Produkte sind in Vorbereitung. Für sie gibt es ein eigenes Labor. Die Fabrik läuft gut. Der Radioabsatz ist sogar trotz des Verbots, BBC zu hören, gestiegen. Die Röhren für die Radios kommen bislang von Philips. Das soll sich demnächst ändern: Die deutsche Firma Siemens wird Röhren und anderes Zubehör für die Radiogeräte liefern, die van der Heem für Deutschland produzieren soll. Es ist ein neues großes Absatzgebiet. Joost hört diese Mitteilung, ohne sich anmerken zu lassen, wie ihm vor Schreck fast das Herz stehenbleibt: Arbeitet van der Heem etwa mit den Deutschen zusammen? Trotz dieser neuen Ungewißheit kommt er am Abend gut gelaunt nach Hause. Emmeke freut sich für ihn: Endlich hat sie wieder einen Joost ohne Bauchschmerzen.

Um Einblick in die einzelnen Buchhaltungssysteme zu bekommen, für die seine Kollegen verantwortlich sind, führt Joost Gespräche mit ihnen und studiert die verbuchten Jahre, um ein Standardsystem zu entwerfen, das für jedes der Produkte eingesetzt werden kann. Letztlich wird er ein zentrales System entwickeln, zu dem jeder Einzelne Zugang hat. Bei diesen Gesprächen, die alle an seinem Schreibtisch stattfinden, kommen sie ganz von selbst auch auf anderes zu sprechen: alltägliche Sorgen, Rationierungen, die Nachrichten des Tages, Gerüchte, die im Umlauf sind. So lernt er seine Mitarbeiter schnell kennen. Im Flüsterton tauschen sie ihre wachsenden Befürchtungen aus. Wenn Torenaar hereinkommt, wechseln sie schnell das Thema, und sie reden wieder über buchhalterische Angelegenheiten.

Genau wie Joost machen sich seine Kollegen Sorgen um ihre Arbeitsstelle, um die Firma, um sich selbst. Die meisten von ihnen haben Familie, oft mit einem oder zwei kleinen Kindern. Van der Heem ist ein fortschrittliches Unternehmen, das den Blick in die Zukunft richtet. Die Besatzung, so wird befürchtet, ist da wie Sand im Getriebe. Und wie wirkt sich das alles auf sie aus? Vielleicht werden deshalb bald Radios nach Deutschland geliefert – um das alles zu verhindern? Niemand ist für den NSB, der das Blaue vom Himmel und eine strahlende Zukunft verspricht. Daran glaubt niemand, schon allein deshalb, weil diese Versprechen eher wie Drohungen klingen. Auch die Niederländische Union, die politische Alternative zu Musserts NSB und den anderen niederländischen Faschisten, wird mit scheelen Augen angesehen. Das sind alles nur Mitläufer, so die allgemeine Meinung, und Joost stimmt zu. Der Eifer, mit dem sich viele Menschen anfangs angeschlossen haben, scheint aus ihrem Bedürfnis nach einem moralischen Kompaß zu resultieren. Doch der Kompaß ist nur zu schnell ins Kreiseln geraten: Der Druck der Deutschen, ihren Kurs einzuschlagen, ist zu groß.

Die Februar-Unruhen in Amsterdam, von der WA provoziert und von der Grünen Polizei gewaltsam abgewürgt, lassen die wahren Absichten der Deutschen erkennen. Niemand in Joosts Büro betrauert den Tod eines WA-Mitglieds. Über sein Begräbnis wird in den Zeitungen lang und breit berichtet; und wieder einmal sind die Juden schuld. Als Vergeltungsmaßnahme haben die Deutschen Hunderte von jungen jüdischen Männern im Judenviertel von Amsterdam festgenommen. Sie wurden weggebracht, keiner weiß wohin. Daraufhin bricht ein Streik der Straßenbahner und der Hafenarbeiter los. Es kommt zu Kämpfen, es gibt Todesopfer. Auch dieser Aufstand wird gewaltsam niedergeschlagen. Neben der deutschen Ordnungspolizei kommt sogar die Wehrmacht zum Einsatz, Maschinengewehre werden auf den Straßen aufgebaut. Bald danach ist alles vorbei.

Den Aufruhr in Den Haag erleben sie aus nächster Nähe. Gestreikt wird nicht. Es gibt nur Ausschreitungen, die schnell unter Kontrolle gebracht werden. Joost hat durch Lien vom Überfall auf Gerzon gehört. Daraufhin ist er an der Synagoge in der De Carpentierstraat vorbeigeradelt – die ist jetzt über und über vollgeschmiert, und ein paar Scheiben sind eingeschlagen. Innerhalb eines Monats ist die Stimmung feindseliger geworden. Jetzt weiß man, woran man ist, und man weiß auch, daß man auf der Hut sein muß.

Die Arbeit am neuen Buchhaltungssystem geht wegen dieser ganzen Aufregungen langsamer voran, als Joost gedacht hat. Die aufmüpfige Atmosphäre im Land hat sicherlich ihren Anteil an Joosts impulsiver Entscheidung, die Registrierungsformulare in Stücke zu reißen. Verweigerung ist auch eine Form des Streiks, und das verschafft Genugtuung. Auch wenn niemand es mitkriegt, begeht man doch einen Akt des Widerstands. Einer von Joosts Kollegen, Jaap Apotheker, ist Jude und mit einer Vierteljüdin verheiratet. Seine Frau und er haben sich registrieren lassen, sehr zu ihrem Unwillen, aber sie wußten nicht, was sie sonst hätten tun sollen – sie wollten keine Parias sein. So hat Joost die ganze Angelegenheit noch gar nicht betrachtet: daß man zum Ausgestoßenen wird, wenn man nicht registriert ist, daß man dann nirgendwo mehr hingehört, daß man vogelfrei ist.

Nach dem Zerreißen der Anmeldeformulare in kleine Schnipsel hat ihm Emmeke vorgeworfen, daß sie nicht einmal gefragt worden ist. Es ging doch um sie? »Und um das Kind.« Aber Joost war sich sicher gewesen, in ihrem Sinne zu handeln: »Ich will nicht, daß Bobbie von irgendetwas ausgeschlossen wird, nur weil er eine jüdische Mutter hat. Ich möchte nicht, daß er mit sechs Jahren auf eine jüdische Schule gehen muß oder vielleicht überhaupt nicht in die Schule darf. Er wird eine niederländische öffentliche Schule besuchen.« Abgesehen davon, daß das jetzt noch gar nicht anstand, ging es Emmeke eher um Joosts Eigenwilligkeit: Er traf Entscheidungen für sie, ohne ihre Meinung zu kennen. Sie wollte selbst entscheiden können, daß Bobbie auf eine öffentliche Schule geht. Emmeke verstand zwar sehr gut, daß Joost das alles nur tat, um sie zu schützen, aber könnte er sie nicht besser beschützen, wenn sie wüßte, wovor? Und das war ihr nicht klar. Um ehrlich zu sein, Joost auch nicht. Die Ereignisse der letzten Tage haben da eine Veränderung herbeigeführt.

29

Ich bin es meinen Figuren schuldig, sie bei ihren Bemühungen, den Deutschen nicht in die Hände zu fallen, zu unterstützen. Ich habe sie auf die Welt gebracht, also muß ich auch dafür sorgen, daß sie so lange wie möglich am Leben bleiben, selbst wenn sie dafür die verrücktesten und unglaublichsten Bocksprünge vollführen müssen. Nicht, daß in diesem Moment ihre Leben in unmittelbarer Gefahr schweben würde. Der Spielraum, den Bert für sein Geschäft benötigt, wird durch Joosts unerwartete Aktion nicht eingeschränkt. Aber er ist verletzbarer geworden, denn sich der Registrierung zu entziehen, ist ein Straftatbestand. Er muß also noch vorsichtiger sein. Die Frage ist nicht, ob die Deutschen die Bankkonten der jüdischen Kunden von Laroux & Gross konfiszieren oder plündern, sondern allein wann. Daß der Bankchef selbst auf die Kunden zugegangen ist und sie aufgefordert hat, die Konten aufzulösen und ihr gesamtes Geld abzuheben, ist überraschender als die Tatsache, daß die meisten dieser Aufforderung tatsächlich Folge leisten: Die Vorstellung, daß das eigene Geld im Tresor nicht mehr sicher liegt, ist beunruhigend. Viele der Kontoinhaber sind kapitalkräftig genug, um auch gut informiert zu sein. In besseren Zeiten haben sie das *Algemeen Handelsblad* oder die *Neue Zürcher Zeitung* gelesen, haben die Lage in ihren Clubs miteinander diskutiert, sie hatten Freunde im Ausland und kannten jüdische Emigranten, denen in Deutschland Ähnliches widerfahren ist. Sie hätten in vielen Fällen, als es noch nicht zu spät war, eine Schiffspassage an einen sichereren Ort buchen können, aber sie haben es nicht getan. Jetzt ziehen sie ihr Geld ab, genau wie die Wertpapiere, die sie der Bank in Verwahrung gegeben haben, und machen sich Vorwürfe, nicht rechtzeitig gehandelt zu haben – ihre Zukunft sieht nicht eben rosig aus.

Daß etwa zehn Prozent der knapp zweihundert jüdischen Kunden positiv auf das Angebot der Bank reagieren, ihre wertvollsten Besitztümer »für die Dauer der deutschen Besatzung« in Berts Obhut zu geben, den Direktor van Berghe Dedemsvaart wärmstens für diese Aufgabe empfohlen hat, ist deshalb weniger unwahrscheinlich, als man bei diesen trüben Aussichten meinen könnte. Viele andere Juden beginnen, sobald die Plünderungen auf Hochtouren laufen, ihre wertvollsten Sachen Freunden, Nachbarn, Bekannten zur Aufbewahrung anzuvertrauen – Menschen, von denen sie glauben, sich auf sie verlassen zu können, oft in aller Eile und Panik, und in den meisten Fällen ohne Garantie oder Abgabebescheinigungen und ohne zu prüfen, ob diesen »Bewariern« wirklich zu trauen ist. Dafür bleibt in der Regel keine Zeit.

Zwölf Personen bleiben von diesen zehn Prozent übrig, nachdem einem zweiten Brief von van der Harst zu entnehmen war, daß es sich nur um Kunst und Kunstwerke mit einem gewissen Marktwert handelt und nicht um Objekte mit rein »ideellem« Wert wie Familienalben oder Omas silbernes Medaillon. Diejenigen, die – anfänglich nicht ohne Argwohn – mit Bert ins Gespräch kommen, wissen auf dem florierenden Kunstmarkt bestens Bescheid und sind über die überstürzte Gier, mit der die Deutschen den Markt durchkämmen, informiert. Von diesen zwölf Interessenten überlegen es sich drei anders. Die neun, die übrigbleiben, sind ausnahmslos vernünftige, freundliche und kultivierte Leute vom Schlage eines Hans Dedemsvaart. Ältere Ehepaare zumeist, die entsetzt über die Ereignisse sind. Sie fühlen sich machtlos und im Stich gelassen, sie leiden unter der sogenannten »neuen Ordnung«, dieser »Barbarei«. Nicht materiell, noch nicht, aber geistig und mental.

Einer von ihnen, ein pensionierter Astronomieprofessor, der mit seinem hervorstechenden Spitzbart dem Physiker Hendrik Lorentz ähnelt, bringt es bei Berts erstem Besuch auf den Punkt: »Wir sitzen in der Falle, nicht wahr?« Bert muß ihm recht geben. Aber gerade deshalb sollten sie versuchen, den Deutschen immer einen Schritt voraus zu sein. Er selbst auch. Der Professor mustert ihn streng: Ist Bert ebenfalls Jude? Bert ist auf diese Frage vorbereitet: »Nicht nach der deutschen Definition.« Das stimmt natürlich nicht. Richtigerweise müßte die Antwort lauten: »Nach der deutschen Definition schon, aber nicht nach meiner eigenen.« Solange er nicht registriert ist, kann man ihn nur schwer festnageln, aber das zu sagen, verkneift er sich lieber.

Um das Vertrauen seiner Kunden zu gewinnen, spielt Bert bis zu einer gewissen Grenze mit offenen Karten: Er verfüge über verläßliche Informationen, daß sich die Kunden von Laroux & Gross, die nun auch die seinen sind, in allernächster Zukunft auf einen Besuch von Dr. Berghaus von der Dienststelle Mühlmann einstellen müssen, einer der offiziellen Stellen, die Kunst für den deutschen Markt ankaufen – Museen, Kunsthändler, Privatpersonen. Man werde dafür bezahlt – nicht gut, aber immer noch besser als gar nichts und besser natürlich als eine Beschlagnahmung. Was man Bert aber zur Aufbewahrung anvertraue – immer nur wenige Stücke – bliebe Berghaus' Zugriff entzogen: Die Dienststelle Mühlmann werde nicht einmal von deren Existenz etwas erfahren. Was übrigbleibe, müsse freilich für einen Kunsthistoriker wie Dr. Berghaus noch interessant genug sein, denn der kennt den Wert oder kann ihn zumindest einschätzen. Es könnten also Teile einer Sammlung sein oder sich um Einzelstücke handeln. Das wiederum könnten Gemälde sein, aber auch kostbare Bücher, Teppiche, Antiquitäten und sogar Kunsthandwerk. Der schwierigste Teil werde darin bestehen, zu entscheiden: Woran hängt mein Herz am meisten?

Was Bert nicht sagt, ist, daß er die Dienststelle auf diese aus Mühlmanns Sicht interessanten »Sammlungen« aufmerksam machen wird. Das mag man unehrlich nennen – oder gar Verrat oder doppeltes Spiel – aber gesetzt den Fall, Bert würde der Dienststelle keine Hinweise geben, würden die Sammlungen komplett in die Hände von Mühlmann oder anderen räuberischen Instanzen der Deutschen fallen. In gewisser Weise erweist er seinen Kunden also einen Dienst. Außerdem handelt Bert unter Druck: Solange er mit wertvollen

Tips »die Bestie füttern« kann, ist er selbst außer Gefahr. Früher oder später wird man »Ergebnisse« von ihm sehen wollen. Bert ist durch die Vermietung der Groot Hertoginnelaan an Mühlmann gebunden. Er hätte darauf auch verzichten können, aber er hat es für Henri Goedeman getan. Und der ist tot. Es ist eine Kette von Ereignissen, da kann man nicht einfach so ein Glied herauslösen. Bert will außerdem für seine Dienste nicht entlohnt werden: Seine Kunden dürfen diese Verwahrung als eine Dienstleistung der Bank ansehen; das können sie sich von Herrn van der Harst bestätigen lassen. Er ist kein Schwindler. Erst nach dem Krieg, wenn sich die Situation normalisiert hat, kann man vielleicht über eine Vergütung sprechen – nennen wir es eine Verwahrgebühr. Natürlich verrät er den Leuten nicht, wo er die Sachen unterbringt. Auch nicht, daß Effekten und andere Wertpapiere schon viel früher zu ihm ausgelagert wurden.

Es kostet viel Zeit, die Kunstwerke und Kunstgegenstände in Sicherheit zu bringen. Es ist eine komplizierte, aber ziemlich wasserdichte Operation. Zunächst hat Bert die Eigentümer gebeten, eine Liste zu erstellen, was ihrer Meinung nach in Betracht komme. Es gibt da unter anderem einen Jacob Maris, eine Mappe mit Federzeichnungen von Guardi, eine hebräische Bibel aus dem 17. Jahrhundert, Breitner-Fotos vom jüdischen Viertel in Amsterdam, eine Radierung von Rembrandt, aber auch eine satirische Kohlezeichnung von George Grosz, ein expressionistisches Gemälde von Max Beckmann und noch weitere »entartete Kunst« aus Deutschland. Bert sieht sich die Kunstwerke an und ist beeindruckt. Seine Kunden sind moderne, fortschrittliche Leute, die wissen, was schön ist, und sie haben zu jedem dieser Werke etwas Besonderes zu erzählen. Er macht sich Notizen von diesen Geschichten über Herkunft, Alter und Künstler, die er später mit Herman und Annebeth vom Venduehuis durchspricht und dann vernichtet. Vor allem Annebeth hört atemlos zu und findet es jammerschade, daß sie all die Werke nicht mit eigenen Augen sehen kann. Aber Bert will seine Freunde nicht noch tiefer mit hineinziehen. Mit Hilfe ihrer Auskünfte kann er seine eigenen Prioritäten setzen: Die besten drei kommen in Frage, der Rest wird unwiderruflich Mühlmanns Beute werden.

Dann kehrt Bert zu seinen Kunden zurück, um seine Präferenzen mit den ihren abzugleichen. In den meisten Fällen stimmen sie überein. Für seine Kunden ist das ein Beweis für Berts »Kompetenz« und Zuverlässigkeit, für Bert ein Zeichen, daß seine Kunden vertrauenswürdig sind. Bert instruiert sie, wie die Kunstwerke zu verpacken sind. Dann schafft er die Pakete in seinem Beiwagen zum Lager. Er trifft die Absprachen mit seinen Kunden so präzise wie möglich. Oberstes Prinzip ist Geheimhaltung: Wenn die Dienststelle Mühlmann ihren Besuch abstattet, darf sie von dieser Transaktion keinen Wind bekommen. Ansonsten wäre alles vergeblich und obendrein kreuzgefährlich. Er kann nicht einmal seine Visitenkarte herausgeben: Das alles ist eine Sache unbedingten gegenseitigen Vertrauens. Für den Fall, daß ihm etwas zustoßen sollte, sind die Angaben über die zur Aufbewahrung auserwählten Gegenstände bei einem Notar deponiert, versichert er. Notare sind zur Verschwiegenheit verpflichtet. Er denkt dabei an Nijboer. Und natürlich gilt auch immer noch Laroux & Gross als Garantie.

Der Besitzer der Trockenscheune ist ein Tulpenzwiebelzüchter, der den Deutschen lieber aus dem Wege geht. Bert hat ihm erzählt, daß es um ein Lager für den Hausrat von weggezogenen jüdischen Familien geht. Dagegen hat der Eigentümer nichts einzuwenden, solange er nicht weiter behelligt wird. Das größte Problem ist der Umzug des gesamten Inventars des Lagers an der Conradkade. Es gibt nur noch wenige Umzugsunternehmen, die über einen lizenzierten LKW verfügen. Bert kennt sie alle von früheren Umzügen. Es dauert seine Zeit, bis er sich zwei LKWs für ein paar Tage sichern kann. Dafür muß er eine ordentliche Summe Schmiergeld auf den Tisch legen, und noch mehr für Möbelpacker, denen man vertrauen kann. Diese Verzögerung eröffnet Bert die Gelegenheit, sich vom Schreiner Koen in der Scheune selbst einen abgesonderten Raum bauen zu lassen: eine ausgeklügelte Konstruktion aus Gerüststangen und dicken Brettern als Wände dazwischen, die sich sogar noch erweitern läßt. Dafür wird auch eine Tür mit speziellen Sicherheitsschlössern angefertigt. Die Baumaterialen läßt er von einer Firma aus der Gegend anliefern, die ihm der Scheunenbesitzer empfohlen hat. Auf dem Bau gibt es momentan wenig zu tun, so daß mühelos alles beschaffbar ist, was benötigt wird. Die Arbeiter sind Untergetauchte, die hoffen, so der Zwangsarbeit in Deutschland zu entgehen; einer von ihnen ist sogar Jude. Das scheint eine zusätzliche Garantie für die Sicherheit von Berts Unternehmung zu sein. Für die Dedemsvaart-Sammlung, die Kunst der Bankkunden und die Wertpapiere von Laroux & Gross leiht ihm Menno einen Lieferwagen vom Luftschutz. Je weniger Menschen über den Standort seines neuen Lagers Bescheid wissen, desto besser. Er arrangiert den Umzug mit zwei der Untergetauchten, die genau wissen, daß sie sich selbst verraten, wenn sie Bert verraten würden.

Ende April, kurz vor dem großen Umzug, holt Bert Lien bei Gerzon ab. Er fährt mit ihr über Wassenaar und die Dünen nach Sassenheim. Bevor sie landeinwärts nach Voorhout abbiegen, tauchen zwischen den Kiefern plötzlich Tulpenfelder auf: breite und schnurgerade rote, weiße, gelbe und violette Streifen auf dem Land vor ihren Füßen wie die Streifen einer ausländischen Flagge. Oben auf einer der Dünenspitzen hält Bert an. Am Straßenrand zwischen den Bäumen liegt silbrig-weißer Sand – in der Stille hören Lien und er die Kiefernnadeln unter ihren Füßen knirschen. Lien, plötzlich sehr ergriffen, schlägt die Hände vor die Augen. Bert legt seinen Arm um ihre Schulter. In einer orangefarbenen Glut zieht sich die Sonne hinter die Dünenlinie zurück – die Flagge wird eingeholt, ein Schatten gleitet über das Land. Die hellen Farben glimmen auf ihrer Netzhaut nach. Lien kennt die Tulpenfelder noch von einem Schulausflug, Bert ist einmal von Den Haag hierher geradelt. Aber jetzt haben sie das Gefühl, so etwas noch nie gesehen zu haben. Für einen Moment glauben sie, im Urlaub zu sein, weit weg von den täglichen Bedrohungen. An einem Stand am Straßenrand kaufen sie einen Arm voll Tulpen und Narzissen.

Die hohe Scheune weit außerhalb des Ortskerns erreicht man über einen Karrenweg, der zunächst von Pappeln gesäumt wird und dann die Weiden durchtrennt. Von diesem Weg aus führt ein kleines Stück befestigter Straße direkt zur Scheune. Um die Scheune stehen Pappeln. Dahinter erstrecken sich die Tulpenfelder. Im Halbdunkel wirkt die Stattlichkeit der leeren Scheune überwältigend auf Lien. Es riecht süßlich nach Sägespänen und Karbol. Nichts erinnert mehr an die Tulpenzwiebelzucht. Warum hat Bert ausgerechnet diesen Ort ausgesucht, will Lien wissen – warum so weit weg? »Hier kommt niemand her.« Bert sagt ihr nichts von den Schätzen, die er in seinem Lager aufbewahrt. Er zeigt ihr die Gerüstkonstruktion, diese Scheune in der Scheune. Lien muß an einen Baukasten denken: Im zweiten Schuppen ist ein dritter, im dritten ein vierter, immer kleiner, bis man darin verschwindet. Ist der Schuppen als Versteck gedacht? Denkt Bert etwa daran, unterzutauchen? Er ist immer so verschlossen, er sagt nie etwas. Hat er Angst? »Nein, nein … das ist für die Sachen.« Lien schnappt sich ein paar Umzugsdecken von einem Stapel und zieht ihn zu sich heran: »Ich will ein Kind. Jetzt.« Sie legt sich auf die Decken, zieht ihren Rock hoch, bietet sich an. Bert protestiert. »Hier kommt doch niemand her, hast du gesagt? Also!« Eine weitere Aufforderung braucht Bert nicht.

Danach sitzen sie eine Weile still und mit angezogenen Knien dicht beieinander, eine Decke gegen die vom Boden aufziehende Kälte um sich geschlagen.

30

Eine Woche, nachdem die Synagoge in der Wagenstraat genau an Hitlers Geburtstag in Brand gesteckt wurde, liegt ein Brief vom Innenministerium in Joosts Briefkasten. Es ist Ende April, es ist ein Weilchen ruhig geblieben an der jüdischen Front, wahrscheinlich zu ruhig. Joost vermutet, daß es mit der Einrichtung des Jüdischen Rates in Amsterdam zu tun hat, der die erhitzten Gemüter nach den Februarereignissen abkühlen soll. Der Brief soll mehr Klarheit »über die Frage der Mischehen« schaffen, auf die man später noch zurückkommen werde. Sie halten also Wort – sein Beschwerdebrief ist an die zuständige Behörde weitergeleitet worden: an den deutschen *Generalkommissar zur besonderen Verwendung,* der auch ein Schreiben zu seinem »Fall« verfaßt hat, man hat es beigelegt. Die beiden hohen Beamten sind sich auf bemerkenswerte Art und Weise einig: Mitglieder des gleichen Teams spielen sich gegenseitig die Bälle zu.

Klarheit ist das falsche Wort: Verwirrung würde es besser treffen. Joost habe angegeben, daß er trotz seiner Heirat mit einer Jüdin nicht als Teil der jüdischen Gemeinschaft angesehen zu werden wünsche. Nun, solange er mit dieser jüdischen Frau verheiratet sei, blieben die gegen ihn ergriffenen Maßnahmen »voll in Kraft«. Gemeint ist damit seine Entlassung beim Patentamt. Aber obwohl seine Ehe mit Maria Meijer van Leer nach der heute geltenden Gesetzgebung als »verwerfliche Rassenschande« gelte, werde von einer strafrechtlichen Verfolgung abgesehen, »da die Ehe vor dem 9. Mai 1940 geschlossen wurde«. Die Herren haben ihre Hausaufgaben gemacht und sich gründlich in die Akten vertieft. Obwohl für »gemischte Ehen« besondere Regeln gelten, bleibe die Tatsache »unberührt«, daß seine Ehefrau sich gemäß der Verordnung 6/1941 zu registrieren habe. Wenn Kinder aus der Ehe hervorgegangen sind, müssen auch diese angemeldet werden. Zuwiderhandlungen werden schwer geahndet. Sie wissen also, daß Emmeke sich nicht hat registrieren lassen!

Gesetzt den Fall, daß er an seiner »Entscheidung« festhalte und sich »von der jüdischen Gemeinde distanzieren« wolle, bietet der Generalkommissar einen Ausweg: Joost könne sich doch einfach von seiner Frau scheiden lassen. Ein solcher Schritt werde seine Gewissensbisse beseitigen, während gleichzeitig geprüft werde, ob er dann seinen früheren Arbeitsplatz zurückerhalten könne. Der niederländische General-Sekretär fügt noch hinzu: »Uns ist eine Reihe solcher ›Mischehen‹ bekannt, die aufgelöst werden sollen. Ob Sie auf dieses Angebot eingehen möchten, liegt natürlich ganz in Ihrem Ermessen. Ich muß Sie jedoch darauf aufmerksam machen, daß für eine solche Scheidung der normale Rechtsweg zu beschreiten ist. Sie müßten sich an das Landgericht Den Haag wenden.«

Das Schlimmste ist die Verlogenheit, mit der Joosts Einspruch interpretiert wird – die formelle Beamtensprache suggeriert Wohlwollen und Entgegenkommen, aber Joost fühlt sich, als würde er seinen Kopf unter die Guillotine legen: »verwerfliche Rassenschande«, »voll in Kraft«, »davon unberührt«. Zuwiderhandlung sei strafbar, und es gibt Ausweichklauseln, um der Strafe zu entgehen. Auf die speziellen Regelungen für »Mischehen« wird nicht eingegangen. Der Brief ist nicht dazu angetan, Joost neugierig darauf zu machen; viel Gutes versprechen sie nicht. Daß ihm die Scheidung nahegelegt wird, ist zu demütigend und zu lächerlich, um es in Worte zu fassen. Die Absicht des Schreibens ist klar: Joost und Emmeke sollen auseinandergetrieben werden. Aber das wird nicht geschehen. Joost hat sich längst mit seiner Entlassung beim Patentamt abgefunden – nach drei Monaten fühlt er sich bei van der Heem wie zu Hause. Was bleibt – »davon unberührt« –, ist die Registrierung.

»Was können wir jetzt noch tun, Emmeke?« Joost hatte gehofft, daß sie unsichtbar bleiben und durch die Maschen des Netzes schlüpfen könnten. Das genaue Gegenteil ist eingetreten: Sie sind sichtbarer als je zuvor. »Wir hätten es gleich tun sollen«, sagt Emmeke, »uns registrieren lassen.« Die kennen sogar ihren Namen und wissen, wo sie wohnt. »Und was ist mit deiner Mutter, und mit Bert?« Joost sieht sich schon reumütig seinen Gang nach Canossa antreten – er muß sich eingestehen, daß seine Strategie nicht aufgegangen ist. Für Bert fühle sie sich nicht verantwortlich, sagt Emmeke, aber natürlich müßten sie ihm Bescheid sagen. Sorgen hingegen macht sie sich um ihre Mutter. Daß sie als Mitglieder der niederländisch-israelitischen Gemeinde in Amsterdam geführt werden, müsse sie einfach überzeugen; Joost könne ihr den Brief zeigen – darin wird sie namentlich erwähnt. Bei Unterlassung drohen harte Strafen: Juden, die sich nicht an die von den Deutschen auferlegten Regeln und Vorschriften halten, werden verhaftet und deportiert. Joost hat auf Arbeit gehört, was das Schicksal hunderter junger Männer gewesen ist, die bei einer Razzia im Februar in Amsterdam auf der Straße geschnappt worden sind. Sie sitzen jetzt in Deutschland im Konzentrationslager und werden zu Tode geschunden. Darüber gibt es Berichte. Aber Bella, in ein Konzentrationslager? Wer will schon eine alte Frau in ein Konzentrationslager stecken? Da stünde sie allen doch nur im Wege herum! Sie wird sich schon nach einigem Gezeter registrieren lassen!

Am Sonntag kommen Bert und Lien mit einem Arm voll Tulpen und Narzissen vorbei. Sie sind auf den Tulpenfeldern gewesen. Mit so einem Motorrad kann man sich schon einiges erlauben. Als ob das Leben nicht Tag für Tag bedrückender würde, als ob nicht jeden Tag wieder irgendetwas nur noch auf Bon zu haben ist – neuerdings Ersatzkaffee, Zucker, Kartoffeln – oder neue Maßnahmen gegen die Juden erlassen würden. Joost fragt sich, woher Bert das Benzin für sein Motorrad nimmt. Gilt die Rationierung nicht für Motorräder? Wie kommt er bloß an das ganze Geld? Sein altes Mißtrauen erwacht wieder. Bert tut geheimnisvoll und läßt sich nicht in die Karten schauen. Man könnte fast annehmen, für Bert existiere der Krieg überhaupt nicht.

Joost bringt den Brief des Ministeriums zur Sprache. Der läßt wenig Zweifel daran, daß Emmeke, Bert und ihre Mutter Bella sich jetzt registrieren müssen. Unter Androhung von … Für Emmeke und Bert ist das sicher kein großes Problem, zumindest wenn man der Ausnahmestellung Glauben schenken darf, die sie laut Brief als »gemischt Verheiratete« einnehmen. Trotzdem wehrt sich Bert gegen das Unvermeidliche der Registrierung. Er ist wütend auf Joost, dem er Ungeschicklichkeit und Naivität vorwirft – hätte er das »gottverdammt noch mal« nicht verhindern können? Er ist doch sonst so schlau? Emmeke versucht, den aufflammenden Streit zu schlichten: »Die hätten es sowieso herausgefunden, wegen der Ariererklärung.« – »Auch so eine Dußligkeit.« Daraufhin wirft Joost Bert an den Kopf, daß der ihm doch selbst geraten habe zu unterschreiben. Jetzt mischt sich auch Lien ein: »Kommt schon, Leute, das ist viel zu ernst, um deswegen einen Streit vom Zaun zu brechen.« Sie beruhigen sich erst, als Bert verzweifelt ausruft, er wolle nicht, daß plötzlich jeder erfährt, daß sie Juden sind – er mag gar nicht daran denken. Joost auch nicht – darüber wären sie sich schon mal einig. Auch für Bert herrscht jetzt Krieg, denkt er ohne Schadenfreude. Der Registrierung ist nicht zu entkommen, darüber sind sie sich schließlich einig.

Deprimiert gehen sie auseinander. Bert und Lien auf dem Weg zu Mutter Bella, für die sie auch ein paar Tulpensträuße im Beiwagen haben. Vielleicht können die die Botschaft, die sie zu überbringen haben, etwas versüßen.

(Tagebuchauszug)
10. Mai 1941
Heute ist es genau ein Jahr her, daß der Krieg ausgebrochen ist. An meinem Geburtstag. Genau wie im letzten Jahr gibt es nichts zu feiern. Meine Freundinnen kommen dieses Jahr nicht zu Besuch. Pippi mußte mit der Kleinen zum Arzt, ein Mädchen, das schon zwei Monate alt ist. Fientje heißt sie, ein Schätzchen mit pechschwarzem Haar. Els hat Schicht im Krankenhaus, Jeanette habe ich schon

eine halbe Ewigkeit nicht mehr gesehen, mit Nel habe ich gar nicht erst gerechnet. Sie haben mir alle eine Karte geschickt, wie lieb! Wenn man nichts mehr von ihnen hört, macht man sich ja gleich Sorgen. Frau de Haan ist keine Freundin geworden. Das ist auch schwerlich anders möglich mit ihrem Mann bei der SS. Oder beim NSB. Ich gehe ihr aus dem Weg. Und sie tut so, als würde sie mich nicht sehen, wenn ich ihr zufällig auf der Straße begegne. (...) Es gibt auch keine Cremeschnittchen mehr. Der Bäcker kann sie nicht mehr machen, weil Vanille Mangelware ist, und eine andere Füllung schmeckt nicht. Zum Nachtisch habe ich für uns drei Erdbeerkuchen gekauft statt Schokoladenpudding. Da ist Ersatzgelee mit ein paar echten Erdbeeren drauf. Letztes Jahr gab es noch jede Menge Erdbeeren. Wo sind die alle hin? Gehen die alle nach Deutschland? (...) Ich bin jetzt fünfunddreißig und fühle mich sehr alt. Alt und häßlich. Heute morgen habe ich in den Spiegel gesehen. »Glückwunsch«, habe ich zu mir selbst gesagt. Ich habe die ersten Fältchen entdeckt. Meine Brüste starrten mich mit großen braunen Augen an, als wollten sie mir etwas vorwerfen, blöde Dinger. Ich habe sie gepackt und durchgeschüttelt – die Nippel wurden nicht hart, sie hatten keine Lust. »So fröhliche Brüste«, hat Joost früher immer gesagt. Wenn er sie jetzt anfaßt, ist er mit seinen Gedanken ganz woanders. (...) Es ist schönes Wetter, genau wie vor einem Jahr. Sonne, blauer Himmel, die Bäume mit frischen grünen Blättern, die scheinen richtig Lust zu haben, für sie ist einfach nur Frühling. Die Kastanien im Park haben ihre Kerzen angezündet, der Fliederbusch im Garten macht Anstalten zu blühen. Die Frühlingsblumen sind schon verblüht. Ich habe extra drauf geachtet. Früher ging mir das Herz über, wenn ich die ersten Schneeglöckchen sah, die ersten Krokusse. Heute habe ich das Gefühl, daß sie hinter einer Milchglasscheibe sind. Ich sehe sie zwar, aber dieses Gefühl, dieses Kribbeln, ist weg. Zu viele Sorgen. (...) Bobbie ist so ein Schatz, er spricht jetzt in ganzen Sätzen, und ihm ist nie langweilig. Was soll mit ihm werden, wenn das alles so weitergeht? Er ist noch keine drei Jahre alt. Bei der Registrierung haben sie ein großes B hinter seinen Namen gesetzt. Zuerst habe ich gedacht, es sei wegen der alphabetischen Reihenfolge – Bobbie Barendsz – aber nach meinem Namen kam ein Stempel mit einem großen fetten J. Das bedeutet Volljude, sagte der Beamte hinter dem Schalter. Und B steht für Bastard. Ich habe mich in Grund und Boden geschämt. (...) Alle Juden müssen jetzt ihr Radio abliefern. Sollen wir das machen oder nicht? Joost hat gesagt, daß er auch bei van der Heem Radio hören könne, weil sie dort gebaut werden. Und dann kann er mir alle Nachrichten berichten. Und ich? Ich werde den Flurschrank vermissen. Der hat doch etwas Gemütliches.

31

Bert wartet ab, bis die Aufforderung aus dem Rathaus kommt, eine vorgedruckte Karte: »Nach unseren Unterlagen ist …« – offensichtlich ist er nicht der einzige, der versucht hat, die Registrierung zu umgehen. Jetzt muß er dran glauben, ob er will oder nicht. Lien hat immer wieder nachgefragt, ob er die Registrierungsformulare schon abgeholt habe, aber angeblich hatte er nie Zeit dafür während des Umzugs in den Tulpenzwiebelschuppen. Der Zufall will es, daß er bei der Abgabe der Formulare denselben Schalterbeamten vor sich hat wie vor ein paar Monaten, als er sich geweigert hat, sie entgegenzunehmen. »Aha, Sie machen also einen Rückzieher. Jetzt kommen sie alle mit hängenden Köpfen.« Der Beamte bemüht sich nicht, seine Schadenfreude zu verbergen. Bert hat absolut keine Lust, vor den Augen der gaffenden Öffentlichkeit als Verlierer in einem administrativen Scheingefecht dazustehen. Seine Unterlassung beruhe auf einem Mißverständnis, erklärt er. Der Beamte aber muß und wird das letzte Wort behalten: »Das hätte ein teures Mißverständnis werden können.« Er könne von Glück sagen, daß ihm nicht noch eine hohe Geldstrafe aufgebrummt wird. Bert zuckt mit den Schultern.

Der Beamte nimmt sich ausgiebig Zeit, die Anmeldeformulare zu studieren und die Angaben auf dem Fragebogen mit denen von Emmeke und Bella abzugleichen, die er dabei zu Rate zieht. Er nennt es »einen ziemlichen Zufall«, daß Bert auch »gemischt verheiratet« ist. Bert fragt warum. »Das kommt nicht so oft vor«, lautet die Antwort. »Ihre Schwester hat Sie wohl auf die Idee gebracht.« Seine Ehe mit Lien ist keine Zweckehe, aber Bert beschließt, auf die Provokation nicht einzugehen.

Auch zum »Glauben« muß der Beamte einen Kommentar absondern: »So so, protestantisch sind Sie also?« Ob er dafür einen Beweis vorlegen könne? Bert verweist auf das

Kleingedruckte am unteren Rand des Formulars. Dort steht, daß die Abgabe unvollständiger oder falscher Informationen mit einer hohen Geldstrafe geahndet wird. Würde er die riskieren und falsche Angaben machen? Der Beamte fragt nicht weiter. Als Beruf habe Bert »Geschäftsmann« angegeben. Das müsse er spezifizieren: was für Geschäfte? »Einkauf, Verkauf, Transport.« Also keine feste Stelle? Nein, Bert sei sein eigener Chef. Eigenmächtig streicht der Beamte den »Geschäftsmann« durch und schreibt dafür hin: »Händler und Warentransport«. Ob Bert das so akzeptieren könne? Das kann alles Mögliche bedeuten, aber es widerspricht nicht dem, was auf seiner Karte steht, und Bert ist nicht in der Stimmung für ein weiteres Tauziehen. Schließlich ist der Beamte zufrieden: »So, da haben wir die Familie komplett.« Bert darf gehen. Das, wogegen er sich immer gewehrt hat – in die amtlichen Mühlen von Regeln und Bestimmungen, von Verstößen und Bußen zu geraten – ist nun geschehen. Ein Griff in die Kartei, und man weiß alles von ihm. Oder beinahe alles. Er hat seine Unabhängigkeit verloren, so fühlt es sich an. Man kann ihm jetzt auf die Finger schauen: Er sitzt in einem Käfig gefangen, im jüdischen Käfig.

Der Mann, der bei ihr in der Hutabteilung stehenbleibt, sieht in seinem eleganten Sommeranzug wie ein echter Herr aus. Er spricht Deutsch, aber das kommt in letzter Zeit häufiger vor. Er ist auf der Suche nach einem schönen Sommerhut für seine Frau. Gerzon hat seit ein paar Monaten wieder geöffnet. Neue Schaufenster sind eingesetzt worden und die Schmierereien von der Mauer entfernt. Die Verwüstung im Erdgeschoß ist beseitigt, das Warenlager aufgefüllt, soweit das bei der zunehmenden Knappheit möglich ist. Leder und Seide sind kaum noch erhältlich, die Kunden müssen sich mit Ersatz begnügen. Im Filz der Hüte, die Lien jetzt verkauft, ist jede Menge Papier verarbeitet. Für die kommende Sommersaison bestehen die Hüte aus Stroh. Trotz der niedrigeren Preise kommen deutlich weniger Kunden als vor dem Überfall, aber das liegt auch an den Textilbons. Den Menschen bleibt immer weniger Geld zum Ausgeben. »Gemütliches« Einkaufen gibt es nicht mehr.

Die Frau des »echten Herrn« ist genauso blond wie Lien. Ihre Köpfe müßten etwa gleich groß sein, meint er – und er läßt ein Foto von ihr sehen. Kein unhübsches Gesicht unter hochgesteckten Zöpfen. Größe 56/57, schätzt Lien. Sie zeigt ein paar Sommerhüte, die sie sich selbst aufsetzt. Der »Herr« wählt den teuersten, den blauen aus Stroh mit einem Sträußchen Kornblumen auf der breiten Krempe, die mit einer Anstecknadel befestigt sind, deren Knopf eine rote Mohnblüte darstellt. Lien wickelt den Hut in blaues Seidenpapier und bindet eine Schleife um die Schachtel. Der Herr nimmt die Schachtel, tippt an seinen Hut und geht.

»Sie haben vergessen zu bezahlen!« Es kommt öfter vor, daß jemand das Bezahlen »vergißt«, aber bei einem solchen Kunden ist Lien nicht darauf vorbereitet: Er sei der neue *Verwalter*, sagt der Mann. Er habe Gerzon übernommen, das gesamte Inventar gehöre ihm. Also auch der Hut. Er tippt auf die Schachtel. Er habe sich gerade eben in der Herrenabteilung einen Sommeranzug machen lassen, der ihm sofort gepaßt hat. »Ein sehr guter Laden, nette Bedienung.« Lien protestiert: Wenn heute abend bei der Abrechnung Geld fehlt, kriegt sie es vom Lohn abgezogen. »Dann haben Sie Pech.«

Lien verschlägt es die Sprache. Sie sieht den Mann noch bei der Damentaschenabteilung herumschlendern, bevor er durch die Drehtür verschwindet. Erst dann macht sie sich auf die Suche nach Frau van Loo, die gerade gehäkelte Baumwolle-Damenhandschuhe sortiert. Sie weiß von nichts. Auch Judith hat nichts von einer »Übernahme« gehört. Es ist kurz nach der Mittagspause, und Lien bittet sie, kurz ihre Hut-Abteilung zu beaufsichtigen. Sie läuft in den zweiten Stock hinauf. Dort sitzt die Direktion, dort hat der Geschäftsführer sein Büro. Deutsch sprechende Männer sitzen an den Schreibtischen. Einige von ihnen telefonieren, andere gehen Inventarlisten durch.

In der Kantine im ersten Stock erzählt eine Sekretärin Lien, was passiert ist. Sie bricht sofort in Tränen aus: Sie war dabei, als eine Gruppe Männer in die Büros der Direktion eindrang und sich Zutritt zum Direktionszimmer verschaffte, wo Herr Gerzon gerade in einer Besprechung mit dem Geschäftsführer und den Abteilungsleitern saß. Sie sind durch den Hintereingang gekommen. Draußen stand ein Überfallwagen der Sicherheitspolizei. Was genau dann im Direktionszimmer vorgefallen ist, weiß sie nicht, aber nach einer Weile war Herr Gerzon mit starrem Gesicht, Regenmantel über dem Arm, Hut in der Hand, erschienen. Ohne ein Wort zu sagen, war er nach draußen gegangen. Wenig später kam der Geschäftsführer, um den anwesenden Mitarbeitern mitzuteilen, daß das Geschäft von den Deutschen »übernommen« worden sei und Herr Spiecker nun das Sagen habe. Spiecker, in Begleitung von drei Männern, trat nach vorn, nahm seinen Hut ab und sagte, er hoffe auf eine geordnete Übergabe und gute Zusammenarbeit. Nachdem der Geschäftsführer ihn durch die Abteilungen geführt hatte, war Spiecker zur Herrenabteilung hinabgegangen, um sich einen Sommeranzug anmessen zu lassen. Morgen werde es mit der Reorganisation losgehen. Was das zu bedeuten hat, konnte der Geschäftsführer nicht sagen. Inzwischen zogen die zurückgebliebenen Männer ihre Regenmäntel aus. Einer von ihnen nahm am Schreibtisch von Herrn Gerzon Platz, die anderen fingen an, die Schränke zu durchschnüffeln. Auf dem Boden lagen überall Ordner herum, die Tür des Panzerschranks stand sperrangelweit offen, ein Sicherheitspolizist bezog Stellung an der Tür zum Sekretariat, ein anderer an der Tür im Flur. Die Sekretärin hat jetzt Pause. Sie traut sich nicht zurück. Wie ein geprügelter Hund schlägt Lien den Tag in ihrer Hutabteilung tot.

»Übernahme, das heißt Beschlagnahme, Konfiszierung.« Wortlos hat Bert sich Liens Geschichte angehört. »Das ist auf gut Niederländisch Diebstahl, es sei denn, Gerzon steckt in finanziellen Schwierigkeiten.« Das ist nicht der Fall: Gerzon ist trotz des Krieges noch immer ein gesundes Unternehmen. »Was wird jetzt passieren?«, fragt Lien. Das Gleiche, was mit

Laroux & Gross geschehen wird, denkt Bert. Damit ist der große Raubzug unter den niederländischen Juden eröffnet; Dedemsvaart hat es genau vorhergesagt und davor gewarnt. Nicht ohne Grund liegen inzwischen die Wertpapiere seiner jüdischen Kunden und von einigen auch die wertvollsten Kunstwerke sicher im Tulpenschuppen in Sassenheim. »Wird Gerzon zugemacht?« Der Vorfall heute hat Lien tief erschüttert: Es war noch schlimmer gewesen als damals, als die WA das Geschäft zertrümmert hatte. »Verliere ich jetzt meinen Job?« Das wird so schnell nicht geschehen, vermutet Bert. »Du bist nicht jüdisch.« Aber es könnte doch trotzdem passieren? Vielleicht ja, vielleicht nein, und es spielt auch keine Rolle – sie haben genug Geld, um über die Runden zu kommen. Mehr als genug sogar. Aber das ist für Lien nicht das Ausschlaggebende.

Bert geht zum Flurschrank mit den Schuhkartons. Da liegen Tausende und Abertausende Gulden. Er müßte sie mal genau zählen. Genug für wie lange? Ein Karton ist leer, das ist der von Goedeman. Ende März hat Bert das Geld der Biedermeiersammlung ins Schweizer Konsulat gebracht. Er hatte Elfie Bescheid gegeben, daß ein Kurier mit dem Geld auf dem Weg sei. Ob Elfie damit glücklich war, entzieht sich seiner Kenntnis. Und das lag ausnahmsweise nicht an Störungen in der Telefonleitung. Ist das Geld zu spät gekommen? Herr Stern hatte kürzlich bestätigt, daß alles wohlbehalten im Haus von Frau Goedeman in Locarno angekommen ist. Bert hat seither von Elfie nichts mehr gehört – kein Anruf, kein Brief, nichts. Das ärgert ihn. Schließlich hat er für sie einige Risiken auf sich genommen! Ob ihr das überhaupt bewußt ist?

Die Türklingel schreckt ihn auf. Es ist halb acht, der Eßtisch ist noch nicht abgeräumt, draußen ist es noch hell, die Ausgangssperre hat noch nicht begonnen. Sie bekommen nie Besuch, schon gar nicht um diese Uhrzeit. Ein unbekannter Mann ist gekommen, um einen dicken Umschlag für Herrn Meijer van Leer abzugeben. Von Laroux & Gross, erkennt Bert sofort. Er müsse den Empfang auch nicht quittieren. Der

Mann will nur sicher gehen, daß Bert derjenige ist, der er vorgibt zu sein. Bert rennt nach oben, um seine Geburtsurkunde und seinen Führerschein zu holen. Der neue, ebenfalls mit einem Foto versehene Personalausweis, den er immer bei sich zu tragen hat, ist ihm noch nicht ausgehändigt worden. Das wird bald geschehen. Flüchtig überprüft der Mann die Dokumente und verschwindet dann so schnell er kann.

Bert reißt den Umschlag auf; noch mehr Geldscheine, Stapel von 100- und 250-Gulden-Scheinen mit einer Banderole darum, genug für mindestens ein, zwei Jahre, vielleicht länger. Bert wird sie in den leeren Goedeman-Karton legen. Aus dem Umschlag fällt ihm auch eine handschriftliche Notiz von van der Harst entgegen:

Sehr geehrter Herr Meijer van Leer,

Sie sind gekommen. Heute morgen. Die Bank wird »arisiert«. Viel Glück damit, meine Herren. Alle Vorsichtsmaßregeln sind getroffen: Auch dank Ihrer Hilfe wird wenig zu »arisieren« sein. Anbei ein Vorschuß für die kommende Zeit. Was mit mir geschehen wird, ist ungewiß. Geben Sie acht auf sich.

Mit freundlichen Grüßen,

Jan van der Harst

Das Datum fehlt, aber es gibt keinen Zweifel: »heute morgen« bedeutet »heute« – der gleiche Tag wie die Gerzon-Übernahme. Bert wird flau im Magen.

Am nächsten Tag fährt Bert um die normale Schließzeit der Bank herum zum Kneuterdijk, parkt seine Zündapp neben einer Staffel deutscher Motorräder, die immer dort abgestellt sind: von der Wehrmacht, dem SD, der Grünen Polizei, der Gestapo und Gott weiß, welchen Polizeidienststellen noch. Ein paar Häuser von der Bank entfernt, im ehemaligen Palast der Königin Emma, hat SS- und Polizeiführer Rauter sein Hauptquartier aufgeschlagen. Bert wartet auf der anderen Straßenseite im Torbogen einer Buchhandlung, bis er die

Angestellten der Bank herauskommen sieht. Einen von ihnen erkennt er: Krabbendam, den Kassierer, der ihm immer das Geld ausbezahlt hat. Bert heftet sich an seine Fersen, sie gehen in Richtung der Straßenbahnhaltestelle am Gevangenpoort. Der Kassierer steigt in den fast leeren Anhänger, Bert folgt ihm und setzt sich neben ihn. Nachdem der Schaffner vorbeigekommen ist, fragt Bert in gedämpftem Ton und ohne ihn anzusehen, was mit van der Harst passiert ist. »Mitgenommen zum Verhör.« Der Kassierer schaut auf seine Aktentasche, die er mit beiden Händen auf dem Schoß hält. Bert hat eine Ahnung, wo van der Harst ist: im Gebäude der Sicherheitspolizei auf dem Plein, wo er selbst verhört worden ist. »Machen Sie sich keine Sorgen«, sagt der Kassierer, »Herr van der Harst weiß nicht mehr, als daß die meisten Kunden ihre Konten aufgelöst haben. Und daß das stimmt, das kann man auch in den Büchern nachvollziehen. Damit sind die Deutschen gerade beschäftigt.« Er kann ein zufriedenes Lächeln kaum unterdrücken. Bert bedankt sich bei dem Kassierer und steigt an der nächsten Haltestelle aus.

Einen Moment zögert er, dann steigt er um in den Triebwagen. Die Hand fest am Haltegriff, sieht er, wie der Kassierer ein paar Haltestellen später aussteigt. Bert folgt ihm in geziemendem Abstand. Ein paar Seitenstraßen weiter sieht er, in welches Haus er geht. Er notiert sich die Nummer. Für den Fall, daß er noch einmal mit Krabbendam sprechen will.

Er nimmt die Straßenbahn zurück zum Gevangenpoort. Ein Grüppchen deutscher Soldaten lungert um sein Motorrad herum. Einige Minuten lang observiert Bert die Lage von der anderen Straßenseite. Er fühlt die Aktentasche, die an seiner Schulter hängt. Er verläßt das Haus nie ohne sie, die wichtigsten Papiere sind darin. Die Soldaten machen keine Anstalten zu verschwinden. So, daß es jedem ins Auge fallen muß, überquert er die Straße und die Straßenbahnschienen und steuert auf sein Motorrad zu. Er nickt den Soldaten zu: »Schick, oder?« Bevor er aufsteigen kann, legt sich eine Hand auf seine Schulter: Was das werden soll? Bert kennt diese Sorte Fragen, er ist schon öfter angehalten worden. Aber seine Schlagfertigkeit hat er nicht eingebüßt: »Wieso, ist was nicht in Ordnung?« Woher er komme? Bert zeigt auf die andere Straßenseite. Wo er hinwolle? Nach Hause. »Papiere!« Bert zeigt sie: seinen Führerschein und Strehlers Ausweis. Der erfüllt immer seinen Zweck, besonders bei niedrigeren Dienstgraden. Es wird salutiert, man knallt die Hacken zusammen. »In Ordnung, Sie können gehen.« Immer wieder eine Machtdemonstration. Immer die gleichen Einschüchterungen.

Wenn er sich dem Major nicht recht bald als nützlich erweist, könnte das seine Protektion aufs Spiel setzen. Seine deutschen »Geschäftspartner« dürfen auf keinen Fall herausfinden, daß er ein Jude mit Registraturnummer ist. Die Ironie der Situation besteht darin, daß er kurz nach Beginn der Beschlagnahme und Einführung neuer Verwaltungsbefugnis für jüdische Geschäfte von einer Lawine an Anfragen ehemaliger Laroux & Gross-Kunden überrollt wird. Plötzlich wollen sie alle ihre wertvollen Besitztümer doch bei Bert deponieren. Bei so viel Enthusiasmus geht er ein ziemliches Risiko ein. Es gibt sogar Anfragen von Leuten, die nicht auf der Kundenliste der Bank stehen, die van der Harst ihm gegeben hat – die Gerüchteküche brodelt auch hier heftig. Es ist möglich, daß jemand darunter ist, der ihn in eine Falle locken will. Auf jede neue Anfrage zu reagieren, wäre viel zu viel Arbeit, die er aus Sicherheitsgründen nicht einmal delegieren könnte. Er muß sich also auf eine kleine Anzahl Kunden beschränken. Um ihre Identität zu überprüfen, müßte er in der Bank nachfragen, aber dort sollte er sich besser nicht mehr blicken lassen.

Also besucht Bert ein paar Wochen später am frühen Abend den Kassierer. Krabbendam, so steht es in eleganten schwarzen Buchstaben auf dem ovalen Türschild. »Ach, Herr Pegels, Sie kommen natürlich wegen Ihres Geldes.« Nein, deswegen ist Bert nicht gekommen. Herr van der Harst hat ihn im voraus bezahlt. Davon weiß Krabbendam nichts. Es kann aber stimmen: Es handelt sich dabei um Zahlungen unter der

Hand, die keine Unterschrift erfordern. Nachdem van der Harst vom Verhör nicht zurückgekehrt ist, war der Kassierer eines Tages der Arbeit ferngeblieben, nicht ohne seine Spuren in der Bank gründlich verwischt zu haben. Er hat Angst, ebenfalls verhaftet zu werden und denkt nun darüber nach, unterzutauchen. Warum? »Weil ich zu viel weiß.« Aber er hat doch nichts verbrochen? »Das nicht, aber erzählen Sie das mal den Deutschen!« Nach Berts Ansicht ist es nichts Ungesetzliches, wenn jüdische Kunden ihre Konten auflösen. Aber es ging um viel Geld, sagt Krabbendam: »Das lassen die Deutschen nicht einfach auf sich beruhen, die wollen wissen, wo es geblieben ist.« Der Verwalter habe schon ein paar Mal nachgefragt. Krabbendams Gesicht ist rot angelaufen, als würde Bert ihn verhören. Zum Glück ist er bereit, Berts Kunden zu identifizieren, ohne weiter nachzufragen.

Bisher hat Bert die Dienststelle mit Tips sehr kurzgehalten. Mühlmann und vor allem Dr. Berghaus sind trotzdem zufrieden mit ihm: Sie haben seine Hinweise befolgt, Dinge nach ihrem Geschmack gefunden und angekauft. Er hat dafür sogar einen kleinen Geldbetrag in die Hand gedrückt bekommen, und einmal ein Bild, das er selbst verkaufen darf, ein Stilleben mit einer Obstschale. Er könne es aber auch gern für sich behalten. Bert hat es Annebeth und Herman schenken wollen, aber sie können ein solches Geschenk natürlich nicht annehmen. Es würde sie kompromittieren und das Venduehuis in eine Angelegenheit verstricken, in die es bisher nicht einbezogen worden ist. Bert legt das Gemälde zu den anderen Kunstwerken in den Tulpenzwiebelschuppen.

Mit seinen neuen Kunden kann er den Nachschub an Tips in Gang halten. Die Kunden sind weniger angetan und beklagen, daß die Dienststelle in einigen Fällen fast ihr gesamtes Inventar zu Spottpreisen aufgekauft hat. Aber sie haben kaum eine Wahl. Sie haben am eigenen Leibe erfahren, wozu diese deutschen Aufkäufer in der Lage sind; wenn man sich zu sehr sträubt, wird mit Beschlagnahme gedroht. Und sowas nennt sich Kunsthistoriker! Sie willigen schließlich zähneknirschend ein; das bißchen, das sie bekommen, können sie gut gebrauchen. Oft haben sie keine Arbeit oder kein Einkommen, zehren von ihren Spargroschen und fragen sich ängstlich und mit Sorge, wie lange sie das durchhalten. Das fragt sich Bert ebenfalls: Wie lange kann er sein Doppelspiel noch aufrechterhalten, ohne Verdacht zu erregen – bei seinen Kunden, bei Mühlmann – und ohne erwischt zu werden? Wenn das der Fall wäre, wie soll er sich da herauswinden?

32

Das Radio haben sie nicht abgeliefert. Joost hat weder einen Eigentumsnachweis noch eine Quittung, also ist es nicht registriert. Solange die Deutschen keine Hausdurchsuchung machen und sie das Radio gut verstecken, besteht keine Gefahr, behauptet Bert, der auch noch ein Radio aus einem anderen Haushalt besitzt. Emmeke findet das nicht beruhigend: Ein Radio zu haben ist illegal, und trotzdem soll es nicht gefährlich sein? Das Abhören von Radio Oranje und der BBC im Flurschrank ist ihr sowieso zu nervenaufreibend, daß sie es bleiben läßt. Joost sitzt also alleine da. Nicht, daß sie durch das Radio viel schlauer würden, denn die Nachrichten hinken hoffnungslos hinter der Gerüchteküche hinterher. Aber Gerüchte sind Gerüchte. Man weiß nicht, was man glauben soll. Die Zeitungen werden in jeder Hinsicht zensiert, die helfen auch nicht weiter. Zu seinem Geburtstag am 20. April hat der Führer die Titelseite mit einem hochoffiziellen Staatsporträt geziert: Innerhalb eines Jahres hat er ganz Europa unterjocht. Der Bericht über den Anschlag auf die Synagoge in der Wagenstraat am selben Tag war zwischen den Anzeigen auf Seite 5 versteckt und wurde als »kleines Feuer, das gelöscht werden konnte, bevor die ganze Synagoge in Flammen aufging« verniedlicht. Stadtklatsch, der nicht mit früheren Gewalttaten gegen die Juden in Zusammenhang gebracht wurde. Kein Wort über Brandstiftung oder zu den Tätern.

Im Juni ziehen Hitler und seine unbesiegbare Wehrmacht heldenhaft in den Kampf gegen Stalin und brechen den Nichtangriffspakt mit der Sowjetunion von vor zwei Jahren. Jeder normale Mensch würde das als Verrat bezeichnen, aber die Propaganda verkehrt es ins Gegenteil: Stalin und die internationale jüdische Clique hätten den Pakt verraten. So stand es in den Zeitungen. Daß bei dieser Gelegenheit an die 400 Kommunisten in den Niederlanden verhaftet wurden, war auf Seite 2 der Inlandsnachrichten zu lesen, eine

Folge von Stalins »Verrat«: Die Deutschen hatten einen neuen Feind, und mit dem mußte abgerechnet werden.

Sie verschwanden in ein deutsches Konzentrationslager. Nach Mauthausen, in das gleiche Konzentrationslager, in das auch die jungen jüdischen Männer verschleppt wurden, die man im Februar verhaftet hatte, vernahm man aus der Gerüchteküche. Im Juni wurden bei einer zweiten Razzia in Amsterdam und Den Haag nochmal hundert jüdische Männer verhaftet, als Vergeltungsmaßnahme für einen Anschlag auf einen deutschen Offiziersclub in Amsterdam. Das wird in aller Ausführlichkeit auf der Titelseite berichtet. Der Anschlag bekommt mehr Aufmerksamkeit als die Razzia. Ein Vertreter von Van der Heem, der oft in Amsterdam ist, erzählte, daß er die Razzia in der Rijnstraat mit eigenen Augen verfolgen konnte: Am helllichten Tag wurden Menschen von der Straße geholt, gepackt und mitgeschleift, von den Fahrrädern gezerrt, und mit Fußtritten auf einen LKW befördert. Und das alles, obwohl es nicht einmal sicher ist, daß Juden an dem Anschlag auf den Offiziersclub beteiligt waren; es ist sogar eher unwahrscheinlich. Das hätte auch Bert passieren können, wird Emmeke voller Schrecken klar. Dann hätte keiner erfahren, was mit ihm geschehen ist. Dann wäre er wieder nur weggewesen, und Lien und sie hätten wieder nach ihm suchen können. Und wenn sie dann nach ihm gefragt hätten, wären sie vielleicht selbst verhaftet worden.

»Mauthausen« wird schnell zum Synonym für »Tod in einem Konzentrationslager«, denn von dort kamen nur Todesnachrichten. Sie werden in *Het Joodsche Weekblad*, dem jüdischen Wochenblatt, abgedruckt, das seit Mitte April unter der Redaktion des Jüdischen Rates erscheint. Der ist im Februar nach dem Aufstand in Amsterdam von den Deutschen ins Leben gerufen worden. Alle Ankündigungen, die die Deutschen der jüdischen Bevölkerung machen, alle Maßnahmen und Verordnungen, die sie gegen die Juden ergreifen, werden in diesem Blatt veröffentlicht. Auffällig ist, daß der Jüdische Rat seine Leser immer wieder ans Herz legt, den Befehlen der Deutschen zu gehorchen, um Bestrafungen zuvorzukommen. Alle denken an Mauthausen. Es funktioniert: Die Verordnungen werden gehorsam befolgt. Die Angst sitzt tief. Man hält sich besser dieses Wochenblatt, sonst läuft man noch Gefahr, eine Maßnahme zu übersehen und für seine Unwissenheit bestraft zu werden. Das kommt durchaus vor, und diese Unglücklichen verschwinden für immer in Deutschland. Es hat keinen Sinn, zu protestieren: Jeder Bürger ist angehalten, das Gesetz zu kennen, und die Verordnungen der Deutschen sind jetzt das Gesetz.

Joost holt sein Exemplar jeden Freitagabend vor Sonnenuntergang in der Synagoge in der De Carpentierstraat ab, bevor der Sabbat beginnt. Die Schmierereien sind entfernt, die Fenster neu verglast. Diese unerschütterliche Gelassenheit, mit der sich die Juden seit Jahrtausenden über Wasser gehalten haben – sind sie dadurch immun geworden? Hat es sie wehrhafter gemacht? Immer, wenn er wegen des *Joodsche Weekblad* zur Synagoge kommt, kreisen ihm solche Fragen im Kopf herum. Bei einer dieser Gelegenheiten wird er vom Rabbiner angesprochen – er hat Joost schon öfter gesehen. Ist er Jude? Joost erklärt die Situation: Die im *Joodsche Weekblad* angekündigten Maßnahmen betreffen auch ihn. Der Rabbiner nickt verständnisvoll: »Sie selbst sind nicht religiös?« Nein, Joost hat keinerlei Beziehung zum jüdischen Glauben – zu gar keinem Glauben: »Meine Frau übrigens auch nicht.« Wäre es unter den gegenwärtigen Umständen nicht sowieso besser, wenn niemand dem jüdischen Glauben angehören würde? Trotz seines Respekts für ihre Standhaftigkeit kann Joost mit seinen Prinzipien nicht hinter dem Berg halten. Der Rabbi lächelt: »Bitte verstehen Sie mich richtig, wir wollen niemanden bekehren, aber der Glaube ist ein großer Trost.« Joost ist berührt von dieser felsenfesten Überzeugung, daß das, was mit den Juden geschieht, Gottes Wille sei. Es ist keine Ergebenheit. Aber auch keine Aufsässigkeit. Er fragt, ob er die Synagoge mal von innen sehen dürfe, oder sei das ein Vorrecht nur für Gläubige? Aber natürlich dürfe er das, solange er sein Haupt bedeckt. Der Rabbiner drückt ihm eine Kippa auf den Kopf. Joost geniert sich ein bißchen – nur gut, daß Emmeke ihn nicht so sieht.

Die nüchterne Einrichtung beeindruckt ihn. Das frühe Abendlicht fällt durch die Fenster ein, die weißen Wände strahlen warm. Er sieht die fünfeckige Erhebung mit einem Vordach in der Mitte, die skulpturale Arche im hinteren Teil mit Symbolen, die Joost nicht versteht, und die Thorarollen, die hinter einem Vorhang verborgen sind; jegliche Ausschmückung fehlt, es gibt nur einen Tisch mit ein paar silbernen Gegenständen, die für den Gottesdienst benötigt werden. Das hier ist ein Haus der Kontemplation.

Langsam füllt sich der Raum mit Männern in schwarzer Kleidung und großen runden Hüten. Er sieht keine Frauen. »Sie bleiben zu Hause«, erklärt der Rabbiner, »und bereiten das Essen vor.« Joost mag, wenn er möchte, zum Abendgebet bleiben, aber er muß jetzt nach Hause – es ist spät geworden. »Kommen Sie doch wieder, Sie sind jederzeit willkommen.«

(Tagebuchauszug)
30. Juni 1941
Die Registrierung hat ungeheure Folgen. Jetzt ist auch Lien stehenden Fußes entlassen worden. Sie ist geradewegs von Gerzon hierhergekommen. Sie war bis auf die Haut durchnäßt, ich habe sie ihre Sachen ausziehen lassen und in meinen Bademantel gesteckt, den ich gerade anhatte, denn es war noch früh. So standen wir uns auf einmal splitternackt gegenüber. Was haben wir darüber gelacht! Lien ist groß und hat kleine Brüste, ich bin klein und meine sind viel größer. (...) Sonst gab es nicht viel zu lachen. Lien war gleich am Morgen zum neuen Personalchef gerufen worden, einem gewissen Fransen, ein fieser Kerl, NSBer. Ihr war sofort klar, daß sie rausfliegen würde. Sie hatte es schon kommen sehen, nachdem das ganze jüdische Personal entlassen worden war. Das Schlimmste war die Art und Weise, wie es ablief und was dieser Mann sich ihr gegenüber herausnahm. Ich werde immer noch rot, wenn ich nur daran denke. Er nannte sie eine Judenhure, weil sie mit einem jüdischen Mann verheiratet ist. Lien sollte sich schämen, sie sei eine Schande für das niederländische Volk. Lien hat sich das

*alles schweigend angehört, und am Ende der Tirade hat
sie eiskalt gesagt, daß sie jetzt gehen und ihre Lohntüte in
Empfang nehmen werde. »Hau ab, du dreckige Schlampe!«
hat Fransen ihr hinterhergebrüllt. Es ist ein Wunder, daß er
nichts dagegen hatte, daß sie ihren Lohn noch abholt. In der
Lohnbuchhaltung hatte sie die Geistesgegenwart zu fragen,
woher Fransen denn sein Wissen habe. Der Bürovorsteher
hatte sich über Lien kundig gemacht: beim Standesamt;
bei jedem Mitarbeiter wurde jetzt überprüft, ob er vertrauenswürdig ist. (…) Durch diese ganzen Demütigungen war
Lien so wütend geworden, daß sie mit Tränen in den Augen
in ihre Abteilung gegangen ist und sich einen Hut ausgesucht hat, Abschied von den Kollegen nahm und ohne zu
bezahlen durch die Drehtür rausging. Gut so! (…) In ein
paar Wochen hat Joost Geburtstag. Was könnte ich ihm
schenken? Zu Gerzon kriegen mich keine zehn Pferde mehr.
Lien sagt, der Laden habe sein ganzes Flair verloren. Keine
eleganten Sommerhüte mehr, nur noch Marlene-Dietrich-
Mützen von minderer Qualität. Der Umgangston ist rauher
geworden, die Löhne sind gesunken. Es tat Lien so weh. (…)
Wir dürfen nun auch nicht mehr ins Schwimmbad oder in
den Park gehen. Ist der Haagse Bos ein Park oder ein Wald?
Ich werde es schon merken: Mit dem neuen Personalausweis können sie einen kontrollieren. Man muß ihn immer
bei sich tragen.*

Emmeke liest das *Joodsche Weekblad* Buchstaben für Buchstaben, um zu sehen, ob etwas darin steht, das sie angeht. Sie
sucht nach Ankündigungen über die Ausnahmestellung von
»Mischehen«. Vergeblich: Die Maßnahmen und Vorschriften
gelten immer für alle Juden. Sie denkt sich Szenarien aus,
in denen sie allein zurechtkommen könnte, ohne Joost oder
allein mit Bobbie, oder auch wenn Joost dabei ist: sie allein
= 1 Jude, sie und das Kind = 1½ Juden, sie und das Kind und
Joost = 1½ Juden -1 Nichtjude = ½ Jude. Mit dem letzten
Szenario ist sie sicher, dann ist sie nur halb jüdisch. Sie muß
dafür sorgen, daß Joost immer bei ihr ist, lautet das Ergebnis

dieser absurden Rechnerei. Das geht natürlich nicht – Joost muß schließlich zur Arbeit. Doch allein schwebt sie immer in Gefahr. Sie weiß nicht, wie sie sich am besten dagegen wappnen kann. Hastig läuft sie durch die Straßen, den Kopf gesenkt, manchmal trägt sie ein Kopftuch. Sie fährt mit dem Fahrrad, so schnell sie kann und erreicht ihr Ziel stets außer Atem.

Zur Sprechstunde von Doktor van der Pol geht sie zu Fuß. Die Praxis ist ganz in der Nähe. Van der Pol bittet sie zu warten, bis der letzte Patient weg ist. Er hat etwas mit ihr zu besprechen. Und Emmeke ist in die Praxis gekommen, weil sie etwas mit ihm zu besprechen hat – seit zwei Monaten ist ihre Periode ausgeblieben. Bobbie hat sich gleich in die Ecke des Wartezimmers verzogen, die speziell für Kinder eingerichtet ist, und hat sich auf das Spielzeug gestürzt: ein Baukasten, eine Holzeisenbahn. Bei jedem Handschlag erklärt er, was er gerade macht, Worte, die er bei Emmeke und Joost aufgeschnappt hat, alles in der zweiten Person, als spräche er mit sich selbst, und alles in der gleichen geduldigen, zärtlichen Intonation. Van der Pol hat Bobbie zur Welt gebracht. Kinder auf die Welt zu bringen, hält er für ein Privileg.

Schließlich werden sie ins Sprechzimmer gebeten. »Hey, kleiner Mann, weißt du noch, wer ich bin?« Stumm klammert sich Bobbie an Emmekes Rock fest, schaut schräg nach oben zu dem seltsamen großen Mann in seinem zu kurzen weißen Kittel. »Als ich dich das erste Mal gesehen habe, warst du so klein.« Van der Pol deutet die ungefähre Größe eines Babys an. »Und ich war auch der erste, der dich auf der Welt willkommen geheißen hat, noch vor deiner Mutter, vor deinem Vater.« Und im gleichen Atemzug zu Emmeke: »Wie geht es ihm?« Emmeke streicht Bobbie übers Haar: »Sehr gut, er ist das Kostbarste, was wir haben.«

Nachdenklich nickt van der Pol vor sich hin. Er darf sie eigentlich nicht behandeln – das ist es, was er mit ihr zu besprechen hat. Emmeke begreift sofort: Jüdische Patienten dürfen fortan ausschließlich von jüdischen Ärzten behandelt werden.

Das ist eine der Maßnahmen, von denen sie immer wieder liest – es hätte sie nicht überraschen dürfen. Tut es aber, denn so schnell gewöhnt man sich nicht daran. Alle Ärzte haben eine Erklärung unterschreiben müssen. So machen die Deutschen das. Van der Pol seufzt. Er habe keine Wahl, er habe eine große Praxis und die meisten seiner Patienten sind nicht jüdisch. Er hebt die Arme zum Himmel. »Aber … Joost … ist kein Jude, und Sie sind doch unser Hausarzt«, bringt Emmeke ohne große Überzeugung hervor. Muß sie sich jetzt einen anderen Arzt suchen? Sie denkt an ihre Rechenspiele, und die Frage, ob sie später noch einmal in Begleitung von Joost wiederkommen könne, liegt ihr auf den Lippen.

Van der Pol schaut auf das Löschblatt vor sich auf dem Schreibtisch. In der Stille, die folgt, ist nur das Ticken der Uhr zu hören. Bobbie wird unruhig und fragt, ob er wieder mit den Bauklötzen spielen darf. »Nur ein Momentchen, Bobbie.« Soll sie jetzt gehen? Emmeke will sich von ihrem Stuhl erheben. »Nein, nein, auf keinen Fall«, entschuldigt sich van der Pol für sein plumpes Auftreten. »Ich muß mich schämen.« Er wird für Emmeke eine Ausnahme machen, aber er wird sie zu einem anderen Arzt überweisen, wenn es sein muß. Einem jüdischen Arzt. »Sagen Sie mir einfach, weshalb Sie gekommen sind. Was ist los?«

Emmeke hat Angst, daß sie schwanger ist: »Das würde jetzt ganz schlecht passen.« Van der Pol stimmt ihr zu und bittet sie, ihre Unterwäsche auszuziehen und sich auf den Behandlungsstuhl zu setzen. »Ich bin gleich wieder da.« Er verschwindet hinter einem Schirm. Emmeke hört Wasser plätschern und eine Tür zuschlagen.

Kurz darauf kommt van der Pol mit einem Malbuch und Stiften für Bobbie zurück. Er setzt ihn an ein niedriges Tischchen mit dem Rücken zum Behandlungsstuhl. Bobbie legt sofort los. Das tut van der Pol auch: Er kippt den Stuhl nach hinten. »Schauen wir uns das mal an.« Er klopft und hört zu, versucht, so routiniert wie möglich zu erscheinen, spricht gleich im »medizinischen Plural«: wann »wir« unsere letzte Periode hatten, ob »wir« unter irgendwelchen Beschwerden

leiden, »eine schöne Narbe haben ›wir‹ da« – der Kaiserschnitt, Bobbie war ohne Probleme aus dem Bauch heraus-
gehoben worden – »die Beine ein wenig spreizen bitte.« Van
der Pol legt ein Laken über Emmekes Unterleib, zieht dünne
Gummihandschuhe an und steckt eine Hand unter das Laken. Die andere legt er auf ihren Bauch. Während er mit zwei
Fingern die innere Untersuchung durchführt, hat er den Kopf
abgewendet, als versuche er, ein Lebenszeichen zu erhaschen.
Emmeke hält ihre Augen geschlossen. Sie ist angespannt –
sie macht sich plötzlich große Sorgen um van der Pol: Ist er
sich wohl der Gefahr bewußt, der sie ihn aussetzt? Ist sie
nicht sehr egoistisch? »Tut es weh?« Nein, es tut nicht weh.
Und doch tut es weh. Van der Pol zieht vorsichtig seine Hand
zurück: »Ich spüre nichts, was auf eine Schwangerschaft hin-
deuten könnte, scheint alles ganz normal zu sein.« Emmeke
ist erleichtert, aber seltsamerweise auch enttäuscht. »Ziehen
Sie sich mal wieder an«, er rückt den Stuhl zurecht. Er geht
hinüber zu Bobbie, der an seinem Tischchen schon ein ganzes
Blatt vollgemalt hat, das er dem Doktor schenkt.

Von seinem Schreibtisch aus beruhigt van der Pol Emmeke, daß Unregelmäßigkeiten bei der Menstruation normal
seien und daß die heutigen Spannungen das Ihre dazutun. Er
schreibt etwas in sein Rezeptbüchlein: »Wenn Ihnen was komisch vorkommt, hier ist der Name eines Gynäkologen.« Emmeke bedankt sich: »Vielleicht wäre es sowieso besser.« Aber
so hat er es nicht gemeint. Van der Pol läuft rot an: »Sie können
auch zu mir kommen, wenn es nötig ist.« Zum Abschied drückt
er ihre Hand, lang und warm: »Es tut mir leid, das ist alles sehr
unglücklich.«

Emmeke zieht den sich sträubenden Bobbie hinter sich her,
als sie die Praxis fast fluchtartig verläßt. Zwei Straßen weiter wohnt Pippi, gleich hinter der Grünanlage. Sie macht
auf, Fientje auf dem Arm. Die ist jetzt fast fünf Monate. Etwas blitzt in Pippis Augen auf, als sei sie erschrocken, daß
Emmeke und Bobbie vor der Tür stehen. Es sieht sogar so
aus, als zögere sie, die beiden hereinzubitten, aber das wird

sich Emmeke wohl nur einbilden, denn Pippi sagt: »Oh, wie schön, kommt rein, ich mache eine Tasse Tee. Und Bobbie will vielleicht ein Glas Limonade.« Fientje gähnt; sie ist aus dem Mittagsschlaf erwacht. Pippi legt sie auf den Rücken ins Laufgitter. Bobbie presst sich gegen die Gitterstäbe und zieht sich mit beiden Händen hoch, um über den Rand zu schauen. Ernst, mit Falten auf der Stirn, sieht er Fientje an, als würde er versuchen, sich an etwas zu erinnern. Pippi kommt mit Tee und Limonade und Maria-Plätzchen in einer Dose zurück. Die gibt es noch, auch wenn sie nur nach schmierigem Sand schmecken. Früher waren es Emmekes Lieblingsplätzchen, weil sie ihren Namen tragen.

Sie erzählt von ihrem Besuch bei Doktor van der Pol und ihrer vermeintlichen Schwangerschaft. Und wie unwohl sie sich gefühlt hatte, fast schuldig, aber daß er sie untersucht hat, obwohl es eigentlich verboten ist. Pippi hält van der Pol für einen ehrlichen Mann, der seine Patienten nicht einfach im Stich läßt. Hoffentlich habe Emmeke ihn nicht in Verlegenheit gebracht. Nein, das nicht. Sie hat sogar angeboten, aus freien Stücken zu gehen, und van der Pol hat sich entschuldigt. »Weil er ein großes Herz hat«, sagt Pippi. Emmeke weiß nicht, was sie damit meint. Hätte sie trotzdem gehen sollen?

Pippi steht auf, um Tee nachzuschenken und sagt plötzlich: »Eric hat neulich gesagt, daß es vielleicht besser wäre, wenn wir uns nicht mehr so oft sehen würden.« Emmeke spürt, wie sie langsam in ein unergründlich tiefes Loch wegsackt, als würde sie auf Treibsand stehen. Aus der Tiefe heraus vernimmt sie ihre eigene Stimme: »Und, findest du das auch?« Pippi antwortet nicht gleich, sie schaut auf die Teetasse in ihrer Hand, die auf der Untertasse zittert: »Ich finde es schrecklich, schließlich sind wir Herzensfreundinnen.« Jetzt nicht mehr, denkt Emmeke – Herzensfreundinnen können sich aufeinander verlassen. Aber wenn Pippi ebenfalls meint, daß es besser ist …? »Ja, ich glaube, es wäre besser. Vorläufig jedenfalls. Bis das hier vorbei ist.« Bei »das« macht Pippi eine mißmutige Armbewegung. »Das« ist der Krieg. »Das« ist, was mit den Juden passiert. »Das« ist die ganze Situation. Was Eric meint, wiegt schwerer als das, was Emmeke denkt.

Sie steht auf. Eins müsse Pippi ihr versprechen: daß sie Eric nichts von ihrem Besuch bei Doktor van der Pol erzählt, »als Herzensfreundin«. Pippi verspricht es. Sie hat Tränen in den Augen, als würde ihr plötzlich klar, was sie da tut: »Es kommen wieder bessere Zeiten.« Ja, irgendwann. Auch für sie beide? Emmeke trinkt ihre zweite Tasse Tee nicht aus. »Dann werde ich mal gehen. Kommst du, Bobbie?« Diesmal muß sie ihn nicht hinter sich herziehen; Bobbie begreift auch so, daß sie hier nichts mehr zu suchen haben.

33

Bert fühlt sich angesichts der neuesten Entwicklungen wie ein wildes Tier im brennenden Wald, das fieberhaft nach einem Ausweg sucht. Daß er Garantien für seine Sicherheit bei denen sucht, von denen die Bedrohung ausgeht, ist zu rechtfertigen, solange er sich dabei nicht die Hände schmutzig macht. Dedemsvaart, den er bewundert, würde das verstehen. Den Gegner zu überlisten, ist noch keine Kollaboration. Ich würde ihn selbst vor dem höchsten Gericht ohne Wenn und Aber verteidigen: Er ist kein Landesverräter. Das einzige Problem besteht darin, daß es keine Zeugen für sein »doppeltes Spiel« gibt: Zu seiner eigenen Sicherheit weiht er niemanden ein.

Manche mögen seinen nächsten Schritt ein Produkt seiner überspannten Einbildung, Übermut oder Wahnsinn nennen. Für mich ist es ein Bluff, ein beispielloser Bluff. Nichts ist Bert zu verrückt. Er wird immer kreativer, je mehr er sich in die Enge getrieben fühlt. Man werde ihn schon rufen, wenn Strehler ihn braucht, hat man ihm zu verstehen gegeben, aber er wird nicht gerufen: Er hat seit Monaten nichts mehr von ihm gehört. Nun denn, dann muß er es eben selbst in die Hand nehmen. Was hat er Strehler zu bieten? Die Antwort kommt wie aus der Pistole geschossen: die Villa Ravenhorst. Die natürlich früher oder später sowieso beschlagnahmt wird. Also muß er den Deutschen zuvorkommen. Das ist der Leitgedanke bei allem, was er tut. Als ob er so den Vorsprung, den er mit seinem Motorrad zu haben meint, halten könnte.

Das Tor zur Villa Ravenhorst steht halb offen. Unkraut wuchert im Kies, verblühte Tulpen und Narzissen verunstalten die Blumenbeete. Der Garten macht einen trübseligen Eindruck. Der Wind hat die verwelkten Blätter vom letzten Herbst in den Ecken der Freitreppe zusammengeweht. Das Rosenbeet in der Mitte steht in voller Blüte, aber die Sträucher sind verwildert, und auch die sich darum rankende niedrige Hecke könnte einen Schnitt vertragen. Auf dem Rasen liegt der Kadaver eines Kaninchens.

Bert erwartet nicht, daß ihm auf sein Klingeln aufgetan wird. Er will es gerade noch einmal an der Spülküche versuchen, als sich die Tür einen Spalt öffnet. Nur mit Mühe erkennt er Anna, das Dienstmädchen. Sie sieht älter aus, als er sie in Erinnerung hat. Sie ist nicht geschminkt, ihr Haar hängt dünn und unordentlich über die Schultern. Sie trägt keine weiße Schürze mehr über dem schwarzen Plisseerock mit der gestärkten blauen Bluse darüber, sondern einen grau verschossenen Rock und einen Wollpullover. Die Arme sind abweisend vor der Brust verschränkt und die Schultern hochgezogen, als wäre von einem unangekündigten Besuch nichts Gutes zu erwarten. »Herr Bert ...« Es klingt nicht so, als sei Anna überrascht oder erfreut, ihn zu sehen, auch nicht feindselig, eher wie eine herablassende Feststellung. Er dagegen freut sich, sie zu sehen: »Anna!« Sie steht eine Weile da und starrt ihn an, ihre Augen werden feucht, aber es rollen keine Tränen über die Wangen. »Darf ich reinkommen?« Anna öffnet die Tür weit genug, um ihn durchzulassen.

Auch im Inneren des Hauses ist alles staubig und wirkt vernachlässigt. Es riecht muffig und unbewohnt. Wie schnell das gegangen ist! »Kommen Sie mit in die Küche.« Dort ist alles in Ordnung und sauber, das ist ihre Domäne. Ob er vielleicht eine Tasse Tee wolle? Oder etwas Stärkeres? Der Weinkeller sei noch intakt. Bert trinkt lieber ein Glas Wasser, es ist mitten am Tag.

Anna fragt nicht, warum er gekommen ist, sondern starrt ihn nur an, als käme er aus einer anderen Welt. Sie sitzen sich eine Weile schweigend an dem großen hölzernen Küchentisch gegenüber. Ob es ihr gut geht, will Bert schließlich wissen. Anna nickt stumm. Hat sie in letzter Zeit etwas von Herrn Dedemsvaart gehört? Anna schüttelt den Kopf und streicht sich eine Haarsträhne aus dem Gesicht. Endlich beginnt sie zu erzählen. Anfangs seien noch Nachrichten über Herrn van der Harst von ihm gekommen. Aber das ist schon eine Weile her.

Vor kurzem habe dann Rogier eines Abends wie aus heiterem Himmel vor ihr gestanden. Er hatte ihr nichts über Absicht oder Grund seines Kommens verraten, außer daß niemand erfahren dürfe, daß er hier sei. Dann hat sie sich gerade schön verplappert, denkt Bert. Gott allein mag wissen, in welche gefährliche Spionagesachen Rogier verwickelt ist. Er hat sich also wirklich mit dem Fallschirm absetzen lassen. Bert bewundert ihn. Und gleichzeitig beruhigt es ihn, als wäre er allein durch Rogiers bloße Anwesenheit irgendwo im Land sicherer. Sehr weit weg kann er nicht sein. Vielleicht kommt er ja noch einmal vorbei, ob Bert ihn treffen könne? Das weiß Anna nicht. Rogier hat nichts gesagt. Er hat nur eine Nacht in seinem alten Zimmer geschlafen, in dem von Anna zurechtgemachten Bett. Am nächsten Tag ist er dann in aller Herrgottsfrühe aufgebrochen. Vielleicht wollte er nur wissen, in welchem Zustand die Villa ist. Oder hatte Heimweh.

Anna ist die einzige, die vom Personal übriggeblieben ist. Seit der Gärtner nicht mehr kommt, kann sie mit niemanden mehr reden. Der Chauffeur ist zum Arbeitsdienst nach Deutschland geschickt worden. Und das andere Dienstmädchen? »Entlassen.« Anna kümmert sich aus reinem Pflichtgefühl um Ravenhorst. Für Herrn Dedemsvaart, der immer gut zu ihr gewesen ist. Ihre Augen füllen sich mit Tränen. »Nicht weinen, Anna.« – Bert hat noch genau im Ohr, wie Dedemsvaart, schon im Beiwagen, das sagt und geradeaus vor sich hin schaut. Ob sie denn auch mal das Haus verlasse? Sie macht Einkäufe im Dorf, hält sich aus allem heraus, wechselt allenfalls ein paar Worte mit dem Milchmann und dem Lebensmittelhändler. Von ihnen weiß sie ein bißchen, was alles unter der deutschen Besetzung vor sich geht. Ein Militärkommando habe sich im Dorf niedergelassen. Wachtruppen, sagt man. Sie hat hier keine Familie, keine Freunde.

Kann Bert ihr seine Vorstellungen über die Villa Ravenhorst unterbreiten? Ist das sicher? Er muß es einfach riskieren: Was würde sie davon halten, wenn er die Villa dem Oberbefehlshaber der Wehrmacht, General Christiansen, zur vorübergehenden Nutzung anbieten würde? Er habe ein gutes Verhältnis zu seinem Adjutanten. Anna erschreckt. Bert erklärt, daß es nicht mehr lange dauern kann, bis die Deutschen die Villa beschlagnahmen, wie sie mit allem jüdischen Eigentum machen. Herr Dedemsvaart hat es kommen sehen. So aber könne es verhindert werden. Die Bank ist bereits unter deutsche Verwaltung gestellt. Ist Anna auf dem Laufenden über die Maßregeln gegen die Juden? Nicht wirklich, nein. Nun, das sei eine davon. Bert erklärt es Anna, damit sie weiß, woran sie ist, nicht, um ihr Angst einzujagen.

Anna weiß nicht, was sie davon halten soll, daß ein deutscher General hier einzieht. Was heiße das ganz genau? Werde das Haus auch für Empfänge genutzt? »Es ist eine Villa, keine Offiziersmesse.« Und wisse Herr Dedemsvaart davon? Bert habe keinen Kontakt zu ihm, sagt er, und Herr van der Harst ist … nicht erreichbar. Er würde das auf eigene Faust regeln. Die Details seien noch nicht ausgearbeitet, aber er ist sich sicher, daß Herr Dedemsvaart es für einen guten Plan halten würde. Bert arbeite, wenn er das so sagen dürfe, in seinem Sinne. Auch Rogier wäre sicher damit einverstanden; er würde darin wahrscheinlich allerhand »phantastische« Möglichkeiten sehen. Aber auch Rogier, obwohl in der Nähe, ist nicht erreichbar. Bert hat keine Ahnung, ob der General oder sein Adjutant auf sein Angebot eingehen würden. Er muß zuerst wissen, ob Anna mitmacht. Sie könnte in ihrer alten Funktion weiterarbeiten, als Haushaltsvorstand, mit neuem Personal. Kann sie Deutsch?

Plötzlich bricht aus Annas ernstem Gesicht ein kurzes, verächtliches Lachen hervor: Sie spricht nicht nur perfekt Deutsch, sie ist sogar Deutsche. Anfang der dreißiger Jahre ist sie aus Deutschland in die Niederlande gekommen, nicht weil sie Jüdin ist, sondern um Arbeit zu suchen. Tausende deutsche Mädchen haben das genauso gemacht. Erst jetzt dämmert es Bert, daß ihr leichter Akzent deutsch und nicht limburgisch ist. Es erklärt ihre Zurückgezogenheit und die Tatsache, daß sie keine Familie und Freunde hat und nur flüchtigen Umgang mit den Dorfbewohnern. Sie hat natürlich Angst, daß man ihr mit Mißtrauen begegnet. Ihre

Anwesenheit in der Villa Ravenhorst erhöht Berts Erfolgsaussichten erheblich. Strehler kann sich glücklich schätzen mit ihr, denkt er, und General Christiansen erst recht. Ein deutsches Dienstmädchen gibt etwas Vertrautes, ein Gefühl von Heimat. Anna lächelt traurig. Bert soll es, was sie betreffe, in Gottesnamen versuchen.

Noch am selben Tag sitzt Bert Major Strehler in dessen Büro auf dem Plein gegenüber. Es ist viel Zeit vergangen. Vielleicht wirkt die Begrüßung deshalb kühl, distanziert und unmittelbar auf die Sache bezogen: »Wie gehen die Geschäfte?« Strehler weiß sehr wohl, daß Bert etwas von ihm will. Das erspart Bert große Umschweife: Wie er das Haus von Herrn Goedeman an der Groot Hertoginnelaan an die Dienststelle Mühlmann vermietet habe, könne er nun General Christiansen, Strehlers unmittelbarem Vorgesetzten, eine Villa zur Miete anbieten. Vielleicht sei der General an einem schönen Landhaus in Wassenaar interessiert, das seinen Status unterstreichen würde. Jetzt wohne er doch in einem Haus wie Strehlers in Benoordenhout?

Strehler mustert ihn einen Moment ungläubig, dann bricht er in schallendes Gelächter aus: Er ist eine solche Direktheit nicht gewohnt, mit der Bert seinen Vorschlag unterbreitet. Er hat es normalerweise mit hierarchischen Verhältnissen zu tun; sie legen den Ton seiner Konversation fest. Bert weiß nicht, ob er ausgelacht wird und seinen ganzen Plan abschreiben kann, bis Strehler ihn nach Details fragt. Bert hat die Antwort parat: Die Villa Ravenhorst sei in Privatbesitz, wunderschön am Rande der Dünen gelegen, voll möbliert, mit großem Garten, und es gebe Personal. Der General könne dieses Landhaus als Privatresidenz oder als Gästequartier für hochrangige Besucher nutzen, die dann nicht im Hotel Des Indes absteigen müßten. Wären dort Empfänge möglich, will Strehler wissen. »Sicher«, sagt Bert, »die Eingangshalle und die angrenzenden Räume sind für kleinere Empfänge wie geschaffen.« Ob man Ravenhorst besichtigen könne? General Christiansen würde sich die Villa sicher gerne selbst ansehen, wenn er einverstanden ist.

Schließlich will Strehler wissen, ob Bert vom Eigentümer ermächtigt ist, die Villa zu vermieten. Und wer eigentlich ist dieser Eigentümer? Das gehe alles in Ordnung, versichert Bert. Also läuft es nur auf eine weitere gefälschte Unterschrift hinaus, ein weiteres Mal sind die Dienste von Notar Nijboer gefragt. Bert beschließt, aus dem Besitzer kein Geheimnis zu machen. Strehler soll ruhig wissen, daß es sich um van Berghe Dedemsvaart handelt, den Direktor der von den Deutschen beschlagnahmten Bank Laroux & Gross. Solange Strehler nicht weiß, daß Dedemsvaart Jude ist und sich deshalb im Ausland aufhält, gibt es keine Probleme. Der fragt denn auch nicht nach, wie er auch nie gefragt hat, ob Bert Jude ist. Für ihn spielt das keine Rolle, er ist Soldat.

Bert soll in einer Woche wiederkommen, weil der General sich gerade in Berlin aufhalte. Die Miete sei verhandelbar, und da sie wahrscheinlich nur vorübergehend ist, verlangt Bert Barzahlung. »Sie sind jetzt also auch Makler«, stellt Strehler zum Abschied fest. Zum ersten Mal schüttelt er Bert die Hand. In dieser Geste liegt Respekt. »Auch die Vermietung eines Hauses ist eine Transaktion«, sagt Bert. Strehler lächelt. Bert versteht sich auf seine Sache.

Am nächsten Tag fährt er wieder nach Wassenaar, hoffnungsfroh gestimmt. Anna hat sich wieder als Dienstmädchen »verkleidet«. Arie, der Gärtner, ist auch da. Beide haben Berts Idee miteinander besprochen und sind der Meinung, daß man es so machen sollte. Sie tun es für Herrn Dedemsvaart, und Arie hat wieder Arbeit. Zu Hause sitzen ist nichts. Ihnen bleibt eine Woche, um die Villa in einen vorzeigbaren und bewohnbaren Zustand zu versetzen. Je besser sie aussieht, desto größer die Chance, daß Berts Plan aufgeht. Wird er das? Natürlich wird er das: Anna und Arie kann nach den Monaten, in denen sie die Hände in den Schoß gelegt haben, nichts mehr erschüttern. Anna kocht echten Kaffee, um es zu feiern.

Auf Berts Bitte hin schließt sie die Tür von Dedemsvaarts Arbeitszimmer auf. Bert findet das Zimmer so vor, wie er es beim letzten Mal gesehen hat: Alles ist noch an seinem

Platz, sogar die Fotos in den silbernen Rahmen auf dem Mahagonischreibtisch, alles ist von einer dicken Staubschicht bedeckt. Rogier ist also nicht hier gewesen. Warum hat er es auf sich genommen, ins Haus seiner Eltern zu kommen? Wenn er etwas gesucht hat, dann sicher nicht hier. Bert gibt Anna genaue Instruktionen, alle persönlichen Gegenstände der Familie Dedemsvaart aus den Zimmern zu entfernen. Wenn nötig, kann er alles in Sassenheim unterbringen. Bert findet Kopfbögen, auf denen er den Brief verfaßt, mit dem J.G.R. van Berghe Dedemsvaart ihn bevollmächtigt, sich um sein persönliches Eigentum zu kümmern. Er greift auf den gleichen Wortlaut zurück wie bei der Goedeman-Fälschung, Laroux & Gross läßt er außen vor, denn das ist Privatsache.

Über Herman Hofstede vom Venduehuis wird ein neuer Termin mit dem Notar Nijboer vereinbart. Nijboer fragt, ob er der van Berghe Dedemsvaart von Laroux & Gross sei. Bert nickt, einen Moment erschrocken, daß man ihm auf die Schliche gekommen ist. »Ja, alles nicht so schön.« Nijboer meint die Beschlagnahme der Bank. Dedemsvaart und er kennen sich aus Leiden: »Vom Studentenverband Minerva«. Nijboer sei ein »Freund«. Sorgfältig setzt er das Siegel des Notariats auf das Dokument, dann unterschreibt er. Bert fragt, ob Nijboer weiß, daß Dedemsvaart in London ist. Nein, so weit geht die Freundschaft nun auch wieder nicht, aber Nijboer freut sich zu hören, daß es ihm gut gehe und fügt hinzu: »Grüßen Sie ihn von mir, wenn Sie ihn sprechen.« Daß Notar Nijboer so naiv ist, anzunehmen, Bert und Dedemsvaart würden »miteinander sprechen«, bedeutet, daß er ihm vertraut.

Die Villa Ravenhorst sieht nach einer Woche piekfein aus. Das Unkraut im Kies ist gejätet, die Blumenbeete sind aufgeräumt, der Rasen ist gemäht, die Hecke gestutzt, die Treppe gefegt, überall liegen zusammengeharkte Laubhäufchen, das Rosenbeet vor der Freitreppe ist beschnitten, die Rosen freut's sichtlich. Arie ist jetzt hinten im Garten beschäftigt. Auch innen sieht die Villa so aus, wie Bert sie in Erinnerung hat: Staubgewischt, der Parkettboden gewienert, die Teppiche geklopft. Eine überzeugendere Präsentation kann er sich nicht vorstellen. Anna sieht um Jahre jünger aus.

General Christiansen möchte Ravenhorst besuchen und erwägt ernsthaft, in die Villa einzuziehen. Bert übergibt Strehler die Vollmacht, der sie kaum eines Blickes würdigt: Auch er vertraut Bert. Ein Besichtigungstermin wird für kommenden Freitag am späten Nachmittag vereinbart.

Am Tag vor dem hohen Besuch macht Bert einen gründlichen Rundgang durch das Haus, damit er gleich für alles gewappnet ist. Besonderes Augenmerk legt er auf Rogiers Zimmer, das wie das Zimmer in einem schicken Hotel aussieht. Alle privaten Sachen von Dedemsvaart sind im Schuppen verschwunden. Bert bittet Arie, im Garten zu arbeiten, wenn die Besucher kommen. Anna soll sich in Schale werfen. Bert wird beim Empfang auf der Freitreppe stehen, als wäre er der Zeremonienmeister.

Es hat etwas von einer Maskerade, obwohl an diesem Freitag alles wirklich so abläuft: die drei Mercedes-Limousinen, die knirschend über die Kiesauffahrt rollen; die Adjutanten, die herausspringen, Strehler zuerst, der für General Christiansen die Tür aufhält; die Begrüßung auf der Freitreppe. Strehler stellt Bert Christiansen vor, der erst die Hand an die Mütze führt und sie dann Bert entgegenstreckt – eine kraftlose Hand. Dann folgt der Rundgang durch das Haus, die anerkennenden Blicke, das Treffen mit Anna in Schwarz mit weißer Schürze. Sie macht einen kurzen Knicks, ein Bein vor dem anderen. Schließlich sagt der General zu Strehler: »Regeln Sie das mit Herrn von Leer, ja?« Strehler salutiert und sagt Bert, er solle am Montag in sein Büro kommen, um die Details zu regeln und den Vertrag zu unterschreiben. Fast hätte Bert ebenfalls salutiert. Sein Herz hüpft vor Freude, aber er läßt sich nichts anmerken, als sei so etwas sein täglich Brot.

Die Mercedes-Limousinen fahren wieder ab. Bert und Anna stehen auf der Freitreppe und sehen ihnen hinterher. Arie hält das Tor offen. Außer dem Knirschen des Kieses unter Aries Schritten ist nur das Krächzen der Krähen zu hören, die sich hoch oben in den Bäumen rund um Ravenhorst ihren Platz gesichert haben, um die Szenerie im Auge zu behalten. Anna holt eine Flasche Champagner aus dem Keller. Einer der Adjutanten, ein Hauptmann, hatte Bert gefragt, ob der Weinkeller in der Miete inbegriffen sei. Sicher, wenn nur der Vorrat wieder aufgefüllt werde, hatte er gesagt, wie das bei einem Mietobjekt üblich sei. Sie erheben die Gläser: »Auf einen guten Ausgang!« Weil er die Villa Ravenhorst an General Christiansen vermietet hat, geht Bert davon aus, nun in den Genuß einer zusätzlichen Protektion zu gelangen. Er gibt Anna seine Karte, für den Fall, daß sie ihn brauche, und für den Fall, daß Rogier wieder von sich hören lasse. Er selbst wird einmal im Monat vorbeischauen, um die Miete zu kassieren.

34

Bella ist gestürzt. Mitten in der Nacht hatte es sie gerappelt, einen Butterkuchen zu backen. Sie war noch gar nicht richtig aus dem Bett, als sie schon auf der Küchenleiter stand, um Mehl aus dem Küchenschrank zu holen. Doch als sie den Deckel vom Topf hob, stiebte kostbares Vorkriegsmehl in einer aufflatternden Mottenwolke auf. Davon erschrak sie so sehr, daß sie von der Leiter fiel. Die Nachbarin von unten hörte es und hatte zum Glück einen Schlüssel, sonst hätte Bella dort gelegen, ohne daß jemand es bemerkt hätte. Sie hat kein Telefon. Die Nachbarin schwang sich aufs Rad und fuhr zum Hausarzt, der einen Krankenwagen kommen ließ. Aber das Bronovo-Krankenhaus wollte sie nicht haben, weil man dort keine jüdischen Patienten mehr aufnehmen und behandeln darf. Das brachte Bella auf die Palme. Seit wann müsse man denn katholisch sein, um im Bronovo behandelt zu werden, das sei ihr ja das Neueste! Sie müssen kranke Menschen aufnehmen, das ist ihre Pflicht, Punkt aus. Kranke Menschen sind kranke Menschen, ob sie nun katholisch oder jüdisch sind oder gar nichts! In ihrem weißen Nachthemd, Mehl in den Haaren und im ganzen Gesicht, die Augen rot gerändert, sah sie aus wie ein erbarmenswürdiger Pierrot. Sie schlug einen solchen Krawall, daß der diensthabende Notarzt drohte, die Polizei hinzuzuziehen, wenn sie nicht aufhöre zu rasen und toben. Die Nachbarsfrau rief Lien zu Hilfe, der es gelang, Bella zu beruhigen. Sie mußte ins Zuidwal-Krankenhaus, wo auf einer speziellen Abteilung noch jüdische Patienten behandelt wurden. Wieder wurde sie in einen Krankenwagen verfrachtet und dorthin gebracht.

Emmeke geht sie besuchen – im selben Krankenhaus, in dem sie und Lien Bert gesucht haben und wo Els jetzt als Krankenschwester arbeitet. Vielleicht kann sie Bella ja ein bißchen im Auge behalten. Die hat sich die Hüfte gebrochen und leidet unter großen Schmerzen. Die jüdische Station ist strikt vom Rest des Krankenhauses separiert, doch wird die Operation von einem gemischten Ärzteteam durchgeführt, und Christiaan assistiert. Die Operation ist gut verlaufen, aber die Genesung wird mindestens sechs Wochen dauern. Das ist eine schreckliche Aussicht für Bella. Sie will so schnell wie möglich wieder nach Hause. Dann müsse sie erst einmal wieder laufen können, sagen die Ärzte: Ein Stahlstift hält Hüfte und Oberschenkel zusammen, ihr linkes Bein steckt in einer Bandage und hängt an einer Schlaufe über ihrem Bett, um den Heilungsprozeß zu beschleunigen. Spektakulär und unbequem, aber es tut nicht mehr so fürchterlich weh.

Bella liegt mit fünf anderen Frauen in einem Zimmer. Sie alle haben etwas zu beklagen und zu meckern – wenn nicht über ihren Zustand und die Pflege, dann über die jüdische Station, die im Vergleich mit den anderen das Stiefkind in Sachen Aufmerksamkeit und Versorgung ist. Bella beschwert sich hauptsächlich über ihre Zimmergenossinnen. Sie will nicht mit »zimperlichen« jüdischen Frauen in einem Zimmer schlafen, sie gehört nicht hierher. Verlegt werden will sie, aber niemand schenkt ihr Beachtung. Alle sechs mäkeln über das Krankenhausessen: Kartoffelsuppe mit Lauch, oder Lauchsuppe mit Kartoffeln. Ohne Speck natürlich, das Essen ist koscher. Das ist so ziemlich das einzig Jüdische an der ganzen Abteilung. Bella ist wählerisch, aber das Essen ist karg bemessen. Nach zwei Wochen hat Bella ordentlich an Gewicht verloren. Sie macht sich auch Sorgen über die Motten, die jetzt in ihrer Wohnung treiben können, was sie wollen. Emmeke verspricht, sie und Lien werden dafür sorgen, daß die Wohnung mottenfrei ist, wenn Bella nach Hause kommt.

So oft sie kann, geht Emmeke ins Krankenhaus, Bobbie ist immer dabei – er ist der Liebling der Krankenschwestern. Sie hat mit Lien und Bert einen Besuchsplan abgesprochen. Bert kommt fast nie. Er kann Krankenhäuser nicht ausstehen, weil er den Geruch nicht verträgt – eine gute Ausrede, um seine Mutter nicht sehen zu müssen. Joost geht pflichtbewußt jeden Sonntag hin. Dann bringen sie immer etwas Leckeres für Bella mit, das vielleicht Gnade vor ihren Augen findet. Emmeke und Lien treffen sich manchmal im Krankenhaus, manchmal bei Bella zu Hause. Wäre es nicht besser, Bella schnell in ein Pflegeheim zu verlegen? »Da macht sie nie mit«, ist sich Bert sicher. »Die kriegst du nicht mit zehn Pferden aus dem Haus.« Aber Bella wohnt im zweiten Stock und muß Treppen steigen. Bert hält sich lieber raus; er kennt seine halsstarrige Mutter und ihre Schimpftiraden. Auch Joost hält sich zurück. Emmeke und Lien müssen die Suppe allein auslöffeln.

Von Bella kriegen sie kräftigen Gegenwind: »Ihr wollt mich doch bloß loswerden, die Alte muß weg: Hüfte kaputt, ausgemustert!« Emmeke sagt, daß sie nur ihr Bestes wollen. »Das Beste ist zu Hause«, versteift sich Bella, und sie will auch eine Katze. Wie das gehen soll, solange sie auf Hilfe angewiesen ist, scheint sie nicht zu kümmern: »Katzen sorgen für sich selbst.« Lien erkundigt sich im Krankenhaus nach Möglichkeiten einer häuslichen Pflege und Haushaltshilfe. Das Zuidwal-Spital, ein städtisches Krankenhaus, verweist sie an eine städtische Sozialeinrichtung. Von dort werden sie zum jüdischen Altersheim an der Paviljoensgracht geschickt, wo es eine Abteilung für Sozialarbeit gibt. Die Stadt tut nichts mehr für Juden. Emmeke weiß im voraus, worauf es bei Bella hinauslaufen wird: Sie wird die Leute anblaffen, zum Teufel schicken und sich über sie beschweren.

Woher kommt die Bösartigkeit ihrer Mutter? Ist sie schon immer so gewesen? Grob, herrschsüchtig und anmaßend, als komme ihr das zu? Oder ist sie so geworden? Ist das der Grund, daß sich Emmekes Vater in sein Schneckenhaus verkrochen hatte? Hat er sie enttäuscht? Auf der Jagd nach Motten, mit einer Pulverspritze in der Hand finden Emmeke und Lien in einer Schublade ein Fotoalbum von einer jungen Bella als strahlendem Mittelpunkt einer großen Gruppe festlich gekleideter Leute – Familie, Freunde? Ihr heutiges Leben hat wenig Glanzvolles. Wie ist es früher gewesen, als Emmeke noch ein kleines Mädchen war; sie kann sich nicht mehr daran erinnern. Ihr Vater lebt schon lange nicht mehr.

Ist Bella denn immer arm gewesen, oder ist sie es erst nach dem Tod ihres Mannes geworden? Arm ist vielleicht zuviel gesagt: Sie hatten es nicht so dicke. Die Frauen auf den Fotos tragen, genau wie Bella, grellbunte Kleider, die Männer Smokings und Jacketts. Emmeke hat ihre Mutter nie in solchem Aufputz gesehen. Nur bei der Hochzeit von Bert und Lien hat sie durch diesen lächerlichen Hut ein Fünkchen davon aufgefangen. Aber wovon ist Bella so verbittert geworden? Sie möchte sie das fragen, aber Bella wird nur abwimmeln: »Was mischst du dich da ein?«

Sechs Wochen nach ihrem Sturz wird Bella aus dem Krankenhaus entlassen. Nach der notwendigen Rekonvaleszenz braucht sie einen Stock zu Gehen. Verbissen schleppt sie sich die Treppe zu ihrer Wohnung hinauf. Von der jüdischen Sozialarbeitsstation bekommt sie nur eine Haushaltshilfe, der sie nicht traut und mit der sie sich herumzankt. Im Büro sammeln sich ebenso viele Beschwerden über Bella, wie sich Klagen von ihr über die Hilfskräfte stapeln: bereitwillige jüdische Mädchen, die gerade die Schule abgeschlossen haben und ihre Ausbildung nicht fortsetzen dürfen. Das ist eine der neuesten Verordnungen; Emmeke hat darüber im *Joodsche Weekblad* gelesen. So sind die »Ausgestoßenen« aufeinander angewiesen, ob sie wollen oder nicht. Wenn Bella mehr Hilfe will als nur einen Vormittag dreimal in der Woche, muß sie extra bezahlen. Das erledigt Bert. Bella bekommt auch ihre Katze. Es ist das einzige Lebewesen, zu dem sie freundlich ist.

(Tagebuchauszug)
31. August 1941
(...) Das Wetter ist den ganzen Sommer über miserabel gewesen, ein rauher Wind und ständig Regen, es war eher Herbst. Von einem schönen Sommer wie im letzten Jahr hätten wir freilich sowieso nichts gehabt, denn Juden dürfen jetzt auch nicht mehr an den Strand. Sogar der Boulevard ist für uns verboten. Joost hat sich schwarzgeärgert. Er

wollte natürlich trotzdem an den Strand, um es den Deut-
schen zu zeigen ...! So ein Bengel! Aber ich habe mich nicht
getraut. Joost ist alleine gegangen. Er ist sehr schnell und
sehr mißmutig wieder nach Hause gekommen. Überall, wo
Schilder Für Juden verboten standen, hat er auf dem Absatz
kehrtgemacht. (...) Nel hat mir erzählt, daß am Strand von
Loosduinen angebliche Juden von anderen Badegästen bei
den Deutschen angezeigt wurden, weil sie »so jüdisch aus-
sahen«, aber hinterher stellte sich heraus, daß es gar keine
Juden waren. Ich möchte nicht, daß mir das passiert – ich
würde mich in Grund und Boden schämen. Und dann wäre
man auch noch im Badeanzug, fast nackt; es ist einfach
nicht auszudenken. (...) Für Joost ist es doppelt schlimm. Er
leidet darunter, aber allein an den Strand zu gehen, hat er
keine Lust, sagt er. Das ist so lieb von ihm. (...) Ab und zu
machen wir eine Fahrradtour durch die Stadt oder die Dü-
nen bei Wassenaar oder am Delftse Vliet entlang. Zumin-
dest wenn das Wetter schön ist. Und wenn es keine Stra-
ßensperren gibt, die man nicht passieren darf. Bobbie sitzt
jetzt hinten bei mir auf dem Rad. Joost hat einen Kindersitz
von Jaap übernehmen können, einem Arbeitskollegen, mit
dem er sich sehr gut versteht. Der ist zufällig auch Jude.
(...) Joost gefällt es wirklich auf der Arbeit. Man schätzt ihn
da. (...) Heute ist der Geburtstag von Königin Wilhelmina.
Den dürfen wir natürlich nicht feiern. Königinnentag ...
das waren noch Feste ... Tanzen auf den Straßen, wann
hatten wir das zum letzten Mal?

Die Welt fällt immer weiter auseinander. In Emmekes Kopf
dreht sich die Erde wie ein Kreisel, so schnell, daß die Teile davonfliegen. Langsam wirbeln sie zu Boden – Seiten des
Joodsche Weekblad, auf denen die Verordnungen abgedruckt
sind: Juden dürfen nicht mehr in den Zoo, ins Theater, ins
Konzert, auch nicht ins Museum. Wenn sie reisen wollen,
müssen sie dafür eine Genehmigung beantragen, und die
braucht ihre Zeit. Ohne Genehmigung dürfen sie nicht einmal in ihrer eigenen Gemeinde umziehen, und sie müssen

auch die Mitgliedschaft in nicht-jüdischen Vereinen kündigen. Es sind Maßnahmen »zur Aufrechterhaltung der öffentlichen Ordnung und Sicherheit«. Juden sind also eine Bedrohung der öffentlichen Sicherheit. Emmeke erschreckt das am meisten. Sie geht immer seltener raus, nur noch für das Allernötigste. Joost protestiert. Emmeke muß sich doch auf die Straße trauen, meint er. Aber das ist es ja gerade: Sie traut sich nicht, außer wenn er dabei ist.

Juden dürfen schon länger nicht mehr in Cafés und Gaststätten, und jetzt kommen auch die Bahnhofsrestaurants dazu, was angesichts der geltenden Reisebeschränkungen keine großen Extraprobleme bereitet. Gleiches gilt für den Aufenthalt im Hotel oder einer Pension. Für all diese Einschränkungen gibt es auch Lösungen, die eine findiger als die andere: Als Jude fährt man einfach nicht mehr in den Urlaub, und jüdische »Erholungsheime« schießen wie Pilze aus dem Boden. Joost sieht die andere Seite der Medaille der jüdischen Ergebungsbereitschaft: ihre ewige Anpassungsfähigkeit. Das ärgert ihn: sich anpassen, das sollten sie nun gerade nicht! Aber was sonst? Abgesehen von der Weigerung, den Maßnahmen Folge zu leisten, gibt es keine Möglichkeit des Protests. Und die Verweigerung ist strafbar.

Nach Curaçao waren Emmeke und Joost einem Tennisclub beigetreten – sie waren ganz versessen auf dieses Spiel. Dort hatten sie Nel und Simon kennengelernt, mit denen sie zu Beginn ihrer Freundschaft viel gemeinsam unternahmen. Seit der Geburt ihrer Tochter Katrien war es etwas weniger geworden, aber Nel gehörte fest zu Emmekes Freundinnenkreis. Jetzt ist es viel schwieriger geworden, einander zu sehen oder sich auf eine Tasse Tee und Kuchen bei Krul zu verabreden. Seit zwei Jahren haben sie kein Tennis mehr gespielt; auch damit hat der Krieg ein Ende gemacht. Die Mitgliedschaft zu kündigen, wäre also kein allzu großes Opfer, aber Emmeke bekommt nicht einmal die Gelegenheit, das auf anständige Weise zu tun: Sie wird ausgeschlossen, »auf Grund von …«: dazu die entsprechende deutsche Verordnung, komplett mit

Nummer und Datum. Joost darf Mitglied bleiben, was er natürlich von sich weist. Er verbringt einen ganzen Sonntag mit einem weiteren eloquenten Protestbrief. Woher sie beim Vorstand wissen, daß Emmeke jüdisch ist, bleibt unklar. Joost fragt sich das nicht mehr: Seit der Registrierung ist Emmeke nicht nur im offiziellen System erfaßt, eine Jüdin in einem Kartenkasten, sondern sie ist auch fest in ihrer beider mentalem System verankert – ein spezielles Universum mit Gesetzen, die nur für sie gelten. Ihr Denken, ihr Fühlen und ihr Handeln werden davon bestimmt und daran gemessen. Nicht allein, daß sie selbst »es wissen« und anfangs wie ein Geheimnis mit sich herumtragen, bald »weiß es« jeder, und das Geheimnis liegt auf der Straße. Und deshalb sind sie eine »Gefahr für die öffentliche Ordnung«, versteht Emmeke: Lügen wandeln sich in Wahrheiten. Deshalb »darf« sie keinen Umgang mit Pippi haben. Deshalb »darf« sie auch kein Mitglied des Tennisclubs sein. Und Simon sitzt im Vorstand, der diese Entscheidung getroffen hat. Wie konnte er so etwas tun? Wie konnte er nur seine Unterschrift unter so etwas setzen?

Emmeke überwindet ihre Angst, springt mit Bobbie auf dem Rücksitz aufs Fahrrad, und radelt, so schnell sie kann, zu Nel. Knallrot vor lauter Anstrengung und Empörung stürmt sie ins Haus: »Wie konntest du …? Wie könnt ihr …?« Nel weiß genau, warum sie gekommen ist: »Der Tennisclub, du mußt mir nichts sagen!« Emmekes Empörung ist unbegründet. Simon sei aus dem Vorstand zurückgetreten, als der diese Maßnahme durchsetzen wollte. Und er und Nel hätten ihre Mitgliedschaft im Club gekündigt; sie wollten mit all dem nichts mehr zu schaffen haben. Das hätten sie übrigens auch getan, wenn es nicht um Emmeke und Joost gegangen wäre.

Emmeke muß alles herunterschlucken, was ihr auf der Zunge lag – »Verrat«, »Dolchstoß in den Rücken« und »das sind Freunde, schöne Freunde!« Sie muß in einer Sekunde ihre ganze Wut, Empörung und ihren Kummer über Bord werfen. Sie verschluckt sich, fängt an zu husten und wird noch röter. Nel kommt mit einem Glas Wasser und entschuldigt sich: Sie hätte zu Emmeke kommen müssen, um sie auf den Brief vorzubereiten, aber Katrien sei krank geworden, und sie habe nicht damit gerechnet, daß der Club das Schreiben so schnell verschicken würde. Sie sei nicht davon ausgegangen, daß der Rausschmiß eine so starke Reaktion bewirken würde, sie habe sich zu wenig in die neue Gefühlslage versetzt. »Entschuldigung, Entschuldigung, es tut mir wirklich sehr leid.«

Emmeke läßt Nel reden. Sie sitzt schweigend auf dem Sofa. Sie möchte ihr für ihre Freundschaft, ihre Solidarität danken, aber sie tut es nicht. Sie möchte sagen, daß sie sich für die böse Unterstellung schämt, aber sie sagt es nicht. Sie will sich für die Selbstverständlichkeit rechtfertigen, mit der Joost und sie angenommen hatten, daß Simon und Nel ihnen in den Rücken gefallen waren, so sehr ist ihnen das alltägliche Mißtrauen schon in Fleisch und Blut übergegangen. Aber es gelingt ihr nicht. Die Verwirrung in ihrem Kopf ist zu groß.

Nel erzählt, daß Simon als Leiter der Betrugsabteilung der Zuteilungsbehörde oft mit Leuten zu tun hat, die andere begaunern. Dabei geht es um ein zuverlässiges System, was es nicht einfacher macht. Wenn sie erwischt werden, erklärt ihnen Simon, daß sie anderen Schaden zufügen. Er begreift ihre Not, aber unter der leiden andere auch. Oft reicht das, und dann muß die Polizei nicht eingeschaltet werden. Manchmal hilft es nicht, und dann ist Simon unerbittlich. Genau wie bei professionellen Betrügern, die mit gefälschten Bonkarten auf dem Schwarzmarkt eine Menge Geld verdienen, aber die sind viel gerissener und schwerer zu fassen. Simon habe in kurzer Zeit viel gelernt, sagt er, über den Unterschied von Gut und Böse, über Gerechtigkeit, über Dinge, die früher selbstverständlich waren, heute aber zur Disposition stünden. Es hat ihn verändert: Simon ist ein nachsichtigerer Mensch geworden, und nachdenklicher. Nel hat eine Seite an ihm entdeckt, die ihr zuvor nie aufgefallen ist. Simon ist ein Mann, auf den man wirklich bauen kann.

Die Welt ist also doch nicht völlig aus den Fugen: Einige Teile werden noch von dünnen Fädchen zusammengehalten. Als Emmeke nach diesem Gespräch *Het Joodsche Weekblad* liest und wieder auf eine Verordnung stößt, die das Leben der Juden weiter einschränkt und komplizierter macht, phantasiert sie über die Möglichkeiten, die andere Menschen, Nicht-Juden, ergreifen könnten, um das Leid der Juden zu lindern oder selbst zu verhindern. Unnütze Phantasien, das ist ihr klar, denn in Wirklichkeit werden alle diese Maßnahmen buchstabengetreu umgesetzt. Aber dann denkt sie an Nel und Simon, und sie ruft sich in Erinnerung: Es geht, es ist möglich. Es gibt sicher noch sehr viel mehr solche Menschen. Mit Joost spricht sie nicht über ihre Phantasien, nur darüber, was Nel und Simon getan haben. Es erfüllt ihn mit Dankbarkeit und erleichtert ihn: Irgendwo, auf der anderen Seite von Den Haag, gibt es noch Freunde.

Auch in Jaap hat Joost bei Van der Heem einen neuen Freund gefunden. Nachdem das von Joost entworfene standardisierte Buchhaltungssystem, das auf einen Blick eine Übersicht über alle Betriebsvorgänge gestattet, erprobt, angepaßt und eingeführt wurde, bleibt ihm nicht viel mehr zu tun, als die monatlichen Bilanzen zu einem Ganzen zusammenzufügen. Er präsentiert Louwers die Ergebnisse, der von dem, was er »das System Barendsz« nennt, sehr angetan ist. Es wird zu einem der Eckpfeiler für die Gewinn- und Verlustrechnung des gesamten Unternehmens. Louwers erwägt, Joost auch mit der Abrechnung anderer Betriebskosten, wie beispielsweise der Personalkosten, zu betrauen, aber das stößt auf den Widerstand von »Oberfeldwebel« Torenaar, der fürchtet, Einfluß und Autorität im Unternehmen zu verlieren. Für Joost ist das ein Kompliment. Gewürdigt zu werden, reicht ihm vollkommen.

Als er zu einer Besprechung zu Louwers gebeten wird, an der auch der Direktor Jan van der Heem teilnimmt, geht es nicht um die Ausweitung des Systems Barendsz, sondern um ein neues Produkt, um das sich Joost in buchhalterischer

Hinsicht kümmern soll. Oder besser gesagt: um die administrativen Aspekte. Es ist ein Geheimprojekt, an dem in der ersten, experimentellen Phase nur das Labor beteiligt ist und für das in der zweiten, operativen Phase eine eigene Produktionslinie aufgebaut werden soll. Van der Heem hat das Budget für Geräte und Materialien freigemacht.

Joost wird bei all dieser Geheimniskrämerei neugierig auf das Produkt und warum es geheim ist. Louwers und van der Heem sehen sich einen Moment lang an. Jan van der Heem ergreift das Wort: »Wir sind kein jüdisches Unternehmen, aber um unseren Fortbestand zu sichern und unsere Unabhängigkeit bis zu einem gewissen Grad zu wahren, müssen wir mit der deutschen Industrie zusammenarbeiten.« Offenbar braucht seine Antwort eine Rechtfertigung vorneweg. Was Joost davon halte? Auch er weicht einer direkten Antwort aus: Er gehe davon aus, daß Herr van der Heem lieber ohne Siemens selbständig geblieben wäre. Sie hätten keine Wahl, lautet die Antwort. Die Deutschen kennen einen schönen Ausdruck dafür: Flucht nach vorne. Joost denkt an die Philips-Radiolampen, die durch Siemens-Lampen ersetzt wurden, und an Sjoerd. Der fördert Öl für die weitgehend demontierte BPM, das, einmal produziert, dem deutschen Heer zugute kommt. Macht sich Sjoerd damit die Hände schmutzig? Bald wird er sogar nach Rumänien müssen, um dort nach Öl zu bohren. Anscheinend gibt es für Unternehmen dieser Größe keine andere Überlebensmöglichkeit. Auch Sjoerd beteuert, daß ihm keine Wahl bleibe. Aber ist das so? Macht sich jeder die Hände schmutzig?

Joost fragt, wie eng sich die Beziehungen zu Siemens gestalten sollen, wie »deutsch« Van der Heem werden wird. Sicherlich werden ab und zu deutsche Ingenieure und Techniker nach Voorburg kommen, aber Van der Heem bleibt eigenständig, versichern ihm die beiden Männer. Ist van der Heem und Louwers der Grund bekannt, warum er von BPM über die Patentbehörde in ihr Unternehmen überstellt wurde? Nur zögerlich bringt Joost das Thema zur Sprache. Er will nicht schon wieder entlassen werden oder sich in quälende

Ungewißheit über seine Stellung stürzen. Sie wissen aber Bescheid. Jan van der Heem sagt sogar, daß der Grund für seine Entlassung aus dem Patentamt einer der ausschlaggebenden Faktoren gewesen ist, ihn in den Betrieb zu holen. Für ihn habe das alles nach schreiendem Unrecht ausgesehen. Louwers nickt heftig. Joost darf darauf vertrauen, daß sie ihn nicht »verraten«. Es gibt nichts, was seiner Mitwirkung an diesem Projekt im Wege steht, ganz im Gegenteil. Es kann ihm sogar zusätzlichen Schutz bieten.

Endlich kommen sie zur Antwort auf Joosts Frage. Es handelt sich um die Entwicklung eines Funksteuerungssystems. Wozu genau es dient, was da funkgesteuert werden soll, bleibt vage, aber es scheint um eine neue Waffe zu gehen. Mehr weiß man nicht. Es ist ein Auftrag vom Reichsluftfahrtministerium an Siemens, von Hermann Göring persönlich. Warum Siemens ausgerechnet auf das Labor von Van der Heem zurückgreift, ist auch ihnen nicht klar, aber wahrscheinlich ist das der Grund der Geheimhaltung. Siemens will seine Aktivitäten dezentralisieren, weil die Alliierten begonnen haben, die Fabriken in Deutschland zu bombardieren.

Für Joost ist das keine verlockende Aussicht. Muß er jetzt mit der deutschen Kriegsindustrie zusammenarbeiten? Wird die Fabrik von Van der Heem bald zum Ziel alliierter Luftangriffe? Aber er weiß nicht, wie er sich herauswinden sollte, er will seine Stelle nicht aufs Spiel setzen und die neuerworbene Existenzsicherheit verlieren. Also stimmt er zu. Er darf sich einen Mitarbeiter auswählen. Joost entscheidet sich für Jaap Apotheker.

Joost hat den besten und intensivsten Kontakt zu Jaap. Jaap flößt ihm Vertrauen ein mit seinem dunklen Lockenkopf, seinem Optimismus und seinem glucksenden Lachen. Er bespricht mit ihm die antijüdischen Maßnahmen, die im *Joodsche Weekblad* angekündigt werden. Jaap versucht, so unbefangen wie möglich damit umzugehen: Diese Maßnahmen seien zwar lästig, aber: »Wir sind einfallsreich, wir finden immer einen Weg.« Mit »wir« meint er nicht nur sich selbst und seine Frau Leonie, sondern auch »wir Juden«. Daß ihre zwölfjährige Tochter auf eine jüdische Oberschule gehen muß, ist ein harter Schlag für sie. Das Mädchen hat sich mit Händen und Füßen gesträubt; es wollte bei seinen Freundinnen bleiben und wird nun in eine Klasse mit unbekannten jüdischen Mädchen gesteckt. Jaap wehrt sich auch dagegen. Vielleicht gelte die Maßnahme ja nicht für Tilly, weil sie nur Halbjüdin ist, ein B hat laut Registrierung. In der Abteilung Bildung im Rathaus haben sie gesagt, daß Jaap sich seine Vorstellungen aus dem Kopf schlagen könne: Er ist das Oberhaupt der Familie, die Familie Apotheker ist damit jüdisch. Jaap will dagegen protestieren und bittet Joost um Rat. Wird eine »Mischehe« etwa jüdischer, wenn der Mann Jude ist? Legt man jedoch die jüdischen Gesetze zugrunde, ist allerdings die Frau die Hauptsäule der Familie. Also werden die Kinder wegen der Frau jüdisch, nicht durch den Mann. Joost hat Erfahrung mit Eingaben: Sie sind absolut nutzlos. Und es gelten deutsche Gesetze, keine jüdischen. »Die Deutschen messen mit zweierlei Maß, mit dreierlei Maß, mit so vielen Maßen, wie sie lustig sind, solange sie nur ihren Willen kriegen.« Jaap will einfach nicht glauben, daß die Maßnahmen reine Willkür sind. Da muß doch etwas dahinterstecken? Ein Weltbild, beispielsweise. Joost kann da nur zustimmen: »Ja sicher, eine Welt ohne Juden!«

Nach der Registrierung Anfang 1941 schweigt mein grüner Ordner bis zum Herbst 1942, als die Deportationen begonnen haben und sich die Ereignisse überschlagen. Auch in den neuen Dokumenten, die in meinen Besitz gelangt sind, klafft eine große Lücke zwischen »vor dem Krieg« und »während des Krieges«. Unter den Vorkriegsfotos von Arnold ist eines, auf dem er mit einem unbekannten Mann in einem kurzen Ledermantel, der etwas weit um seine Schultern hängt, zu sehen ist. Er wirkt stämmig. (Vielleicht hatte er ja doch ein Motorrad?) Das Foto wurde wahrscheinlich auf dem Boulevard von Scheveningen in der Nähe der Wilhelmina-Promenade aufgenommen. Hinter den beiden Männern, die an einem Zaun lehnen, erkennt man den Strand und das Meer. Menschen gehen am Strand spazieren. Sie tragen Mäntel. Es ist nicht mehr Hochsommer. Es gibt auch ein Foto von Rie Koelman, mit der er da noch nicht verheiratet ist. Am Vierwaldstättersee, vor dem Hintergrund des berühmten Wasserturms von Luzern und der überdachten Holzbrücke.

Und es gibt ein anmutiges Foto von meiner Mutter in sehr jungen Jahren. Sie war einundzwanzig, als sie ihre Handschuh-Ehe einging, denn mein Vater war in Curaçao. Er war zwei Jahre älter. Laut Heiratsurkunde war sein ältester Bruder Frits Trauzeuge. Sein Bruder Ad war sein »Vertreter«. Für meine Mutter war Onkel Bernhard Adler Trauzeuge, der Bruder meiner Großmutter Flora. Aus den Unterschriften am Rand der Heiratsurkunde ist zu ersehen, daß bei der Zeremonie noch weitere Personen anwesend waren: neben Flora auch Onkel Arnold und die Mutter meines Vaters, Oma van Dalen. Letztere ist oft auf Bildern in dem kleinen Fotoalbum zu sehen, das in meinen Besitz gelangt ist. So habe ich es doch geschafft, eine virtuelle Familie zusammenzukriegen.

Dritter Teil

Der Hund hinter der Tür
Frühjahr 1942 bis Sommer 1943

35

Allmählich hat sich Emmeke an das große fette J gewöhnt, das sie im Februar in ihren Personalausweis stempeln lassen mußte, das gleiche wie auf ihrer Meldekarte, das ihr so viel Angst eingejagt hat. Es war ein Stigma, etwas, wofür sie sich schämte, und auch ein böses Omen. Sie fühlte sich nicht sicher und wollte das Haus eigentlich nicht mehr verlassen außer für das Allernötigste. Damit wollte sie verhindern, bei einer Kontrolle den Personalausweis vorzeigen zu müssen. Aber Joost war der Meinung, daß sie sich nicht von den Deutschen ins Bockshorn jagen lassen dürfe. Er hatte gut reden. Emmeke sah es mit anderen Augen, als sie Frau de Haan von gegenüber in der Bäckerei traf, die sagte: »Ach, gibt es Sie auch noch? Man sieht Sie so selten.« Ihr selbst auferlegter Hausarrest war also nicht unbemerkt geblieben, machte sie extra auffällig. Von diesem Moment an ging sie doch wieder raus – um Nel zu besuchen oder mit Bobbie im Stadtwald spazieren zu gehen. Einmal vergaß sie, ihren Personalausweis einzustecken. Sie fuhr voller Panik zurück nach Hause, weil es eine Übertretung war. Aber niemand beachtete sie, niemand scherte sich darum, daß sie die Papiere nicht bei sich trug. Danach beschloß sie, von nun an den Personalausweis absichtlich nicht mitzunehmen, wenn sie das Haus verließ. Und daß sie, wenn man sie anhielt, sagen würde, sie habe ihn versehentlich vergessen. Wenn sie sich dann auf der Polizeiwache ausweisen müßte, konnte sie es immer noch tun. Aber es passierte nichts: Nicht ein einziges Mal wurde sie angehalten. Das machte sie mutiger. Sie eroberte sich ein bißchen von ihrer Freiheit zurück.

In den ersten Monaten des Jahres 1941 kümmerten sich viele Juden notgedrungen um ihre Abstammung. Mein Vater hat das für meine Mutter erledigt, aber es dauerte bis weit ins Jahr 1942 hinein, bis er den vollständigen Stammbaum zusammenhatte. Ein an meinen Onkel Arnold in Den

Haag gerichteter Brief, der auf den 13. März 1942 datiert ist, stammt von einem gewissen Rolf Kirchner aus Bussum. Darin schreibt er, daß er, »aufgrund der gegenwärtigen Umstände ohne feste Tätigkeit«, damit beschäftigt sei, einen Stammbaum der Familie van Lier zusammenzustellen. Er tat das zusammen mit Herrn S.J. van Lier, dem ehemaligen Gemeindesekretär von Amsterdam, der ebenfalls über genügend freie Zeit verfügte. Kirchner spielte auf die Kündigung von Herrn van Lier gemäß der Ariererklärung von 1940 an, die von diesem selbst ausgesprochen worden war, wie er sie auch für alle anderen jüdischen Beamten der Stadt Amsterdam verfügt hatte. Herr van Lier und Rolf Kirchner waren Neffen. Herr van Lier war ein Großneffe von Onkel Arnold und meiner Mutter. Ein entfernter Verwandter! Sie suchten nach Angaben über die verwandte Familie de Jong van Lier.

Kirchner und van Lier hatten schon eine Menge in Erfahrung gebracht, zum Beispiel, daß Benjamin van Lier, Arzt in Vlissingen und Amsterdam, sich durch ein Königliches Dekret vom 8. Februar 1872 fortan de Jong van Lier nennen ließ, wofür er den Mädchennamen seiner zweiten Frau Emelia de Jong vor den seinen setzte. Diese Emelia, meine Urgroßmutter, hieß also Emelia de Jong van Lier-de Jong. Kirchner wollte von Onkel Arnold mehr über die Nachkommen des besagten Benjamin erfahren, insbesondere über die drei Söhne aus zweiter Ehe. Der letztere, Rudolph Jacobus, war mein Großvater. Onkel Arnolds Antwort vom 23. März 1942 ist mit Schreibmaschine auf den Fortsetzungsbogen seines offiziellen Briefpapiers getippt: Luxuspapier mit Wasserzeichen und einem einfachen Briefkopf in hellblauen Buchstaben: Handelsunternehmen A. de Jong van Lier, Den Haag. Das klingt ebenso großspurig und nichtssagend wie Transaktionen und Transporte auf der Visitenkarte von Albert Meijer van Leer. In Wirklichkeit betrieb Arnold einen Großhandel für Kurzwaren; Bert lagerte Hausrat für Juden auf der Flucht, weil es sich so ergab. Das ist ein Lebenszeichen von Onkel Arnold, das ich zuvor übersehen hatte.

Von all den Maßnahmen, die in immer schnellerer Folge erlassen werden und die Emmeke mit größter Aufmerksamkeit im *Joodsche Weekblad* verfolgt, ist die Zwangsarbeit von arbeitslosen jüdischen Männern die bislang schlimmste. Jaap Apotheker ist ihr nur mit knapper Not entkommen. Er hat eine feste Arbeitsstelle, wird aber trotzdem aufgerufen. Auf dem Arbeitsamt hört Jaap etwas von einer »bestimmten Quote«, die erreicht werden müsse – anscheinend waren ihnen die arbeitslosen jüdischen Männer ausgegangen. War die Arbeitslosigkeit jüdischer Männer also bloß ein Vorwand gewesen? Nur indem er van der Heem zu Hilfe ruft, kann er die Beamten überzeugen, daß er nicht in Betracht kommt. Das »Mißverständnis« wird aufgeklärt, aber Jaap ist sich nicht so sicher, ob es sich tatsächlich um ein Mißverständnis handelte. Auch Bert war aufgerufen worden, erfuhren Emmeke und Joost später. Wie es ihm geglückt ist, sich dem zu entziehen, blieb unklar. Das wußte nicht einmal Lien. Sie weiß nur, daß Bert zum Standesamt gegangen war, um »etwas richtigzustellen«. Er selbst hat das alles ganz locker genommen. Es sind die Dinge, über die er nicht gerne spricht. Lien hat sich längst damit abgefunden.

Hatten Kirchner und van Lier ein Jahr nach der Registrierung wirklich nichts Besseres zu tun? Oder waren sie alarmiert, weil der Abtransport arbeitsloser jüdischer Männer in Arbeitslager im Januar 1942 in Gang gekommen war? Immerhin waren auch sie arbeitslos. Oder war es die Verschleppung der Juden aus der Provinz (Zaandam war zuerst an der Reihe) nach Amsterdam? Oder weil damit begonnen wurde, jüdisches Eigentum einzuziehen? Juden bekamen ein J in ihre Ausweise, so daß sie, wenn sie ein für sie verbotenes Schwimmbad, den Strand, die Bibliothek oder das Theater besuchen wollten, erwischt und verhaftet werden konnten. Und haben sie sich auf das eingestellt, was die nähere Zukunft für sie bereithielt?
Umso bemerkenswerter ist es, daß bei meinem Onkel Arnold nicht alle Alarmglocken schrillten, denn er verwies Rolf Kirchner an meine Eltern, »die sich ziemlich für

Verwandtschaftsverhältnisse interessieren«. Ein klares Zeichen dafür, daß die Maßnahmen in seinen Augen ihn nicht betreffen würden? Oder ist es ein ironisches, aus Vorsicht geborenes Understatement? Wie auch die ironischen Untertreibungen von Kirchner, schließlich kannten sie sich nicht und mußten auf der Hut sein. Sprachen sie eine Art Geheimsprache, wie sie Menschen in so ungewissen Zeiten verwenden? Eine euphemistische Sprache mit einer Botschaft für jemanden, der sie schon zu interpretieren wissen wird?

Sein Versprechen an meinen Vater, der durchaus auf seine Bitte einging, »daß die Ergebnisse [der Ahnenforschung] nicht an Unbefugte weitergegeben werden sollten«, hielt Kirchner jedenfalls: Am 13. Juli, »nach einigen sehr schwierigen Wochen«, schickte er sie ihm zu. Ich bin diesem letzten Understatement nicht weiter nachgegangen, aber es verheißt nichts Gutes.

Wenige Monate nach dem in den Personalausweis gestempelten J wurde verordnet, daß alle Juden einen gelben Davidstern sichtbar an ihrer Kleidung zu tragen hätten. Emmeke bricht in Tränen aus, als sie den Bericht im *Joodsche Weekblad* liest. Mit dieser demütigenden Verpflichtung endet die relative Sicherheit der letzten Zeit. Auch Joost ist fassungslos: Wenn er sich so mit Emmeke in der Öffentlichkeit zeigt, würden sie beide schief angesehen. Sie würden gemieden – die Leute werden einen Bogen um sie schlagen, als wären sie infiziert. An den sogenannten Schutz, den er und Emmeke durch ihren Status als »gemischt verheiratet« genießen, glaubt er kein bißchen, denn bisher hat sich an nichts gezeigt, worin dieser besondere Schutz bestehen soll. Zum ersten Mal geht er zum Jüdischen Rat in die Hartogstraat, um weitere Informationen einzuholen. Die Maßnahmen seien in Vorbereitung, bekommt er zu hören. Bis dahin wäre Emmeke gut beraten, den Stern an ihre Sachen zu nähen. Joost kauft ein paar, sie kosten einen Textilpunkt und vier Cent das Stück.

Diesmal tritt der Familienrat auf Berts Initiative zusammen. Wie beim ersten Mal halte ich es für eine gute Idee, auch wenn ich nicht weiß, wie er sich aus der Maßnahme herauswinden will. Das Treffen wird in aller Eile im Haus von Bert und Lien anberaumt. Mutter Bella ist nicht dabei. Sie wird sich am allermeisten sträuben, aber sie wird die Maßnahmen nicht umgehen können. Dieses Mal gibt es keine Ingwerschnecken. Dafür echten Kaffee, und Bert offeriert »etwas Stärkeres«. Emmeke und Joost lehnen ab.

Bert kann es sich nicht erlauben, einen solchen Stern zu tragen, hat er für sich entschieden. Seine ganze Existenzgrundlage käme damit ins Wanken. Nur wissen Emmeke und Joost nichts über diese Existenzgrundlage, und Lien bloß ein bißchen. Er kann es ihnen jetzt auch nicht verraten. Er müßte das eine Übel – die Geheimhaltung, von der alles abhängt – aufheben, um ein anderes Übel abzuwenden. Er muß verhindern, den Stern zu tragen, aber erst, wenn auch Emmeke dabei mitmacht, ist eine solche Weigerung sinnvoll, denn dann decken sie sich gegenseitig. Aber wie kriegt er sie soweit? Er wird nicht Emmeke überreden, sondern Joost. Nur wenn Joost seine Entscheidung unterstützt und nicht gleich abschmettert, weil es »gefährlich« oder »gegen die Regeln« sei, läßt sich über eine solche Unterlassung reden.

Es wird gar nicht so schlimm. Joost findet, daß es der Stern ist, der »gegen die Regeln« verstößt. Die Maßnahme widerspricht der Verfassung und dem Völkerrecht. Für ihn ist das Maß voll: Dieser Davidstern ist ein Schandfleck, gegen den jeder sich auflehnen sollte. Nicht allein die Juden. Ich habe nichts anderes erwartet: Joost ist ein Mann mit Prinzipien. Und für Emmeke ist allein der Gedanke daran so beschämend, daß sie sich nicht mehr trauen würde, auch nur einen Fuß vor die Tür zu setzen. Auch dagegen lehnt sich Joost mit Vehemenz auf. Bert geht es nur um die sichtbare Stigmatisierung, die er, koste es, was es wolle, vermeiden muß. Ohne Stern auf dem Mantel ist er mit all den Dokumenten in seiner Aktentasche relativ sicher. Lien hat Angst, daß Bert ein großes Risiko eingeht, wenn er den Stern nicht trägt. Bei Zuwiderhandlung drohen harte Strafen – es wird mit »Mauthausen« gedroht. »Und was passiert dann mit mir?« fragt sie.

»Nichts, du bist einfach nur Lien.« In dieser Feststellung schwingt große Zuneigung mit.

Und Emmeke, wie sicher ist sie? Obwohl Joost das sehr skeptisch sieht, glaubt Bert, daß ihre Mischehe einen zusätzlichen Schutz für Emmeke darstellt, denn, so sagt er voller Überzeugung, das halbiere ihr Jüdischsein. Ich bin voller Bewunderung für Berts Spitzfindigkeit, mit der er für seinen Fall eintritt, und ich wäre der Letzte, der versuchen würde, ihm das auszureden. Seine Argumentation läuft fast auf Emmekes Rechenbeispiele hinaus – $1 + \frac{1}{2} - 1 = \frac{1}{2}$ Jude – mit dem Unterschied, daß Lien und Bert keine Kinder haben: $2 - 1 = 1$ Jude, und dieser eine Jude ist immer noch Bert. Er weiß aber auch nichts Näheres über die Ausnahmestellung von »Mischehen«, weil darüber offiziell noch nichts bekanntgegeben wurde. Das Beste, was man sagen kann, ist, daß er besser im Rechnen ist als Emmeke. Das wirklich Erstaunliche ist, daß Joost seiner Argumentation zustimmt.

Meine Mutter und Onkel Arnold haben sich, aus welchen Gründen auch immer, nicht an die Verordnung gehalten, die das Tragen des Davidsterns zur Pflicht machte. Es könnte sein, daß mein Vater die nicht kirchlich eingesegnete Ehe ihrer Eltern, als es 1941 mit der Registrierung losging, als Beweis dafür interpretiert hat, daß ihre Kinder, Emmy und Arnold, nicht jüdisch waren, oder vielleicht nur halbjüdisch. Und daß sie daraus schlußfolgerten, sie müßten keinen Stern tragen. Waren sie naiv? Unwissend? Tollkühn? Oder war es reiner Eigensinn? Vielleicht hofften sie damals auch noch, daß »es schon nicht so schlimm werden würde« – ein weit verbreiteter Glaube, selbst noch im Jahr 1942! Hoffnung als eine Form der Verdrängung. Hoffnung, die ständig von Angst und Scham verzehrt wurde.

(Tagebuchauszug)
18. Juni 1942
Ich laufe durch die Straßen und fühle mich so frei. Fast un-
anständig. Überall sehe ich Menschen mit Davidstern auf
ihren Sachen. Manche scheinen sich nicht daran zu stören,
andere leiden darunter; manche blicken frech zurück, wenn
ein Passant sie anstarrt, andere schauen weg und wissen
nicht, was sie tun sollen. Bei manchen Menschen erkenne
ich Mitleid. Niemand schaut mich an, ich falle nicht auf.
Ich bin Emmeke, eine ganz normale Frau im Sommerkleid
mit ihrem Kind. Wir sind den ganzen Weg bis zum Bahnhof
gelaufen. Da stand eine Frau, die mit offenem Mund einen
Mann mit dem Judenstern auf seinem Mantel anstarrte. Der
Mann tat so, als würde er es nicht bemerken. Ich fand das
ziemlich dreist von der Frau und wollte gerade etwas sagen,
aber ich habe dann doch den Mund gehalten. (...) Zurück
habe ich die Straßenbahn genommen. Bald werden Juden
das auch nicht mehr dürfen, hieß es im Joodsche Weekblad.
Das dann also auch nicht mehr. Aber ohne Stern hält mich
niemand auf. Wir müssen auch unsere Fahrräder abgeben.
Für die Juden bleibt da wenig übrig. Nun, ich steige einfach
weiter auf mein Fahrrad, und Bert knattert natürlich mit
seinem Motorrad durch die Gegend. (...) Er hat uns allen
Mut eingeflößt. Wer hätte das gedacht? Er hat sich sehr ver-
ändert. Könnte das an Lien liegen? (...) Jaap Apotheker von
Joosts Arbeit muß einen Stern tragen. Er wußte nicht, wie er
da drumherumkommen könnte mit seiner Tochter auf dem
jüdischen Lyzeum. Echt bedauerlich!

So bleiben sie, zumindest vorerst, außer Schußweite. Nur
für Bella fällt ihnen keine Lösung ein: Sie muß den Stern
tragen. Dagegen protestiert sie lautstark: »Ich bin doch kein
Zirkusclown!« Wie immer ist es Lien, die sie zu überzeugen
weiß: »Mit deiner Hüfte kommst du doch sowieso kaum noch
vor die Tür.« Und warum soll sie sich dann bitteschön einen
Stern auf die Sachen nähen? Spitzfindig wie immer. Sie habe
natürlich recht. Aber nehmen wir mal an, nimmt Lien noch

einen Anlauf, daß ihre Nachbarn beim NSB sind und sie ohne Stern auf dem Balkon sehen. Dann können sie sie sofort anzeigen. Aber würden sie das tun? »Mit Sicherheit.« Bella ist perplex: »Man kann wirklich keinem mehr trauen.«

Emmeke schüttelt ihr Haar los, zieht das Kleid mit den Kornblumen an, das sie für besondere festliche Anlässe aufheben wollte, und springt auf ihr Fahrrad, Bobbie hintendrauf. Laut singend durchkreuzt sie die Stadt – Kinderlieder, die Bobbie schon mitsingen kann. Kinder, die nachts im düsteren Wald versuchen, ihre Angst vor der Dunkelheit zu verscheuchen – *die Blüüümelein, sie schlafen.* Die Leute auf der Straße heben irritiert die Köpfe, ärgern sich, als wäre es jetzt auch schon untersagt, auf öffentlichen Straßen zu singen. Da kommt es auf zwei Rädern vorbeigeradelt, das Blumenfeld – das ist doch nicht verboten? Die deutschen Soldaten zertrampeln die *Heideröslein* mit ihren Stiefeln. Und das soll dann erlaubt sein?

In Nels Garten futtern sie einen Korb Kirschen auf. Sie hat von Simon eine Nachricht erhalten, der im Mai wieder in Kriegsgefangenschaft geraten ist. Diesmal steckt er in Colditz. Bei seiner ersten Entlassung hatte er eine Loyalitätserklärung unterschrieben, aber weil er nach Ansicht der Deutschen zu nachsichtig mit Leuten umgegangen ist, die mit Lebensmittelkarten gemauschelt haben, wurde er in Geiselhaft genommen. Zusammen mit zweitausend anderen Offizieren. Es ist eine der vielen Abschreckungsmaßnahmen der Deutschen, wie auch die Geiselnahme von hunderten prominenten Niederländern in St. Michielsgestel. So halten die Deutschen die Bevölkerung in Schach. Simon schreibt, daß seine Beschwerdeschrift gute Aussichten auf Erfolg habe: Seine Politik als Leiter der Betrugsabteilung der Zuteilungsbehörde sei streng und gerecht gewesen. Jemand habe ihn angeschmiert, weil er sich benachteiligt fühlte. Der Fall werde nun untersucht, und vielleicht komme er schon bald wieder frei. Für Nel war es eine Zeit lang schwierig, aber jetzt hat sie wieder Hoffnung. Emmeke freut sich für sie. Von den Kirschen kriegt sie Bauchschmerzen.

Emmeke erzählt Joost nicht von ihren Eskapaden auf dem Fahrrad. Er würde es nicht für sehr klug halten. Von ihren sonntäglichen Fahrradtouren hat sich Emmeke gemerkt, wo die Kontrollposten stehen, wo sie ihre Ausweise zeigen müssen. Denen weicht sie gezielt aus. Neuerdings ist auch das Gebiet um den Binnenhof hinzugekommen; Juden dürfen sich dort nicht mehr aufhalten. Als ob die Juden eine größere Bedrohung für die Deutschen wären als die »normalen« Niederländer, dabei ist es doch genau umgekehrt: die Deutschen sind eine größere Bedrohung für die Juden als für die »normalen« Niederländer. So wird es immer schwieriger, kurzentschlossen irgendwo hinzugehen. Aber so lange die Sonne scheint, ist das kein Problem. Dann sieht alles wie ein fröhlicher Ausflug aus.

Es ist kein Übermut, daß sie einen Park betritt, wo am Eingang das Schild FÜR JUDEN VERBOTEN hängt wie auch sonst überall. Es gibt keine Wache oder Kontrolle. Sie hat ihren Personalausweis zu Hause gelassen – angeblich »vergessen«. Emmeke setzt sich auf eine Bank. Eine dicke, gedrungene Frau mit Dutt im Haar und geblümter Schürze macht sich neben ihr breit und fordert Emmeke auf, Platz zu machen. »Hier ist genug Platz für zwei«, sagt Emmeke, aber das meint die Frau nicht: Emmeke dürfe hier nicht sitzen. »Warum nicht?« – »Sehen Sie das Schild nicht?« Demonstrativ schaut sich Emmeke um: »Ich sehe keine Juden und keine Sterne am Himmel.« Sie wendet ihren Blick in Richtung Sandkasten, wo Bobbie mit anderen Kindern spielt. Ein hübscher blonder Junge. Sie zeigt auf ihn: »Mein Kind.« Sie erschreckt über die Leichtigkeit, mit der sie ihren unschuldigen Jungen als Deckmantel benutzt. »Bobbie, willst du Limonade?« Er kommt sofort angerannt. »Nun, man sieht es ihm nicht an.« Die Frau muß ja etwas sagen, um Emmekes Gegenschlag zu parieren. Was sie damit andeuten will, ist klar, aber Emmeke ignoriert ihre Feindseligkeit. Die anderen Kinder kommen auch angeschlendert. Einer von ihnen hat eine Rotznase, einen gelben Popel, den er geräuschvoll hochzieht und der langsam wieder zum Vorschein kommt. Emmeke ergreift die Gelegenheit, um scheinheilig zu fragen: »Sind das Ihre?« – »Gott bewahre, nein!« Die dicke Frau rückt ein Stück weiter von Emmeke weg, die halsstarrig auf »ihrer« Bank sitzen bleibt. Ehe sie auch dem Jungen einen Becher Limonade aus der Thermoskanne einschenkt, wischt Emmeke ihm die Rotznase mit dem Taschentuch ab. Es sind arme Kinder, nicht gewaschen und armselig gekleidet. Gierig trinken sie die Limonade, behalten aber, immer auf der Hut, Emmeke genau im Auge. Sie wischen sich den Mund mit dem Ärmel ab. »Dann spiel' mal weiter.« Emmeke kneift die Rotznase in die Wange: »Komm Bobbie, wir gehen nach Hause, es wird Zeit.« Sie steht auf. »Auf Wiedersehen, Mevrouw!« Beherrscht und ohne sich zu beeilen, schlägt sie den Weg zum Ausgang des Parks ein. Als sie nach Hause kommt, steht Herr de Haan von gegenüber in seiner Haustür. In der schwarzen Uniform vom NSB oder von der SS. Er grüßt Emmeke nicht und scheint glattweg durch sie hindurchzusehen. Drinnen beginnt Emmeke am ganzen Körper zu zittern.

36

Von einem seiner Kunden hat Bert etwas über eine Verordnung gehört, nach der die Juden ihr gesamtes Vermögen abliefern müssen. Das ist genau das, was Dedemsvaart vorausgesehen hat. Bert schert sich nicht drum; ihn persönlich betrifft es nicht. Aber Emmeke war mit dem *Joodsche Weekblad* angekommen, weil sie meinte, daß es Bert interessieren würde, und Lien hat ihn fast zwingen müssen, die Verordnung genau zu lesen: Alle Juden müssen ihren »Geldbesitz und ihre Vermögenswerte« – Ersparnisse und Wertpapiere, Aktien, Hypotheken – registrieren lassen und auf ein neues Konto bei der Bank Lippmann, Rosenthal & Co. in der Sarphatistraat in Amsterdam überweisen, die speziell zu diesem Zweck ins Leben gerufen worden ist. »Unter keinen Umständen«, beschließt Bert sofort. Geld zur Bank zu bringen, widerspricht nicht allein seinem »Schuhkartonprinzip«, sondern käme auch einer Selbstanzeige bei der Polizei wegen Steuerhinterziehung und Urkundenfälschung gleich. Was würde ihm dann blühen? Es geht nicht allein um ihn, sondern auch um Lien. Und was würde erst mit all den wertvollen Sachen passieren, die er zu verwalten hat? Eine Übergabe ist völlig undenkbar.

Aber für die ehemaligen Kunden von Laroux & Gross, die ihr Geld von der Bank abgehoben und vielleicht wie Bert in einen Schuhkarton gesteckt haben, ist guter Rat teuer. Das erklärt den plötzlichen Zustrom neuer Kunden und die fieberhafte Eile, mit der sie versuchen, ihre wertvollsten Besitztümer doch noch zu retten, indem sie sie Bert zur Verwahrung geben. Aber das meiste werden sie verlieren.

Trotz seiner Beschwichtigungen sorgt sich Lien: Was hat Bert mit den ganzen Geldscheinen in den Schuhkartons im Flurschrank vor? Was wird passieren, wenn die Deutschen dahinterkommen? »Warum sollten die Deutschen das herausfinden?« – »Warum nicht?« Doch Bert lacht ihre Sorgen weg:

»Weil sie in Schuhkartons liegen.« Lien kann nicht darüber lachen, sie fühlt sich nicht ernstgenommen: »Und wenn sie eine Hausdurchsuchung machen?« Warum sollten sie? Und wer sind »sie«? Wenn »sie« nicht wissen, daß hier Schuhkartons voller Geld versteckt sind, werden »sie« nicht danach suchen. »Es sei denn, jemand spitzt sie darauf an.« Darauf hat Bert keine Antwort: ein Denunziant – wer sollte das sein? Menno, der ihm bei diversen Umzügen geholfen und beim Fortschaffen der Wertpapiere der Kunden von Laroux & Gross assistiert hat? Er hält das für so gut wie ausgeschlossen, aber vielleicht sollte er ihn mal vorsichtig darauf ansprechen. Oder Krabbendam, der Kassierer? Wie viel weiß er? Was, wenn Krabbendam verhaftet wird? Van der Harst? Der weiß alles, außer die Adresse des Speichers und daß Bert so seine Beziehungen zu den Deutschen unterhält. Was, wenn der bei einem Verhör anfängt zu singen, sich vielleicht schon verplappert hat?

Kurz schnürt ihm Panik die Kehle zu, aber Bert hat sich schnell wieder im Griff. Schließlich gibt es keine schriftlichen Beweise für seine Transaktionen mit der Bank, und er war da nur unter einem Decknamen bekannt. Bei all seinen Geschäften hat er stets darauf geachtet, nicht in den Büchern verewigt zu werden. Hans Dedemsvaart hatte ihn dafür gelobt. Und wie sieht es mit Herman und Annebeth vom Venduehuis aus? Sie wissen vom Biedermeierverkauf und auch etwas über seine Kunstgeschäfte, aber sie sind so ziemlich die vertrauenswürdigsten Menschen, die er je getroffen hat. Notar Nijboer? Genauso unwahrscheinlich. Er ist an sein Amtsgeheimnis gebunden. Niemand würde auf die Idee kommen, nach Bert zu fragen. Er ist keine Aktiengesellschaft, er ist nicht einmal bei der Handelskammer eingeschrieben. Wenn er der Aufmerksamkeit der Steuerbehörden entwischt ist, warum nicht auch den gierigen Blicken der Deutschen?

Trotzdem will er die Schuhkartons nach Sassenheim bringen. Für seinen Geschmack ist es da weniger sicher, weil sie dann ungesichert im Schuppen stehen, genau wie die anderen Sachen, die er dort eingelagert hat. Zu Hause, im Flurschrank, fühlt es sich doch an, als hätte er die Geldscheine unter der Matratze versteckt, als würde er drauf schlafen. Aber wenn Lien darauf besteht … Ja, sie besteht darauf. Es würde ihr ein sichereres Gefühl geben, wenn die Kartons weg wären. Bert beschließt, einen einzigen zu Hause zu behalten. Darin sind weniger als die zugestandenen zehntausend Gulden; alles, was sie darüber hinaus an Vermögen besitzen, müssen Juden nach der Verordnung an Lippmann, Rosenthal & Co. ausliefern. Alles darunter ist frei verfügbar, legal und ausreichend, um über den Winter zu kommen. Mit dieser Entscheidung zerstreut Bert Liens Besorgnis. Er hat immer für alles eine Lösung. Das hat sie schon einmal gesagt. Bert erinnert sich, wie er wegen Elfie wachgelegen hat. Was wird sie mit dem Geld gemacht haben? Aufgehört, im Nachtclub zu arbeiten? Ob sie einen neuen Mann hat? Ist sie glücklich? Wird er jemals wieder von ihr hören?

Als er das nächste Mal Krabbendam, den Kassierer, aufsucht, erfährt Bert, daß sie van der Harst in ein Konzentrationslager in Deutschland gesteckt haben. Dachau oder Sachsenhausen. Das hat seine Frau ihm erzählt. Sie war besorgt über das Schicksal ihres Mannes und hat Kontakt mit der Bank aufgenommen. Die Hilfe, die sie sich erhofft hatte, um seinen Aufenthaltsort herauszufinden, konnte sie vergessen. Niemand war bereit oder in der Lage, ihr zu helfen. Der übergroße Teil ehemaliger Mitarbeiter ist nach der Übernahme vom Verwalter entlassen worden. Diejenigen, die bleiben durften, haben sie knallhart abblitzen lassen und an Krabbendam verwiesen.

Bert sieht davon ab, Krabbendam über die Villa Ravenhorst zu informieren. Je weniger er weiß, desto besser ist es. Aber er hätte ihn nach der Adresse von Frau van der Harst fragen sollen. Vielleicht könnte er etwas bei General Christiansen oder Strehler für ihren Mann erreichen. Später überlegt er sich, daß er sich das besser aus dem Kopf schlagen sollte. Der General darf nichts von seinen Beziehungen zu Laroux & Gross erfahren. Arme Frau van der Harst, armer Krabbendam – jeder ist auf sich allein gestellt. Bert auch. Er muß seine Angelegenheiten selbst deichseln.

Neben dem von Strehler unterzeichneten Mietvertrag für die Villa Ravenhorst ist Bert jetzt auch im Besitz eines Papiers, in dem General Christiansen bestätigt, daß er, Bert, »besondere Aufträge« für ihn und den Generalstab erfülle. Das könnte nützlich sein, wenn Strehlers Schreiben und Ausweis mal nicht ausreichen. Die Maßnahmen gegen die Juden werden immer drastischer, und es kann nicht von Schaden sein, sich des Schutzes der höchsten Instanz zu versichern. Die offiziellen Dokumente, die Bert in seiner unverzichtbaren Aktentasche mit sich herumträgt, fühlten sich an wie genauso viele kleine Siege über die Deutschen.

Doch die vermeintliche Protektion durch Christiansen, Strehler und Mühlmann hat auch ihre Kehrseite: Bert ist auf sie angewiesen. Er hofft, daß er sich nie auf sie berufen muß, aber er tut es bei jeder Kontrolle. Zuerst zeigt er den Ausweis von Strehler, dann dessen Schreiben, und wenn das noch immer nicht verfängt, auch die Bescheinigung von General Christiansen. Das schindet soviel Eindruck, daß er seinen Personalausweis mit dem verabscheuungswürdigen und lebensgefährlichen J nie vorweisen muß. In dem Maße, wie seine Beziehungen zu den Deutschen immer enger werden, beginnt es Bert zu dämmern, daß die Geheimhaltung seiner Operation ebenfalls zwei Seiten hat: Nicht nur, daß die Deutschen nicht wissen dürfen, daß er Jude ist, auch seine nächste Umgebung sollte tunlichst nicht herausbekommen, welch engen Kontakt er zu den Deutschen unterhält. Selbst Lien hat er nichts davon gesagt. Nur Annebeth und Herman wissen ein bißchen etwas. Solange er weiter mit halben und ganzen Lügen herumjonglieren kann und nicht selbst in das Spiel verstrickt wird, kann alles gutgehen. Diese Überlebensstrategie verlangt ihm große Risiken ab. Weiterdenken und Vorausschauen werden zu seiner zweiten Natur, Widerstandsfähigkeit und Improvisationstalent sind seine Geheimwaffen.

Bert erinnert sich noch gut daran, was Herman Hofstede gesagt hat: »Es ist vielleicht nicht legal, aber es ist legitim.« Was übrigens soll illegal daran sein, Sachen von jüdischen Besitzern in Verwahrung zu nehmen? »Weil sie von Juden sind«, würden die Deutschen sagen. Was ist, abgesehen von den gefälschten Unterschriften, illegal an der Vermietung an Deutsche? »Daß der bevollmächtigte Vermieter Jude ist«, würden die Deutschen sagen, wenn sie dahinterkämen, und dann wäre es egal, ob er gemischt-verheiratet ist oder nicht, christlich getauft oder nicht. Beschlagnahme wäre die Folge, Bert würde verhaftet werden, verhört, eingesperrt und, genau wie van der Harst, in ein Konzentrationslager gesteckt. Dieselben Deutschen, die jetzt ihre Hand über ihn halten, würden ihn knallhart fallen lassen. Es darf nichts, aber auch gar nichts, schiefgehen.

Einmal wäre es trotzdem fast schiefgegangen. Das war im Februar, als Bert, kurz nachdem er seinen Ausweis mit dem J stempeln lassen mußte, aufgerufen wurde, sich zu einem jüdischen Arbeitslager zu melden. Es war noch immer bitter kalt. Zu Weihnachten hatte der Frost eingesetzt. Ein kräftiger, eisiger Wind wehte, die kahlen, gefrorenen Äste der Bäume prasselten gegeneinander wie die Kristallornamente eines Kronleuchters. Eine schwache orangefarbene Sonne schien direkt durch sie hindurch. Der Aufruf an »alle arbeitslosen jüdischen Männer« kam vom Kreisarbeitsamt in Den Haag. Laut Melderegister vom Standesamt war Bert arbeitslos. Ihm war sofort klar, wer dahintersteckte: dieser Registrierungsbeamte, der sich so impertinent und feindselig verhalten hatte. Der sähe ihn wahrscheinlich gerne durch den Arbeitseinsatz verschwinden. Bert hat sich unverzüglich auf den Weg gemacht. Auf seinem Motorrad, gekleidet in seinen schwarzen Ledermantel und die Stiefel, die er sich angeschafft hatte. Die Stiefel knarren und haben ziemlich hohe Absätze, so daß Bert ein ganzes Stück größer wirkt.

Am Schalter verlangte er in barschem Ton, den Amtschef zu sprechen, der erst erschien, nachdem er seinen Strehler-Ausweis gezückt hatte. Von ihm forderte er Einsicht in seine Registratur. Der Mann war so baff, daß er befahl, Berts Registratur aus der Kartei zu nehmen und ihn in sein Büro vorzulassen – er wollte kein Aufsehen am Schalter. Und da stand es: unter »Beruf« war zwar »Kaufmann« aufgeführt, aber dahinter, mit Rotstift: »ohne feste Anstellung, wahrscheinlich arbeitslos«.

In aller Gemütsruhe holte Bert das Strehler-Schreiben aus der Aktentasche und schob es dem leichenblassen Abteilungsleiter unter die Nase: »Arbeitslos?« Dann zog er das Papier von General Christiansen hervor und wiederholte: »Arbeitslos?« – »Sie sind Jude!«, stammelte der Chef. »Aber deshalb noch lange nicht arbeitslos!« Bert kochte innerlich, aber nach außen nahm er die autoritäre Haltung ein, die er sich bei den Deutschen abgeschaut hatte. »Was sind denn das für Begründungen?!« Er nahm einen Stift aus der Federschale auf dem Schreibtisch und zog ein paar dicke Striche durch die verwerflichen Worte. »Was machen Sie denn da?« protestierte der Chef. »Das ist Eigentum der Regierung.« – »Ich bin kein Eigentum der Regierung, und ich bestehe darauf, daß Sie alle mich betreffenden Anmerkungen dieser Art aus Ihren Unterlagen entfernen.« Der Chef reichte die Karte einem untergeordneten Beamten mit der Anweisung: »Tun Sie, was der Herr sagt.« Daraufhin holte Bert den Aufruf vom Arbeitsbüro aus seiner Aktentasche, zerriß ihn in kleine Schnipsel und ließ sie in den Papierkorb rieseln. Zu dieser letzten theatralischen Geste fügte er hinzu, daß er erwarte, daß der Chef diesen Vorfall dem Arbeitsbüro melden würde. »Und bitte sagen Sie Ihrem Schalterangestellten, der mir diesen Streich gespielt hat, daß ich ihn bei meinen Vorgesetzten melden werde.« Diesen üblen »Streich« wollte der Chef ganz sicher nicht auf dem Gewissen haben. Er schielte dabei natürlich auf seine Stelle. Ob der Herr vielleicht wüßte, wer es gewesen sein könnte? »Aber sicher!« Bert wußte es ganz genau.

Vielleicht war dieses Letzte ein klein wenig zu übermütig, und Bert hat seine Drohung natürlich nicht wahrgemacht. Strehler und Christiansen durften von dem ganzen Vorfall kein Wörtchen erfahren, denn dann wäre es aus gewesen mit seiner Tarnung, und er würde vielleicht doch in einem Arbeitslager oder Schlimmerem landen. Das alles zeigte Bert einmal mehr, wie wacklig das Kartenhaus war, das er errichtet hatte, und wie gefährlich sein Tanz auf Messers Schneide war.

Draußen schnappte er nach Luft. Später ärgerte er sich, daß er nicht die Geistesgegenwart besessen hatte, die Registrierungskarte mit seinen Daten und dem J einfach in die Tasche zu stecken. Dann wäre er wirklich von der Bildfläche verschwunden, zumindest administrativ.

Aber seine Aktion hatte Erfolg. Er hörte nie wieder etwas von diesem Arbeitseinsatz. Und gegenüber Lien, die sich Sorgen gemacht hatte, gab er sich betont locker: Er hatte ein Mißverständnis aus dem Weg geräumt. Selbst faßte er es als eine Warnung auf.

Wann die verwirrenden und schnell aufeinanderfolgenden Ereignisse begonnen haben, die zur Verhaftung meiner Mutter und ihres Bruders Arnold im Frühherbst 1942 führten, ist der unvollständigen Korrespondenz in der Mappe nicht mit Sicherheit zu entnehmen. Auf jeden Fall war es vor dem 29. September. Auf diesen Tag datiert ein ziemlich mürrischer Brief des Sekretärs der Niederländisch-Israelitischen Hauptsynagoge in Amsterdam an meinen Vater »betreffend die Mitgliedschaft von Arnold Adler und Minna Mirjam Arnsberg« (soll heißen Merian Amsberg) in der Gemeinde, zwei der vier Großeltern meiner Mutter Emelia und ihres Bruders Arnold. Der Sekretär verweist auf eine Bitte meines Vaters vom 17. Februar (1942?) um weitere Informationen, die bereits am 18. Februar erteilt worden seien. Weil es eilig gewesen sei, schreibt der Sekretär, habe »seine Dienststelle damals keine vollständige Untersuchung vorgenommen und sich auf Auskünfte aus dem Bevölkerungsregister gestützt«. Was war im Februar 1942 geschehen, daß die Anfrage meines Vaters über meine Großeltern mütterlicherseits mit solcher Eile behandelt werden mußte? Das einzige, was mir dazu einfällt: Als meine Eltern im *Joodsche Weekblad* gelesen hatten, daß Juden ihre Personalausweise mit einem J versehen lassen mußten, machte ein übereifriger oder hilfsbereiter Beamter des Standesamts sie darauf aufmerksam, daß die Registrierung (vom Jahr zuvor) unvollständig gewesen war: es mußten vier jüdische Großeltern sein, oder zumindest deren Angaben.

37

Mitte Juli ändert sich alles. Mit Emmekes Fahrradtouren ist es definitiv vorbei. Joost kommt mit dem *Joodsche Weekblad* nach Hause, in dem ein Aufruf an viertausend Amsterdamer Juden steht, sich zum Arbeitseinsatz in Deutschland zu melden. Viertausend! Joost ist zutiefst entrüstet. Sie haben doch schon alle jüdischen Arbeitslosen und jegliches jüdische Eigentum? Was wollen sie noch mehr? »Alle Juden« – Emmeke steht es plötzlich ganz klar vor Augen. Unschuldige Menschen müssen aus ihren Häusern, alles zurücklassen, was ihnen lieb und teuer ist, und die Schlüssel bei der Polizei abgeben. Und was dann? Was würde dann geschehen?

Nicht alle leisten dem Aufruf Folge. Das Datum für den Transport ist auf den 16. Juli festgelegt. Im *Joodsche Weekblad* vom 14. Juli hieß es, daß siebenhundert Juden verhaftet und als Geiseln genommen seien. Die kämen in ein deutsches Konzentrationslager, wenn sich nicht alle viertausend vollzählig einstellen würden. Es hätte niemanden überraschen dürfen, und doch hat es alle überrascht. Viertausend, siebenhundert – willkürliche Zahlen. Menschen werden gegen Menschen getauscht. Die Erpressung funktioniert: Die Züge fahren am festgelegten Tag und zur festgelegten Zeit. Mitten in der Nacht.

Nur wenige Wochen später wird der Zwischenschritt der Geiselnahme übersprungen: Diejenigen, die für den nächsten Transport »dem Aufruf, sich zu melden, nicht unverzüglich Folge leisten«, werden verhaftet und ins KZ Mauthausen verschleppt. Sie werden von der Polizei zu Hause abgeholt. Offenbar stehen genügend Polizisten bereit, diese unangenehme Aufgabe zu erledigen. Diesmal geht es um etwa zweitausend Juden. Einer von ihnen ist Benjamin, der Bruder von Jaap Apotheker. Er hat die Vorladung erhalten, werde ihr aber nicht nachkommen, hat er auf einer Postkarte an Jaap geschrieben. Haben sie ihn geschnappt? Sitzt er im Zug? Jaap geht zum Büro des Jüdischen Rates in Den Haag, um herauszufinden, was mit seinem Bruder Benjamin passiert ist. Aber damit können sie nicht auch noch anfangen, dafür ist jetzt nicht der rechte Zeitpunkt; sie wissen in Amsterdam sowieso schon nicht mehr, wo ihnen der Kopf steht.

Beim Jüdischen Rat herrscht Chaos: ein Übermaß an Personal, das zu wenig weiß, zu wenig tun kann und nicht selten die Geduld mit den verzweifelten Menschen verliert, die Informationen einholen wollen und schon absehen können, daß sie selbst bald an der Reihe sind. Und was dann? Sie werden mit Versprechungen abgespeist, sie müssen abwarten, und die Mitarbeiter können nicht viel mehr tun, als ihr Bestes zu geben. Für Trost bleibt keine Zeit. Die meisten von ihnen schleichen mit gesenktem Kopf davon. Jemand schreit, ein hysterischer Weinkrampf bleibt in dem hohen Flur mit seiner spärlichen Beleuchtung hängen.

Ab Ende August werden auch die ersten Juden in Den Haag aufgerufen, sich für den Transport fertigzumachen. Mitten in der Nacht klopft die Polizei unangemeldet an die Tür, um sie aus ihren Häusern zu holen. Danach werden die Häuser beschlagnahmt. Jaap und Leonie hatten für Tilly eine Familie suchen wollen, die sie auf unbestimmte Zeit aufnehmen würde. Das hatten Joost und Jaap unmittelbar bei der ersten Nachricht über den Transport der Viertausend durchgesprochen. Aber es hat wegen Zeitmangels nicht geklappt. Leonies Familie wohnt zu weit weg, eine katholische Familie in Süd-Limburg, die gegen die Heirat mit einem jüdischen Mann gewesen war. Und eine Freundin sah denn doch lieber davon ab.

(Tagebuchauszug)
7. September 1942
Heute nacht sind Jaap und Leonie Apotheker von der Polizei abgeholt worden. Tilly mußte auch mit. Sie kommen mit dem Überfallkommando, hämmern an die Türen und schreien. Die ganze Straße war wach geworden. Totale Fassungslosigkeit! (…) Am Morgen sollte Jaap mit Joost wegen des neuen Projekts ins Labor, aber er kam nicht. Jaap hatte sich nicht

krankgemeldet, und Louwers wußte von nichts. Joost hatte plötzlich ein mulmiges Vorgefühl und ist in der Mittagspause zu ihnen in die Anna Paulownastraat gefahren. Wir sind einmal dort zu Besuch gewesen, so ein schönes weitläufiges Haus. Deshalb ist Joost nicht für sein Mittagsbutterbrot nach Hause gekommen, ich war schon ziemlich besorgt. Joost hat geklingelt, aber es machte keiner auf, er hat durch den Briefkastenschlitz gerufen. Eine Nachbarsfrau kam heraus, und später noch eine; sie haben erzählt, was passiert ist. Sie waren bestürzt, Jaap und Leonie waren doch so nette Leute. Als wenn sie schon tot wären! Und sie hatten genug mit Tilly zu tun. Die hatte nur leichenblaß und schlaftrunken mit großen, vor Schreck weit aufgerissenen Augen zwischen den Koffern gestanden. Wo man sie hingebracht hat, wußten sie nicht. (…) Die Nachbarin erzählte, daß alle drei einen Rucksack mit einer zusammengerollten Decke obendrauf trugen. Und Jaap hatte noch einen Koffer. Das hat auch im Joodsche Weekblad gestanden: wie Juden sich auf ihre Abreise vorbereiten und was sie griffbereit haben sollten. Welche Angst müssen sie die ganze Zeit über ausgestanden haben! Trotzdem ist Jaap jeden Tag auf Arbeit erschienen. Sie hatten keine Ahnung, wie sie entkommen konnten, wo sie sich verstecken sollten. Wir wissen das auch nicht. (…) Sind wir jetzt an der Reihe? Joost sagt, daß wir uns nicht verrückt machen dürfen. Im Joodsche Weekblad war zu lesen, daß die Gemischt-Verheirateten eine Freistellung bekommen. Was aber, wenn das nicht stimmt? Wir bekommen erst eine Ausnahmegenehmigung, wenn wir alle möglichen Formulare ausgefüllt haben, und sie gehen alphabetisch vor. Sie haben mit »A« wie Apotheker begonnen, und wir sind schon »B« für Barendsz, aber Joost sagt, daß das »M« für Meijer van Leer noch lange nicht an der Reihe ist. Ich glaube, das sagt er nur, um mich zu beruhigen, denn bei der Registrierung stand ich unter »B«. (…) Joost kam früher nach Hause als sonst. Ich habe ihm sofort angesehen, daß etwas Schlimmes passiert ist. Zuerst brachte er kein Wort heraus, und dann ist er in Tränen ausgebrochen. Ich wollte ihn trösten, wußte aber nicht wie, ich *fühlte mich so hilflos. Bobbie kam mit einem Taschentuch angelaufen, denn das macht Pappie immer mit ihm, wenn er weinen muß – so lieb! Er stand da und starrte seinen Vater mit offenem Mund an; so hatte er ihn noch nie erlebt. Ich auch nicht. Joost ist immer so tapfer. »Pappie weint«, sagte Bobbie. Erst da kriegte sich Joost wieder in den Griff. »Schon vorbei, mein Junge«, sagte er. »Es ist schon vorbei.«*

Auf seiner Suche nach Jaap wird Joost vom Jüdischen Rat an die Kunstakademie an der Prinsessegracht verwiesen, wo die aufgegriffenen Juden registriert und von wo aus sie zum Bahnhof abgeführt wurden. Es gibt Listen, die zur Einsicht daliegen. Dabei läßt man größte Sorgfalt walten, das muß man den Deutschen lassen. Jaap und Leonie gehören zur ersten Aushebung. Tilly steht ebenfalls auf der Liste. Der Transport geht nach Westerbork, ein Durchgangslager in Drenthe. Wie lange sie dort bleiben, ist ungewiß. Fest steht nur, daß es nicht ihre Endbestimmung ist: Sie werden in ein Lager nach Polen weitergeschickt, welches, ist unbekannt. Joost will wissen, was das für Lager sind, um sich eine Vorstellung machen zu können. »Arbeitslager.« Der Mitarbeiter des Jüdischen Rates meint es ganz genau zu wissen: Es sei ein hartes Leben, aber sie bekämen Essen und dürften nach Hause schreiben. »Zwangsarbeit also.« Joost nennt die Dinge gerne beim Namen. Dieses Wort sei nicht gefallen, wird ihm versichert: »Aber sie sind gefangengenommen worden, sie sitzen da doch nicht zum Spaß?« Nein, das stimme schon. »Dann nennt man das Zwangsarbeit.« Joost weist auch darauf hin, daß kein Haftbefehl ausgestellt wurde, also ist ihre Inhaftierung außerdem unrechtmäßig. Und niemand habe etwas dagegen unternommen, nicht einmal der Jüdische Rat, der doch zum Schutz der Juden eingerichtet wurde. »Was wollen Sie denn?« fragt der Mitarbeiter. »Über dieses Stadium sind wir längst hinaus.« Todmüde schaut er Joost an. Müde und kummervoll. Dann entschuldigt er sich: »Sie haben natürlich recht. Wir können nur versuchen, das Schlimmste zu verhüten.« Was aber ist das Schlimmste?

Daß die Großeltern meiner Mutter mütterlicherseits laut dem Schreiben des Sekretärs vom 29. September 1942 als Mitglieder im Register der Gemeinde eingeschrieben waren, bedeutet nach deutscher Gesetzgebung, daß sie als Juden gelten. Von den Großeltern väterlicherseits, Benjamin van Lier und seiner zweiten Frau Emelia de Jong, befindet sich eine Urkunde in meiner Akte, die bestätigt, daß die Eheleute als »eingeschriebene Mitglieder der Niederländisch-Israelitischen Hauptsynagoge« in Amsterdam registriert sind. Das Originaldokument stammt aus dem Jahr 1871, also aus der Zeit vor der Namensänderung. Es ist gut möglich, daß meine Eltern diese Bescheinigung gleichzeitig mit dem Stammbaum von Rolf Kirchner im Juli 1942 erhalten haben. Das könnte bedeuten, daß mein Vater davon ausgegangen ist, daß er mit den Angaben von der Hauptsynagoge über Emmys Großeltern mütterlicherseits nun über sämtliche erforderlichen Informationen verfügte: vier anerkannte jüdische Großeltern.

Es hatte noch etwas anderes im *Joodsche Weekblad* gestanden: Alle Juden, die sich weigern, den Stern zu tragen, kommen nach Mauthausen. Eine schreckliche Nachricht und eine neue Androhung. Kein Stern? Dann Mauthausen! Emmeke schläft nicht mehr, was Joost auch über »Mischehen« sagen mag, die eine Geschichte für sich sind. Das wird immer wieder betont, auch im *Joodsche Weekblad*. Er klammert sich daran, vielleicht wider besseres Wissen. Trotzdem hat sich Joost einen Tag freigenommen, um noch einmal zum Jüdischen Rat zu gehen, der einzigen Institution, an die man sich wenden konnte. Er muß den ganzen Tag warten, bevor er einen Mitarbeiter zu sprechen kriegt: Diese Kategorie Juden wird demnächst eine Bescheinigung erhalten, daß sie von der Arbeitsverpflichtung freigestellt wird.

Joost kommt erleichtert nach Hause. Die Mitteilung ist das lange Warten wert gewesen. Doch für Emmeke ist es damit noch nicht getan: Muß sie nun den Stern tragen oder nicht? Daß sie den Stern nicht trägt, verstößt gegen die dringende Empfehlung des Jüdischen Rates. Aber mit der Ausnahmeregelung scheint es doch völlig überflüssig zu sein? Ja, die Frage der »Mischehen« ist kompliziert, das ist das einzige, was der Mitarbeiter des Jüdischen Rates mit Sicherheit sagen kann: »Darum dauert es ja so lange.« Ihre Überlegungen, ob man den Judenstern nun tragen soll oder nicht, mögen vielleicht logisch sein, aber die Deutschen haben ihre eigene undurchschaubare Logik. Niemand weiß genau, welche Absicht dahintersteckt.

Mit dieser Unsicherheit wollen die deutschen Behörden nur zu gerne ein Ende machen, wie aus einem Schreiben des deutschen Generalkommissars für Justiz und Verwaltung hervorgeht, in dem Joost erneut aufgefordert wird, die Ehescheidung einzureichen. Der Ton ist gegenüber dem ersten Brief völlig verändert. Durch die Scheidung von seiner Frau würde Joost Klarheit über ihren »Mischehen«-Status schaffen, dieser werde dann nämlich aufgehoben. Was für alle von Vorteil wäre. Sich nicht scheiden zu lassen, könnte jedoch schwerwiegende Folgen zeitigen, sowohl für Joost und seine Frau als auch für das Kind. Ein weiteres Mal steht eine kaum verhüllte Drohung im Raume. Joost könne bei Gericht vorstellig werden, um die Dinge in Ordnung zu bringen. Sein Fall werde mit Vorzug behandelt. Und Emmeke wird natürlich »mit Vorzug« abgeholt und ins Arbeitslager gesteckt! Joost durchschaut den Plan sofort. Daß das Kind dabei Erwähnung findet, ist für Emmeke am beunruhigendsten. »Was geschieht dann mit Bobbie?« fragt sie. Joost weiß es nicht, aber wenn sie schon zwölfjährige Kinder mitnehmen, wie Tilly von Jaap und Leonie, warum nicht auch einen Dreijährigen? »Was sollen wir dann tun?« Nicht scheiden lassen natürlich. Joost will zurückschreiben und dankend ablehnen. Emmeke ist dagegen und möchte, daß er den Brief des Generalkommissars auf sich beruhen läßt. Schließlich ist es nur eine Aufforderung, kein Befehl. Bald bekommen sie doch vom Jüdischen Rat die Freistellungsbescheinigung, und dann ist die ganze Angelegenheit vom Tisch.

38

Nach der Predigt und dem Gebet, in dem der Pfarrer Gottes Segen für seine Gemeinde erflehte, setzte immer die Orgel ein. Meist in den höchsten Registern: Gottes Gnade kam schließlich auch von oben. Langsam perlten die zarten Töne herab und mengten sich mit schweren Akkorden aus den tiefsten Registern. Bert bekam jedesmal eine Gänsehaut davon. Wenn sie sich dann zu einer stimmigen Melodie vereinigt hatten, erschienen zwei Kirchenälteste in schwarzen Anzügen hinter der Kanzel. Immer dieselben beiden Männer, vielleicht Zwillingsbrüder – runde, gerötete Gesichter, das Haar exakt gleich gekämmt und grau an den Schläfen. Mit ihren an langen Stangen befestigten schwarzen Kollektebeuteln aus Samt kamen sie durch den Mittelgang. Behende manövrierten sie die Stangen an den Gläubigen in den schnurgeraden Kirchenbänken vorbei. Nie sagten sie auch nur ein Wort, nicht einmal »Danke«. Sie schauten verschämt zu Boden. Vielleicht versuchten sie, dem Klimpern der Münzen, die in die schwarz-samtene Öffnung fielen, abzulauschen, wieviel zusammengekommen war; vielleicht wetteten sie auch, wer dem Ergebnis am nächsten käme. Bert und Lien saßen immer am Mittelgang. Bert steckte morgens das Kollektegeld ein: einen Zehnerschein, der klimperte nicht. Am Ende des Ganges machten die Zwillinge einen Rechtsschwenk und liefen hastig mit ihrer Beute zurück. Die Orgel präludierte über den letzten Psalm. Der Pfarrer, der sich diskret zurückgezogen hatte, kam wieder zum Vorschein, der Psalm wurde gesungen, das Vaterunser gebetet, die Gemeinde sagte »Amen«, und der Pfarrer stieg von der Kanzel. Die Kirchgänger drängten nach draußen, langsamer und andächtiger, als sie gekommen waren.

Diesmal geht es in der Predigt um Gerechtigkeit und Barmherzigkeit. Bert versteht nicht viel davon. Der Pfarrer spricht über die Gabe des Sehens. Die Schöpfung habe dafür gesorgt, daß wir Augen im Kopf haben. Daß wir manchmal Dinge sähen, die wir nicht verstünden, oder Dinge, die uns Furcht einflößen, Dinge, die wir lieber nicht sehen würden. Dann blickten wir in die andere Richtung. Aber vielleicht sähen wir dort jemanden, der in Not ist und uns um Hilfe bittet. Oder jemand, der in Not ist, aber trotzdem nicht um Hilfe bittet. Und wenn ihm diese Hilfe verweigert werde, wo bleibe dann die Barmherzigkeit? Und könne man überhaupt noch von Gerechtigkeit sprechen, wenn einige von uns in unnötige Not geraten und keine Hilfe bekommen? Seine Stimme klingt eindringlich, als erwarte er ganz unbedingt Antworten auf seine Fragen.

Bert schaut mit hochgezogenen Augenbrauen zu Lien. Der Pfarrer bleibt sonst nie so im Ungefähren. Meist illustriert er seine Predigt mit Geschichten aus der Bibel, aber die läßt er jetzt weg. Man muß seine eigenen Schlüsse ziehen. Das Gebet ist von seltener Eindringlichkeit, unterbrochen von langen Pausen, als benötige der Pfarrer Zeit, seine Gedanken zu ordnen. Auch das Orgelspiel ist anders. Es beginnt im mittleren Register mit schrillen Akkorden und einer Harmonie, die erst im letzten Moment, zu Beginn des Psalms, gefunden ist. Die Gemeinde wird davon überrumpelt und fällt nur zögerlich ein, ein paar Takte zu spät. Einer von den Ältesten, der mit dem Klingelbeutel vorbeikommt, murmelt etwas, daß sich Bert vorbeugen muß, um ihn zu verstehen: Pfarrer van Klaveren möchte nach dem Gottesdienst mit ihnen in der Konsistorialkammer sprechen.

Der Pfarrer hat sein Gewand bereits abgelegt, als der Älteste sie hereinführt. Er hat den Kragen seines weißen Hemdes abgeknöpft. Sie sollen Platz nehmen. Er möchte mit ihnen über die Deportation von Tausenden von Juden aus Amsterdam nach Deutschland in die Arbeitslager reden. Sie hätten doch sicher davon gehört? Lien und Bert nicken. Sie haben mit Joost und Emmeke darüber gesprochen. Und auch darüber, ob sie auf ihrer Weigerung beharren sollten, den Stern zu tragen. Emmeke war unwohl dabei, Bert hingegen fest entschlossen: »Wenn sie uns kriegen wollen, finden sie uns auch ohne Stern.«

In Hemdsärmeln berichtet van Klaveren vom gemeinsamen Protest der Kirchen gegen die Maßnahmen: Sie hätten die Deportationen mit Entsetzen zur Kenntnis genommen. Sie widersprächen jeglichen moralischen Grundsätzen des niederländischen Volkes und den christlichen Ansprüchen von Gerechtigkeit und Barmherzigkeit. Bert versteht die Predigt jetzt besser. Und da wäre noch mehr: Die Kirchen hätten sich für die getauften Juden eingesetzt, die ihren Glauben wegen dieser Maßnahmen nicht mehr frei ausüben können. Daraufhin habe die Synode der reformierten Kirchen die Zusicherung von den deutschen Behörden erhalten, daß christlich getaufte Juden von der Zwangsarbeit in deutschen Arbeitslagern freigestellt würden. »Und das darf man doch einen Erfolg nennen!« Pfarrer van Klaveren unterstreicht seine Worte mit einem zufriedenen Lächeln. Diese Zusage der Deutschen ist auch der Grund, weshalb die Kirchen davon abgesehen haben, ihr Protesttelegramm, das an die deutschen Behörden versandt wurde, von der Kanzel zu verlesen: »Um sie nicht zu reizen und um keine unnötige Aufregung zu verursachen. Verblümte Andeutungen genügen.« Aber Bert soll wissen, daß die Kirche für ihn in die Bresche gesprungen ist und es notfalls wieder tun würde.

Bert dankt dem Pfarrer für seine unerwartete und unaufgeforderte Unterstützung in einer Angelegenheit, von der er meint, daß sie ihn nur am Rande betrifft. »Es ist unsere geistliche Pflicht.« Van Klaveren weiß, was christliche Demut ist. Dennoch möchte Bert erfahren, wie er sich auf diese geistliche Unterstützung ganz praktisch berufen könne: »Für den Fall, daß ich zum Arbeitseinsatz aufgerufen werde. Einmal ist mir das schon passiert. Muß ich dann meinen Taufschein vorzeigen? Auch das hatte ich schon einmal. Aber es hat sie nicht interessiert.« Van Klaveren hat keine Antwort auf Berts Frage. Über praktische Lösungen für diese Art von Problemen wisse er nichts. Er müsse darüber mit seinen Kollegen sprechen, zur Not auch mit der Synode. Aber Bert läßt nicht locker:

»Am besten wäre ein namentlich ausgestelltes Dokument von den deutschen Behörden, das bestätigt, daß der Inhaber aufgrund seines Taufscheins freigestellt wird.« Bert liest an van Klaverens Gesichtsausdruck ab, daß er damit nicht an der richtigen Adresse ist. Der weicht einer direkten Antwort mit einer Gegenfrage aus: »Sie tragen keinen Stern, warum nicht?« Lien erläutert ihre Entscheidung. Van Klaveren findet das mutig. Und dazu kommt, daß Bert sonntags ohne Stern unbehelligt in die Kirche kommen könne: »Kein Gemeindemitglied kann an Ihnen Anstoß nehmen.«

»War das nicht ein bißchen undankbar?« fragt Lien, als sie wieder draußen stehen. Es sei doch unglaublich, daß sich die Kirche so für Bert einsetze, für alle christlichen Juden? Und die Tatsache, daß Pfarrer van Klaveren so offen mit ihnen gesprochen hat, sei auch großartig. Aber sein Versprechen sollte schon konkret sein, findet Bert: »Wenn ich freigestellt bin, muß ich das auch beweisen können. Stell dir vor, sie verhaften mich jetzt, dann kann ich denen doch schwerlich damit kommen, daß sie erst mal mit Pfarrer van Klaveren Rücksprache halten müssen?« Das Gespräch mit dem Pfarrer hat ihn aufgeschreckt. Kann er sich jetzt sicherer fühlen? Paradoxerweise fühlt sich Bert vorerst von genau den Männern, vor denen er beschützt werden soll, besser behütet: Strehler, Mühlmann, General Christiansen. Und offensichtlich schützt ihn das Nichttragen des Sterns vor anderen Gemeindemitgliedern. Seine Feinde sind seine Freunde, und diejenigen, die seine Freunde sein sollten, sind seine Feinde. Das ist fast schon ein Grund, überhaupt nicht mehr in die Kirche zu gehen. Aber dann kann er die Unterstützung von van Klaveren vergessen, falls er denn sie jemals in Anspruch nehmen sollte. Verwirrende Gedanken, die er sich mit mehr oder weniger Erfolg vom Leibe zu halten versucht. Das aber wird immer schwieriger.

Menno hat in der Kantine des Luftschutzes in der NSB-Zeitung *Nationale Dagblad* gelesen, daß »die Kunden der Judenbank

Laroux & Gross« Klage wegen ihrer »gestohlenen« Aktien und Wertpapiere eingereicht haben. *Het Nationale Dagblad* ist die Zeitung des NSB. Jetzt gibt es viele NSBer im Luftschutz wie auch in allen von den Deutschen annektierten Behörden. Die Zeitung liegt ausgebreitet auf Mennos Küchentisch, es sind Fettflecken darauf, und das Kreuzworträtsel ist halb mit Krakeln ausgefüllt. Der geschwärzte Teil des Quadrats hat die Form eines Hakenkreuzes. In einem Hetzartikel wird die Bank des Diebstahls bezichtigt, ein Beweis für die »Perfidie der jüdischen Blutsauger und Wucherer, die nicht davor zurückschrecken, das ihnen anvertraute Geld zu stehlen und zu verschachern«. Der »Diebstahl« wurde bei der Konfiszierung und der sich anschließenden Liquidation der Bank entdeckt, als die Kunden ihr rechtmäßiges Eigentum einfordern wollten: Die Tresore waren leergeräumt. »Man kann sich den Schock und die Wut vorstellen.« Die deutsche Polizei hat eine gründliche Untersuchung unter den ehemaligen Bankangestellten eingeleitet, die alle entlassen wurden.

Mit roten Köpfen buchstabieren sich Bert und Menno durch den Artikel. Das sind keine guten Nachrichten. Außer van der Harst und wahrscheinlich Krabbendam weiß keiner der Mitarbeiter Genaueres über die Operation von vor zwei Jahren. Einige Mitarbeiter haben seinerzeit die Wertpapiere aus den Tresoren geholt, im Gartenhaus deponiert und dann dabei geholfen, sie in einen vom Luftschutz geliehenen LKW umzuladen. Einige haben Bert und Menno damals gesehen, würden sie aber wahrscheinlich kaum wiedererkennen. Van der Harst sitzt in einem Konzentrationslager. Er ist zweifellos verhört worden. Hätte er etwas verraten, wären sie längst bei Bert gewesen. Außerdem hat Dedemsvaart ihm kurz nach seiner Ankunft in London den Auftrag erteilt, die Kunden schriftlich darüber zu informieren, daß ihre Papiere an einem sicheren Ort aufbewahrt werden. Das war lange, ehe von Maßnahmen gegen die Bank überhaupt die Rede war. Diejenigen, die Widerspruch eingelegt haben, konnten sich ihre Papiere aushändigen lassen und eventuell bei einer anderen Bank deponieren. An der ganzen Vorgehensweise war nichts Illegales. Eigentümer können mit ihrem Besitz anstellen, was ihnen beliebt – »selbst wenn sie Klopapier daraus machen«, hat van der Harst mit einer gewissen Genugtuung gesagt. Keiner der Kontoinhaber hatte Beschwerde eingelegt. Die meisten von ihnen werden froh gewesen sein, daß sie bei der Beschlagnahme der Bank durch die Deutschen nicht in die Röhre geguckt haben: Nicht die Juden sind die Diebe, sondern die Deutschen. Die haben jetzt das Nachsehen. Das hat ihren Zorn entfacht. Und nun sollen diese Kunden plötzlich Einspruch erheben? Um die Aktien selbst wird es den Beschwerdeführern nicht gegangen sein, da die sich sowieso nicht flüssigmachen lassen.

Menno denkt, daß es sicher kein Zufall ist, daß der Vorfall jetzt aufs Tapet gebracht wird, genau in dem Moment, als Tausende Juden verhaftet und verschleppt wurden. Ein bißchen Extrahaß auf die Juden kommt den Deutschen sehr zupaß. »Das klingt nach Aufwiegelei«, findet er. Aber ist dem Bericht zu glauben? Und wenn sie jetzt erwischt werden? Es war seinerzeit eine ziemlich tollkühne Aktion gewesen, ohne jegliche Geheimhaltung oder andere Vorsichtsmaßnahmen. Schwebt Bert in Gefahr? Menno?

Und dann wäre da noch Krabbendam. Sitzt der immer noch zu Hause und bibbert? Ist er verhaftet? Ist er abgehauen? Hat er geplaudert? Wieviel weiß er? Bert muß ihm dringend einen weiteren Besuch abstatten. Außer der Tatsache, daß er seine Stelle bei der Bank rechtzeitig gekündigt und stets pünktlich sein Honorar ausbezahlt hat, weiß Bert nichts über Krabbendam, nichts von seinen Lebensumständen. Für den Fall, daß er überwacht wird, muß Bert sein Haus eine Weile beobachten und darf erst klingeln, wenn er sicher sein kann, daß die Luft rein ist. Er steckt einen Umschlag mit zweitausend Gulden ein – eine ansehnliche Summe, aber er kann sie entbehren. Für die Sicherheit sollte einem nichts zu teuer sein.

Am Ende des Nachmittags stellt Bert sein Motorrad an der Ecke der Straße ab, wo Krabbendam wohnt. Er bezieht Stellung in einer Nische gegenüber Krabbendams Haus, dessen

Fenster verdunkelt sind. Als das letzte Licht des Tages von der Nacht ausgelöscht ist, überquert Bert die Straße, öffnet das Gartentürchen und klingelt. Er sieht, daß das Namensschildchen an der Haustür erst kürzlich entfernt worden ist. Ist das eine Vorsichtsmaßnahme, oder ist Krabbendam weggezogen? Er hört, wie sich im Inneren eine Tür öffnet und dann eine Frauenstimme hinter der Haustür leise fragt: »Wer ist da?« Bert ist darauf vorbereitet: »Jemand von der Bank für Herrn Krabbendam.« Die Tür öffnet sich einen Spalt: »Was wollen Sie?« Er komme im Auftrag von Herrn van Berghe Dedemsvaart, um sich nach dem Befinden von Herrn Krabbendam zu erkundigen: Habe er Schwierigkeiten, nachdem er die Bank verlassen hat? Brauche er vielleicht etwas? Ist er denn zu Hause? Die Frau antwortet nicht, schaut ihn unwirsch und mißtrauisch an. Krabbendam ist also zu Hause. Bert muß sich einen Moment gedulden. Die Tür wird geschlossen. Bert fühlt sich wie ein Vertreter, der versucht, einen Staubsauger zu verkaufen. Dann darf er eintreten.

Bert ist schon ein paar Mal hiergewesen, aber die Atmosphäre ist jetzt eine ganz andere. Krabbendam sitzt am Tisch im Wohnzimmer, gespannt wie ein Flitzebogen, die Hände vor sich auf der Tischplatte. »Ach, Herr Pegels.« Bert wiederholt seine angebliche Nachricht von Herrn Dedemsvaart. Krabbendam räuspert sich und sagt, daß er das sehr zu schätzen wisse. Er ist arbeitslos, verläßt das Haus kaum noch; seine Frau hat eine Halbtagsstelle als Sekretärin bei der Post ergattern können, aber die wirft kaum etwas ab. Bert holt den Umschlag mit den zweitausend Gulden aus seiner Brusttasche und legt ihn vor sich auf den Tisch. Frau Krabbendam hat sich neben dem Tisch postiert und verfolgt das Gespräch mit Argusaugen. Mit ihrem kurzgeschnittenen Haar hat sie etwas von einem Oberfeldwebel, der Bert leicht am Schlaffittchen packen und aus dem Haus werfen könnte.

Weiß Krabbendam von den Ermittlungen, die die deutsche Polizei wegen des angeblichen Diebstahls von Aktien und Wertpapieren der Kunden von Laroux & Gross eingeleitet hat, fragt Bert. Krabbendam nickt nervös. Weiß er auch, wie diese Wertpapiere »verschwunden« sind? Krabbendam schweigt. »Das ist hier kein Verhör, ich bin nicht plötzlich von der Polizei«, sagt Bert, um ihn zu beruhigen. Aber Krabbendam schweigt weiter. Bert muß ihm auf die Sprünge helfen: Die Papiere wurden zu Beginn der Besetzung in Verwahrung gegeben – ein guter Schachzug, der von Weitsicht zeugt. »Jetzt möchte Herr Dedemsvaart dafür sorgen, daß diejenigen, die die Papiere in Verwahrung gebracht haben, nicht in Schwierigkeiten geraten.« Bert schiebt den Umschlag etwas von sich weg und wartet. »Sie können mir vertrauen, Sie kennen mich. Herr Dedemsvaart muß absolut sicher sein, daß sich niemand verplappert. Haben Sie davon gewußt oder nicht?« Krabbendam schüttelt den Kopf. »Überlegen Sie gut, es hängt viel davon ab. Menschenleben.«

Endlich rührt sich Krabbendam: »Was damals geschehen ist, habe ich nicht mitgekriegt. Ich war Kassierer, ich habe Auszahlungen geleistet, meist die Sonderzahlungen, was die größeren Beträge anging. Die kleineren habe ich hinterher kontrolliert.« Bert schiebt den Umschlag ein wenig weiter in Richtung Krabbendam, der das nicht bemerkt oder so tut, als ob, denn er hält seinen Blick unverwandt auf Bert gerichtet. »Ich habe nicht gewußt, daß die Wertpapiere in Verwahrung genommen wurden, das höre ich zum ersten Mal.« Sollte das wirklich stimmen? Um sein Gedächtnis aufzufrischen, sagt Bert, daß diese Papiere eine Zeit lang im Gartenhaus aufbewahrt und später umgelagert wurden. Krabbendam läßt sich nichts anmerken: »Ich habe gedacht, daß das Archiv entrümpelt wird. So wurde es zumindest gesagt.«

Bert entspannt sich ein wenig: Es ist also doch eine Vorsichtsmaßnahme getroffen worden. Die Frage ist natürlich, ob Krabbendam die gleiche Geschichte erzählt, wenn er von der deutschen Polizei verhört wird. »Sie wissen also auch nicht, wo die Papiere sind und wer sie in Verwahrung genommen hat?« Krabbendam hat wirklich keine Ahnung. »Denken Sie genau nach. Vielleicht sitzen Sie bald, was Gott verhüten möge, bei der Gestapo, und da sind sie nicht zimperlich.« Frau Krabbendam stößt einen erschrockenen Schrei aus: »Nein!« Die Mundwinkel von Krabbendam beginnen zu zucken. »Sie haben auch keinen Verdacht?« beharrt Bert. Krabbendam schweigt. »Erinnern Sie sich an Namen von Leuten, denen Sie manchmal Geld ausgezahlt haben?« Krabbendam überlegt und listet dann auf: »Van Looij, Zinkhout, Welschap.« Bert notiert die Namen. »Und Sie natürlich. Es kam aus einem Bestand, der ›schwarze Kasse‹ genannt wurde, die ›Kriegskasse‹, wie Herr van der Harst immer gesagt hat. Herr van der Harst war Prokurist.« – »Keine weiteren Namen?« – Nein: Van Looij, Zinkhout, Welschap und … Pegels. Es ist nur eine kurze Liste.« – »Und wissen Sie, wofür bezahlt wurde?« – »Nein, darüber wurde nicht Buch geführt, es war Schwarzgeld.« Krabbendam hat wieder einen feuerroten Kopf. Unter dem Druck eines langen Verhörs würde er die Namen preisgeben. Nicht Berts richtigen Namen, den kennt er nicht, da kann Bert beruhigt sein. Die Chance, entdeckt zu werden, ist etwas geringer geworden. Bert schiebt den Umschlag zu Krabbendam über den Tisch, der beide Hände darauf legt. Erst der Köder, dann die Belohnung. »Hier haben Sie etwas für den Fall, daß Sie es brauchen. Für die schlimmste Not. Mit den besten Grüßen von Herrn Dedemsvaart.«

Beim Gehen fragt Bert, ob etwas über das Schicksal von van der Harst bekannt geworden ist. Krabbendam weiß es nicht, da müsse Bert schon dessen Frau fragen. Er bekommt die Adresse und beschließt, Krabbendam zu gegebener Zeit noch etwas Geld zuzustecken.

Der zweite Teil des Briefes des Sekretärs der Niederländisch-Israelitischen Gemeinde an meinen Vater vom 29. September lautet: »(...) daß Ihr rechtskundiger Berater der Eintragung im Einwohnermeldeamt nicht den nötigen Wert beigemessen hat, *irrtümlich, in diesem Fall ganz gewiß* [Kursivierung von mir], da das Ehepaar Arnold Adler auch im *Register der eingeschriebenen Gemeinde-Mitglieder* vermerkt ist [Kursivierung von mir]. (...) Wäre seinerzeit der Nachforschung mehr Zeit gewidmet worden [gemeint ist sicher der Februar 1942], dann hätte Sie diese Mitteilung schon damals erreichen müssen.« Kryptische, ominöse Sätze.

Die durch den Sekretär suggerierte Nachlässigkeit meines Vaters läßt sich bezweifeln: Dem Anwalt wird auf die Finger geklopft, weil er »irrtümlich« der »Einschreibung« der Großeltern meiner Mutter nicht die nötige Bedeutung beigemessen habe: dem unumstößlichen »Beweis« für ihr »Jüdischsein«. Diese »Nachlässigkeit« ist vielleicht darauf zurückzuführen, daß der namentlich nicht genannte Anwalt – höchstwahrscheinlich selbst kein Jude – keinen blassen Schimmer von diesen speziell jüdischen Fragen hatte. Aber auch meine Eltern waren über solche Dinge schlecht unterrichtet; mein Vater, der immer das Wort führte und Briefe schrieb, ganz sicher. Es ist, gelinde gesagt, merkwürdig, daß der Sekretär die angeforderten Informationen im Februar nicht von sich aus geliefert hat. Er hätte wissen müssen, daß es nur darum ging und um nichts anderes, denn solche Anfragen kamen täglich. So wird die ganze Verantwortung für diese Nachlässigkeit auf meinen Vater und dessen Anwalt abgeladen: Er hätte nur die richtigen Erkundigungen einziehen müssen!

Das hätte er in der Tat tun können: er wußte schließlich von der Voraussetzung der vier jüdischen Großeltern, die bei einer jüdischen Gemeinde eingeschrieben sein mußten, weil er vier entsprechende Zeitungsausschnitte aufbewahrt hat. Bloße Unachtsamkeit als Grund für die Nachlässigkeit meiner Eltern erscheint mir höchst unwahrscheinlich. Sie müssen gewußt haben, daß die Nichtbeachtung der deutschen Vorschriften große Risiken mit sich brachte. Am 17. Februar ging es wohl noch um das J im Ausweis, im Mai schon um das Tragen des Davidsterns, und dieser Vorschrift wurde nicht Folge geleistet! Im Juli begannen die Deportationen.

Also keine Naivität, sondern das genaue Gegenteil? Meinte mein Vater, er könne die Deutschen überlisten? War es vielleicht vorsätzliche Fahrlässigkeit, nach dem Brief vom 18. Februar 1942 nicht weiter nachzubohren? Was ich nicht weiß, macht mich nicht heiß? Absicht also, um einem unbekannten Schicksal zu entrinnen? Vielleicht sogar Widerstand gegen die ungezügelte Registrierungswut der Deutschen und ihrer willigen Handlanger in den niederländischen Behörden? Solchen Gedanken gibt man sich nur allzu gerne hin. Ich sehe meinen Vater lieber in der Rolle eines Widerstandshelden denn als Opfer.

Zuerst klingelt das Telefon dreimal. Dann, zwei Minuten später, viermal. Beide Male kommt Bert zu spät. Lien ist schon ins Bett gegangen. Für ein mögliches drittes Klingeln ist er in der Nähe des Apparates geblieben. Am Schreibtisch, im Pyjama. Wer will ihn so spät nachts noch erreichen? Elfie? Menno? Zehn Minuten später klingelt das Telefon erneut. Bert greift nach dem Hörer: »Hallo?« Stille. Ein leises Rauschen. Kein Atmen. Ein Klicken: Der Anrufer hat die Verbindung getrennt. Bert schaut sich um, ob das Klingeln Lien vielleicht angelockt hat, die Hand noch am Hörer. Noch bevor der nächste Klingelton ganz verklungen ist, hat er schon abgenommen: »Meijer van Leer, mit wem spreche ich?« Wieder Stille, doch dann endlich hört er eine Stimme, leise, gedämpft, als halte sich der Anrufer ein Tuch über den Mund. »Bist du das, Bert?« Ja, ja, er ist Bert, aber mit wem spricht er? »Rogier hier.« Rogier! Bert muß kurz schlucken. Es ist fast ein Jahr her, daß Rogier im Haus seiner Eltern aufgetaucht war. Rogier ist also immer noch im Lande! Ein warmes Gefühl durchströmt ihn.

»Mann, Rogier, was für eine Freude, dich zu hören. Wo steckst du?« Das kann Rogier natürlich nicht sagen: »In der Nähe.« Er habe nur wenig Zeit, will Bert aber so schnell wie möglich sehen. Wo könnten sie sich treffen? Bert überlegt fieberhaft. So einfach ist das nicht. Es gibt viele Orte, die Juden nicht mehr betreten dürfen. Er trägt keinen Stern, und er hat sein Motorrad und seine Papiere, also schert ihn das Verbot nicht, doch er sucht solche Orte nicht extra auf. Rogier ist auch Jude und im Untergrund. Wassenaar wäre vielleicht ein guter Treffpunkt, der Friedhof an der Kerkhoflaan. Finden wir uns da? »Immer, auf dem Friedhof findet man sich immer.« Rogiers Sinn für Humor hat ihn nicht verlassen: »Wenn du nur ein paar Blümchen mitbringst. Morgen nachmittag vier Uhr.« Abrupt wird die Verbindung unterbrochen. Adrenalin rauscht durch Berts Adern. Vor Aufregung kann er kaum schlafen.

Bert ist am nächsten Tag da. Der Friedhof liegt nicht weit weg von der Villa Ravenhorst. Er parkt das Motorrad neben dem Eingangstor. Aus der Seitentasche nimmt er einen symbolischen Strauß Astern. Er öffnet das Tor. In der Pförtnerloge sitzt niemand. Die gelben verwitterten Klinker hinter dem Tor verwandeln sich links und rechts in von Muschelkalk bedeckte Gehwege. Sie sind gewunden und verschwinden zwischen den süß riechenden Kiefern. Bert nimmt den rechten Weg. Der Muschelgrus knirscht unter seinen Füßen.

»Bert«, hört er hinter sich – gedämpft, genau wie bei ihrem Telefonat. Rogier muß ihn kommen gesehen haben und taucht direkt hinter ihm auf. Er trägt eine dunkelbraune, grobe Lederjacke, enge Hosen und hohe Schuhe, auf dem Kopf hat er eine graue Mütze. Er sieht aus wie ein englischer Chauffeur, der gerade aus seinem Bentley gestiegen ist, sehr passend zu dieser Wassenaarer Landschaft. Sie gehen aufeinander zu, umarmen sich, daß das Leder ihrer Mäntel knarzt. Sie halten sich einen Moment lang an den Schultern. »Mann!« – »Mann!« Dann zieht Rogier Bert mit in eine Einbuchtung des Muschelpfades. Da steht ein monumentales achteckiges Grabmal aus rosafarbenem Marmor mit vier Säulen und drei Stufen, die zu einer Erhöhung führen. Es gehört einem gewissen Baron van Wassenaar. Dahinter können sie sich ungestört unterhalten. Wo sollen sie anfangen?

Rogier hat keine Zeit für Plaudereien. Seine frühere Großtuerei hat Entschlossenheit Platz gemacht. Seine scharfen Gesichtszüge sprechen von Unnachgiebigkeit und Willenskraft. Die runden Wangen des dekadenten Tunichtguts sind verschwunden, sie sind jetzt gefurcht. Er hat so einiges hinter sich – Entbehrungen, Gefahr. Sie haben ihn in Belgien abgesetzt, und von da ist er in die Niederlande gekommen. Von seinem Vater weiß er, daß Bert ein Motorrad besitzt, mit dem er ihm über die Grenze geholfen hat. »Das hast du also immer noch, Schick!« Er weiß auch, daß die Wertpapiere der Bank in Berts Lager verwahrt werden. Wie es seinem Vater gehe, will Bert wissen. »Besser, viel besser«, aber solange er nicht sicher ist, daß die Papiere in Sicherheit sind, kommt er nicht zur Ruhe. Er fühlt sich schuldig, was er seinen Kunden antun mußte und was er Bert aufgebürdet hat. Jetzt, da van der Harst nicht mehr da ist, sei es tröstlich zu hören, daß Bert noch auf freiem Fuße ist.

Rogier ist gut informiert. Bert beschränkt sich darauf, ihm zu versichern, daß die Papiere absolut sicher untergebracht sind. Alles andere läßt er weg. Eine Gefahr der Entdeckung bestehe nicht, auch jetzt nicht, da die deutsche Polizei gegen die »Diebe« ermittelt. »Dein Vater hat genau das Richtige getan, das einzig Richtige. Er hat die Deutschen übers Ohr gehauen. Ich denke, viele Kunden werden mir zustimmen. Auf jeden Fall in naher Zukunft, wenn alles vorbei ist.« Das müsse Rogier seinen Vater unbedingt wissen lassen.

Ist das der Grund, weshalb Rogier den Kontakt gesucht hat? Weiß er von der Villa Ravenhorst? Oh ja, er war im letzten Frühjahr noch mal da. »Am Tor schob ein Soldat Wache. Ich habe mich besser nicht angemeldet«, grinst Rogier. Bert nickt: »Ich bin jeden Monat einmal da.« Er berichtet kurz über seine Beziehungen zu den Deutschen: »Rein geschäftlich. Eines führt zum anderen, und eine Hand wäscht die andere.« Er richte damit keinen Schaden an. Rogier ist beeindruckt; für ihn ist das, was Bert tut, eine Form des Widerstands. Und er scheint es auch nicht schlimm zu finden, daß das Elternhaus jetzt in deutschen Händen ist.

Wie Bert einen anderen Rogier sieht, sieht Rogier auch einen anderen Bert. Sie sind einander nicht entwachsen, sondern auf eine ganz unerwartete Art und Weise zusammengewachsen. Sie lächeln einander an, zwei gereifte Männer. In der Wolle gefärbt. Gleiche Wolle, andere Farbe. Von Lausebengeln haben sie sich zu Männern mit Verantwortungsbewußtsein entwickelt. Es ist erstaunlich, wie mühelos sich die Jahre der Abwesenheit überbrücken lassen. Bert bricht das Schweigen – denn Rogier ist offensichtlich nicht hier, um Ravenhorst oder die Geschicke der Bank in Augenschein zu nehmen. »Nein«, bestätigt Rogier, »das mit der Bank ist Privatangelegenheit.«

Rogier ist in den Niederlanden, um Informationen einzuholen, die er nach London durchgibt. Das ist sein Auftrag. Es machen Gerüchte die Runde, die auch Bert zu Ohren gekommen sind, daß die Deutschen planen, eine Verteidigungslinie für den Fall einer Invasion der Alliierten entlang der niederländischen Küste zu errichten: ein System von Bunkern, Panzersperren und anderen Verteidigungsanlagen. Könne Bert etwas darüber sagen? Bert weiß, daß es bald damit losgehen soll. Ganze Landstriche werden deshalb geräumt. Er hat bereits Anfragen von Leuten erhalten, die ihre Sachen bei ihm unterbringen wollen. Habe Bert denn Zugang zu dem Gebiet, könne er an Informationen über die deutschen Pläne kommen? Bert schnappe doch alles Mögliche auf, was davon zuverlässig klinge, werde er gerne an Rogier weitergeben. Solange es seine Stellung nicht in Gefahr bringe – die sei so schon heikel genug. »Selbstverständlich.« Rogier wird anrufen, um einen neuen Termin zu vereinbaren. Sie verabschieden sich in der Gewißheit, daß sie sich ganz schnell wiedersehen werden.

Am nächsten Tag ist Berts Telefon tot. Auf Nachfrage bei der Telefongesellschaft heißt es, daß allen Juden das Telefon abgestellt wurde. Das Telefonverbot für Juden wird offenbar zu oft übertreten. Also werden die Juden abgehört, woher sonst sollten die Behörden wissen, daß Bert ein Telefon besitzt? Der Auftrag wurde vom *Generalkommissariat zur besonderen Verwendung* erteilt, wird ihm gesagt. Die können ihre Informationen nur vom Einwohnermeldeamt haben. Hätte Bert doch damals nur seine Registrierungskarte mitgehen lassen!

Unverzüglich fährt er zu Strehlers Büro. Auf der Lange Poten wird er angehalten. Das ist verbotenes Gebiet für Juden, aber ohne Stern ist Bert nicht als Jude erkennbar, und mit seinen deutschen Empfehlungsschreiben kommt er durch. Trotzdem sollte er das nicht zu oft machen. Es ist nervenaufreibend. Die schwere Polizeibewachung ist rundheraus unfreundlich und feindselig. Am liebsten würden sie keinen einzigen Niederländer durchlassen.

Auch Major Strehler ist kurz angebunden. Anscheinend läuft es mit dem Krieg gerade nicht so gut. Er hat nur wenig Zeit für Bert, der kaum Gelegenheit bekommt, sein Anliegen vorzutragen: die Wiederherstellung seines Telefonanschlusses. Strehler weiß nicht, ob er das hinkriegt. Das seien Maßnahmen, die nicht auf seinem Mist gewachsen sind. »Meine ganze Existenz hängt davon ab!« Bert erhebt seine Stimme, und es klingt ziemlich dramatisch, als wäre Strehler sein letzter Rettungsanker. »Ihre ganze Existenz?« Jeder kämpfe um seine Existenz, sogar Strehler. »Mein Geschäft«, korrigiert sich Bert. »Ich verstehe schon.« Mühsam zaubert der Major ein schwaches Lächeln auf sein Gesicht. Er hat sichtbar ganz andere Sorgen, kann nichts versprechen, aber er wird zusehen, was er ausrichten kann.

Zwei Wochen später ist der Telefonanschluß immer noch nicht wieder hergestellt. Bert muß seine Kontakte nun auf andere Weise pflegen, indem er seine Ohren überall hat, wo er steht und geht – auf dem Markt, in Kaffeehäusern. Vielleicht sollte er sich überhaupt nicht um neue Aufträge bemühen. Es wird immer riskanter. Wegen des Geldes muß er es nicht tun. Er versucht es noch einmal bei Major Strehler, aber in dessen Büro wird ihm kurz und knapp mitgeteilt, daß der Major an die Ostfront abkommandiert wurde. Das ist ein schwerer Schlag ins Kontor. Einer seiner drei Schutzengel ist fort, vielleicht der wichtigste. Major Strehler war zwar kein Freund, aber schon ein Mann, mit dem Bert auf Leben und im Tod verbunden ist. Bert gönnt sich nicht viel Zeit, diesen Schlag zu verarbeiten. Sofort drängt sich die Frage auf: Wer jetzt? General Christiansen? Mühlmann?

39

Endlich steht es fest: Ab dem 12. September werden die »gemischt Verheirateten« von Arbeitseinsätzen in Deutschland freigestellt. Sie erhalten einen Sonderstempel in den Personalausweis. Die entsprechenden Formulare müssen sie beim Jüdischen Rat beantragen. Joost hat dafür von Louwers extra einen Tag freibekommen. Der plötzliche Abgang von Jaap Apotheker hat ihn erschüttert: »Ihnen wird schon übel mitgespielt.«

Die Wartezeiten beim Jüdischen Rat sind lang, deshalb findet sich Joost am Montagmorgen in aller Herrgottsfrühe ein. In der engen Straße hat sich bereits eine lange Warteschlange gebildet. Viele sind wie Joost »gemischt-verheiratet«. Alles ungeduldige, verängstigte Menschen, im Ungewissen über die Zukunft, auf der Suche nach Garantien für ihre Sicherheit. Und sie sind alle früh um fünf aufgestanden, um Punkt sechs das Haus zu verlassen: Seit Beginn der Deportationen haben die Juden die Auflage, zwischen acht Uhr abends und sechs Uhr morgens zu Hause sein zu müssen. So kann man ihrer leichter habhaft werden.

Ist ein Stempel eine Garantie? Und wer bekommt ihn eigentlich? Nur der jüdische Partner in einer Mischehe, oder alle beide? Und was passiert mit den Kindern, die ein B haben? Kriegen auch sie einen Stempel? Niemand weiß es genau. Man sollte annehmen, daß Arbeitseinsätze im Lager nur für Männer sind, aber jemand in der Schlange kennt den Fall einer alleinstehenden Frau mit einem geistig behinderten Kind, die deportiert wurde. Und ein anderer hat sogar von einem älteren Ehepaar gehört, das weggebracht wurde. Die können doch nicht arbeiten? Was machen sie denn mit diesen Leuten? »Die werden vergast.« Das hat wieder ein anderer im englischen Radio gehört – Königin Wilhelmina soll es angeblich gesagt haben. »Wenn sie nicht wissen, was sie mit dir anstellen sollen, wirst du vergast.« Das sorgt für große

Empörung in der Warteschlange: Das ist doch Unsinn, zu so etwas ist doch kein Mensch in der Lage? Es ist Panikmache, antideutsche Propaganda. Wilhelmina sollte das nicht tun. Aber was geschieht dann mit all diesen armen Leuten? Warum verschwenden die Deutschen so viel Mühe auf sie, wenn sie doch nutzlos sind? Darauf hat niemand eine Antwort; die Leute starren grimmig vor sich hin.

Die Tür hat sich geöffnet. Vorangetrieben von einer inneren Dynamik, der sich niemand entziehen kann, verwandelt sich die geordnete Schlange von einem Augenblick zum anderen in ein einziges Menschenwirrwarr, weil alle gleichzeitig versuchen, sich als erste durch die schmale Tür zu drängen und dort steckenbleiben wie ein Putzlappen im Räderwerk einer Maschine. Drinnen angekommen, verteilen sie sich über die Flure des Gebäudes und suchen nach einem Mitarbeiter, der ihre Fragen beantworten kann.

Joost gerät an eine junge Frau mit roten Zöpfen, die wahrscheinlich gerade von der Schule kommt. Sie hat als Freiwillige ganz neu hier angefangen und muß alles mit einer älteren Dame abstimmen, die am Schreibtisch sitzt und telefoniert. Die junge Frau drückt Joost die Formulare in die Hand. Muß er sie auch ausfüllen? Schließlich ist er wegen seiner Frau hier. »Das sehen Sie auf dem Formular«, heißt es kurz. Bekomme er dann auch einen Stempel? Das Mädchen mit den roten Zöpfen weiß es nicht, und die Frau am Schreibtisch ebenfalls nicht. Jedenfalls nicht mit Sicherheit; es komme darauf an. Worauf komme es an? Sie haben keine Ahnung. Wahrscheinlich auf die Behörde, die die Stempel erteilt. Und welche Behörde das sei? Die Sicherheitspolizei. Sind Sie da sicher? Absolut, aber die Formulare müssen beim Jüdischen Rat abgegeben werden. Am 1. Oktober gehe es dann los mit den Stempeln. »Sie erhalten eine Vorladung«, wird Joost mitgeteilt. Von der Sicherheitspolizei? Auch darauf müssen die Frauen die Antwort schuldig bleiben.

Joost versucht, die Contenance zu wahren. Er weiß noch immer nicht, ob die Freistellung nur für Emmeke oder auch für ihn gilt, ob sie nur Männern oder auch Frauen gewährt wird – alles Fragen, die das Mädchen mit den roten Zöpfen und ihre Souffleuse nicht beantworten können. »Füllen Sie einfach das Formular aus«, wird ihm vom Schreibtisch aus bedeutet. »Sie wissen doch sowieso alles von Ihnen.«

Auf einem undatierten Notizblockzettel an »J. + E.« (Joop und Emmy, meine Eltern) berichtet Rie (Koelman), die Frau von Onkel Arnold, über ihren Besuch in Amsterdam, wohin sie sich auf der Suche nach dem Abstammungsnachweis von Abraham Adler, dem Großvater meiner Großmutter Flora und dem Urgroßvater von Arnold und Emmy, begeben hatte. Der in Deutschland geborene Abraham Adler ist der Stammvater der ganzen niederländischen Adler-Familie. Vom städtischen Melderegister wird Rie an die Synagoge verwiesen, die ein eigenes Standesamt für die »Einschreibung« ihrer Mitglieder geführt hat. Abraham Adler und Flora Sachs waren kirchlich eingesegnet, also Mitglieder der Synagoge. Ein Beweis, daß sie keine Mitglieder gewesen sind, war also nicht zu haben.

Am Ende ihres Notizzettels fragt Rie, ob sie das mit ihrer Nachricht richtig gemacht habe. Etwas früher schreibt sie, daß sie »Mutter so rücksichtsvoll wie möglich gewarnt« hat. Ihre Nachforschungen drehten sich also um meine Großmutter Flora. Offenbar zog sich über ihrem Haupt etwas zusammen. Hatte auch sie es versäumt, den Behörden vollständige Angaben über ihre Abstammung zu machen? Trug sie, wie ihre Kinder Arnold und Emmy, ebenfalls keinen Stern? Hat sie geglaubt, aus welchen Erwägungen auch immer, daß sie dann verschont bleiben würde? Wieder stellt sich mir die Frage: war das Nachlässigkeit, vorsätzliche Nachlässigkeit oder Naivität?

Nach seinem Besuch beim Jüdischen Rat begibt sich Joost zu Bert. Der ist zu Hause, hat aber nur wenig Zeit – er muß zu einem Kunden nach Scheveningen. Und sein Telefon ist gesperrt, was ihn ziemlich in Verlegenheit bringt. Alles kostet doppelt so viel Zeit. Bert schenkt Joost eine Tasse echten Kaffee ein und bietet ihm eine flache ägyptische Zigarette aus einer bunten Pappschachtel an. Joost lehnt die Zigarette ab, den Kaffee trinkt er gierig. Bert zündet sich eine Zigarette an, die er vorsichtig in eine lange schwarze Spitze friemelt; der Tabak riecht schwer und betäubend süß. Joost will wissen, ob Bert beabsichtige, die ihm zustehende Freistellung zu beantragen. Das hängt davon ab, von wem man Freistellung und Stempel bekomme. »Von der Sicherheitspolizei.« Er pocht auf seine Aktentasche. Bert hat oft eine ernüchternd klare Sicht auf die Dinge – mit der Sicherheitspolizei sollte man sich besser nicht einlassen: »Da müssen wir unsere Nase nicht sehen lassen.« Ungefragt bestätigt Bert, was Joost befürchtet hat: Emmeke könne schwerlich wegen des Stempels zur Sicherheitspolizei gehen. Sie würde sofort verhaftet werden. Keinen Stern zu tragen, sei eine Gesetzesübertretung.

Bert warnt Joost noch einmal eindringlich, sich nicht darauf zu versteifen, denn dann würde auch er mit hineingezogen. Er werde von der Kirche geschützt, aber ehrlich gesagt, setze er keine große Hoffnung darauf. Könnte Joost an Emmekes Stelle hingehen? Bert zweifelt daran: »Da könnte ja jeder kommen. Sie schauen in den Personalausweis.« Der Schutz, der ihm als »Versippten« durch einen solchen Stempel zuteil werden würde, nützt also nichts? Bert sieht das nüchtern: Die Tatsache, daß sie Joost als »Versippten« gefeuert haben, bedeutet noch lange nicht, daß er auch den Freistellungsstempel kriegt. Er wird sich etwas anderes einfallen lassen müssen, wenn er auf diesem Stempel besteht. Vielleicht über einen Anwalt, oder über van der Heem? Bert steht schon vor der Tür: »Wenn sie dich erwischen, ist es egal, ob du einen Stempel hast oder nicht.«

(Tagebuchauszug)
17. Oktober 1942
Lien war heute nachmittag hier. Bella muß aus ihrem Haus.
Die gesamte Gegend wird evakuiert. Ihr Haus wird abgeris-
sen. Wegen des Atlantikwalls. Ich weiß nicht genau, was
das bedeuten soll, der Atlantikwall. Lien hat es von Bert,
der immer alles weiß, bevor es in der Zeitung steht. Das wird
jede Menge Umstände mit sich bringen. (...) Lien will erst
sehen, was sich machen läßt, bevor wir ihr diese Nachricht
überbringen. Sie denkt über ein Pflegeheim nach, das Lau-
fen fällt Bella immer schwerer. Oder eine der Freundinnen,
von denen Bella immer redet, obwohl Lien noch nie eine
von ihnen gesehen hat. Gibt es sie wirklich? Und sind es
jüdische Leute? Ich glaube nicht. »Nicht, wenn du Mut-
ter fragst, aber für den Deutschen wohl schon.« Und dann
bleibt das Problem, ob sie noch da sind, oder ob sie nicht
schon wegge ... Ich ertappte mich bei einem schrecklichen
Gedanken: Auch ohne Evakuierung könnte Bella aus dem
Haus geholt werden. Wir haben nie darüber nachgedacht,
daß das passieren könnte. Ich bin rot angelaufen. Wir sind
immer nur mit uns selbst beschäftigt, während wir doch re-
lativ sicher sind mit der in Aussicht gestellten Freistellung.
(...) Vielleicht können wir Bella in einem jüdischen Heim
unterbringen. Davon sind für ältere, kranke und behinderte
Leute mehrere eingerichtet worden. Habe ich im Joodsche
Weekblad gelesen. Bella kommt da ganz sicher in Betracht.
Lien wird sich beim Jüdischen Rat erkundigen. Und ich
gehe zum Jüdischen Heim an der Paviljoensgracht; da war
ich schon mal wegen Bellas Hüfte (...) Es ist schon Oktober,
und die Juden werden noch immer verhaftet. Systematisch,
alphabetisch. Letzte Woche war das »E« an der Reihe: Ezel-
man, der Schneider aus der Stuyvesantstraat, wurde »abge-
holt«. Ich habe beim Bäcker davon gehört. Die ganze Fami-
lie mit vier Kindern. Immer mehr Menschen verschwinden.

Vor der Tür des jüdischen Heims steht Polizei, die nach Emmekes Ausweis fragt. Ihr rutscht das Herz in die Hose: Den

habe sie nicht bei sich, sie habe ihn vergessen. Es war doch bisher auch nie nötig, aber jetzt ist es das eben, und plötzlich wird sie mutiger, als sie es sich selbst je zugetraut hätte. Sie wolle nur schnell etwas fragen – ob sie für einen Moment hineindürfe? Sie sei auch gleich wieder zurück. Es funktioniert, der Polizist ist ein freundlicher Mann: »Einer so hübschen Frau kann man doch nichts abschlagen.«

Auf das, was sie im Inneren vorfindet, ist Emmeke nicht vorbereitet. Das Gebäude ist überfüllt mit Leuten, ungepflegten, zu Tode erschöpften Leuten, die vor Angst die Augen aufreißen, wo dann für einen Augenblick Hoffnung aufflakkert, als sie eintritt: Ist sie der rettende Engel? Sie warten auf ein Zeichen zum Aufbruch oder darauf, daß eine *Sperre* sie auf eine *Liste* setzt. Unruhig laufen sie auf und ab. Oder sie sitzen auf Feldbetten neben ihren Koffern und Rucksäcken, rufen Kinder zur Ordnung, die wild hin und her rennen, als hätte man sie zum Spielen auf den Schulhof gelassen.

Es stinkt nach Urin und vergammeltem Essen. Im Büro hat man keine Zeit für sie – sie haben dringendere Angelegenheiten im Kopf. Auf dem Weg nach draußen wird sie von einer Mitarbeiterin angesprochen, die von einem Seniorenheim in der Fahrenheitstraat weiß, das gerade eröffnet hat; vielleicht gibt es dort noch einen Platz. Die anderen sind alle rappelvoll. Ansonsten gäbe es noch die Ramaerstiftung, das Irrenhaus am Rande von Loosduinen, von dem ein Teil für Juden freigeräumt wurde. Darauf muß man keinen Gedanken verschwenden, Emmeke hört es schon, wie Bella dagegen wettert.

Die Fahrenheitstraat hat noch Platz. Die Miete – Kost und Logis – ist erschwinglich, und zur Not kann Bert einspringen. Bella sollte sich aber nicht zuviel darunter vorstellen: Sie kriegt ein kleines Zimmer mit einem Bett, einem Waschbekken, einer Kommode, einem Tisch, zwei Stühlen und einem Schrank für ihre Sachen. Viel mehr paßt da nicht rein. Der graubraune Teppich ist aus hartem, geripptem Material. Er ist voller Flecken. Bad und Toilette befinden sich auf dem Flur; sie muß sie sich mit den anderen Bewohnern teilen.

Bella wird das nicht gefallen. Das Essen ist koscher, auch das dürfte nicht nach ihrem Geschmack sein. Einige Sachen wie Besteck und Bettzeug muß sie selbst mitbringen.

Schweren Herzens suchen Emmeke und Lien Bella am nächsten Tag auf. Lien bringt ein Päckchen Ceylon-Tee und belgische Café-Noir-Plätzchen mit, die Bert auf dem Schwarzmarkt aufgetrieben hat. »Ihr wollt doch sicher was von mir – sonst wärt ihr nicht so scheißfreundlich.« Sofort im Angriffsmodus, sofort dieser beißende, abweisende Ton, diese Mauer des Unwillens. Mit Schwung knallt Bella die Teekanne auf den Tisch: »Sie schnappen sich die Juden, das weiß ich, und ihr seid gekommen, mich zu warnen. Naja, mich werden sie in Ruhe lassen, ich werde nicht mitgehen! Da müßten sie mich schon die Treppe runtertragen. Ich habe keine Angst.« Sie hat keine Vorstellung, denkt Emmeke. Sie hat selbst keine Ahnung, was die Deutschen mit Menschen anstellen, die sich widersetzen. Aber die Drohungen haben bei ihr die Wirkung nicht verfehlt: »Ich schon«, sagt sie, »sie könnten dich erschießen.« Wo sie das auf einmal herholt, weiß Emmeke nicht. Na, wäre dann eben so. Bella kann es nicht mehr kümmern: »Und dann ab auf Nimmerwiedersehen!«– »Du weißt nicht, wovon du redest.«– »Du etwa?« Und schon liegen sie sich in den Haaren.

Jetzt mischt sich Lien ein: »Wir haben ein Heim für dich geregelt, da bist du gut aufgehoben.« Bella ist für einen Moment sprachlos – das zieht ihr jetzt die Füße weg. »Vor Monatsende bist du hier raus.« Bella hat Respekt vor Lien, auf die hört sie. »Ein Heim?« Ja, es sei schon alles arrangiert, und Bert komme demnächst mit einem Umzugswagen für ihre Sachen. Lien läßt ihr keine Zeit zu protestieren: Bis dahin müsse Bella entscheiden, was sie mitnehmen wolle – nur das Nötigste, der Rest kommt in Berts Lager. »Du hast Glück, daß du so einen Sohn hast«, fügt sie hinzu. »Nach dem Krieg bekommst du alles zurück.« Bella zeigt sich nachgiebig, ändert ihren Tonfall: »Ist es so dringlich?« Emmeke hat sich nach Liens entschlossenem Durchgreifen wieder in den Griff gekriegt: »Ja, dein Haus muß für den Atlantikwall geräumt werden, den die Deutschen bauen. Das ganze Viertel wird abgerissen.« Bella schweigt und leckt an einem Café-Noir-Plätzchen. »Es ist also nicht wegen der Juden?« Dieser Gedanke scheint sie zu erleichtern. »Nein, es ist wegen der Evakuierung. Die geht im November los. Wir müssen rechtzeitig was tun. Noch ist Platz im Heim, bald nicht mehr.« – »Das Haus wird abgerissen?« Bella hat zwar schon so etwas gehört, erinnert sie sich jetzt, aber geglaubt, der Kelch ginge an ihr vorüber. Lien und Emmeke nicken: »Die ganze Straße.« Und die Deutschen werden den Bewohnern kein neues Haus besorgen, darum müssen sie sich schon selbst kümmern. »Was für Zustände!« Bella läßt ihre Blicke schweifen. »Und die Katze? Kann ich die Katze mitnehmen?« Das geht nicht; Haustiere sind im Heim nicht erlaubt. Emmeke und Joost werden für sie sorgen. »Bobbie wird sich freuen.« Bella kann es nicht fassen. Von einem Moment auf den anderen verliert sie alles, was ihr lieb und teuer ist. Emmeke fühlt Mitleid mit ihrer Mutter aufsteigen, die plötzlich sprachlos ist. »Wir helfen dir«, verspricht sie, »bei allem.« Lien will sofort beginnen, aber Emmeke meint, man solle Bella ein wenig Zeit lassen, um die neue Situation zu verarbeiten und zu überlegen, was sie mitnehmen möchte.

Bella sitzt kerzengerade da, die Hände in die Armlehnen ihres Stuhls gekrallt. Tränen kullern ihr über die Wangen. Sie finden ihren Weg über die Rinnen in den Wangen, tiefe Furchen in der Haut, hinunter zu ihrem Hals. Sie biegt den Kopf nach hinten, ein Jaulen entweicht ihrer Kehle, ein langgezogener, schmerzlicher, heiserer Jammerschrei – das Heulen einer alten Wolfsmutter. Als würde ihr das ganze Leben ihrem Leib entweichen, all ihr Kummer, all ihre Freuden, all ihr Schmerz, all ihre Hoffnungen, all ihre Enttäuschungen, alles, was sie gesehen und erlebt hat. Emmeke schaut fassungslos zu. Sie hat ihre Mutter nie verstanden, weiß nichts von ihr. Was sich aber jetzt vor ihren Augen abspielt, ist unbegreiflich, unermeßlich. Noch nie hat Bella etwas von sich preisgegeben, jetzt alles. Sie ist in ihrem Sessel zusammengesunken, niedergeschlagen, wehrlos. Eine kleine, alte Frau, verschrumpelt wie ein Luftballon, aus dem die Luft entwichen ist.

Der gleiche Notizzettel von »Tante« Rie an meine Eltern ist eine sprudelnde Quelle an Informationen, wie kryptisch auch immer. »Man« hat ihr geraten, sich eine Bescheinigung über eine gemischte Ehe zu besorgen. Aber so eine Bescheinigung kann sie nicht erhalten, »weil ›A‹ [Arnold] nicht als ›J‹ [Jude] registriert ist und weil sie keine Kinder hat«. Als ob der Nachwuchs irgendeinen Einfluß darauf haben könnte, ob die Eltern »gemischt-verheiratet« waren! Wieder jemand anderes hat ihr empfohlen, einen Beleg dafür beizubringen, daß Arnold getauft ist, »weil die ›D‹ [Deutschen] darauf mehr Wert legen als auf die Einschreibung bei der ›Niederländisch-reformierten Kirche‹ (seit 18. Mai 1939). Sowohl Einschreibungsbeleg, ausgestellt am 21. September 1942, als auch der Taufschein, abgegeben am 29. September, befinden sich in meiner grünen Mappe: spärliche Lebenszeichen von Onkel Arnold, die alles in Aussicht stellten, aber nichts verhindern konnten.

Jedenfalls muß Ries Besuch beim Einwohnermeldeamt in Amsterdam und dann in der Synagoge vor dem 21. September stattgefunden haben, als schon Panik herrschte, aber der Brief an die Hauptsynagoge noch nicht geschrieben war und die Antwort an meinen Vater noch ausstand. Vor diesem Datum muß etwas Alarmierendes geschehen sein.

40

Die Bentinckstraat ist eine der Straßen, deren Häuser geräumt werden. Die Straßen, deren Häuser abgerissen werden, liegen tiefer landeinwärts, ziehen sich quer durch die Stadt, von Süden nach Norden. Es sind ganze Stadtteile. Frau van der Harst ist am Packen. Sie weiß nicht, wann die Räumung stattfinden wird, aber es kann jeden Moment losgehen, und dann muß sie fertig sein. Sie läßt Bert erst herein, nachdem er ihr seine Beziehung zu ihrem Mann erklärt hat. Er zeigt ihr das von ihm abgezeichnete Empfehlungsschreiben für das Schweizer Konsulat und sagt, daß er ein Freund von Hans Dedemsvaart sei. Das genügt als Vertrauensbeweis.

Es ist ein schönes Haus mit großen hellen Räumen und hohen Decken aus der Zeit um die Jahrhundertwende. Das hier ist eine wohlhabende Gegend. Hier wohnen höhere Beamte und die Honoratioren der Stadt. Frau van der Harst plant keinen großangelegten Umzug. Sie nimmt nur das Nötigste in ihr Sommerhäuschen auf den Reeuwijkse Plassen mit. Die Straße hier wird, wie das gesamte Statenkwartier, Sperrgebiet, das niemand betreten darf außer den Leuten, die beruflich dort zu tun haben. Das ganze Viertel wird von den Deutschen abgeriegelt und bewacht. Sie muß einfach darauf vertrauen und hoffen, daß die Alliierten sich nicht ausgerechnet Scheveningen für ihre Invasion aussuchen. Sie lächelt resigniert. Aber wenn die Alliierten trotzdem kommen, werde ihr Haus wohl für eine höhere Sache geopfert: »Für unsere Freiheit müssen wir eben etwas übrig haben.«

Bert fragt, ob Frau van der Harst Nachrichten von ihrem Mann habe. Sie schüttelt den Kopf: »Aus dem Totenreich kommen keine Botschaften.« Glaubt sie wirklich, daß er tot ist? »Um ganz ehrlich zu sein, ja. Er wurde nach Deutschland deportiert. Nach Buchenwald.« Das ist alles, was ihr der Polizeiführer sagen konnte … oder wollte. Sie hat nie wieder

etwas von ihm gehört. War das Rauter? »Rauter, ja, in höchst-
eigener Person. Er war nicht sehr entgegenkommend.« Obwohl ihr Mann kein Jude ist, habe er doch für eine jüdische
Bank gearbeitet und sich der Veruntreuung von deutschem
Staatsvermögen schuldig gemacht. Frau van der Harst hat
das zuerst gar nicht verstanden: Das verschwundene Kapital
war doch Eigentum der Bankkunden? Rauter half ihr auf die
Sprünge: nicht mehr, seit die Deutschen die Bank konfisziert
hatten. Eine perverse Verkehrung, findet sie: »Nicht der Verbrecher wird bestraft, sondern das Opfer.« Gab es denn keine
Möglichkeit, herauszufinden, was mit ihrem Mann geschehen ist? Das Rote Kreuz zum Beispiel? Müde zuckt sie mit
den Schultern, jenseits aller Verzweiflung: »Wahrscheinlich
ist er längst unter der Erde … Ich denke nicht zu viel darüber nach, ich muß durchhalten.« Sie trägt ihr Schicksal mit
Fassung. Nach einer kurzen Pause fragt sie, ob Bert etwas
trinken möchte. Sie habe noch eine Flasche französischen
Kognak. Ist das ihre Art, sich über Wasser zu halten? Bert
akzeptiert. Wenn van der Harst tatsächlich tot ist, dann ist er
so gut wie sicher, denkt er. Er schämt sich für die Erleichterung, die dabei in ihm aufkommt. Aber er läßt sich keins der
beiden Gefühle anmerken.

Stattdessen erkundigt er sich, ob Frau van der Harst vielleicht etwas von Wert in ihrem Besitz habe, das sie auf keinen
Fall verlieren möchte – er hat das unbedingte Bedürfnis, etwas Gutes für sie zu tun. Er könnte es für sie aufbewahren,
bietet er an, denn es gäbe keinerlei Garantie, daß die Deutschen den Hausrat in den bald versiegelten Häusern in Ruhe
lassen werden. Und dann seien da auch noch Plünderer. Er
überreicht ihr seine Karte.

Frau van der Harst sieht ihn erstaunt mit ihren ruhigen
grauen Augen an. »Ach, Sie sind Herr van Leer. Mein Mann
hat mir einiges über Sie erzählt.« Jetzt wird Bert rot. Ob sie
weiß, daß die Wertpapiere, für die ihr Mann nach Buchenwald verschleppt wurde, bei ihm liegen? »Ja, der bin ich.« Sie
fragt nicht nach. »Was meinen Sie mit ›etwas von Wert‹?« Alles, erklärt Bert: Schmuck, ein Gemälde, etwas Einzigartiges,

Unersetzliches. Er verwendet die Worte, die Herman Hofstede und Annebeth Zuiderland gebrauchen, wenn sie den Wert eines Kunstwerkes zu schätzen versuchen. Frau van der Harst denkt einen Moment nach: »Das einzige, was in Frage käme, ist ein Gemälde von Jozef Israëls – Scheveningen, der Strand, vom Seinpostduin aus gesehen.« Bert kennt den Namen. Lien arbeitet jetzt für eine Familie auf dem Platz, der Jozef Israëlsplein hieß, ehe die Deutschen alle jüdischen Straßennamen geändert haben. Jetzt heißt der Platz nach dem Park, der daran grenzt: das Rosarium. »Wir hängen sehr daran. Es ist ein Erbstück von Jans Großvater. Er war mit Israëls befreundet.« Zum ersten Mal nennt sie ihren Mann beim Vornamen. Und sie spricht über ihn im Präsens, als würde er doch noch leben. »Es hängt im Schlafzimmer. Wollen Sie es sehen?« Das müsse nicht sein; Frau van der Harst brauche ihm nur die Maße anzugeben und es ordentlich zu verpacken. Dann kommt er es abholen. »Sehen Sie doch lieber selbst.« Frau van der Harst geht ihm voran die Treppe nach oben.

Das Schlafzimmer liegt an der Rückseite des Hauses und hat einen Balkon. Es ist kühl da. Eine der Türen ist nur angelehnt. Der Wind beult die Gardinen nach innen, und im Garten singt ein Vogel. Das Gemälde hängt über einer niedrigen Kommode aus blankem Holz und schwarzen Beinen. Bert stellt sich davor. Es ist eine Szene mit spielenden Kindern. Weiter hinten liegen Fischerboote hilflos wie gestrandete Wale zur Seite gekippt auf dem trockenen, gelbbraunen Strand. Im Vordergrund Friedsamkeit, dahinter die Bedrohung: der niedrige Horizont, das Meer grau wie die Augen von Frau van der Harst – kleine, zornige Wellen unter sich heranwälzenden Wolken von noch tieferem Grau; dunkle Farben, silbrig angeleuchtet vom Abendlicht, das unfaßbar und mysteriös in der Luft hängt – Überbleibsel des Tages. »Wunderschön.« Er hat in den letzten Monaten viele Bilder gesehen, aber das hier ist eines der schönsten. Es bewegt ihn, wie ihn noch nie ein Bild bewegt hat. Vielleicht, weil es ihn an den Strand erinnert, an das Meer, an seine Jugend, daran, wie er mit Lien über den Boulevard geschlendert ist. Jetzt ist es verbotenes Terrain, demnächst eine Festung aus Bunkern und Stacheldraht. »Ich werde gut darauf achtgeben.« Bert dreht sich um. Frau van der Harst sitzt auf dem Bett. Sie streckt ihre Arme nach ihm aus: »Würden Sie mich einen Moment festhalten?« Bert setzt sich neben sie und nimmt sie in den Arm. Ihr Kopf schmiegt sich sanft an seine Schulter. Er fühlt sich wunderbar wohl bei dieser Frau. Silberne Strähnen schimmern in ihrem Haar. Es riecht nach Heu und Lavendel. »Sie sind ein lieber Mann.« Bert macht sich los: »Und Sie sind eine tapfere Frau.«

An der Haustür gibt er ihr Instruktionen, wie sie das Gemälde einpacken soll. Er kommt bald wieder, um es abzuholen. Es ist nicht klein, aber es wird gerade so in seinen Beiwagen passen. Frau van der Harst reicht ihm die Hand. »Ich bin Philo.«– »Und ich heiße Bert, aber das wissen Sie ja.« Sie nickt fast unmerklich, als wolle sie sagen: »Und das behalten wir schön für uns, das verraten wir niemandem.«

Ein paar Tage später holt Bert das Gemälde in der Bentinckstraat ab. Philo hat es sorgfältig nach seinen Anweisungen eingepackt. Der vordere Raum ist mit Kisten vollgestellt. Auf dem Tisch steht eine offene Flasche Kognak. Philo legt ihm ans Herz, in Gottesnamen vorsichtig mit dem Bild umzugehen. Es fällt ihr schwer, sich davon zu trennen. Bert fährt damit zum Venduehuis der Notarissen, um es Herman und Annebeth zu zeigen. Sie sind begeistert. Annebeth kennt andere Bilder von Jozef Israëls, aber das hier hat sie noch nie gesehen; es ist in keinem Katalog verzeichnet. Gut, daß es nicht in die Hände von Mühlmann fallen kann! Herman glaubt, daß die Arbeit der Dienststelle dem Ende entgegengeht angesichts des Tempos, mit dem die Juden deportiert werden und ihr Hab und Gut der Liro-Bank abtreten müssen. Es kann nicht mehr lange dauern, bis der Vorrat erschöpft ist.

Da Philo ihn ein paar Freunden empfohlen hat, die ebenfalls Sachen bei ihm deponieren wollen, hat Bert reichlich Gelegenheit, sich noch einmal gut in der Gegend umzuschauen, die bald leer stehen wird. Es fühlt sich wie ein Abschied an. Die sonst so überaus vornehmen Straßen machen schon jetzt einen trostlosen Eindruck. Die Eile, mit der die Gegend geräumt werden muß, ist spürbar. Menschen laufen gehetzt durch die Straßen, ein Fenster oben in einem bereits verlassenen Haus steht offen und klappert im Wind. Hinter einer Haustür heult ein Hund – haben ihn seine Besitzer zurückgelassen, haben sie ihn vergessen? Am nächsten Tag ist das Jaulen nur noch ein leises Winseln. Am Tag danach ist auch das verstummt.

Überquellende Mülltonnen stehen am Straßenrand. Die Müllabfuhr hält es offenbar nicht mehr für nötig, im festgesetzten Turnus vorbeizukommen. Straßen werden nicht mehr gereinigt, der Wind fegt den Müll in den Ecken einer blinden Wand zusammen. Das hier ist aufgegebenes Gebiet, als hätte eine Armee zum Rückzug geblasen. Solange er nicht angehalten wird, fährt Bert durch die verlassenen Straßen und hält Ausschau, ob er irgendwo ein Schnäppchen machen könnte. Überall sieht er LKWS von Umzugsfirmen, die er noch von früher kennt – sie haben eine Sondergenehmigung und extra Benzinrationen. Die hohen Kosten werden den Kunden aufgebürdet. Ab und zu hält er für einen Schwatz mit den Möbelpackern an. Vielleicht hat der eine oder andere noch einen Tip für einen Lagerauftrag. Bert hört den Männern aufmerksam zu. Er muß aufpassen, daß er nicht den Eindruck erweckt, er wolle ein Stück vom Kuchen abhaben. Das macht ihm ein unbehagliches, hektisches Gefühl – ein Schakal, der seinen Anteil an der Beute der Geier einheimsen will, die bereits ihre Krallen hineingeschlagen haben. Daß nichts für ihn abfällt, erleichtert ihn eher, als daß es ihn schmerzt.

Eines Tages sieht er einen kleinen Umzugswagen vor dem Haus von van der Harst. Er fährt langsam daran vorbei, Philo sieht er nicht. Es erscheint ihm nicht ratsam, anzuhalten.

Die Zone, die, weiter landeinwärts, abgerissen werden soll, ist noch schlimmer dran. Es ist ein etwa vierhundert Meter breiter und zehn Kilometer langer Streifen, der teilweise durch Parks und im Norden durch den Stadtwald verläuft. Bert fährt auch dort herum. Die Häuser hier sind weniger vornehm, auch niedriger und kleiner. Hier wohnen die unteren Einkommen, Lehrer, kleine Beamte der Ministerien und aus dem Rathaus, alt-indische Kolonisten und pensionierte Offiziere. Auch Bella hat hier gewohnt. Sie sitzt jetzt, sich den Schmerz verbeißend, im Heim in der Fahrenheitstraat. Lien hat vorgeschlagen, sie notfalls bei sich zu Hause aufzunehmen, wenn sie es dort nicht mehr aushält – daran mag er überhaupt nicht erst denken.

Die Gegend ist bereits in einem fortgeschrittenen Zustand der Verschmutzung und Verwahrlosung. Die Ziegeldächer der Häuser glänzen feucht von einem hartnäckigen Nebel, der vom Meer heraufzieht. Ab und zu zerreißt eine starke Windböe die Nebeldecke, rupft die letzten Herbstblätter von den Bäumen und jagt sie raschelnd vor sich her wie eine Kolonne von Ratten, die eine sichere Zuflucht suchen. Bert sieht auch echte Ratten. Es wird nicht mehr lange dauern, bis der eigentliche Abriß beginnt. Viele Häuser stehen bereits leer, gardinenlose Fenster blicken furchtsam auf die Straße, ängstlich vor allem, was da noch kommen mag. Hier und da ist ein Fenster zerbrochen. Gibt es eine Bewachung? Wird schon geplündert?

An allen Straßenecken sieht er Landvermesser mit ihren Meßgeräten auf Stativen, Karten von der Gegend unter dem Arm und karierten Notizblöcken, auf denen sie die Ergebnisse festhalten. Bert würde alles dafür geben, eine solche Karte in seinen Besitz zu bringen. Er könnte sie Rogier in die Hände spielen. Einige Vermesser tragen Uniform, andere Zivil – Haager Bauunternehmer, die die Arbeit ausführen. Bert hat gehört, daß die Bezahlung gut ist. Das lockt viele Leute an – es ist eine attraktive Alternative zum Arbeitseinsatz in Deutschland. Das hier zählt auch als Arbeitseinsatz.

Er sieht einen Bauunternehmer, den er kennt, van Veen, mit einer zusammengerollten Karte weggehen. Er spricht mit ihm. Bert kennt jeden auf der Welt, und jeder kennt Bert. Van Veen will ihm gerne zeigen, wo die Trennlinie verläuft. Die

Deutschen ziehen eine Spur der Verwüstung durch die Stadt. Bert prägt sich alles gut ein und zeichnet später die Linien nach seiner Erinnerung in den Stadtplan von Den Haag. Glauben die Deutschen wirklich, daß sie damit die Alliierten aufhalten können? »Wenn die zweitausend Bunker entlang der gesamten Westküste Europas wirklich alle gebaut werden, dann schon«, ist van Veens Urteil. Aber das bleibt abzuwarten: »Zweitausend ist ein bißchen happig, und die Bunkerwände sind dick, manchmal bis zu zwei Metern. Dafür reicht wahrscheinlich der Beton nicht. Das wird noch ein Problem. Wenn dann alles fertig ist, werden die Niederlande allerdings zur uneinnehmbaren Festung. Dann kommst du nicht mehr rein oder raus.«

Die Folgen der Verwirrung um die ganze Registrierungsgeschichte der vier Großeltern meiner Mutter waren »in diesem Fall ganz sicher« fatal. Wenn der »rechtskundige Berater«, der laut dem Sekretär der Niederländisch-Israelitischen Gemeinde in seinem Brief vom 29. September »nicht genug Wert auf die Einschreibung in das Gemeinderegister gelegt [hatte]«, das getan hätte, bliebe natürlich die Frage, ob es ihnen etwas genützt hätte: Vier jüdische Großeltern helfen einem nicht aus dem, sondern eher ins Gefängnis.

»Tante« Rie hat am Tag des famosen Briefes an meine Eltern viel zu tun, und dann muß sie, schreibt sie zwischen Tür und Angel, »heute nachmittag noch einmal nachfragen, wo A. sitzt, wegen der Bons ...« A. »sitzt« also: er ist verhaftet. Das muß vor dem 21. September geschehen sein, dem Tag, an dem Rie den Nachweis für die Eintragung bei der Reformierten Gemeinde erhielt. Das könnte stimmen, denn in einem Brief aus dem *Polizeilichen Durchgangslager* Amersfoort an seine Frau, datiert auf den 14. November (laut Poststempel auf dem Umschlag erst am 25. November abgeschickt), seufzt A., daß es nun schon acht Wochen her ist, daß er »aufgegriffen« wurde. Das war also Mitte September. Zumindest werden sie von diesem Tag an Versuche gestartet haben, um herauszufinden, wo Arnold geblieben war.

Auf einem Zettel hat Rogier Bert wissen lassen, daß er ihn heute um zwei Uhr am »vereinbarten Platz« treffen möchte. Bert ist stocksauer, weil sein Telefon noch immer nicht funktioniert. Jetzt hat Rogier ein unnötiges Risiko. Als würden die Deutschen Rücksicht auf die Bedürfnisse von Widerstandskämpfern im Untergrund nehmen.

Auf dem Friedhof in Wassenaar wartet er über eine Stunde, aber Rogier taucht nicht auf. Irritiert fährt Bert weiter zu seinem Schuppen bei Sassenheim, den Beiwagen voller Wertsachen, die er erst auslädt, nachdem er die Schuppentür geöffnet und das Motorrad hineingefahren hat. Auch unbeobachtet muß man aufpassen. Er nimmt sich Zeit, um die Sachen in den Regalen zu verstauen. So kann er gleich das ganze Inventar überprüfen. Er tut das jedesmal, wenn er im Lagerschuppen ist, fast zwanghaft, wie einer, der immer wieder die Münzen im Portemonnaie zählt. Natürlich hat sich seit dem letzten Mal nichts verändert. Das hier ist ein sicherer Ort. Philo van der Harsts *Ansicht von Scheveningen* hebt er sich immer bis zum Schluß auf. Das Bild hat einen besonderen Platz bekommen. Jedes Mal, bevor er geht, schaut Bert danach, wie ein Jude, der die Mesusa an der Tür mit den Fingerspitzen berührt.

Er hat nicht vor, auf dem Rückweg noch einmal beim Friedhof vorbeizuschauen: Es ist fast dunkel und schon nach fünf. Vielleicht ein guter Zeitpunkt für einen Besuch in der Villa Ravenhorst; dann wäre der Tag nicht ganz vertan. Wenn General Christiansen selbst nicht da ist, könnte er seinen Cerberus bitten, wegen seines Telefonanschlusses zu vermitteln. Wenn es jemanden gibt, der das hinkriegt, dann der Oberbefehlshaber der Wehrmacht. Und vielleicht hat Anna ja etwas von Rogier gehört. Unter den Kiefern der Klinkerstraße in den Dünen dämmert es bereits. Straßenlaternen gibt es nicht, oder sie bleiben dunkel. Ein silberner Lichtstreif hängt unwirklich hinter den Dünen über dem Meer, eine Erinnerung an den Tag. Das unfaßbare Licht dieses Jozef Israëls! Bert öffnet die Verdunklungsklappe an seinem Scheinwerfer, um die Straße besser erkennen zu können.

Sein Ärger über das geplatzte Treffen mit Rogier ist einer inneren Unruhe gewichen. Es wird ihm doch nichts passiert sein? Bert gibt mehr Gas und fliegt nach rechts durch die Kurve. Der deutsche Armee-LKW steht halb am Wegesrand mit der Nase quer zur Straße. Bert muß hart abbremsen und den Lenker scharf nach links ziehen, um ausweichen zu können. Zwei Soldaten springen hinter dem LKW hervor. Mit den Läufen ihrer Maschinenpistolen dirigieren sie Bert an den Straßenrand hinter den LKW. Sein Herz setzt ein paar Schläge aus. Er hat das zwar schon ein paarmal erlebt, aber man gewöhnt sich nie daran. Er greift nach der Aktentasche, die er wie immer über die Schulter gehängt hat, es ist fast eine Routinegeste. »Absteigen«, hört er hinter sich von einem dritten Soldaten, einem Wachtmeister mit Streifen am Kragenspiegel und einer entsprechend bellenden Stimme. »Was machen Sie hier?« Nach seinen Papieren wird er nicht gefragt. Er sei auf dem Weg zu General Christiansen, sagt Bert, hier gleich in der Nähe. Der Wachtmeister lacht höhnisch. Was habe Bert denn bei General Christiansen verloren? Er sehe nicht aus wie jemand, der zum Essen gebeten sei. Außerdem habe sich Bert einer Übertretung schuldig gemacht, mit diesem vollen Licht des Scheinwerfers. Das sei strafbar – die Verdunkelungsmaßnahmen, das sollte er doch wissen. Bert weiß es, aber hier ist es stockdunkel. Das mache nichts, denn er dürfe hier sowieso nicht sein; das ist Sperrgebiet. Und das ist sogar noch strafbarer. Aber Bert hat kein Schild gesehen, daß die Straße gesperrt ist.

Er kann sagen, was er will, man hört ihn nicht an. »Und diese Maschine haben Sie sicher gestohlen.« Bert muß fast lachen, aber er erinnert sich daran, wie er von der niederländischen Militärpolizei angehalten wurde, die ihn mit seinem Motorrad glatt für einen Deutschen gehalten hatte. Das war zu Beginn des Krieges. Dafür hatte man ihn tagelang festgehalten. Das muß er nicht noch einmal haben. Jetzt wird er des Diebstahls beschuldigt – wenn die Deutschen etwas von jemandem wollen, bezichtigen sie ihn einfach des Diebstahls, damit sie beschlagnahmen können. Bert kennt diese Praktik. Philo hat sie »pervers« genannt. Schade, daß er die

Kaufverträge von Smidt nicht dabei hat, mit denen er beweisen könnte, daß er der rechtmäßige Besitzer der Zündapp ist. Er wird sie von nun an bei sich tragen, aber jetzt muß er sich erstmal etwas einfallen lassen. Der Wachtmeister inspiziert schon den Beiwagen und die Seitentasche. Zum Glück sind sie beide leer. »Dieses Motorrad hat Major Strehler, dem Adjutanten von General Christiansen, das Leben gerettet«, versucht Bert. Das war hier in der Nähe: »Wenn ich nicht da gewesen wäre, wäre er mit seinem ganzen Zug daraufgegangen.« Das Motorrad hatte damals auch sein eigenes Leben gerettet. Das will er jetzt nicht durch eine Dummheit verlieren. Der Herr Wachtmeister könnte beim Generalstab nachfragen, oder bei General Christiansen selbst, obwohl Bert bezweifelt, daß der General über den Vorfall informiert ist. Es gibt so viele Geschichten, und diese ist schon zweieinhalb Jahre her.

Der Wachtmeister hat aufgehört, nach Dingen zu suchen, die nicht da sind. Bert kramt in seiner Aktentasche nach dem Schreiben von Major Strehler, das ihm bisher so gute Dienste geleistet hat, jetzt aber wohl seine Gültigkeit verloren hat, seit der Major an die Ostfront versetzt ist. Der Wachtmeister liest den Brief flüchtig im Schein einer Taschenlampe und tippt mit einem grünledernen Finger auf das Papier – wenn das stimme, sei es ja eine tolle Geschichte. »Respekt.« Mit den Zähnen zieht er den Handschuh aus, holt einen Notizblock hervor und notiert Berts Namen. »Generalstab, was? Ich werde mich mal informieren.« Er gibt ihm das Schreiben zurück, sie schauen sich an. Zwei Schwaden kondensierten Atems lösen sich im Licht der Taschenlampe zu einer Wölkchen auf, das als dünne Schliere in der Nacht verschwindet: Ritter, die ihre Waffen senken und sich einen Moment berühren lassen als Zeichen dafür, daß die Schlacht unentschieden bleibt. Bert muß rechtsum kehrtmachen. Wie soll er jetzt zur Villa Ravenhorst kommen? »Versuchen Sie es auf dem üblichen Weg.« Der Wachtmeister salutiert zum Abschied. Bert läßt die Verdunkelungsklappe des Scheinwerfers offen. Für heute ist es genug. Morgen wird er es noch einmal versuchen. Bei Tageslicht und auf dem üblichen Weg. Wenn es den gibt.

Auf den 1. Oktober 1942 datiert eine Quittung für die Anfrage bei der Gemeinde Den Haag zu einer »Erklärung zur Feststellung einer Mischehe«. Diese Möglichkeit bestand seit dem 12. September. Mein Vater mußte dafür zwei Gulden hinblättern, denn Vorrechte waren teuer.

Mein Vater muß mit seiner Bitte um weitere Informationen an die Synagoge gewartet haben, bis er wußte, daß Arnold verhaftet worden war und im Gefängnis saß. Er erhielt diese Information zwischen Ries Notizzettel vom 21. September und dem Schreiben der Synagoge vom 29. September.

Am 2. Oktober, an einem schönen Spätsommertag, wurde meine Mutter verhaftet. Von zwei Männern, einer in Zivil, der andere in grüner Uniform. Nicht unfreundlich, sogar fast um Entschuldigung bittend. Meine Mutter bot ihnen noch eine Tasse Tee an, um auf die Rückkehr meines Vaters zu warten. Sie zog mich auf ihre Knie und strich mir durchs Haar, als wollte sie mich vor einem plötzlichen Umschwung der höflich-freundlichen Stimmung schützen.

Es dauerte lange, bis mein Vater nach Hause kam. Er muß sehr erschrocken gewesen sein und wird versucht haben, die Herren hinzuhalten und über den Grund für die Verhaftung meiner Mutter auszuhorchen, während sie Sachen zusammenpackte. Die Sonne ging bereits unter, als sie schließlich zwischen den beiden Männern, beobachtet von meinem Vater und mir, auf der Straße weggeführt wurde. Und wahrscheinlich auch von neugierigen Nachbarn hinter den Vorhängen.

Als sie um die Ecke verschwunden waren, legte er mir die Hand auf die Schulter und sagte: »Komm, laß uns reingehen, Junge.«

41

Jede Woche geht Joost zum Jüdischen Rat und holt sich seine Ausgabe vom *Joodsche Weekblad* – die Synagoge in der De Carpentierstraat ist geschlossen. Und jede Woche wird der Stapel der unverkauften Exemplare größer. Er hat den Rat von Bert in den Wind geschlagen und einen »Mischehe«-Stempel für Emmeke beantragt. Es war gegen die Vereinbarung, aber im Notfall hat eine solche Vereinbarung eben keine Gültigkeit. Wie er das mit Bert lösen soll, wenn der Stempel kommt, weiß er noch nicht. Aber der Stempel kommt nicht. Immer wieder fragt er das Mädchen mit den roten Zöpfen danach. In der kurzen Zeit ist sie erwachsen und tatkräftig geworden. Und viel besser informiert als die Frau an ihrem Schreibtisch, die immer unentschlossener, verzagter wirkt. Sie bedauern Joost, daß sie ihn ständig enttäuschen müssen: Die Bürokratie ist undurchschaubar, manche Leute kriegen den Stempel, manche nicht. Die Gründe sind nicht klar oder werden erst gar nicht angegeben. Willkür.

Anfang November ist der Stempel noch immer nicht da. Joost ist sich fast sicher, daß er nur hingehalten wird. Seine Verzweiflung und seine Unruhe wachsen. Er bekommt Magenkrämpfe bei der Vorstellung, einen weiteren Brief schreiben zu müssen. Am Ende tut er es doch.

> An den Generalkommissar für Justiz und Verwaltung
> Herrn Dr. Wimmer
> Den Haag
>
> 12. November 1942

> Sehr geehrter Herr Generalkommissar!
> In Ihrem Brief vom 19. September d.J. haben Sie angeregt, daß ich mich von meiner Frau Maria Barendsz-Meijer van Leer scheiden lassen sollte. Das, um »Klarheit« über

unsere zivilrechtliche Stellung zu schaffen. Als Antwort darauf möchte ich Sie darauf hinweisen, daß es keinerlei Unklarheit über unseren »Zivilstand« gibt: Wir sind gemäß den gesetzlichen Bestimmungen des Bürgerlichen Gesetzbuches verheiratet. Von den vier dort aufgeführten Scheidungsgründen trifft keiner auf uns zu: 1. Ehebruch; 2. Vormundschaft wegen Verschwendungssucht; 3. Verurteilung zu einer Gefängnisstrafe wegen eines Verbrechens; 4. Mißhandlung. Von dem Scheidungsgrund, den Sie in Ihrem Brief erwähnen, der sogenannten »Mischehe«, ist im Gesetz keine Rede. Wenn die juristischen Verfahren, die bei einer Scheidung üblich sind, einzuhalten sind, wie Sie andeuten, wird dies vor Gericht auf Schwierigkeiten stoßen.

Um es mit der von Ihnen gewünschten Klarheit auszusprechen: Meine Frau und ich lieben uns, wir betrügen uns weder, noch mißhandeln wir uns. Unser (mein) Einkommen ist zu gering, um es verschleudern zu können, abgesehen von den zeitlichen Umständen, die so etwas sowieso nicht zulassen. Ebensowenig sind wir wegen eines Verbrechens verurteilt.

Ihnen ist zweifellos bekannt, daß man in aller Regel die Entscheidung, zu heiraten, das Leben zu teilen und Kinder zu bekommen, nicht leichtfertig nebenher trifft. Das tut man aus Liebe. Es steht Ihnen nicht zu, sich mit Ihrem Vorschlag in das einzumischen, was uns lieb und heilig ist, und zu versuchen, uns umzustimmen. Die Rechtsgrundlage, die Sie anführen, besteht nicht, und andere Gründe gibt es nicht.

Ich bitte Sie denn auch nachdrücklich, solche und ähnliche Aufrufe zum Ehebruch in Zukunft zu unterlassen und Ihren Einfluß geltend zu machen, damit der uns zustehende und vor langer Zeit in Aussicht gestellte Stempel für gemischt Verheiratete genehmigt wird.

In Erwartung Ihrer Antwort,
hochachtungsvoll
gez. Joost Barendsz

Mit dem Gesetzbuch in der Hand wählt Joost die schärfsten Formulierungen, ohne beleidigend zu werden, obwohl er sich einen gewissen Sarkasmus nicht verkneifen kann. Seine Argumente sind so schlagend, daß sie den Generalkommissar in Wut versetzen werden. Das weiß Joost natürlich, er ist ja nicht dumm, aber innerlich kocht er, und es ist seine einzige Möglichkeit, seinem Zorn Luft zu machen. Er will Dr. Wimmer klipp und klar sagen, was ihn bewegt und was dieser skrupellose Bürokrat ihm mit seinem Vorschlag antut. Trotzdem ist er so umsichtig, einen Satz zu streichen: »Ihr Vorschlag ist unwürdig und hat mich zutiefst verletzt.« Er muß sich beherrschen und sich auf die Fakten und das Gesetz beschränken. Ihm ist klar, daß sein Brief wahrscheinlich nur müde belächelt wird, aber er muß es einmal ausgesprochen haben. Es muß heraus, schwarz auf weiß. Wenn er es nicht tut, wer dann? Niemand sonst, der sich für ihn und Emmeke einsetzen würde.

Joost wäre nicht Joost, hätte er diesen Brief nicht geschrieben. Wenn es nach ihm gegangen wäre, hätte er es schon viel früher getan, aber Emmeke hat ihn davon abgehalten. Am Ende tut er es trotzdem, weil er Angst hat, daß es sonst zu spät sein könnte. Es kommt ihm nicht in den Sinn, daß so ein Brief auch den Lauf seines Schicksals beschleunigen könnte. Ich kann ihn nicht korrigieren, ich kann nicht schreien: »He, Joost, laß das!« Ich kann seinen Charakter nicht ändern. So ist er nun einmal, so kennen wir ihn. Wenn ich ihn diesen Brief nicht schreiben oder nicht abschicken ließe, käme das einer Zensur gleich. Damit will ich erst gar nicht anfangen, denn dann würde ich mich der gleichen Methoden schuldig machen, mit denen die Deutschen ihn und Emmeke in die Enge treiben. Und um ehrlich zu sein: Es mag unklug sein, aber insgeheim finde ich das, was Joost tut, bewundernswert.

Den Brief in die Post zu geben, verschafft unmittelbare Erleichterung. Joosts Magenkrämpfe weichen dem gleichen triumphalen Gefühl wie beim ersten Brief zur Ariererklärung. Wie lange ist das jetzt schon her? Einen Moment hegt Joost sogar die irre Hoffnung, daß seine Worte ihre Wirkung nicht verfehlen werden, daß Dr. Wimmer seinen Irrtum einsehen werde und seinen Scharfsinn zu würdigen weiß. Aber schon am Tag darauf ist er wieder voller Zweifel. Und die Magenkrämpfe schlagen mit voller Wucht zu.

(Tagebuchauszug)
23. November 1942
Bobbie ist letzte Woche vier Jahre geworden. Am Abend zuvor haben wir die Girlanden von vor zwei Jahren aufgehängt. Wie klein er da noch war! Ich habe sogar einen richtigen Apfelkuchen gebacken; Äpfel kriegt man leicht, im Herbst gibt es reichlich davon. Für Mehl mit Backpulver und Zucker habe ich Bons aufgespart. Es ist alles nicht von bester Qualität; sie tun etwas hinein, damit Mehl wie Mehl und Zucker wie Zucker aussieht. Wie man sich doch an alles gewöhnt. Ich habe Butter aus dem Steinguttopf genommen. Da hat sich ein großer Vorrat angesammelt. Echte Butter, die macht einiges wett. Das ganze Haus roch nach Apfelkuchen. So lecker! (…) Joost und ich haben für ihn gesungen. Bobbie sang mit und blies die Kerzen aus. Er ist so ein ernster kleiner Junge. Er will alles genau wissen, und wenn wir es erklärt haben, wiederholt er es immer. (…) Joost hat von einem Arbeitskollegen eine Holzeisenbahn mit einer Lokomotive und drei Waggons kaufen können. Es sind auch Schienen dabei. Sie sind solche Tüftler, Bobbie war stundenlang damit beschäftigt. Immer wieder hat er die Schienen aufgebaut und ließ den Zug fahren. Stan hat er erzählt, was unterwegs alles zu sehen war. Alles, woran er sich von unseren Fahrradtouren erinnert. Stan fand es sehr interessant, Katzen sind neugierig. Joost hat die Szenerie die ganze Zeit mit einem stillen Lächeln beobachtet. Da hatte er auch keine Magenbeschwerden mehr. (…) Bobbie kann jetzt, ab 1. Januar, in den Kindergarten gehen. Das ist auch gut so, denn auf der Straße findet er keine Freunde. (…) Stan haben wir von Mutter übernommen, die ihn Miez gerufen hat, bevor sie ins Pflegeheim umzog. Eigentlich

heißt er Stan Laurel, weil er so aussieht, als würde er eine
Fliege auf seinem weißen Bäffchen tragen und so traurig
dreinschaut. Und seine Pfötchen sind auch weiß, als trüge
er Gamaschen; und der Rest ist schwarz. Joost war zuerst
dagegen. »Noch ein Esser mehr«, hat er gesagt. Hör doch
auf, Stan kann raus und Mäuse im Garten fangen! (…) Den
Stempel für Mischehen haben wir immer noch nicht. Joost
geht regelmäßig zum Jüdischen Rat, aber die wissen auch
nicht, woran es liegt. (…) Heute nachmittag besuchen Lien
und ich Mutter im Altersheim an der Fahrenheitstraat. Sie
ist da todunglücklich.

Der Aufruf zum »Arbeitseinsatz« macht allen Illusionen ein
Ende. Ist das eine Antwort auf seinen Brief? Ich denke schon,
und Joost nimmt das auch an, aber es ist schwierig, einen Zusammenhang zu beweisen: Der Vorschlag zur Scheidung kam
von Dr. Wimmer vom Ministerium für Justiz und Verwaltung
in Den Haag, der Arbeitsaufruf von der Zentralstelle für Jüdische Auswanderung in Amsterdam. Es sind ausgefuchste
Burschen.

Weil die Einberufung für ihn und seine Familie gilt,
macht sich Joost nun Vorwürfe, daß er mit seinem Brief möglicherweise Unheil über sich und Emmeke heraufbeschworen
hat. Er möchte sich an die Stirn schlagen, wie dumm er doch
gewesen ist. Aber es nützt nichts, das war nicht vorauszuse-
hen. Die Deutschen sind völlig unberechenbar und rachsüch-
tig. Er hat getan, was er nach bestem Wissen und Gewissen
tun mußte. Jetzt sind alle Hebel in Bewegung zu setzen, um
den Arbeitseinsatz abzuwenden. Er kann um einen Aufschub
ersuchen. Und er muß van der Heem einschalten.

In dieser Nacht spürten Emmeke und Joost zum ersten Mal die quälende Ungewissheit, die auch andere jüdische Familien seit Beginn der Deportationen plagt. An das
Wort »Deportation« und an die enormen Zahlen der Juden,
die abtransportiert wurden, sind sie gewöhnt, aber bis jetzt
sind sie verschont geblieben. Nun kann auch bei ihnen so
energisch an der Klingel gezogen werden, daß die Nachbarn

davon aufwachen. Emmeke hat ein Köfferchen gepackt und angefangen, das Nötigste zusammenzusuchen. Im *Joodsche Weekblad* gibt es Instruktionen dafür. Sie bittet Joost, ihre Rucksäcke aus dem Schuppen zu holen, die sie vor Bobbies Geburt genommen haben, wenn sie wandern oder zelten gingen. Er wirft sie auf den Boden und sagt: »Ich mache da nicht mit! Wir müssen das Schicksal nicht herausfordern, indem wir uns darauf vorbereiten. Hör auf mit dem Koffer, Emmeke, hör auf!« Diese letzten Worte schreit er fast, seine Stimme überschlägt sich.

Um Aufschub zu erlangen, stellt er auf Empfehlung von Louwers einen Antrag auf Freistellung. Die Aufforderung, sich bei der *Zentralstelle* in Amsterdam zu melden, kommt fast postwendend. Sie haben zehn Tage Zeit. Wenn die Deutschen ihre Beute einmal gewittert haben, verschwenden sie keine Zeit; das war schon bei Jaap Apotheker zu sehen. Der Aufruf kommt von F. aus der Fünten, ein Name, auf den sie schon im *Joodsche Weekblad* gestoßen sind. Das Problem ist Emmekes Stern, oder besser: das Fehlen desselben. Ohne den Stern besteht kaum eine Chance, daß ihre Mischehe sie vom Arbeitseinsatz befreien könnte. Aus der Fünten wird Papiere, Beweise, Stempel in Ausweisen sehen wollen. Der Stempel muß her, wie auch immer.

Für Joost ergeben sich jetzt zwei Möglichkeiten: Sie können ihren Hausarzt Doktor van der Pol um ein ärztliches Attest für Emmeke bitten, damit sie nicht persönlich bei der Sicherheitspolizei erscheinen muß. Joost würde dann an Emmekes Stelle gehen. Vielleicht wird es akzeptiert. Erhält sie den gewünschten Stempel, kann Joost nach Amsterdam fahren und bei aus der Fünten um Freistellung bitten. Ein näherer Blick auf die Vorladung zeigt, daß eine persönliche Anwesenheit von Emmeke nicht vonnöten ist. Ihr Personalausweis sollte ausreichen. Wenn die Sicherheitspolizei das Attest des Arztes nicht anerkennt, muß Emmeke den Stern *einmal* anstecken, um den Stempel zu bekommen. Sie muß ein bißchen Theater spielen und so tun, als sei sie todkrank. Das wäre die zweite

Möglichkeit. Emmeke hat Angst, daß sie für immer dazu verurteilt ist, den Stern zu tragen, obwohl sie nicht mit nach Amsterdam zur Zentralstelle zu kommen braucht. Sie müssen Bert einweihen. Das wird ihm nicht gefallen, denkt Emmeke. Joost ist unerbittlich: »Dann gefällt es ihm eben nicht!« Sie können doch nicht nach Deutschland verschleppt werden, nur weil Bert dagegen ist, daß Emmeke den Stern trägt? Im schlimmsten Fall muß Bert eben auch diesen Stempel beantragen und einen Stern anstecken. Sie sind aneinandergekettet und halten das Schicksal des jeweils anderen in den Händen.

Arbeitsdienst ist ein weiter Begriff, eine nette Umschreibung für Deportation. Es kursieren die wildesten Gerüchte darüber, was genau das beinhalten mochte. Der Aufruf von der Zentralstelle gilt für die ganze Familie. Wird im Falle einer Ablehnung von seinem Freistellungsgesuch die ganze Familie auf den Transport geschickt? Joost muß dazu beim Jüdischen Rat nachfragen. Er fürchtet die Antwort: »Möglicherweise ja, möglicherweise nein, es kommt darauf an.« Joost bedauert das Mädchen mit den roten Zöpfen, daß sie die Leute mit solchen Antworten abspeisen muß. Sollte die Freistellung nicht bewilligt werden, könnte er dann darum bitten, allein nach Deutschland gebracht zu werden, um in einer Fabrik zu arbeiten? Oder würde die Zentralstelle auch das vorschreiben? Für das Ergebnis spielt es keine Rolle: In Joosts Abwesenheit können sie Emmeke und Bobbie abholen, ohne daß ein Hahn danach kräht. So können sie doch noch auseinandergetrieben werden, ob sie nun geschieden sind oder nicht. Es ist ein wasserdichtes System von raffinierter Grausamkeit. Sie müssen zusehen, daß sie auf alle Fälle beieinanderbleiben.

Auf einer Seite aus dem Registrierungsbuch des Oranjehotels vom 3. Oktober 1942, die ich dem Amsterdamer NIOD-Archiv abgeluchst habe, lese ich, daß meine Mutter am 2. Oktober unter der Nummer 8416 von Den Haags berüchtigtstem »Judenjäger«, SS-Mann Franz Fischer vom Amt IV B4, das unter diesem Namen direkt dem Büro von Eichmann in

Berlin unterstellt war, ins Gefängnis von Scheveningen gesteckt wurde.

Aber mein Vater wußte nicht, wohin man sie gebracht hatte. Er lebte in der gleichen Ungewissheit über Emmys Schicksal wie »Tante« Rie über das von Arnold. Hat er nach der Verhaftung meiner Mutter versucht, herauszufinden, wo seine Frau eingesperrt war? Wie und von wem hat er erfahren, daß die Eintragung ihrer Großeltern mütterlicherseits im Register der Jüdischen Gemeinde nicht »den Anforderungen entsprach«, die Deutschen aber auch einen Auszug aus dem Melderegister von Amsterdam sehen wollten? Vielleicht von Franz Fischer? Und warum? Sie hatten Emmy doch schon verhaftet? Schikane? Der Auszug wurde erst am 7. Oktober herausgegeben. Es hat meinen Vater fünf Tage gekostet, eine Fahrt nach Amsterdam und zurück, einen Gulden Gebühren und ein hastig gegessenes Käsebrot.

Die endgültige Bestätigung des volljüdischen Status' meiner Mutter, wahrscheinlich auf der Grundlage aller ausgehändigten Dokumente, erfolgte am 16. November 1942 mit einem Schreiben des Leiters der Nationalen Staatsaufsicht über das Bevölkerungsregister, Herrn J.L. Lentz, der nicht nur ein perfektes Einwohnermeldesystem aufgebaut, sondern auch einen nahezu fälschungssicheren Personalausweis entworfen hatte. Er machte knallhart klar: »(...) der Generalkommissar für Verwaltung und Justiz [Dr. Wimmer] hat entschieden, daß (...) [sie] als Nachkomme von vier jüdischen Großeltern (J4) registriert werden muß«. Und daß ihre Kinder Robert und Paul – mein Bruder und ich – »als Nachkömmlinge zweier jüdischer Großeltern (GI) zu registrieren seien«. Wohlgemerkt.

Nach einigem Zögern ist Doktor van de Pol bereit, ein Attest auszustellen. Lien wird Bert bearbeiten. Er wird »gottverdammt« schreien, aber vielleicht sieht er auch andere Möglichkeiten für Joost und Emmeke, dem Arbeitseinsatz zu entgehen. Bert hat so viele Kontakte.

Der Jüdische Rat kommt mit genau den ausweichenden Antworten, die Joost befürchtet hat. Es wird hinzugefügt: »Tun Sie, was sie sagen. Wenn Sie das nicht machen, gibt es eine noch viel schlimmere Strafe.« Der Arbeitseinsatz ist also eine Strafe. Aber für welches Verbrechen um Himmels willen? Für seinen Brief? Das Mädchen mit den roten Zöpfen überläßt diese Auskunft einem anderen Beamten, einem Mann. Die ältere Frau am Schreibtisch ist nicht da. Sie sitzt jetzt beim Jüdischen Rat in Westerbork.

(Tagebuchauszug)
4. Januar 1943
Joost explodierte vor Wut, als er den Aufruf zum Arbeits-
dienst in Deutschland bekam. Er fing an, Türen zuzuknal-
len und zerschmiß einen Teller. Er rannte in den Garten,
schrie: »Scheißmoffen, dreckige Scheißmoffen, Lügenban-
de!« Ich mußte ihn hereinrufen, bevor die Nachbarn auf
ihre Balkone kamen, um zu sehen, wer da so wütet. So
wird man verraten und verkauft. Dann schrie er mich an:
»Wir hätten nie auf deinen Bruder hören sollen. Du hättest
den Stern aufnähen sollen, dann säßen wir nicht in diesem
Schlamassel.« Ich habe nichts gesagt, nur gedacht, daß er
den zweiten Brief nicht hätte schreiben sollen. Dann hätten
sie ihn vielleicht in Ruhe gelassen. Aber er mußte ja unbe-
dingt dem Generalkommissar Kontra geben, als wäre es der
Debattierclub in der Schule. Jetzt haben sie ihn auf dem
Kieker. Ja, ich bin auch wütend. Sieht er denn nicht, was
er sich mit diesem Brief eingebrockt hat? Und mir gleich
mit? Und Bobbie? (...) Bobbie war von dem Geschrei so
erschrocken, daß er anfing, richtig zu heulen und zu mir
gerannt kam: »Mammi, Mammi!« Ich habe versucht, ihn zu
trösten, während ich eigentlich Joost zur Vernunft bringen
wollte. Aber dann denkt man doch zuerst an das Kind, und
ich habe Joost toben lassen. Unter Tränen fragte Bobbie, ob
Pappi böse sei. Nein, habe ich gesagt, Pappi ist nicht böse,
er weiß sich nur keinen Rat mehr. »Was ist das, weiß kein
Rad?« »Er weiß nicht mehr weiter«, sagte ich. »Er sucht

*nach der Lösung für ein sehr großes Problem.« – »Kann er
das Rad nicht finden?« – »Nein, gerade nicht.« – »Dann
müssen wir es suchen«, sagte er. Tapferer kleiner Mann.
(…) Zuerst habe ich gedacht, Joost sei fortgegangen, denn
plötzlich war es sehr still im Haus. Aber er hockte im Flurschrank und hörte englisches Radio. Mit den Kopfhörern,
die er von Van der Heem hat. Montgomery saß Rommel in
der afrikanischen Wüste im Nacken, El Alamein war der
endgültige Wendepunkt des Krieges. Als ob uns das jetzt
helfen würde. (…) Der Aufruf kam kurz vor Silvester. Wir
hatten eine unruhige Silvesternacht. An Oliebollen oder
Apfeltaschen war überhaupt nicht zu denken. Trotzdem
blieben wir bis Mitternacht auf, um die Glocke zu hören.
Joost sagt, daß das Big Ben ist; die Deutschen haben es wohl
nicht bemerkt. Wir haben versucht, ein bißchen zu lesen,
aber ich glaube, wir waren mehr mit unseren eigenen Gedanken beschäftigt. Um zwölf nahmen Joost und ich uns
in den Arm und hielten uns gegenseitig fest. Glückliches
Neujahr haben wir uns nicht gewünscht.*

Nachts liegen sie wach. Im Bett, in der Dunkelheit, bespre-
chen sie flüsternd ihre Möglichkeiten. Joost gibt sich opti-
mistisch. Emmeke möchte es gerne sein. Wie viel Zeit bleibt
noch? Gibt es andere Wege, dem Arbeitsdienst zu entgehen?
Haben sie etwas übersehen? Emmeke findet es vor allem für
Bobbie schlimm: »Der Junge spürt die Spannung, er hat heute in die Hose gemacht.« Joost denkt an Jaap und Leonie
Apotheker. Sie sind jetzt in einem Lager in Deutschland oder
Polen. Und an Tilly, die sie bei der Familie oder Freunden in
Sicherheit bringen wollten. Sollten sie so etwas nicht auch für
Bobbie überlegen? Emmeke beginnt sofort unbändig zu wei-
nen. Auf Bobbie verzichten? Ihn weggeben? Als wäre er ein
Waisenkind, als wären seine Eltern schon tot? Der Gedan-
ke ist unerträglich. Das Kind seinem Schicksal überlassen,
ohne seine Eltern, bei Fremden? »Es ist nur vorübergehend.«
In seiner Stimme schwingt wenig Überzeugung mit – Joost
fühlt sich bei dem Gedanken genauso elend. Emmeke kann

sich nicht vorstellen, daß der Arbeitseinsatz unabwendbar ist, selbst wenn sie schon angefangen hat zu packen. Joost will, daß sie den Tatsachen ins Auge sieht: »Wir müssen auf das Schlimmste vorbereitet sein.« Aber was ist das, das Schlimmste? Das wissen sie nicht. Und bei wem soll Bobbie untergebracht werden? »Vielleicht bei Nel und Simon«, schlägt Joost vor. Sie haben sich als echte Freunde erwiesen. Ja, Nel und Simon, das hält Emmeke für eine gute Idee. Simon ist noch immer in Colditz. Vielleicht kommt er frei, aber Nel hat schon wieder eine Weile nichts mehr von ihm gehört. Alles ist ungewiß. Sie müssen mit Nel reden, solange es noch geht.

Ich stelle mir vor, daß mein Vater nach seinem Besuch im Einwohnermeldeamt in Amsterdam am 7. Oktober ins Gefängnis oder in die Nieuwe Parklaan gegangen ist, wo das Büro IV B4 in einer schönen Villa residierte, um endlich mit den entscheidenden Dokumenten in der Hand Fischer zu bewegen, meine Mutter und vielleicht auch Arnold freizulassen.

Aber in einem Brief an meinen Vater vom 15. Oktober 1942 schreibt die Rechtsanwältin Ragnhild Stapel folgendes: »Ihre Frau ist bereits dem *Landesgericht* überstellt worden. Sie mußte verhaftet werden, weil sie sich als Halbjüdin deklariert hatte (...), wegen der Erkenntnisse gegen ihren Bruder (...).« Worin diese »Erkenntnisse gegen ihren Bruder« bestanden, wird nie geklärt werden. Wahrscheinlich ging es um Arnolds Versäumnis, sich als Jude registrieren zu lassen und einen Stern zu tragen. Aber es könnte auch etwas anderes sein. Über die Anwältin erfahren wir denn auch Fischers Antwort: Nein. Sie sei bereits ins Landesgericht zur Aburteilung gebracht worden. Obwohl ich keine schriftlichen Beweise dafür habe, muß ich annehmen, daß die Anklage gegen sie lautete, sie habe über ihre jüdische Herkunft gelogen. Warum ich das glaube? Weil sie nicht fristgerecht die richtigen Abstammungsnachweise vorweisen konnte, als sie verhaftet wurde. Und sie trug nicht einmal einen Stern.

394

42

Lien wurde aus ihren Diensten am Rosarium entlassen. Nicht, weil sie mit einem »Judenmann« verheiratet sei, wie der Herr des Hauses sie wissen ließ, sondern weil sie das bei ihrer Einstellung verschwiegen hatte. Hätte sie das nicht getan, wäre sie gar nicht erst eingestellt worden. Lien war entrüstet über soviel Doppeldeutigkeit. »Verschwiegen« ist übrigens nicht der richtige Ausdruck. Dann wäre es absichtlich gewesen, während es einfach nur nicht zur Sprache gekommen war, und Lien hat sich noch immer nicht daran gewöhnt, daß Berts jüdische Identität nun in allem der springende Punkt ist. Jetzt wurde ihr auch noch Böswilligkeit unterstellt. Es tue »Mijnheer« aufrichtig leid. Lien hat so ihre Zweifel an seiner Aufrichtigkeit, und sie fragt sich erst, als sie schon draußen steht, wie ihr Arbeitgeber dahintergekommen ist, daß sie mit einem Juden verheiratet ist. »Mijnheer« war nicht allein ein Heuchler, ihm war auch nicht über den Weg zu trauen. Dabei war ihr bei dieser ordentlichen und wohlgenährten Familie nie eine deutschenfreundliche Gesinnung aufgefallen. Im Gegenteil, am Tisch wurde ständig über »die Moffen« gewettert.

Noch vor Weihnachten ist es Bert endlich gelungen, sich Zutritt zur Villa Ravenhorst zu verschaffen. Er hat mehrere Anläufe genommen, war aber immer abgewiesen worden. Die Gegend ist hermetisch abgeriegelt. An jeder Ecke stehen Kontrollposten, die seine Papiere sehen wollen. Immer hat er das Empfehlungsschreiben von General Christiansen und den noch von Major Strehler unterschriebenen Mietvertrag vorgezeigt. Aber Strehler ist durch einen neuen Adjutanten ersetzt worden, und Christiansen kommt nicht so oft in die Villa. Das Hauptquartier der Wehrmacht ist schon früher nach Hilversum verlegt worden, vielleicht weil die Deutschen befürchteten, die Alliierten würden tatsächlich ihren Angriff auf die Küste bei Scheveningen starten. Christiansen kommt nur an den Wochenenden und zu Inspektionsbesuchen für den Atlantikwall. Der Bau unterliegt seiner Befehlsgewalt.

Bert schafft es an einem Freitag spätnachmittags. Der General wird erwartet, ist aber noch nicht eingetroffen, also trägt er seine Telefonanschlußprobleme Leutnant Schiffbauer vor, der den Schreibtisch von Dedemsvaart mit seinen Stiefeln beschmutzt und zerkratzt. Der Leutnant macht ihm wenig Hoffnung. Bert werde ohne Telefon auskommen müssen, oder er müsse nach Hilversum fahren, um den General zu sprechen. Das hat Bert ganz gewiß nicht vor. Der Leutnant öffnet eine Schublade und holt den grau-grünen Armeeumschlag mit der Miete heraus. Er schwingt die Beine vom Schreibtisch, beugt sich zu Bert hinüber und schiebt ihm den Umschlag hin. Bert zieht sein Quittungsbuch aus der Aktentasche. Durch eine bitter-säuerliche Weinfahne hindurch vertraut ihm der Leutnant an, daß es hier wohl nicht mehr lange dauern wird. Bert reagiert nicht und schreibt seine Quittung. Spielt Schiffbauer damit auf eine Niederlage oder einen überstürzten Abzug an? Läuft es so schlecht mit dem Feldzug in Rußland? Bert fragt wie immer, ob im letzten Monat alles »trotzdem« nach Wunsch gewesen sei. »Ausgezeichnet, mein Freund.« Schiffbauer legt die Beine wieder auf den Schreibtisch und lehnt sich zurück. Bert erhebt sich und geht. In der Küche sucht er Anna auf, die aber keine Zeit für ihn hat, denn an diesem Abend werden Gäste erwartet. An der Wand der Speisekammer steht eine ganze Batterie leerer Weinflaschen. Von Rogier hat sie nie wieder etwas gehört.

Irgendetwas ist gründlich schiefgelaufen. Ob es nun Nachlässigkeit war, Unachtsamkeit oder etwas anderes, was mein Vater getan oder nicht getan hat, um meine Mutter aus den Händen der Deutschen zu befreien, es war nicht genug. Oder es kam zu spät. Hat er gedacht, er könnte das alleine schaffen? Hatte er nicht die richtigen Informationen? Und warum nicht? Er hatte doch die Artikel aus der Zeitung ausgeschnitten? Wie kommt es, daß er die Amsterdamer Hauptsynagoge nie um vollständige Informationen gebeten hat? Weil er nicht wußte, wofür sie nötig waren? Aber die Deportationen begannen schon im Juli 1942, nachdem er und meine Mutter sich explizit dafür entschieden hatten, den Stern nicht zu tragen. Wie sind sie auf den Gedanken verfallen, daß meine Mutter halb-jüdisch wäre und den Stern nicht tragen müßte? Und woran liegt es, daß er sich erst dann um die richtigen Informationen bemühte, als sein Schwager schon in Scheveningen einsaß, und daß er selbst dann noch nicht alle Dokumente zusammen hatte, als meine Mutter verhaftet wurde und ebenfalls im Gefängnis war? Und wie kommt es, daß er offenbar erst dann eine Anwältin einschaltete?

Buchstäblich fünf vor zwölf und mit allerlei Trickserei gelang es meinem Vater, seine Frau vor Schlimmerem als einer lächerlich hohen Gefängnisstrafe für ein lächerlich geringes »Vergehen« zu bewahren. Aber sein Schwager, Onkel Arnold? Und seine Schwiegermutter, Oma Flora? Wie hat er hinterher, als alle tot waren, auf die Ereignisse zurückgeblickt? Sah er sich als Opfer eines kriminellen Komplotts? Hatte er das Gefühl, versagt zu haben? Fühlte er sich schuldig? Und hat er die Last dieser Schuld sein ganzes Leben lang mit sich herumgetragen? Hat er deshalb so hartnäckig geschwiegen? Reagierte er deshalb so heftig, als ich ihn durch einen nicht zu vergleichenden Vorfall mit weit weniger weitreichenden Folgen an diese schmerzhafte Vergangenheit erinnerte? Und Hilfe von ihm erwartete, die er mir verbissen verweigerte?

Das Treffen mit Rogier kommt doch noch zustande: mit einem weiteren Zettel auf der Fußmatte kurz nach Silvester. Nach ihrem Treffen will Bert nach Sassenheim weiterfahren. Er hat noch einige Sachen, die er einlagern muß, und er möchte Geld aus einem seiner Schuhkartons »abheben«. Es ist bitterkalt, die Sonne kommt kaum über die Bäume.
Diesmal ist Rogier da. Er wartet am Eingang des Friedhofs auf Bert. Er trägt einen häßlichen dunkelgrauen Kammgarn-Wintermantel, den großen Kragen gegen die Kälte hochgeschlagen. Es ist ein echter »Rationierungsmantel«;

man sieht sie jetzt überall, und Rogier fällt damit ganz sicher nicht auf. Unter seiner Mütze schimmern die Anfänge eines Bartes. Bert parkt die Zündapp am Zaun. Rogier kann es sich nicht verkneifen, mit der Hand zärtlich über den Benzintank zu streicheln und das »Pferdchen« auf die Flanke zu tätscheln.

Sie treten durch das halb offenstehende Tor ein. Rogier hebt die Hand für jemanden hoch, der in der Pförtnerloge Berts Blicken verborgen bleibt. Schweigend gehen sie zu dem rosafarbenen Grabmal. Es liegen Blumen darauf. Sein Asternstrauß vom ersten Mal ist auch noch da, verwelkt, gefrorener Reif auf den braunen Blättern.

Rogier ist fast erwischt worden – Verrat –, er konnte gerade noch so entkommen und war eine Weile abgetaucht. Er spricht hastig und in gedämpftem Ton. Jetzt ist er von seiner Gruppe abgeschnitten, und er weiß nicht, ob er vielleicht der einzige Überlebende ist. Er sucht nach einer Möglichkeit zu verschwinden. Aber wie? Der Royal Air Force kommt bestimmt nicht, um ihn aufzulesen, und es gibt keinen Weg zurück. Das muß er selbst austüfteln – für eine Weile zum »Schläfer« werden, sich der Umgebung anpassen, ehe er Kontakt zu einer anderen Gruppe aufnimmt, die ihm eine relative Sicherheit bieten kann. Er erwägt, sich als Saisonarbeiter auszugeben. Die Tulpenzwiebelsaison steht an, da läuft alles wie sonst. Aber das wird nicht einfach werden, denkt Bert. Es gibt schon viele Untergetauchte, die sich auf dem Lande verstecken. Juden und andere Leute, die auf diese Weise versuchen, dem Arbeitseinsatz zu entkommen. Hat Rogier Geld? Ansonsten könnte Bert aushelfen. Um unterzutauchen, braucht man Geld. Um richtig unterzutauchen, richtig viel Geld. Rogier winkt ab: Geld sei kein Problem.

Bert zeigt ihm die Karte von Den Haag, auf der er mit Bleistift die Grenze eingezeichnet hat zwischen dem, was »Verteidigungsgebiet« genannt wird, und dem, was der »Beobachtungbereich« werden soll, bald kahlgeschlagenes »Niemandsland«, das »Schußfeld«. Die eigentliche Grenze besteht aus dem Panzergraben, der ausgehoben wird, und weiteren Verteidigungsanlagen aus Beton, die errichtet werden sollen.

Die Karte ist hervorragendes Material für einen Spion, aber Rogier weiß nicht, wie er diese wichtige Information nach London weitergeben soll. Seit seine Gruppe zerschlagen ist, besteht keine Kommunikation mehr. In ihrem Versteck mußten sie den Koffersender zurücklassen. Rogier soll die Karte mitnehmen, denkt Bert. Er ist der Widerstandskämpfer, er kann sich die Grenzen des Sperrgebiets einprägen und sie nach London weitergeben, sobald sich die Gelegenheit dazu ergibt. Rogier nickt: »Und dann die Karte verbrennen.« Er steckt sie in die Tasche. Bert hat eine Idee: Vielleicht könne sich Rogier bei einer der Baufirmen bewerben, die die Arbeiten am Atlantikwall ausführen: »Unter dem wachsamen Auge der Deutschen abtauchen, ist vielleicht das sicherste.« Er denkt an die Papiere von Rogiers Vater, die mit den gleichen Überlegungen in seinem Schuppen gelandet sind. Rogier hält das für riskant, aber seine Augen beginnen zu leuchten. Er ist also doch ein Abenteurer geblieben. So kennt ihn Bert von früher: Tollkühnheit paßt wie angegossen zu ihm. Bert weiß einen Bauunternehmer – van Veen. Von ihm hat er alle seine Informationen, und er weiß auch, daß sie gut zahlen.

Ohne Überleitung fragt er Rogier, ob er seinen Schuppen sehen möchte. Von hier aus sei es nicht mehr weit, Rogier könne hinten aufs Motorrad. Der Gedanke, daß er zum ersten Mal seine Geheimnisse preisgibt, macht ihn nervös, aber um seine eigene Sicherheit ist es nicht besser bestellt – die Unsicherheit und Unruhe nehmen tagtäglich zu. Angenommen, es passiert etwas, Gott weiß was, wobei er die Kontrolle über sein Leben verliert, dann ist es gut, jemanden zu haben, der Bescheid weiß. Jemanden, dem er vertrauen kann, jemanden, dessen eigenes Leben von der Geheimhaltung abhängt.

Im Schuppen berichtet Bert von seinem letzten Besuch in der Villa Ravenhorst. Rogier findet es wichtig, zu wissen, wo Christiansen sich am Wochenende herumtreibt, ja sogar amüsant: Stell dir vor, die RAF kommt, um sein Elternhaus zu bombardieren! Ein Präzisionsbombardement. Das ist natürlich nicht ernst gemeint – Phantasien eines Abenteurers.

Trotzdem ist es nicht ganz aus der Luft gegriffen: Die RAF führt solche Bombardements häufiger durch, auf spezielle Objekte, selbst mitten in der Stadt. Sie werden immer besser dabei. Bert glaubt es nicht. Ihn beschleichen jetzt wieder Zweifel, ob es klug war, Rogier in seine Geheimnisse einzuweihen. Doch für Zweifel ist es zu spät – Rogier steht bereits im Schuppen und nimmt die Ansammlung an Möbeln und Sachen kommentarlos zur Kenntnis.

»Und wie geht es Anna?« fragt er. Sie spricht jetzt Deutsch, sogar mit Bert: »Eine ganz andere Frau, seit Göring eine Nacht in Ravenhorst verbracht hat.« Der habe sie in die Wange gekniffen. »Mein Vater mochte sie gern«, sagt Rogier mit einem verträumten Lächeln. Bert erinnert sich an ihre Tränen bei Hans Dedemsvaarts Abfahrt: »Sie ihn auch.« Was soll aus ihr werden, wenn Christiansen die Villa Ravenhorst auflöst?

Sie sitzen in der Klause aus Gerüstständern, wo Bert die wertvollen Stücke aufbewahrt: die Gemälde von Rogiers Vater in Kisten, die Wertpapiere der Bank in Kartons, die Gemälde und Wertgegenstände von Berts Mühlmann-Kunden in Regalen. Zusammen mit dem Hausrat, der außerhalb der Klause steht, stellen sie einen erheblichen Wert dar. Sicher ein paar Millionen, schätzt Rogier. Was damit geschehen soll, will er wissen. »Die Sachen werden ihren Besitzer zurückerstattet, auch deinem Vater, wenn der Krieg vorbei ist, oder sie werden verkauft oder versteigert. Dann kriegen sie den Erlös.« Bert hat sich darüber getreu seinem Motto »das sehen wir dann schon« noch keine Gedanken gemacht. Manche werden ihr Eigentum wahrscheinlich überhaupt nicht einfordern, denkt Rogier. »Warum nicht?« Rogier schaut Bert ungläubig an: »Weil sie nicht zurückkommen werden.« Bert weiß sehr genau, worauf Rogier anspielt: »Das sind Geschichten, unbestätigte Gerüchte.« Sie seien definitiv bestätigt, meint Rogier. Bert ist mit solchen Schlußfolgerungen vorsichtig: »Das muß man abwarten. Dein Vater wird sicher zurückkommen.« Rogier versteht, daß Bert lieber nicht darüber sprechen möchte.

»Und du? Was passiert mit dir?« Außer mit Lien und ab und zu kurz mit Joost und Emmeke spricht Bert mit niemandem über seine Situation. Er glaubt, so am besten abgesichert zu sein, besser als durch seine Mischehe, für die er keinen Stempel hat; besser als durch die Kirche, die kein Asyl bietet. Bislang hat er sich ganz gut geschlagen und ist durch die Maschen des Netzes geschlüpft. Aber das kann nicht ewig so weitergehen. Deshalb wäre es gut, wenn es jemanden gäbe, der seine Sache im Auge behielte, für den Fall, daß er selbst … nicht da ist. Bert denkt an van der Harst: Auch der ist »nicht da«. Wäre Rogier bereit, das zu übernehmen? Bert kann sich keinen besseren vorstellen. Aber Rogier winkt ab: »Ich nicht, ich bin die am wenigsten geeignete Person, ich bin fahnenflüchtig. Warum fragst du nicht deine Frau?« Lien? Bert hat sie nie in seine Geschäfte einbezogen, er hat alles aus guten Gründen vor ihr geheimgehalten, dabei würde er es gerne belassen. Sie muß doch nicht alles wissen, sagt Rogier: »Solange sie Sache regeln kann, falls es nötig ist.« Das klingt ominös: Nur in seiner »Abwesenheit« soll Lien seine Sachen »abwickeln«. Das ist die Sprache der Illegalität, wie es Herman Hofstede genannt hat, die Sprache der Geheimhaltung, der Suggestion. Bert beherrscht diese Sprache inzwischen. Doch erschreckt er über Rogiers Worte, obwohl er sie ihm mit seiner Frage selbst entlockt hat. »Und wenn sie die Schlüssel hätte?« fügt Rogier hinzu.

Ein Schlüssel würde genügen, das stimmt. Die Herkunft der Sachen ist in einem Notizbuch in einer Schublade seines Schreibtisches notiert. Die Idee dazu stammt von Rogiers Vater, der laut van der Harst den Ursprung der Wertpapiere so festgehalten hat. Und dann sind da noch die Schuhkartons mit dem Geld, auf die Lien im Notfall Zugriff haben muß. Rogier hat wahrscheinlich recht. Bert wird mit ihr darüber sprechen. Will Rogier den Schlüssel haben, falls er ein Versteck braucht? Auch das hält Rogier für keine gute Idee. Angenommen, er wird hier entdeckt, dann hat nicht nur Bert alles verloren, sondern auch sein Vater hätte den Schaden. Lien ist unverdächtig; und es trifft sich gut, daß sie nicht von allem weiß.

Bert ist es nicht gewöhnt, Vorsichtsmaßnahmen zu treffen oder mit anderen zu überlegen, was er am besten tun könnte.

Er ist ein Ein-Mann-Unternehmen, macht alles selbst, ohne Berater oder Anwälte. Er segelt nach seinem eigenen Kompaß, folgt dem schmalen Pfad seines Instinkts. Rogier sieht das große Ganze, kann Konsequenzen überblicken. Das hat er natürlich von seinem Vater. »Du mußt das mit deiner Frau regeln, sie ist die einzige.« Rogier hat recht.

Zum ersten Mal beherzigen sie die guten Ratschläge des anderen, wie es weitergehen soll, jeder für sich. Beide sind sich bewußt, wie sehr sie es brauchen – schweben sie doch beide im luftleeren Raum. Bert bringt Rogier zur Blauen Straßenbahn in Sassenheim. An der Straßenecke tätschelt Rogier noch einmal anerkennend die Haube des Beiwagens. Er ist erleichtert, zu wissen, wo das Eigentum seines Vaters liegt und daß Bert etwas getan hat, worauf er stolz sein kann. »Paß auf dich auf.« Rogier ergreift beide Hände von Bert für einen festen Händedruck. »Du auch, laß dich nicht erwischen.« Ob sie sich wiedersehen, bleibt eine unausgesprochene Frage. Wenn Rogier Bert braucht, weiß er, wo er ihn finden kann. Umgekehrt ist das nicht so.

Ohne sich noch einmal umzusehen, läuft Rogier zur Haltestelle. Er hebt seine Hand. Das Bild von Hans Dedemsvaart schiebt sich vor das von Rogier, wie in einem Film, den Bert schon einmal gesehen hat. Was fehlt, ist ein aufmunterndes Kneifen in den Nacken. Ein ungeheures Gefühl der Verlassenheit überkommt ihn, als wäre er jetzt wirklich ganz auf sich allein gestellt.

Anwältin Stapel war dafür bekannt, daß sie Gefangenen, auch jüdischen Häftlingen, beistand, hauptsächlich im Oranjehotel, und vorzugsweise waren das Frauen. Sie hatte selbst eine Zeitlang gesessen. Mit Worten und Informationen ging sie sparsam um, aber das mag auch mit ihrer Erfahrung mit den Praktiken der Deutschen zu tun gehabt haben, mit denen sie zwangsläufig in Kontakt stand: Man bringt so wenig wie möglich zu Papier. Aber was auch immer die Bemühungen von Stapel gewesen sein mögen, viel haben sie nicht gebracht.

Es gibt in meiner grünen Mappe zwei lakonische Notizen von ihr an meinen Vater: In der ersten, datiert vom 2. Dezember 1942, bittet sie ihn, doch »einmal« zusammen mit seiner Schwägerin Rie bei ihr vorbeizuschauen: »Ich habe nämlich eine Mitteilung für Sie.« Ich vermute, es geht um die Verurteilung von Emmy und Arnold und die Bekanntgabe des Strafmaßes. Laut einem Blatt aus dem Strafprozeßregister des Landesgerichts war das Verfahren gegen sie am 20. Oktober eingetragen worden, fünf oder mehr Tage, nachdem sie laut Stapel dem Gericht überstellt worden waren. Sie waren wegen einer Übertretung nach Paragraph 10 der Verordnung 6/41 beschuldigt worden: ungenaue, unvollständige, nicht wahrheitsgemäße Registrierung. Dieser Verstoß fiel also auch unter den Paragraphen 10 der VO 6/41. Mir war immer gesagt worden, daß sie wegen des Nichttragens des Judensterns verurteilt worden waren. Aber vielleicht ist es dasselbe wie »nicht wahrheitsgemäße Registrierung«.

Hinter der Verurteilung eines anderen Verdächtigen auf demselben Blatt steht das Datum des Urteils: 1. Dezember 1942. Wir können davon ausgehen, daß das auch das Datum der Verurteilung meiner Mutter und ihres Bruders ist: fünf Monate Gefängnis. Der Richter wird nicht viele Worte auf das Urteil verschwendet haben. Es steht auch nicht »in Anrechnung der Untersuchungshaft« dabei. Das waren in der Zwischenzeit zwei Monate. Onkel Arnold wurde ebenfalls verurteilt, aber es gibt kein Strafmaß; er wird dem SD übergeben.

Onkel Rudolf ist »abgeholt« worden. Niemand in der Familie wußte etwas davon. Gerritje, seine Haushälterin, die zweimal in der Woche bei ihm putzte, war wie immer am Donnerstag vorbeigekommen. Sie hatte auf dem Markt eingekauft und wollte ihm etwas fürs Wochenende kochen. Das tat sie seit Jahren so. Sie war keine Jüdin, aber sie hatte beschlossen, sich über die Vorschrift hinwegzusetzen, die besagte, daß sie als Nichtjüdin keine Hausarbeit für einen Juden erledigen durfte. Das konnte sie Onkel Rudolf nicht antun. Gerritje ist eine herzensgute Seele. Mit dem Schlüssel, den Onkel Rudolf ihr vor Jahren gegeben hatte, betrat sie die Wohnung. Das Haus war vollständig auf den Kopf gestellt. Statt Onkel Rudolf liefen da drei Möbelpacker herum, sie waren damit beschäftigt, alle seine Sachen mit roher Gewalt in Kisten und Kartons zu verstauen. Draußen stand ein Umzugswagen. Das Haus war beschlagnahmt. Die Sachen wurden eingelagert. Wo Onkel Rudolf war, wußten sie nicht. Wenn sie Informationen wollte, müßte Gerritje schon bei der Polizei nachfragen. Sie war in Tränen ausgebrochen. Die Möbelpacker warfen sie zur Tür hinaus, weil sie im Wege stand.

Die Nachbarn hätten nichts bemerkt, sagten sie, oder sie taten nur so. Es muß mitten in der Nacht passiert sein. Herr van Leer habe doch immer sehr zurückgezogen gelebt, hatte wenig Kontakt mit den Nachbarn. Gerritje ging zu Bella. Die Straße, in der sie gewohnt hat, ist bis zur Unkenntlichkeit verändert. Viele Häuser waren bereits abgerissen, auch Bellas Haus stand nicht mehr. Gerritje fragte sich verzweifelt durch und erfuhr schließlich in einem Zigarrenladen – dem einzigen Geschäft, das noch offen war –, daß Bella in einem Heim in der Fahrenheitstraat sei. Da traf Gerritje am frühen Nachmittag ein. Bella wußte von nichts. Ihr Schwager war verhaftet? Rudolf? Warum hat ihr das niemand gesagt? Sie tobte und rief die Direktorin des Heims hinzu, als ob die eine Antwort hätte geben können. »Die Deutschen halten sich nicht damit auf, die Familie zu informieren, wenn sie jemanden ins Arbeitslager schicken«, war alles, was sie zu sagen hatte. »Wir werden auch nicht informiert. Es passiert einfach, Punkt, aus.« Selbst Bella wußte nicht, was sie dazu sagen sollte. Sie schickte Gerritje mit ihren Neuigkeiten zu Bert und Lien. Vielleicht konnten die etwas ausrichten.

Bert trifft sie zu Hause völlig aufgelöst an. Lien erzählt die Geschichte, oft unterbrochen von Gerritje, die sie ergänzt und verbessert oder die Geschichte noch einmal erzählt, wobei sie sich selbst immer wieder mit einem Tränenausbruch das Wort abschneidet. »Sie können Onkel Rudolf doch nicht in ein Arbeitslager schicken?« schluchzt sie zum soundsovielten

Male. »Er ist fast achtzig.« Soviel Jammer kann Bert nicht mit ansehen. Es muß etwas getan werden, aber die Frage bleibt, wo Onkel Rudolf jetzt ist. Er wird am nächsten Tag zu Joost und Emmeke gehen, vielleicht wissen sie, was zu tun ist. Immerhin geht Joost regelmäßig zum Jüdischen Rat. Lien hat Hühnersuppe gekocht, aber Gerritje kriegt kaum einen Bissen hinunter: »Die wollte ich heute auch für Onkel Rudolf machen.« Sie weint wieder. Lien verspricht, daß sie ihr Bescheid sagen, wenn sie etwas über sein Schicksal erfahren.

Im zweiten Schreiben an meinen Vater, datiert auf den 8. Dezember, vermeldet Anwältin Stapel, daß sie unlängst »vergessen« habe zu sagen, »daß Sie, Ihre Frau und Ihre Schwägerin, ihren Mann in Utrecht besuchen können«. Aus diesem »ach ja, da war noch was«-Brief der Anwältin geht hervor, daß sie ihre Gedanken wohl nicht richtig beisammen hatte. Obendrein war sie nicht gut informiert: Mein Onkel Arnold muß gleich nach der Urteilsverkündung zurück ins Lager Amersfoort gebracht worden sein, wo er seit dem 6. November in Schutzhaft saß, in Block 6B. Wußte sie das nicht? Mit der Häftlingsnummer 2091. Wieder in Amersfoort, wurde Arnold in eine andere Baracke in den Block 4B verlegt. In Erwartung entweder eines weiteren Prozesses oder eines neuen Transportes – nach Westerbork oder Vught oder direkt in den Osten. Er behielt seine Nummer 2091. Das bedeutet, daß er vor dem Urteilsspruch nur sehr kurz, vielleicht sogar nur für einen Tag, das Lager verlassen hat. Ich frage mich, ob er und meine Mutter wirklich in Utrecht besucht werden konnten. Die Deutschen waren sehr gut darin, Nebelkerzen zu werfen. Hatten sie Stapel einen Bären aufgebunden?

Und meine Mutter? Wurde sie nach Scheveningen zurückgebracht? Laut einer zweiten Seite aus dem Registraturbuch des Oranjehotels wurde sie am 27. April 1943 erneut »verbracht«, jetzt von einem gewissen Naaf (oder Neef), unter der Nummer 2694. An den Namen ihres Mannes wurde ihr Mädchenname angehängt: de Jong van Lier. Ihr Vorname lautete nun Sara Emilie. Alle jüdischen Frauen, die von den Deutschen als Gefangene registriert wurden, bekamen zusätzlich den Namen Sara. Nicht nur in den Niederlanden, überall in Europa. Man war also »eine Sara«. Wo hat sie ihre Haftstrafe nach der Verurteilung durch das Landesgericht in Utrecht abgesessen? In der Haftanstalt in Utrecht? In Vught, wo auch viele Juden waren, bevor sie nach Westerbork kamen? Ich bin nicht dahintergekommen. Und ob mein Vater der »Einladung« von Rechtsanwältin Stapel Folge geleistet hat, weiß ich ebenfalls nicht.

Emmeke ist am Boden zerstört von den Nachrichten, mit denen Bert und Lien ankommen. Solange sie sich erinnern kann, ist Gerritje die Haushälterin von Onkel Rudolf. Sie hat sich manchmal schon gefragt, ob da nicht mehr war – Onkel Rudolf ist nie verheiratet gewesen. »Wie soll das werden? Er ist fast achtzig.« Das hatte Gerritje auch immer gesagt: »Er ist fast achtzig.« Darum werden sich die Deutschen nicht scheren, meint Joost. Weg ist weg: Eine vollendete Tatsache ist wie eine schwere Tür, die mit großem Knall zugeschlagen und abgeschlossen wird. Onkel Rudolf sitzt wahrscheinlich längst in Westerbork oder im Zug auf dem Weg nach Polen. Das klingt fatalistisch, fast gleichgültig, aber Joost hat seine eigenen Sorgen: Er hat den Aufruf bekommen, sich für den Arbeitseinsatz in Deutschland zu melden. Um eine Freistellung zu erhalten, muß er sich erst den Stempel für eine gemischte Ehe von der Sicherheitspolizei beschaffen: »Ich probiere das erst mal alleine«, versucht er Bert zu beruhigen. »Und wenn das nicht klappt?« – »Dann muß Emmeke einmal den Stern anstecken.« Bert müsse sich keine Sorgen machen, er bleibe außen vor.

Lien schlägt vor, Bella aus dem Altersheim zu holen, um ihr das Schicksal von Onkel Rudolf zu ersparen. Joost glaubt, daß sie im Heim sicherer sei, da gehe sie auf in der Anonymität. »Aber wenn sie bei uns wäre, sind wir zu mindestens da, wenn sie sie holen wollen. Dann können wir das verhindern.« – »Glaubst du wirklich?« Joost ist nicht so optimistisch: »Wenn sie einen holen, ist es zu spät. Denk an Jaap

Apotheker.« Bei Bella ist wenig zu verhindern: Sie ist volljüdisch, hat vier volljüdische Großeltern, ist Witwe einer volljüdischen Ehe. Lien läßt sich nicht überzeugen: »Solange sie nicht zu uns kommen, kommen sie auch nicht zu ihr.« Joost zuckt mit den Schultern. Wie stelle sie sich das vor – will sie vielleicht die Polizei mit bloßen Händen aufhalten: »Die Kerle sind bewaffnet.« Emmeke glaubt, daß Bella nicht dazu zu bewegen sein wird, und wenn sie das Heim auch noch so schlimm findet. Bert ist sowieso dagegen. Lien will es trotzdem versuchen. Sie macht sich große Sorgen um Bella.

Bert fährt noch am selben Tag zu Onkel Rudolfs Haus. Die Umzugsleute sind gerade dabei, seine Kleidung und andere persönliche Gegenstände einzupacken. Die meisten Möbel sind schon weg. Mit Hilfe seiner Eindruck schindenden Vollmachten der deutschen Machthaber schafft er es, daß sie ihm den Rest des Umzugs überlassen. Menno hilft ihm mit einem Luftschutz-LKW, und den Schlüssel bekommt er von Gerritje, die so von Kummer überwältigt ist, daß sie nicht in der Lage ist, beim Einpacken mit zuzufassen. Das macht alles Lien. Sie kommt auch mit nach Sassenheim, um Bert beim Ausladen zu helfen und sieht so zum ersten Mal, was er im Laufe der Jahre angesammelt hat. In der Klause erzählt er ihr von seinem Plan, ihr die Abwicklung seiner Angelegenheiten zu übertragen, falls etwas schiefgehen sollte. »Geht denn etwas schief?« Lien ist plötzlich sehr besorgt. Nein, versichert Bert ihr: »Nichts geht schief.«

Aus dem Kleiderschrank von Onkel Rudolf hat er einen warmen Wintermantel und feste Schuhe für Joost sichergestellt, die er auf dem Rückweg vorbeibringt. Emmeke bekommt Tränen in die Augen. Onkel Rudolf sah ihrem Vater so ähnlich. »Wenn er bloß im Zug nicht friert.«

Während meine Mutter schon seit 2. Oktober im Gefängnis saß, wurde mein Vater zweimal mit Versuchen der Deutschen konfrontiert, ihn und seine Familie zu deportieren. Wir dürfen ruhig davon ausgehen, daß es den Behörden nicht entgangen war, daß Verhaftung und Inhaftierung meiner Mutter die familiären Beziehungen empfindlich durcheinandergebracht haben. Leichte Beute, werden sie sich gedacht hatten.

Am 5. Oktober 1942 erhielt er von der Zentralstelle für Jüdische Auswanderung in Amsterdam die Nachricht, daß er sich dort einzufinden habe, um feststellen zu können, ob »er (bzw. Ihre Frau und Kinder) in Betracht käme, vom Arbeitseinsatz befreit zu werden«. Mein Vater muß dazu ungefähr zur Zeit der Verhaftung meiner Mutter oder sogar noch früher eine Vorladung erhalten haben. Die »fatalen Ereignisse« vollzogen sich innerhalb kürzester Zeit. Das könnte vielleicht erklären, warum er erst am 7. Oktober zum Amsterdamer Meldeamt gegangen ist, um die Registrierungsformulare der Großeltern meiner Mutter in die Hand zu bekommen: Er selbst schwebte in der gleichen Zeit wie seine Frau in Gefahr. Er mußte zuerst sich selbst in Sicherheit bringen. Natürlich hat er um eine Freistellung nachgesucht. Es könnte aber auch sein, daß er nicht früher dazu gekommen ist, weil er noch nicht wußte, daß die Deutschen das von ihm verlangen würden.

Der Aufruf, deshalb nach Amsterdam zu kommen, war am 14. Oktober abgezeichnet, der Brief von Rechtsanwältin Stapel über die Verbringung meiner Mutter zum Landesgericht datiert auf den 15. Oktober. Die Überstellung selbst erfolgte wahrscheinlich ebenfalls am 14. Oktober. Das Datum, an dem er in Amsterdam erscheinen sollte, war der 16. Oktober, als es hundertprozentig sicher war, daß meine Mutter vor Gericht gestellt werden würde. Die haben sie schon mal, werden sie gedacht haben. Mein Vater fuhr an diesem Tag nach Amsterdam. Wieder eine Hin- und Rückfahrt. Und wieder ein eilig gegessenes Käsebrot. Die Freistellung wird ihm gewährt worden sein. Oder eine Aufschiebung der Freistellung? Hatten sie noch mehr für ihn in petto? Stand diese Entscheidung mit dem bevorstehenden Prozeß meiner Mutter in Verbindung? War der zugrundeliegende Gedanke vielleicht: Den Mann kriegen wir schon noch, und seine Kinder auch?

43

Eigentlich wollte Joost den Wintermantel von Onkel Rudolf anziehen, um bei der Sicherheitspolizei einen guten Eindruck zu machen. Es ist ein schöner schwarzer Mantel, der wie angegossen sitzt. Die Revers sind mit Pelz abgesetzt, und sein schwarzer Hut paßt ausgezeichnet dazu. Aber Emmeke hat entdeckt, daß die Doppelnaht wegen des Sterns im Wollstoff noch zu erkennen ist. Gerritje hatte den Stern natürlich so sorgfältig aufgenäht, als wäre es ein Ehrenzeichen. Joost sollte sich so besser nicht bei der Polizei blicken lassen. Das Attest, das er an jenem Morgen von Doktor van der Pol bekommen hat, steckt jetzt tief in seinem eigenen dünnen Wintermantel zusammen mit Emmekes Ausweis für den Stempel, der ihnen helfen soll, vom Arbeitseinsatz freigestellt zu werden. Es ist ein starkes Abführmittel, mit dessen Hilfe sich Emmeke schlecht fühlen wird. Joost hat auch die Registrierungsnummer dabei, unter der der Jüdische Rat den Antrag auf einen Mischehe-Stempel gestellt hat.

Er kann nicht sagen, daß er nicht gut vorbereitet wäre. Doch fühlt er sich seiner Sache alles andere als sicher – mit nervösen Magenkrämpfen steigt er die Stufen der Freitreppe hinauf. Natürlich muß er zunächst ein Formular ausfüllen, auf dem er den Zweck seines Besuchs angeben muß. Seinen Personalausweis und den von Emmeke abgeben. Ein streng ausgestreckter Arm weist auf eine Tür: »Zimmer 14.« Hinter der Tür befindet sich ein langer, schmaler Flur mit hohen Fenstern auf der einen Seite und Holzbänken für Besucher, und auf der anderen Seite Türen mit Nummern darauf. Die Türen sind dunkelgrün lackiert. Nummer 14 ist ungefähr in der Mitte.

Joost ist an lange Wartezeiten gewöhnt. Türen öffnen und schließen sich, Polizisten in grünen Uniformen eilen mit Dokumenten unter dem Arm hinein und heraus. Irgendwo klingelt gedämpft ein Telefon, von Ferne weht eine laute

Stimme über den Korridor: »Verdammt nochmal!« Emmeke hat einen Packen Brote für ihn geschmiert, und er hat sich etwas zum Lesen mitgenommen: ein Buch mit Kurzgeschichten von Arthur van Schendel, auf das er sich nicht konzentrieren kann. Immer wieder schweifen seine Gedanken ab zu den Szenarien, die er sich für den Fall ausgedacht hat, daß der Stempel nicht erteilt wird. Eine fruchtlose Übung, die ihm ständig im Kopf herumspukt. An Spekulationen über die Fragen, die ihm gestellt werden könnten, wagt er sich gleich gar nicht.

Kurz nachdem er das erste trockene Butterbrot gegessen hat, wird sein Name ausgerufen: »Barentsch, Zimmer 14!« Joost steht auf, klopft die Brotkrümel vom Mantel und tritt ein, ohne anzuklopfen. Es ist ein kleines Zimmer. Hinter einem Schreibtisch am Fenster sitzt ein Polizist in grüner Uniform. Es gibt keinen Stuhl; Joost muß stehenbleiben. Selbst aus nächster Nähe kann Joost die Augen des Polizisten nicht erkennen, weil er gegen das Licht blickt. Es ist sein erster körperlicher Kontakt mit den deutschen Behörden. Welch ein Unterschied zu dem Chaos beim Jüdischen Rat, der in all seiner Hilflosigkeit wenigstens etwas Menschliches hat.

Jetzt muß Joost erklären, warum er hier ist – auf Deutsch. Er räuspert sich, er hat es geübt. Es handele sich um einen Stempel wegen einer gemischten Ehe. Er wird unmittelbar unterbrochen. So schnell gehe das nicht. Name? Der Name seiner Frau? »Buchstabieren Sie bitte!« Ihre Namen werden mit denen in den Ausweisen verglichen. Für wen ist der Stempel? »Für meine Frau.« Der Mann wirft noch einen Blick in Emmekes Personalausweis. Seine Frau sei also Jüdin, warum sie nicht hier ist? Sie ist krank: »Hier ist die ärztliche Bescheinigung.« Aber Emmeke muß doch selbst erscheinen, um ihre Identität zu verifizieren, sonst könne ja jeder kommen, »tut mir leid«. Aber es sei dringend, wirft Joost ein. Der Polizist hat die Ausweise aber schon in der Hand, um sie Joost zurückzugeben. »Wieso dringend?« Dies ist der wundeste Punkt, über den Joost lange nachgedacht hat: Soll er um den heißen Brei herumreden oder die Wahrheit sagen? Er beschließt, daß die Wahrheit immer am besten ist, ihm ist auch kein anderer Grund eingefallen: »Zurückstellung vom Arbeitseinsatz« – die Begriffe aus dem Formular der Zentralstelle. Er zeigt den Aufruf von der Zentralstelle. Joost könne wegen seiner »Mischehe« eine Freistellung erhalten. Warum komme er dann so spät wegen des Stempels? Die Stempel für Mischehen gebe es seit Oktober. Darauf hat Joost eine gute Antwort: Der Antrag wurde eingereicht, bisher aber nicht bewilligt. Er zeigt die Registrierungsnummer des Jüdischen Rates. Ausführlich studiert der Polizist Nummer und Datum. Ob Joost eine Ahnung habe, warum der Antrag nicht durchgegangen ist? »Vielleicht ein Versehen?« versucht es Joost. »Unmöglich, Fehler passieren nicht.« Also verlorengegangen? Das könnte doch sein? Dieser Vorschlag wird ignoriert, Joost wird abgespeist mit einem: »Kommen Sie morgen wieder.« Es ist seine letzte Chance, bevor er zur Zentralstelle muß. »Und vergessen Sie nicht, Ihre Frau mitzubringen.«

Natürlich stehen Emmeke und Joost am nächsten Tag wieder einem anderen Beamten gegenüber, diesmal in Zimmer 21 am Ende des Ganges. Emmeke zittern die Beine, und sie ist totenbleich nach dem Abführmittel von Doktor van der Pol – sie hat die ganze Nacht kein Auge zugetan. Joost übergibt dem Polizisten die Papiere und sagt, daß er gestern auch schon hier war. »Ja, ja, ich weiß.« Trotzdem muß er seine ganze Geschichte noch einmal herunterbeten. »Meine Frau ist krank, wie Sie sehen.« Auch das ist dem Beamten bekannt. Es ist alles festgehalten. Vielleicht ein Trost für Emmeke: Blaß steht ihr gut unter dem gewellten schwarzen Haar, der Polizist läßt einen unverschämt prüfenden Blick über ihren ganzen Körper gleiten. Prompt wird Emmeke knallrot. Sie bekommt auch ihren Stempel. Joost hört, wie sie neben ihm erleichtert aufatmet. Und er? Kriegt er ihn auch? »Sie sind kein Jude.« Die Unsicherheit bleibt also. Die Antwort liegt bei der Zentralstelle.

Am Montag muß Joost nach Amsterdam. Der Zug fährt mit Verspätung ab und ist rappelvoll. Rauchschwaden der Lokomotive verschleiern die graugrünen Wiesen und Tulpenfelder bei Leiden, die gelbbraun mit Stroh und Torf bedeckt sind, dazwischen schwarze, gefrorene Wassergräben. Die Straßenbahnlinie 24 bringt ihn quer durch die Stadt zur Zentralstelle, die in einer Schule am Adama van Scheltemaplein untergebracht ist. Dort herrscht eine ganz andere Atmosphäre als bei der Sicherheitspolizei in Den Haag. In diesem Bienenstock brummt es nur so vor Betriebsamkeit. Joost wird in einen Raum im zweiten Stock verwiesen, wo die Freistellungsanträge bearbeitet werden. In den dunklen Gängen, in denen früher johlende Kinder herumrannten und in denen noch die Garderobenständer an der Wand hängen, stehen Schlangen von Wartenden. Die Türen haben eine schmutzig-beige Farbe, und in jeder sitzt ein kleines abgedunkeltes Fensterchen.

In Joosts Reihe herrscht Unruhe. Es gibt viel Gerede über die verschiedenen Gründe für eine Freistellung und wilde Spekulationen über die Chancen, die man sich selbst einräumt. Keiner macht sich die Mühe, sich in die Lage des anderen zu versetzen; dafür sind die eigenen Sorgen zu groß. Die Gründe für eine Freistellung können sehr unterschiedlich sein: Arbeitsunfähigkeit, Krankheit, Unabkömmlichkeit im Betrieb, eine Anstellung beim Jüdischen Rat, Verpflichtungen zur Pflege von Angehörigen. Joost ist der einzige Nichtjude und der einzige, der als gemischt Verheirateter kommt. Jemand in der Schlange hält das für ein Luxusproblem.

Joost ist früh genug da, um noch an die Reihe zu kommen. Hinter ihm wächst die Schlange stetig an. Gegen zwölf Uhr wird er in den Raum eingelassen, in dem mehrere Mitarbeiter hinter Tischen sitzen, meist Frauen. Zu seiner Überraschung sieht er, daß einige von ihnen sterntragende Juden vom Jüdischen Rat sind. Er kann Niederländisch sprechen und auf Sympathie rechnen. Daß Emmeke nicht mitgekommen ist, ist hier kein Problem. Ihr Stempel genügt, und Joost hat sicherheitshalber das Heiratsbuch mitgebracht. Wenn es nach der Mitarbeiterin ginge – eine Frau unbestimmten

Alters mit dunklen, hinter die Ohren gesteckten Haaren und langen Wimpern über tiefbraunen Augen – steht einer Freistellung nichts im Wege. Alle Anforderungen sind erfüllt. Sie macht eine Notiz auf dem Formular. Aber die endgültige Entscheidung liegt in den Händen von Fräulein Slottke im Nebenzimmer. »Schauen Sie die lieber ganz lieb an«, rät sie Joost. Ihr spöttisches Lächeln verrät, daß sie selbst gerne von einem nicht unattraktiven Mann lieb angeschaut werden würde. Joost lächelt breit zurück. Er wird lockerer. Diesmal scheint alles reibungslos zu laufen. »Hier durch diese Tür, da sitzt Fräulein Slottke.«

Trotz des vollen Wartezimmers wird er recht schnell vorgelassen. Fräulein Slottke ist in allem das Gegenteil der Frau, die ihn zu ihr verwiesen hat: harte Gesichtszüge, eine spitze Nase, kleiner Mund und dünne Lippen. Mit ihren stumpfblauen Augen, den kurzen widerspenstigen Haaren, die auf dem Wege von blond zu grau sind, und ihrem graugrünen Anzug, der auch als Uniform durchgehen könnte, gibt es nichts an ihr, was Joost dazu einladen könnte, sie lieb anzusehen. Sie studiert Emmekes Personalausweis mit dem Stempel. Sie kann nichts Unregelmäßiges finden. Emmekes Abwesenheit kommt nicht einmal zur Sprache. Sie möchte auch Joosts Personalausweis sehen. Und da liegt das Problem: Joost ist kein Jude. Er hat keinen Stempel. Wenn es nicht so ernst gewesen wäre, hätte Joost vielleicht über die ganze Absurdität lachen können: Er hat immer gedacht, die Juden seien das Problem! Aber hier geschieht das Gleiche wie beim Stempel für seine gemischte Ehe: Eine Freistellung vom Arbeitseinsatz kann nicht erteilt werden, weil jeder Niederländer bis zum sechzigsten Lebensjahr aufgerufen werden kann, und der Aufruf gilt ihm.

Was hat dann der Mischehe-Stempel überhaupt für einen Sinn? Joost behält diese Frage wohlweislich für sich. Trotz seiner Abneigung und seiner aufsteigenden Wut macht er doch einen Versuch, Fräulein Slottke nett zuzulächeln: Könne da nicht eine Ausnahme gemacht werden? Seine Frau sei krank: »Bitte?« Aber mehr als einen Aufschub könne sie ihm nicht gewähren. Bis es seiner Frau wieder besser gehe. Die Angelegenheit werde nach acht Wochen erneut überprüft. Und es gibt einen Vorbehalt: Joost könne jederzeit und überall abgeholt und auf den Transport gesetzt werden. Sie macht einen Vermerk in der Akte, die vor ihr liegt, und auf seinen Aufruf, dazu einen Stempel und eine Unterschrift. Joost versteht es nicht: Ist der Aufschub nun gültig oder nicht? Das sollte er Fräulein Slottke lieber nicht fragen, er kann nur das Beste hoffen. Er darf gehen. Innerhalb von acht Wochen muß er eine andere Lösung finden, eine bessere »Ausflucht« als diesen nutzlosen Stempel. Und während dieser acht Wochen muß er unsichtbar bleiben. Das Beunruhigendste ist, daß er jetzt vogelfrei und Emmeke mehr oder weniger durch ihren Stempel geschützt ist. Mehr oder weniger. Solange er da ist. Aber wenn er verhaftet wird, ist es auch um Emmeke geschehen.

Auf dem Rückweg zum Bahnhof drängt sich ihm der Gedanke auf, daß die anstrengenden Gänge von einer Behörde zur anderen für die Registrierung, den Stern, die Stempel, den Jüdischen Rat eingeschlossen, ein einziges langes Theaterstück sind, eine Scharade mit Zehntausenden Mitwirkenden, deren Ausgang bereits feststeht; oder ein Gesellschaftstanz mit vorgeschriebenen Schritten. Und niemand wagt sich aus der Reihe, alle machen mit. Auch die verführerische Dame mit dem schönen dunklen Haar, den tiefbraunen Augen und dem gelben Stern unübersehbar auf der Brust. Alle tanzen mit und hoffen, daß die Musik plötzlich aufhören wird. Wer aus dem Takt kommt, fällt auf, bringt sich und andere in Gefahr.

(Tagebuchauszug)
28. Februar 1943
Gestern am frühen Abend habe ich mich zu Tode erschrokken. Es wurde laut an der Klingel gezogen. Joost war nicht da. Es wird immer gesagt, daß einem das Herz im Halse klopft, wenn man erschreckt, und es war wirklich so, ich konnte es sogar hören. Da sind sie, dachte ich, aber es war Pippi. Mit Fientje in einem kleinen Kinderwagen, den Eric

gebaut hat. Ich wußte erst gar nicht, was ich sagen sollte. Wir sollten uns doch nicht mehr sehen? Aber jetzt wollte sie plötzlich mit mir reden. Nach allem, was passiert ist! Ich wollte schon die Tür zuschlagen, habe es aber nicht übers Herz gebracht, denn Pippi sah ziemlich verstört aus. Sie hatte geweint, und ihre Locken waren völlig durcheinander. Und ich war doch recht froh, sie zu sehen, und daß sie es war und nicht die Gestapo. Also habe ich sie reingelassen. (...) Es ging um Eric. Er macht Nachtdienste als Kontrolleur auf den Zügen, die regelmäßig vom Bahnhof Staatsspoor nach Westerbork fahren. Er hatte sich dafür gemeldet, weil es extra bezahlt wurde, und sie konnten das Geld gut gebrauchen. Zuerst mußte er noch die Fahrkarten der Juden, die er beförderte, kontrollieren, als wären es normale Passagiere, aber seit die Personenwaggons durch Viehwagen ersetzt wurden, muß er nur noch die Anzahl der Insassen pro Wagen zählen. (...) Warum ist Pippi gekommen, um mir das zu erzählen? Fühlt sie sich schuldig, weil ihr Mann aktiv an der Deportation der Juden mitwirkt? Aber er könne nicht mehr zurück; das würde ihn die Stelle kosten. Das müßte ich doch verstehen. Was gibt es da zu verstehen? (...) Hat Eric vielleicht Onkel Rudolf in einem dieser Züge gesehen? Nicht daß Pippi wüßte, aber die Arbeit hat Eric immer mehr zu schaffen gemacht, er bekam Albträume davon. Wie die Menschen behandelt wurden! Wie Tiere! Er hatte schreckliche Szenen mit angesehen. Es ging schon auf dem Bahnsteig von Staatsspoor los, wo sie manchmal mit Gewalt in die Waggons gepfercht wurden. Und als die Transporte gerade angefangen hatten, wurden sie in Hooghalen wieder ausgeladen, wo der Zug nach einer langen Fahrt durch die Nacht Halt machte. Ihr Gepäck kriegten sie hinterhergeschmissen. Und dann mußten sie noch fünf Kilometer zum Lager laufen, manchmal im strömenden Regen. Armer Onkel Rudolf! Hatte Eric Mitleid? Gewissensbisse? Was wollte Pippi? Daß ich »armer Eric« sagen sollte? (...) Kurz bevor er gestern abend zur Nachtschicht zum Bahnhof ging, haben sie Streit gehabt. Pippi hat gefragt, ob Eric nicht eine

415

Versetzung beantragen könne, wenn er so unglücklich mit
seiner Arbeit sei. Aber das käme nicht in Frage. Was getan
werden muß, müsse getan werden. Eric stieß sich nur an
der Vorgehensweise. Damit hatte er Pippi auf die Palme
gebracht. Dann sei Eric mitschuldig, sagte sie. Was, wie er
meinte, nicht stimmt, weil er sich mit Greueltaten nicht
versündigte, er hätte keine schmutzigen Hände. Da war
Pippi anderer Meinung: Er sei vom Fahrkartenkontrolleur
zum Aufseher geworden. Das wiederum hatte Eric aufge-
bracht, er hatte das Haus mit knallenden Türen verlassen.
Deshalb war sie auch so durcheinander. (...) Aber sie sei auf
meiner Seite, das wollte Pippi mich wissen lassen. Für den
Fall, daß ich auch in so einem Zug steige und Eric treffe?
(...) Ich mußte weinen, nachdem Pippi weg war. Sie hat
nicht einmal gefragt, wie es mir geht. Ich habe ihr auch
keine Tasse Tee angeboten.

Ohne zu zögern ist Nel bereit, Bobbie bei sich aufzunehmen:
»Ein Mann mehr, das ist gut fürs Gleichgewicht.« Es wäre
ihr ein Trost. Simon bleibt in Colditz eingesperrt – sein Einspruch ist abgelehnt worden. Wahrscheinlich muß er da den
ganzen Krieg über bleiben. Und obwohl sich die deutschen
Heere in Rußland doch nicht als unbesiegbar gezeigt haben,
besteht wenig Grund zu Optimismus. In dem großen Haus ist
noch ein Zimmer frei, das einst für ein zweites Kind gedacht
war, das nie kam. Katrien würde es gefallen – doch noch ein
kleines Brüderchen. Zu Bobbie sagt Emmeke mit gespielter
Fröhlichkeit, daß er eine Weile hierbleiben werde. »Ist das
nicht toll? Es wird dir Spaß machen. Du kriegst sogar wieder
ein eigenes Zimmer.« Bobbie ist begeistert: »Ja ... Urlaub!«
Bald wird es Sommer; hier ist ein großer Garten mit Rasen;
es gibt Kinder in seinem Alter, und Nel ist eine gute, liebe-
volle Mutter. Sie wird eruieren, ob Bobbie in einem Kindergarten in der Nähe untergebracht werden kann. »Gehst du
gern dahin?« Bobbie beginnt zu erzählen: Sie schneiden aus
und kleistern und malen, und sie müssen singen. »Singst du
nicht gerne?« – »Ja, doch.« Aber Bobbie hat doch noch eine

Frage: »Geht ihr dann weg?« Das muß Joost beantworten. Er sagt: »Ja. Aber wenn wir zurück sind, kommen wir und holen dich ab.« Ist das schon bald? »Oh, ganz sicher, du wirst sehen, die Zeit vergeht wie im Fluge.« Und Emmeke sagt: »Ehe du dich's versiehst, willst du hier nicht mehr weg.« Bobbie guckt bedröppelt, er ist verwirrt: »Aber warum geht ihr denn weg?« Er ist schon vier Jahre alt, man kann dem Kind nichts mehr vormachen, aber wie soll man ihm die Wahrheit erklären? »Weil es besser ist«, sagt Joost. Er schaut beschämt in die andere Richtung. Es ist nicht erklärbar: Es ist nicht »besser«, es ist schlechter. Emmeke rettet die Situation: »Wir gehen ja noch nicht gleich, und wir kommen dich noch besuchen. Wir fahren gleich alle drei nach Hause, und dann haben wir noch eine ganze Woche Zeit, um deinen Koffer zu packen.« Und sich eine plausible Erklärung für Bobbies erzwungene Übersiedlung und die Abwesenheit von Joost und Emmeke einfallen zu lassen, obwohl das noch keineswegs feststeht.

Joost bietet an, einen Beitrag für Bobbies Unterhalt zu zahlen, aber das hält Nel wirklich nicht für notwendig. Natürlich könnte sie es gut gebrauchen. Joost bleibt hartnäckig: Er will jeden Monat einen kleinen Betrag auf ihr Girokonto überweisen. In der Küche kann Emmeke Nel überreden: »Nimm es doch an. Bobbie braucht ab und zu was Neues – eine Hose, ein Paar Schuhe – er verwächst alles so schnell.« Würde es so lange dauern? Plötzlich bricht Emmeke in Tränen aus. Nel nimmt sie in den Arm: »Ich weiß, ich weiß.« Um Bobbie brauche sie sich keine Sorgen zu machen: »Ich werde mich gut um ihn kümmern, als wäre es mein eigener Sohn.«

Auf Arbeit informiert Joost Louwers über den Aufschub, den er erhalten hat, Aufschub von der Freistellung. Eine endgültige Freistellung vom Arbeitseinsatz könnte ziemlich schwierig werden. Die Gefahr, daß er wieder aufgerufen werde, ist groß. Er könne sogar ohne weiteres aufgegriffen werden. Es bleibe zu hoffen, daß der Mischehen-Stempel Emmeke vor der Deportation bewahrt, aber das ist alles andere als sicher, es scheint eher unwahrscheinlich zu sein. Louwers zieht Jan van der Heem hinzu. Sie haben schon über ihn gesprochen. Notfalls wollen sie eine Freistellung beantragen und mit seiner Unentbehrlichkeit im Betrieb begründen; immerhin arbeitet er für die »Kriegsindustrie« im Auftrag von Hermann Görings Reichs-Luftfahrtministerium. Das sollte doch gehörigen Eindruck machen! Joost findet es unglaublich, daß van der Heem das für ihn tun will. Er kann seinem Direktor und Louwers nicht genug danken. Auch für Emmeke sollte es eine große Erleichterung sein, und Bobbie könne von seiner Einquartierung wieder nach Hause kommen: »Nur wenn wir zusammenbleiben, hat sie eine Chance, gerettet zu werden.« Louwers und van der Heem wissen das. Er muß ihnen nur Bescheid sagen, wenn der Anruf kommt, dann werden sie eingreifen; das Schreiben liegt schon bereit. Joost hat noch eine Bitte: Falls doch etwas Unerwartetes passieren sollte, daß das Schreiben wirkungslos bleibt oder zu spät kommt und er und Emmeke doch abgeholt werden – könnte van der Heem dann einen Teil seines Gehalts an Bobbies Versorgerin überweisen, solange sie weg sind? Natürlich werden sie das tun. »Aber es wird nicht passieren«, beschwichtigen sie ihn. Sie sind entschlossen und fest überzeugt.

Am Sonntag bringen sie Bobbie zu Nel. Er rennt fröhlich ins Haus, aber zum Abschied fließen Tränen. Er hat sich sein Zimmer angeschaut, und Katrien hat ihn mit auf den Dachboden genommen. Nel hat einen Kuchen mit Rosinen gebakken, und es gibt Limonade. Und dann ist es Zeit für Emmeke und Joost zu gehen. Emmeke sieht Bobbies bedrücktes Gesicht. »Es ist nur für kurz«, sagt sie. »Guck, jetzt muß ich auch noch weinen, du Dummerchen.« Sie drückt ihn an sich. »Tante Nel wird sich gut um dich kümmern. Und Katrien ist auch noch da. Du wirst dich nicht langweilen.« Sie werden ihn nächste Woche besuchen kommen, verspricht Joost. Von den acht Wochen Aufschub sind noch sechs übrig. Katrien hat noch eine Überraschung: »Wir kriegen einen Hund, der wird dir gefallen.«

Am nächsten Tag bringt Emmeke Katze Stan in einer Einkaufstasche zu Lien und Bert:»Die können wir jetzt nicht gebrauchen, stell dir vor, sie kommen uns holen.«

Anfang Januar 1943 gibt es einen neuen Versuch, meinen Vater loszuwerden. Diesmal kam der Anruf vom *Beauftragten der Stadt Amsterdam*, Herrn Dr. Böhmcker, der besagt, daß er und seine Familie nach Amsterdam »evakuiert« werden sollen. Obwohl diese Anweisung Teil des größeren Plans von Mitte Dezember war, alle gemischt-verheirateten Juden mit ihren Familien von Den Haag nach Amsterdam umziehen zu lassen, hatte man nicht berücksichtigt, daß meine Mutter eine fünfmonatige Haftstrafe verbüßte und deshalb gar nicht da war. Oder sie haben es gerade deshalb getan, die günstige Gelegenheit genutzt.

»Umzug« ist ein schöner Begriff für »Evakuierung«, wie »Arbeitseinsatz« eine nette Umschreibung für »Deportation« ist, aber dessen war man sich seinerzeit kaum bewußt.

Auch meinem Vater wurde bekanntgegeben, daß sein Haus geräumt werden würde. Mit seiner Rückkehr wurde also nicht mehr gerechnet. Die Bekanntgabe ist nicht erhalten geblieben, wohl aber die Maßnahme, die dagegen ergriffen wurde. Sie kam von Seiten des Arbeitgebers meines Vaters, der Firma Van der Heem, die durch ihren Direktor in einer langen Epistel mitteilen ließ, daß mein Vater kaum jeden Tag von Amsterdam nach Den Haag reisen könne, um seine Aufgabe als *Kontingentbuchhalter* für die Firma ordentlich zu erfüllen. Mein Vater, ein *Vollarier*, arbeite in der Abteilung Luftwaffe der Firma, die als »Rüstungsbetrieb« reklamiert wurde und damit Teil der deutschen Kriegsindustrie darstellt. Da sei er unentbehrlich. Es ist ein phantastischer Brief, der offensichtlich Eindruck macht. Denn er gelangt zum *Rüstungsinspektor*, der dem *Beauftragten des Reichskommissars* die Anweisung gibt, meinen Vater in seinem Haus zu belassen oder ihm ein neues zuzuweisen. Damit ist die Evakuierung vom Tisch. Für acht Wochen, so der Beschluß des Beauftragten. Die Deutschen haben in die Röhre geguckt.

44

Mitte März ist der Aufschub für die »Freistellung vom Arbeitseinsatz« abgelaufen, aber ein neuer Aufruf ist nicht gekommen. Vorsichtig fassen Joost und Emmeke neue Zuversicht, daß man sie künftig in Ruhe läßt. Vielleicht kann Bobbie sogar bald nach Hause kommen. Ihm gefällt es ganz prima bei Nel und Katrien. Für ihn ist es wie Urlaub, bei dem ihn seine Eltern hin und wieder besuchen. Immer, wenn Emmeke und Joost vorbeikommen, erzählt er ihnen begeistert von allem, was er in der Zwischenzeit erlebt hat, von dem Hund, vom Kindergarten und seinen neuen Freunden oder von Nel und Katrien und daß sie neulich Pfannkuchen gebacken haben. Emmeke ist froh, daß es ihm so gut geht. Der Hund heißt nach dem früheren Besitzer Mijnheer van Dijk. Bobbie hatte das entschieden. Nel und Katrien fanden es so süß und originell, daß sie es dabei belassen haben.

Die Besuche sind freudige Momente. Die einzige Schattenseite ist der Weg dahin. Seit letztem Jahr dürfen Juden nicht mehr Straßenbahn fahren. Sie haben auch ihre Fahrräder abgeben müssen. Solange Emmeke keinen Stern trug, waren ihr solche Vorschriften herzlich egal. Und nachdem sie von der Sicherheitspolizei wegen des Mischehe-Stempels nach Hause gekommen war, hatte sie sich sofort den verhaßten Stern vom Mantel gerissen. Keiner habe sie gesehen, meinte sie. Ein paar Wochen später – Bobbie war bereits bei Nel – wurde sie aber auf der Straße von Frau de Haan angesprochen. Sie hatten einander mindestens zwei Jahre lang sorgfältig gemieden. Frau de Haan wollte sie warnen. »Sie sind doch jüdisch?« Es hatte wenig Sinn, das zu leugnen. Nun, dann müsse sie einen Stern tragen. »Wenn Sie keinen Ärger wollen, müssen Sie einen Stern tragen. Mein Mann sagt das auch.« Das verunsichert Emmeke gewaltig. Was mischt sich diese Frau da ein? Und warum kommt sie erst jetzt damit? Daß Juden einen Stern zu tragen haben, ist seit letztem Mai bekannt. Hat man sie dieses eine Mal etwa doch gesehen? Wird sie von den Nachbarn belauert? Würden die sie verraten? Die einzige Rechtfertigung, die Emmeke in jenem Moment dazu einfiel, war, daß sie »gemischt-verheiratet« und »freigestellt« sei. Frau de Haan zeigte sich davon unbeeindruckt: Emmeke müsse den Stern tragen, zu ihrem eigenen Besten.

Von diesem Moment an geht Emmeke so wenig wie möglich aus dem Haus, nicht einmal mehr zum Einkaufen. Das überläßt sie Joost, der deshalb mittags oft nicht mehr nach Hause kommt. Alle Regelmäßigkeit in ihrem Leben ist verlorengegangen, alle Sicherheit und jeglicher Rückhalt. Joost muß höllisch aufpassen, und Emmeke fühlt sich wie eine Gefangene im eigenen Haus. Jetzt, da Bobbie nicht mehr da ist, weiß sie nicht, was sie mit sich anfangen soll. Sie ist nervös, schreibt etwas in ihr Tagebuch, versucht zu lesen, kann sich aber auf nichts konzentrieren. Sie sitzt da und wartet, daß Joost nach Hause kommt. Sogar der Frühling geht an ihr vorüber. Oft muß sie an Curaçao denken. Aber da war sie glücklich, und die Tage waren eine Aneinanderreihung von Lust und Vergnügen. Zumindest am Anfang. Damals ist Joost immer so schnell wie möglich nach Hause gekommen, um so lange wie möglich bei ihr zu sein. Selbst während der Siesta konnten sie oft die Hände nicht voneinander lassen.

Jetzt kommt er oft erst spät und zu unregelmäßigen Zeiten. Manchmal, weil er länger arbeiten muß, manchmal, weil er irgendwoher Essen besorgen muß, manchmal, weil er noch bei Sjoerd vorbeigeht, der wieder aus Rumänien zurück ist, oder bei seinem Bruder Luc, der im Ministerium für Verkehr und Wasserwirtschaft arbeitet. Viel Trost können sie ihm nicht spenden. Sie versuchen ihn zu beruhigen wie Louwers auf Arbeit, aber das Gefühl eines drohenden Untergangs will nicht weichen. Zu Hause ist Joost genauso unruhig und angespannt wie Emmeke. Auch er vermißt Bobbie, auch für ihn gähnt die Leere im Haus. Dadurch, daß er nicht zu Hause ist, hofft er, das Risiko, verhaftet zu werden, zu verringern. Als wäre er auf der Flucht. Er ist leicht reizbar und ungeduldig und wird ständig von Magenkrämpfen gequält. Manchmal streiten sie sich wegen nichts. Joost versucht zu überlegen, was er tun würde, wenn das Schicksal zuschlägt, aber an der Stelle versagt seine Vorstellungskraft. Er hat inzwischen gelernt, daß kein einziges Szenario ihm wirklich hilft.

Ob nach den acht Wochen vorläufiger Freistellung weitere Versuche unternommen wurden, meinen Vater loszuwerden, darüber verrät das Material in der grünen Mappe nichts. Auch nach der Entlassung meiner Mutter wohnten wir noch im selben Haus in der van Lansbergestraat. Von der Verhaftung meiner Mutter bis zu ihrer Entlassung waren mein Bruder und ich bei einer Tante, einer der Schwestern meines Vaters, untergebracht. Wir waren nicht wirklich »untergetaucht«, wir waren auch nicht richtig »weggegeben«, wie das bei vielen jüdischen Familien geschah, die ihre Kinder bei Fremden in Sicherheit brachten. Vorsichtshalber und aus praktischen Gründen waren wir da »zu Gast«, den ganzen Winter über. Zumindest wurde uns das so gesagt. Mein Vater konnte sich unmöglich um uns kümmern. Wahrscheinlich hat er sich gar nicht bewußt gemacht, daß den Deutschen Mischlinge wie wir ein besonderer Dorn im Auge waren. Oder er hat damit nicht gerechnet.
Ich habe bei meiner Tante und dem Onkel meinen vierten Geburtstag gefeiert. Außer an ein düsteres, verdunkeltes Vorzimmer, in dem ich allein mit einer Holzeisenbahn und anderem ausrangierten Spielzeug meiner älteren Cousins spielte, erinnere ich mich an wenig. Auf dem Dachboden stand eine elektrische Modelleisenbahn, die sogar noch fuhr. Leider durften wir die nicht anfassen. Wir schliefen in einem kleinen Zimmer in der obersten Etage. Bin ich in den Kindergarten gegangen, mein Bruder zur Schule? Er war sechs. Haben wir auf der Straße gespielt, hatten wir Freunde? Haben sie besonders auf uns achtgegeben? Fragen, auf die ich keine Antwort weiß.

Ich erinnere mich an einen Streifzug durch die Gegend mit anderen Jungs unterschiedlichen Alters; mein Bruder war auch mit dabei. Einer von den Jungs öffnete ein Gartentor und holte sich einen flachen Kieselstein. Wir sind bei einem Hundehaufen stehengeblieben. Als wäre es ein Teelöffel, benutzte der Junge seinen Kieselstein, um ein Stückchen vom Scheißhaufen abzustechen, er zeigte es uns und aß es dann auf. Ob wir auch einen Bissen haben wollten; es sei wirklich echt lecker. Wir lehnten höflich ab, waren aber schwer beeindruckt. Da mußte man schon ziemlich ausgehungert sein, um so etwas zu tun. Ich kann mich nicht erinnern, daß wir Hunger hatten. Ich glaube es nicht. Damals noch nicht.

Wo mein Vater die ganze Zeit steckte, ob er dann und wann zu Besuch kam – ich weiß es nicht. Er hatte alle Hände voll zu tun, sich die Deutschen vom Leibe zu halten und mußte auch noch auf Arbeit. Er wird sich um das Haus gekümmert haben. Das war auch nötig, fast hätte man es ihm abgenommen. Daß er im Frühsommer 1943 seine Familie wieder beisammen hatte, darf als Wunder bezeichnet werden. Von diesem Moment an saß meine Mutter mit einem großen gelben Stern auf der Brust zu Hause. Sie weigerte sich, hinauszugehen. Stand sie unter Hausarrest?

Nur während ihrer Besuche bei Bobbie, immer sonntags, können sich Joost und Emmeke für einen Moment von der Angst befreien, die sie immer fester in den Griff kriegt. Es dauert dann eine Weile, bis sie die rechte Muße finden, die nötig ist, um ihrem Kind die Aufmerksamkeit zu widmen, die es verdient.

Am Abend zuvor näht Emmeke den Stern provisorisch auf ihre Sachen, damit sie ihn leicht wieder abtrennen kann, ohne Spuren zu hinterlassen. Sie geht in aller Frühe los, damit Frau de Haan sie nicht sieht. Es ist noch fast niemand auf der Straße. Der Klang der Kirchenglocken hallt in der klaren, kühlen Morgenluft. Nel wohnt mindestens zwei Stunden zu Fuß von ihrem Haus entfernt, und mit dem Stern gibt es keine andere Möglichkeit, dorthin zu kommen. Joost will nicht mit Emmeke gesehen werden, wenn sie den Stern trägt. »Das wäre ja wie eine Einladung für die Deutschen«, sagt er. Es ist zu gefährlich. Er kommt mit dem Fahrrad hinterher.

Beim ersten Mal hat Emmeke scharf protestiert: Joost ließe sie im Stich, desertiere in dem Moment, in dem sie ihn am nötigsten brauchte. War es nicht auch für sie gefährlich? Weniger als für ihn: »Du hast deinen Stempel, ich nicht.« Was also ist mit ihrer Vereinbarung, daß sie immer zusammenbleiben würden? Daran ändere sich nichts: »Geh jetzt mal«, sagte Joost, »wir treffen uns dann bei Nel.« Also mußte sie den ganzen Weg alleine gehen. Sie ist fast gerannt, als wäre ihr jemand auf den Fersen. Außer Atem und viel früher als vereinbart kam sie hereingestürmt. Nel, Katrien und Bobbie saßen noch in Schlafanzügen beim Frühstück. Es gab Rosinenbrot. Die Gartentüren standen offen, es würde ein schöner Tag werden. Und als Joost wenig später eintraf, fiel sie ihm leidenschaftlich um den Hals, so erleichtert war sie, ihn zu sehen. Am Abend hatte sie Blasen an den Füßen vom Laufen, sie riß den verhaßten gelben Fetzen vom Mantel. Das nächste Mal würde sie es ruhiger angehen.

(Tagebuchfragment)
3. April 1943
Ohne Bobbie ist das Haus leer und kalt. Am Sonntag waren wir Gottseidank bei Nel. Bobbie kam auf mich zugerannt: »Mammi!« Er vergrub seinen Kopf in meinem Rock. Ich habe ihm nur übers Haar gestrichelt. Joost hob ihn hoch und setzte ihn auf seine Schultern. Das macht ihm immer so viel Spaß. Die ganze Zeit, die wir da waren, ließ uns Bobbie keinen Augenblick aus den Augen. Ihm geht es gut. Er ist im Kindergarten und hat schon Freunde gefunden. Es war sehr schwer, wieder Abschied nehmen zu müssen. Auch für Joost war es schlimm. (...) Wir gehen einmal in der Woche hin, am Sonntag, öfter wäre nicht gut. Bobbie muß sich daran gewöhnen, daß das jetzt sein Zuhause ist. Jedesmal kann das letzte sein. Vielleicht für eine lange Zeit. Daran muß ich immer denken. (...) An der Straßenbahnhaltestelle

stieg Joost aufs Fahrrad, aber er war noch nicht zu Hause,
als ich ankam. Er hatte einen Umweg machen müssen, weil
sie überall patrouillierten und Leute aufgriffen, die dann
mit LKWS *abtransportiert wurden.*

Zwei Wochen nach Ablauf des Aufschubs kommt ein Schreiben vom Jüdischen Rat. Sie hätten etwas mitzuteilen. Das klingt ziemlich geheimnisvoll. Bis jetzt ist Joost immer allein dahin gegangen, aber nun kommt Emmeke mit. Diesmal hat er kein Problem, mit seiner sterntragenden Frau durch die Straßen zu gehen, als würde die Einladung des Jüdischen Rates ihm Schutz bieten. Er hakt sie beim Gehen sogar unter. Das gibt Emmeke ein sicheres und vertrautes, fast festliches Gefühl wie in längst vergangenen Zeiten. Ab jetzt wird alles besser laufen.

Aber es geht um Bella. Die ist zwei Tage zuvor zusammen mit allen anderen Bewohnern des Heims in der Fahrenheitstraat einschließlich Direktion und Personal abgeholt worden. Im jüdischen Heim an der Paviljoensgracht wurden am Tage der Registrierung alle Heimbewohner plus Personal – insgesamt etwa vierzig Personen – nach Westerbork verschleppt. Bella hatte gefragt, ob ihre Kinder über den Abtransport informiert werden könnten. Es hätte Schwierigkeiten bereitet, die Familienangehörigen der Deportierten ausfindig zu machen, da der Jüdische Rat keine Aufzeichnungen über Heime besitzt. Man war davon ausgegangen, daß Heime relativ sichere Orte sind, »sichere Häfen« für Invaliden und alte Menschen. Die Mitarbeiter sind auf die Informationen der Opfer angewiesen. Weil man Joost beim Jüdischen Rat kenne, sei man auf ihn zugekommen, was immer noch Zeit genug in Anspruch genommen habe.

Aber vielleicht ist es noch nicht zu spät. »Zu spät wofür?« fragt Joost. Das Mädchen mit den roten Haaren schaut ihn hilflos an. Was erwartet er denn, was sie sagen soll? »Noch nicht zu spät für eine Verabschiedung? Noch nicht zu spät für Bellas Rettung?« Ob sie bereits auf einen Transport Richtung Osten gesetzt wurde, ist nicht bekannt.

Die Nachricht will nicht in Emmekes Kopf. Vor knapp einer Woche erst war sie im Pflegeheim gewesen. Das erste, was Bella gesagt hatte, als sie Emmeke erblickte, war: »Lächerlich, dieser Stern.« Sie selbst trug auch einen wie alle anderen im Haus. »Daß ich das noch erleben muß!« Bella beklagte sich lautstark über ihre Lage. Nichts taugte etwas: Es war nicht sauber, die Toilette stank, das Essen war karg bemessen und schmeckte nicht, die anderen Bewohner waren Streithammel und das Personal unverschämt. Emmeke ärgerte sich über die Unfähigkeit ihrer Mutter oder ihren Unwillen, sich den neuen Umständen anzupassen, die nun einmal vollendeten Tatsachen zu akzeptieren. Aber Bella sei nun einmal »nicht die Erstbeste«, sagte sie. Sie forderte eine bessere Behandlung aufgrund von Verdiensten oder Eigenschaften, die Emmeke verborgen blieben. »Ich bin von früher anderes gewohnt.« Das wußte Emmeke, mehr aber auch nicht. Sie hat ihre Mutter nie anders kennengelernt als die kratzbürstige, unzufriedene Person, die sie nun mal war.

»Was war denn früher so gut?« Emmeke hatte nicht wirklich eine Antwort erwartet, denn Bella spricht in der Regel nicht über die Vergangenheit. Doch plötzlich hatte sie angefangen zu reden, und es brach eine Sturzflut an Erinnerungen aus ihr heraus.

Sie war in einer behüteten Umgebung aufgewachsen. Ihr Vater besaß eine florierende Anwaltskanzlei, die Mutter kam aus der Textilbranche, sie lebten in einem schönen Haus an einer Gracht in Amsterdam. Als einziges Kind hatte sie eine glückliche Jugend gehabt: wie in Watte gepackt. Sie war auf dem Mädchengymnasium gewesen, hatte Konzerte besucht und spielte gut Geige. Bellas Leben war ein einziges Fest. Sie verlobte sich mit einem vielversprechenden jungen Mann, dem Sohn einer befreundeten Notarsfamilie. Was für ein herrliches Leben – am Anfang. Von den Fotos, die sie sich mit Lien angesehen hatte, als Bella im Krankenhaus lag, konnte sich Emmeke einigermaßen eine Vorstellung davon machen.

Doch dieses sorglose Leben endete abrupt. Der Notar wurde in einen Finanzskandal verwickelt, die Kanzlei ging bankrott, und Bellas Verlobter mußte sein Jurastudium abbrechen. Ihre Eltern hatten darauf bestanden, daß sie ihn trotzdem heiratete. Man löste doch eine Verlobung nicht auf, nur weil es ein bißchen Gegenwind gab, das wäre ohne jeden Anstand. Die Familie würde schon wieder Oberwasser bekommen. Also wurde geheiratet. Eilig und weniger ausladend, als Bella es sich erträumt hatte.

Die Familie kam nicht wieder auf die Beine. Der Vater beging Selbstmord, und Maurits, Bellas Ehemann, mußte sich mit einer Stelle als Schreiber in einem Den Haager Notariat begnügen. Das fühlte sich wie eine regelrechte Demütigung an. Bella hatte Schwierigkeiten, sich dreinzufinden. Maurits kreiste nur noch um sich selbst. Nach dem Tod ihrer Eltern hatte Bella niemanden mehr außer ihren Kindern. »Als dein Vater starb, habe ich nicht geweint. Ich habe ihn nicht eine Sekunde vermißt. Ich war schon so lange allein.« Sie hatte es vielleicht nicht einmal gemerkt, aber jetzt weinte sie. Stumme Tränen, als wären es nicht ihre Tränen, sondern die Tränen eines anderen, nicht ihr Leben, sondern das Leben eines anderen.

Vor Emmeke saß eine kleine alte Frau, für die sie Gefühle aufkommen fühlte, die ihr bisher fremd waren. All das Unnahbare war aus ihr herausgesickert, all die Bitterkeit. Sie wollte ihre Mutter in die Arme nehmen, sie mit einem Kuß auf ihr dünnes, graues Haar trösten, etwas, das sie sich noch nie getraut hatte. Bella hatte so etwas immer abgewehrt – »keine Sentimentalitäten«, war ihr Standardspruch. Sie hob die Hände aus dem Schoß, als wolle sie eine solche Geste der Annäherung und Zuneigung auch jetzt unterbinden. Vorsichtig ergriff Emmeke die Hände ihrer Mutter. Bella ließ sie gewähren: »Ich hoffe, daß ich bald sterbe, das ist ja kein Leben.« Emmeke legte die Handflächen ihrer Mutter an ihre Wangen. Auch das ließ sie geschehen. Nachdenklich musterte Bella das Gesicht ihrer Tochter. »Ja«, sagte sie, und dann noch einmal: »Ja.« Das Wort blieb ihr im Hals stecken, als würde sie es sich verbeißen: Dahinter lag noch etwas anderes, etwas Unbegreifliches, Ehrfurchtgebietendes und Beängstigendes, etwas, das ein Nichts war.

Ihr Wunsch wird nun schneller in Erfüllung gehen, als sie sich das hätte vorstellen können; Emmeke macht sich da wenig Illusionen. Vielleicht wappnet sie ihre zur zweiten Natur gewordene Bitterkeit gegen das, was ihr bevorsteht, was auch immer es auch sein mag. Möge sich Bella nicht einschüchtern lassen und sich bis zum Letzten wehren, sich nichts bieten lassen und schimpfend und keifend um sich schlagen. Keiner weiß, was unter diesem Panzer verborgen liegt. Keiner, außer Emmeke. Der Gedanke zaubert ihr ein Lächeln aufs Gesicht.

45

Hätten sie Bella doch nur bei sich zu Hause aufgenommen! Lien macht sich Vorwürfe, daß sie das nicht durchgesetzt hat. Aber Bert wollte Bella um keinen Preis um sich haben mit ihrer ewigen Sucht, sich in alles einzumischen, mit ihrer ewigen Rumzankerei. Lien fand das hartherzig, konnte es aber nicht ändern. Nun ist sie nicht nur wütend auf sich selbst, sondern auch auf Bert, der sich verteidigt: »Es ist doch nicht meine Schuld, daß Bella abgeholt wurde?« – »Nein, aber es ist deine Mutter.« Bert beruft sich auf höhere Gewalt: Hätten sie Bella ins Haus genommen, hätten sie auch ihn da vorgefunden. Das mag sein, aber Bert habe als getaufter Protestant einen Schutzstatus. Lien klammert sich fester daran als an den Status der Mischehe, für den Bert keinen Stempel hat.

Joost ist unwohl bei diesem Wortwechsel. Gleich nachdem er Emmeke mit ihrem Kummer allein zu Hause gelassen hat, ist er zu Bert und Lien gegangen, um ihnen die Neuigkeiten über Bella mitzuteilen. Kann man noch etwas tun? Joost glaubt es nicht. Bella ist längst in Westerbork oder vielleicht schon viel weiter weg. Soll Bert mit seinem Motorrad nach Drenthe fahren und sie aus dem Lager holen? Mit all seinen Papieren und Beziehungen könnte er sich vielleicht Zutritt verschaffen. Er könnte vielleicht dies, vielleicht das … Er könnte … Es ist das erste Mal, daß Bert Joost etwas darüber verrät, der es jetzt nicht für den richtigen Augenblick hält, weiter in Bert zu dringen. Alle Aufmerksamkeit muß Bella gelten. Ob Bert vielleicht doch versucht, seinen familiären Verpflichtungen im Nachhinein nachzukommen? Aber warum sollten ihm die Deutschen Bella herausrücken? Weil er ihr Sohn ist? Nach allem, was Joost über die Deportationen weiß, ist ihm eines klar: Volljuden haben nicht den Hauch einer Chance.

In einem Brief vom niederländischen Roten Kreuz, datiert auf den 2.11. (19)46, wird bestätigt, daß meine Großmutter »Flora de Jong van Lier-Adler, geb. Adler, 26.12. (18)71 in Amsterdam, (...) am 20.4. (19)43 nach Sobibor deportiert wurde«, wo sie »vermutlich am oder um den 23.4. (19)43 vergast wurde«. In diesem Brief steht auch, daß sie am 10. April in Westerbork angekommen ist.

Durch diesen Brief erfahre ich mehr über den Tod meiner Großmutter als über ihr Leben. Auf dem einzigen Foto, das ich von ihr besitze, schaut sie mich mit einem spöttischen Lächeln an. Ich empfinde nichts, wenn ich dieses Bild betrachte, außer einer Art Leere, die mich irritiert. Nehme ich ihr meine Abwesenheit von Gefühlen übel? Ist das der Grund, warum ich nach Sobibór reise – um ihr näher zu kommen? Flora – schöner Name.

Das Wenige, was über das Lager bekannt ist, in dem schätzungsweise 175.000 bis 250.000 Juden – davon 34.000 aus den Niederlanden – vergast und verbrannt wurden, paßt auf eine Reihe von Tafeln, die an dünnen Holzbalken mit Fotos hinter Plastik befestigt sind; sie versuchen, das Lager zu dokumentieren: Bilder von denen, die die Hauptrolle spielten, von Dokumenten, die sich auf den Bau und die Anlage beziehen. Und Fotos von den jüngsten Ausgrabungen: *Lager 1, 2 und 3*, die Gaskammern und die dorthin führende *Himmelfahrtstraße*, auch »Schlangenweg« genannt.

Sobibór war eine Haltestelle auf der Linie Chełm-Włodawa. Die Schienen gibt es noch wie auch das kleine Bahnhofsgebäude aus Holz. Es ist gelb angestrichen, und davor steht ein weißes Schild mit schwarzen Buchstaben: Sobibór. Ich versuche mir vorzustellen, wie meine Großmutter am Freitag, dem 23. April 1943, hier eintraf, eine von 1166 Häftlingen, die sich auf dem achten Transport von Westerbork nach Sobibór befanden: wie gerädert nach drei Tagen voller Entbehrung in einem Vieh- oder Güterwagen ohne Sitze oder irgendwelchen Komfort. Die Türen wurden mit roher Gewalt aufgestoßen, und es wurden Befehle gebrüllt: »Raus, raus, schnell, schnell!« Mußte sie aus dem Waggon springen, brauchte sie Hilfe? Wurde sie geschlagen, weil es nicht schnell genug ging? Sie war einundsiebzig Jahre alt, allein, ohne weitere Familie. Und als sie auf dem Bahnsteig stand, was sah sie da? Das Haus des Kommandanten Franz Stangl, der in seiner weißen Uniform und mit seinem Schäferhund an der Leine nach dem Rechten sah? Und wo ist sie eigentlich? Ich kann sie inmitten des Wirrwarrs von verängstigten und verwirrten Menschen nicht entdecken, in das sie plötzlich geraten ist, und mit dem verglichen die Besatzung des Viehwagens heilig und der Viehwagen selbst ein sicherer Unterschlupf gewesen ist. In ihrer Verzweiflung klammern sich die Leute an die letzten Besitztümer, die ihnen gleich genommen werden. Wird sie erst jetzt von Furcht überfallen, oder ist sie schon unterwegs von der ständig aufflackernden Angst heimgesucht worden, die sie wie ein Schlag in die Magengrube trifft? Oder hat sie ein Fünkchen Hoffnung behalten? Hoffnung worauf?

Wir gehen eine Allee entlang, die von jungen Kiefern gesäumt wird. Unter jedem Bäumchen liegt ein Stein, und auf jedem Stein ist eine schwarze Gedenktafel mit einem Namen befestigt: Gomperts, Gans, Goudeket, Brilleman, Agsteribbe, Croiset, Verdooner, Granaat, Polak, Cohen, van Amerongen, Lopez Cardozo, Querido, Dasberg, Gerzon, Presser ... Ich kenne die Namen, von nah oder weither, von Aushängeschildern und Ladenaufschriften, aus einem Buch oder einer Gedenkschrift, von persönlichen Begegnungen.

An etwas, das nach einer Kreuzung mit einem anderen Weg aussieht, bleiben wir stehen: links und rechts sehen wir eine freie Fläche im Wald, bedeckt mit niedrigem Gras – »etwas«, das sich zwischen den Bäumen hindurchschlängelt, kaum noch als Weg erkennbar: die Himmelfahrtstraße von Lager 2 zum Lager 3. Die Menschen, die diesen Weg entlangliefen, waren rettungslos verloren.

Und da ist auch meine Großmutter – ich sehe sie zwischen den anderen Frauen ihres Transports angeschlurft kommen: nackt, ihre Sachen hat sie ausziehen müssen; vielleicht hat sie noch gefragt, wozu das denn gut sein soll und warum es denn ausgerechnet unter freiem Himmel, in Anwesenheit von Aufsehern, geschehen mußte. Wie sie sich dann mit den anderen wieder in Bewegung gesetzt hat und in eine Barak-ke getrieben wurde, um sich ihrer letzten Würde berauben zu lassen: ihrem gewellten, grauen Haar. Sie ist jetzt so er-schöpft, daß sie nicht mehr protestiert. Müde hebt sie ihren Kopf, kahl und weiß wie der eines Babys: »Was geschieht hier mit mir?« – »Du wirst sterben.« – »Und deswegen bist du den ganzen Weg hierhergekommen?« – »Ich wollte sehen, wie du ...« – »Hier gibt es nichts zu sehen.« Wie sie weiter trottete. Wie sie durch das Tor von Lager 3 ging, direkt auf ein kleines Backsteingebäude zu. Wie sie in einen Raum getrieben und mit den anderen Frauen zusammengepfercht wurde; wie sie die warme, schweißnasse Haut ihrer nächsten Nachbarin-nen auf der Haut spürte; wie die Angst an ihr hochkroch; und daß zwar noch Schreie zu hören waren, sie selbst aber keine Kraft mehr hatte.

Bert will noch schnell Benzin an der Wehrmachtszapfsäule auf dem Gelände der Alexanderkaserne tanken. Da gibt es plötzlich Schwierigkeiten. Am Tor weist er sich wie immer mit dem allerersten deutschen Dokument aus, das er erhalten hat: Strehlers Ausweis. Er wird durchgewunken. Seine Ben-zinzuteilung wird von einem Soldaten, den Bert noch nie zu-vor gesehen hat, eingehend studiert. Der Soldat will wissen, wie er zu der Zuteilungsbescheinigung gekommen ist. Hier könne nicht jeder x-Beliebige mit irgendeiner Genehmigung einfach so hereinspaziert kommen, um Benzin zu tanken, als wäre das eine Zapfsäule an der Hauptstraße. Benzin ist knapp, das sollte Bert doch wissen. »Ich bin kein x-Beliebiger«, Bert hat wenig Geduld mit so einem Grünschnabel, der sich nur wichtig machen will. »Die Genehmigung ist vom Hauptquar-tier ausgestellt.« – »Ach so, vom Hauptquartier.« – »Ja, wenn Sie mir nicht glauben, fragen Sie einfach nach!« – »Regen Sie sich nicht auf. Ausweis!?« Bert zeigt den Strehler-Ausweis vor. Auch der wird ausgiebig studiert. Wer sei denn Major

Strehler? »Der Adjutant von General Christiansen.« Bert muß darauf spekulieren, daß dieser Soldat mit der höheren Hierarchie der Wehrmacht nicht vertraut ist, der Name Christiansen aber Eindruck macht. Eigentlich hätte er jetzt dessen Empfehlungsschreiben vorzeigen sollen, aber Bert ist müde und will nach Hause – die Ereignisse mit Bella hatten ihn schwerer getroffen, als er sich selbst eingestehen will. Der Soldat verschwindet in seiner Kabine. Es wird ewig telefoniert. Endlich kommt der Soldat zurück, ein falsches Lächeln zieht sich über sein Gesicht: »Ein Major Strehler ist uns nicht bekannt.« Und ohne Überprüfung der Genehmigung und des Ausweises sei eine Benzinausgabe nicht möglich. Es ist Samstagabend, das Hauptquartier ist geschlossen, Bert sollte besser ein anderes Mal wiederkommen. »Es tut mir leid.« Bert ist wütend, er muß sich zusammenreißen, um nicht plötzlich die Beherrschung zu verlieren. Ein Wort zuviel, und die Situation gerät außer Kontrolle. »Und seit wann fährt einer wie Sie ein Motorrad der Wehrmacht?« – »Seit dem 9. Mai 1940.« Einen Tag, ehe die deutsche Wehrmacht in die Niederlande einmarschiert ist. Letzteres zu sagen, kann er sich nur schwer verkneifen, aber er will sein Motorrad nicht abgenommen kriegen. Ohne die Zündapp kann er nirgendwohin. Ob er das auch beweisen könne? Mit der flachen Hand schlägt Bert auf seine Aktentasche. Seit dem Vorfall bei der Villa Ravenhorst hat er auch die Besitzurkunde bei sich. »Schon gut.« Bert darf gehen.

Nichts ist ihm lieber. Er drückt den Startknopf – der Motor springt nicht an. Noch einmal – nichts. Wütend tritt er auf den Kickstarter, aber mehr als ein trockenes Glucksen bekommt er nicht zurück. Er tritt noch einmal, diesmal fester, da gibt es einen lauten Knall – eine Fehlzündung. »Verdammt noch mal!« Bert tritt gegen den Kotflügel. Der Soldat zieht seine Pistole: »Was war das?« Das Benzin ist bis auf den letzten Tropfen alle. Einen Moment lang hofft Bert, daß der Soldat ein Einsehen haben werde und ihn doch noch tanken läßt, aber er muß sein Motorrad zur Seite schieben, an die Kasernenmauer. Am Montag kann er es zurückhaben. Bert soll sich dann beim Kommandanten der Kaserne melden. Ist seine Zündapp jetzt beschlagnahmt? Bert will protestieren, überlegt es sich aber in letzter Sekunde. Er muß verhindern, daß dieser Untergebene die Zügel noch weiter anzieht. Wie soll er nach Hause kommen? »Zu Fuß!« Das falsche Lächeln wächst sich aus zu einem vollen Grinsen. »Scheiße!« – »Marsch, aber schnell!«

Bei dem, was Bert jetzt vorhat, muß ich ein Auge zudrükken. Bislang hat er nichts Unrechtmäßiges getan. Er hat nie versucht, auf Kosten anderer Profit aus seinen Beziehungen zu den Deutschen zu schlagen. Die hat er zu seiner eigenen Sicherheit und um fremdes Eigentum deutschen Händen zu entreißen geknüpft. Das ist zwei Jahre gutgegangen. Er ist nie übermütig geworden, hat das Schicksal nie herausgefordert. Er ist den deutschen Behörden mit offenem Visier entgegengetreten, hat sich nie abkanzeln oder einschüchtern lassen. Aber in letzter Zeit hat sich die Situation verändert. Die Stimmung unter den Militärs ist gereizt und nervös. Das wird mit der sich verschlechternden Kriegssituation zu tun haben. Wahrscheinlich ist eine neue Rekrutierung von Soldaten erfolgt – Bert sieht immer wieder neue Gesichter –, und sie haben den Befehl erhalten, kein Auge mehr zuzudrücken. Seine Papiere werden nicht akzeptiert, sein Eigentum wird in Frage gestellt.

Die Freundlichkeit und das Entgegenkommen der ersten Kriegstage haben allmählich eisiger und offener Feindseligkeit Platz gemacht. Oder fangen sie an, Angst zu kriegen? Früher hießen die Deutschen noch die »Besatzer«, heute sind sie »der Feind«. Sie gehen mit aller Energie zwei Projekte an, die bei der niederländischen Bevölkerung Widerstand, Abscheu und Bestürzung hervorrufen: den Bau des Atlantikwalls, für den Hunderttausende Menschen aus der Küstenregion evakuiert werden, und die Deportation der Juden, der anscheinend niemand entkommen kann. Erst wurde Onkel Rudolf abgeholt, jetzt auch Berts Mutter. Joost wird zum Arbeitseinsatz befohlen – was aus Emmeke werden soll, ist unklar, und Bert fühlt sich zusehends bedroht. Seit Major Strehler an die Ostfront abkommandiert wurde, ist sein Lavieren zwischen den Klippen noch gefährlicher geworden, als es ohnehin schon war. Er kann sich nicht mehr auf seine Geschicklichkeit und Intuition verlassen, mehr und mehr ist er den Launen der Deutschen unterworfen, es ist eine Sache von Glück oder Zufall.

Auf General Christiansen kann er gleich gar nicht zählen; der ist viel zu weit weg von ihm. Weil in dem halb ausgeplünderten Land nicht mehr viel zu holen ist, wird Mühlmann, sein zweiter Schirmherr, auch bald nicht mehr dasein. Die Beziehungen zu ihm köcheln auf Sparflamme und laufen hauptsächlich über Dr. Berghaus. Um sicherzustellen, daß Bert sein Motorrad zurückbekommt, muß er seine Beziehungen zu ihm noch einmal spielen lassen, bevor es zu spät ist.

Bert hat den ganzen Sonntag Zeit, sich alles gut auszutüfteln: Er könnte Mühlmann ein Gemälde aus der Sammlung von Hans Dedemsvaart anbieten, und im Austausch dafür ein Schreiben – einen Befehl, eine Order – erhalten, in dem steht, daß Bert als »Vertrauensmann« wertvolle Arbeit für die Dienststelle verrichtet, für die sein Motorrad unentbehrlich ist. Mit diesem Schreiben könne er dann beim Kommandanten der Alexanderkaserne vorsprechen und sein Motorrad zurückholen. An sich ein guter Plan und wirklich echt Bert, aber ich habe aus ethischen Gründen meine Probleme damit. Denn mit der Entwendung eines Gemäldes aus der Sammlung Dedemsvaart überschreitet Bert eine Grenze: Das ist Diebstahl. Das weiß er natürlich selbst auch, aber ihm fällt kein anderer Weg ein, sein Motorrad wiederzukriegen. Nur Mühlmann kann ihm helfen.

Am Montag nimmt er die Blaue Straßenbahn zur Tulpenscheune in Sassenheim. Ohne sein Motorrad fühlt er sich klein und verletzlich. Von der Haltestelle ist es noch ein ganzes Stück zu laufen. Das Gehen mit dem langen Ledermantel und den Stiefeln, die wie Blei an seinen Füßen hängen, fällt ihm schwer. Außerdem sticht er den paar Leuten ins Auge, die ihm entgegenkommen. Sie schauen furchtsam zur anderen

Seite – wahrscheinlich halten sie ihn für einen SS-Mann. Die Scheune liegt weit außerhalb des Ortskerns und ist nur über einen Karrenweg zwischen zwei Tulpenschuppen auf der befestigten Straße zu erreichen. Wie oft ist er hier mit dem Motorrad langgefahren? Trotzdem sieht jetzt alles ganz anders aus: rauh und unwirtlich. Er braucht mehr als eine Stunde, um dorthin zu kommen. Zum Glück hat Lien ihm eine Thermoskanne mit Kaffee und ein Päckchen Graubrot mit Käse mitgegeben. Es ist kalt, ein starker Nordwind weht, der Schnee ankündigt. Niedrige, graue Wolken hängen über den kahlen Dünenkuppen in der Ferne. Die ersten grünen Spitzen von Hyazinthen, Narzissen und Tulpen, die nach ein paar warmen Tagen ihre Köpfe ausgestreckt haben, versuchen, erschrocken von der Kälte, sich wieder unter die Erde zurückzuziehen.

In der Klause beugt er sich über eine der Kisten der Dedemsvaart-Sammlung und versucht, sie vorsichtig mit einem Brecheisen aufzuhebeln. Unterwegs hat er sich alles noch einmal hin- und herüberlegt. Auf halber Strecke wäre er sogar fast umgekehrt. Was er vorhat, kann er Hans, seinem Freund, der so viel Vertrauen in ihn gesetzt hat, nicht antun. Und was würde Rogier sagen, wenn er davon Wind bekäme? Die Bilder seines Vaters sind ihm vielleicht nicht so wichtig, aber daß sie seinem Vater gehören, schon. Bert betrügt seine Freunde. Aber wie sonst soll er sein Motorrad zurückbekommen, ohne als Jude erwischt zu werden? Das ist die Schwachstelle in dem ganzen Spiel: das J in seinem Ausweis. Noch hat niemand danach gefragt, aber dieser Moment wird unweigerlich kommen, wenn er nicht vorbaut.

Es sei denn, er verschwindet – die einzige Alternative. Dann kann er aber nicht länger die Miete der Villa Ravenhorst und des Hauses von Goedeman in der Groot Hertoginnelaan kassieren und würde diese Grundstücke den Deutschen überlassen, die damit anstellen könnten, was sie wollen. Aber untertauchen ist nicht seine Art; er hält eine solche Lösung sogar für feige. Er ist an den riskanten Umgang mit den Deutschen gewöhnt – die Herausforderung anzunehmen, das ist sein Stil. Die einzige andere Möglichkeit wäre zu versuchen, in die

Schweiz zu kommen, mit dem Motorrad, Lien im Beiwagen. Erst das Bild, dann Mühlmann und die Bescheinigung, die ihm das Motorrad zurückbringt, und dann mit vollem Tank in die Schweiz. Wie, das wird er schon sehen.

Er will nur ein kleines Bild auswählen, das kleinstmögliche. Dann ginge es weniger um Diebstahl, sondern nur um das nötige Wechselgeld. Bert ist sich sicher, daß Hans Dedemsvaart Verständnis dafür hätte. Es ist ein Notfall. Bevor er findet, was er sucht: ein kleines Gemälde in Holzrahmen mit breitem Rand, muß er alle Kisten aufbrechen. Es ist eine Landschaft in blau-grünen Farben. In der Ferne, zwischen den Bäumen, schimmert Wasser – das Meer? Zwischen den Bäumen laufen dunkelhäutige, halbnackte Menschen herum. Es sieht so aus, als ginge es ihnen prächtig. Ist das das Paradies? Daß es Bert gefällt, ist für seine Wahl weniger ausschlaggebend als die Tatsache, daß das Bild mit der Schmalseite in Smidts Aktentasche paßt. Der Rahmen ragt oben heraus und ist unbequem zu tragen, es paßt gerade so unter die Achsel. Aber das Bild ist gut verpackt, niemand kann sehen, was Bert durch die Gegend schleppt.

Auf dem Rückweg muß er ewig auf die Straßenbahn warten, daß er gerade rechtzeitig vor der Sperrstunde zu Hause ist. Lien hat sich schon Sorgen gemacht. Jetzt, da Bert sein Motorrad nicht mehr hat, fühlt sich alles noch unsicherer an.

Bevor Bert in der Groot Hertoginnelaan die Dienststelle Mühlmann aufsucht, geht er am nächsten Tag erst im Venduehuis vorbei, um das Gemälde schätzen zu lassen. Herman Hofstede und Annebeth Zuiderland fallen fast vom Stuhl vor Erstaunen und Begeisterung: Das ist ein Gauguin, unverkennbar! Wo hat er den denn her? Was für ein schöner Fund, und welch ein Glück, daß Bert dieses Werk in Sicherheit bringen kann! Mit einem Stich ins Herz läßt er sie in ihrem Glauben; er ist im Begriff, das genaue Gegenteil zu tun. Aber mit diesem Bild wird er Mühlmann sicher erweichen können. Das ist kein wertloses Zeug. Also los dann, ich kann nur hoffen, daß sein Plan aufgeht.

Fast zwei Jahre hat Bert jeden Monat das Haus in der Groot Hertoginnelaan aufgesucht. Allmählich ist die Erinnerung an Henri und Elfie Goedeman verblaßt. Im Erdgeschoß befindet sich jetzt die Verwaltung der Dienststelle. Das alte Mobiliar ist mit häßlichen Büromöbeln aus Metall aufgefüllt worden. Bert bekommt seine Miete ausbezahlt, schreibt die Quittungen und fragt, ob alles zur Zufriedenheit war. Es ist immer irgendwas. Diesmal ein Leck im Dachgeschoß – etwas an der Dachrinne. Wahrscheinlich mit Herbstlaub verstopft, denkt Bert. Er wird es sich ansehen und, wenn nötig, einen Klempner beauftragen.

Die Etagen über der Verwaltung sind geschmackvoll mit den verbliebenen Biedermeiermöbeln von Henri Goedeman eingerichtet, hier haben Mühlmann selbst, Dr. Berghaus und ein Kunsthistoriker aus Österreich ihre Büros, unterstützt werden sie von einer deutschen Sekretärin mit ovalem Gesicht und um den Kopf geflochtenen Gretchenzöpfen. Dort befindet sich auch die *erstattete Kunst* – Kunst, die sie auf die eine oder andere Weise »erworben« haben – entweder angekauft oder beschlagnahmt. Wenn Bert selbst etwas aus einem Haushalt anzubieten hat oder einen Tip mit Dr. Berghaus besprechen möchte, achtet er immer darauf, daß er zu einem Zeitpunkt kommt, an dem er ihn mit Sicherheit antrifft. Mühlmann ist dann meist nicht da.

Bert kommt gegen halb zwölf. Berghaus ist da. Guten Mutes und ein wenig nervös steigt Bert die Treppe hinauf, die Aktentasche mit dem Gemälde über die Schulter gehängt. Das Zimmer von Berghaus steht voller Kisten. Die Rolläden sind aufgezogen. Fahles Winterlicht fällt ins Zimmer und zaubert durch die kleinen Bleiglasfenster im Erker Farbtupfer an die Wände und auf den Teppich. Berghaus sitzt über Papiere gebeugt an seinem Schreibtisch. Er reicht Bert die Hand und bedeutet mit einer Geste, daß er Platz nehmen soll. Mit einer größeren Gebärde zeigt er auf das Durcheinander: »Wir packen gerade etwas für den Versand zusammen.« Für ein Museum oder einen Kunsthändler oder einen privaten

Sammler, vielleicht sogar den Führer selbst. In letzter Zeit gibt es wegen der Evakuierungen für den Atlantikwall wieder ein paar mehr Angebote, sagt Berghaus: »Aber nichts weiter von Bedeutung.«

Bert öffnet die Klappe seiner Aktentasche und zieht »sein« Gemälde heraus: »Vielleicht ist das was für Sie.« Berghaus werde es sich später ansehen, jetzt habe er zuviel zu tun – Bert soll es irgendwo hinlegen. Aber der sitzt auf glühenden Kohlen, er möchte, daß Berghaus es sich jetzt ansieht. Sein Motorrad steht seit drei Tagen unbeaufsichtigt auf dem Kasernengelände, wer weiß, was in der Zwischenzeit damit passiert ist. »Ich hätte auch noch eine Bitte.« Bert muß sich gedulden, bis Berghaus Zeit für ihn hat. Er sitzt mit unbehaglichem Gefühl auf einem Biedermeierstuhl, das Gemälde auf seinem Schoß. Berghaus schaut auf die Uhr. Es ist Zeit zum Mittagessen, also bitte schnell! Bert nimmt das Bild aus der Verpackung und legt es zu den Papieren auf den Schreibtisch.

Zunächst scheint es, als würde Berghaus nicht mitbekommen, was er da sieht, seine Aufmerksamkeit ist vollends auf das Mittagessen gerichtet. Sein zweiter Blick bleibt an dem Bild kleben: »Jesus Maria!« Der Telefonhörer fällt ihm aus der Hand. »Aber ... aber ... das ist ... das ist ...« Berghaus ist mit Sprachlosigkeit geschlagen, eine Reaktion, auf die Bert gehofft hat. »Das ist ein Gauguin!« Seine Stimme überschlägt sich. »Oh?« Bert mimt den Ahnungslosen. Dank Herman und Annebeth weiß er inzwischen genau, wer Gauguin war und wieviel das Gemälde wert ist. Die Verhandlungen, die er darüber führen will, dürfen auf keinen Fall scheitern. Auf die unvermeidliche Frage, wo das Bild herstamme, hat er sich etwas zurechtgelegt: »Aus einem der Häuser, die wegen des Atlantikwalls geräumt werden mußten.« Er werde da hin und wieder von der Dienststelle eingeschaltet, und er habe sich gedacht, niemand würde etwas dagegen haben, wenn er das hier für sich behalte. Es wäre ja nur ein kleines Bild. »Aber das ist ein Gauguin, vielleicht das wichtigste Stück von der ganzen Aktion!« Berghaus fängt fast an zu schreien. Das habe Bert natürlich nicht wissen können – er ist ja kein Experte wie Dr. Berghaus. Und warum er es jetzt abgeben wolle, möchte Berghaus wissen. Auch auf diese Frage ist Bert gut vorbereitet.

Umständlich erklärt er, daß er eine schriftliche Erklärung von Herrn Mühlmann brauche, um sein zu Unrecht beschlagnahmtes Motorrad zurückzubekommen, und daß er Herrn Mühlmann für diesen Dienst im Gegenzug eine kleine Gefälligkeit erweisen möchte. Berghaus schnappt nach Luft: Dann wisse Bert also, daß es um ein sehr wertvolles Bild geht. Eben nicht, sagt er, wenn er das geahnt hätte, hätte er es nicht für sich behalten. Aber Berghaus findet, daß die ganze Sache ein G'schmäckle hat und nach Diebstahl riecht. Merkwürdig, daß Bert des Diebstahls beschuldigt wird, wenn doch Berghaus selbst der Dieb ist. Solche Schamlosigkeiten sind also selbst für zivilisierte, studierte Menschen mit Doktortitel bereits vollkommen selbstverständlich geworden. Bert erinnert Berghaus daran, daß er gelegentlich etwas für den privaten Gebrauch zugesteckt gekriegt hat. Aber streng genommen habe er es gestohlen, betont Berghaus. »Ich habe es nicht gestohlen«, sagt Bert wahrheitsgemäß. Erst wenn Berghaus das Gemälde entgegennimmt, was er zweifellos tun wird, hat Bert es Hans Dedemsvaart entwendet. »Ich habe es behalten, wie ich andere Bilder von Ihnen behalten und verkaufen durfte. Auch kleine Landschaften wie diese hier.« Er habe es für sich behalten, weil es ihm gefallen habe. Bert hat Berghaus nun halbwegs von seiner Unschuld überzeugt. Die andere Hälfte folgt mit dem Argument, daß, wenn er den Wert geahnt und überhaupt gewußt hätte, wer Gauguin ist und wirklich Böses im Schilde führen würde, das Bild nie und nimmer zurückgebracht und lieber selbst verkauft hätte. Kein Hahn hätte danach gekräht. Berghaus kriegt nicht mit, daß das nun das genaue Gegenteil von dem ist, was er gerade gesagt hat. Sie sollten ihm dankbar sein: Er hat ihnen ein wichtiges Kunstwerk in die Hände gespielt: umsonst. Herr Mühlmann wird sich freuen.

Dem kann Berghaus nur zustimmen. Er schaut wieder auf den Gauguin, der vor ihm auf dem Tisch liegt, und stößt einen tiefen Seufzer aus: »Wunderschön.« Bert hat die Prüfung bestanden; er kann das Gespräch auf das Schreiben bringen, das er von Mühlmann braucht. Berghaus begreift die Notwendigkeit; er sagt sogar, daß Bert von unschätzbarem Wert für die Dienststelle ist. Genau so soll Mühlmann es formulieren, sagt Bert, und hinzufügen, daß sein Motorrad unverzichtbar sei. Dann werde er es auf jeden Fall wiederkriegen. Berghaus macht sich ein paar Notizen und bittet Bert, am nächsten Tag wiederzukommen.

Bert hat es geschafft: Am nächsten Tag hat er seine Bescheinigung in der Tasche. Es tut mir leid für Hans Dedemsvaart, aber was ist in dieser Zeit ein Gauguin gegen eine Zündapp? Von einem Gauguin hängt das Leben nicht ab, von einer Zündapp schon. Berts Leben. Entgegen seiner Gewohnheit steckt Bert das Mühlmann-Schreiben in seine Manteltasche zum Personalausweis. Nachdem er die Dachrinne vom nassen Herbstlaub befreit hat, schlägt er voller Zuversicht den Weg zur Alexanderkaserne ein. Wegen des im Bau befindlichen Atlantikwalls muß er einen großen Umweg machen. Dr. Berghaus hat ihm einen zweiten Umschlag in die Hand gedrückt mit einem »Obendrauf« von Herrn Mühlmann. Mit diesem Geld gönnt sich Bert im Hotel De Wittebrug einen Strammen Max – wie es jetzt auf der Speisekarte heißt. In solchen Etablissements ist noch alles zu haben. Es wimmelt von hohen deutschen Offizieren.

Gestärkt meldet er sich am Tor der Kaserne. Er zeigt seinen Strehler-Ausweis: Er möchte sein Motorrad abholen, das er am vergangenen Samstag hier zurücklassen mußte, eine Zündapp 600 mit Beiwagen. An der blinden Wand hinter der Tankstelle sieht er es nicht. Es wurde umgeparkt, natürlich. Die Wache telefoniert. Schließlich wird er von einem schweigsamen Unteroffizier ins Hauptgebäude geführt. Dahinter liegen die Dünen und die Waalsdorpervlakte. Auch zwischen den geparkten Armeefahrzeugen kann Bert seine Zündapp nirgendwo entdecken. Vielleicht stand sie im Weg.

Der Unteroffizier folgt ihm die Treppe hinauf – Marmorstufen, schmiedeeisernes Geländer – und bringt Bert in einen Warteraum. Leute warten zu lassen, ist eine bewährte Methode der Deutschen. So zermürbt man den Gegner. Diesmal ist es ein Offizier, der ihn weiter nach drinnen führt, durch lange Gänge, in die Eingeweide des Gebäudes. Durch eine Mattglastür mit einer Messingklinke wird Bert in einen Raum geleitet. An der Rückwand ist eine Eichenholztür. Das ist kein Wartezimmer, sondern ein »Antichambre«. Berts Schwung ist etwas abgeflaut. Er tastet nach der Manteltasche. Ist der Brief noch da?

Die Tür geht auf. Zwei Offiziere salutieren zum Abschied voneinander, ohne ihn eines Blickes zu würdigen. Einer von ihnen geht wieder hinein. Einen Moment später taucht er wieder auf und hält Bert die Tür auf: »Kommen Sie rein!« Ganz hinten im Raum sitzt ein Offizier am Schreibtisch. Er trägt beeindruckende Epauletten auf der Schulter; das ist der Kommandant. Der Offizier gestikuliert, Bert geht zum Schreibtisch, bis er direkt davorsteht. Der Kommandant schaut nicht von seinen Papieren auf. Das scheint eine Gepflogenheit des Deutschen am Schreibtisch zu sein. Der Offizier stellt sich neben dem Schreibtisch auf, die Beine gespreizt, die Hände auf dem Rücken. Bert greift in seine Manteltasche nach dem Schreiben von Mühlmann. Der Kommandant streckt ohne aufzublicken die Hand aus, Bert will ihm das Papier aushändigen. Er möchte sagen: »Bitte, ein Schreiben von Herrn Mühlmann«, der Kommandant macht eine wegwerfende Handbewegung: »Die Aktentasche.« – »Aber …« – »Nichts aber: die Aktentasche.« – »Es handelt sich um mein Motorrad.« – »Halten Sie den Mund, hier rede nur ich!« Bert muß dem Offizier seine Aktentasche geben. Er versucht es noch einmal, aber der Kommandant bringt ihn grob zum Schweigen: »Maul halten!« Der Offizier holt den ganzen Stapel Papiere aus seiner Tasche und breitet sie vor dem Kommandant Stück für Stück auf der grünen Schreibunterlage aus: den Strehler-Ausweis, die beiden Briefe von Major Strehler und General Christiansen für »besondere

Aufträge« vom Generalstab, die Mietverträge für die Villa Ravenhorst und die Groot Hertoginnelaan, van der Harsts Empfehlung für das Schweizer Konsulat, seine »Anstellung« als Verbindungsmann für die Dienststelle Mühlmann, die Benzinbewilligung und die Besitzurkunde der Zündapp, komplett mit Quittung. Während Bert zusieht, das Mühlmann-Schreiben noch stets in der Hand, studiert der Kommandant die Dokumente ausgiebig und legt sie dann beiseite – nur die Besitzurkunde liegt noch vor ihm. Bert meint, daß er jetzt sein Sprüchlein aufsagen könne und Mühlmanns Papier präsentieren, aber er täuscht sich. Das hier – der Kommandant schlägt mit der flachen Hand auf die Besitzurkunde – sei eine Fälschung. Das Motorrad sei gestohlen, das sei unumstößlich bewiesen, es ist ein Wehrmachtsmodell. Der Beiwagen habe sogar eine Nummer und ein Nummernschild, das zu einer Einheit gehört, die während des Einmarschs in die Niederlande aktiv war. Daß das Nummernschild überpinselt wurde, ist Beweis genug. Auch das Kaufdatum ist verdächtig: 9. Mai 1940. Bert habe sich unter Vorspiegelung falscher Tatsachen der deutschen Besatzungsmacht angebiedert, um ihre Gunst zu erlangen und sich Privilegien zu erschleichen. Alle Dokumente zeugen davon. Sie seien wertlos, bedeutungslos und basieren auf Betrug. Mit dem Arm fegt der Kommandant die Papiere vom Schreibtisch.

Bert hat noch immer nichts entgegnen können, nichts, was er zu seiner Verteidigung anzuführen hat, nichts, was dem Kommandanten die Augen öffnen könnte. Er ist so durcheinander, daß er in diesem Moment gar nicht weiß, womit er anfangen soll: mit dem Schreiben von Mühlmann oder mit der Rettung von Major Strehler. Seine Widerstandskraft, die ihn sonst nie im Stich läßt, ihn immer gerettet hat, hat ihn verlassen. Der Kommandant hat ihm nicht den Hauch einer Chance gelassen.

Jetzt muß er seinen Ausweis vorzeigen. Hilflos deutet Bert in Richtung der auf dem Boden verstreuten Papiere: der Ausweis von Major Strehler. Aber den meint der Kommandant nicht; er meint den Personalausweis. Habe er den etwa nicht bei sich? Bert holt ihn aus der Tasche. Der Kommandant schlägt ihn auf: »Ach, und Jude sind Sie auch! Das erklärt ja alles.« Und er trägt nicht mal einen Stern. Damit macht er sich dreifach strafbar: Fälschung, Diebstahl und Identitätsbetrug.

Berts Knie knicken ein. Alles Blut ist aus seinem Gesicht gewichen. Kotzübel ist ihm, der Stramme Max kommt ihm wieder hoch. »Abführen!« Er wird von zwei stämmigen Soldaten unter den Achseln gepackt und weggeführt. Sie zerren ihn über die Flure, stoßen ihn die Treppen hinab, drehen ihm die Arme auf den Rücken und schleppen ihn durch eine der Straßen am Hauptgebäude entlang auf das dahinterliegende Gelände in eine separate Baracke. Bert wird in eine Zelle geworfen, die Stahltür knallt hinter ihm zu. Er ist allein, der Willkür der Deutschen ausgeliefert, ihrer Wut, ihrer Rachsucht.

Ausgerechnet jetzt hält sich General Christiansen zu Besprechungen über den Atlantikwall in Berlin auf. Mir fällt nichts ein, womit ich Bert beispringen, nichts, was ich für ihn tun könnte. Nichts, womit ich ihm, gewitzt und frech, wie er ist, helfen könnte, sich an allen gefährlichen Klippen vorbeizulavieren, um die Katastrophe abzuwenden. Nichts, um ihm seine Widerstandskraft zurückzugeben, mit der er sich bisher immer wieder aufgerappelt hat. Ich kann mir nur vor den eigenen Kopf schlagen. So schnell kann es gehen! Plötzlich ist es passiert, mit einer Nichtigkeit haben sie ihn drangekriegt. Bert hat mich oft mit seinem Einfallsreichtum übertroffen, aber letztendlich ist niemand der brutalen Gewalt der Deutschen gewachsen. Ich stehe machtlos da. Es tut weh, daß ich ihn so gehen lassen muß, so gottserbärmlich. Als würde ich ihn im Stich lassen. Wenn selbst Bert sein Schicksal nicht mehr in der Hand hat, hat niemand mehr etwas in der Hand.

46

Zum Glück ist Lien noch da. Vielleicht kann sie etwas tun, was mir versagt bleibt. Es ist nicht viel, aber sie versucht es. Daß Bert ab und zu über Nacht wegbleibt, daran ist sie gewöhnt, aber daß es ausgerechnet dann passiert, wenn sie ihn mit seinem von den deutschen Behörden zurückeroberten Motorrad zu Hause erwartet, wie er es beim Abschied angekündigt hat, macht sie nervös. Es muß etwas dazwischengekommen sein, wie Bert seine Abwesenheiten meist begründet. Als noch ein Tag und eine Nacht vergangen sind, ohne daß er etwas von sich hat hören lassen, wird ihr klar, daß etwas nicht stimmen kann. Ist er verhaftet worden? Hat er was Dummes angestellt? Völlig ratlos geht sie am Samstag zu Emmeke und Joost.

Emmeke ist gerade dabei, den Stern für den wöchentlichen Besuch bei Bobbie am nächsten Tag an den Mantel zu nähen. Seit Bella abtransportiert wurde, ist sie trübselig und in sich gekehrt. Die Vorstellung, daß Bert spurlos verschwunden ist, läßt sie die Fassung noch mehr verlieren. Joost weiß keine Antwort auf Liens Frage, ob der Jüdische Rat etwas tun könne. »Vielleicht ja, vielleicht nein« – es kommt darauf an. Ihm allein fällt auf, wie zynisch das klingt. Ob er es bitte trotzdem versuchen würde, fragt Lien. Aber er kann nicht vor Montag hingehen. Am Samstag ist wegen des Sabbats geschlossen und am Sonntag wegen der christlichen Sonntagsruhe. Zur Polizei dann also? Noch zwei Tage verstreichen zu lassen, hält Lien für zu lang – die Züge stehen nicht still. Joost denkt daran, was Bert gesagt hat: Gehst du zur Polizei, landest du bei der Sicherheitspolizei, und mit der sollte man sich besser nicht einlassen. »Vielleicht kommt er ja bald ganz einfach nach Hause«, sagt er, um Lien zu beruhigen. Nicht, damit sie Ruhe gibt; er weiß wirklich nicht, was er tun soll.

Ganz und gar nicht beruhigt, begibt sich Lien wieder nach Hause. Auch an diesem Abend taucht Bert nicht auf. Und auch nicht am Sonntag. Auf der Suche nach möglichen

Hinweisen auf seine Abwesenheit öffnet Lien die Schubladen von Berts Schreibtisch. Dort findet sie die Schlüssel zum Tulpenschuppen bei Sassenheim, die er ihr kürzlich anvertraut hat. »Für den Fall, daß etwas passiert«, hatte er gesagt. Jetzt ist »etwas« passiert, und viel Gutes kann es nicht sein. Sie findet auch das Notizbuch mit den Namen von Berts Kunden und den Angaben, was sie bei ihm in Verwahrung gegeben haben, alles in kleinen, aber gut lesbaren Buchstaben: »Hausr, Gem, L&G, Schmu, Mö, Israels.« Keine Adressen. Sie steckt die Schlüssel an ihr Schlüsselbund, versteckt das Notizbüchlein hinter einer losen Fußbodenleiste im Flurschrank unter der Treppe bei den Schuhkartons. Eine innere Stimme sagt ihr, daß sie Vorsichtsmaßnahmen treffen muß. Sie findet auch ihr Heiratsbuch, das sie zusammen mit dem Personalausweis in ihre Handtasche steckt, dazu ein kleines Fotoalbum mit Hochzeitsfotos und Bildern von ihrem Urlaub in der Schweiz. Weiter gibt es Bezugsscheine, Quittungsbücher, bedruckte Umschläge und Stapel von Briefpapier mit dem in Hellblau gehaltenem Briefkopf TRANSAKTIONEN UND TRANSPORTE, und darunter: DIR. A. MEIJER VAN LEER. Aber keine Korrespondenz mit seinen Kontakten, aus der sie schließen könnte, mit wem Bert Geschäfte macht. Sie holt die restlichen Schuhkartons aus dem Flurschrank, um das Geld zu zählen. Das meiste liegt in Sassenheim, weiß sie, aber das hier ist auch ein ansehnlicher Betrag. Alles zusammen Tausende Gulden. Ein paar Scheine stopft sie ins Portemonnaie. Es gibt sogar eine Kiste mit Münzen, Silbergulden und alten Reichstalern. Es gibt ein sicheres Gefühl, so viel Geld. Am Abend geht sie noch einmal bei Joost und Emmeke vorbei, die gerade von ihrem Besuch bei Bobbie zurückgekehrt sind. Todmüde und blaß sitzt Emmeke auf dem Sofa von Bert im Vorderzimmer, immer noch im Mantel mit dem Stern. Sie hat geweint. Lien hat keine Nachricht von Bert. Er ist und bleibt verschwunden. Joosts Besuch beim Jüdischen Rat am nächsten Tag bringt auch nichts. Es ist vertane Zeit.

Lien muß nicht zur Polizei, die Polizei kommt zu ihr. Gleich drei Mann hoch. Einer in einer grünen Uniform, der zweite in einer schwarzen und der dritte in der Uniform der Haager Polizei. Es ist früh am Morgen. Die Klingel ertönt so lange und laut, daß Lien zuerst glaubt, daß es Bert ist, der seine Schlüssel verloren hat. Ehe sie's sich versieht, stehen die Polizisten am oberen Ende der Treppe. Offenbar regnet es draußen, denn aus ihren Uniformen dünstet der unangenehme Mief nach feuchtem Kammgarn. Sie seien wegen einer Hausdurchsuchung da, die im Zusammenhang mit der Verhaftung ihres Mannes stehe: Herr Meijer van Leer, richtig? Ja, das ist ihr Mann. Es ist also schiefgegangen.

Sie hat einmal in einem Krimi gelesen, daß die Polizei einen Durchsuchungsbefehl vorweisen muß, aber in diesem Fall ist das sicher nicht nötig. Lien ist völlig überrumpelt. Ohne zu fragen oder etwas zu sagen, dringen die Männer mit ihren dreckigen Stiefeln ins Haus ein und beginnen, die Wohnung fachgerecht auseinanderzunehmen. Lien steht mit zittrigen Beinen dabei, die Arme vor der Brust verschränkt. Sie ist noch im Morgenmantel. Lampen werden angeknipst, Schubladen aufgerissen, Schränke leergemacht; sie schauen unter den Teppich, schmeißen die Kissen vom Sofa und aus den Sesseln auf den Boden. Im Schlafzimmer schlitzen sie die Matratzen auf, so daß der Kapok durch die Luft fliegt. Die Kleiderschränke werden gründlich inspiziert, danach liegen alle Sachen über den Fußboden verstreut. In der Küche werden alle Schränke geleert, sogar den Mülleimer kippen sie auf dem Linoleum aus. »Zeigen Sie die Waren!« blafft einer der Polizisten. Lien versteht nicht, was er meint. »Die Sachen«, erklärt der niederländische Polizist, »den ganzen Kram!« Lien zuckt mit den Schultern: Was für Sachen? Bert scheint wegen Verdachts auf Diebstahl und Schwarzhandel verhaftet worden zu sein. Das seien schwerwiegende Vergehen, auf die hohe Strafen stünden, also sollte Lien besser mit der Wahrheit herausrücken, sonst werde sie als Mitwisserin ebenfalls eingesperrt. Alles, was sich im Haus befinde, sei ihr Eigentum, sagt Lien. Daß ein Teil davon »geliehen« ist, ausgeliehen aus dem Hausrat, den Bert eingelagert hat, daran will sie im Moment lieber nicht denken. »Lügen Sie nicht!« — »Ich lüge nicht!«

Lien geht zum Flur, plötzlich mit eisiger Ruhe. Wenn die Herren nicht fänden, was sie suchen, könnten sie, was sie anbetreffe, langsam wieder gehen. »Und die Papiere?« Welche Papiere? Nun, es muß doch Papiere geben – Rechnungen, Steuern, Mietverträge und solche Sachen. Bert sei doch Geschäftsmann? Lien zeigt auf den Boden: Da liegen die Papiere doch, in der ganzen Verwüstung, die die Männer angerichtet haben. Mehr gebe es nicht. Bert ist kein Buchhalter. Sie lehnt mit dem Rücken am Schrank unter der Treppe – der Schrank mit den Schuhkartons. Vor seiner Tür steht ein Spiegeltischchen. Die Männer haben den Schrank übersehen. Lien muß ihren Ausweis vorzeigen. Sie nimmt ihn aus ihrer Handtasche, die auf dem Flurtischchen liegt. Die drei Polizisten schauen ihn sich der Reihe nach an. »Sie sind keine Jüdin«, stellt die schwarze Uniform fest. »Nein.«– »Dann haben Sie Glück gehabt.« Lien schweigt. Unschlüssig stehen ihr die Männer im Flur gegenüber, fertig mit ihrer Arbeit. Einer zündet sich eine Zigarette an. Enttäuschung steht auf ihren Gesichtern geschrieben. Das einzige, was sie erbeutet haben, ist das Radio, der niederländische Polizist trägt es in seinen Armen. Dafür habe Lien ein Bußgeld zu erwarten. Das soll Liens geringste Sorge sein.

Werden sie jetzt das Chaos wieder beseitigen? Werden sie sich entschuldigen oder den Schaden wiedergutmachen? Natürlich tun sie das nicht, aber wenigstens sind sie so nett, ihr zu verraten, wo Bert festgehalten wird: in der Strafvollzugsanstalt in Scheveningen. Lien hat schon von »Scheveningen« gehört, dem »Oranjehotel«. Dort muß es sehr schlimm zugehen. »Lächerlich«, sagt Lien, »mein Mann ist kein Verbrecher.« Aber wenn er schon dort sitze, müsse Lien davon ausgehen, daß er sehr wohl etwas ausgefressen hat, denn »Scheveningen« ist für Schwerverbrecher. Lien muß schlucken. Darf sie ihn dort besuchen? Nicht ohne Erlaubnis. Und woher bekommt sie die? Von der Sicherheitspolizei. Mehr können sie ihr nicht sagen. Sie sind nur für die Drecksarbeit zuständig.

Nachdem die Männer die Treppe hinuntergepoltert sind und die Tür hinter sich zugeschlagen haben, steht Lien lange

Zeit reglos im Flur. Erst als Stan wieder aus dem Schrank auf
taucht, in den er geflüchtet ist, kommt sie in Bewegung. Er
miaut kläglich. Sie streichelt ihm über den Kopf und gibt ihm
etwas Milch auf einer kleinen, heilgebliebenen Untertasse, die
sie vom mit Müll übersäten Linoleum aufhebt. Sie selbst nimmt
auch einen Schluck. Gegessen hat sie noch nichts. Gerade noch
rechtzeitig erreicht sie die Toilette, um sich zu übergeben. Sie
hat rasende Kopfschmerzen, und der Schweiß bricht ihr am
ganzen Körper aus. Im Spiegel auf dem Flur sieht sie ihr lei-
chenblasses Gesicht. Sie zittert und muß sich etwas Wärmeres
anziehen. Auf dem Weg ins Schlafzimmer zieht sie Morgenmantel und Nachthemd aus. Als sie sich nach vorne beugt, um
unter den Sachen auf dem Fußboden nach einem Pullover zu
suchen, kommt es ihr wieder hoch. Nackt rennt sie aufs Klo. Sie
muß sich hinlegen und läßt sich auf die kaputte Matratze fallen
und zieht die Bettdecke von Elfie Goedeman über sich.

Stan weckt sie nach langer Zeit. Der Schmerz hat nach-
gelassen, ihr Kopf ist klar, sie hat Hunger. Der Müllgestank
dringt bis ins Schlafzimmer. Lien steht auf und läuft durch
das Haus, das nicht mehr ihr Haus ist. Mit Tränen in den
Augen mustert sie die Verwüstung. Das ist als erstes fällig:
aufräumen, saubermachen, das Haus so gut es eben geht,
wieder in seinen alten Zustand versetzen. Währenddessen
muß sie überlegen, was zu tun ist. Am Ende des Tages, als alles mehr oder weniger wieder an seinem Platz steht, der Müll
und die zerbrochenen Sachen zu einem Haufen zusammen-
gefegt sind, öffnet sie den Flurschrank, um die Schuhkartons
zu inspizieren. Sie stehen noch da. Mit dem ganzen Geld. So
gründlich sind sie nun wieder auch nicht, diese Deutschen!

Lien muß zur Sicherheitspolizei, wenn sie Bert besuchen will.
Ihr Zögern, das zu tun, hat sie von Bert. Sie versteht jetzt,
warum: laß die Polizei lieber raus. Aber sie hat kaum eine
andere Wahl. Sie will mit ihm reden, sehen, wie es ihm geht.
Das Wort »Schwerverbrecher« echot in ihrem Kopf. Ist Bert
ein Schwerverbrecher? Lächerlich! Das haben sie nur gesagt,
um sie einzuschüchtern. Nun, das hat ja geklappt.

Noch mehr erschrickt sie, als sie nach einem Tag War-
ten erfährt, daß Bert in Untersuchungshaft sitzt und keinen
Besuch empfangen darf, solange die Ermittlungen andauern.
Sie muß ihm also einen Brief schreiben. Lien schaltet einen
Anwalt ein. Sie hat das ganze Geld aus den Schuhkartons in
ihre Handtasche gesteckt. Bei einer zweiten Hausdurchsu-
chung muß sie nicht so viel Glück haben. Anwalt Felix Rottier
ist ihr von Joost empfohlen worden, ein Tip seines Chefs bei
Van der Heem. Ob er Bert aus dem Gefängnis holen könne?
Sie legt die Tasche mit Geld auf seinen Schreibtisch: sein
Honorar, oder ein Vorschuß darauf. Der Anwalt lacht, etwas
verdutzt. Auch ohne einen Sack voller Geld hätte er den Fall
übernommen, aber einen Erfolg kann er nicht garantieren.
Ob er die Tasche mit dem Geld für sie aufbewahren könne?
Zu Hause ist es nicht sicher. Lien erzählt ihm von der Hausdurchsuchung. Rottier packt die Tasche in seinen Safe und
läßt sich von Lien berichten, was vorgefallen ist und was sie
in Erfahrung gebracht hat. Viel ist es nicht. Bert war schon
immer sehr zurückhaltend mit Informationen über sein Tun
und Lassen. Das wende sich jetzt gegen ihn. Rottier sagt, daß
es ihm auch zum Vorteil gereichen könnte. Er sei schon öfter erfolgreich für Juden eingetreten, die in Schwierigkeiten
stecken. Aber Bert sei nicht verhaftet worden, weil er Jude ist,
sagt Lien, er ist verhaftet worden, weil er ein Verbrecher sein
soll. Für Deutsche ist Jüdischsein ein Verbrechen, sagt Rottier, deshalb werden sie abtransportiert. Es wäre gut, wenn
Lien der harten Realität ins Auge sähe. »Aber er ist evangelisch getauft – spricht ihn das nicht frei?« Rottier sieht da
schwarz: »Er hätte den Stern tragen sollen.«

Rottier bekommt Zugang zum SD, dem Sicherheitsdienst,
der inzwischen Berts Vernehmung von der Sicherheitspolizei
übernommen hat. Der SD ist, wie die Gestapo, direkt der
SS unterstellt. Das bedeutet, daß der Fall sehr hoch gehängt
wird. Das sind keine netten Jungs beim SD, und sie operieren
im Geheimen. Sie wissen schon eine Menge über Bert, aber
er ist offiziell noch nicht angeklagt. Sobald das geschieht,
kommt er vor Gericht. Um ihn verteidigen zu können, hat

Rottier Einsicht in die Anklage erhalten, die gegen Bert erhoben werden soll, obwohl der nicht einmal weiß, daß er einen Anwalt hat. Es ist eine lange Liste, die Rottier mit Lien durchgehen muß, um ihn ordentlich verteidigen zu können:

- Diebstahl eines Motorrads mit Beiwagen (Marke Zündapp), ursprüngliches Eigentum der deutschen Wehrmacht.
- Diebstahl einer Sammlung von Biedermeiermöbeln. ursprüngliches Eigentum der Familie Goedeman, und der Beschlagnahme durch die deutschen Behörden entzogen.
- Diebstahl eines wertvollen Gemäldes, ursprünglich im Besitz einer inzwischen nach Polen deportierten jüdischen Familie, ebenfalls der Beschlagnahme durch die deutschen Behörden entzogen.
- Devisenschmuggel (in die Schweiz) einer großen Geldsumme aus dem widerrechtlichen Verkauf der besagten Biedermeiersammlung an eine deutsche Instanz.
- Betrug: Die widerrechtliche Vermietung von Immobilien. die der Beschlagnahme durch die deutschen Behörden entzogen wurden, an dieselbe deutsche (hohe) Instanz.
- Schwarzhandel (nicht näher spezifiziert).
- Täuschung durch Identitätsbetrug – gemeint ist das Nichttragen des Davidsterns, der für Juden verpflichtend ist.

Lien ist fassungslos über diese Bezichtigungen. Das Motorrad ist nicht gestohlen; Bert hat es gekauft, und zwar am 9. Mai 1940. Das weiß Lien ganz genau. Sie erinnert sich an die Ausfahrt, die sie an diesem Tag unternommen haben, und wie aufgeregt Bert dabei war, wie überschäumend glücklich. Den Beiwagen hat er von einem deutschen Offizier geschenkt gekriegt, Lien weiß aber nicht, wie er heißt. Vom Rest der Anschuldigungen hat sie keine Ahnung. Sie kann sich nicht vorstellen, daß irgend etwas davon wahr ist. Bert ist kein Dieb, Schmuggler oder Betrüger. Rottier vermutet, daß die meisten der sogenannten Verbrechen Bert einfach in die Schuhe geschoben wurden. Die Deutschen haben ein Händchen dafür,

Tatsachen zu verdrehen oder stark zu übertreiben. Der Angeklagte muß beweisen, daß die Verdächtigungen unwahr sind, statt daß der Staatsanwalt beweisen muß, daß sie stimmen.

Eine Überprüfung der Verbrechen ist praktisch unmöglich, da es von Bert keine Aufzeichnungen gibt und Lien so gut wie nichts darüber weiß, was er so alles getrieben hat. Nur Bert selbst kann Licht in den Wahrheitsgehalt der Vorwürfe bringen. Aber die einzigen Dokumente, die er besitzt, stecken in der Aktentasche, die er immer bei sich trägt. Die wird beschlagnahmt worden sein. Rottier wird sie anfordern, sobald er sich Zugang zu Bert verschafft und von ihm erfahren hat, was sich darin befindet. Aber das wird erst sein, wenn sie mit ihren Verhören fertig sind. Die Deutschen haben ihre eigenen Rechtsnormen und ihre eigene undurchdringliche Welt, in der nur sie Bescheid wissen. Der sogenannte »Identitätsbetrug« ist vielleicht das einzige nachweisbare »Delikt«, denn Bert hat tatsächlich keinen Stern getragen. Lien fällt auf, daß die Sachen im Sassenheimer Lager nirgends auf der Liste Erwähnung finden; sie hält auch gegenüber Rottier lieber den Mund. Das muß Bert selbst zur Sprache bringen. Sie will keine schlafenden Hunde wecken.

Auf einem zweiten Notizblockzettel von Rie an meine Eltern von Ende September 1942 steht auch, daß sie nicht mehr in Den Haag wohnt, sondern in Delft bei einer Familie, der sie für ein paar Gulden in der Woche den Haushalt führt. Ihr ganzes Leben stand seit der Verhaftung von Arnold Kopf. Er hat aus dem Gefängnis Briefe geschrieben, die an diese Adresse in Delft gerichtet sind. Rie hat zurückgeschrieben. Was in ihren Briefen stand, läßt sich mit einiger Mühe aus seinen Antworten rekonstruieren. Arnold achtet auf die Zensur, und auch Rie wird verstanden haben, daß »mitgelesen« wird.

Ein Brief ist vom 16. Oktober, abgestempelt am 28. Oktober, und kommt aus dem Deutschen Polizeigefängnis in Scheveningen – offizieller Briefkopf, offizieller Umschlag: das berüchtigte Oranjehotel. Die Gefängnisbehörden scheinen sich einen Spaß daraus zu machen, alles endlos hinauszuschieben. Sie hatten auch alle Hände voll zu tun mit den Gefangenen, und einen solchen Brief zu zensieren, kostete natürlich auch Zeit. Wer weiß, durch wieviele Hände ein solches Schreiben ging. Arnold bittet um warme Kleidung und »Butter, Marmelade und andere rare Sachen ...« – es war also kalt dort, und genug zu essen kriegte er auch nicht. Er fragt auch nach seiner Schwester, meiner Mutter. Sie saß ebenfalls dort, seit dem 2. Oktober.

Ein weiterer Zettel von Onkel Arnold trägt kein Datum. Vermutlich wurde er, geschrieben mit einem lila Alkalistift, den man erst mit der Zunge befeuchten mußte, aus der Zelle herausgeschmuggelt. Es ist kein offizielles Briefpapier, sondern ein aus einem Notizbuch gerissenes und stark zerknittertes Blatt. In diesem Brief spricht Arnold noch die Hoffnung aus, daß er bald nach Hause kommen werde. Weil von etwas Leckerem die Rede ist, das er erhalten hat, kann der Zettel noch aus dem Oranjehotel stammen, aber auch aus Utrecht, wo das Landesgericht seinen Sitz hatte und er wohl für kurze Zeit als Schutzhäftling saß, ehe er nach Amersfoort gebracht wurde. Diese Vermutung wird durch die Bitte an Rie gestützt, daß sie einen gewissen X (unleserlich) drängen soll, ihn zu besuchen. Vermutlich geht es um einen Anwalt.

In seinem ersten Brief aus dem Lager Amersfoort, datiert auf den 14. November, schreibt Arnold, daß es ihm gut gehe. Er ist jetzt seit einer guten Woche dort. Seine Handschrift ist fest und schwungvoll wie immer. Nichts deutet darauf hin, daß das Leben in Amersfoort nicht gerade ein Vergnügen ist. Von den Umständen vermeldet er nichts. In dieser kurzen Zeit muß er gelernt haben, daß ihn das teuer zu stehen kommen würde, denn jede Seite des Briefes ist zweimal von der Zensur abgezeichnet worden. Er beschwert sich nur, daß er keine Antwort auf seinen Brief vom 16. Oktober erhalten hat. In Amersfoort wird es noch schwieriger werden. Er darf einmal im Monat Briefe schreiben und empfangen. Er ist begierig auf Nachrichten von zu Hause. Und stellt Fragen: Wie geht es Rie, hält sie sich tapfer? Und wie geht es Emmy, seiner Schwester – »ist sie noch in Scheveningen?« Und seine

Mutter? Ob Joop (mein Vater) über seine Arbeitsstelle vielleicht noch etwas für ihn erreichen könne? In Amersfoort wartet er das Urteil ab. Eine mündliche Verkündung wäre ihm am liebsten, denn dann müßte er in Utrecht vor Gericht erscheinen und könne Rie vielleicht einmal wiedersehen, spekuliert er wahrscheinlich. Er ist immer noch zuversichtlich, daß sich die Dinge zum Guten wenden. Bemerkungen über sein ungewisses Schicksal und das Fehlen von Informationen über »zu Hause« wechseln sich ab mit einem nüchternen Pragmatismus, mit dem er versucht, alle möglichen überfälligen (Geld-)Angelegenheiten zu regeln, die Rie für ihn in die Hand nehmen muß. Als ob das Leben wie gewohnt weitergehen würde. Er will sogar seine Steuern noch zahlen. Und er betet viel. Er hofft, daß Rie das ebenfalls tue.

Lien geht erst nach Sassenheim, nachdem sie mit dem Pfarrer van Klaveren gesprochen hat. Der bringt sich fast um vor Entschuldigungen, daß es ihm nicht gelungen ist, eine schriftliche Stellungnahme der Synode zu bekommen, die Bert vor Übergriffen hätte schützen können. Und jetzt werde er verfolgt, nicht nur als Jude, sondern auch wegen anderer Delikte, die nach Aussage des Anwalts wahrscheinlich alle erfunden sind. »Er hat keinen Stern getragen«, sagt Lien. »Sie fanden das mutig, für die Deutschen ist es ein Verbrechen.« Könne der Pfarrer jetzt etwas für Bert tun? Die Kirche hat die protestantischen Juden doch unter ihre Fittiche genommen? Im allgemeinen ja, sagt der Pfarrer, im Einzelfall nicht. Lien versteht das nicht und wird ungeduldig: »im allgemeinen« bedeutet doch für jeden? Warum dann Bert nicht als Einzelfall? Van Klaveren hebt die Arme zum Himmel. Dies sind Probleme, gegen die er machtlos ist. Er werde das Thema bei der Synode ansprechen. Lien soll in ein paar Tagen wiederkommen. So geht noch mehr Zeit verloren. Sie ist sauer auf van Klaveren.

Lien will sehen, ob die Scheune noch steht, zu der Bert ihr die Schlüssel gegeben hat, ob dort alles in Ordnung ist. Sie will wissen, ob die Deutschen herausgefunden haben, daß es sie gibt. Bert hat ihr erklärt, wie man dorthin kommt, Lien hat es sich gut eingeprägt: von der Haltestelle der Blauen Straßenbahn die Hauptstraße zurücklaufen, und dann zwischen zwei großen neuen Scheunen einen schmalen ungepflasterten Weg in Richtung Dünen entlang. Es ist ein ganzes Stück, aber dann sieht man es schon: Es ist die hohe Scheune. Lien erkennt sie sofort. Vom Laufen ist ihr warm geworden, sie hat ihren Mantel aufgeknöpft, es ist schönes Frühlingswetter. Hoch oben am Himmel treibt eine Schäfchenwolke. Links und rechts von ihr die Tulpenfelder sind gelb von Narzissen und grün von den aufgehenden Tulpen. Ein Feld mit Krokussen steht in schillernder Blüte – weiß, gelb, lila. Sie setzt sich hin. Zum ersten Mal weint sie.

Mühelos öffnet sie das Vorhängeschloss, die große Doppeltür knarrt beim Aufgehen. Was Bert im Laufe der Jahre an Möbeln und Sachen angesammelt und aufbewahrt hat, steht genauso da, wie sie es vor nicht allzu langer Zeit zum ersten Mal gesehen hat. Alles ist sorgfältig geordnet. Bert hat ein Auge noch für das kleinste Detail. Die Ordnung ist unangetastet: niemand ist hier gewesen, nichts ist geplündert. Der gleiche süße Duft nach Holz und Stroh, an den sich Lien von ihrem ersten Besuch erinnert, hängt in der Luft. Wieder kommen ihr die Tränen. Sie ist nicht schwanger geworden. Gleich, wenn Bert frei ist, will sie es noch einmal versuchen, sie ist ja noch so jung.

Sie schließt den Schuppen-im-Schuppen, die Klause, auf. Alles hier ist in Kisten und Kartons verstaut: die Wertsachen. Lien hat keine Ahnung, um welche Kostbarkeiten es geht; das hat ihr Bert nicht verraten. Sie findet aber die Schuhkartons mit dem Geld unter einer Umzugsdecke. Vergebene Liebesmüh', das jetzt zu zählen. Sie nimmt etwas aus einem der Kartons. Dafür legt sie das Notizbuch, das ihr Bert gegeben hat und in dem alles steht, hinein. Vorsichtshalber, die lose Fußleiste im Flurschrank ist ihr zu unsicher. Sie beschließt, solange Bert weg ist, regelmäßig wiederzukommen und den Schuppen zu inspizieren.

Um die hohen Türen wieder zu zu kriegen, braucht sie jede Menge Kraft. Eine Stimme hinter ihr sagt: »Kann ich Ihnen helfen?« Lien erschrickt. Ein Mann in blauer Latzhose, Mütze auf dem Kopf, Holzschuhe an den Füßen, steht auf dem Zugangspfad, das Fahrrad an der Hand. Es ist der Eigentümer der Scheune, sein Name ist Teun Vogelaar. Bert zahlt Miete an ihn. Er meinte, jemanden gesehen zu haben und wollte nur mal nach dem Rechten sehen. Lien stellt sich als Berts Frau vor; sie regele die Geschäfte für ihn, denn Bert sei krank. Teun darf nicht mißtrauisch werden. Er hofft, daß es nichts Ernstes ist. Wenn Bert nicht bald wiederkommt, muß sie sich eine langwierige Krankheit ausdenken, etwas wie Tbc oder so. Teun hilft ihr mit den Türen. Lien kann nicht verhindern, daß er einen Blick hineinwirft. »So, so, das ist ja ganz schön viel.« Er lächelt, als wüßte er, was hier gespielt wird. Hat Bert ihn eingeweiht? Lien hat das Gefühl, daß sie ihm vertrauen kann. Sie fragt, ob Bert die Miete bezahlt hat. Ja, das hat er, bis vorigen Monat. Teun bekommt noch 350 Gulden für diesen Monat. Lien verspricht, den Betrag beim nächsten Mal mitzubringen. In einer Woche, ist das in Ordnung? Es hat keine Eile, sagt Teun. Bert ist ein guter Mieter, er zahlt immer pünktlich. Dann radelt er in Richtung der Dünen davon. Lien geht in die andere Richtung, den ganzen Weg zur Blauen Straßenbahn zurück.

Zunächst sieht es danach aus, als ob Liens Unwissenheit über Berts Geschäfte sich zu seinem Nachteil auswirke. Lien hat keine Ahnung, wie sie an Informationen kommen soll, die ihm helfen könnten. Allein Menno fällt ihr ein, aber auch dem hat Bert nie etwas erzählt. Die Namen in seinem Büchlein sind alles Leute, die ins Ausland gegangen oder auf andere Weise nicht zu erreichen sind. Bert hat ihr ans Herz gelegt: »Wenn was passiert, versuch nicht, diese Leute zu erreichen.«

Lien teilt ihre Sorgen mit Emmeke und Joost. Sie müsse auf seine baldige Freilassung hoffen, denn die Deutschen könnten nichts beweisen. Mehr fällt Joost dazu nicht ein. Das hilft Lien nicht, es klingt sehr distanziert und nicht sehr engagiert. »Bert ist dein Schwager!« sagt sie, als erwarte sie, daß Joost dann auch eine Lösung finde. Sie weiß, daß das unredlich ist, aber sie ist verzweifelt und wütend über ihre eigene Ohnmacht. Sie steht völlig im Abseits, als wäre Berts Schicksal nicht auch ihr eigenes. Könne Joost das verstehen? Emmeke sieht Liens Verzweiflung und versucht sie zu trösten: »Joost meint, daß man den Dingen ihren Lauf lassen muß. Du kannst nicht viel mehr tun. Das müssen wir auch.« Lien nickt. »Es ist für uns alle schwer.«

Joost hat gerade die Nachricht erhalten, daß er bald dazu aufgerufen wird, sich mit der gesamten Familie in Amsterdam niederzulassen. Es ist der nächste Schritt der Deutschen nach ihrem erfolglosen Versuch, Joost für den Arbeitseinsatz zu rekrutieren. Sie geben nicht auf. Er muß über seine Arbeit versuchen, sich dem zu entziehen. »Aber wir sind auf alles vorbereitet«, sagt Emmeke. Lien nickt wieder, sie hat keine Ahnung, was das bedeutet: »auf alles vorbereitet« sein. Sie war auf nichts vorbereitet.

In Arnolds zweitem und letztem Brief aus Amersfoort vom 15. Dezember 1942 ist seine Welt kleiner geworden und seine Handschrift verkrampft. Die Aussichten sind nicht gut. Der Brief, den Rie ihm am 1. Dezember, dem Tag seiner Verurteilung, geschickt hat, habe ihn aufgemuntert. Er habe ihn gerade erhalten und sei sehr zufrieden damit. Auch mit den zwanzig Gulden, die sie ihm geschickt hat. Damit komme er vorläufig über die Runden. Geschäftliche Sachen, die ihn mit der Außenwelt verbinden, erwähnt er nicht mehr. Er konzentriert sich auf Rie, die nach einer anderen Stelle sucht. Arnold macht sich Sorgen um sie, ist aber auch zuversichtlich, daß sie es schaffen wird. Rie muß in diesem Brief ihr Herz ausgeschüttet haben, wie schwer es für sie jetzt ist, daß es nun zwar ein Urteil, aber keine Verurteilung gibt und ein Ende seiner Gefangenschaft wohl nicht in Sicht ist. Arnold schreibt, daß dieses Gefühl beiderseitig sei. Er schreibt in so förmlichem Niederländisch, daß er diesen Brief wahrscheinlich nicht selbst verfaßt hat und es nicht seine eigenen Worte sind, sondern nur seine Gedanken: »Ich verstehe voll und ganz ...«, daß es manchmal schwer für sie sei, und er »empfängt Trost durch das Gebet und den Gedanken, daß ich im Geiste oft in Dankbarkeit bei dir verweile«. Er würde gerne wissen, wie es ihr gehe, aber durch die nur einmal im Monat zugestandene Korrespondenz »geht der Kontakt ganz verloren«. Der Abstand ist zu groß geworden. Es ist zu viel passiert, um die richtigen Worte für das zu finden, was in ihm vorgeht. Er hofft auf ein baldiges Wiedersehen, schätzt die Chance dafür aber als gering ein. Er bittet, Joop und seiner Mutter zu Weihnachten zu gratulieren (sie hatten beide am 26. Dezember Geburtstag) und fragt wieder nach Emmy. Der Brief ist von der Abt. IV B4 zensiert, und ist erst am 11. Januar abgeschickt worden, verrät der Poststempel auf dem Umschlag.

Einen Tag nach seinem letzten Brief aus Amersfoort, am 12. Januar, ist er im Sterbebuch des Lagers Amersfoort unter der Nummer 128 eingetragen: Arnold de Jong van Lier, gestorben am 12.1.1943, 17.15 Uhr. Das ist auch der Tag, an dem Rie seinen Brief erhält. In einem ärztlichen Bericht, abgefaßt vom Lagerarzt Nieuwenhuyzen, wird als Todesursache »allgemeine Schwäche« angegeben. Zuvor wird Arnold in einem Tagesbericht der Krankenstation erwähnt, wo man ihm Tabletten verschrieben hat, damit er wieder zu Kräften komme. Arnold war kaum sechsunddreißig, vielleicht nicht stark, aber doch gesund. Dem Lagerregime – für Juden besonders hart – ist es gelungen, ihn in etwa neun Wochen völlig auszuzehren. Die allerschwerste Arbeit, das Ausheben des Schießstandes, wurde dem sogenannten Judenkommando zugeteilt. Für die dort verbliebenen Juden war »Amersfoort« ungefähr dasselbe wie »Mauthausen«.

Ob Arnold in diesen Wochen auch noch vom SD verhört wurde, ob er in der Strafbaracke gesessen hat, ob er von dem grausamen Schutzhaftlagerführer Karl Peter Berg extra hart behandelt oder vom berüchtigten »Henker von

Amersfoort« Joseph Kotalla gefoltert wurde, ist nicht bekannt. Wenn es irgendwelche Berichte darüber gab, wurden sie vernichtet. In den Verhören und Zeugenaussagen von der Aburteilung K.P. Bergs wird Onkel Arnold namentlich nicht erwähnt. Bekannt ist nur, daß Berg es vor allem auf Juden abgesehen hatte, und da besonders auf Juden aus Mischehen. An ihnen ließ er seinen ganzen Haß aus. Wer »am Tor« oder, manchmal vierundzwanzig Stunden lang, im »Rosengarten« stehen mußte – einem mit einem doppelten Stacheldrahtzaun umgebenen Abschnitt des Appellplatzes – und vor Erschöpfung umfiel, wurde von den Wachen solange getreten oder mit Stöcken geschlagen, bis er wieder auf die Beine kam. Die Leiche meines Onkels wurde irgendwo in der Leusderheide entsorgt. Man hat ihn nie gefunden, geschweige denn identifiziert. Ein trostloser Tod.

Heute zählt Arnold zu einer Gruppe von Namenlosen, an die ein Gedenkstein auf dem jüdischen Friedhof in Oud-Leusden erinnert. Außer den Briefen von Arnold an Rie gibt es auch eine auf den 1. Februar 1943 datierte Sterbeurkunde. Sie wurde von Arie Jan Willem van den Boer, dem Gemeindesekretät von Leusden, ausgestellt.

Mehr Notizzettel von Rie an meine Eltern gibt es nicht. Wurde der Kontakt abgebrochen? Oder geschah das unter dem Druck der Ereignisse mehr oder weniger von selbst? Ich habe diese Tante Rie nie kennengelernt, und soweit es mir erinnerlich ist, wurde ihr Name in meinem Elternhaus nie erwähnt. Ich fand sie im Standesamt von Den Haag, als ich für dieses Buch auf der Suche nach Onkel Arnold war. 1945 hat sie einen Ex-Widerstandskämpfer und ehemaligen Häftling von Scheveningen und Buchenwald geheiratet. Auf einer übrigens unvollständigen Häftlingsliste des Oranjehotels steht vermeldet, daß sie dort auch kurzzeitig inhaftiert war, vom 8. April 1943 bis zum 20. Mai 1943 – wegen »Beherbergung von Juden«. Sie hatte meiner Großmutter Flora Unterschlupf gewährt, bevor sie nach Sobibór deportiert wurde.

47

Bobbie hatte es sich in den Kopf gesetzt, daß er wieder nach Hause wollte. Er hatte sein Köfferchen gepackt und stand fix und fertig da, als Emmeke eintrat. Nel und Katrien wußten nichts davon. Sie waren überrascht und ein bißchen beleidigt: Gefiel es ihm nicht bei ihnen? Das war es nicht. Ihm gefiel es ganz gut, aber die Ferien hatten nun lange genug gedauert. Er wollte nach Hause, bei Papa und Mama sein. Aber das ging nicht. Es gelang Emmeke nicht, Bobbie zu erklären, warum. Dann begann er zu weinen und mit den Füßen zu trampeln. Als Joost kam, weinte er noch immer. Untröstlich. Er wollte nach Hause. Auch Joost sagte, daß es unmöglich sei, weil Papa und Mama verreisen müßten. Waren sie nicht schon genug unterwegs gewesen? Nein, sie hatten die ganze Zeit nur auf das Abfahrtsignal gewartet – »wie ein Zug am Bahnhof, verstehst du?« – »Und ihr sitzt in diesem Zug?« Nein, sie warteten auf das Einsteigsignal: »Die Koffer stehen schon bereit.« Bobbie kapierte es fast. Er verstand allein nicht, daß er nicht mitkommen konnte. »Die Reise ist nur für große Menschen.« Bobbie nickte ein wenig ungläubig. Das mit dem Zug gefiel ihm, daß sie so lange warten mußten, fand er doof. Joost stimmte ihm zu: »Das ist auch doof. Sehen wir auch so. Wir sagen dem Bahnhofsvorsteher immer wieder, daß wir gar nicht verreisen wollen. Vielleicht hört man ja mal auf uns. Und dann kommst du wieder nach Hause.«

Nach diesem letzten Besuch will Emmeke überhaupt nicht mehr hingehen. Sie will Bobbie nicht noch einmal so bitter weinen sehen, nicht noch einmal innerlich zerrissen werden von Gewissensbissen und Kummer. Joost soll alleine gehen. Er hat Bobbie die Situation mit der Geschichte vom Zug sehr schön erklärt. Emmeke muß an Bella und an Onkel Rudolf denken, für die sich diese Geschichte bereits erfüllt hat. Sie will Bobbie erst wiedersehen, wenn sie ihn mit nach Hause nehmen kann.

(Tagebuchauszug)
26. Mai 1943
Endlich, endlich Neuigkeiten von Bert: er sitzt im Untersu-
chungsgefängnis in Utrecht, Lien ist vorbeigekommen, um
uns das mitzuteilen. Sie hat es vom Anwalt gehört. Großer
Gott! Sie darf ihn dort besuchen. Erst saß er in Scheveningen,
da war das nicht erlaubt. Sie hat ihn seit Wochen nicht
gesehen. Was hat er getan? »*Im Gefängnis sitzt man nicht*
wegen nichts«, *hat Joost gesagt. Immer diese Unterstellungen.*
Mir ist unwohl bei dem Gedanken, daß mein Bruder etwas
auf dem Kerbholz haben soll. (...) Danach haben wir lange
Zeit nichts mehr von ihr gehört. Dann kriegten wir eine Post-
karte. Sehr lieb, daß sie doch noch an uns gedacht hat. Wir
sind schrecklich gespannt, was mit Bert passiert. Sie müsse
alles Mögliche für ihn regeln. Geschäftliche Angelegenheiten.
Sie hat nicht geschrieben, was für welche; davon verstehe sie
nichts, sagt sie. »*Geschäfte*«, *sagt Joost. Mir wäre lieb, wenn*
er das lassen würde. (...) Lien wohnt jetzt bei ihrer Schwester
Maaike in Schiedam. Ihr Haus in der Surinamestraat ist von
den Deutschen beschlagnahmt worden. Plötzlich standen sie
vor der Tür. Sie hatte kaum Zeit, ein paar Sachen einzupak-
ken. Sie wußte auch nicht, wo sie hin sollte. Zuerst hatte sie
an uns gedacht. (...) Stan hatte sich im Schrank verkrochen.
Den Deutschen war es egal, sie wollten sie nur sofort aus dem
Haus jagen. Gerade noch rechtzeitig tauchte Stan auf. Das
arme Tier hat schon was auszustehen. Erst bei Mutter, dann
bei uns, und als Bobbie zu Nel mußte, bei Lien und Bert. (...)
Katzen sind so starke Tiere, da sollten wir uns ein Beispiel
dran nehmen. Man sagt, sie haben neun Leben. Wie viele
Leben haben wir eigentlich? Hat Bert auch neun Leben? Er
wäre der richtige Typ dafür. (...) Wie lange Lien bei Maaike
bleiben kann, weiß sie nicht. Maaike wohnt in einem kleinen
Zimmer auf dem Dachboden. Das geht gerade so, denn mehr
als das, was sie bei sich hatte, besitzt Lien nicht mehr. (...)
Ich hoffe, daß sie wieder mal vorbeikommt, wenn sie Zeit
hat. Was für eine Aufregung. Immer ist irgendwas, aber nie
was Gutes.

Die Deutschen lassen es nicht auf sich beruhen: Joost erhält den Aufruf, sich mit seiner Familie in Amsterdam niederzulassen. Er macht sich gleich auf den Weg: Er sagt Louwers Bescheid, der wiederum Jan van der Heem informiert. Der Brief, in dem steht, daß Joost für Hermann Görings Reichsluftfahrtministerium arbeite und »also« für die deutsche Kriegsindustrie unverzichtbar sei, wurde, mit ein paar Änderungen, sofort an den Beauftragten für die Stadt Amsterdam, Herrn Dr. Böhmcker, geschickt. Im Aufruf steht, daß das Haus konfisziert werden soll. Um das rückgängig zu machen, muß Joost zum Judenreferat in der Nieuwe Parklaan im Belgisch Park gehen. Da will man ihm unter keinen Umständen entgegenkommen. Solange keine Entscheidung über den Antrag der Van der Heem-Direktion gefallen ist, der ihn vor einem Zwangsumzug nach Amsterdam bewahren soll, könne das Judenreferat nicht garantieren, daß sein Haus nicht beschlagnahmt werde. Immer diese doppelte Verneinung, die die Leute nur verwirren soll. Es ist die gleiche Situation wie bei der Freistellung vom Arbeitsdienst: Joost scheuchen sie auf, und Emmeke ist der Beifang, dafür müssen sie keinen Finger krumm machen.

Jeden Moment kann an der Klingel gezogen werden, können Männer vor der Tür stehen, ihre Wohnung in Beschlag zu nehmen und gleich mit der Räumung zu beginnen, wie es bei Onkel Rudolf und kürzlich bei Lien und Bert passiert ist. Die ganze Zeit, während der die Antwort auf Van der Heems Eingabe auf sich warten läßt, haben Emmeke und Joost Todesängste ausgestanden, daß genau das geschehen könnte. So ist es auch beabsichtigt: Einschüchterung ist Teil des deutschen Programms. Besonders tagsüber, wenn Joost auf Arbeit ist und Emmeke alleine zu Hause sitzt. Was soll sie tun, wenn die Männer kommen? Die Tür nicht öffnen, wenn geklingelt wird? Dann kann sie nur hoffen, daß die Tür nicht mit Gewalt aufgebrochen wird, denn auch das passiert. Mehr denn je fühlt sich Emmeke wie eine Gefangene im eigenen Haus.

Endlich kommt die Antwort: Joost muß nicht umziehen, er darf in seinem Haus bleiben, und wenn es schon beschlagnahmt sein sollte, wird Van der Heem verpflichtet, ein anderes für ihn und seine Familie zu suchen. Diese Gefahr wäre gebannt. Die Erleichterung ist doppelt groß, denn nun können sie Bobbie wieder nach Hause holen. Wie er sich freuen wird, wenn sie ihn am Sonntag abholen kommen. Emmeke hat Nel eine Postkarte mit den guten Nachrichten geschrieben.

In einem weißen Kleid, das sie bis übers Knie hochgezogen hat, sitzt sie im Gartenstuhl auf der gepflasterten Terrasse unter der Markise, die Augen geschlossen. Sie sieht es schon vor sich, wie Bobbie bald wieder im Garten spielen wird, wie Joost mit ihm herumtollt. Sie lauscht auf ein paar zwitschernde Spatzen, die sich irgendwo unter einem Johannisbeerstrauch verstecken. Es ist windstill. Wird es wieder so ein warmer Sommer? Von Ferne hört sie das leise Geräusch einer Türklingel – wahrscheinlich bei den Nachbarn über ihnen, die natürlich auch die Türen zum Balkon offenstehen haben, um den Frühsommer hereinzulassen. Gleich darauf hört sie die Glocke wieder, jetzt etwas lauter, aber immer noch dezent, nicht laut und aggressiv wie in den »Geschichten« – in diesen »Geschichten« kamen sie immer nachts. Es ist doch ihre eigene Klingel – vielleicht der Gemüsehändler, der noch ab und zu mit seinem Pferdewagen vorbeikommt, wenn plötzlich eine große Menge frisches Gemüse übrig ist, für das die Deutschen kein Interesse zeigen. Emmeke erwartet nicht, daß jemand an der Tür steht; der Gemüsehändler wird schon zu seinem Wagen zurückgelaufen sein. An den Stern denkt sie in ihrer weißen Sommerkleid-Unschuld auch nicht.

Die beiden rot angelaufenen Männer, die die Türöffnung ausfüllen, kommen, um sie abzuholen. Einer steckt in grüner Uniform, der andere trägt einen dunklen Zivilanzug, der bei dieser Sonne viel zu warm ist. Der Grüne spricht Deutsch, der Zivile niederländisch. Die beiden Männer sind genauso perplex wie Emmeke – sie treffen eine hübsche junge Frau im weißen Sommerkleid an, die nicht mit ihnen gerechnet hat. Das gibt Emmeke gerade genug Zeit, sich vom ersten Schrecken zu erholen. Resolut sagt sie, daß es sich um einen Irrtum handeln müsse. Das ist nicht der Fall: Emmeke müsse mit. Sie kriegt eine Stunde Zeit, ihren Koffer zu packen. Die Männer werden drinnen warten. Emmeke läßt sie ins Wohnzimmer. Der Grüne nimmt seine Mütze ab, darunter kommt dünnes graues Haar zum Vorschein. Er zündet sich eine Zigarette an. Emmeke weiß nicht, was sie tun soll. Wie ein kopfloses Huhn rennt sie zu den offenstehenden Gartentüren: »Wenn Sie rauchen wollen, dann im Garten!« Die Männer erheben sich von Berts Couch. »Wollen Sie vielleicht eine Tasse Tee, während Sie warten?« Das wollen die Herren gern. In der Küche überlegt Emmeke fieberhaft, wie noch mehr Zeit herauszuschinden wäre. Sie kann doch nicht einfach verschwinden, ohne daß Joost etwas erfährt? Und warum muß sie eigentlich gehen? Alles war doch jetzt in Ordnung! Sie muß die Männer mit Reden hinhalten, solange Joost noch nicht zu Hause ist.

Emmeke kommt mit dem Tee zurück und hat sogar Plätzchen dabei. »So, jetzt sagen Sie mir erstmal, warum ich mit muß?« Das wissen die Männer nicht. Sie befolgen nur einen Befehl, sie stehe auf der Liste. Emmeke betont noch einmal, daß es sich um ein Mißverständnis handeln müsse. Ihr Mann habe gerade die Nachricht erhalten, daß sie nicht nach Amsterdam umziehen müssen. »Sie sind doch Jüdin?« Ja, aber sie sei eine gemischt-verheiratete Frau und habe eine Freistellung; der Stempel steht in ihrem Personalausweis. Aber sie trage keinen Stern, stellt der Niederländer fest. »Nicht im Haus, nein, nur wenn ich rausgehe.« Das sei gegen die Vorschrift, sie müsse auch drin einen Stern tragen. Emmeke findet das eigentlich zu absurd, um etwas dazu zu sagen: Hier drin sehe sie doch niemand? Der Grüne läßt nicht locker: »Wir sehen Sie. Gehen Sie jetzt mal Ihren Koffer packen, dann können Sie gleich alles erklären.« Emmeke bleibt hartnäckig: Ihr Mann arbeite für die Kriegsindustrie, bei Van der Heem; sie müssen warten, bis er nach Hause komme. Es ist jetzt fünf Uhr, Joost kommt normalerweise um sechs nach Hause. Die Männer sehen einander an. »Also gut«, entscheiden sie. »Wenn es nur nicht zu lange dauert.«

Joost ist kurz vor sechs da, früher als gewöhnlich, als habe er das Unglück geahnt. Inzwischen hat Emmeke ihr weißes Kleid gegen etwas Dunkleres mit einem Stern gewechselt. Sie hat ihren Koffer gepackt und warme Sachen hineingelegt, für den Fall, daß es dort, wo sie hingebracht wird, kalt ist. Ihre Sandalen tauscht sie gegen festes Schuhwerk. Sie hat auch die Liste des Jüdischen Rates herangezogen, was man unbedingt bei sich haben müsse, wenn man abgeholt wird.

Joost weiß nicht, wie ihm geschieht. Die Stimmung bei Van der Heem war optimistisch. Sie haben sich für ihn gefreut, daß es so gut ausgegangen war und waren stolz, daß ihre Vermittlung etwas gebracht hatte. Man konnte also doch etwas bei den Deutschen erreichen. Louwers gab ihm eine Kopie des Briefes vom Beauftragten; die solle er gut aufbewahren. Er würde sie Emmeke zeigen. Nun zeigt er sie den beiden Männern. Die sind nicht zu erweichen: Emmeke müsse mitkommen, denn so stehe es im Haftbefehl. Sie wird also verhaftet – bis jetzt haben die Männer dieses Wort nicht gebraucht. Wenn Joost meine, dagegen Einspruch erheben zu müssen, könne er sich an Herrn Fischer vom Judenreferat wenden. Emmeke komme derweil ins Gefängnis von Scheveningen. Der Ton der Männer hat sich radikal verändert und ist jetzt in eine schroffe Anschnauzerei übergegangen. Joost kocht vor ohnmächtiger Wut: »Gottverdammt, wenn ihr euren Willen nicht gleich kriegt, kriegt ihr ihn eben so!«

»Laß mal Joost, es ist doch sinnlos.« Emmeke steht inzwischen bei ihrem Koffer im Korridor. Sie will nicht, daß Joost auch noch verhaftet wird, er muß für ihre Freilassung sorgen. »Geh ins Büro von Herrn Fischer und kläre das Mißverständnis auf.« – »Endlich vernünftig!« Der Grüne packt Emmeke am Arm und schiebt sie auf die Straße. Auf der anderen Straßenseite steht Herr de Haan und genießt hemdsärmelig den schönen Vorfrühlingsabend. Ehe Emmeke zwischen den beiden Männern weggeführt wird, kann sie sich noch einmal umdrehen. Joost folgt ihr ein paar Schritte. Tränen fließen über seine Wangen. »Ich hole dich da raus«, ruft er. Der Zivile schiebt ihn unsanft zurück.

Nach einer schlaflosen Nacht geht Joost zunächst zu Van der Heem, um Louwers um Rat zu fragen, und dann ins Büro von Franz Fischer. Das Büro IV B4, das Judenreferat, befindet sich in einer großen beschlagnahmten Villa: Villa Windekind. Natürlich bekommt er Herrn Fischer nicht so ohne weiteres zu sprechen. Er soll ein anderes Mal wiederkommen, aber ein Termin wird nicht vereinbart; er müsse es auf gut Glück versuchen. Joost lernt das ganze Arsenal der Schikanen kennen, das die Deutschen auf Lager haben. Jan van der Heem regt sich ungeheuer auf, kann aber in dieser Angelegenheit nichts für Joost ausrichten; er verweist ihn an den Anwalt Felix Rottier. Über die Kosten solle sich Joost keine Gedanken machen. »Die wollen euch mit aller Gewalt«, ist die erste Reaktion von Anwalt Rottier, der versucht, auch Bert aus der Patsche zu helfen. Wenn Emmeke vor Gericht gestellt wird, wird er die Verteidigung übernehmen. Mehr kann er jetzt nicht tun. Bis zu diesem Zeitpunkt darf Joost Emmeke nicht im Gefängnis besuchen.

Endlich kriegt Joost Fischer persönlich zu sprechen, einen äußerst unangenehmen Kerl, der sich damit brüstet, so viele Juden wie möglich zu schnappen oder ihnen wenigstens das Leben so sauer wie möglich zu machen. Aus diesem Ehrgeiz macht er keinen Hehl. Juden sind in seinen Augen Ungeziefer. Für Emmeke mache er eine Ausnahme, aber sie habe sich einer schweren und dummen Übertretung schuldig gemacht, die bestraft werden müsse. Das Nichttragen des Judensterns ist ein schweres Vergehen. Emmeke hat zu ihrer Verteidigung angeführt, daß sie als gemischt Verheiratete zunächst gedacht habe, die Verordnung habe für sie keine Gültigkeit. Ob Joost nun behauptet, daß das aufgrund einer falschen Einschätzung einer komplizierten Situation geschehen sei und daß sie keine Schuld treffe, Emmeke hat den Fehler zugegeben und wird abgeschoben. Nach Westerbork oder Vught. Weil Joost durch die Briefe, die er geschrieben hat, an der »falschen Einschätzung« mitschuldig geworden ist, soll er ihr dabei Gesellschaft leisten, sonst werde ihre Freistellung aufgehoben: als Emmekes Ehemann sei er der lebende Beweis für ihre

Mischehe. Ja, er hätte eben keine Jüdin heiraten sollen! Er konne sich auch weigern, was dann aber fast auf dasselbe wie eine Scheidung von Emmeke hinauslaufen würde. In diesem Fall würde Emmeke der Prozeß gemacht, sie bekäme eine Gefängnisstrafe und würde trotzdem »abgeschoben«. Gibt es denn überhaupt eine Wahl? Joost muß sehr an sich halten, um nicht vor Wut über diese perfide Erpressung zu platzen. All die Mühe, die man sich gegeben hat, Joost zum »Arbeitseinsatz« zu bestellen, war unnötig gewesen, ebenso alle Versuche, ihm zu entkommen. Der Jüdische Rat hat Recht: Sie wissen alles über ihn, und der »Arbeitseinsatz« ist tatsächlich eine Strafe.

Es sei eine äußerst kulante Regelung, meint Herr Fischer. Er habe sich erweichen lassen, weil er Emmeke für eine außerordentlich nette Frau hält. Aber sie bekommt ein S in ihren Ausweis als »Straffall«. Als wäre das J nicht schon Strafe genug! In Westerbork werde sie in die Strafbaracke gesteckt. »Und nach Westerbork?« will Joost wissen. »Das entscheidet der Lagerkommandant.« Zunächst wird sie zur Paviljoensgracht überstellt, wo sie den Weitertransport abzuwarten habe. Dem müsse sich Joost ebenfalls anschließen. Er bekommt ein paar Tage Zeit, um alles vorzubereiten. Auch das hält Fischer für sehr kulant.

Emmeke sitzt drei Wochen im Oranjehotel mit zwei anderen Frauen in einer Zelle. Von Zeit zu Zeit wird sie zum Verhör geholt, aber eigentlich gibt es nichts zu verhören, die Vernehmung besteht aus immer dem gleichen Frage-Antwort-Spiel: »Sie haben keinen Stern getragen.« – »Am Anfang nicht, später schon.« – »Warum haben Sie keinen Stern getragen?« – »Weil ich davon ausgegangen bin, daß es nicht nötig sei, weil ich einen Stempel habe.« – »Aber den Stempel haben Sie erst im Januar bekommen?« – »Bis dahin lief der Antrag auf den Stempel.« Emmeke kann es drehen und wenden, wie sie will: Das ist die Wahrheit. Die Verhöre sind die reinste Schikane. Sie denkt an die Warnung von Frau de Haan. Ob ihr Ehemann hinter der Verhaftung steckt? Oder haben die

Nachbarn sie angezeigt? Einmal wird sie von einem Wachtmeister mit einem füchsischen Gesicht verhört. Er beginnt ganz freundlich, macht ihr Komplimente über ihr Aussehen, bittet sie, Platz zu nehmen, stellt sich neben sie, streichelt ihr mit der Hand über die Locken, kneift sie dann aber fest in den Nacken und zieht sie hoch. Emmeke wird stocksteif, sie gibt keinen Laut von sich. Dann wird sie grob auf den Stuhl zurückgestoßen. Das Fuchsgesicht bekommt nichts aus ihr heraus als das, was sie früher gesagt hat. Sie weint auch nicht.

Die beiden anderen Frauen aus ihrer Zelle sind schon länger da. Sie sind an die Schikanen und die Fummeleien gewöhnt und geben Emmeke Tips, wie man die Wachen zurückschikanieren, wie man sie frech herausfordern kann. Aber daran denkt Emmeke nicht im Traum. Das würde alles nur noch schlimmer machen. Sie versucht, Abstand zu den Frauen zu wahren, was schwierig ist, wenn man sich zu dritt so auf der Pelle hockt. Muß sie ihr Bedürfnis in Gegenwart der anderen verrichten, schaut sie zur Seite, als würde sie das unsichtbar machen. Waschen geschieht ebenfalls in der Zelle, sie teilen sich ein Waschbecken. Das Auskleiden ruft immer wieder ungenierte Kommentare von den Frauen hervor. Es sind ordinäre Frauen mit großer Klappe aus einem Den Haager Arbeiterviertel. Sie sind nicht jüdisch. Eine von ihnen fragt immer wieder, warum Emmeke hier sitzt. Dann erzählt sie die gleiche Geschichte wie bei den Verhören. Es stößt auf den gleichen Unglauben. Die Frauen vermuten, daß mehr dahinterstecken muß. Warum sie selbst sitzen, wollen sie Emmeke nicht verraten; sie lachen nur vielsagend. Nachts schläft Emmeke kaum, sie ist immer auf der Hut. Beunruhigende Geräusche außerhalb der Zelle lassen sie aufschrecken: schnelle Schritte auf dem Flur, Geschrei, Weinen. Jemand, der sich heftig wehrt, wird aus seiner Zelle gezerrt und Gott weiß wohin gebracht. Emmeke sitzt aufrecht auf ihrer Pritsche. Die beiden anderen Frauen auch. Wie lange soll das noch gehen?

Joost packt seine Sachen und schließt das Haus ab. Er geht ins Büro, um sich von seinen Kollegen und von Jan van der

Heem und Louwers zu verabschieden, die Himmel und Hölle in Bewegung gesetzt haben, um ihm und Emmeke genau das zu ersparen. Es wird ein aufwühlender Abschied. »Ihr seht mich wieder«, verspricht Joost. »Davon gehen wir aus.« Jan van der Heem drückt ihm lange die Hand. Joost geht auch zu Sjoerd und seinem Bruder Luc in die Parkstraat. Sie finden es alle fürchterlich für ihn und Emmeke. »Ihr habt getan, was ihr konntet«, sagt Sjoerd. »Jetzt müßt ihr euch da irgendwie rauswinden. Sorg dafür, daß ihr zusammenbleibt, das gibt Kraft. Viel Glück!« Nach dem Krieg werden sie sich wiedersehen. Sie umarmen sich.

Schließlich geht Joost zu Nel, um Bobbie zu sagen, daß sie endlich auf Reisen gehen. Der Zug steht bereit, das Abfahrtssignal ist gegeben. In einem Spielzeugladen hat er für Bobbie eine Kelle ergattert, wie sie der Bahnhofsvorsteher immer hochhält, wenn der Zug abfährt. »Und dann trillert er auf seiner Pfeife – guck: so!« Joost gibt Bobbie die Pfeife und zeigt ihm, wie man hineinbläst. An der Tür winkt Bobbie Joost lange hinterher, bis er um die Straßenecke verschwunden ist.

Auf der Paviljoensgracht sehen sie sich wieder, zum ersten Mal nach drei Wochen. Emmeke sieht nicht gut aus, findet Joost, schluckt aber jede Bemerkung darüber herunter. Auch Joost sieht nicht gut aus, findet Emmeke, sie sagt ebenfalls nichts und schreibt es seinen Magenbeschwerden zu. Unbeholfen umarmen sie sich. »Wie geht es Bobbie?« ist das erste, was Emmeke fragt. »Gut, Mijnheer van Dijk läßt grüßen.« Emmeke braucht einen Moment, bis sie begreift, daß Joost den Hund meint. »Bloß gut, daß wir Bobbie an dem Tag nicht abgeholt haben, sonst hätte er mit auf den Transport gemußt.« »Abgeholt« klingt schrecklich in Emmekes Ohren, sie sind doch kein Müll? »Jetzt gehen wir zusammen«, sagt Joost. Er hat immer gesagt, daß sie immer zusammenbleiben müssen: »Ja.«

Es dauert weniger als eine Woche, bis sie von der Paviljoensgracht nach Westerbork gebracht werden. Zunächst müssen noch einige Formalitäten erledigt werden, damit Joost offiziell

»abgeschoben« werden kann. Seine Papiere müssen natürlich in Ordnung sein. Er wird zum »Juden« gemacht, genau wie bei der Ariererklärung, dieses Mal aber für immer. Dann können sie gehen, aber am Tag der Abreise scheint etwas dazwischen zu kommen: Das Justizministerium will sich noch einmal davon überzeugen, daß Joost sich nicht von Emmeke scheiden lassen will. Joost lacht den Beamten aus vollstem Herzen aus: »Ich gehe schön mit meiner Frau nach Westerbork.«

Bei meiner Mutter erinnere ich mich an zwei Aussprüche. Sachen, die sie in meiner Gegenwart gesagt hat und die ich mir gemerkt habe. Das erste nach ihrer Entlassung aus dem Oranjehotel, im April oder Mai 1943. Die Tür öffnete sich – eine kleine Holztür mit Eisenbeschlag in einer hohen Backsteinmauer, auf der oben Glasscherben eingemörtelt waren. Plötzlich stand sie draußen: Sie muß in das schlagartige Sonnenlicht geblinzelt haben. Auf der anderen Seite der Straße sah sie eine hügelige Dünenlandschaft, bedeckt mit graugrünem Strandhafer, Disteln und hier und da einem Wacholderstrauch: der Anfang der Waalsdorpervlakte. Ein Stück hinter den Waldkiefern, die durch den ständigen Seewind schiefgewachsen waren, ragte das vertraute Kuppeldach des Wasserturms empor. »Hallo, lieber Wasserturm«, sagte sie. Ihr muß das Herz übergeflossen sein. Wie sie nach Hause kam, weiß ich nicht. Wahrscheinlich zu Fuß, mit ihrem kleinen Weidenkoffer. Ob mein Vater auf ihr Kommen vorbereitet war, ist ebenfalls unbekannt.

Danach schweigt der grüne Ordner wieder, für lange Zeit. Aber dann, am 28. Januar 1944, kommt ein Brief von der Gynäkologin Dr. Jeanne Knoop, die erklärt, daß meine Mutter nicht mehr schwanger werden kann und daß Kaiserschnitte für sie außerordentlich gefährlich seien. Diese Aussage ist offenbar für Dr. Van Dongen bestimmt, ebenfalls Frauenärztin, die gleich am nächsten Tag ein Attest für die Ärztliche Beratungsstelle ausstellt. Das Attest selbst fehlt, aber es muß dargelegt haben, daß meine Mutter unfruchtbar war und deshalb für eine sogenannte »Legalisierung« in den als »judenrein« erklärten Niederlanden nicht sterilisiert zu werden brauchte. Infolgedessen konnte sie vom Stern »befreit« werden.

Am Samstag, dem 5. Februar, muß sich meine Mutter bei der Beratungsstelle am Weesperplein 1 in Amsterdam melden (Pflegeheim De Joodsche Invalide). Das im allerletzten Moment abgeschickte Telegramm mit der Aufforderung, sich zu melden, gilt als Reisebewilligung. Ich erinnere mich ganz dunkel, daß ich sie auf dieser Fahrt begleitet habe. Nur eine Woche später bestätigt die Zentralstelle für Jüdische Auswanderung, daß meine Mutter »entsternt« sei, aber trotzdem noch den restriktiven Maßnahmen unterworfen bleibe, die die Deutschen gegen die Juden erlassen haben, darunter eine halbjährliche Meldepflicht. Es gibt aber auch »Privilegien«: Sie darf zwar keine Speise- und Schlafwagen benutzen, wohl aber die Straßenbahn; sie darf nicht in öffentliche Badeanstalten, aber in Restaurants und Hotels.

Ich glaube, meine Eltern haben die letztere Möglichkeit genutzt und sind im Sommer 1944 in Urlaub gefahren. Von einem Arbeitseinsatz für meinen Vater wird dann auch keine Rede mehr gewesen sein. Sie fuhren nach Overijssel. Ich erinnere mich, daß meinem Vater auf dem überfüllten Bahnsteig vom Bahnhof Staatsspoor vor lauter Nervosität die Aktentasche aus der Hand glitt und zwischen einen Waggon und die Bahnsteigkante fiel. Ein banger Moment – die Dampfpfeife der Lokomotive war bereits ertönt und der Bahnsteig voller Rauch. Ich erinnere mich auch daran, daß ich in der feucht-kühlen Sandgrube neben dem Hotel am Lemelerberg gespielt habe, wo zwei junge deutsche Soldaten sich an einem Wachturm langweilten. Es gibt Fotos von diesem Urlaub: meine Mutter auf der Heide am Hotel. Sie ist stark gealtert. Ihre Mutter und ihr Bruder sind bereits tot, obwohl sie das von ihrer Mutter noch nicht weiß. Der D-Day hat schon stattgefunden, die Alliierten stehen vor Paris. Trotz allem Elend und Kummer muß es auch Hoffnung gegeben haben. Der Krieg wird nun bald vorbei sein.

48

Auf Fürsprache der Kirche bei den Deutschen muß Lien nicht rechnen, solange der Prozeß gegen Bert nicht eröffnet und das Urteil nicht gesprochen ist. Und auch nur dann, wenn von allen Anklagen diejenige wegen Nichttragens des Judensterns übrig bleibt. Vielleicht kriegt ihn sein Anwalt ja als getauften evangelischen Juden freigesprochen, wenn er sich auf die Zusagen der Deutschen an die Synode beruft. Für alles andere könne die Kirche keine Verantwortung übernehmen. Lien müsse verstehen, daß die Synode nur ein kleines Büro ist, es ist nicht einmal durchgehend besetzt. Lien ist schwer enttäuscht: Bert sitzt seit Wochen unschuldig im Gefängnis. Sie darf ihn nicht besuchen, Kontakt ist unmöglich, und sie hat keine Ahnung, wie es ihm geht. Das ist doch auch eine Aufgabe für die Kirche! Aber Pfarrer van Klaveren kann nichts tun, die Kirche kann nichts tun, die Synode kann ihren guten Namen nicht aufs Spiel setzen. Das ist höhere Gewalt. Der Fall liegt in den Händen der Deutschen, wie alles andere auch. Vorläufig geht Lien sonntags nicht mehr in die Kirche. Ihr früher so felsenfester Glaube hat einen ordentlichen Knacks abbekommen.

Endlich darf Anwalt Rottier Bert in Vorbereitung auf den Prozeß vor dem Landesgericht in der Haftanstalt am Wolvenplein in Utrecht besuchen. Ihm wird eine Stunde zugestanden, um Bert darüber in Kenntnis zu setzen, welche Verbrechen ihm zur Last gelegt werden und um mit ihm die Verteidigung durchzusprechen. Die Dokumente, die Bert entlasten könnten, befinden sich in seiner Aktentasche, die bei der Verhaftung beschlagnahmt wurde. Rottier muß bei der Staatsanwaltschaft einen Antrag auf Einsicht stellen. Bert hat ihm eine vollständige Liste aufstellen können.

Lien darf Bert nun auch besuchen. Dazu muß sie einen Antrag beim Landesgericht am Lange Vijverberg stellen.

Darüber vergehen zehn Tage. An einem Donnerstag fährt sie endlich nach Utrecht. Der Prozeß ist für den kommenden Montag anberaumt. Bert sitzt zu dieser Zeit bereits seit fast zwei Monaten in Untersuchungshaft.

Lien wird in einen Raum mit vergitterten Fenstern und einem Holztisch mit zwei Stühlen gebracht. Eine Wache kommt herein, die einen kleinen, schäbig gekleideten Mann am Arm führt. Seine Kleidung schlabbert unförmig um seinen Körper. Das ist Bert, aber Lien erkennt ihn nicht sofort. »Bert...!?!« Sie springt auf und will ihn umarmen. »Sitzen bleiben!« wird sie angeschnauzt. Körperlicher Kontakt ist nicht erlaubt. Bert wird auf den Stuhl ihr gegenüber geschoben. Er sieht blaß aus unter seinem dunklen Haar. Er ist stark abgemagert, die Wangen sind eingefallen. Seine Hände legt er vor sich auf den Tisch. Diese langen, schlanken Finger. Sie zittern leicht. Der Ehering fehlt. Sie sehen einander an. In seinen dunkelbraunen Augen kann Lien keine Freude über das Wiedersehen ablesen, kaum ein Erkennen, als wäre sie zu einer Fremden geworden. Sein Blick ist scheu. Sie weiß nicht, was sie sagen soll: »Bert … Bert … Wie geht es dir denn? Ich … ich habe so lange nichts mehr von dir gehört … ich habe mir solche Sorgen gemacht …« Bert muß ein paar Mal schlucken, ehe er eine Antwort geben kann, sein Atemapfel geht heftig an seinen dünnen Hals herauf und herunter: »So ist es nun mal.« Seine Stimme klingt dumpf, als läge ein Filter über den Stimmbändern. Lien hat ihn noch nie so hilflos gesehen. »Kriegst du genug zu essen?« Bert schaut zur Seite. Die Wache steht an der Tür, behält sie scharf im Auge und lauert auf jedes Wort, das gesagt wird. »Ja«, Bert befeuchtet seine trockenen, rissigen Lippen, »genug.« Lien versteht den Hinweis: Sie darf nichts sagen, was Bert in Schwierigkeiten bringen könnte. »Du kommst bald frei«, sagt sie, »und dann …« Sie hat sagen wollen, daß sie ihn dann verwöhnen wird, daß er wieder ganz zu Kräften kommt, wieder der energische Bert wird, den sie so liebt, aber er unterbricht sie: »Ich bete viel«, sagt er. »Gott wird uns durch all dieses helfen.« Lien verschlägt es die Sprache. Zwar ist Bert zum Christentum konvertiert, aber so besonders gläubig ist er nie gewesen. Sie hat immer angenommen, daß er es eher für sie getan hatte. »Darauf müssen wir vertrauen.« Aber genau dieses Vertrauen droht Lien gerade zu verlieren. »Anwalt Rottier wird dich hier raushauen«, sagt sie. »Du wirst schon sehen.« Auf ihn setzt sie mehr Vertrauen als auf Gott. Er sehe Möglichkeiten, hat er gesagt. Und er sei maßvoll optimistisch. Bert komme seiner Ansicht nach mit einer leichten Strafe davon. Bert scheint nur noch wenige Worte zu haben: »Ja, Rottier.« Vielleicht hat er auch nur noch wenig Hoffnung. Lien möchte ihm Mut zusprechen, weiß aber nicht wie. Alles klingt so unbeholfen, so stümperhaft, so fragmentarisch: »Du mußt den Kopf oben behalten, mit reinem Gewissen brauchst du dich vor nichts zu fürchten.« Bert nickt. Als er sein Gesicht in ein schiefes Grinsen verzieht, beginnt seine Unterlippe zu bluten. Erst da fällt Lien auf, daß ihm ein paar Zähne fehlen. Sie will ihm ein Taschentuch aus ihrer Handtasche reichen, um das Bluten zu stoppen. »Lassen Sie das!« Bert wischt das Blut mit dem Handrücken weg. »Es ist schon vorbei.«

Die Besuchszeit geht schnell vorüber: »Aufstehen.« Mühsam erhebt sich Bert von seinem Stuhl. Lien steht auch auf. »Sie bleiben sitzen!« befiehlt der Mann an der Tür. Bert wird am Arm gepackt und mitgezerrt. »Tschüs Bert, tschüs lieber Bert, ich komme dich bald wieder besuchen.« Er wird aus dem Raum geführt. »Nicht aufgeben«, sagt Lien noch, aber er ist schon durch die Tür.

Berts Prozeß beginnt, bevor Anwalt Rottier eine Antwort auf seinen Antrag erhält: Es gäbe keine Dokumente. Rottier ist überzeugt, daß sie zurückgehalten werden oder vernichtet sind. Das einzige, was er in den Händen hält, ist eine Kopie des Kaufbelegs der Zündapp von Smidts Motorenhandel. Er wird sich bei der Verteidigung auf diesen entscheidenden Punkt konzentrieren: Mit Hilfe seines Motorrads hat Bert in den ersten Kriegstagen einem deutschen Offizier das Leben gerettet, der ihm zum Dank dafür einen Beiwagen geschenkt, zu einem Ausweis verholfen und Schreiben ausgestellt hat, die bestätigten, daß Bert »besondere Aufträge« für den Generalstab der Wehrmacht ausführt. Alle Transaktionen mit den Deutschen waren eine direkte oder indirekte Folge davon. Unterlagen dazu seien vom Sicherheitsdienst für die Ermittlungen gegen Bert beschlagnahmt und ihm bis heute nicht ausgehändigt worden. Rottier fordert den Richter mit Nachdruck auf, den SD zu ermahnen, diese Dokumente der Verteidigung und dem Gericht schnellstmöglich zur Verfügung zu stellen. Der Richter gibt seinem Antrag statt. Zugleich ordnet er die Suche nach dem an die Ostfront versetzten Major Strehler an, dem ehemaligen Adjutanten von General Christiansen, damit der zu Berts Entlastung aussage. Das Verfahren mit den angeführten Straftaten wird bis auf weiteres ausgesetzt, mit Ausnahme der Anklage wegen Nichttragens des Judensterns, da dieses Vergehen mit den anderen Anklagepunkten nicht in Zusammenhang steht. Was auch immer Rottier zu seiner Verteidigung anführen mag, dieses Delikt wird Bert schwer angelastet: Er bekommt eine Gefängnisstrafe von acht Monaten aufgebrummt, die er im Polizeilichen Durchgangslager Amersfoort abzusitzen hat. Dort kann er auch die Fortsetzung seines Prozesses abwarten. Er wird sofort dorthin überstellt. Bert kommt in die Judenbaracke.

Rottier teilt Lien das Urteil mit. Ganz unzufrieden ist er nicht, aber so richtig zufrieden auch nicht. Ihm tue es leid, daß er die Verurteilung wegen des Nichttragens des Judensterns nicht habe abwenden können. »Das sind immer die schwierigsten Fälle, und der Richter muß damit irgendwie klarkommen.« Zum Glück beträgt die Strafe »nur« acht Monate, mit Abzug der zwei Monate Untersuchungshaft. Bert kommt also in einem halben Jahr frei. Jetzt, da es eine Verurteilung gibt, wird Lien Pfarrer van Klaveren fragen, ob die Kirche für Bert intervenieren werde, aber sie sieht da eher schwarz, weil die anderen Anklagepunkte noch nicht vom Tisch sind. Rottier wünscht ihr viel Glück. Vielleicht bringe es doch etwas – eine vorzeitige Entlassung zum Beispiel.

Hin und wieder bekommt Lien einen Brief von Bert aus dem Lager Amersfoort oder eine Postkarte mit stets den gleichen Nichtigkeiten: daß es ihm gut gehe, daß er viel bete und daß Lien auch für ihn beten soll, und ob der Pfarrer van Klaveren etwas für ihn tun könne. Seine Handschrift ist fest und klar, wie Lien sie von ihm kennt. Sie zeigt keine Unregelmäßigkeiten, die auf eine schlechte Behandlung schließen ließe. Einmal im Monat darf Lien zurückschreiben.

Wenige Tage nach dem Urteilsspruch wird ihr Haus in der Surinamestraat von den Deutschen konfisziert. Lien lehnt sich nicht dagegen auf und läßt es geschehen, als habe das alles mit ihr nichts zu tun. Sie macht sich nur Sorgen um Stan. Zum Glück kann sie ihn gerade noch rechtzeitig aus den Händen von ein paar grobschlächtigen Haager Polizisten retten, denen gleichgültige Möbelpacker assistieren. Die Möbel sind ihr egal – später, wenn Bert entlassen wird und der Krieg vorbei ist, werden sie genug Möbel haben. Doch in ihrem nächsten Brief sagt sie Bert nichts von der Räumung des Hauses. Er soll glauben, daß es ihr gut gehe. Aber sie schreibt, daß sie zu ihrer Schwester Maaike nach Schiedam gezogen sei, weil sie dort Arbeit als Haushaltshilfe gefunden habe. Ihrer Meinung nach nur vorübergehend. So schnell es gehe, werde sie nach Den Haag zurückkehren, schreibt sie. In Wahrheit sucht sie eine eigene Wohnung, aber das ist gar nicht so einfach. Wegen der Evakuierungen gibt es nicht genügend Wohnraum. Maaikes Vermieterin will keine Katze im Haus haben, also hat Stan wieder ein neues Zuhause bei der Frau von nebenan bekommen, aber jetzt ist er weggelaufen. Auch davon sagt sie Bert nichts. Sie überlegt, ob sie in Sassenheim in die Scheune ziehen soll. Sie ist klug genug, das in ihrem Brief nicht zu erwähnen. Nicht allein Berts Briefe werden mitgelesen, sondern auch ihre. Der Anwalt hat sie davor gewarnt. So machen sie sich mit ihren spärlichen Briefen gegenseitig etwas vor. Lien glaubt, daß Bert das versteht.

Von Rechtsanwalt Rottier erhält sie nach einiger Zeit einen Brief, er bittet sie, ihn in seiner Kanzlei aufzusuchen. Er habe eine unerfreuliche Nachricht für sie: Major Strehler ist an der Ostfront gefallen. Jetzt gibt es niemanden mehr, der für Bert aussagen könnte. Das ist ein schwerer Rückschlag, aber Rottier stürzt sich mit vermehrter Energie auf die Suche nach den Dokumenten in Berts Aktentasche.

Lien hat die Hoffnung schon fast aufgegeben. Emmeke und Joost sind inzwischen in Westerbork. Es ist sehr schnell gegangen. Plötzlich saß Emmeke, wie Bert, im Gefängnis, ebenfalls in Scheveningen. Und zwar für das gleiche Vergehen wie Bert: das Nichttragen des Sterns. Und plötzlich waren die beiden in Westerbork, obwohl Joost überhaupt keinen Stern tragen mußte. Emmeke hat sie noch gebeten, bei Nel vorbeizugehen, um zu sehen, wie es Bobbie geht. Das hat sie getan, aber Bobbie hat sie nicht erkannt. In ihrem letzten Brief nach Westerbork hat sie nichts darüber geschrieben. Nur, daß es ihm gut gehe. Eine Antwort steht noch aus.

Lange hört Lien überhaupt nichts von Bert. Sie erhält keine Briefe, nichts. Sie fragt beim Landesgericht nach, bekommt aber keine Antwort. Nach weiteren zwei Wochen wird sie wieder in die Anwaltskanzlei gerufen – Rottier hat Neuigkeiten. Es sind keine guten: Bert ist tot. »Gestorben« heißt es offiziell. Woran, ist nicht klar. »Allgemeine Schwäche«, sagt ein ärztlicher Bericht, den Rottier nur mit Mühe in die Hände bekommen hat.

Lien schaut ihn sprachlos an, sie ist zermürbt. Sie weiß nicht, was sie mit dieser Nachricht anfangen soll. Stumpf starrt sie Rottier ins Gesicht, der ihr wie aus einer anderen Welt sein Mitgefühl ausspricht und sagt, daß es damit auch keine Wiederaufnahme des Prozesses geben werde. Vielleicht sei das auch besser so. Es dringt kaum zu Lien durch. Sie starrt nur in die Leere vor sich.

Lange hat sich meine Mutter nicht an ihrem »entsternten« Status erfreuen können. Im Herbst 1944 wurde bei ihr Brustkrebs diagnostiziert. Von diesem Vorfall erinnere ich noch einen Ausspruch von ihr: »Es war, als würde mir der Boden unter den Füßen weggezogen«, hat sie zu einer Freundin gesagt. Im Februar 1945 konnte sie operiert werden, im Bethlehem-Krankenhaus an der Prinsessegracht. Es war ein Wunder, daß das mitten im Hungerwinter überhaupt möglich war. Mit einer Brust weniger und einer langen Narbe, die sich diagonal von der Schulter bis zur Leiste über ihren ganzen Körper erstreckte, kam sie nach zwei Wochen nach Hause. Es ging ihr schlecht.

Am 5. März – die Verbände waren noch nicht abgenommen – mußte sie sich, um eine sichere Zuflucht zu finden, aufs Fahrrad schwingen und mit mir durchs Bezuidenhout fahren, den Stadtteil, der in dieser Nacht aus Versehen von den Briten bombardiert wurde. Überall waren zerschossene Häuser, aus denen Flammen herausschlugen. Wir sahen den brennenden Kirchturm an der Schenkkade einstürzen. Immer wieder mußten wir umkehren und uns einen anderen Durchgang suchen. Die Straßen waren mit Glas und Trümmerteilen übersät. Zum Glück hatten wir ein Fahrrad mit Holzreifen, so daß wir wenigstens keinen Platten kriegen konnten. Über große Umwege erreichten wir die andere Seite der Stadt, wo wir im Haus eines Onkels erstmal wieder zu Atem kamen. Später kümmerte sich die Familie, bei der mein Bruder und ich den letzten Winter verbracht hatten, um uns. Wir konnten nicht lange dortbleiben. Meine Mutter bekam kaum Gelegenheit, sich zu erholen.

Im Haus eines Cousins warteten wir die Befreiung ab. Vom Fenster aus sahen wir Flugzeuge, die über dem Flugplatz Ypenburg Lebensmittelpakete abwarfen. Wir bekamen schwedisches Weißbrot und echte Butter. Von der mußte ich mich übergeben.

Wir kehrten in unser Elternhaus zurück, das durch die Bombardierungen kaum beschädigt worden war. Mein Vater hatte einen Transport organisieren können: einen Pferdewagen, angeblich vom Gemüsehändler. Ein abgemagertes, zu Tode erschöpftes Pferd, das langsam durch die zerstörten Straßen zockelte.

Meine Mutter, immer noch stark geschwächt, lag oben auf dem flachen Wagen auf einer Matratze inmitten unseres bißchen Gepäcks und den Fahrrädern mit diesen lächerlichen Holzreifen. Man starrte uns erstaunt hinterher. Es war eine unendlich lange Fahrt.

Meine Mutter kam zwar wieder auf die Beine, erkrankte aber Ende 1946 erneut. Der Krebs hatte gestreut. Nun wurde auch die zweite Brust abgenommen. Davon hat sie sich nicht mehr erholt. Im Juli 1947, eine Woche nach ihrem einundvierzigsten Geburtstag, ist sie gestorben. Statistisch gesehen gibt es keinen nachweisbaren Zusammenhang zwischen Krebs, Entbehrungen und Trauer. Pech eben, lassen wir es darauf beruhen.

49

(*Tagebuchauszug*)
11. Juni 1943
Wir sind jetzt seit ein paar Wochen in Westerbork. Zunächst war es nicht sicher, ob Joost mitkommen würde. Er hatte die Wahl. Aber: »Immer zusammenbleiben, das haben wir uns versprochen«, *hat er gesagt. So lieb. Sonst säße ich alleine hier. Aber wir sind nicht wirklich zusammen. Wir wohnen in der gleichen Baracke, in der Männer und Frauen voneinander getrennt sind.* »Wohnen« *ist zuviel gesagt. Das einzige, was wir haben, ist ein Etagenbett. Ich war zuerst in der Strafbaracke wegen der Geschichte mit dem Stern. Da war es viel besser als* »Scheveningen«. *Joost hat mich rausgeholt. Wenn er nicht gewesen wäre, wäre ich vielleicht immer noch dort. In der Strafbaracke, aber vielleicht sogar noch in Scheveningen. (…) Joost baut alte Batterien auseinander; die Finger tun ihm weh, und seine Nägel sind abgebrochen. Ich schäle den ganzen Tag Kartoffeln. Es ist eine eintönige Arbeit, und meine Hände sind häßlich rot angeschwollen. Von meiner Nachbarin in der Baracke habe ich ein bißchen Salbe bekommen. Sie heißt Ali, sie schläft unter mir. (…) Ich war noch nie mit so vielen Frauen zusammen. Daran muß man sich erst mal gewöhnen. Ich weiß nicht, wie viele in der Baracke sind. Bestimmt hundert. Die ersten Nächte habe ich kein Auge zugetan, denn es ist nie still. Frauen können ziemlich laut schnarchen, genau wie Männer. Die Betten knarren jedes Mal, wenn man sich umdreht, der Lärm verstummt nie. Wenn ich meine Augen schließe, ist es, als würde ich Windmühlen hören, diese kleinen Windmühlen mit Flügeln aus Eisen. Manchmal schnauzt irgendwer herum, oder jemand weint, vielleicht ein Kind. Dann muß ich an Bobbie denken. Anfangs habe ich sehr viel geweint. Wegen Bobbie, wegen allem. Ali sagt, das sei völlig normal.* »Frauen weinen

nun mal, oder? Männer fluchen.« Aber Joost mußte auch
weinen, als ich ins Gefängnis kam. Und Bobbie ebenfalls,
als er nicht mit uns gehen durfte. Aber Bobbie ist noch ein
Kind. Ach, uns allen ist so bange. (...) Ich war auch noch
nie mit so vielen Juden zusammen. Hier gibt es nur Juden.
Sogar die Wachen sind Juden, einige sind sogar Deutsche.
Das sind nicht die nettesten Leute, sie spielen sich als Chef
auf. (...) Es gibt typisch jüdische Leute, aber auch welche,
bei denen man es nie vermuten würde. Und gläubige Juden, aber nicht so viele. Frauen merkt man es noch viel
weniger an. Religion ist wirklich Männersache, vor allem
bei Juden. Aber abgesehen davon sind sie ganz »normale«
Menschen, man hat sie in allen Formen und Größen –
respektable Damen, die über alles das Näschen rümpfen.
Ein paar von ihnen erinnern mich an meine Mutter – sie
keifen die ganze Zeit – und dann diese Labertaschen, von
deren Geschwätz einem die Ohren abfallen. Es gibt eben
freundliche Juden und gemeine, vor denen man auf der
Hut sein muß. Ali ist eine liebe herzliche Frau, keineswegs
eine »typische« Jüdin, obwohl sie aus dem jüdischen Viertel in Amsterdam stammt. Man wird sie nie klagen hören.
Sie ist sehr stark und hat immer gute Laune. Ich habe ein
Riesenglück mit meiner Nachbarin.

29. Juni 1943
Abends nach der Arbeit und nach dem Appell in der Baracke dürfen wir uns sehen. Aber auch dann sind wir nicht
allein. Die Wege zwischen den Baracken und die Hauptstraße sind rappelvoll. Die Frauen treffen ihre Männer, die
Jungs ihre Mädchen, dazwischen spielen Kinder. Es sind
kleine emotionale Familienzusammenkünfte, jeden Tag
wieder aufs neue. Die Menschen tauschen Nachrichten aus,
besprechen ihre Probleme. (...) Joost und ich haben überlegt, Bobbie auch hierher zu holen. Wenn wir wegmüssen,
sind wir wenigstens zusammen. Das war ein sehr seltsames
Gespräch. Wir wollten es beide, aber auch wieder nicht.
Stell dir vor: Was, wenn es schlecht für uns ausgeht, dann

481

erwischt es ihn auch. Man hört hier ganz üble Geschich-
ten darüber, was mit den Leuten passiert, die auf Transport
müssen. Niemand weiß genau, was davon stimmt. (…) Aber
vielleicht geht es ja nicht schlecht für uns aus. Und dann
wußte Joost plötzlich die Antwort: Dann werden wir Bobbie
wiedersehen. Das müssen wir uns vornehmen, hat er gesagt:
daß wir ihn wiedersehen. Wie wir uns vorgenommen ha-
ben, immer zusammenzubleiben. So ist es auch gekommen.

7. Juli 1943
Gestern Abend machten Joost und ich einen Spaziergang
um das Lagergelände. Das Wetter war so schön und wind-
still. Lange Streifen von grau-violetten Wolken hoch am
Himmel. Kein Staub. Keine Mücken. Westerbork ist viel
größer, als ich dachte. Überall stehen Baracken, es ist wie
eine kleine Stadt. Eine Judenstadt. Es gibt sogar ein Kran-
kenhaus mit vielen Ärzten und Krankenschwestern. Joost
sagt, daß es am besten wäre, im Krankenhaus zu liegen,
weil man dann nicht auf Transport kommt und außerdem
gut versorgt wird. Aber krank ist man eben trotzdem. (…)
Es kommen immer wieder neue Leute hierher, und es ver-
schwinden welche. Sie reisen mit dem Zug ab, der bis ins
Lager fährt. Als wir ankamen, sind wir mitten im Lager aus-
gestiegen. Es gibt keinen Bahnsteig, also muß man sprin-
gen. Wenn kein Zug dasteht, ist es eben die Hauptstraße des
Lagers, die die Bewohner »Boulevard des Misères« getauft
haben. Sie sind hier gut mit Spitznamen. Jeden Dienstag
steht ein Zug da. Das ist der Zug, der nach Osten geht. Er
kommt nach Mitternacht an, die Lokomotive bleibt unter
Dampf. Es klingt wie ein kurzatmiger, korpulenter Mann.
(…) Man kann selbst auch dran sein. Es gibt Listen, die
abends verlesen werden. Das ist ein schrecklicher Moment.
Es ist dann totenstill in der Baracke. Das Herz schlägt uns
bis zum Hals, und Joost drückt meine Hand. Bei den ersten
Namen geht das Jammern los. Es ist schrecklich, das mit
anzuhören, diese hysterischen Weinkrämpfe und das Flu-
chen der Männer, die ihre Frauen beruhigen wollen. Dann

fangen sie an, ihre Koffer zu packen, immer wieder unter-
brochen von neuen Weinkrämpfen und Flüchen. Es bleibt
die ganze Nacht unruhig. (…) Wir sind dieses Mal nicht da-
bei. Joost hat die Nacht bei mir geschlafen. Bei dem ganzen
Lärm hat niemand etwas bemerkt. Das Bett ist so schmal,
daß wir dicht beieinanderliegen mußten. Wir hielten uns
aneinander fest, um nicht herunterzufallen. Das war sehr
schön. Genau wie … Nun ja. Wir haben uns durch unsere
Kleidung gespürt und uns lange geküßt. Wir leben noch.
Das nächste Mal ziehe ich einfach meine Sachen aus. Und
Joost muß seine auch ausziehen. Es achtet sowieso niemand
darauf, es ist für alle ganz normal. Das nächste Mal … Viel-
leicht nächste Woche, beim nächsten Transport. Vielleicht
sind wir dann an der Reihe.

Emmeke weint nicht, als ihr Name vorgelesen wird. Und
Joost flucht nicht. Sein Name wird nicht vorgelesen. In
der Antragsstelle, wo er es geschafft hat, Emmeke aus der
Strafbaracke zu kriegen, erkundigt er sich, woran das liegt.
Er müsse nicht mit, wird ihm gesagt. Er könne zwar, wenn
er denn wolle, aber er bekomme noch eine letzte Chance,
sich von seiner Frau scheiden zu lassen. »Daß ich nicht lache,
Mann!« Er ist ganz gewiß nicht mit hierhergekommen, um
sich von seiner Frau scheiden zu lassen. »Ich fahre mit, was
glauben Sie denn?« Auch gut, dann wird er eben mit auf die
Liste gesetzt. Joost hat eine bessere Idee: »Streichen Sie doch
meine Frau von der Liste, dann ist der Fall erledigt.« Aber das
geht natürlich nicht.

Er kehrt in die Baracke zurück. Schweigend packen sie
ihre paar Habseligkeiten in ihre Koffer, eine zusammengeroll-
te Decke auf den Rucksack. Sie versuchen, noch ein bißchen
zu schlafen, dicht beieinander. Es wird eine anstrengende
Reise werden. Als es Zeit ist, laufen sie zum Bahnsteig. Bevor
sie in die Waggons klettern dürfen, wird noch ein Appell abgehalten. Danach erfolgt das Signal zum Einsteigen.

In dem Chaos, das folgt, verliere ich sie aus den Augen. Auf einmal sind sie nicht mehr da. Plötzlich ist der Bahnsteig leer, und der lange Zug setzt sich in Bewegung. Wohin, ist unbekannt. Niemand weiß etwas mit Sicherheit. Drei Tage würde die Reise dauern, hat man ihnen gesagt. Nach dem letzten Pfiff der Lokomotive herrscht atemlose Stille im Lager. Draußen vor dem Stacheldraht hängt der Nebel tief über dem Lupinenfeld.

Nachwort und Quellen

Der Krieg hat mich mein ganzes Leben beschäftigt. Als Kind aus einer gemischten jüdischen Ehe war ich direkt betroffen, aber diese Erkenntnis kam mir erst, als die Folgen davon nicht mehr gutzumachen waren. Nicht, daß ich nicht genau wußte, was passiert war, hielt mich ab, ein Buch darüber zu schreiben, was sich in den Kriegsjahren in meinem Elternhaus in Den Haag abgespielt hatte, sondern hauptsächlich, daß wir es mit heiler Haut überlebt hatten. Dann darf man sich nicht beschweren. Es gab sechs Millionen Mal schlimmeres Leid. Diese Erkenntnis und mein zunehmendes Wissen, was während des Krieges geschehen war, hielten mich ab. Erst als keiner aus meiner Familie mehr übrig war, um die Geschichte zu erzählen, wußte ich, daß ich es versuchen mußte: Ich mußte mich auf die Suche nach ihnen begeben. Diese Suche lieferte bloße Fakten, aber was wirklich geschehen ist und wie diese Fakten zustandegekommen waren, blieb unklar. In den unzähligen Büchern, die ich über den Krieg las, kamen meine Eltern nicht vor. In ihnen geht es um »die Juden« – und alle Juden sind in einen Topf geworfen. Die Geschichte ist genauso unbarmherzig wie die Wirklichkeit.

Ich wollte ein Buch darüber schreiben, wie meine Eltern, ihre nächste Familie und ihre Freunde den Krieg erlebt hatten, wie der Alltag für sie aussah, wie sie sich unter der Judenverfolgung fühlten, was sie dachten, wie sie mit dem wachsenden Terror umgingen und wie sie zu ihren Entscheidungen fanden. Aber da es gerade darüber an jeglichen Informationen mangelte, konnte ich nichts Wahrheitsgetreues über sie schreiben: Ich mußte sie mir ausdenken. Die Personen in diesem Buch sind fiktive Figuren in einer fiktiven Geschichte: Was sie erleben und wie sie es erleben, ist Fiktion, aber was ihnen zustößt, ist alles andere als das. Das Leben meiner ausgedachten Charaktere spiegelt reale historische Fakten wider. Wie meine Familie sind sie ganz normale

Menschen: keine Helden, sondern durchschnittliche Opfer. Die historischen Fakten sind wahr (und verifiziert). Meine Personen sind nicht die einzigen, die sie erlebt haben. Die Figuren, die an die Stelle meiner Eltern traten, sind mir ans Herz gewachsen. Fast wie Familienmitglieder.

Während des Schreibens habe ich mir immer gesagt, daß in einem Roman über den Krieg und den Holocaust die fiktiven Ereignisse der Geschichte die wahren Fakten nicht um einer »guten Geschichte« willen verwischen, verdrehen oder verändern dürfen. Auch wenn sie vielleicht nicht genauso passiert sind, müssen die geschilderten Ereignisse glaubwürdig sein: Sie sollten sich so zugetragen haben können. Die reale Geschichte bietet dafür den Rahmen. Sonst spielt man Holocaustleugnern in die Karten. Oder man macht den Krieg zu etwas Anekdotischem, etwas Belanglosem.

Da es auch gleichzeitig eine sehr persönliche Geschichte ist, habe ich mich entschlossen, über meine Suche und die Rekonstruktion der tatsächlichen Ereignisse zu berichten und diesen Bericht in den Roman aufzunehmen. Diese »parallele Wirklichkeit« soll die Fiktion extra glaubhaft machen. Umgekehrt könnte die Fiktion der historischen Realität Leben einhauchen. Diese Suche und diese Rekonstruktionen sind, zusammen mit autobiographischen Erinnerungen wie meine eigenen Erfahrungen mit dem Antisemitismus, in den Romantext eingestreut. Sie spiegeln auf ihre eigene Weise das fiktive Geschehen der Figuren. So kam es, daß ich das Bedürfnis verspürte, ihnen Gesellschaft zu leisten in ihrem ungleichen Kampf mit einem grausamen und übermächtigen Feind, dessen Absichten sie nicht kannten. Dieses »Ich«, das hier und da im Romantext auftaucht, ist ebenso wirklich wie erfunden: Es kann nicht eingreifen, kann das Verhalten der Personen nicht wesentlich beeinflussen und auch den Lauf der Geschichte nicht ändern. Es ist immer anwesend, bleibt aber meist unsichtbar.

Das Lügenlabyrinth

Das Quellenstudium zu dieser Geschichte führt zu dem unwiderruflichen Schluß, daß die Entfernung der Juden aus der niederländischen Gesellschaft – ihre Registrierung und Ausgrenzung, die Beschlagnahmung ihres Besitzes und schließlich ihre Deportation und Vernichtung – nach einem vorgefaßten und akribisch ausgeführten, systematischen Plan erfolgte. Der Plan wurde, ebenfalls mit Vorsatz, mit Mitteln wie Täuschung, Einschüchterung und tödlicher Gewalt umgesetzt. Er konnte aber nur mit Hilfe von Tausenden, ja Zehntausenden von Menschen erfolgreich durchgeführt werden, die ihre Aufgabe mit großer Überzeugung erfüllten. Sie glaubten an die Notwendigkeit eines der Hauptziele Hitlers und seiner Handlanger: die Ausrottung der Juden. Dieser Glaube war ihnen durch das wiederkehrende Thema der Nazi-Propaganda förmlich eingebrannt worden: daß die Juden die Ursache allen Übels seien, daß sie eine geheime Verschwörung angezettelt hätten, mit der sie die Weltordnung bedrohten, sei es Kapitalismus, Kommunismus oder sogar Christentum. Das sollten die Kräfte sein, die eine Gefahr für Deutschland und Europa darstellten. Aber diese Verschwörung gab es nicht. Sie war eine einzige Lüge. Auf dieser Lüge bauten die Nazis ihr Labyrinth auf, in dem sich Millionen Menschen verirrten und den Tod fanden.

Die Geschichte

Für die Fakten über die Judenverfolgung konnte ich mich stets an die drei großartigen Standardwerke halten, die wir in den Niederlanden haben: *Ondergang* von Jacques Presser, Bände 1 und 2 (Staatsuitgeverij/Martinus Nijhoff, Den Haag, 1965), *Kroniek van de Jodenvervolging 1940–1945* von Abel Herzberg (Querido, Amsterdam, 1985) und natürlich *Het Koninkrijk der Nederlanden in de Tweede Wereldoorlog* von Loe de Jong, insbesondere die Bände 4, 5 und 8 (Staatsuitgeverij, Den Haag, 12 Teile, 26 Bände, 1969–1994). Alle drei Autoren waren

Zeitzeugen und Juden – Presser überlebte den Krieg im Versteck, Herzberg in Bergen-Belsen, und de Jong war Berichterstatter in London. Seine Geschichte der Judenverfolgung ist nur ein kleiner Teil seiner viel größeren, leidenschaftlich erzählten Geschichte des gesamten Zweiten Weltkriegs, von dessen Anfang bis Ende. Er hält sich an die bis dahin bekannten Fakten, die er vor dem Hintergrund des Aufstiegs des Faschismus in Deutschland, des Krieges und der Besetzung der Niederlande zeigt. Presser ist ein passionierter Historiker, der aus seiner persönlichen Betroffenheit kein Hehl macht. Bei einer Razzia wurde er von seiner Frau getrennt; sie kam in einem Lager ums Leben. Seine Geschichte ist durchtränkt von Wut und Tränen und dennoch – oder vielleicht gerade deshalb – absolut zuverlässig in ihrer Vollständigkeit und ihrem Blick fürs Detail. Herzberg ist der Jurist mit der messerscharfen Feder. Er versucht, Distanz zu wahren und verwandelt seine spürbare Fassungslosigkeit über das »Unmögliche« in melancholische Ironie.

Was die historischen Fakten angeht, sind diese drei Männer meine Ratgeber beim Schreiben meines Buches gewesen. Aber auch alle andere nach ihnen erschienene Literatur, soweit ich sie zu Rate gezogen habe, diente mir als Quelle für Fakten und deren immer wieder neue Interpretation. Eine davon ist besonders zu erwähnen: *Grijs verleden* (Boom, Amsterdam 2001) von Chris van der Heijden, das ein eindrucksvolles Beispiel für die fortschreitende Einsicht in die Geschichte der Besetzung und der Judenverfolgung bietet. Er macht kurzen Prozeß mit den Vorstellungen von »richtig« und »falsch« oder »gut« und »böse«, die in den Nachkriegsjahren und in der Mythologie des Krieges vorherrschten.

Tagebücher

Tagebücher gewähren dem Leser einen Einblick in das Alltagsleben während des Krieges, wie es die Autoren am eigenen Leibe erlebt und beobachtet haben. Sie geben ein gutes Bild von der vorherrschenden Stimmung in der niederländischen

Bevölkerung während der Besetzung. Das NIOD (Niederländisches Institut für Kriegs-, Holocaust- and Genozidstudien, vormals Niederländisches Institut für Kriegsdokumentation) verfügt über eine wachsende Sammlung davon, die über das Internet zugänglich gemacht wird. Anhand solcher Tagebuchzitate korrigiert Bart van der Boom in seinem Buch *We leven nog* (Boom, Amsterdam 2002) das vor allem von Loe de Jong erzeugte Schwarz-Weiß-Bild des guten und heldenhaften Niederländers während des Krieges. In seinem Buch *Wij weten niets van hun lot* (Boom, Amsterdam 2012) analysiert van der Boom auch anhand von Tagebuchauszügen, was die einfachen Niederländer über den Holocaust, der sich vor ihren Augen vollzog, wußten und nicht wußten (oder wissen wollten). Unwissenheit, Unglaube und Verdrängung werden von van der Boom als Ursache für diese Einschätzung der Kriegswirklichkeit angeführt. Die letzte Möglichkeit, die als Erklärung vorgebracht wird, warum so viele Juden aus den Niederlanden deportiert wurden und nie zurückkehrten: stillschweigende Zustimmung. Das ist eine relativ neue und unbequeme Erkenntnis.

Unter den von mir »verschlungenen« Tagebüchern stammen drei von jungen Frauen mit literarischen Ambitionen, das vierte von einem älteren Zeitungsreporter. Was diese vier gemeinsam haben, ist, daß sie jüdisch und damit direkt vom Holocaust betroffen sind: Anne Frank, *Het Achterhuis* (Erstausgabe Contact, Amsterdam 1947, 96. Auflage Prometheus 2020, auf deutsch: *Liebe Kitty. Ihr Romanentwurf in Briefen,* Secession Verlag, Zürich 2019); Etty Hillesum, *Het verstoorde leven* (De Haan/Balans, Amsterdam, 1981, auf deutsch: *Das denkende Herz der Baracke,* zuletzt bei Herder, Freiburg/Br. 2014); Philip Mechanicus, *In dépôt,* (Polak & Van Gennep, Amsterdam 1964, auf deutsch: *Im Depot,* Edition Tiamat, Berlin 1993); Hanny Michaelis, Teil I: *Lenteloos voorjaar* (van Oorschot, Amsterdam 2016), Teil II: *De wereld waar ik buiten sta* (van Oorschot, Amsterdam 2017). Alle vier Autoren sind sich ihrer besonderen Stellung als Juden bewußt. In ihren Tagebüchern schreiben sie aus diesem Bewußtsein heraus über ihr tägliches Leben, ohne es besonders hervorzuheben. Das ist logisch, denn für sie war das Jüdischsein nun einmal normal. Allerdings vollzog sich ihr tägliches Leben unter besonderen Umständen. Anne Frank schreibt über ihre Träume als zukünftige Schriftstellerin, die Mitbewohner und ihre aufkeimende Sexualität aus der bedrückenden Abgeschlossenheit im Hinterhaus an der Prinsengracht. Für Etty Hillesum mit ihrem Hang zur Spiritualität ist die Chance, etwas Praktisches für den Jüdischen Rat und jüdische Mitmenschen in Not zu tun, eine Befreiung aus dem durch den Krieg verursachten Vakuum. Philip Mechanicus beschreibt seinen Aufenthalt in Westerbork, die Menschen, die er traf, die täglichen Rituale, die bürokratischen Mühen, um einen Aufschub von der Deportation zu erlangen, die jeden Dienstag verkehrenden Züge. Seine Tagebucheinträge wirken wie Aufzeichnungen für eine Artikelserie, die er vielleicht im *Algemeen Handelsblad* hätte publizieren können, wenn er denn überlebt hätte. Es ist bemerkenswert, daß keiner von ihnen mit Sicherheit weiß, welches Schicksal ihn erwartet, wenn er in den Osten deportiert wird. Das vorherrschende Gefühl ist eines der Gelassenheit und Ergebenheit, vielleicht aus einer ängstlichen Vorahnung heraus. Aber auch – besonders bei Anne Frank und Etty Hillesum – ein Gefühl von Erwartung und Hoffnung. Hanny Michaelis, die als einzige der vier den Krieg überlebt hat, schreibt als fast unbesorgtes Schulmädchen, das sich in Mitschüler und Lehrer verliebt, über sich selbst im Verhältnis zu anderen, darunter zu ihren Eltern (Teil I), aber auch als heranwachsende junge Frau in ihrem die Verstecke wechselnden Dasein, über das Loch, das der Krieg in ihr Leben geschlagen hat, die Ohnmacht, die das hervorruft (Teil II).

Diese Tagebücher und die von Bart van der Boom zitierten Tagebuchautoren haben mir sehr geholfen, mir ein Bild vom Alltag der »einfachen« (jüdischen) Menschen während der Besetzung zu machen. Über die antijüdischen Maßnahmen, mit denen sie konfrontiert werden, sind meine Figuren ebenso verunsichert wie die Tagebuchschreiber. Geschweige denn darüber, was sie dagegen hätten tun können. Das Lesen dieser Tagebücher hat mich auch dazu veranlaßt, eine der Figuren meines Buches, Emmeke, Tagebuch führen zu lassen.

Alltagsleben

Tagebücher sind nicht die einzige Informationsquelle für das Alltagsleben. Man kann auch Zeitungen aus dieser Zeit lesen, im Internet und in Archiven wie denen des NIOD und des IISG (Internationales Institut für Sozialgeschichte), wo Mitarbeiter Exemplare von *De Nieuwsbron* für mich aufgestöbert haben, aus denen mein Vater Artikel über die Ariererklärung und die Judenregistrierung ausgeschnitten hat. Die Sammlungen sind nicht vollständig und weisen, je länger die Besetzung dauert, desto größere Lücken auf. Daher sind die mit vielen Fotos illustrierten Bücher über die Kriegsjahre mit dem Reihentitel *Leven in bezet Nederland* (Unieboek/Het Spectrum) eine sehr willkommene Ergänzung. Teil 1, *Verwarring en aanpassing* von Wichert ten Have, handelt von den Kriegstagen, wie sich die Deutschen danach einrichteten, wie die Niederländer sich an die neue Obrigkeit anzupassen und sich ein wenig zu wehren begannen. Teil 2, *1941 – Het masker valt* von Robin te Slaa, handelt von der wahren Natur der deutschen Besetzung, die sich ungefähr nach der Bekanntgabe der ersten Maßnahmen gegen die Juden, gefolgt vom Februarstreik 1941, offenbart. Als dieser mit harter Hand niedergeschlagen wurde, wußten die Niederländer, woran sie waren, und die Juden wußten, was sie zu erwarten hatten. Doch es dauerte noch bis Mitte 1942, bis alle Vorbereitungen getroffen waren: Registrierung und Ausschluß aus der Gesellschaft, Enteignung allen jüdischen Eigentums und die Einführung des Judensterns. Dann konnten die Juden in die sogenannten Arbeitslager im Osten deportiert werden. Das wird in Teil 3 der Serie, *1942 – Oorlog op alle fronten* von Erik Schumacher beschrieben. Schumacher widmet der Rolle des Jüdischen Rates bei der Eliminierung der jüdischen Bevölkerung aus der Gesellschaft große Aufmerksamkeit. In Teil 4, *1943 – Onderdrukking en verzet* von Elias van der Plicht, nimmt die Unterdrückung durch die Deutschen im gleichen Maße zu, wie ihre Chancen auf einen Sieg schwinden. Auch das nährt den Widerstand. Dennoch gelingt es den Deutschen, die Niederlande so gut wie *judenrein* zu machen; die letzten Züge fuhren im September 1944 ab.

In dieser Buchreihe werden die großen und kleinen Ereignisse während der Besetzung, von der zunehmenden Lebensmittelknappheit und Verteilung bis hin zu einzelnen Widerstandstaten und den ein- und ausfahrenden Zügen, durchweg mit persönlichen Geschichten illustriert. So bekommt man als Leser Eindrücke vom täglichen Leben. Die Fotos sorgen für den Rest.

Den Haag

Das Lügenlabyrinth spielt in Den Haag, der Stadt, in der ich geboren und aufgewachsen bin. Ich war anderthalb Jahre alt, als der Krieg ausbrach und Den Haag belagert wurde. Daran kann ich also keine Erinnerungen haben. Wenn man von »dem Krieg« spricht, meint man in der Regel den Zeitraum vom 10. Mai 1940 bis zum 5. Mai 1945. Aber wirklich »Krieg« war nur vom 10. bis 14. Mai 1940. Was nach dem Sieg der Deutschen folgte, war die »Besetzung«. Rotterdam hat von allen Städten natürlich am meisten unter dem deutschen Bombardement gelitten, das die Innenstadt völlig zerstörte und Tausende von Menschenleben kostete. Dieses Bombardement beendete den »Krieg«, d.h. die Kampfhandlungen.

Weniger bekannt ist, daß es rund um Den Haag zu schweren Kämpfen kam. Die Stadt war von drei relativ kleinen Flugplätzen umgeben – Ypenburg, Ockenburg und Valkenburg –, die die Deutschen versuchten, in ihre Hand zu bekommen, um sich Zugang zur Stadt zu verschaffen, die nicht gerade eine Festung war. Um dorthin zu gelangen, führten sie die erste Luftlandeoperation der Militärgeschichte durch. Und obwohl die niederländischen Soldaten den Deutschen in Bezug auf Bewaffnung und Ausbildung unterlegen waren, leisteten sie unerwartet heftigen Widerstand. Das Hauptziel der Deutschen war es, die Königin und mit ihr die Regierung gefangenzunehmen. Das ist, wie wir wissen, schiefgegangen. Königin und Regierung gelang rechtzeitig die Flucht nach England. Wäre die Gefangennahme geglückt, hätten sie auch den Oberbefehlshaber General Winkelman gefaßt, und der Krieg wäre an einem Tag entschieden gewesen. In seinem Buch *De slag om de Residentie* (Aspekt, Soesterberg 2004) gibt Oberstleutnant E.H. Brongers einen detaillierten Bericht über die Schlacht. Es ist eine spannende militärhistorische Geschichte, die von einem Militärexperten erzählt wird. Ich habe dankbar für Teil 1 meines Buches Gebrauch davon gemacht.

Ohne ein Buch wie *Den Haag in de Tweede Wereldoorlog* (Seapress, The Hague 1995) von – wiederum – Bart van der Boom hätte ich das meine nicht schreiben können. Es enthält viele der Informationen, die ich für meine Geschichte benötigte. Vor allem die Kapitel, die von der Judenverfolgung und dem Bau des Atlantikwalls handeln, sind nicht allein mit wissenschaftlicher Präzision geschrieben, sondern verraten auch van der Booms enorme Betroffenheit. Wie seine anderen Schriften zeigen, ist er tief erschüttert über das Schicksal der Juden. Ihre Deportation und ihr fast vollständiges Verschwinden aus Den Haag – mit 17.000 Juden die zweitgrößte jüdische Stadt der Niederlande nach Amsterdam – fiel mit der Evakuierung eines großen Teils der Haager Bevölkerung wegen der Verteidigungsanlagen zusammen, die Deutschland entlang der gesamten Atlantikküste bauen ließ. Aus meiner Jugendzeit erinnere ich mich noch an den »Panzergraben«, der sich quer durch die Stadt zog.

Wichtig ist auch das Kapitel, das der Polizei gewidmet ist. Kein anderes Buch hat mir ein so klares Bild von der Doppelrolle des deutsch-niederländischen Polizeiapparates während der Besetzungszeit vermittelt, insbesondere bei der Juden-Deportation. Das gilt übrigens für den gesamten Justizapparat, dessen intakt gebliebener niederländischer Teil mit den Deutschen unter einer Decke steckte. Diese Informationen haben mir sehr geholfen, die Handlung meines Romans zu konstruieren.

Der Jüdische Rat

Über die umstrittene Rolle, die der Jüdische Rat während des Prozesses der langsamen Eliminierung der Juden spielte, ist viel diskutiert worden, auch in der oben angeführten Literatur. Diese Informationen sind unverzichtbar für jeden, der einen Roman darüber schreibt, vor allem, weil das Thema so kompliziert ist. Nach dem Februarstreik vom 25. Februar 1941 riefen die Besatzer den Jüdischen Rat ins Leben und machten ihn von Anfang an mitverantwortlich für die Maßnahmen, die in der Folge von den Deutschen gegen die Juden ergriffen wurden: Jegliche Kommunikation über diese Maßnahmen hatte über den Jüdischen Rat zu laufen. Die Maßnahmen selbst wurden von der Zentralstelle für Jüdische Auswanderung, einer Unterabteilung der deutschen Polizei, durchgeführt. Was den von Prof. David Cohen und Abraham Asscher geleiteten Jüdischen Rat so umstritten macht, ist, daß er stets den Anweisungen der Zentralstelle folgte, manchmal unter Protest und oft, um Schlimmeres zu verhindern. Hätte der Rat das nicht getan, wären schwere Sanktionen die Folge gewesen. Diese Drohungen wurden stets im *Het Joodsche Weekblad* veröffentlicht, um die Juden zu drängen, den Anweisungen der Deutschen prompt und korrekt zu gehorchen. Und das taten die meisten. Sobald der Befehl einmal gegeben war, führte kein Weg mehr zurück: Der Jüdische Rat wurde mitschuldig der Ausrottung seines eigenen »Volkes«. In *Om erger te voorkomen* von Nanda van der Zee (Aspekt, Soesterberg 2010, auf deutsch: *Um Schlimmeres zu verhindern,* Hanser, München 1999) ist das alles ausführlich nachzulesen. Es ist kein rosiges Bild.

Die nicht zu beantwortende Frage ist: Was wäre geschehen, wenn die jüdische Gemeinde die Befehle der Deutschen nicht befolgt hätte? Daß es so kam, wie es kam, hat mit der bereits erwähnten Unwissenheit, dem Unglauben und der Verdrängung zu tun, die nicht allein die Perspektive der »normalen« Niederländer, sondern natürlich auch die der Juden selbst bestimmten. Und wohl auch damit, daß der Rat sich wirklich für die Juden verantwortlich fühlte. Da die Juden durch ihre Ausgrenzung aus der niederländischen Gesellschaft, die mit ihrer Registrierung begann, zu einer Art staaten- und rechtlosen Bevölkerungsgruppe wurden, waren sie auf den Jüdischen Rat als einzige Instanz angewiesen, die ihnen Orientierung geben konnte. So kam es, daß der Jüdische Rat wie eine Art Regierung für einen Miniaturstaat von über das ganze Land verstreuten Juden agieren mußte. Der Rat befaßte sich mit allen Bereichen, mit denen sich auch eine Regierung beschäftigt: Bildung, Soziales, Kultur, Gesundheitswesen, Auswanderung, Wirtschaft und so weiter. Das dafür benötigte Geld mußten die Juden selbst aufbringen.

Vielleicht läßt sich diese augenscheinlich willenlose Kapitulation vor den Deutschen zum Teil durch das Versprechen der Deutschen erklären, daß es um Auswanderung ging. Und lange Zeit, bis zum Ende, versuchte die Abteilung Emigration unter der Leitung von Gertrude van Tijn, dieses Versprechen zu halten. Bernard Wasserstein schreibt darüber in seinem Buch *Gertrude van Tijn en het lot van de Nederlandse joden* (Nieuw Amsterdam, Amsterdam 2013, auf englisch: *Ambiguity of Virtue: Gertrude van Tijn and the Fate of the Dutch Jews*, Harvard University Press, Cambridge, Massachusetts 2014). Es wird kein Zufall sein – und nicht weniger bitter – daß Gertrude van Tijn auch die Abteilung Hilfe für Ausreisende im Jüdischen Rat leitete. Etty Hillesum arbeitete für diese Abteilung, zuerst in Amsterdam, später in Westerbork, und so wissen wir aus zwei Quellen, wie groß diese Abteilung war. Wir kennen aber auch noch eine andere unbestreitbare Quelle: die 110.000 Juden, die »ausgereist« sind. Auch Gertrude van Tijn war, zweifellos mit den besten Absichten, eine Komplizin in dem grausamen Versteckspiel, das Presser als »Katz- und Mausspiel« bezeichnet hat. Wie alle anderen im Jüdischen Rat war auch sie gefangen in einem Netz aus Illusionen und Lügen, in das die Deutschen die Juden zu verstricken versuchten. Mit großem Erfolg.

Mischehe

Obwohl auch andere diesem Thema Aufmerksamkeit gewidmet haben, gibt es nur ein Buch, das uns alles über das
Phänomen der »Mischehe« erzählt: *De legale rest* von Coen
Stuldreher (Boom, Amsterdam 2007). Mit der Verordnung
vom 12. September 1942 konnten sich die »gemischt Verheirateten« als solche registrieren lassen, um vom Arbeitseinsatz
befreit zu werden. Diese Möglichkeit wurde denjenigen angeboten, die dafür in Frage kamen oder es glaubten, nachdem
die Deportationen am 16. Juli 1942 begonnen hatten.

Die Freistellung vom Arbeitseinsatz wurde von der Zentralstelle für Jüdische Auswanderung in Amsterdam erteilt.
»Arbeitseinsatz« ist freilich ein nur anderer Ausdruck für
Deportation in ein Konzentrationslager in Osteuropa (Polen).
Über die Frage, wie Mischehen definiert werden sollten,
entstanden sofort allerlei Mißverständnisse wie auch bei der
allgemeinen Registrierung von Juden ungefähr ein Jahr zuvor. Ein nicht-jüdischer Mann mit einer jüdischen Frau und
Kindern konnte je nachdem als jüdisch oder halb-jüdisch betrachtet werden, aber wenn es nicht gelegen kam, dann auch
gerade wieder nicht; ihm konnte vielleicht ein »Aufschub der
Freistellung« gewährt werden. Und eine nicht-jüdische Frau,
die mit einem jüdischen Mann verheiratet war, stellte wieder
etwas anderes dar: Der jüdische Mann konnte einfach so verhaftet und verschleppt werden. Man bemühte sich, die Un-
klarheiten in der Bürokratie zu beseitigen, aber da der Vollzug
der Verordnung, ebenso wie die Deportation selbst, in den
Händen der deutschen Polizei lag, war ihr die Entscheidung
überlassen, was im Einzelfall zu geschehen hatte. Gemischt-
Verheiratete waren dadurch mehr oder weniger vogelfrei.
Auch nachdem die Niederlande Ende 1943 für »judenrein«
erklärt worden waren, ließen die Deutschen diese »Kategorie« Juden bis zum Kriegsende nicht in Ruhe: Wenn sie sich
sterilisieren ließen, konnten sie sich sozusagen »legalisieren«
und den Stern ablegen, ohne jedoch vom Stigma »Jude« befreit zu sein. Danach konnten die »Mischlinge«, die aus einer

solchen Mischehe hervorgegangen waren, immer noch zum Opfer werden.

Weil Stuldreher in seinem Buch häufig deutsche Behörden zu Wort kommen läßt, meist durch Korrespondenz zwischen den verschiedenen Instanzen, gibt er dem Leser einen Einblick in den weitverzweigten bürokratischen Apparat, der für diese Angelegenheit zuständig war. Man versuchte allen Ernstes Lösungen für ein behördliches Problem zu finden. Der im Eichmann-Prozeß verwendete Begriff des »Schreibtischtäters« nimmt in diesen Korrespondenzen Gestalt an, aber auch seine gnadenlose Absurdität kommt dabei ans Licht. Für mich ist das sehr erhellend gewesen.

Oranjehotel

Lange Zeit gab es keine andere Literatur über das »Oranjehotel« als das *Gedenkboek van het Oranjehotel* von E.P. Weber, das kurz nach dem Krieg erschienen ist (1. und 2. Auflage, H. Nelissen, Rotterdam, 1945–1946, Nachdruck: Aspekt Amsterdam, 1982). Bis ein NIOD-Mitarbeiter, Bas von Benda-Beckmann, im Jahr 2019 sein definitives Buch über die Strafanstalt schrieb, in dem meine Mutter, ihr Bruder und auch seine Frau inhaftiert waren. In seinem *Het Oranjehotel. Een Duitse gevangenis in Scheveningen* (Querido, Amsterdam, 2019) bin ich endlich auch auf Rechtsanwältin Ragnhild Stapel gestoßen, die meiner Mutter geholfen hat, nachdem sie verhaftet wurde und im Oranjehotel landete. Es gibt im Buch sogar ein Foto vor dem Gefängnistor von »Scheveningen« von ihr. Da ist sie in Gesellschaft anderer Frauen, von denen eine gerade entlassen wird. Während meiner eigenen Nachforschungen war sie unauffindbar geblieben. Beckmanns Buch gibt einen Einblick in den deutschen Strafvollzug, der unabhängig vom niederländischen ein eigenes Dasein führte. In Scheveningen existierten zwei Gefängnisse nebeneinander: ein Strafgefängnis unter niederländischer Gerichtsbarkeit für »gewöhnliche« Verbrecher und ein Polizeigefängnis, in das Straftäter gegen die deutsche Obrigkeit eingesperrt wurden: politische

Gefangene, Widerstandskämpfer, Schwarzhändler und auch Juden. Speziell für diesen Zweck wurden Zellen innerhalb der bestehenden Mauern des Komplexes an der van Alkemadelaan dazugebaut. Anfangs war die Leitung noch getrennt, aber bald schon gab es keinen Unterschied mehr. Dadurch und wegen der Zerstörung der Archive blieb nach dem Krieg vieles dem Blick der Historiker, aber auch dem der ehemaligen Häftlinge und deren Angehörige, verborgen. Beckmanns Buch liefert viele ausgezeichnete Informationen, aber die Informationen, die ich gesucht habe, sind nicht dabei: eine vollständige Liste der Häftlinge, darunter auch meine Mutter, ihr Bruder und seine Frau. Eine solche Liste gibt es nicht. Und vom Meldebuch, in dem man bei Betreten des Gefängnisses festgehalten wurde, existieren nur noch Fragmente.

Raub und Raubkunst

Wie ein Heuschreckenschwarm fegten die Deutschen über Europa und fraßen alles kahl. Man könnte fast annehmen, daß ihr Hauptziel nicht die territoriale Ausbreitung oder die Ausrottung der Juden gewesen ist, sondern dieser Beutezug – nicht in politisch-militärischem Sinne, sondern politisch-ökonomisch. Systematisch und unter Mißachtung des Kriegsrechts plünderten sie die Länder leer, die sie eroberten. Die Nazi-Elite, angeführt von Hitler und Göring, war nicht nur mit der Kriegsführung beschäftigt, sondern auch mit dem Sammeln von Kunst. Wie das geschah, ist in Büchern wie *Pack of Thieves* von Richard Z. Chesnoff (Doubleday, New York 1999), *The Rape of Europe* von Lynn H. Nicholas (Vintage Books, New York 1994, auf deutsch: *Der Raub der Europa*, Kindler, München 1995) und *The Monuments Men* von Robert Edsel (Center Street, New York 2009, auf deutsch: *Monuments Men: Die Jagd nach Hitlers Raubkunst*, Heyne, München 2014) gut beschrieben. Die Juden waren meist die ersten und am schwersten Betroffenen. Schließlich waren sie der Vorwand für den Krieg und die wahren Feinde des Reiches. Aber auch Museen und Kunstgalerien fielen der Gier der Nazis zum Opfer.

Die Enteignung der niederländischen Juden war die zweite Phase ihrer systematischen Entfernung aus der Gesellschaft. Die erste Phase bestand in ihrer Registrierung, die dritte und letzte Phase, eingeläutet durch den Judenstern, war ihre Deportation, oder »Evakuierung«, wie es euphemistisch hieß.

Bevor die Plünderungen einsetzten, war ein reger Kunsthandel im Schwange. Käufer meldeten sich, Privatleute verkauften Kunst, Kunsthändler kauften sie und verkauften sie weiter. Manchmal wurde eine ganze Kunstsammlung versteigert. Unter Androhung der Beschlagnahme erzwangen die Deutschen niedrige Preise. Schon früh spielte die Dienststelle Mühlmann in dieser Hinsicht eine mehr oder weniger eigenständige Rolle im Auftrag von Kunden aus den höheren Kreisen des Reiches. Mühlmann wurde von der Wirtschaftsprüfstelle des Generalkommissariats für Wirtschaft und Finanzen unter der Leitung von Hans Fischböck gedeckt.

Die systematische Enteignung nahm damals vielerlei Formen an. Die Betriebe wurden von einer Treuhandgesellschaft übernommen und von einem Treuhänder, auch Sachverwalter genannt, geleitet, der die Arisierung dieser Betriebe überwachte, solange sie zur deutschen Kriegsindustrie gehörten. Jüdische Geschäfte wurden einfach so liquidiert, und in einigen Fällen steckten die »Verwalter« die Gewinne in die eigene Tasche. Auch sie wurden von der Wirtschaftsprüfstelle gedeckt. Jüdische Privatpersonen mußten ihr Geld und ihren Besitz, einschließlich ihrer Versicherungspolicen, der eigens dafür eingerichteten Bank Lippmann, Rosenthal & Co. (LIRO) in Amsterdam aushändigen. Sie durften keine anderen Bankkonten haben und konnten nur über kleine Mengen an Bargeld verfügen. Nachdem die Deportationen am 16. Juli 1942 begonnen hatten, wurden die Häuser der deportierten Juden ausgeräumt. Der Einsatzstab Rosenberg (ERR), der auch am Kunstraub beteiligt war, übernahm diesen Auftrag, wofür in Amsterdam die Umzugsfirma Puls angeheuert wurde. Wertvolle Waren aus dieser Möbelaktion wurden verkauft, versteigert oder bei der LIRO-Bank deponiert. Wenn es um Kunst ging, kam die Dienststelle Mühlmann dem Einsatzstab manchmal in die Quere. Die Juden, die abgeholt wurden, hatten keinen anderen Besitz mehr als das, was sie tragen konnten. Dieser systematische Raub wird von Gerard Aalders in *Roof, de ontvreemding van joods bezit tijdens de Tweede Wereldoorlog* (Sdu Publishers, Den Haag 1999, auf deutsch: *Geraubt! Die Enteignung jüdischen Besitzes im Zweiten Weltkrieg*, Dittrich Verlag, Köln 2000) ausführlich beschrieben. Rudi Ekkarts Buch *Roof & Restitution* (Ter Borch Stichting, 2017), das anläßlich der Ausstellung *Roofkunst voor, tijdens en na de WO II* (*Raubkunst vor, während und nach dem Zweiten Weltkrieg*) in der Bergkerk in Deventer erschienen ist, gibt einen guten Einblick in das Thema Raubkunst.

Archive

Nur wenn es nötig war, habe ich Archivrecherchen betrieben. Das war unabdingbar für das Oranjehotel, die Dienststelle Mühlmann und das Lager Amersfoort. Damit konnte ich ins Archiv des NIOD gehen, das auch eine große Handbibliothek besitzt. Für das Oranjehotel bekam ich den Original-Grundriß der Zellenbaracken zur Einsicht, der auch bei Benda-Beckmann abgedruckt ist. NIOD-Mitarbeiter René van Heijningen war mir bei zwei Fotokopien von Blättern aus einem Buch behilflich, in dem die ins Oranjehotel gebrachten Häftlinge mit Nummer, Datum und zuständigem Polizeibeamten registriert wurden. Das »Buch« ist unvollständig, aber meine Mutter ist zweimal darin vermerkt. Mein Onkel und seine Frau sind es nicht. Ebenfalls von René van Heijningen bekam ich eine Kopie des B-Formulars (für Juden) derАриererklärung in die Hände, und ich erhielt das Sterbebuch von Amersfoort zur Einsicht sowie das medizinische Bulletin des berüchtigten Lagerarztes van Nieuwenhuyzen.

Die Gerichtsakten des Prozesses gegen Karl Peter Berg, einen der KZ-Schinder im Polizeilichen Durchgangslager Amersfoort, der Ende 1948 vor dem Hof voor Bijzondere Rechtspleging (Gerichtshof für Besondere Rechtsprechung) stattfand, befinden sich im Nationaal Archief. Ich habe sie gelesen. In diesem Prozeß waren Zeugen geladen, und ich hatte gehofft, in den Akten einen Blick auf Onkel Arnold erhaschen zu können, als er in Amersfoort war, wo er bald verstarb. Von Berg ist bekannt, daß er es speziell auf jüdische Häftlinge abgesehen hatte, und da vor allem auf jüdische Häftlinge aus Mischehen. Er soll sie besonders böswillig behandelt haben. Aber ob mein Onkel unter »seinen« Opfern war, läßt sich nicht mit Sicherheit feststellen, denn sein Name wird nicht genannt. Berg wurde 1949 hingerichtet. Er zeigte keine Reue.

Exkursionen in Konzentrationslager

Sobibór

Während der Niederschrift des *Lügenlabyrinths* besuchte ich mehrere Konzentrations- und Vernichtungslager: Sachsenhausen, Amersfoort, Westerbork und Sobibór. Über alle vier habe ich Geschichten geschrieben, die ich ursprünglich in dieses Buch aufnehmen wollte. Nur eine sehr eingekürzte Version von *Reise nach Polen* (über Sobibór) hat schließlich Aufnahme gefunden. Diese Reise habe ich mit meinem Berliner Freund Gerd Koch unternommen. Die Vorstellung von der »Kollektivschuld« ist in ihm sehr lebendig; er leidet darunter, was sich die Generation vor ihm aufs Gewissen geladen hat. Er weiß auch, daß Versöhnung nicht wirklich möglich ist, wohl aber Gedenken. Es ist schön, mit so jemandem eine solche Reise anzutreten, denn die Eindrücke sind zu niederschmetternd, um sie alleine zu verarbeiten. Großen Dank schulde ich dem polnischen Archäologen Wojciech Mazurek, der uns einen Tag lang im Lager herumgeführt hat. Während dieser Führung trafen wir auch den israelischen Initiator der Sobibór-Ausgrabungen, Yoram Haimi. Später lernte ich den niederländischen Archäologen Ivar Schute kennen, der mich mit seinem enormen Engagement bei den Bodenuntersuchungen an Katastrophenorten wie Sobibór, früher auch in Treblinka, und in den Niederlanden in Amersfoort und Westerbork, beeindruckt hat. Für ihn ist der Boden ein Archiv voller Erinnerungen und Geschichten. Vor kurzem ist sein Buch *In de schaduw van een nachtvlinder* (Prometheus, Amsterdam 2020) erschienen.

Von allen Vernichtungslagern war Sobibór lange Zeit das am wenigsten bekannte. Doch ist dort mehr als ein Drittel der niederländischen Juden gelandet, und nur wenige von ihnen haben überlebt. Einer von ihnen war Jules Schelvis, dessen Buch *Vernietigingskamp Sobibór* (De Bataafsche Leeuw, Amsterdam 11. Auflage 2018, auf deutsch: *Vernichtungslager Sobibór*, Metropol-Verlag, Berlin 1998, zuletzt Unrast Verlag, Münster 2018) ein Musterbeispiel für ein faktisches Werk voller Karten, Auflistungen, Statistiken, Transportlisten, Zahlen usw. ist. Nichts ist beeindruckender als eine solche Darstellung der Unmenschlichkeit und Entmenschlichung der Vernichtungsmaschinerie. Im Jahr 1943 wurden 34.000 Juden nach Sobibór transportiert. Dafür wurden neunzehn Züge benötigt, die von Westerbork abfuhren. In Dr. E.A. Cohens Buch *De negentien treinen naar Sobibór* (Elsevier, Amsterdam 1979) wird im Rahmen einer Analyse der Judenverfolgung durch die Nazis die Belegung der Züge beschrieben, sowie die Reise selbst und die Bedingungen im Lager, von der Registrierung bis zur oft noch am Tage der Ankunft erfolgenden Vernichtung. Auch dem Aufstand (14. Oktober 1943) wird die Aufmerksamkeit gewidmet, die ihm zukommt. Von Jules Schelvis gibt es noch *Ooggetuigen van Sobibór* (Ambo/Anthos, Amsterdam 2010), in dem er zwölf Überlebende des Lagers und des Aufstandes interviewt – allesamt bewegende Geschichten. Und wer tiefer in die Psychologie der Mörder eindringen will, dem sei neben den Büchern über Eichmann von Hannah Ahrendt (*Eichmann in Jerusalem*, Penguin Books, New York 2006, auf deutsch: *Eichmann in Jerusalem*, Piper, München 1964, zuletzt Piper, München 2022) und Harry Mulisch (*De Zaak 40/61*, De Bezige Bij, Amsterdam 1961, auf deutsch: *Strafsache 40/61*, Hanser, München 1963, zuletzt Aufbau, Berlin 2002) auch das eindringliche *Am Abgrund. Eine Gewissensforschung* (Ullstein, Frankfurt/M. Berlin 1979, zuletzt Piper, München 1995) von Gitta Sereny empfohlen, die 1973 während seines Prozesses stundenlang mit dem Lagerkommandanten von Sobibór und Treblinka, Franz Stangl, gesprochen hat.

Amersfoort

In den Niederlanden war Amersfoort lange Zeit wie Sobibór in Polen ein vergessenes Lager. Es war ein Polizeiliches Durchgangslager und nicht, wie Vught, ein echtes Konzentrationslager. Die Häftlinge waren auf dem Weg in ein anderes Lager, wenn sie nicht entlassen wurden (selten) oder vorher starben. Unter Eingeweihten galt Amersfoort als das mörderischste Nazilager der Niederlande. Folter und Exekutionen gehörten zum täglichen Repertoire. Vielleicht wurde es deshalb lange Zeit aus dem nationalen Gedächtnis verdrängt. Cees Biezeveld erzählt in *Kamp Amersfoort. De bevochten nalatenschap van de Tweede Wereldoorlog* (Regioboek/BDU, Barneveld 2011) von den Mühen und Anstrengungen, die es brauchte, um das Lager der Vergessenheit zu entreißen. Amersfoort ist heute ein Nationaldenkmal.

Wie das Oranjehotel war es ein Lager für Widerstandskämpfer, politische Gefangene (Kommunisten), »gewöhnliche« Kriminelle (Schwarzhändler) und – natürlich – Juden. In *Nummers die een ziel hebben* (Athenaeum-Polak & van Gennep, Amsterdam 2013) erzählt Widerstandskämpfer E.P. »Mom« Wellenstein aus eigenem Erleben über das tägliche Treiben im Lager, wie auch im Oranjehotel, wo er zuvor inhaftiert war. In *Verboden te sterven* (Van Gruting, Westervoort 2007) berichtet der politische Häftling Willem Harthoorn über den trotzigen Mut, mit dem er mehrere Lager überlebte. Den Anfang der Literatur über das Lager machte *Kamp Amersfoort* (Mets & Schilt, Amsterdam 2003) von Geraldien von Frijtag Drabbe Künzel. Dieses Buch enthält Fakten, Statistiken und Informationen, die unverzichtbar sind, um sich ein Bild davon zu machen, was sich in einem solchen Lager abgespielt hat. Die harten ungeschminkten Fakten.

Westerbork

Westerbork war ein Durchgangslager: das Tor zur »Hölle des Ostens«, wo die »richtigen« Lager waren. Ursprünglich wurde es 1939 von der niederländischen Regierung für jüdische Flüchtlinge aus Deutschland eingerichtet, die schon dort saßen, als 1942 der Strom der Deportierten – hauptsächlich aus Amsterdam – in Gang kam. Diese deutsch-jüdischen Flüchtlinge hatten praktisch die älteren Rechte und wurden automatisch über die niederländischen Juden gesetzt: als Ordnungsdienst (OD). Das sorgte für Spannungen, zumal sie als Barackenälteste und Wachleute bei der Selektion für die wöchentlichen Deportationen verschont blieben. Frank van Riet schreibt darüber in *De bewakers van Westerbork* (Boom, Amsterdam 2016). Die eigentliche Leitung lag bei zehn SS-Männern unter dem Kommandant Albert Konrad Gemmeker, über den Ad van Liempt ein Buch veröffentlichte: *Gemmeker. Commandant van Kamp Westerbork* (Balans, Amsterdam 2019). Auch Nanda van der Zee widmet in *Westerbork. Het doorgangskamp en zijn commandant* (Aspekt, Soesterberg, 2. Auflage 2006) diesem Kommandanten große Aufmerksamkeit, der zwar bei jedem abfahrenden Zug dabeistand, aber nach dem Krieg einer schweren Bestrafung entging, weil er beharrlich leugnete, irgendeine Kenntnis über das Ziel der Züge aus Westerbork gehabt zu haben. Das Gegenteil dürfte der Fall sein, konnte aber in einer Reihe von Prozessen nicht bewiesen werden.

Erst spät ist ein Strom bemerkenswerter Veröffentlichungen über Westerbork in Gang gekommen. Wahrscheinlich deshalb, weil das Lager in vielen anderen der genannten Publikationen vorkommt. Die bekanntesten davon sind die bereits erwähnten Tagebücher *Im Depot* von Philip Mechanicus und *Das denkende Herz der Baracke* von Etty Hillesum. Auch werden *Cahiers* vom Herinneringscentrum Westerbork, wie das Lager heute heißt, herausgegeben. Westerbork ist der breiten Öffentlichkeit als Holocaust-Erinnerungsort bekannt. Die Monumente auf dem fast leeren Gelände haben einen

Platz im kollektiven Gedächtnis gefunden: die gebogenen Eisenbahnschienen, die 102.000 roten Steine, die die Zahl der Deportierten, die nie zurückkehrten, symbolisieren, das jährliche Gedenken mit der Verlesung der immer gleichen Anzahl an Namen, und das grüne Haus von Gemmeker, das jetzt von einem Glashaus überdacht ist, um es vor dem Untergang zu retten, was man, gelinde gesagt, ironisch nennen kann.

Das Venduehuis der Notarissen

Dieses ehrwürdige, über zweihundert Jahre alte Auktionshaus in Den Haag ist eine der ältesten Institutionen der Niederlande. Das Venduehuis entstand unter König Louis Napoleon mit der Einführung des Code Civil. Ab 1811 waren Versteigerungen die Domäne von Notaren, Gerichtsvollziehern und Amtsrichtern. Die Vereniging der Notarissen van Den Haag wurde gegründet, und 1812 nahm das Venduehuis seine Tätigkeit auf. Von Anfang an residierte es im heutigen Gebäude in der Nobelstraat 5. Bei meinem Besuch wurde ich vom derzeitigen Direktor Peter Meefout und Philomena van 't Hooft von der PR-Abteilung empfangen. Letztere führte mich durch den schönen Kunst-Auktionsraum mit seinem Glasdach, den Lagerbereich und die Ateliers, in denen Kunstwerke gelagert und restauriert werden, den Auktionsraum für Immobilien, den Beurkundungsraum für die Unterzeichnung von Kaufverträgen und den Konferenzsaal. Im Beurkundungsraum gab mir Frau van 't Hooft eine Einführung, wie eine Auktion funktioniert. Diese Informationen waren sehr nützlich für mein Buch.

Es traf sich sehr gut, daß das Venduehuis der Notarissen vom Handel mit gestohlener Kunst verschont geblieben ist. Um sogenannte Raubkunst zu verkaufen, war es für die Deutschen der denkbar schlechteste Platz, obwohl es zweifellos vorgekommen sein dürfte, daß einzelne Notare bewegliches oder unbewegliches Eigentum einlieferten, mit dem etwas faul war. Das Gedenkbuch ... *Verkocht! – Tweehonderd jaar Venduehuis der Notarissen te 's-Gravenhage*, von Ben Duinkerken u.a. (De Nieuwe Haagse Uitgeverij, Den Haag 2012) gibt darüber keine eindeutige Auskunft, und weitere Untersuchungen gibt es nicht. Aber es dürfte nicht sehr oft vorgekommen sein, weil das Venduehuis nach dem Krieg nicht der Besonderen Rechtsprechung unterworfen wurde, die für die Kollaboration von Einzelpersonen und Institutionen mit den Deutschen eingeführt worden war. Der Amtseid hat die Notare von der Kollaboration abgehalten. Die Notare in den Niederlanden haben sich allgemein gut verhalten, lautet das Urteil über diese Berufsgruppe. Das einzige, was die Deutschen während der Besetzung qua Verordnung von der Vereniging der Notarissen verlangten, war der Ausschluß der jüdischen Mitglieder. Das geschah, wie auch alle anderen Vereinigungen von Juden »gesäubert« wurden.

Rechtzeitig hatte der damalige jüdische Vorstandsvorsitzende des Venduehuis der Notarissen, Rechtsanwalt S.K.D.M. van Lier, der in Den Haag hohes Ansehen genoß, die dunklen Wolken heraufziehen sehen und beschlossen, zurückzutreten. 1943 wurden er und seine Frau nach Theresienstadt deportiert, wo sie noch im selben Jahr starben. Es stellte sich heraus, daß dieser Notar van Lier ein entfernter Verwandter von mir gewesen ist.

Dank

Über die Niederländisch-reformierte Kirche, die Niederländisch-jüdische Zentralsynagoge, die Standesämter in Den Haag und Amsterdam sowie über die verschiedenen deutschen Institutionen, die in diesem Buch erwähnt werden, habe ich nicht gesondert recherchiert, mit Ausnahme der Dienststelle Mühlmann. Meine Aufmerksamkeit galt den Erlebnissen der Personen, die das selbst auch nicht getan haben, sondern damit konfrontiert wurden und damit umgehen mußten.

Ohne die grüne Mappe, die ich von meinem Bruder Rob Binnerts erhielt, hätte ich dieses Buch nicht schreiben können. Der Nachlaß unseres Vaters war zu ihm gekommen und ein Teil davon – umständehalber viel später – zu mir. Von ihm bekam ich auch Vorkriegs-Fotoalben meiner Eltern, vor allem das kleine Album mit Fotos von meiner Mutter und ihrer Schiffspassage nach Curaçao. Wie sehr ich mir wünschen würde, Rob hätte dieses Buch noch lesen können!

Als ich mit dem Buch beschäftigt war, kam ein mir bis dato unbekannter Rico Mazereeuw auf mich zu. Er besaß Material aus dem Nachlaß der Tochter aus zweiter Ehe von Arnolds Frau Rie Koelman. Dieses Material befindet sich jetzt im Jüdischen Historischen Museum, aber Rico Mazereeuw hat daraus ein E-Book für den privaten Gebrauch zusammengestellt, in dem Fotos und ein paar Briefe aus Scheveningen und Amersfoort versammelt sind. Ich bin ihm sehr dankbar, denn dank seiner Hilfe bekam Onkel Arnold eine Gestalt und eine Stimme.

Die Niederschrift des Buches hat ungefähr vier Jahre gedauert. Bevor ich damit anfangen konnte, habe ich recherchiert, gelegentliche Reisen unternommen und mich ins Thema eingelesen. Eine erste Version war nach drei Jahren fertig, mußte aber umgeschrieben werden. Die Geschichte und die Handlungsstränge ergaben sich fast von selbst und wurden mir teilweise vom historischen Verlauf aufgezwungen. Die Struktur war eine andere Aufgabe, die Komposition der verschiedenen Elemente. Ohne die Hilfe meiner Freunde, die mich in diesem Prozeß begleitet haben, hätte ich es nicht geschafft.

Zuerst möchte ich Louise North-Hunningher erwähnen, (Alters-)Zeitgenossin und damals am Ort des Geschehens ansässig. Sie wohnte mit ihren Eltern am Rande von Scheveningen und erinnert sich noch lebhaft an die Evakuierung für den Atlantikwall. Aber sie ist auch eine gute Freundin, eine Autorin von Büchern über prominente Persönlichkeiten der amerikanischen Revolution, und hat einen kritischen Blick für noch das kleinste Detail. Obwohl sie seit Jahrzehnten in Amerika lebt, hat sie den Kontakt zu den Niederlanden und der niederländischen Sprache nie verloren. Sie ist eine geduldige Leserin, die bei jeder neuen Version wieder ganz am Anfang begann und alles kommentierte. Einige ihrer Anmerkungen veranlaßten mich, Änderungen manchmal struktureller Natur vorzunehmen.

Ruud Engelander ist nicht nur ein (Alters-)Zeit-, sondern auch ein Leidensgenosse. Wir reden nie darüber, weil er nicht der Mann dafür ist, aber weil er mein Buch gelesen hat und hier und da einen Kommentar zu einem bestimmten Aspekt, inhaltlich oder strukturell, abgab, oder eine Frage stellte, haben wir doch über das Thema gesprochen. Das freundschaftliche Band zwischen uns ist dadurch nur noch stärker geworden. Ruud ist ein Autor, den ich für seinen Scharfsinn und den relativierenden Ton sehr bewundere. Sein Urteil bedeutet mir sehr viel. Mit einer spitzen Bemerkung kann er einen sofort auf die richtige Spur setzen. Für Ruud gilt wie für keinen anderen, daß man als Schriftsteller nichts erklären, sondern alles für sich selbst sprechen lassen muß. Ohne daß er es jemals sein wollte, war er der ideale Lektor.

Michiel Hengeveld ist mein dritter Leser und einer meiner ältesten und liebsten Freunde. Wir haben lange Zeit im selben Haus gewohnt, und kennen uns, wie man seine Familie kennt; ich vertraue ihm alles an, so auch die Lektüre meines Buches. Ich wußte, daß er es sorgfältig, nachdenklich und kritisch tun würde. Er versah den Text mit Kommentaren und kam mit Fragen und Anregungen, manchmal auch mit medizinischen Hinweisen. Auch wenn er kein Spezialist auf dem Gebiet ist, ist es schön, von so einem Freund Feedback zu bekommen. Wie Ruud Engelander hat er – und später auch seine Frau Liesbeth van Londen – mir sehr geholfen, einen packenden Titel für meinen Roman zu finden.

Der einzige Spezialist in der Gruppe wurde während des Schreibprozesses zum Freund: Emile Schrijver, der als Direktor des Joods Kwartier in Amsterdam, zu dem das Jüdische Historische Museum und das im Aufbau befindliche Holocaust-Museum gehören, eine Autorität genannt werden muß. Ich sprach oft mit ihm über die Fragen und Dilemmata, mit denen ich mich konfrontiert sah, zum Beispiel darüber, inwieweit ein Schriftsteller die tatsächlichen Fakten von etwas so Schrecklichem wie dem Holocaust fiktionalisieren darf. Ich dachte darüber nach, was Claude Lanzmann, der Macher des neunstündigen Dokumentarfilms *Shoah*, gesagt hatte: Die Fakten übersteigen jede Einbildungskraft. Emile sagt dazu, daß wir uns den Holocaust ohne unsere Einbildungskraft nicht einmal vorstellen könnten.

Emile brachte mich auch mit Leuten in Kontakt, die mir bei meinem Buch helfen konnten, unter ihnen Ewoud Sanders, der so freundlich war, die erste Version des Manuskripts zu lesen. Ewoud brachte mich auf die Spur einer Reihe von strukturellen Änderungen für die zweite Version, wofür ich ihm sehr dankbar bin.

Nelleke Zitman, Schauspielerin, Dozentin und Autorin, die ich für ihr klares Urteilsvermögen und ihre Freundschaft sehr schätze, hat Teil 1 gelesen, und dann nur noch die allererste Version. Ihre Kommentare waren, wie immer, sehr treffend und zeugen von ihrem großen Einfühlungsvermögen.

Hans-Jörg – »Scotch« – Maier, ein Berliner Freund, der als Schauspieler und Theaterdozent an meinem ersten großen deutschen Theaterprojekt beteiligt war, hat mich von Anfang an ermutigt, dieses Buch zu schreiben, hauptsächlich wegen des Themas, das auch ihn sehr umtreibt. Ich hielt ihn über die Fortschritte auf dem laufenden, besprach mit ihm die Handlungsentwicklung, und er schickte mir Artikel, die mir mehr Einsicht in die Materie verschafften.

Andreas Landshoff, Sohn des berühmten deutschen Verlegers Fritz H. Landshoff, der 1933 als Emigrant in den Niederlanden die Exilabteilung des Querido-Verlags gründete, hat mich von Anfang an ermutigt, dieses Buch zu schreiben. Selbst betroffen, meint er, daß man nicht aufhören darf, die Geschichte des Holocaust zu erzählen, wie man auch nicht darin nachlassen darf, diese Geschichte zu erfahren. Sich immer im Hintergrund haltend, hat er mir Verlage und Kontakte empfohlen, zuletzt auch den Übersetzer Ulrich Faure, der sich für mein Buch begeistert hat und mit dem es mir eine Freude war, bei dieser deutschen Fassung zusammenzuarbeiten. Leider war es Andreas nicht vergönnt, das Erscheinen der deutschen Ausgabe mitzuerleben, er starb im Dezember 2021 im Alter von 91 Jahren.

Was hätte ich ohne diese Freunde angefangen? Sie haben mich immer unterstützt und ermutigt. Das gab mir auch das Gefühl, an etwas zu arbeiten, das es verdient, aufgeschrieben zu werden. Ich kann ihnen nicht genug danken. In diese Reihe von Freunden gehört auch der israelische Schriftsteller Amos Oz, dessen Buch *Allein das Meer* mich zur Einführung des Ich-Erzählers in diesem Roman inspirierte. Meine Theateradaption des Buches, deren deutsche Aufführung am Neuen Theater in Halle/S. mit der Auswahl für das Berliner Theatertreffen 2006 ausgezeichnet wurde, hat mich mit diesem literarischen Element vertraut gemacht.

Schließlich landet ein Buch auf dem Lektoratstisch eines Verlages. Unter der Leitung von Cheflektor Job Lisman vom Prometheus Verlag kümmerte sich Lektorin Marieke van Oostrom darum – und um mich. Ihre Hinweise und Ratschläge haben mir einmal mehr geholfen, diesem Buch die nötige Transparenz zu verleihen. Es ist ein vielschichtiges und damit nicht unbedingt »einfaches« Buch, das aber trotzdem leicht lesbar sein sollte. Wenn mir das gelungen ist, wie ich hoffe, dann auch mit Hilfe von Marieke. Ich kann ihr nicht dankbar genug sein.

Und zuletzt, aber an erster Stelle, Nancy Gabor, meine liebe Frau, mit der ich den größten Teil des Jahres in New York lebe. Sie hat beobachtet, wie ich mich täglich abmühte, und ich habe ihr regelmäßig über meine Fortschritte berichtet. Sie kennt dieses Buch auswendig, ohne daß sie je einen Buchstaben davon gelesen haben mußte. Und sie hat sich nie darüber beschwert. Im Gegenteil, sie hat mich stets ermutigt. Sie wußte, wie viel es mir bedeutet. Thank you, dear Nancy!

Amsterdam/New York, 2021

Zum Autor

Paul Binnerts, geboren 1938 in Den Haag, ist Theaterregisseur, Stückeschreiber und Romancier. Er wurde mit Brecht-Inszenierungen auch in Deutschland bekannt. Binnerts war in Frankfurt a. M. Mitbegründer einer der ersten freien Theatergruppen Deutschlands. Seine Dramatisierungen von Amos Oz wurden bei der Bonner Biennale 2000 (*Black Box*) und dem Berliner Theatertreffen 2006 (*Allein das Meer*) ausgezeichnet. Binnerts lebt und arbeitet in New York und Amsterdam.

Zum Übersetzer

Ulrich Faure, geboren 1954 in Halle/Saale, war lange Jahre Online-Chefredakteur des Branchenmagazins *BuchMarkt*. Er arbeitet als Herausgeber und Übersetzer von u. a. Simon Carmiggelt, Maarten Biesheuvel, Thomas Heerma van Voss, Rob van Essen, Rinske Hillen, Louis Ferron, Pieter Waterdrinker und Anjet Daanje. Für den Arco Verlag übersetzte er Jan Wolkers (*Sommerhitze*) und Heere Heeresma (*Ein Tag am Strand*).

Marga Minco
Das bittere Kraut

Arco

Marga Minco
Ein leeres Haus

Roman

Arco

Marga Minco
Nachgelassene Tage

Roman

Arco

Bibliographische Information der Deutschen Bibliothek:
Die Deutsche Bibliothek verzeichnet diese Publikation in der
Deutschen Nationalbibliographie; detaillierte bibliographische
Daten sind im Internet über http://dnb.ddb.de abrufbar.

Der Arco Verlag unterstützt die
Kurt-Wolff-Stiftung für eine vielfältige
Verlags- und Literaturszene.
www.kurt-wolff-stiftung.de

Die vorliegende Deutsche Erstausgabe folgt der Originalausgabe,
die 2021 bei Prometheus, Amsterdam, erschien.

Nederlands
letterenfonds
dutch foundation
for literature

Verlag und Übersetzer danken der
Niederländischen Kulturstiftung für die
Förderung der Übersetzung sehr herzlich.

Einbandgestaltung: Praxis für visuelle Kommunikation, Wuppertal,
unter Verwendung eines historischen Fotos:
»10. Mai 1940, Deutsche Fallschirmjäger über dem Viertel Bezuiden-
hout in Den Haag.« Nationaal Archief, Fotocollectie Spaarnestad.
Satz: Michael Baiculescu, Wien
Druck und Bindung: MultiPrint Ltd., Kostinbrod
Printed in Bulgaria
ISBN 978-3-96587-045-1

Arco Verlag GmbH, Obergrünewalder Straße 17, D-42103 Wuppertal
Arco Verlag (Wien), Lorbeergasse 10/12, A-1030 Wien
Tel.: 0043 (0)1 715 46 06 / Fax: 0049 (0)202 2634 000
www.arco-verlag.com | service@arco-verlag.com